FRANZISKA GREISING

AM LEBEN

Franziska Greising

AM LEBEN

Roman

ZYTGLOGGE

Mit freundlicher Unterstützung von:

KANTON LUZERN
Kulturförderung
SWISSLOS

Stadt
Luzern
FUKA-Fonds

MIX
Papier aus verantwortungsvollen Quellen
FSC® C068066
FSC
www.fsc.org

Lektorat: Angela Fessler
Coverfoto: United States Holocaust Memorial Museum, courtesy of Sebastian Steiger
Gesetzt aus: Frutiger LT Std, Garamond Premier Pro, Palatino LT Std
Gesamtherstellung: Schwabe AG, Druckerei, Muttenz/Basel
Printed in Switzerland
ISBN: 978-3-7296-0913-6

www.zytglogge.ch

Wie schön heute die Kinder aussehen

Juri fiebert, es ist Sommer. Und an der Decke hockt ein winziger Punkt. Oder hat er den im Auge? Nein, dort ist was. Eine kleine Spinne vielleicht. Und wenn sie herunterkommt, auf ihn herunter? Ihm übers Gesicht läuft? In seine Nase spaziert? Sie bewegt sich. Schon wieder. Oder ist da oben kein Punkt, keine Spinne, schwimmt ihm bloß ein Stäubchen im Auge?

Eine Frau tritt ein. Es ist nicht Mama, nein, Mamas Schuhe klingen anders. Und es sind nicht die vertrauten Wände, auch das Bett, in dem er liegt, nicht das seine, nichts ist vertraut hier, und schnell ist sie bei ihm, zwischen den Reihen der Betten ihr Gesicht, um das Gesicht ein Kranz aus Kraushaar, ganz hellem Kraushaar, das Sonnenlicht scheint hindurch. Die Frau deckt Juris Bett auf.

– So, sagt sie, der Wickel wäre fällig, junger Mann. Zieh dich aus, sagt sie, oben, nur oben.

Über ihrem Unterarm hängt eine dicke Wolldecke. Jetzt bemerkt er das Paket, das sie auf einer Hand balanciert wie ein flaches Brot frisch aus dem Ofen, es riecht nach Wiese, nach Sommer. Sie legt das heiße Duftpaket auf seine mageren Rippen.

– Es brennt, ah es brennt.

Sie entfernt es wieder, trägt es im Zimmer herum, schwenkt es ein wenig und legt es von neuem auf.

– Geht's?, fragt sie, ein bisschen heiß muss es schon sein, sagt sie, weil dadurch der Husten weggeht und du besser atmen kannst. Bald springst du wieder mit den anderen draußen herum.

– Glaubst du, ich darf dann beim Seilziehen dabei sein?

– Aber ja, mein Kleiner, aber ja.

Um die Brust das heiße, feuchte, duftende Tuch. Darum herum die Wolldecke, dann ein Federbett bis unters Kinn gezogen und ein zweites obendrauf. Die Frau schließt das Fenster, Licht scheint von draußen durch ihr Haar, er zieht den mageren Brustkorb ein, der Wickel bewegt sich mit. Duft nach Sommerwiese.

Kein Ton ist mehr zu hören von draußen, auch nicht vom Innern des Schlosses, seinen Kammern und Stuben, seinen hohen Räumen. Es ist ein großes Schloss. Dennoch hat er sich Schlösser bisher anders vorgestellt. Mit Wimpeln, Türmchen, goldenen Treppenläufen, mit Fanfaren am Tor und Stallungen mit weißen Pferden. Es ist kein König da, keine Königin, auch keine Prinzessin oder ein Prinz. Weder liegt er im Himmelbett noch auf sieben Matratzen oder in seidenen Tüchern. Sie bewegt sich. Schon wieder. Verschwindet. Ist wieder da. Oder gibt es da oben keine Spinne, schwimmt ihm bloß ein Stäubchen im Auge?

Er hatte auf Kartoffelsäcken geschlafen, und die Läuse waren auf ihm herumgelaufen, und wie Atmen oder Pinkeln war da von früh bis spät auch das Suchen nach etwas Essbarem gewesen. Er hatte vergessen, dass es auch ein Leben gab ohne diese Pein. Das war, bevor sie

Mama geholt hatten, bevor Mama ihm hinter den Stäben zugewinkt hatte, bevor sie etwas rief, was er nicht verstand, bevor sie ihn einer Frau in die Arme gedrückt, trotz seiner Tränen, seiner Halsstarrigkeit einer fremden Frau in die fremden Arme gedrückt hatte, bevor ein Soldat ihr einen Stoß gab, und sie hinfiel.

Juri hatte gewartet, dass sie zurückkommt, sie war nicht gekommen, man hatte ihn in dieses Haus gebracht, dieses Schloss mit den vielen Kindern, die er nicht kannte, wo er Tage und Nächte hindurch weinte und keine Ruhe finden konnte, weil er nicht wusste, was Mama ihm zugerufen hatte, damals, bevor sie sie hinaufstießen in den Zug.

Und wenn die Spinne herunterkommt, wenn sie entlang eines Fadens auf ihn heruntersaust? Er ist eingepackt, und sie läuft ihm übers Gesicht?

Mama wischt mit der Hand die Spinnfäden fort lächelt entfernt sich winkt zwischen den Stäben sagt etwas er versteht nicht sie lächelt wird klein winzig klein winkt Mama hört er sich rufen Mama es rattert rattert er hat Angst runterzufallen aufs Geleise die langen unendlichen Schienen ich will raus ruft er raus.

Eine Hand berührt seine Stirn. Er schlägt die Augen auf und schaut in lauter Bubengesichter. Der eine richtet seinen Blick etwas verstört auf ihn herunter, eigene Alpträume erinnernd, die ihn in Angst versetzt hatten. Andere scheint es zu grausen vor dem tränennassen Gesicht, ohne Erbarmen war ihnen beigebracht worden, dass ein Junge nicht weint, und geglaubt hatten sie's, jetzt sehen sie einen Jungen vor sich, dem das Weinen hinterrücks gekommen war, im Schlaf. Diese Kinder wandern alle in den Trümmern ihrer Kindheit, wenn sie schlafen, sie wissen, wie Träume einen erschrecken können.

Einer sagt: Der fiebert, Rose soll kommen.

– Hast du Fieber, hast du geträumt?, fragt einer der Großen, und zu den andern sagt er: Es war bloß ein Traum. Doch will er damit die Träume nicht kleinmachen. Denn ein Traum ist keine Krankheit, ist kein Gendarm, will er ihnen klarmachen, und es ist nicht wahr, was die Erwachsenen sagen, dass ein rechter Junge nicht weint. Der Traum will bloß den Schutt des Lebens beiseiteschaffen, damit der nicht die Brücke verschüttet, über die man in die Zukunft kommt. Wenn wir aber weinen und uns herumwerfen im Traum, so bedeutet dies, dass uns manch ein Brocken noch zu schwer ist und wir noch viele Träume träumen müssen. So oder ähnlich hatte einmal jemand zu ihm gesprochen. So oder ähnlich. Jemand. Irgendjemand. Früher. Anderswo.

Also bloß ein Traum, denkt Juri, bloß ein Traum, auch wenn sein ganzer Körper zittert. Er lächelt dem großen Jungen zu, Jacques heißt er und ist sein Freund. Jacques ist schon fast erwachsen, glaubt Juri. Und am Anfang, als Juri jeden Morgen ein nasses Bett gehabt hatte, da durfte er bei Jacques schlafen, im warmen Bett, im Zimmer der großen Buben. Und das Laken war trocken geblieben.

Die Frau tritt wieder ins Zimmer, die Jungen machen sich aus dem Staub.

– Wir nehmen jetzt den Wickel ab, sagt sie und löst die vielen Tücher von den mageren Rippchen.

– Erzähl von Afrika, bettelt er. Wenn sie erzählt, kann er sich mit ihr davonmachen. Das Gefühl, dass ihm was Wichtiges verlorengegangen sei, schwindet beim Zuhören. In Roses Afrika kennt er sich schon halbwegs aus.

– Afrika, beginnt sie, ist voller Geräusche. Besonders nachts hörst du sie, denn am Tag ist viel zu tun, verstehst du. Die Leute reisten weit, manche liefen Tage, um zu uns zu kommen mit ihren Nöten und den kranken Kindern. Und dann hatten sie ihre Kochtöpfe dabei, und es wurde gekocht und geplaudert und gestritten. Auch gesungen, viel gesungen. Wir wohnten und arbeiteten in einem Haus auf Stelzen. Aus dünnen Wänden ohne Treppenhaus, du kamst durch die Tür gleich mitten hinein, man schlief unter weißen Netzen. Um uns herum standen hohe Bäume, von denen ich noch nie gehört hatte. Mangos, Ölpalmen und jene Apfelbäume, die uns hier fremd sind. Ich wollte einen der Äpfel anbeißen, hob ihn auf und biss hinein. Pfui Teufel, sagt sie, und der kleine Juri lacht, als er sieht, wie sie das Gesicht verzieht.

– Erst wenn man die Äpfel kocht, schmecken sie. Und die Vögel saßen dort und riefen den ganzen Tag. So große Vögel wie, ich weiß nicht, wie du etwa. Auch nachts gab es Geräusche, andere als am Tag. Und unten vom Fluss Ogowe hörte ich jede Woche das Dampferchen heranpusten. Und ich hörte die Leute in ihren Ruderbooten, wie sie herüberlärmten, und wie jene, die am Ufer warteten, sie mit Getöse willkommen hießen. Viele der Kranken reisten in schmalen Kanus herbei und brachten ihre Verwandten oder Nachbarn mit. Stets kochte irgendwer für seinen Kranken und die Familie des Kranken, und es duftete den ganzen Tag nach Essen. Sie haben alles dabei, was sie tagtäglich brauchen, ihre Bodenmatten zum Schlafen, ihre Kisten mit den Töpfen zum Kochen und das ganze Drum und Dran. Auch ich war mit dem Dampferchen gekommen. Und die Leute standen alle am Ufer, wie sie es immer tun, wenn angelegt und ausgeladen wird, und empfingen mich staunend, auch ein wenig scheu. Dem Doktor jubelten sie zu, umringten ihn und beschenkten ihn.

– Gab es keine gefährlichen Tiere im Fluss?, fragt er. Krokodile?

– Flusspferde. Riesig, sag ich dir, sie verschlucken ganze Häuser mit einem einzigen Schnappen. Und dabei haben sie oben auf dem Schädel zwei enorme Augen und nur zwei winzige Mäuseöhrchen.

Als sie sieht, wie Juri angstvoll die Augen aufreißt, bricht sie ab.

– Nein, mein Kleiner, neinnein, das war nur Spaß. Aber sie hatte die Verletzungen gesehen, die diese Flussriesen den Menschen beibringen, wenn die Boote zu nahe kamen. Sie hoben die Kanus auf ihre Rücken, ließen sie kentern und griffen die Flüchtenden an. Aber darüber schweigt sie. Es ist keine Geschichte für einen kranken Jungen, dessen eigenes Lebensschiffchen bereits gekippt ist. Oder könnte es ihn stärken, zu erfahren, dass überall auf der Welt Gefahren sind und dass Afrika nicht das Paradies ist? Darüber, beschließt sie, muss ich erst nachdenken.

– Und Krokodile, hast du Krokodile gesehen?, beharrt er.

– Hab ich nicht, nein.

– Und Elefanten, hast du Elefanten gesehen?

– Die rückten abends an, antwortet sie, und saugten Tonnen von Wasser mit ihrem Rüssel ein, sie bogen ihn nach hinten und spritzten sich den Ogowefluss über die Rücken. Die Elefantenbabys trotteten zwischen den vielen Beinen umher. Du weißt ja, wie groß die Tiere sind, oder?

– Ist das nicht gefährlich für die Babys?

– Nie wird eines zerdrückt. Die Kleinen trinken und spritzen, wie sie es den Großen abgeguckt haben, und grummeln fröhlich dabei, sie sind so süß. Aber jetzt schlaf noch ein Stündchen, ja?

– Und was war mit den Moskitos?

– Die Moskitos?

– Ja, und mit den schlimmen Fliegen?

– Erzähl ich dir ein andermal.

– Und hattet ihr Moskitonetze?

– Ja, auch Moskitonetze. Aber, sag, woher weißt du so viel über Afrika?

– Mein Onkel. Er ist Afrikaforscher.

– Dann werden wir uns noch viel über Afrika zu erzählen haben, wir beide. Und jetzt schlaf noch ein bisschen, mein Kleiner, schließt sie, ich muss weiter nach dem Rechten sehen. Werd' bald gesund. Ich komme wieder.

Die Frau mit der weißen Schürze hält einen Moment inne. Sie schaut aus einem der großen Fenster zum Gemüsegarten mit den Stangenbohnen, dem ausufernden Kürbis, dem Lauch, den Zwiebeln und dem filigranen

Kraut der Karotten hinunter, sieht zwischen den Beeten das eine oder andere Kind sich aufrichten und Haar oder Schweiß aus dem Gesicht streichen. In Roses Rücken kreuzen sich die Schürzenbänder, die sie mittels Knopf rutschfest am Taillenband befestigt hat. Die Enden des Taillenbandes bilden eine großzügige und korrekt sitzende Schleife, die sie mit ein paar eingeübten Griffen geschlungen hat. Sie lächelt. Im Mai vor einem Jahr sah sie diese Kinder zum ersten Mal. Kahlgeschoren, von Läusen geplagt, Arme, Münder und Nasen von Hungerekzemen besetzt. Viel zu dicke Bäuche, viel zu magere Gesichter. Sie erinnert sich, wie der Anblick der fauligen Kartoffeln fürs Abendessen ihren Widerwillen erregt hatte, und wendet sich, immer noch lächelnd, vom Fenster ab. Wie schön heute die Kinder aussehen! Gegen den einen ihrer Feinde, den Hunger, hat sie gewonnen.

Beim Verlassen des Raumes fällt ihr Blick wie schon oft auf das geheimnisvolle Röhrchen in der oberen rechten Ecke des Türrahmens. Es hängt dort, seit die Jungs in diesen Schlafsaal eingezogen sind. Letztes Jahr im Juni war es, die Zikaden tobten vor den Fenstern, und Mädchen wie Jungen hatten sich ausgelassen vor Freude über die sauberen Laken und Kopfkissen, die hier auf sie warteten, auf die Betten plumpsen lassen, wieder und wieder. Miguel Palau, ein spanischer Flüchtling aus der Zeit des Bürgerkriegs, hatte die Betten unter Mithilfe der größeren Knaben für alle gezimmert. Sie vermutete einen der üblichen Scherze, als sie eines Abends nach dem Zubettgehen der Jungs das längliche Ding bemerkte. Die einen legten beim Eintreten ihre Fingerspitzen an die Lippen und hernach an das Röhrchen. Rose wollte schon danach greifen, schreckte aber zurück, als sie auf der Oberfläche das seltsame Zeichen sah. Auf die Frage nach dem Sinn dieser kleinen unauffälligen Geste hatte sie ein verlegenes Kichern als Antwort bekommen. Jacques aber erklärte, das sei die Mesusa, ging hin und zog eine kleine Schriftrolle heraus. Sie war mit ein paar Worten in fremder Schrift bekritzelt. Rose bestand darauf, zu wissen, was auf dem Papier stehe. Jacques gab zur Antwort, es sei ein kurzer Text aus der Thora.

– Aha, hatte sie geantwortet, und was bedeutet das Zeichen an dem Röhrchen?

– *Allmächtiger* besage das Zeichen, wurde sie mehrstimmig und in den verschiedensten Tonlagen von den Betten her belehrt, und schütze den Raum vor schlechten Gedanken und Taten. Den größeren der Jungen würde schon bald die Stimme brechen. Und im Übrigen, hatte Jacques ergänzt, sei in einem traditionellen jüdischen Haushalt an jeder Tür eine Mesusa zu sehen. Für sie alle also ganz normal. Wer sie angebracht hatte, brauchte Rose nicht zu wissen. Hingegen hätte sie gerne gehört, wer sowas herstellt. Da lachten die Kinder, es gefiel ihnen, dass sie allein es waren, die die Antwort kannten. Sonst wusste diese Rose immer in allem Bescheid. Schreibgerät und Tinte dürften kein Metall enthalten, wurde sie aufgeklärt, daher käme nur ein Berufsschreiber in Frage.

– Dann hat jemand von euch die Mesusa mitgebracht? Und bei sich selber schwor sie, dieser Mesusa Sorge zu tragen. Sie sollte diese Kinder beschützen.

Wie Zucker und Salz

Als Rose im Mai vor einem Jahr ihre Stelle bei diesen Kindern antrat, lebten sie in einem Ziegenstall bei Seyre. An den Rand Europas gespült, Strandgut, sich selber überlassen. Sie sei kaum aus der Ruhe zu bringen, hatte sie geglaubt. Das Leben in Afrika hatte ihr zunächst ohne Vorwarnung den Boden entzogen. Sie musste lernen, furchtlos zu verrichten, was sie nicht kannte, und zu gehen, wohin sie nie zuvor einen Fuß gesetzt hätte. Menschen erwarteten sie, die sie nicht verstand, deren Sprache oder Denken sich von nichts ableiten ließen, das ihr vertraut gewesen wäre. Allein das Blut auf dunkler Haut hatte sie immer von neuem erschreckt. Und die hellen samthäutigen Zungen, die sie ihr entgegenstreckten, wenn sie ihre Rachen sehen wollte, hatten sie immer wieder verwundert. Erschöpft war sie letzten Sommer nach fünf Jahren in Urlaub gefahren. Die Regenzeit hatte eingesetzt, der Fluss war bis zum Spital hinauf gestiegen. Für September plante sie ihre Rückkehr. Doch der Krieg schnitt ihr den Rückweg ab. Sie war im Spucknapf dieses Krieges angekommen und begegnete lauter Elend, wohin sie sah. Die Schweizerische Arbeitsgemeinschaft für kriegsgeschädigte Kinder hatte eine wie sie gesucht, da war sie gerade auf den Skiern gewesen, der Himmel so blau, die Luft so frisch, das Herz so froh. Sie liebte den Fahrtwind, der ihr um die Ohren pfiff, liebte das Glitzern der Sonne im Schnee, das Knirschen der Bretter bei jedem Schwung und den weiß glitzernden Schweif, der ihr dabei folgte. Der Reisebericht eines ihr Unbekannten, der die französischen Lager besucht hatte, führte ihr vor Augen, was sie eigentlich tat, oder besser: nicht tat. Wie bin ich doch gedankenlos, hatte sie sich gesagt, freue mich am Leben und kümmere mich nicht um das Furchtbare jenseits der Grenze. Es durchfuhr sie, als wäre ein Schneeball gegen ihre Stirn geprallt. Sie musste da hin.

Am Rand einer steinstaubigen Straße, bloß einundzwanzig Kilometer südlich von Toulouse, traf sie sie. Mit Augen, die der Hunger geweitet hatte, von Myriaden von Läusen, Würmern und Pusteln an den abgemagerten Körpern geplagt, in ihren Nasen und Mündern die schorfigen Stellen. An den Beinen die Wunden, Anzeichen von Mangelernährung. Diese Kinder hatten kein Bleiberecht mehr, wohin sie auch kamen. Ihre Eltern Nummern in Internierungslagern, in Gefängnissen, in Ghettos oder auf der Flucht, schon tot oder verscharrt. Hatten nicht die Möglichkeit gehabt, ihre Kinder mitzunehmen, da die Visa nur für Erwachsene ohne Kinder ausgestellt wurden. Oder bei den Deportationen die Kinder zurückbleiben mussten. Die Eltern hatten geglaubt, sie vor dem Schlimmsten bewahren zu können, indem sie sie rechtzeitig einer wohltätigen Einrichtung in Belgien übergaben, die sich um sie kümmern würde, einer Organisation reicher Damen. Hitler war mittlerweile überall, kaum ein Ort war mehr sicher, kaum ein Versteck, es blieb für viele nur noch die Reise übers Meer. Nach Amerika, nach Palästina, Australien. Es gab Eltern, die ihren Kindern aus Sibirien ein Lebenszeichen schickten.

Es war ein verfrühter Frühlingstag im dritten Kriegsjahr, als der rote Sportwagen Marke Bugatti vor den schäbigen Ziegenstall in Seyre heranfauchte und viel Staub aufwirbelte. Aus allen Himmelsrichtungen rannten die Kinder herbei, fuchtelten mit ihren mageren Armen und hießen das rote Auto misstrauisch willkommen. Sie trugen büschelweise Brennnesseln in den Händen. Maurice Dubois, Leiter der Toulouser Filiale der SAK, der Schweizerischen Arbeitsgemeinschaft für kriegsgeschädigte Kinder, öffnete die Türe auf der Fahrerseite, sprang heraus und eilte um den Wagen. Doch da war seine Mitfahrerin schon bei der rechten Tür ausgestiegen, und ihr Haarkranz leuchtete wie auf einem Heiligenbild. Aber die Kinder waren jüdisch, kannten keine Heiligenbilder und dachten sowieso manches anders. Sie umtanzten jetzt das glänzende Auto, begrüßten lebhaft den hochgewachsenen Blondschopf in Knickerbockern, den sie schon kannten, begutachteten den Knoten am Hinterkopf der fremden Frau, ihren ratlosen Blick im redlichen Gesicht. Ahnten nicht, wie erschreckt die Frau von dem war, was sie hier sah.

Groß und breitschultrig stand sie an jenem denkwürdigen Tag auf dem steinigen Boden. Ums Weinen war ihr, Weinen aus Wut. Aber das sollte niemand merken. Weder Dubois, ihr Chef, noch diese Kinder. Worauf hatte sie sich eingelassen! Zurück von Afrika, hatte sie gedacht, bringt mich nichts mehr durcheinander. Jene

Jahre haben mich völlig umgekrempelt. Mich, alles. Aber das hier …

Es ist Krieg, wie sollte sie es vergessen haben, und sie erlebt ihn nicht zum ersten Mal. Letztes Mal war sie kaum geboren, aber sie hatte auf alten Fotos ihren Großvater in Soldatenuniform gesehen, die Großmutter daneben, versteckt unter einem jener gigantischen Hüte von damals, ganz in Schwarz hatte sie Abschied genommen, aufrecht, eine tapfere Soldatenfrau, die zu wissen glaubte, was sie dem Vaterland schuldet, Stolz. Sie hatte über den Krieg reden gehört, abgerissene Sätze, die sie entsetzten. Im Glarner Tagblatt sah die kleine Rösi Bilder von Krüppeln, Geschützen und Paraden, Häusern in Flammen.

Und nun, dreißig Jahre später, grinste sie wieder das Antlitz des Krieges an, und sie fürchtete, dass dies hier ihr Können, trotz allem guten Willen, übersteigt. Was sie auf der Reise hierher gesehen hatte, war ein Abbild des herrschenden Weltelends. Und hier stand, hier stand sie nun. Vor einem baufälligen Stall ohne Fensterscheiben. Und wusste noch nicht einmal, wie die Kinder in dieser Behausung aus schmutzigrotem Mauerwerk, ohne Ofen und ohne warme Decken die Wintermonate zugebracht hatten, oder wie sie sie alle würde ernähren können. Die Deutschen im Norden Frankreichs fraßen der Bevölkerung im unbesetzten Süden die Kartoffeln, das Mehl, das Fleisch, die Eier weg, hatte Dubois erzählt.

Wieder einsteigen, dachte sie, nur fort hier, fort, mir dies nicht länger ansehen müssen. Die Jungen- und Mädchengesichter so furchtbar mager, manche grau, aus vielen Augen schaute der Ernst Erwachsener, und aus den meisten schoss ihr das Misstrauen von Gehetzten entgegen. Buben wie Mädchen trugen ihr Haar geschoren, mussten demnach von Läusen heimgesucht worden sein. An den steckendünnen Beinen eiterten Wunden, Gfrörni, mutmaßte Rose, hoffend, es möge keine ansteckende Krankheit sein. Und was ihr ganz unfassbar schien: das gute Benehmen dieser Vielzahl von Kindern aller Altersstufen.

Eine Frau und ein sehr junges Mädchen saßen an jenem Frühlingstag 1941 im Innern des Gebäudes vor einem Berg Kartoffeln, trennten aus den Knollen heraus, was noch fürs Abendessen zu gebrauchen war. Die beiden sahen zu, wie die Schweizerin mit ihrem Landsmann draußen auf der Straße auf- und abging.

– Man hat ihnen ein Schloss in Aussicht gestellt, redete Dubois damals auf die Fremde ein, sie blieb ab und zu stehen, den Blick aus ihren hellen Augen prüfend auf ihn gerichtet, doch sie bewohnen immer noch diesen Ziegenstall, er wies zum langgezogenen Gebäude hinüber, in dem die Frauen das Essen rüsteten.

– Ja, sagte die Blonde, während der Wind ihren Mantel öffnete, so dass ihre leichte Pflegerinnentracht zum Vorschein kam, alles, was fliehen muss, will nach Frankreich. Sie schritt von neuem aus, mit festem, entschlossenem Gang, mit schwingenden Armen.

– Es soll inzwischen ein anderes Schloss gefunden worden sein, nicht wahr?, fragte sie.

– Man ist dabei, es herzurichten, sagte Dubois. Die Sechzehn- bis Siebzehnjährigen sind bereits dort und gehen einem Schreiner an die Hand, der Betten für die hundert Kinder, auch Tische und Bänke macht. Bettdecken werden genäht und Wände gestrichen. Im Schlosshof wollen sie eine Zisterne einrichten. Aber bitte, stellen Sie sich bloß keinen Palast vor.

– Das wird die Neue sein, die hier das Zepter übernehmen soll, flüsterte im Küchenwinkel des Ziegenstalls die Ältere der Jungen zu.

– Er sieht einfach hinreißend aus, entgegnete Inge, das junge Mädchen. Sie hatte Kartoffel, Messer und die schmutzigen Hände auf den Tisch sinken lassen und sah unverwandt hinaus.

– Bin gespannt, wie Franks mit dieser Directrice zurechtkommen werden, meinte Flora, die andere.

– Er ist mindestens zwei Meter groß. Und schau, wie aufrecht er geht!

– In der Tat. Sehr aufrecht.

– Und wie elegant er sich kleidet! Wie einer vom Film.

– Ich habe schon lange keinen so gutgekleideten Mann mehr gesehen. Und sie, naja, ein erstaunliches Paar. Er und seine Schweizer Arbeitsgemeinschaft haben uns nun unter die Fittiche genommen. Darum muss jetzt eine der ihren hier zum Rechten sehen.

Sie verstummten. Rose betrat mit Dubois die dürftige Unterkunft. Sie hob den Fuß über die Schwelle, blieb stehen, musste sich erst an das Halbdunkel gewöhnen, ließ nachdenkliche Blicke herumschweifen. Vermochte auf dem Erdboden, dicht den Wänden entlang die mit Stroh bedeckten Bretter zu sehen, die nach und nach aus dem Halbdunkel sichtbar wurden. Vermutlich die Betten, dachte sie erschrocken. Hier ist dem Schmutz nicht Herr zu werden und der Tod nicht weit, stellte sie fest. Dann erblickte sie die Herdstelle. Große Waschkessel standen auf dem Feuer. Kochen sie etwa darin?, fragte sich Rose verzweifelt.

– Ich möchte Ihnen Rose Näf vorstellen, die neue Directrice, die eben zu uns gestoßen ist. Vor dem Krieg arbeitete sie in Lambarene bei Doktor Schweitzer, wandte sich Dubois an die Frauen.

Flora, die Ältere, legte ihr Werkzeug beiseite und versuchte, die Hände am Kleid abzuwischen. Sie stand auf und nickte dem Besuch zu. Ihr anmutiges Lächeln, unverbindlich. Ihr Haar in einer schwungvollen Welle nach hinten gekämmt und am Hinterkopf festgesteckt, wie es die Mode den Frauen noch vor Kriegsausbruch diktiert hatte.

– Flora Schlesinger, sagte Dubois. Sie ist seit Beginn mit ihrem Mann und dem kleinen Pauli dabei. Sie werden die beiden bestimmt noch heute kennenlernen. Bereits im Brüsseler Kinderheim Général-Bernheim betreute Flora die Küche. Dann floh das ganze Heim samt Personal hierher ins unbesetzte Frankreich. Es ging alles sehr überstürzt, habe ich mir sagen lassen. Niemand konnte ahnen, dass der Zug unterwegs mehrmals für viele Stunden gestoppt werden würde, dass Bomben auf ihn fallen würden, ein Wagen ausbrennen und man erst nach einer Woche am Ziel eintreffen würde. Flora hatte jedoch vorgesorgt. Hatte für jedes Kind einen Reiseproviant vorbereitet von dem, was sie noch auftreiben konnte.

– Wie viele Kinder kamen mit Ihnen über die Grenze?, wandte er sich an Flora.

Bei diesen Worten standen Inge wieder das Gewühl und Geschrei auf dem Brüsseler Bahnhof vor Augen, wo sich Hunderte um die letzten Fahrkarten rauften, Püffe austeilten, Frauen mit Kindern einander an den Haaren rissen, ein paar vorandrängende Männer an den Joppen zurückzuzerren versuchten, sie sah die Aufschrift neben der Schiebetür ihres Waggons wieder, *Maximum zehn Pferde*, das Gedränge im Wageninnern. Die Kinder vom Home Général-Bernheim quetschten sich auf die eine Seite, um nicht mit jenen andern von der Heilsarmee in Berührung zu kommen. Die waren alle noch ziemlich klein, schätzungsweise fünf- bis zehnjährig, und sie rochen. Und bald fiel auf, dass sie sich unter ihren Lumpen überall kratzten. Einige weinten. Die stete Angst vor den Bomben kam ihr wieder in den Sinn, und beim Rütteln, Stocken und erneuten Losfahren des Wagens ihr Wunsch, sie möchten getroffen werden. So hätte alles ein Ende gehabt. Das untröstliche Wimmern eines der Mädchen war wieder da, andere erbrachen sich. Die Leiterin des Home, Elka Frank, hatte damals, als ihr schien, die Flucht mit Flora und den Kindern sei in letzter Minute gelungen, und der Zug Brüssel hinter sich gelassen hatte, die Beherrschung verloren. Ungehalten hatte sie mit Fußtritten nach dem wimmernden Mädchen gezielt, bis sie, Inge, die Frau angeschrien hatte, damit aufzuhören.

– Seit Kriegsausbruch stießen immer mehr zu uns, antwortete Flora Schlesinger auf Dubois' Frage, bereits kurz vor Abreise kamen noch viele hinzu. Unterwegs schob man weitere Kinder in die Wagen. Just hundert zählte ich, als wir schließlich hier eintrafen. Das war keine gemütliche Ferienreise, Herr Dubois, man hatte längst den Überblick verloren.

Dubois schwatzte munter fort: Flora ist eine Meisterin im Erfinden von Speisen, selbst wenn es schier aussichtslos ist. Sie bäckt Kuchen ohne Eier, und sie schmecken. Sie braut Gemüsesuppe aus Disteln, und es schmeckt. Sie lässt die Kinder Brennnesseln sammeln, und ihr Mann kocht Spinat daraus. Dabei müssen Sie wissen, jeden Krug Wasser muss er aus einem Brunnen pumpen, zwanzig Minuten von hier.

Rose war auf einmal erschöpft, was dachte der Mann sich nur mit seinen grässlichen Geschichten?

– Ihr Mann ist demnach auch hier?, wandte sie sich an Flora.

– Ernst ist mit ein paar Jungs ins Holz gegangen, lächelte diese und wies mit einer Kopfbewegung nach draußen zum Gehölz, das nicht weit entfernt zu sehen war.

Um Dubois' Lobrede zu einem Ende zu bringen, reichte sie darauf der Neuen entschlossen die Hand. Zwei von der Arbeit rau gewordene Hände glitten ineinander, prüfend gingen die Blicke hin und her. Es standen sich eine Ehefrau und Mutter und eine Psychiatriefachfrau gegenüber. Die eine war staatenlos, hatte ein besetztes Land und die ganze Habe zurücklassen müssen, die andere, nie Ehefrau, nie Mutter geworden, besaß ein noch verschontes Land, in das sie jederzeit zurückkehren konnte. Keine sprach davon, es erzählten allein ihre Blicke und die Art, wie sie einander gegenüberstanden. Von der Sorge Floras um die tägliche Nahrung erzählten sie, vom Schicksal der Menschen, die hier hausten, und von der täglich wiederkehrenden Anstrengung, am Leben zu bleiben. Aber auch von der Entschlossenheit dazu. In Roses Blick lag immer noch der Schrecken über die Zustände in diesem Schuppen, auch die Erschöpfung und die Frage, ob sie der neuen Aufgabe gewachsen sei. In einem Aufruf hatte die Arbeitsgemeinschaft Freiwillige gesucht. Nach einer durchwachten Nacht in den Bergen hatte Rose sich gemeldet.

Welche der beiden Frauen sich der andern unterzuordnen habe, war fraglos geklärt. Und für Dubois gab es Dringenderes zu tun, als Rückschlüsse und Voraussagen zu wagen. Für Inge jedoch, die Rose und Flora still beobachtete, standen sie zueinander wie Zucker und Salz. Die Schlesinger in ihrer leicht übergewichtigen Erscheinung war für viele der Kinder schon in Belgien zu einer Stellvertreterin ihrer verlorenen Mütter geworden. Ihr vertrauten sie, ihr öffneten sie sich. Es gab Dinge, die sie ihr und nur ihr erzählen mochten. Und sie hörte wirklich zu, sie war nicht wie andere Erwachsene, die vorgaben zuzuhören und dann antworteten sie nicht einmal. Flora Schlesinger fragte Tage nach einem Gespräch, ob der erwartete Brief nun gekommen sei, ob der Bruder, der im Lager so schrecklichen Hunger litt, wieder habe von sich hören lassen, ob das beantragte Visum für die

Ausreise beim Vater eingetroffen sei. Sie konnte gar nichts anderes tun bei all diesen Nöten als zuhören und wieder zuhören und vielleicht ein Stück von der Schokoladeration abbrechen, sofern Schokolade vorhanden war, und es einem zuschieben.

– Und das ist Inge Joseph aus Darmstadt, unterbrach Dubois Inges Gedanken.

Das Mädchen hatte sich bereits erhoben und reichte Rose schüchtern die Hand. Es fiel ihr auf, wie kräftig die Fremde ihre Hand umfasste, einen Moment nur, doch es genügte, dass eine flüchtige Ahnung sie beschlich.

– Also aus Darmstadt, sagte die künftige Directrice.

– Sie habe Verwandte in Brüssel gehabt, entgegnete Inge. Die hätten sie im Home Général-Bernheim abgegeben.

– Gehabt?

– Bitte?

– Verwandte gehabt?, doppelte Rose nach.

Und dabei fühlte sie nichts als Widerwillen und den Wunsch davonzulaufen. Nur umkehren, rausgehen, weg von dieser elenden Unterkunft, weg von all den hungrigen Blicken. Tut mir leid, ich habe mich in der Adresse geirrt. Wie der dicke Nebel, der zu Hause manchmal über die Bergrücken kriecht, beschlich sie diese Missstimmung, sie fürchtete, jeden Augenblick die Kontrolle über dieses innere Biest zu verlieren. Von den zwei Frauen hier, die den Schmutz nicht zu sehen schienen, konnte der Impuls zu fliehen nicht rühren, auch nicht von Dubois' Worten, dem Jammer überall, wie den klobigen Holzschuhen an den mageren Füßen der Kinder, den meist zu knappen Kleidern, den verfilzten Haaren, der krätzigen, grauen Haut, die sie aufwiesen, nein, ihnen konnte sie das Aufkommen ihrer inneren Gehässigkeit, die aufsteigende Übelkeit nicht anlasten. Aber woher dann kam sie?

– Sie sind nach Amerika ausgewandert, als die ersten Bomben auf Brüssel fielen, antwortete Inge auf die Frage der Fremden nach ihren Verwandten, und mehr würde sie nicht sagen. Nichts von Vati, der im Darmstädter Gefängnis saß, als Mutti sie nach Brüssel gebracht hatte. Und der zum Skelett abgemagert war, als sie ihn wiedersah. Nichts von Vaters Fabrik, die Konkurs gegangen war, nichts vom einst befreundeten Betriebsleiter, Mitglied bei der NSDAP, der dem Vater erst großzügig Geld geliehen und dann die Fabrik für ein Spottgeld übernommen hatte. Von Mutti, die das Haus an der Alicenstraße verkaufen musste, um dann bei Arierfamilien waschen zu gehen, nein, auch davon kein Wort, dass ihr jeder andere Beruf nicht erlaubt worden war. Immerhin war Mutti einst Stenotypistin gewesen.

Kellergeruch, Rose erkannte es plötzlich. Es war dieser Kellergeruch, der sie so ekelte. Er musste von dem Topf voller Knollen auf dem Tisch herrühren, der neben ihr und den zwei Frauen stand. Ein prüfender Blick bestätigte es ihr. Nun, dafür gab es eine Lösung, und sie bekam sich wieder unter Kontrolle. Rose war keine Person der Nettigkeiten und erklärte, diese Kartoffeln hier sähen nicht unbedingt einladend aus. Aber das würde sich ändern.

– Und wo, fuhr sie fort, wo bleibt euer Gemüse?

Inge gab zu verstehen, es sei noch früh im Jahr, die Bauern hätten noch nichts Grünes.

– Nun, war Roses Antwort, rechtzeitig angefangen, gäbe es bald Erbsen und Bohnen. Mit einem aufmunternden Kopfnicken versprach sie: Wir werden das in Angriff nehmen. Kennt sich jemand von euch mit Gartenbau aus? Sie sprach klar und überlegt, machte Pausen zwischen den Sätzen. Sie wollte, dass sich ihre kurze Rede einprägte. In dem Augenblick betrat ein Junge die Behausung.

– Da bist du ja, Pauli, mein Junge, sagte Flora in ihrem warmen Wienerisch, zog ihn an sich und herzte ihn, der Junge knickste wohlerzogen, seine Mutter zerzauste ihm das Haar. Pauli, unser Sohn, gab sie Rose lächelnd zu verstehen, während er sich in den hinteren Teil des Hauses davonmachte.

Schon kam auch Elka zurück, die mit einer Gruppe von Kindern auf Holzsuche gewesen war. Während sie ihre zusammengehaltene Schürze über dem Tisch ausschüttete, verkündete sie freudig: Ich habe jungen Salat gefunden.

Elka war eine dunkelhaarige junge Frau mit schönen vollen Gesichtszügen, denen man die Entbehrungen kaum ansah. Sie war kräftig gebaut, und auch sie trug ihr Haar modisch nach hinten gesteckt. Es war üppig und vom Durchstreifen des Unterholzes ziemlich zerzaust. Doch es stand ihr.

Nachdem Rose den einstigen Ziegenstall bei Seyre besichtigt und die Leute kennengelernt hatte, mit denen sie zusammenarbeiten würde, brachte Dubois sie ins nahegelegene Vallée de la Lèze. Sie fuhren durch das Felsental von Foix, wo hoch über dem Fluss eine Burg die Schlucht zu beschirmen schien. Die Burg und die Kathedrale vollendeten das Bild eines mittelalterlichen Städtchens. Unterwegs zum Schloss La Hille, das südlich des Tals lag, erzählte er, viele Juden hätten ihre Kinder nicht länger den Demütigungen und der Angst aussetzen wollen. Andere waren in den Besitz eines Visums gekommen und konnten ausreisen. Aber es war ihnen nicht erlaubt, die Kinder mitzunehmen. Niemand hatte mit einem langen Krieg gerechnet. Man wollte, sobald es vorbei wäre, wiederkommen und die Kinder heimholen. Doch als der deutsche Reichspräsident fortfuhr, die Nachbarn zu überfallen, sei die Panik in Belgien unvorstellbar gewesen. Viele hätten sich, wie Inges Onkel und Tante, überstürzt davongemacht. Ein sehr betuchtes Ehepaar seien diese Verwandten gewesen, Elka, die Leiterin, habe das gleich erkannt. Er groß und kräftig, im eleganten Dreiteiler. Sie hübsch geschminkt und aufgedonnert. Dabei hätten sie bis zur Abreise regelmäßig Geld geschickt. Aber wie wir wissen ... Er brach ab, es hatte keinen Sinn, weiterzureden, immer wieder von den Tatsachen zu reden. Diese große forsche Blonde auf dem Nebensitz seines Cabriolets würde sich bald selber auskennen, die Ereignisse aber fassbar machen zu wollen, hatte er, Maurice Dubois, längst aufgegeben. Er hatte hier einen Auftrag zu erfüllen, hatte sich dieser Kinder angenommen und war entschlossen, sie durch diese unerfreulichen Zeiten zu bringen.

Sie passierten mehrere Ortschaften, bis jenseits der Landstraße hinter hohen Platanen das Schloss zu sehen war. Ob Dubois wisse, was dieser Name bedeute. Sie selber, scherzte Rose, vergreife sich immer mal wieder in der Sprache und bilde sich ein, es könnte vom englischen *the hill* herrühren. Aber das sei ja ganz was anderes. Man könne nicht die Sprachen nach Belieben durcheinandermischen. Dubois amüsierte sich, Frankreich habe ja in der Tat mal zu England gehört, entgegnete er. Nicht diese Gegend zwar, aber man könne nie wissen, die Sprache sei eine farbige Angelegenheit.

– Sie leiht sich gerne hier und dort was aus, stimmte Rose zu, also vielleicht doch the hill. Ich werde gleich sehen, was es damit auf sich hat.

Es war seine Frau Ellen gewesen, die das Gebäude eines Tages beim Vorbeifahren entdeckt hatte. Allein Spinnen und Fledermäuse hausten darin. Seit Jahren müsse es schon vor sich hingebröckelt haben, schien es Ellen. Herrn de Dieu, dem Besitzer, gehörten noch weitere Landhäuser, er willigte daher ein, dieses hier günstig an Dubois' gemeinnützige Organisation zu vermieten. Das schlichte Steingebäude in der Form des Buchstabens L war mit Rissen durchsetzt und erstreckte sich über drei Stockwerke, rechnete man den Dachboden dazu. In den beiden Flügeln befand sich je ein Treppenhaus. Am Westflügel war die kleine Kapelle angebaut, die bald zum Schulzimmer gekürt werden würde. Eine Mauer aus unbehauenen Steinen, die Rose bis zur Brust reichte, zog sich um das Anwesen. Sie war in den Ecken mit vier Türmen ergänzt worden, von denen zwei bereits am Verfallen waren. Der Nordturm prunkte mit einem hohen, spitzen Dach und einem riesigen Eingangstor samt Fallgitter, das von der Familie de Dieu einst aus Liebhaberei angebracht worden war.

– Meinetwegen, hat Monsieur de Dieu gesagt, können Sie das Anwesen haben. Aber Sie werden keinen Tisch, keinen Stuhl, keine Bank und kein Bett vorfinden, erzählte Maurice. Nun ist Alex Frank mit den ältesten Jungen und Mädchen dabei, das Haus instand zu stellen. Ich glaube, es wird ganz wohnlich, sie haben angefangen, einen Brunnen zu graben, und verlegen elektrische Leitungen. Ich habe ihnen zwei spanische Migranten geschickt, von denen ich weiß, dass sie vom Schreinern etwas verstehen.

– Alex. Frank?

– Der bisherige Leiter. Elkas Ehemann. Er diente nach dem Überfall auf Belgien, als die Flucht der hundert Kinder begann, noch in der belgischen Luftwaffe. Er ist etwas über dreißig, wie Elka. Vor dem Krieg studierte er Landwirtschaft und lebte mit seiner Frau in einem Kibbuz. Wochen, nachdem Belgien besetzt und die Armee aufgelöst war, tauchte Alex im Ziegenstall von Seyre auf. Wie die Kinder, die Sie betreuen werden, war bisher die gesamte Leitung des Heims jüdisch.

– Haben sie auch ihre Kinder dabei?

– Sie sind kinderlos.

Als Rose die notdürftig bestückte Schreinerei von La Hille betrat, standen Tische und Stühle herum, die einen zur Hälfte fertiggestellt, die andern schon geschliffen.

Zahlreiche Bettgestelle waren im Entstehen. Große Buben sägten und hobelten, hantierten mit Nägeln und Schrauben. Der etwas ältere Brillenträger in der Ecke im Hintergrund, der gerade ein Tischbein oder etwas Ähnliches montierte, musste einer der Flüchtlinge aus dem Spanienkrieg sein. Die Jungs arbeiteten mit Hingabe, einer trug sogar eine Schürze, ein anderer hatte sich einen Bleistift hinters Ohr geklemmt. Hobelspanlocken hingen über einer Werkbank, Sägen und Skizzen an der Wand. Bretter standen oder lagen herum, es roch nach Sägemehl und Bubenschweiß, ohne Unterbruch ging das monotone Hin und Her von Metallzähnen, die sich durch Holz fraßen. Im Innenhof des Hauptgebäudes hatte Alex bereits einen Gemüsegarten angelegt. Rose sah die bestellten Beete mit Verwunderung, das Säen und Pflanzen war doch eigentlich ihre Domäne. In Lambarene war sie für die Kost der Angestellten des Spitals zuständig gewesen und führte die oberste Aufsicht über sämtliche Pflanzungen. Anderseits, warum sollte sie es ihm verübeln, sofort mit dem Anlegen der Beete begonnen zu haben? Es zeugte von Voraussicht. Von ihr, Rose, war wohl zu jenem Zeitpunkt noch keine Rede gewesen. Dennoch, ein kleiner Stachel setzte sich fest. Dieser Alex schien ja ein unerhörtes Talent zu sein. Wozu eigentlich hatte man sie, Rose, als Directrice geholt?

Im Hof wurde geschaufelt und Zement herbeigeführt. Die Jungs bauten an der Zisterne. Im Hausinnern tauchten die Mädchen Pinsel in weiße Tünche und zogen sie über die Wände, andere nähten Leintücher und Kissenbezüge. Sie lachten viel und plauderten laut. Es war ihnen von einer Bäuerin eine Tretnähmaschine geliehen worden. Rose sah, wie viel Spaß sie hatten. Diese richtigen Betten, in denen sie bald liegen, und das Haus, in das sie bald einziehen würden, schufen eine großartige Perspektive.

Zwei Tage später erschien Rose von neuem in der Notunterkunft von Seyre und begann mit der Arbeit. Sie verstaute ihr bisschen Gepäck, nahm mit der Schar der vorläufig Zurückgebliebenen ihr erstes Abendbrot als Direktorin ein, und während sie dabei die einzelnen Kinder beobachtete, die ihr nun anvertraut waren, erinnerte sie sich, wie Maurice Dubois in irgendeinem Zusammenhang von Strandgut gesprochen hatte, das nirgends mehr hingehört. Todmüde und innerlich aufgewühlt legte sie sich kurz darauf schlafen. Das harte Strohlager, die fremden Geräusche im Raum, der unruhige Schlaf vieler Kinder, denen vermutlich Alpträume zusetzten, und die bedenkliche Zukunft ließen sie, trotz Erschöpfung, in jener ersten Nacht immer wieder vor Erregung die Augen aufreißen, wo bin ich? Kein Schlaf bis zum Morgengrauen. Warum, dachte sie, warum habe ich mich auf dieses Abenteuer eingelassen?

Früh stieg sie am nächsten Morgen aufs Rad und klapperte damit dem nächsten Bahnhof entgegen, losgeradelt und weg, nichts wie weg. Sie kam gegen Mittag mit zwei Schaufeln, einem Spaten und ein paar Samen zurück. Die Radieschen würde man bestimmt schon ernten können, bevor der Umzug ins Schloss beginnen wird. Spinat und Salat, sofern das Wetter mitmachte, ebenso. Mit etwas Glück sogar die Bohnen. Rhabarber war nicht aufzutreiben. Sie rief die zwei großen Mädchen herbei, die mit den Jüngeren in Seyre zurückgeblieben waren und überall Hand anlegten, drückte ihnen die Schaufeln in die Hände und beauftragte sie, ihr beim Graben zu helfen. Sie befahl den Kleinen, die Steine aufzulesen, die beim Graben zum Vorschein kämen, und sie fortwährend zum Rand hinüberzuwerfen.

– Baut damit ein Mäuerchen um unsern Garten, schlug sie vor und zeigte ihnen, wie man sowas macht.

Sie hatte neben dem Haus ein Stück Boden ausgewählt und begann, Gras und Kraut auszureißen. Unnötiges Palavern lag ihr nicht, nein, sie kümmerte sich lieber ums Ausjäten und ums Aufschichten der Steine. Sie schuftete wie ein Ross, spürte den Schweiß zwischen ihren Brüsten rinnen, Erde zwischen den Zehen, das Brüten der Sonne im Rücken, ab und zu den Genuss und die Frische des Regens auf der Haut.

Nach wenigen Tagen ging's ans Säen, und auch die Umrandung war in die Höhe geschossen. Inge war gerade am Graben eines Erdlochs, als ihr ein Wurm in die Hände geriet.

– Igitt, ein Wurm, schrie sie, andere wollten mit ihrer Schaufel das Tier sofort zerhacken.

– Lasst, eilte Rose herbei, lasst ihn leben. Er ist unser ganz großer Helfer. Er lockert die Erde. Dank ihm wird unser Gemüse kräftiger und größer.

Sie brachte ihren Gärtnern und Gärtnerinnen auch das Kompostieren bei:

– Mit zersetzten Gemüseabfällen, Früchteschalen und organischem Material wird die Erde produktiver, sagte sie. In Afrika lag der Kompost überall nur so herum. Hier müssen wir ziemlich arbeiten, um ihn zu bekommen.

An den Abenden, wenn in Seyre Schaufeln und Hacken ruhten, die Zikaden beim Einnachten verstummt waren, zeigte sich ihre sanfte Seite, sie hob zu erzählen an, und man lauschte ihr bis in die Nacht. Vom Urwald erzählte sie, und niemand hatte sich vorgestellt, wie leicht er einen verhungern lassen kann. Sie dachten an Ananas, Bananen und Datteln, die zu Hause kaum je auf den Tisch gekommen waren. Dachten, die wüchsen den Menschen dort ins Maul.

– Nein, sagte Rose, es gibt einzig Bananen und Maniokwurzeln. Die Bananen sind nur im gekochten Zustand essbar, und sie faulen nach kurzer Zeit. Die Maniokwurzel ist giftig, sie muss vor dem Essen mühselig entgiftet werden. Und das viele Wild, wie soll man es sehen, wie verfolgen, im Busch, der einem keinen halben Meter Sicht und keinen Sonnenstrahl gönnt? Man muss also diese dicken Bäume mit ihren grauenhaften Wurzelarmen, mit denen sie tief in den Boden greifen und sich dort verkeilen, schlagen, um den Wald nutzbar zu machen. Das Fällen eines Baumes kann Tage dauern, so gigantisch sind sie. Aber dann stürzen sie noch nicht, bleiben aufrecht stehen, gehalten von Hunderten von Lianen. Das Schlimmste dabei sind aber die Tse-Tse-Fliegen.

– Die was?, fragten die Kinder.

– Die Tse-Tse-Fliegen. Sie fliegen, sobald die Sonne aufgeht, und verschwinden am Abend wieder. Sehen fast aus wie unsere Fliegen, bloß größer und stechen durch den dicksten Stoff. Sie hassen die Farbe Weiß. Darum tragen die Menschen, die in den Tropen leben und arbeiten, nur weiß. Und darum werden die mit schwarzer Haut von ihnen besonders geplagt. Eine von ihnen, die Glossina palpalis, kann einen mit der Schlafkrankheit anstecken.

– Haben Sie jemanden gekannt, der die Schlafkrankheit hatte? Die Krankheit möchten wir auch haben, immer nur schlafen, nicht arbeiten, nicht zur Schule.

– Wir hatten eine Patientin, antwortete Rose, die war fröhlich und sprach viel. Mitten in einem Satz konnte sie aber in tiefen Schlaf fallen. Schlief tagelang. Ihre Kinder rüttelten an ihr, riefen ihren Namen, warfen Wasser über sie. Sie schlief. War sie wach, schien sie wieder die Alte zu sein. Bloß erinnerte sie sich nicht immer an die Namen ihrer Kinder und sie hatte dieses Fieber, dieses fürchterliche Kopfweh. Mein Kopf, sagte sie dann, mein Kopf. Ich glaube, es sitzt ein Wurm in meinem Kopf. Ich will ihn heraushaben. Eines Tages packte sie ihre ganze Familie ins Kanu und ruderte auf dem Ogowe zu uns ins Spital. Hatte ihren Hausrat und ihre Vorräte dabei und blieb mehrere Wochen, weil sie den Wurm loswerden wollte. Alle fünf Tage gaben ihr der Doktor, manchmal ich, eine Spritze. Einmal sah ich ihren Mann in meiner Pflanzung. Er spazierte gerade mit einer Melone unter seinem Arm davon. Ich sagte zu ihm, er solle sie mir geben, sie gehöre dem Doktor. Er lachte freundlich und ich verstand nicht, was er antwortete. Er ging weiter, es schien, er hatte keine Ahnung, was ich von ihm verlangte. Als ich ihm nachlief und sagte, ich wolle die Melone zurückhaben, schien er immer noch nicht zu verstehen. Unsere Pflanzung haben wir für die Angestellten angelegt, sagte ich und packte die Frucht, sie stürzte zu Boden, platzte und rollte davon.

Rose lässt die Ohrfeige aus, die sie damals dem Mann versetzt hatte. Er war zurückgewichen und hatte dabei die Frucht fallenlassen. Wenn ich das jetzt erzähle, beginnen diese Kinder mich zu fürchten. Und das will ich auf keinen Fall. Der Vorfall ist mir überhaupt zu peinlich, denkt sie. Schweitzer und sie argumentierten lange und heftig. Sowas darf nie wieder vorkommen. Damals war vielleicht die Hitze schuld, fiel ihr ein, und dass sie Afrika noch kein bisschen verstand. Denn groß war auch ihr Befremden gewesen, als immer wieder gesunde Begleiter die kranken Kinder aus den Spitalbetten jagten, um selber drin zu schlafen.

– Was einem gehört, verstanden sie nicht. Was nicht bewacht wird und nicht eingeschlossen ist, das fährt herum, sagten sie. Das darf man mitnehmen. Was im Erdboden steckt, gehört dem Staat, was auf dem Erdboden zu finden ist, gehört allen. Wer keinen Wächter anstellt, muss wissen, dass man sich holt, was man braucht. Doktor Schweitzer waren eines Tages ein Klavierauszug der Meistersinger und die Matthäuspassion von Bach abhandengekommen, direkt vom Bücherbord. Wer seine Sachen unverschlossen aufbewahrt, betrachtet sie nicht als seinen Besitz, sagen die Leute in Afrika. Er hatte in die Partitur von Bach sorgfältig seine eigene, von ihm ausgearbeitete Orgelbegleitung eingetragen. Ich hörte ihn oft spätnachts noch am Klavier.

– Ein Klavier mitten im Urwald, staunten die Kinder.

– Manchmal war's ein Suchen nach, ich weiß nicht, nach Harmonien vielleicht.

– Was wollte denn der Dieb mit den Noten tun?

– Er wollte sie nicht zu Geld machen, das ist gewiss. Zu lesen verstand er sie auch nicht. Es trieb ihn vielleicht eine bestimmte Vorstellung. Vielleicht war er gebannt von den wunderlichen Zeichen. Dachte womöglich, es seien Zauberzeichen, und die Musik verberge sich darin. Die Frage war dann für ihn, wie er es anstellte, die Musik aus ihnen herauszubekommen.

– Was hatte der Doktor gesagt, als ihm diese Noten gestohlen wurden?

– Für Bach, meinte Schweitzer damals, bedeute dieser Diebstahl im Urwald eine Ehre. So war er, ging großzügig über solche Streiche hinweg, er zürnte den Schwarzen nie. Und jetzt ins Stroh, Kinder, sagte sie plötzlich, amüsiert über die Erinnerung, die sich beim Plaudern eingestellt hatte. Auch über ihr Scheitern damals in Lambarene, wenn sie versuchte, ihre strenge europäische Erziehung anzuwenden.

Wenn es soweit ist

In La Hille ist ein neuer Tag angebrochen. Rose greift routiniert nach einer ihrer kostbaren Haarnadeln und steckt sie als letzte in ihr eigenwilliges Haar. Kostbar nicht, weil sie sie teuer erstanden hätte, kostbar, weil in diesen Zeiten und in solch abgelegener Gegend kaum Ersatz zu finden ist. Zwei Stück davon hat sie in den Monaten, die sie schon im Schloss ist, in diesem weitläufigen Haus oder vielleicht bei der Arbeit im Garten und draußen in den Feldern verloren. Sie steckt sie zwischen die Strähnen, schiebt sie zweimal vor und zurück und stößt sie dann flach unters Haar. Sie nimmt die weiße Schürze vom Haken an der Tür, legt sie über den Bauch, zieht das Taillenband nach hinten und verknüpft es. Über die Treppe eilen ihr Schritte entgegen. Die kleine Sarah Goldstein kommt in kurzbeinigen Sprüngen mit geweiteten Augen atemlos heraufgerannt. Sie nimmt nur jede zweite Stufe, streckt immer wieder den mageren Arm vor, umklammert das Geländer, Rose sieht ihre vor Anstrengung sichtbar werdenden Sehnen.

– Ein Sch... ein Sch..., sagt sie bleich. Erst vor kurzem hat sie wieder zu sprechen angefangen, sie hört, sobald sie ein Wort herauszubringen versucht, immer wieder diesen einen Satz, den sie nicht vergessen kann. Es ist die Stimme eines Mannes, er trägt Uniform, schwarze Vögel kreisen über allem, und die Stimme sagt: Für heute ist genug.

– Ein Sch... ein Sch..., sie verstummt.

Sarah war durch Dutzende Hände gegangen auf ihrer Irrfahrt durch den Krieg. Schließlich gelangte an Rose eine Anfrage, und sie antwortete: Ja, bringt das Kind sogleich her.

Ihre Familie war aus Hamburg nach Polen umgesiedelt worden. Lange zuvor war die Öffentlichkeit ein Ort der Verunglimpfungen und Grobheiten geworden, Einschüchterungen durch immer neue Rassengesetze zur Normalität. Herr Goldstein hatte um Schiffskarten ersucht, hatte Schlange gestanden, um eine Ausreisegenehmigung zu erhalten, hatte Gesuche geschrieben, um gültige Papiere zu beschaffen, von Freunden ein Affidavit für die Auswanderung erbettelt, die Auswanderungssteuer, sämtliche Gebühren und Sonderabgaben für Juden bezahlt, und irgendwann war sein Besitz aufgezehrt. Nachdem auch ihr Hutgeschäft ruiniert und demoliert worden war, warteten die Goldsteins voller Ungeduld auf die Schiffskarten. Das Aufgebot für die Umsiedlung traf aber noch vorher ein.

Sie packten die Koffer wie vorgeschrieben. Bloß einen Handkoffer, etwas Proviant für die fünfköpfige Familie und für jeden durften sie eine Decke mitführen. Frau Goldstein legte noch ihre Gemüseraffel und etwas Besteck zwischen die Wäschestücke, nähte ihre letzten paar Reichsmark, die Eheringe und die goldene Armbanduhr der Großmutter in die Kleidersäume. Dann schlossen sie die Wohnung ab, stiegen mit dem Gepäck durchs Treppenhaus hinunter zur Haustür und machten sich auf den Weg zum Bahnhof. Der Reichsinnenminister hatte kurz davor unmissverständlich dargelegt, dass die abzuschiebenden Juden allesamt volks- und staatsfeindlichen Bestrebungen anhingen. Die Goldsteins zählten sich aber nicht zu diesen Leuten. Sie konnte der Minister nicht gemeint haben, waren sie überzeugt. Es gab durchaus welche, dachten sie, auf die so etwas zutraf. Aber sie, die Goldsteins, hatten sich loyal verhalten, das konnte jeder sehen. Sie waren Deutsche. Daher hatten sie sich ihre Umsiedlung nie so erbärmlich vorgestellt.

Während die SS für eine reibungslose Deportation der Familie Goldstein sorgte, verfassten andere, vom Finanzbeamten bis zum Vermieter, von der Bank bis zum Kohlehändler, exakte Kostenabrechnungen. Die Bank errechnete zuhanden des Reichsfinanzamtes, ob vom Sparguthaben ihrer ausgereisten Kundschaft noch was übrigblieb, die Wohnungsvermieterin reichte dem Amt die Mietforderungen ein, die ihr nun entgingen, der Kohlehändler ermaß den Brennvorrat der Goldsteins, über den nun neu zu verfügen war. Auch er forderte beim Staat die ausstehenden Zahlungen ein. Antiquare, Händler und Speditionsunternehmen beteiligten sich ohne Verzug an der Inspektion und Räumung der Wohnung. Kunstsachverständige durchsuchten jeden Winkel nach versteckten Gemälden. Die Goldsteins indessen erhielten nach tagelanger Fahrt in Polen eine Wohnung im Ghetto zugeteilt, in der bereits zwei Familien wohnten. Die Schätze, von Frau Goldstein in ihre Kleider genäht, verschleuderten sie auf dem Schwarzmarkt gegen Brot, etwas Gemüse, etwas Kohle, eine Decke, einen

Wurstzipfel. Es musste bei Nacht geschehen, in einer dunklen Gasse, einem Hinterhof, es wurde gefeilscht, und kam eine Wache dazu, so schoss sie.

Eines Tages trafen Armeefahrzeuge ein, Uniformierte sprangen herunter und jagten Männer, Frauen, Kinder hinaus auf den Marktplatz. Befahlen allen, sich zu entkleiden, trieben ihre Späße mit den eingeschüchterten Menschen und ließen sie stundenlang warten. Durst. Angst. Und die böse spöttische Sonne. Dann der Marsch. In kleinen Gruppen.

– Los. Vorwärts. Beeilung!

Sarah an Mutters einer Hand, Levi an Mutters zweiter Hand, Aaron ging allein, Vater fehlte. Hatte mit andern Männern vorausgehen müssen, sie trugen Schaufeln hinaus. Neben Mutter ein Polizist, neben Levi ein Polizist. Auch neben Aaron ein Polizist. Alle hatten einen Aufseher neben oder hinter sich. Mutter redete leise.

– Keine Angst, meine Kleinen, keine Angst. Nein, du sollst meine Hand nicht loslassen, Sarah. Nein, wir sollen nicht wegrennen. Bleib bei mir, Aaron, bleib.

Da sagte der Uniformierte, der neben ihnen ging, das Gewehr geschultert, plötzlich: Deutsche?

– Hamburg, sagte die Mutter.

– Aus Hamburg, sagte der Soldat verwundert. Er war nicht mehr der Jüngste, ein Freiwilliger. Sein ganzes Bataillon bestand aus lauter Reservepolizisten. Er kenne Hamburg, sagte er. Er sei als Kind mal dort gewesen und habe die Meerschiffe gesehen. Und die Möwen schrien, sagte er.

– Sie lachen, erinnerte sich Frau Goldstein traurig.

Der Reservist war einer von fünfhundert Männern, eigens für die Entjudung der polnischen Dörfer eingezogen. Früh am Morgen vor ihrem ersten Einsatz erfuhren sie erstmals, was von ihnen erwartet würde. Der Bataillonsarzt erläuterte ihnen, wie man es macht, wo man die Mündung ansetzen muss. Darauf wurde ihnen freigestellt, vorzutreten und zu erklären, man fühle sich diesem Auftrag nicht gewachsen. Ein persönliches Angebot des Kommandanten. Einer trat an diesem ersten Tag vor, am nächsten Tag ein zweiter, im Ganzen wiesen acht den Auftrag zurück. Der Kommandant stellte sie frei. Er selber, Kommandant Trapp, war nicht zum Morden in den Krieg gezogen, er war unter die Waffen gegangen, um zu kämpfen, sein Land sollte wieder zu Würde und Größe gelangen. Was ihm hier in Polen befohlen war, er wollte es nicht, aber als Soldat musste er doch. Weil er den Schwur getan hatte und weil es in den höheren Rängen viele gab, die darüber wachten, dass er tat, was sein Auftrag war, ohne darüber eine Meinung zu haben. All jene Männer seines Bataillons freizustellen, die zur Entjudung Polens nicht Hand bieten wollten, war der einzige Ungehorsam, den er sich erlaubte. Mit Tränen in den Augen, hieß es unter den Männern, habe er diesen Befehl ausgegeben. Zu den Erschießungen ging Trapp nie.

– Gesichter zur Grube, wie befohlen, rief der Soldat, aber Mutter und Kinder krümmten sich mit erschrockenem Schrei weg von der Grube. Ein leichter Stoß mit dem Bajonett, beinah stürzten sie. Man erkennt, wenn der Blick sich zur Grube senkt, keine Bekannten da unten, an die man sich vom Sehen erinnert, keine Nachbarn aus dem Ghetto, man hatte mit ihnen in der Küche um Pfanne und Teller gestritten, sie haben keine Gesichter mehr, liegen so still alle. Um die Leichen sammelten sich Blut und die letzten Ausscheidungen. Kaum gelang es, aufrecht zu stehen, die Beine zitterten fürchterlich, vergeblich versuchte man, sie stillzuhalten. Und am Himmel wuchs jede Minute die schwarze Zahl der Vögel. Ihr Gekrächze vertiefte noch die Übelkeit, die Sarah und ihre Brüder beim Blick nach unten ergriffen hatte. Mutter Goldsteins Blicke wanderten, ob sie ihren Mann irgendwo sähe. Froh war sie, dass er die Familie nicht hier unten würde sehen müssen.

Der Polizist hatte gelernt: Zuerst das Bajonett beim letzten Halswirbel anlegen, dann Schuss, keiner darf daneben gehen. Und doch ging immer mal einer daneben. Oft zogen sie die Köpfe ein, oft begannen sie zu schwanken. Manche weinten, der eine oder andere erwähnte noch einmal seine Orden aus dem Großen Krieg, die er besessen hatte. Die Mehrzahl jedoch war empörend willig. Er würde das nie verstehen. Aber schließlich fielen sie alle, mit weggeschossenen Schädeldecken, Hirnmasse spritzte an die Uniform, Blutspritzer klatschten dem Reservisten ins Gesicht, und die nächste Gruppe wartete schon hinter dem Wäldchen. Der Gestank war unerträglich.

Beim Mädchen aus Hamburg zielte der Reservist ungenau. Man sollte davor mit ihnen nicht sprechen, er wusste es, denn wenn es soweit ist, fasst eine eiskalte Hand nach deinem Herzen, unmöglich dann abzudrücken, aber der Befehl kommt, man presst die Kiefer aufeinander, bis es schmerzt, der Finger zieht, es ist vorbei und da hinten warten die nächsten. Rennt doch weg, zum Teufel, dachte er, lauft! Würde jeden laufenlassen, Donner und Doria, ja, würde ich. Es ist unmöglich zu vergessen, was man mit ihnen geredet hat. Aber ich bin im Krieg, dachte er, Mensch, ich bin Soldat.

Abends auf dem Marktplatz versammelten sich die Reservisten erschöpft, grau, durstig. An Uniform, Gesicht und Stiefeln diese Knochensplitter und blutigen Gewebeteile. Da sahen sie jäh das Mädchen. Verdreckt überall, das Haar verklebt. Ihr Blick zielte an den Reservisten vorbei, ging blitzschnell in die Runde, das Ghetto aber war entvölkert, nur diese Polizisten standen noch da. Sie schwitzten und starrten vor Schmutz. Auf einmal legte sich eine unheimliche Stille über den Platz, als letztes hallte das Wort Wodka noch nach.

Stumm kreisten jetzt über dem Marktplatz die Vögel, sahen die Versammlung da unten und mittendrin das Kind. Einer hatte ihm die Uniformjacke übergeworfen.

– Wer bist du? fragte der Kommandant. Was suchst du hier?

Sarah öffnete den Mund, nichts. Keiner rührte sich. Da, plötzlich ein kurzer trockener Laut. Einer entsicherte die Pistole. Der Kommandant hob die Hand:

– Nicht! Für heute ist genug.

Er nahm Sarah beim Arm und brachte sie weg, gab Befehl, mit dem Ausschenken anzufangen, viel Wodka an seine Reservisten, das Kind hingegen schickte er zurück in den Westen.

– Hat er was gesagt, der Besucher?, möchte Rose von Sarah wissen.

– Er w… er will … S… seh… seh…

– Ich komme.

Sie solle versuchen, den Leutnant hinzuhalten, riet Maurice einmal, als sie unsicher war, wie auf seinen Besuch zu reagieren sei. Sie stopft den kleinen Spiegel zurück in die Tasche zu Kamm, Zahnbürste und Hautcrème, zu den Jodtropfen für Verletzungen, der kleinen blauen Dose mit Vicks gegen Erkältung, und im Seitenfach steckt die Nagelschere. Sie trägt ihre Haube nie, schlüpft daher zum Schluss in die Schuhe, die soliden schwarzen Schuhe, bindet die Schürze wieder los, wirft sie aufs Bett und verlässt ihr Zimmer. Sieht unten im Hof einen Gendarmen stehen.

Nur nicht laufen, sagt sie zu sich selber, lass ihn nicht ahnen, wie erschrocken du bist.

– Sind Sie die Directrice hier?, hört sie ihn fragen, kaum ist sie in den Hof getreten.

– Jawohl. Und Sie, wer sind Sie?

– Leutnant Gabrielle, Polizeioffizier.

– Was verschafft uns die Ehre?

– Sie sind ja ganz außer Atem, Madame.

– Nicht dass ich wüsste, Herr Leutnant. Treten Sie ein.

Der Leutnant tritt ein und folgt Rose in den großen Speisesaal mit den hohen Fenstern und den traditionellen Butzenscheiben, dem dunklen Täfer an den Wänden, dem langen schweren Eichentisch, der merkwürdig verwaist ausschaut, ohne Sessel. Ein beeindruckender Raum, wie es die Besitzer in vergangenen Jahrhunderten mochten. Die Fenster gehen zum Hof und den Gemüsebeeten, in denen zu anderen Zeiten die Rosen und der Lavendel des Landadels in einem andauernden Fest ihre Schönheit gefeiert haben mochten, in der Mauerecke der zerfallene Turm. Beim rußgeschwärzten Kamin bleibt Rose stehen, ihr Blick trifft denjenigen des Leutnants.

– Ein romantischer Ort. Für Kinder ein Paradies, würde ich meinen, bemerkt dieser.

Er hat recht, an den Mauern Kletterrosen, davor der Kräuter- und der Gemüsegarten, Augentrost entlang des Gemäuers und draußen, außerhalb des Tors die Weite, die Ariège, die Stille, die Hügel. Rose weiß, sie muss auf der Hut sein. Mit diesem Mann und insbesondere seinen Auftraggebern darf sie es nicht verderben. Er scheint gesprächsbereit und wünscht, ihr Vertrauen zu gewinnen, sie sieht es mit Erleichterung.

– Was darf ich Ihnen anbieten, Herr Leutnant?

– Danke, Madame, ich bin dienstlich hier. Obwohl, ich gebe es zu, ich wäre lieber ohne Auftrag gekommen, als Freund und Bewunderer. Mein Vater wurde im letzten Krieg schwer verwundet, einer Schweizer Pflegerin im Lazarett hat er das Leben zu verdanken. Davon hat er oft erzählt.

Er dreht das Gesicht wieder dem Fenster zu, betrachtet die fernen schwer zu durchdringenden Wälder, die er so sehr liebt, in denen ihm sein Nachbar die Wildschweinjagd beigebracht hat. Nach einer längeren Pause fügt er an:

– Die Blutmühle von Verdun.

– Oh, sagt Rose.

– Es hätte keinen Krieg mehr geben dürfen, sinniert der Mann.

– Was bringt Sie her?

– Nichts, das Sie ängstigen müsste, Madame, bloß eine Liste sollte ich haben. Namen und Geburtsdatum aller Kinder und Angestellten hier im Schloss. Nichts weiter. Gesetz vom 2. Juni. Alle Juden haben sich registrieren zu lassen.

– Ich kann Ihnen gerne alles sagen, was Sie zu wissen wünschen.

– Eine schriftliche Liste, versteht sich.

– Auf wessen Befehl?

– Französische Militärverwaltung.

– Die Liste, die Sie wünschen, besitze ich nicht. Wir wissen nicht einmal von jedem Kind, wann es geboren wurde und noch weniger wo.

– Fragen Sie nach.

– Viele unserer Kinder sind allein gekommen, manche hören von ihren Eltern seit Monaten nichts mehr.

– Erkundigen Sie sich bei den Behörden der Herkunftsorte.

– Oder sie wurden bei der Ankunft auf französischem Boden voneinander getrennt. Ihre Spuren verloren sich in einem Ihrer Lager, Monsieur. Ihre Herkunftsorte liegen in Trümmern.

– Verschaffen Sie mir die Liste.

– Wozu denn?

– Madame, eine reine Formalität. Es kommen täglich Tausende in unser Land, die nicht erfasst sind, Staatenlose, Ausgebürgerte.

– Es ist nicht ihre Schuld, dass sie hier sind.

– Ich bin nicht gekommen, mit Ihnen zu diskutieren, Madame. Ich habe einen Befehl.

– Ich sagte Ihnen doch, ich verfüge über unvollkommene Angaben. Ich kann Ihnen erzählen, was ich weiß.

– Verschaffen Sie mir die Liste, und ich verschwinde.

Leutnant Gabrielle liebt seinen Beruf. Er ist in einem kleinen Dorf in der Haute-Savoie aufgewachsen, sein Vater war Bürgermeister und Obstbauer, seit Verdun ohne Beine. Zwei Brüder befinden sich in deutscher Gefangenschaft. Die kleine Schwester geht in Paris mit einem Nazi aus. Diese blonden, glattrasierten Deutschen sind bei den Französinnen gern gesehen. Und außerdem sind sie die Sieger. Diese Tatsache und ihre Größe muss auf diese Gänse ungeheuer anziehend wirken. Zugegeben, ihre Uniformen und ihre Stiefel sehen unerhört männlich aus. Sie tanzen gut, sagt man, und sie machen schönen Mädchen den Hof, bis diese Vater und Mutter nicht mehr kennen. Doch diese Dirnen werden geteert und gefedert, wenn der Krieg aus ist. Er hat der Schwester mehrmals gesagt, sie soll sich in Acht nehmen. Sag das nicht, konterte sie, die Deutschen werden siegen und wir in den besten Kreisen verkehren.

Leutnant Gabrielle wäre gerne Arzt oder Lehrer geworden, sich für etwas Gutes einzusetzen, das war sein Wunsch gewesen. Aber das wäre den Vater zu teuer zu stehen gekommen. Der Leutnant ist weder der Älteste noch der Jüngste in seiner Familie, bloß ein Zwischenfall, und für die fehlt immer das Geld, ist nie genug

Liebe da. Gabrielles Vater bestand darauf, dass er Polizist werden soll. Als Polizist tut man Gutes, man sorgt für Recht und Ordnung, argumentierte er, und das ist doch, was du willst. Die Uniform steht ihm, sie gebietet Achtung, auch wenn er etwas untersetzt ist. Gabrielle führt eine zufriedenstellende Ehe. Die Frau ist gelernte Köchin. Sie heißt Francine und gebar zwei Kinder, die jetzt im ersten Schulalter sind, ein Bub und ein Mädchen.

Bald nachdem die Deutschen kamen, wurde die Regierung ausgetauscht, Léon Blum musste gehen, Gabrielle mochte ihn. Der alte Pétain rückte an seinen Platz, und während die Deutschen in Paris regieren, amtet er in Vichy. Jedoch bloß als Marionette. Der hat die Lage unterschätzt, sagt Gabrielle zu jedermann, wir alle unterschätzten sie. Doch musst du als Polizist gegenüber dem Staat loyal sein. Besonders jetzt, wo es vorbei ist mit der liberté und fraternité.

Nein, Francine soll nichts von der Unterredung mit der Directrice erfahren. Sieh zu, würde sie sagen, dass diese armen Kinder durch dich nicht in noch größeres Unglück geraten.

Aber es war sie, seine Frau, die meinte: Wenn du die Liste nicht überbringst, überbringt sie der nächste. Sei doch klug, Mann.

– Warst du schon dort, im Schloss? Sag, warst du da?

– Ich? Warum?

– Warum!? Du würdest diese Kinder sehen. Du würdest sie sehen.

– Das kann schon sein. Warum sagst du mir das?

– Wie sie im Gemüsegarten arbeiten. Wie sie das Brennholz herbeischleppen, Wasser schleppen. Diese mageren Jungs. Es sind Ältere und es sind auch Kleine. Das Schloss und der Garten sind erfüllt von ihren Stimmen. Es fällt mir schwer, meine Liebe. Ich schaff das nicht.

– Was schaffst du nicht, sag?

– Diese Liste.

– Warum? Du musst bloß hingehen, sie entgegennehmen und abgeben. Weiter nichts. Was hast du nur? Ich versteh dich nicht.

– Weißt du denn nicht?

– Was weiß ich nicht?

– Was das für Listen sind. Die sind mir nicht geheuer.

– Ja, und? Sie zählen die Ausländer. Gibt ja kaum mehr Kartoffeln im Land. Oder Milch. Ist das denn in Ordnung, wenn die uns alles wegfressen?, sagte Francine.

– Die Kartoffeln und die Milch, das ist doch wegen der Deutschen.

– Ach, ja? Aber du hast doch auch gesagt, es gibt zu viele Ausländer in Frankreich. Hast du das gesagt oder nicht?

– Das stimmt. Hab ich gesagt. Es gibt zu viele. Aber warum gibt es so viele? Weil die deutsche Bestie sie vertrieben hat. Eisenbahnen voller Menschen. Aus dem Elsass, dem Badischen und der Pfalz. Das hast du doch auch gehört. Oder hast du das nicht gehört?, fragte der Leutnant.

– Der wird schon wissen, was er tut, nehm ich mal an. Früher hat jeder Dahergelaufene sich bei uns niederlassen dürfen. Es musste endlich einer aufräumen.

– Francine, wir reden von zwei verschiedenen Dingen.

– Wir reden vom selben, mein lieber Mann, nur, dass du auf einmal so empfindsam bist.

– Ich? Wieso?

– Du bringst deine Familie in Gefahr. Ja, das tust du.

– Heute auf dem Nachhauseweg hab ich gedacht, ich sollte mich als Freiwilliger melden.

– Was sagst du da?

– Und mit der Légion des volontaires gegen Osten marschieren. Moskau, Kaukasus, Karpaten.

– Du spinnst, Mann. Ich verbiete dir, sowas überhaupt nur zu denken.

– Bisher, da wusste ich, was ich zu tun hatte, da war ich nützlich und keine Gefahr, für niemanden. Ginge ich zur Armee, wäre ich diese Konflikte los.

– Und mich wärst du auch los, ich schwör's.

– Ich müsste bloß marschieren, ich hätte kein Problem mehr, wer mein Feind ist und wer mein Freund.

– Hör auf!

– Du hättest dich vor nichts zu fürchten.

– Sprich nie mehr davon! Nie mehr!

Chaim

Monate vor Roses Ankunft, als die vielen Dutzend Kinder und Jugendlichen verängstigt und voller Sehnsucht in Seyre ausharrten und von Rose noch nicht mal die Rede war, kam ihnen eines Tages im Spätsommer am Radio aus London eine Reportage über das Lager von Gurs zu Ohren.

Das Radio war durch einen glücklichen Zufall in ihre Hände gelangt. Hans Garfunkel hatte Arbeit auf einem Bauernhof gefunden. Dort stieß der Sechzehnjährige im Schopf auf das ruinierte Gerät und später gelang es ihm auf geheimnisvolle Weise, es zum Funktionieren zu bringen. Auch wenn immer wieder Bruchstücke der Sendungen im Äther davonrauschten, es war abenteuerlich, unverhofft ein paar Musikfetzen aus einem Chart Glenn Millers, eine Reportage oder jene beim Ritt auf den Tonwellen gequetschte Stimme aus Zürich aufzuschnappen, die aus einem Stück stammte, das Premiere hatte, Mutter Courage hieß oder so ähnlich. Im Bericht über Gurs ging es an diesem Tag, so wurde nach und nach deutlich, um jenes berüchtigte Lager am Westrand der Pyrenäen.

Frankreich hatte seit dem Ersten Weltkrieg Zehntausende aufgenommen, die arbeitslos über die Grenzen gekommen, Tausende, die vor der bolschewistischen Revolution geflüchtet waren, Tausende aus dem Spanienkrieg, zuletzt Flüchtlinge aus Nazideutschland und Vertriebene aus den überfallenen Ländern. Frankreich galt lange Zeit als das humanste Fluchtland. Wer damals ohne Umstände den Droit du sol, die französische Staatsangehörigkeit, bekommen hatte, dem wurde sie jetzt, da das Land besetzt war, aberkannt, mehr noch, er galt nun als feindlicher Ausländer. Das Vermögen dieser Verfolgten wurde beschlagnahmt und sämtliche Rechte gingen ihnen verloren. Im Juli 1940 wurde ein neues Gesetz erlassen, das alle Ausländer zu internieren vorschrieb. Die Regierung von Philippe Pétain richtete in aller Eile Dutzende von Lagern her. Daraus erwuchsen der französischen Regierung unlösbare Probleme. Zunächst sah sie sich mit der Unmöglichkeit konfrontiert, genug Nahrung bereitzustellen, täglich wurde den Inhaftierten die Hälfte der benötigten Kalorien vorenthalten. Bald mangelte es in den Baracken an medizinischer und hygienischer Versorgung. Ratten rannten herum, in Kleidern, Matratzen und Haaren hauste Ungeziefer. Als der Winter einsetzte, versanken die Wege im Schlamm. Ruhr und Typhus, Tuberkulose und andere Epidemien breiteten sich aus.

Als die British Broadcasting Company über diese Zustände im Lager von Gurs berichtete, saßen die älteren Kinder von La Hille mit angehaltenem Atem vor dem Radio. Dabei fiel ein Junge besonders auf. Er marterte mit den Zähnen seine Lippen, drängte näher und noch näher an den Empfänger heran, fuhr sich dabei nervös über das stopplige Haar und mahnte jene, die ein winziges Geräusch verursachten, gehässig, still zu sein. Als wäre jedes Räuspern im Rundfunk für ihn von Bedeutung. Denen, die ihn kannten, schien er nach der Sendung wie ausgewechselt, mürrisch war er und in Gedanken stets woanders. Nachts wälzte er sich im Stroh, und es kam vor, dass er weinte, sobald er sich unbeobachtet fühlte. Wer an ihm vorbei musste, hörte ihn leise schluchzen. Während er sich früher als hilfsbereiter Junge gezeigt hatte und Streitigkeiten lieber schlichtete als anzettelte, war er seit jenem Tag gleichgültig oder brüllte herum. Wer ihn ansprach, redete zu einem Tauben oder geriet in ein Minenfeld. Die einen ertrugen diese Übellaunigkeit schlecht und machten ihm Vorhaltungen.

– Hans, vertraute er endlich seinem Freund an, du erinnerst dich doch an die Sendung über das Lager nicht weit von hier. Gurs. Sigi, mein Bruder, ist dort.

Die gelegentlichen Fünfundzwanzig-Wörter-Briefe des Bruders hatten ihm nicht das Schreckensbild vermittelt, wie es Radio BBC nun getan hatte. Er war hereingelegt worden, der Bruder ließ ihn glauben, ihm gehe es gut. Jetzt, da es in alle Welt gesendet worden war und eine menschliche Stimme es unzensiert wiedergegeben hatte, erlebte der fünfzehnjährige Chaim das Leiden seines Bruders beinah am eigenen Körper. Er weinte nicht aus Mitleid, nein, es ärgerte ihn, dass er hier kostbare Zeit vertat. Er hasste sich dafür, dass er hier aß und schlief, als wäre nichts, dass er spielte, über mathematische Gleichungen nachgrübelte, lachte und sich wichtigmachte, während der Bruder …

Aus Duisburg nach Brüssel und von dort mit dem Kinderzug nach Südfrankreich geflohen, unterwegs den Bruder verloren und seither nur noch brieflich mit ihm in Verbindung, hatten ihn gerade diese Wortwechsel immer noch auf etwas zählen lassen. Worauf, wusste er nicht. Seit jener Sendung war ihm klar, dass das Hoffen nach Taten verlangte. Als er es aussprach an diesem Morgen, und manche mitgehört hatten, dass Sigi, sein Bruder, hinter Stacheldraht lebte und hungerte, wusste er, dass die Zeit gekommen war.

– Hör mal, Hans, sagte er, mein Bruder muss dort raus.

Hans hatte in seinem Hochgefühl, das Radio zum Funktionieren gebracht und einen ausländischen Sender gefunden zu haben, alles andere beiseitegeschoben. Was gesendet und besprochen wurde, war ihm meist einerlei. Hauptsache, dass es ihm gelungen war, mit viel Können das Kistchen zusammenzuflicken und immer wieder zum Klingen zu bringen. Hauptsache, es gelang hin und wieder, die ewigen Nebengeräusche zu verbannen. Was Vater wohl dazu sagen wird? Seine Eltern lebten bereits in Amerika. Und er hoffte jeden Tag, sie würden ihn bald holen lassen.

– Ich flehe dich an, hilf mir.

– Hast du einen Plan? Oder wie denkst du dir das? Hans riss sich zusammen und verließ seinen liebsten Tagtraum, ein Schiff nämlich, das ihn über den Ozean brachte.

– Du und ich, wir beide hecken einen Plan aus und dann holen wir ihn raus.

– Zu gerne, sagte Hans, aber was ist mit den elektrischen Zäunen? Den Wachposten, den Hunden und schussbereiten Waffen rund ums Lager?

– Sigi ist mein Bruder, mein einziger Bruder, Hans.

– Ich weiß.

– Er hungert, er friert. Er hat womöglich auch nur noch vierzig Kilo am Leib, genau wie die anderen, Hans, hörst du mir zu? Vierzig Kilogramm. Das haben sie doch gesagt.

– O ja, ich höre zu.

– Wer nichts tut, ist ein verdammter Feigling.

– Ich wäre zu gern ein Held, Chaim. Glaub mir.

– Warum also zögerst du? Warum gibst du so komische Antworten? Warum? Langweile ich dich etwa? Sag, langweile ich dich?

– Es könnte ihn das Leben kosten.

– Er läuft Gefahr, zu verhungern. Was ist schlimmer?

– Dein Rettungsversuch wäre sein sicherer Tod.

– Kein Versuch, Hans. Es muss sein. Ich werde es allein tun, wenn du nicht mitkommst.

– Zunächst erwartet dich ein gewöhnlicher Stacheldrahtzaun. Da kannst du vielleicht noch unten durch. Knapp. Dann aber kommt ein Hochspannungszaun. Der steht wahrscheinlich unter mehreren tausend Volt. Und weißt du, was das heißt? Weißt du das?

– Jeder Trottel weiß das, Mann.

– Es kommt zu keinem oder fast keinem Spannungseinbruch, wenn du den berührst. Nehmen wir an, du schaffst es auf wunderbare Weise, da unten durchzukriechen, so gerätst du an weitere Drähte. An irgendeinem dieser Drähte oder Zäune krepierst du wie ein elendes Schwein. Die Ströme, die durch deinen Körper rasen, die überlebt dein Herz nicht.

– Hör auf, Mann.

– Dein ganzer Leib erstarrt im Krampf, du bleibst hängen, du zappelst wie blöd, du verkohlst.

– Ich werd schon nicht so meschugge sein und den beschissenen Zaun berühren.

– Gut, du verendest also nicht am Zaun. Falls du da Glück hast und auch am nächsten Zaun, fassen sie euch dennoch.

– Nie.

– Seine Kleider, Chaim, und sein Aussehen würden euch verraten, wenn ihr es nach draußen geschafft habt. Ihr seid nichts als zwei dreckige Judenschweine. Schon vergessen?

– Sowas macht man nachts, du Besserwisser. Und dann verschwinden wir im Maquis.

– Davor erschießen sie euch. Zuerst dich, dann Sigi. Oder sie knüpfen euch und zehn oder zwanzig andere, sind sie schlecht gelaunt, vielleicht fünfzig andere, auf. Kannst du dir das vorstellen? Schön in Reih und Glied würdet ihr hängen, wie junger Wein im Rebberg. Tagelang. Zur bloßen Abschreckung und Erziehung. Es ist nicht nur Selbstmord, was du vorhast, es ist Mord. Ist es das, was du willst?

– Ich kann so nicht weitermachen.

– Dein Bruder wird dieses Gurs überleben.

– Hast du überleben gesagt? Im Tausendjährigen Reich? Wir?

– Es wird kein Tausendjähriges Reich geben. Niemals.

– Und wenn doch?

– Du hast viel gelitten, ich versteh dich. Aber willst du wirklich den eigenen Bruder vor zehn Gewehrmündungen zerren? Oder sähst du ihn lieber am Galgen?

– Wenn wir groß sind, gehen wir nach Palästina, hatten wir immer gesagt. Und da will ich jetzt hin. Mit ihm. Wir haben unseren Eltern schwören müssen, einander nicht aus den Augen zu lassen.

– Wir haben es mit einem Irrsinnsapparat zu tun, Chaim, den überlistest du nicht mit einem Jungenstreich.

– Ach, geh doch zum Teufel mit deinen beschissenen Belehrungen. Und ich dachte, du wärst mein Freund.

– Als dein Freund, Chaim, sage ich dir das alles.

– Den Leuten in Gurs steht ständig der Transport bevor. Täglich werden sie abgeholt, um Platz zu schaffen für die Neuen. Das hast du wohl nicht gehört, was? Chaim redete sich in Wut hinein, ein wenig sprang seine Verzweiflung auch auf Hans über, er fühlte es deutlich. Dessen Familie in Chicago versuchte alles, um den Jungen aus Frankreich rauszuholen. Aber das Warten dauerte und strapazierte die Nerven. Auch er würde in eineinhalb Jahren achtzehn. Und von da an Freiwild.

– Sobald du dich von hier entfernst, schrie jetzt Hans, bist du so gut wie tot. Die Gendarmen sind überall. Hörst du? Überall. Ohne Passierschein bist du geliefert, Mensch.

– Mir egal, es wäre der schnellste Weg nach Gurs, schrie Chaim zurück, dann werde ich von denen sogar gefahren. Ha! Und es bleibt mir erspart, dort mit List einzudringen. Was will ich mehr? Sag, was will ich mehr?

– Das wirst du nicht, sagte Hans und warf sich in einer Aufwallung von Wut und Not auf den Freund. Man ist dieser Mörderbande ausgeliefert, du Esel.

– Und warum, wer gibt ihnen das Recht?, rief Chaim.

– Schwör, dass du das nicht tun wirst, schwör es, schwör es.

Die beiden wälzten sich am Boden, spuckten einander Schimpfwörter ins Gesicht, traktierten sich mit Fäusten, verkrallten sich ins Haar des andern und rissen Büschel aus, rollten wie Kampfhunde wütend herum, drohten, dem Freund die Augen auszukratzen, das Nasenbein zu brechen, Ohren und Arsch aufzureißen. Sie bluteten beide, und als sie aufstanden, wollte sich jeder in eine andere Richtung davonmachen.

Inge hatte wortlos zugehört. Sie hatte Chaim noch nie in so verstörtem Zustand gesehen. Aber auch jetzt, da Blut und Tränen über sein Gesicht rannen, gefiel er ihr, wie immer er auch aussah, fand sie, sah er gut aus, immer, trotz seiner Verzweiflung. Und seine Stimme, auch wenn er so schreckliche Dinge sagte, entzückte sie. Er war stark und klug, er besaß eine rätselhafte Anmut, die ihr schon an dem Tag aufgefallen war, als sie dem Zug entstieg und aus den andern Wagen unverhofft all diese Jungen herauswankten, geblendet, verschmutzt, Strohhalme im struppigen Haar. Sein dunkles Haar hatte sie als Erstes bestochen, während es ihm wieder und wieder über die Augen fiel. Und er es mit einer einzigen Bewegung des Kopfes zurückschmiss. Sie hatte sich vor Betäubung und Angst kaum aufraffen können, ihr Gepäck an sich zu nehmen und loszumarschieren, aus Angst vor dem, was kommen würde, aber auch davor, ihn aus den Augen zu verlieren. Als er diese letzten Tage so missgestimmt und unerreichbar geschienen hatte, fühlte sie ihre eigene Traurigkeit seltsamerweise schwinden. Sie hätte sich so gerne einmal neben ihn gesetzt, ihn umschlungen, ihn begleitet, wenn er für die Küche Holz holen musste, wäre so gern allein gewesen mit ihm. Hatte aber nichts von alldem gewagt. Schon deswegen nicht, weil er sie überhaupt nicht zu beachten schien.

Mit Hans war es anders. Für Hans hegte sie ... Respekt vielleicht. Im 50-Meter-Lauf schnitt er in seiner Altersgruppe jedes Mal so schlecht ab, dass sie sich fragte, warum er überhaupt mitlief. Anderseits zettelte er lange Diskussionen über Themen wie Voltaire oder die Phänomenalität des Innenohrs an, die sie interessierten. Im Innenohr, hatte er behauptet, würden die Geräusche tausendmal verstärkt, oder gedämpft, je nachdem. Und in Mathe überflügelte er alle. Hans war ein hervorragender Lehrer, das erfuhr sie Tag für Tag, wenn sie in seiner Mathestunde saß. Sie hatte jedoch auch gesehen, dass er regelmäßig Post erhielt. Briefe und Karten mit Absender aus Chicago. Er hatte Glück. Besaß keinen Bruder, der hungerte. Genau wie sie wünschte er sich mehr als alles andere, nach Amerika zu entkommen. Inges Schwester lebte auch in Übersee bei Verwandten, schrieb aber fast nie. Und wenn sie schrieb, hatte sie Kleidersorgen und Liebesprobleme und war schon wieder an eine andere Adresse verzogen. Und sie, Inge, saß hier in der Falle namens Europa. Und weil sie Chaim liebte, in Hans aber einen Freund gefunden hatte, mit dem sie über Amerika reden konnte, und der ihr anvertraute, was sonst niemand erfuhr, aus diesem Grund dachte sie, die Schüchterne, Stille, nicht sonderlich Beliebte, sie dürfe sich einmischen in den Streit der beiden, der ja eigentlich viel mehr war, da es um nichts weniger als das Leben eines ganz bestimmten geliebten Menschen ging. Sie wusste, Hans hatte recht und seine Argumente waren gut gewählt, aber Chaims verzweifelte Lage erlaubte es dennoch nicht, untätig zu bleiben. Ihn liebte sie und fühlte, wie heftig er litt. Sie war erschrocken über seinen Plan und bewunderte umso mehr seine Furchtlosigkeit. Sie verstand ihn, würde jedoch niemals zulassen, dass er sein Leben hinwirft. Sie fand den Mut und machte, noch bevor sich die beiden Jungs entfernten, einen zaghaften Vorschlag.

– Könnte nicht, begann sie, wenn nun wir alle, fuhr sie etwas bestimmter fort, ich meine, wir könnten doch täglich bei Tisch für die Gefangenen von Gurs etwas beiseitelegen. Am Ende der Woche wäre so viel zusammengekommen, dass man ... dass man Pakete schicken könnte.

Sie platzte mit ihrer Idee so unverhofft in das Schweigen, das auf den Streit gefolgt war, und in die wachsende Betretenheit unter den Dazugekommenen hinein, dass es weitere lange Sekunden still blieb.

– Soll sein Essen abliefern wer will, ließ jemand verlauten, ich habe genug gehungert für mein ganzes Leben. Ihr vielleicht nicht?

– Ich hungere selbst hier, sagte eine andere Stimme.

– Und was ist, wenn diese Pakete ihr Ziel nie erreichen?

– Dann hätten wir zwar gefastet, ließ sich dazu jemand hören, und die Leute in Gurs gingen trotzdem leer aus. Kann mir jemand sagen, wozu das gut sein soll?

– Was macht ihr euch Sorgen? Versuchen wir's doch einfach, kam es von Hans.

– Und wer hat sich für uns je was vom Mund abgespart?, fiel jemand ein.

– Ich hoffe bloß, wandte sich eine Stimme an den, der das gerufen hatte, ich hoffe bloß, du wirst nie in eines dieser Lager gesperrt. Ich hoffe, du musst nie so krepieren, wie die dort krepieren. Ich war dort, ich hab's gesehen.

– Wer bringt unser Paket zur Post, wer bezahlt dafür?, warf eine weitere Stimme skeptisch ein.

Inge schlug vor, mit Elka oder Flora darüber zu reden.

– Nein, nicht mit denen. Die haben Angst, warf Chaim ein.

– In Ordnung, sagte Hans, was ist mit Alex?

Jetzt, da Hans so ganz eindeutig auf Inges Vorschlag einging, erlahmte der Widerstand unter den Umstehenden.

– Der ist okay, stimmten die meisten zu.

Chaim erhob sich. Er blickte in die Runde, sein schweres Haar fiel ihm in die Stirn, und er presste hervor: Ich kann euch einfach nur sagen, wie viel es mir bedeutet, dass ihr … dass ihr diesen Beschluss gefasst habt.

Es wurde eine Abordnung bestimmt, die Alex ins Vertrauen ziehen würde.

Alex war brünett, ziemlich kräftig, neigte zu Haarausfall und sein Gesichtsausdruck bezichtigte ihn, ein Griesgram zu sein. So linkisch er immer noch auftrat, hatte sein Verhalten in der Armee doch an Bestimmtheit gewonnen. Bereits am Abend nach seinem Eintreffen in Seyre gab er offiziell bekannt, er werde hier ab sofort die Leitung übernehmen, denn sein Vorgänger und dessen schwangere Frau hatten sich gerade mit einem Wagen voller Lebensmittel samt der Kasse aus dem Staub gemacht. Um das, was diese mitlaufen ließen, hatte man getrauert, nach dem Mann sehnte sich jedoch niemand zurück. Er war der einstige Leiter des Brüsseler Knabenheimes gewesen. Sein Regime über die ihm anvertrauten, von Trennungen und Gewalt erschütterten Kinder hatte vor drastischen Körperstrafen nicht Halt gemacht. Er hatte überdies verlangt, man müsse ihn Onkel rufen, und allein das hatte für viele eine seelische Folter bedeutet.

Alex hatte als Erstes ein paar Normen aufgestellt und pochte auf deren unbedingte Einhaltung.

– Schläge und Einsperren, so betonte er, sind ab sofort kein Thema mehr. Ich werde euch respektieren und ihr mich. Jeder von uns ist selber imstande, Verantwortung für sich zu übernehmen. Wer sich nicht an die Regeln hält, wird ausgeschlossen, das heißt, er oder sie muss allein essen. Beim Essen reden wir ausschließlich Französisch. Das ist unumstößlich. Es gibt keine Ausnahme. Ihr müsst diese Sprache immer besser sprechen lernen, es könnte eines Tages euer Leben retten. Wir werden außerdem kleine Gruppen zusammenstellen, und die Älteren werden sich um die Jüngeren kümmern. Ab morgen, fuhr er fort, wird meine Mutter Irène die Neun- bis Zehnjährigen unterrichten. Sie wird auch Französischunterricht erteilen. Die Älteren von euch, die in Mathe stark sind, bitte ich, ihr Wissen denen beizubringen, die älter als zehn sind. Wer gut in Deutsch oder einer Fremdsprache ist, soll bitte dasselbe tun. Morgen werden wir das miteinander regeln. Ich möchte, dass ihr eure Zeit hier sinnvoll zubringt. Wenn der Krieg vorbei ist, möchten wir euch schön, stark und gebildet an eure Familien und an ein neues Leben in Frieden zurückgeben. Wir werden nicht nur euer Gehirn bei Kräften halten, nein, auch Sport werden wir treiben, wandern, schwimmen, Wettspiele und vieles mehr. Auch Musik und Theater wollen wir nicht vernachlässigen. Wer immer einen Einfall hat, wir sind da, meldet euch. Wir werden auch einen Rat gründen, in dem eure Vertreter und Vertreterinnen Einsitz nehmen. So gestalten wir gemeinsam unsern Alltag. Es lebe unsere Kinderrepublik. Gibt es noch Fragen?

– Und was ist mit dem schwarzen Zimmer?

– Ich verstehe nicht.

– Der Schopf hinter dem Haus, wo die schlechten Kinder hinkommen.

– Es gibt keine schlechten Kinder unter uns. Und daher auch kein schwarzes Zimmer. Wenn mal etwas vorfallen sollte, das euch missfällt oder das mir, meiner Frau Elka oder meiner Mutter missfällt, werden wir den Vorfall zusammen besprechen.

Die freundliche Bestimmtheit des neuen Leiters half damals den Jungen und Mädchen, sich im zugigen Ziegenstall an der Straße von Seyre ein wenig heimischer zu fühlen. Die Dreizehn- bis Fünfzehnjährigen, die sich dazu imstande fühlten, erhielten den Auftrag, die Kleinen zu betreuen. Es gab jetzt Unterricht, es gab Sport und Spiele und regelmäßig Hausarbeit, sogar etwas Gartenarbeit. Vermehrt kam Alex' verhaltenes Lachen zum Vorschein. Monatliche Waschtage wurden abgehalten und, lange Zeit vernachlässigt, anschließend die Kleinen in der Wäschelauge gebadet. Es kostete Überwindung, in die von Elka zusammengebettelten zerbeulten Zuber zu steigen. Das Wasser war grau, und auf der Oberfläche schwammen die Krätzekrusten. Doch milderte das Bad immerhin für ein Weilchen das Jucken auf der Haut.

Die Mädchen hatten schon darüber getuschelt, was Elkas Mann, dieser Alex, für ein Typ wäre. Als er tatsächlich eines Tages erschien, war die Enttäuschung beachtlich gewesen. Die wenigsten hatten ihn vor dem Krieg gekannt. Die älteren Mädchen zogen, sobald er außer Hörweite war, über ihn und sein Aussehen her, verschonten nicht die ausgelatschten Schuhe, nicht den schiefen Scheitel. Er sah in der Tat ziemlich fade aus, keine hätte je mit ihm eine Nacht im selben Zimmer zubringen und etwa zuschauen mögen, wie er sich auszog. Elka indes konnte es nicht lassen, ihn herumzukommandieren, was ihn überhaupt nicht zu verärgern schien.

– Großartig!, meinte Alex zu dem Vorschlag, Pakete nach Gurs zu schicken. Wir werden also jede Woche einen Fastentag einlegen, und ich sorge dafür, dass eure Spenden zur Post und an ihr Ziel gelangen. Wie ihr es täglich erfahrt, sind wir keineswegs mit Lebensmitteln gesegnet, wir essen Distelsuppe, Rüben und Kastanienbrei, Kürbis, vertrocknetes Brot und Wasser, mal einen

Schokoladeriegel, mal etwas Milchpulver, falls ein Liebespaket uns erreicht. Aber es gibt immer etwas, das man für die noch Ärmeren beiseitelegen kann. Wir sind viele und darum werden wir bestimmt jede Woche ein Paket schnüren können. Mir gefällt eure Idee. Ich gratuliere euch zu eurer Großmut.

Schon am folgenden Tag tranken die älteren Kinder statt frische Milch Reismilch, und statt frisches Brot aßen sie altbackenes. Abends verzichteten sie nochmals und nahmen bloß Brot und Wasser zu sich. Kaum jemand murrte, im Gegenteil, es brach, da es ja ihr eigener, selbständiger Entscheid gewesen war, eine neue Heiterkeit aus. Wöchentlich erreichten jetzt aus dem schäbigen Tierhaus am fransigen Rand einer steinigen Straße Südfrankreichs ein paar armselige Hilfspakete das Hungerlager von Gurs.

Alex verkündete jede Woche, wie viele Pfund Milchpulver oder wie viele Eier zusammengespart werden konnten. Nach wenigen Wochen trafen die ersten Dankesbriefe aus Gurs ein. Die Freude darüber war groß, gerade als hätten die Kinder ein unerhörtes, lang erwartetes Geschenk, etwa ein neues Kleid, eine warme Decke erhalten. Man klopfte sich gegenseitig auf die Schultern, umarmte und beglückwünschte einander. Die Kinderrepublik vertrug sich vorbildlich an diesem Tag, sie summte, sang sogar, wer nicht singen konnte, brummte, viele spielten ausgelassener, arbeiteten williger, einige setzten sich hin, verlangten nach einem Stift und begannen, selber einen Brief zu schreiben, irgendwohin, irgendwem, vielleicht an sich selbst oder eine Seite ins Tagebuch.

Nachtgespräch

Der Sommer in jenem Jahr war nicht heiß, aber trocken gewesen. Im Juli und August lag überall Staub. Gegen Ende des Herbstes begann sich in Europa eine Lebensmittelknappheit abzuzeichnen. Im erbärmlichen Ziegenstall hatte sich Flora, die Köchin, eines Abends zu den andern Erwachsenen gesetzt, die sich schweigend am Herd zusammendrängten, um für die Nacht an der letzten Glut ein wenig die Glieder zu wärmen.

– Du seufzst, sagte Ernst zu seiner Frau und bemühte sich, Flora einen bequemen Sitz zu bereiten, damit sie sich endlich ausruhen konnte.

– Wie soll das bloß weitergehen?, unterbrach sie die Stille, wir werden unseren Vorrat an Kastanien und Nüssen bald aufgebraucht haben.

– Noch gelingt es immer wieder, dies und das aufzutreiben, beschwichtigte Alex. Und der Winter, betonte er, wird ja nicht ewig dauern, irgendwann kommt die Wärme wieder. Ich finde, wir sollten nicht zu sehr an die Zukunft denken. Es trübt unseren Blick für das, was jetzt und hier zu tun ist.

– Was wir im Sommer getrocknet und eingeweckt haben, die Pilze, das Gemüse, die Beeren, wird keinesfalls ausreichen, auch wenn wir noch sparsamer sind, warf Ernst Schlesinger ein. Ihm lag daran, seiner zäh arbeitenden Frau beizustehen. Es wird hart werden, setzte er hinzu. Uns bleiben dann noch dünne Suppen, etwas Reis oder Mehl, etwas rationiertes Brot dann und wann. Ich könnte damit durchkommen, aber die Kinder?

Die beiden Schlesingers waren mit ihrem kleinen Jungen, den sie so zärtlich Pauli rufen, aus Wien nach Brüssel geflüchtet und hatten im Home Général-Bernheim eine Anstellung in der Küche gefunden. Als die Deutschen im Mai Belgien einnahmen, wurde Ernst von der Straße weg verhaftet und quer durch Frankreich nach St. Cyprien in den Pyrenäen deportiert. Umsonst hatte er auf sein Asylrecht gepocht, er und die sechstausend Mitgefangenen wurden verdächtigt, Spione zu sein. Man gewährte dem jüdischen Mittdreißiger keinen Rechtsanwalt, ein Prozess blieb aus. Die Rettung kam durch Alex, dem es glückte, ihn aus den übervölkerten Baracken herauszuholen. Er hatte angegeben, ihn als Hilfskraft zu benötigen.

– Auch andere Leute müssen versuchen, ihren Speisezettel anzureichern, Ernst. Wir sind nicht die Einzigen, die wenig haben. Ganz Europa hungert und friert, entgegnete Alex.

– Weißt du denn, wie wir uns bei dieser Not durch den Winter bringen, Alex? Ich weiß es wirklich nicht, Gemüse oder Früchte sind von den Bauern immer spärlicher zu haben, entgegnete Flora.

– Seien wir ein wenig zuversichtlich, versuchte Alex sie aufzurichten, schließlich befinden wir uns im Süden Frankreichs. Die Winter sind hier bekanntlich viel milder als bei uns im Norden.

Was sie mit der Flucht im Mai und dem Obdach in Seyre so mutig begonnen hatten, schien ihnen jetzt zum bloßen Ausharren ohne Hoffnung zu verkommen. Es gab keine Fluchtwege mehr, bloß schwer bewachte Grenzen rundherum, selbst die Rückkehr nach Belgien war bei Strafe verboten. Die Sorge um die Kinder beunruhigte die fünf Erwachsenen von Woche zu Woche mehr, sie saßen hier fest, und der Krieg kam nicht wie erwartet zu einem Ende. Das Grübeln überkam sie besonders nachts und stahl ihnen den Schlaf. Und half mit, dass sie in ihren Träumen ihre Kinder hungernd, schmutzig und krank dahinsterben sahen. Waren sie endlich eingeschlummert, mussten sie Dutzend Mal aufstehen, weil jemand im Schlaf schrie oder schlafwandelnd durch die Behausung irrte und nach etwas Unauffindlichem suchte. Sie trockneten dem einen Bub die Tränen, halfen einem Mädchen, sein Bett wiederzufinden, deckten die Kinder von neuem zu, und fielen diese Unglücklichen wieder in den Schlaf, stahl sich die Furcht in die Gedanken der Frauen und Männer zurück. Und wenn wir nicht durchkommen, es nicht schaffen? Wie lange soll das noch dauern? Tagsüber, beim Fegen der Behausung mit den dürren, aber eigenhändig gebundenen Reisigbesen, beim Herrichten der Wassersuppe, beim Waschen und Unterrichten hatte sie noch lange die Überzeugung getragen, dass alles irgendwie zu bewältigen sei. Diese Zuversicht schwand jetzt.

– Früher kamen häufig Pakete von Eltern oder Verwandten der Kinder, nahm Flora das Gespräch wieder auf. Doch inzwischen treffen nur noch sehr wenige ein. Die Leute lassen überhaupt nichts mehr von sich hören. Vermutlich wurden sie abgeholt oder sind geflüchtet und stehen jetzt selber ohne nichts da.

– Wo sollen wir bloß das Essen für alle herkriegen, wenn es so weitergeht?, meinte ihr Mann.

– Das fragen wir uns tagein, tagaus, sagte Elka und richtete einen beschwörenden Blick auf Alex. Wenn er doch damit aufhören würde, dem Schicksal zu trotzen, dachte sie, und ihm beweisen zu wollen, dass ihn seine Übermacht nicht beeindruckt.

– Und sie frieren, ihnen fehlt Warmes zum Anziehen, ergriff Flora wieder das Wort. Es war schon fast Sommer, als wir von Brüssel wegfuhren. Die wenigsten haben genug Wintersachen dabei. Und überhaupt, auch diese Hütte ist kaum länger zu ertragen. Die armen Kinder sind geschwächt, schaut sie euch nur an, ich hoffe einfach, dass wir sie durch den Winter bringen. Gibt es denn wirklich nirgends ein anderes Haus, Alex?

– Häuser gibt es schon, Flora, aber eine bessere Unterkunft können wir uns nicht leisten.

– Vielleicht ist ja dieser Krieg bald zu Ende, ja?, entgegnete Elka ihrem Mann spitz. O nein, mein Lieber, fuhr sie fort, diese Kartoffelfresser aus Deutschland sind nicht zu stoppen. Eins sage ich euch, sollten wir nach Wintereinbruch immer noch hier festsitzen, dann mache ich nicht mehr mit. Zum Kuckuck, du solltest dich mehr bemühen, Alex. Was bist du doch für ein Jammerlappen.

– Niemand will hundert Kinder in sein Haus aufnehmen. Ställe gibt's zuhauf, aber das ist nicht, was ihr wünscht. Ich habe überall herumgefragt, und auch du wurdest darüber informiert, Elka.

– Wir brauchen Öfen und eine richtige Küche, warf Flora sachlich ein.

Irène, die Mutter von Alex, die schweigend dabeigesessen hatte, stand auf, um die Glut im Herd nochmals zusammenzuschieben, bevor sie ganz erlosch.

– Und ich mag nicht daran denken, bei Eis und Schnee draußen im Freien auf dem Plumpsklo sitzen zu müssen, sagte sie.

– Da machen die Kinder liebend gern die Hosen voll, pflichtete Elka Irène bei. Überhaupt ist es für die Mädchen riskant, nachts draußen zu sein. Um fünf wird es dunkel, die Kleinen fürchten sich. Und, hol mich der Teufel, sie haben recht.

– Schön, Elka! Liebste! Eine richtige Toilette! Aber sicher. Eine absolute Notwendigkeit. Ein wenig Toilettenpapier anstelle der Blätter von den Sträuchern wäre ein wunderbarer Luxus, aber es ist Krieg, zum Teufel nochmal. Flüchtlingsströme überfluten den Süden Frankreichs. Hunderttausende Menschen werden unter schlimmsten Bedingungen hinter Stacheldraht langsam zu Tode gebracht. Ausgehungert, der Kälte preisgegeben, und dann ab mit ihnen nach Osten. Ihr einziges Vergehen ist, Flüchtling zu sein. Vertrieben zu sein. Jude zu sein. Ohne diesen Schlag hier befänden sich auch unsere Kinder zweifellos unter ihnen. Unsere Lage ist doch eigentlich angenehm im Vergleich.

– Stimmt, Alex, in diesem Punkt gebe ich dir recht. Und wir sind empört wie du. Aber du erlaubst, dass wir uns dennoch Sorgen machen. Es geht um diese Kinder, und sie haben den Krieg nicht gemacht. Sie müssen Essen, warme Mäntel, Schuhe, Strümpfe, Wolldecken, Medikamente haben, bemerkte Ernst.

– Was ist mit eurem Komitee in Brüssel?, mischte sich Irène, Alex' Mutter, wieder ein. Sie war dankbar, hier bei ihrem Sohn und der Schwiegertochter untergekommen zu sein, und erwies sich als begabte Französischlehrerin. Sie unterstützte ihren Sohn, wo es ging, bewunderte seine zahlreichen Talente und sah sich im Grunde als seine natürliche Stellvertreterin. Sie zog ihre Strickjacke, die bessere Tage gesehen hatte, fröstelnd über der Brust zusammen und fuhr fort: Hatten die nicht immer mal etwas Geld geschickt?

– Du meinst diese vornehmen jüdischen Damen, die letztes Jahr mit den schwarzen Limousinen bei uns vorgefahren sind und sonntags ein paar Kinder zum Tee einluden? Die waren schon bei den ersten Bomben aus Brüssel verschwunden, fauchte Elka.

– Und was ist mit dem Geld der Stiftung? Ist keins mehr da?

– Kein Centime.

– Und der französische Ernährungsdienst? Von denen kam doch immer mal was.

– Die haben Transportprobleme. Was Räder oder Hufe hat, muss an die Front, erklärte Alex seiner Mutter.

Mittlerweile hatte nicht nur der ständige Hunger seine Spuren in den Gesichtern der fünf Menschen hinterlassen, sondern ebenso die Verantwortung, die sie trugen. Täglich rief sie ihnen die Mütter und Väter in Erinnerung, die ihnen ihre Kinder übergeben hatten, damals, als sie sie in Köln und Wien einsammelten. Nur eine vorübergehende Schutzmaßnahme, hatten auch sie geglaubt. Bald trete ja dieser unsägliche Hitler wieder von der Bühne ab. Sie fragten sich seither oft, ob es nicht ein Fehler gewesen war, den Kindern die ganze Flucht zuzumuten, deren Ziel ja von vorneherein ungewiss gewesen war.

– Ich habe gehört, es soll Hilfsorganisationen geben, an die man sich wenden kann, räumte Alex schließlich ein. Amerikanische Quäker sollen sich mit viel Geld engagieren und über große Mengen an Lebensmitteln verfügen. Auch jüdische Organisationen und eine Arbeitsgemeinschaft von Schweizern seien speziell für Kinder tätig geworden, wird gesagt. Eine andere hätte sich mit den Quäkern zusammengetan und bringe Lebensmittel zu jenen, die sich in den unzugänglichsten Gegenden verstecken.

– Widerstandsnester, denke ich, meinte Ernst.

– Und du erzählst uns das erst jetzt?, fuhr Elka auf. Ich fass es nicht! Nein, ich fass es nicht!

– Lässt sich Kontakt herstellen zu ihnen?, fragte Irène.

– Das ist ja der Punkt, Mama, sagte Alex. Noch weiß ich nichts Näheres. Ich bin dabei, mich umzuhören. Bei den letzten Worten hatte ihm kurz die Stimme versagt. Ein Zeichen von Unsicherheit, das er gern ungeschehen gemacht hätte, aber auch er war bis ins Innerste aufgewühlt von all den Ereignissen der letzten Monate, von der Verantwortung, von dem, was er den Bauern der Umgebung über die englischen Bomben in Deutschland hatte entlocken können. Er war alles andere als hoffnungsvoll. Er hatte die Deutschen kennengelernt, sie gebärdeten sich nach ihren errungenen Siegen und angesichts der angekündigten Triumphe wie betrunken.

Man wartete täglich auf die Alliierten, und immer noch konnten die sich nicht zum Eingreifen entschließen.

– Die Kinder zu schützen, fuhr Alex fort, ist für mich das oberste Gebot. Darum, finde ich, dürfen wir möglichst nicht auffallen.

– Du meine Güte, Alex, nein, griff sich Elka an den Kopf, stand auf und umkreiste ihren Hocker, wir müssen uns energisch auf die Suche nach Hilfe machen. Was meinst denn du, Flora?

Elka wandte sich abrupt Flora zu, manchmal war es mit diesem Mann nicht mehr auszuhalten, wirklich, schäumte sie innerlich. Flora las es im Blick der Frau. Deren üblicherweise volles, beinah mädchenhaftes Gesicht war auf einmal eingefallen, in der verlöschenden Glut schien es grau, von harten Schatten entstellt. Flora, alarmiert von Elkas beinah irrem Ausdruck, richtete ihre guten dunklen Augen auf die Kollegin, nickte, als wollte sie bestätigen, es sei für sie alle nicht leicht.

– Ich bin einverstanden mit allem, was du sagst, richtete sie sich dann an Alex. Aber wenn es stimmt, dass es diese Organisationen gibt, dann könnten sie unsere Rettung sein. Wir dürfen nicht zuwarten.

– Ich werde mich nicht widersetzen, wenn ihr darauf besteht, dass wir Hilfe suchen sollen, lenkte Alex schließlich ein, worauf Elka wieder auf dem Hocker Platz nahm und mit Nachdruck aufatmete.

– Aber, ich fürchte, fuhr Alex fort, es werden Lastwagen nötig sein, um all das zu bringen, was ihr wünscht. Wir werden unsere nicht geringe Autonomie verlieren und uns dafür eine gewisse Abhängigkeit einhandeln, ohne zu wissen, was die Konsequenzen sind. Die Hilfe wird keineswegs unbemerkt bleiben, besonders wenn sie vom Ausland geleistet wird. Die Aufmerksamkeit, vielleicht auch der Neid auf unsere Kinder, die alle jüdisch sind, könnte zunehmen.

– Ja, sagte Irène, da hast du bestimmt recht, mein Junge, den Neid und den Hader sind wir gewohnt. Dennoch glaube ich, wir alle ziehen sie dem Hunger und der Kälte vor.

Wenige Tage danach suchte Alex, immer noch von einem inneren Orkan sich widersprechender Gefühle geplagt, in Toulouse nach der Rue du Taur, der Adresse der Schweizerischen Arbeitsgemeinschaft für kriegsgeschädigte Kinder.

Toulouse bot Alex das Bild einer hungernden Stadt, in der die Läden leer, kaum ein Bleistift, ein Heft, ein Bogen Papier zu haben waren. Nicht zu reden von Kartoffeln, Früchten, Gemüse, Milch und Brot. Nur wenige Brasserien hatten geöffnet. Hingegen traf er überall auf Gendarmen, die die Leute beliebig nach ihren Papieren fragten. Hier, in der unbesetzten Zone, war man nicht verpflichtet, das J im Ausweis zu haben. Dennoch erfasste ihn Unruhe, dieses lähmende Gefühl, das einem die Beine schwer macht, aber er zwang sich, mit unauffälliger Miene auszuschreiten. Allerdings hatte er sich schon sagen lassen, wer allzu auffällig den Unauffälligen mime, den packten sie, dem glaubten sie erst recht nicht.

Beinah ohne Umweg geriet er zu der gesuchten Straße und verstand es als gutes Zeichen für sein Vorhaben. Er meldete sich am Gittertor des roten Ziegelsteinhauses. Zwei breite Bogenfenster lagen ebenfalls zur Straße hin, auch sie hinter Gitterstäben. Ein Schild an der Wand trug die Aufschrift *Parti Socialiste Ouvrier Espagnol et Unión General de Trabajadores*. Hinter dem Gittertor entdeckte Alex einen tunnelartigen Korridor, der in einen Hof führte. Ein großgewachsener blonder Mann öffnete ihm und erkundigte sich nach seinem Anliegen. Er heiße Maurice Dubois, sagte er, und leite hier mit seiner Frau und einem spanischen Flüchtling die Zentrale der Arbeitsgemeinschaft.

Alex fühlte sich sofort eingenommen von diesem Mann im blühenden Alter. Bedachtsamkeit ging von ihm aus. Sie beide mussten etwa vom selben Jahrgang sein. Andere Ähnlichkeiten fehlten auf den ersten Blick. Unter dem nicht leicht zu bezähmenden Haar begegnete dem Belgier ein warmherziges Augenpaar. Zurückhaltend und offen zugleich. Der Ernst, mit dem er den Besucher empfing, war nicht etwa mit Humorlosigkeit zu verwechseln, das sah Alex gleich. Eher entsprang er seinem Wunsch nach Sorgfalt. Alex glaubte, das Bemühen zu erkennen, allem auf den Grund gehen und dem Gegenüber gerecht werden zu wollen. Vielleicht dachte er dies, weil er sich eine solche Begegnung dringend wünschte. Der Bittsteller erkannte, dass er ohne weiteres und sogleich bereit war, diesem Mann alles zu erzählen. Die Offenheit, die von ihm ausging, und sein borstiges blondes Haar verhalfen ihm zu einer jungenhaften

Erscheinung, doch vermittelten die Besonnenheit, die er ausstrahlte, und das Vertrauen, das er weckte, den Eindruck eines reifen und erfahrenen Mannes.
Es entspann sich ein langes Gespräch zwischen den beiden. Alex erzählte von seinen Jahren in Palästina, der Rückkehr mit seiner Frau Elka nach Europa 1939, wo sie mit der Leitung des Home Général-Bernheim betraut worden waren. Er erzählte, dass ein jüdisches Komitee gleichen Namens das Haus für die Aufnahme von Kriegskindern aus Deutschland und Österreich eröffnet habe. Nach der Reichskristallnacht habe Belgien seine Konsulate angewiesen, möglichst vielen betroffenen Kindern aus den beiden Ländern Passierscheine für Brüssel auszuteilen. Er erzählte von seiner Einberufung und von der Flucht aus Belgien. Er schilderte die Zustände im Ziegenstall bei Seyre und dass die Frauen nicht mehr wüssten, wie sie mit den Kindern durch den Winter kommen sollten.

Alex hielt sich nicht zurück, berichtete von der immer knapper werdenden Nahrung, von den Furunkeln, unter denen die Kinder litten, vom Mangel an Kleidern und Schuhen, von den Läusen und Ratten, den Fieberattacken, den Alpträumen, sparte auch die hygienischen Verhältnisse nicht aus. Es fehle an allem. Auf die Frage, wie es mit dem Unterricht stehe, erzählte er auch davon und gab zu verstehen, dass einige der Kleineren sogar in die Schule von Seyre aufgenommen worden seien.

Maurice stellte viele Fragen und kam danach auf seinen eigenen Werdegang zu sprechen, erzählte, er sei Schweizer und komme aus dem Uhrmacherstädtchen

Biel. Im Spanischen Bürgerkrieg sei er als Mitglied des Internationalen Zivildienstes aktiv gewesen und habe dort Ellen, seine Frau, kennengelernt. Zusammen mit den Quäkern, verschiedenen andern Hilfsorganisationen aus der Schweiz und dem übrigen Europa habe man Lebensmittel an unzählige Flüchtlinge verteilt, verfolgte Menschen in ausgedienten Lastwagen evakuiert und in Südfrankreich untergebracht.

Religiöse oder politische Weltanschauungen hätten im Hinblick auf die Hilfsbedürftigkeit nie eine Rolle gespielt, fuhr Dubois fort. Und für abwertende Rassentheorien habe man nie Verständnis aufbringen können. Eine Solidarität, die bisher in der Schweiz eine Selbstverständlichkeit gewesen sei. Der Wille zu helfen habe an erster Stelle gestanden. Man fühle sich in gewissem Sinn schuldig, weil das eigene Land vorläufig verschont worden sei. Verschontsein verpflichte. Um besser vernetzt zu sein, hätten sich dieses Jahr verschiedene Schweizer Kinderhilfswerke zur Schweizerischen Arbeitsgemeinschaft für kriegsgeschädigte Kinder zusammengefunden. Ihm und seiner Frau hätten sie die Leitung anvertraut.

Dubois beschrieb die Arbeitsgemeinschaft als gut funktionierende Körperschaft, in der sich allerdings keine jüdischen Gruppierungen befänden. Ein Zugeständnis an die Interpretation von Neutralität durch die Behörden seines Landes. Deren Auffassung von Neutralität zeige sich seit Kriegsausbruch ziemlich verändert. Es existierten jedoch israelitische Organisationen, die ihre verfolgten Glaubensangehörigen unterstützten. Alex sei sicher informiert. Gewiss, das sei er, antwortete Alex, diese Organisationen würden durch die Behörden geradezu genötigt, für ihre Glaubensbrüder aufzukommen. Doch bestünden in Frankreich momentan die größten Schwierigkeiten, sie zu kontaktieren. Immerhin hätten ein paar Kinder von Joint, der jüdischen Organisation in Amerika, Affidavits und Visa bekommen und seien bereits über den Atlantik emigriert. Wenigstens einige, glücklicherweise. Doch der Joint solle in Geldnöten stecken, man wisse nicht, wie lange von dort noch Hilfe zu bekommen sei.

Während des Gesprächs zwischen dem blonden Uhrmachersohn aus Biel und dem einstigen Mitglied der belgischen Luftwaffe belebte sich vor den Fenstern die ziemlich düstere Straße. Ein Mädchen und ein Junge, die Himmel und Hölle spielten, konnten sich nicht einigen, wie die Lage eines Kiesels aufzufassen sei. Ein Schüler jagte seinen Reifen über das Pflaster und der rammte beinah einen Handkarren, der vorbeirumpelte. Eine Bittstellerin spähte durch die Gitterstäbe. Schließlich vereinbarten die beiden Männer, künftig zusammenzuarbeiten, und Dubois stellte in Aussicht, dass er sofort mit der Suche nach einer geeigneten Unterkunft für die nunmehr etwa achtzig Kinder beginnen werde. Alex erhob sich bei diesen Worten und gab Dubois, der ihn beinah um einen Kopf überragte, aufatmend die Hand.

– Die Hilfslieferungen werden nach Möglichkeit schon nächsten Monat eintreffen, versprach Dubois. Allerdings will ich nicht verschweigen, setzte er hinzu, dass die Spenden aus der Schweiz spürbar zurückgegangen sind und wir wohl nur das Nötigste bereitstellen können.

Unsere Behörden erlauben uns nur noch eine einzige Sammelaktion pro Jahr. Aber wir tun das Menschenmögliche. Auf jeden Fall werde ich mich in den kommenden Tagen bei Ihnen in Seyre sehen lassen, um mir ein Bild zu machen.

Nach einem herzlichen Händedruck trennten sich die beiden Männer. Der Zug würde nicht gleich fahren und Alex hatte keine Eile. Das Gespräch war sehr zufriedenstellend gewesen, schien ihm. Die Frauen würden aufatmen. Erleichtert bummelte er zurück zum Bahnhof. Erst jetzt sah er die Kirche, eingeklemmt zwischen den dichtstehenden Häusern stand sie, und ihre Fassade wuchs weit über das Kirchendach, die umstehenden Häuser und deren Kamine hinaus. Merkwürdig, dachte er, diese Mogelarchitektur erinnert an die Kulisse eines Landtheaters. Alex war neugierig auf den Innenraum. Es lockte ihn, zu erfahren, was die Leute von Toulouse formte, was sie jeden Sonntag vor Augen hatten, woran sie sich aufrichteten.

Der Besucher im schäbigen Mantel und ausgebleichten Hut fand nichts Besonderes vor, bis er in der Höhe über dem Altar das geradezu pompöse Fresko entdeckte. Es zeigte den Stier, dem die Rue du Taur zweifellos ihren Namen verdankte. Eine tobende Bestie. Wuchtige hufähnliche Klauen. Dem Tier war es offenbar bestimmt, einen Mann an einem Seil durch den Staub zu schleifen, was für ein qualvoller Tod, man stelle sich das bloß vor! Zwei halbnackte Männer versuchten, den Stier voranzutreiben. Er aber stemmte seine Vorderbeine in den Boden und verweigerte den Gehorsam. Alex schauderte ob der dramatischen Muskeln, mit denen die Männer bepackt waren. Das noch derbere Tier besaß furchterregende Hufe, die aussahen wie Gewichtssteine. Es hätte den Mann, der hinter ihm am Boden lag, zermalmen können. Ein zerdehntes S war vom Maler quer ins Bild gesetzt worden, das Seil, das sich mithilfe einer himmlischen Hand soeben schwungvoll vom Märtyrer befreit zu haben schien. In seinem schönen reinen Gewand ruhte dieser im Staub, und sein Heiligenschein leuchtete still. Wahrscheinlich wurde später diese Kirche an der Wunderstätte errichtet. Wie sich die Christenheit immer wieder an ihren Märtyrerbildern erbaut, dachte Alex mit Befremden.

Vor dem Portal lag ein Bettler. Alex warf eine Münze in das besudelte Taschentuch neben ihm und erschrak über das Jungengesicht, das ihn anlächelte. In den Augen des Mannes brannten Krankheit und Hunger. Seine Haut war käsig und unrein, wollte mit dem klaren Lächeln nicht übereinstimmen. Alex hatte das Gesicht eines gebildeten Mannes vor sich, schien ihm. Er fragte ihn, wie diese Kirche heiße. Saint Sulpice, entgegnete der Bettler und fasste für den Passanten die Legende in einem Satz zusammen.

Ist er auf der Flucht?, dachte Alex beim Weitergehen, ein Deserteur, ein versprengter Partisan? Ist seine Bettlermontur vielleicht bloß Verkleidung? Er folgte der Straße bis zur Place du Capitole, überquerte sie, eilte am Hôtel de Ville vorbei, wo das Polizeiquartier untergebracht war, und erreichte nach einer Viertelstunde den Bahnhof.

Bis zur Zugseinfahrt tarnte er sich unauffällig mit einem alten Exemplar der Berliner Illustrierten. Und bezahlte einen unerhörten Preis dafür. Die Luftschlacht gegen England war immer noch im Gange. Die Karikatur einer Feuerbombe zog als erstes Alex' Blick auf sich. *Feuerbombe Fritz*, lautete der Titel. Er sah eine Bombe, die mit Räubermiene, Flammenkrallen und einem Hakenkreuz auf der Eisenbrust brennend aus blauem Himmel stürzt. Unmittelbar daneben zeigte ein Pressebild eine Gruppe von Bürgern in Londons Ruinen. Sie waren mit langen Stangen ausgerüstet, und Alex las in der Legende, sie würden dem Feind am Himmel auflauern. Welch klägliche Luftabwehr, mögen in Berlin die Leserinnen gedacht haben. Er überflog den Bericht über das schwer getroffene London. Hitler werde die Insel psychisch und wirtschaftlich zermürben, propagierte das Blatt. Der Artikel verschwieg, dass die Royal Air Force achtundfünfzig deutsche Bomber abgeschossen hatte, wie von BBC gemeldet worden war. Und freilich kein Wort vom wachsenden Widerstand in der englischen Bevölkerung, nachdem ihr Augapfel, der Buckingham Palast, getroffen war. Hingegen wurde Hitlers Gebell erwähnt, er werde in einer Nacht eine Million Kilogramm Bomben abwerfen und die englischen Städte ausradieren. Der Zug fuhr ein, zischte und dampfte bedrohlich und vernebelte den Bahnsteig, wie es sich für diesen Koloss der Technik, diese Majestät über Raum und Zeit, diesen Gipfel aller Knabenträume gehörte. Vorn war die Lok aber mit einem Warnschild versehen. *Attention aux cigares, danger de mort*, las Alex.

Er wusste von schlimmeren Gefahren und teuflischeren Todesarten. Er kletterte hinauf in einen der Wagen dritter Klasse, erschöpft fiel er auf eine Bank und schlief sofort ein. Die Zeitung blieb auf dem Bahnsteig zurück.

Dubois machte kurz nach Alex' Besuch sein Versprechen wahr und fuhr im Bugatti nach Seyre. Aus dem roh gemauerten Gebäude und aus allen Himmelsrichtungen liefen Kinder herbei und gaben laut ihrem Staunen über das tollkühne rote Auto Ausdruck. Andächtig umstanden sie das Fahrzeug. Nicht alle wagten sich heran, und besonders die Größeren blieben auf Distanz. Diese Jungen- und Mädchengesichter erbarmten Dubois zutiefst, waren so furchtbar mager und gezeichnet.

Inge

Inge war gerade dabei, sich etwas bequemer in ihren Strohsack hineinzuwühlen. In der Hand hielt sie Schuld und Sühne und las. Sie nahm keine Sekunde lang den Blick von den Zeilen, als überraschend Chaims Schatten auf das Buch fiel. Er war zu ihrem Strohsack getreten und fragte, ob sie beide, ob sie Zeit hätte, er möchte mit ihr, vielleicht käme sie ja ein bisschen nach draußen mit ihm. Sie schloss langsam das Buch.

– Ja, sagte sie. Ein einziges Wort. Und im Innern ein Tornado: tausendmal ja, ja. Dass er mich, Inge, fragt, kann doch nur das Eine bedeuten, jubelte es in ihr, nur das Eine. Seit langem ersehnt, wurde es endlich wahr und geschah ihr, ihr selber.

Als ihr vor ein paar Wochen der Einfall mit den Hilfspaketen gekommen war und sie die Idee zur Sprache gebracht hatte, war ihr aufgefallen, dass sich auf einmal Chaims Ausdruck auf interessante Weise neu zu organisieren schien. Er entspannte sich, doch das sah vermutlich nur sie, denn sie liebte ihn. Und seit sie ihn liebte, sah sie, zumindest ihn betreffend, mikroskopisch. Ihr schien, während sie sprach, seine Blicke richteten sich auf einmal mit Interesse auf sie. Als nähme er erst überhaupt zur Kenntnis, dass es sie gab. Ihr erster kleiner Erfolg. Am Abend jenes Tages hatte er ihr sogar zugeraunt: Gut gemacht.

– Weiß nicht, wovon du redest, hatte sie schnell und erschrocken gemeint und nicht vom Haarbusch der kleinen Rebekka aufgeschaut, den sie gerade kämmte. Danach war er ihr den ganzen Sommer hindurch mit den Blicken durchs Haus und die Umgebung gefolgt, so glaubte sie, oder sie hatten sich beim Essen mit den ihren gekreuzt. Und jetzt, endlich kam der Tag, da er sie fragte, ob sie Zeit hätte, mit ihm ins Freie zu kommen. Ins Freie. Mit ihm.

Es passierte ihr und nicht etwa der großen Schwester in Amerika. Sie wagte nicht, ihre Erregung zu zeigen. Wusste nicht, ob sie das in einem Moment wie diesem durfte. Ein Herzensjubel, den sie unbedacht aus sich herausließe, könnte den Wall niederreißen, den sie um sich herum gebaut hatte und den sie vielleicht noch brauchte. Oder Chaim könnte sie für albern halten. Sie war aufgestanden, das Lesezeichen kam zwischen die Seiten, sie strich Kleid und Haare glatt und verließ mit ihm den Raum.

Chaims Hände lagen verschränkt auf seinem Rücken, als sie so nebeneinander durch jenen Nachmittag gingen und schwiegen. Sie lief nicht an seiner Seite, lief bloß auf demselben Weg in seiner Nähe, manchmal auch abseits des Wegs und versuchte so zu tun, als forschte sie nach etwas, als befinde sie sich rein zufällig auf derselben Strecke wie er, hätte rein zufällig dasselbe Ziel. Und ärgerte sich. Wäre sie doch bloß nicht so schüchtern. Was hat er?, hatte sie sich gefragt. Warum sagt er nichts? Ist alles anders und nichts wie ich glaubte? Sie begann vom Buch zu reden, das sie gerade las, und er blieb einsilbig. Hoffte, die richtigen Worte zu finden, fand sie aber nicht. Ach, der Anfang war so schwierig gewesen.

Chaim hatte ununterbrochen gedacht: Ich blamier mich ja nur.

Es waren etwa fünf Sätze gefallen damals zwischen ihnen. Und nur über das Buch, nein, er hatte es noch nicht gelesen, ja, er würde es nach ihr lesen, gut, sie würde es ihm persönlich übergeben, bevor jemand es sich schnappt. Vermutlich würde es danach endgültig auseinanderfallen. Schon jetzt hingen einzelne Seiten nur noch an einem Fädchen. So trödelten sie, wagten nicht, jenen Pfad zu betreten, der sie einander näher geführt hätte. Zurück im Schloss, warteten beide von neuem auf das entscheidende Wort, eine eindeutige Handlung, wer weiß, worauf sie noch warteten, es hätte so vieles geschehen können.

Es verstrichen ein, zwei, fünf Tage, vielleicht eine ewiglange Woche, ehe er fragte, ob sie seine Freundin werden wolle. Es war, als würde sich die Welt mit diesem einzigen Satz augenblicklich in eine andere verwandeln, sie selber auch eine andere werden, es war ein Gefühl gewesen, ein Gefühl wie Hochzeit.

– Ja, hatte sie leise geantwortet und wieder geschwiegen.

Er auch. Und er war schon damals nicht etwa schüchtern. Schien ein ziemlich selbstsicherer Junge zu sein. Saß mit Inge, Jacques und anderen im Rat der Kinderrepublik und präsidierte ihn. Alex dachte insgeheim, dass er einen Sohn wie ihn, wenn's dazu gekommen wäre, gern gehabt hätte. Auch Alex' Mutter schwärmte von diesem Jungen. Die gesamte Kinderrepublik zählte auf ihn, vertraute ihm wie dem ältesten Bruder. Dabei gehörte er äußerlich keineswegs zu den Siegertypen, war nicht überaus groß, nicht überaus muskulös, sein Hals stand schmal und schmiegsam zwischen seinen Schultern, aber er beobachtete hellwach die Menschen um ihn herum, als dächte er sich in ihre Köpfe. Er folgte mit Interesse dem Unterricht und erteilte selber welchen. Er versenkte sich zu gerne in die Bücher, und immer nahm er lebhaft an den Debatten über Europas Schicksal teil, die die Jugendlichen führten.

Am nächsten Tag nach Unterrichtsende schlug er Inge vor, zusammen auf Holzsuche zu gehen. Auf Holzsuche mit ihm? Aber sicher, sicher, Chaim. Mit diesen Worten hätte sie sich ihm am liebsten in die Arme geworfen, gab sich hingegen völlig unbeeindruckt.

Unterwegs fragte er, da sie die Augen meist zu Boden gerichtet hatte, ob sie etwas suche.

– Suche?, fragte sie. Irritiert war sie. Nein, sagte sie, oder doch vielleicht. Warf das Haar zurück, blinzelte. In die Sonne blinzelte sie, die gerade durch einen Wolkenschlitz brach und deren Strahlen vor Feuchtigkeit zu dampfen schienen. Bloß Holz zum Feuern wie du, warum?, schob sie etwas später noch nach.

Ob er ihr etwas zeigen dürfe.

– Was denn?, sie fragte kühl, hätte aber einen Luftsprung machen mögen. Er war so, so geheimnisvoll war er.

Wie alle scheuen Leute, die glauben, keine Erregung zeigen zu sollen, tat sie weiterhin schrecklich gelassen und dachte, es bewahre sie vor einer Blöße. Und in der Tat hatte er keine Ahnung vom Rasen in ihrem Herzen.

– So komm, sagte er und stapfte los.

Sie zögerte. Was war mit dem Holz? Und die andern, was dachten sie? Ach was. Sie würde Lilo, ihrer Schwester in Chicago, endlich etwas zu schreiben haben. Endlich.

Sie streiften durch den Wald, er erstreckte sich weiter und weiter, sie gingen bis hinauf zum großen Stein. Dort blieben sie stehen und sprachen kein Wort. Kalt strich der Novemberwind übers Gras, strich durch ihr Haar, ein Vogel zwitscherte klagend, träumt vielleicht von den Kleinen, die er im Sommer gefüttert hatte, dachte Inge.

– Das hier wollte ich dir zeigen, sagte Chaim.

Sie sahen weit über die Gegend, über Hügel und Waldungen. Graues regenschweres Gekröse am Himmel, in der Ferne der verschneite Riegel der Pyrenäen. Nach dem Hitzesommer gebärdete sich dieser Herbst kalt und regnerisch.

Chaims Blicke schweiften in die Ferne, folgten mal den schwerfällig dahinziehenden, sich beharrlich verändernden Wolken, schweiften mal über das glanzlose Erdengrün des Abends.

– Nicht eben sonnig, bedauerte er trocken, tut mir leid.

Sie hätte gern etwas Geistreiches geantwortet, oder immerhin etwas Beeindruckendes, die Kehle klemmte aber, eine Scheu, eine Angst warnte, es könnte eine

Dummheit herauskommen, wenn sie jetzt etwas sagte. Er sollte nie von seinem Urteil über sie abrücken, sollte sie für ein großartiges Mädchen halten. Redete sie, und er fand es zickig, war alles vorbei. Die zwei hätten sich ganze Bücherstapel zu erzählen gehabt, die Köpfe waren voll von Geschichten. Man könnte denken, es müsste aus ihnen herausströmen, aber im Gegenteil. Sie zögerten, wussten beide nicht, wie das Wort hieß, das die Zunge befreite, und hatten sie vielleicht das Wort, einen ersten Satz, so fragten sie sich, ob sie nicht anders beginnen sollten.

Sie bückte sich und griff nach einer Distel. Alex hatte ihnen allen beigebracht, wie man die stachligen Dinger erntet. Es gibt immer eine Stelle, wo ihr sie anfassen könnt, hatte er gesagt, immer. Dort packt sie, lasst nicht mehr los und löst sie langsam aus dem Boden. Flora würde sie kleinschneiden und in die Suppe geben, Brot dazu.

Beim Aufrichten begann sie. Vorsichtig, schüchtern:

– Wo bist du her? Nein, sag nichts. Lass mich raten.

– Duisburg.

Aufs Ruhrgebiet wäre sie nicht gekommen, behauptete sie. Dann krakeelte wieder diese Stille zwischen ihnen. Man vernahm sehr fern das Brummen eines Motors. Ein Auto, ein Zug, ein Bomber auf dem Weg nach Afrika? Hin und wieder das Klirren von Pferdegeschirr, hinter dem Wald bereitete ein Bauer sein Feld für den Winterweizen vor.

– Wie kam es, dass du in Belgien warst, als die Deutschen das Land attackierten?

– Nach den Pogromen und wegen all der neuen Judengesetze wollten die Eltern uns an einem sicheren Ort wissen. Sie hatten bei den Deportationen 1938 viele Freunde verloren. Daher schickten sie meinen Bruder und mich nach Belgien ins Flüchtlingsheim.

– Zum verhassten Onkel Gaspard?

– Unsere Eltern dachten ... ach, weißt du, das ist Vergangenheit.

– Erhältst du Nachrichten von deinen Eltern?

– Nein.

– Und dein Bruder? Ist er älter als du?

– Zwanzig, sagte er.

Aus dem Schutzalter heraus, dachte Inge und begriff, dass Sigi sich in der Tat in größter Gefahr befand. Sie war zu voreilig gewesen. Wäre es Chaim am Ende doch noch gelungen, den Freund zum Mitmachen zu bewegen? Hätte ich mich bloß nicht eingemischt, dachte sie entsetzt. Was vermögen denn unsere Pakete gegen Hunger, Kälte und Verlassenheit? Bestand ein kleiner Funke Hoffnung, dass ein Mensch gerettet werden kann, durfte dann die eigene Sicherheit dagegen aufgewogen werden?

– Sag, wie kam es, dass Sigi ...? Inge fehlte der Mut fortzufahren. Schweigend saßen sie, warteten, zögerten, und je länger es dauerte, desto mehr Vorwürfe machte sie sich wegen ihres Eingreifens an jenem Nachmittag.

– Dass er in Gurs ist?, nahm Chaim den Faden auf. Die Franzosen haben ihn nach dem Grenzübertritt aus unserem Zug geholt, Jude, Ausländer und erwachsen. Sie haben gesagt, er gehört interniert. Ich wollte ihn nicht gehen lassen, ich hatte Angst. Um ihn. Um mich.

Ich tobte, er sei mein Bruder, sagte ich. Siegfried beteuerte denen aber, er kenne mich nicht.

Chaim stand auf, tat ein paar Schritte, zögerte, setzte sich etwas abseits wieder hin.

– Das war eine prima Idee, Inge, mit den Paketen.

– War mir etwas plötzlich eingefallen, sagte sie.

– Einfälle kommen ungefragt.

– Ich bin nicht mehr sicher, ob es richtig war, mich einzumischen.

– Warum? Die bekommen doch jetzt Essen von uns.

– Ich fühlte mich so klein, so unnütz und feige, und auf einmal konnte ich etwas bewirken.

– Ja, siehst du.

– Aber dein Bruder? Vielleicht hätte Hans noch eingelenkt, hätte ich mich nicht vorgedrängt. Es war dumm von mir.

– Es war dumm von mir, ihn mit reinziehen zu wollen. Ich hätte es besser wissen müssen.

– Wie du für ihn … für deinen Bruder einstehst, finde ich großartig. Geschwister sollten für einander einstehen.

– Mein Bruder …, ach, weißt du, der ist nicht so stark, mein Bruder. Er gibt es nicht zu, aber … Ich habe wirklich große Angst um ihn.

– Was bringen Pakete, wenn wir dennoch um das Leben der Menschen fürchten müssen?

– Viel, Inge.

Das Motorengeräusch war verstummt, der Pflug arbeitete weiter. Der Gaul schien ab und zu den Kopf zu schütteln, es schepperte bis zu ihnen, er wollte gewiss nach Hause. Man hörte, wie der Mann ihm etwas zurief und wie abermals das Zaumzeug klirrte. Aus dem wolkenverhangenen Himmel sandte die Sonne einen kurzen Strahl, bald würde sie sich verabschieden.

– Wenn die Nazis merken, sagte Chaim, dass nicht alles widerspruchslos geduldet wird, nehmen sie sich vielleicht mehr in Acht. Als sie erkannten, dass die Novemberpogrome ohne große Proteste vorübergingen, wussten sie, dass sie weitermachen können. Danach ist alles immer schlimmer geworden.

– Unser Leben änderte sich schon zwei Jahre davor, sagte Inge. Papa kam eines Abends nicht mehr nach Hause. Ich habe das Wort Anschwärzen damals zum ersten Mal gehört. Vom eigenen Angestellten, sagten sie, sei Papa angeschwärzt worden. Und seither sah ich meinen Papa, wenn ich an ihn dachte, auf einer Holzbank sitzen. Ich sah sein Gesicht, jemand hatte es ihm mit Kohle angemalt, wie beim Schwarzpeterspiel. Ich zürnte ihm furchtbar, er hätte doch bei uns sein sollen. Auf einen Schlag wusste Mutti kaum noch, wie sie Essen auf den Tisch bringen sollte. In der Reichskristallnacht war ich mit ihr allein. Lilo schon drei Monate in Amerika. Wir saßen in der Stube, Mutti löschte aus Angst das Licht, und ich ängstigte mich noch mehr. Wir lauschten dem Lärm auf der Straße, hörten zwischen den Schreien und Parolen immer wieder das Bersten und Splittern von Glas. Ich dachte, und wenn sie heraufkommen?

– Kristallnacht, das ist ein Naziwort, Inge. Ihr Spott und ihre Schadenfreude über die Millionen herumliegenden Scherben. Sag es nie wieder, Inge. Sag einfach Pogrom, Novemberpogrom.

– Dieser Grün… oder Gryn…, wie hieß er schon wieder? Der war doch aus Duisburg, oder?

– Der Herschel Grynspan?

– Ich frage mich manchmal, ob er, hätte er gewusst, was passiert, ob er auch geschossen hätte.

– Wer so denkt, wird nie in die Geschichte eingehen.

– Muss man denn in die Geschichte eingehen?

Chaim lachte: Natürlich nicht, du bist gut. Aber Grynspan hatte eine verzweifelte Wut. Seine ganze Familie war nach Polen abgeschoben worden. Und er saß in Paris, völlig machtlos. Er hatte einfach diese ganzen Übergriffe und Ungerechtigkeiten gegen seine Landsleute satt. Er wollte etwas tun.

– Er war wahrscheinlich ein Hitzkopf.

– Vielleicht doch eher ein besonnener, unauffälliger Typ. Denn wie sonst könnte einer in die Botschaft eindringen mit einem Revolver in der Tasche, ohne dass er auffällt? Nein, ich glaube eher nicht, dass er ein Hitzkopf war.

– Der Herr von Rath, der war aus Duisburg, nicht wahr? Hast du ihn gekannt?

– Die Familie lebte schon seit zwei Generationen nicht mehr in der Stadt. Sie stammte aber von dort.

– Aber es stand so in der Presse.

– Die hat das furchtbar aufgebauscht.

– Ich erinnere mich. Sie quetschten dieses Thema bis zum Erbrechen aus.

– Die Leute wurden durch unsere Lokalzeitungen geradezu moralisch verpflichtet, den Mord an Herrn von Rath zu rächen. Sie ließen sich aufhetzen wie Hunde, bis sie blind vor Wut auf die Straße gingen. Viele sind sogar von außerhalb hinzugereist. Man durfte ja, die Polizei schaute zu. Die Feuerwehr bestieg nicht eine einzige Leiter, um die Synagoge zu löschen. Sie schützte bis zum Morgengrauen allein die Nachbarhäuser.

– Nachher bist du abgereist.

– Nicht sofort. Meine Eltern begannen jedoch nachzudenken, wie wir dem allem entrinnen könnten. Papa hatte ja Beziehungen, verstehst du? Er arbeitete ja bei der Justiz.

Die Sonne kam nochmals hervor und färbte, bevor sie wieder verschwand, die Wolken mit falschem Gold, Inge fror.

– Ich würde dich begleiten, sagte sie plötzlich, ich habe keine Angst. Ich meine zum Lager von Gurs.

Er nahm ihre Hand, und sie schwiegen wieder. Inge begann vor Glück leise zu summen.

– Wir sollten uns auf die Holzsuche machen, sagte sie später, es ist Abend.

Er zog sie in die Höhe, einen Moment standen sie einander ganz nah, konnten hören, wie der andere atmete, Chaim fuhr sacht mit der freien Hand über Inges Wange, gleich wandten sie sich jedoch voneinander ab, lasen vom Boden auf, was an Holz herumlag, einträchtig, ihre Herzen in Hast und Aufruhr.

– Woher kommst denn du?, fragte Chaim später.

– Darmstadt, sagte sie. Und weißt du, was? Mir fällt gar nicht mehr ein, wie es dort aussieht.

Wieder Schweigen. Inge kaute an einer Graswurzel, sie war süß wie Honig. Tief im Boden wohnen die kleinen Mäuse, dachte sie, haben da ihr Haus und warten. Warten, dass wir wieder gehen, dass wieder Ruhe einkehrt. Genau wie wir.

– Und dann, weißt du, sagte auf einmal Chaim, warfen sie mich zurück in den Zug. Und mein Bruder ruft: Ich kenn den Idioten nicht. Das tat weh. Ich hätte ihn ohrfeigen mögen. Es hat ihm nicht geholfen.

– Wie kannst du's wissen?

Inge dachte, was für eine merkwürdige Zeit dies sei, in der sie lebten. Wie der Acker in der Ebene, der gerade umgepflügt wurde, kam die Welt ihr vor. Nichts war von Dauer, kein Dasein, kein Haus, keine Familie, kein Beruf, die Gegenwart schon gar nicht. Die Zukunft glich einem geborstenen Fenster mit unbestimmter Aussicht. Von Mutti hatte sie Wochen nichts mehr gehört. Sie war Inges letztes Band zur Vergangenheit, ihr letztes Band zu jener Kindheit, die so bald schon unruhig geworden war. Die arme Mutti weilte immer noch in Darmstadt, suchte verzweifelt, Geld aufzutreiben, um ein Ausreisevisum zu bekommen und die Auswanderungsabgabe entrichten zu können. Das Reich hatte den Schmuck, den Vati ihr jeweils zu Weihnachten freigebig unter den Baum gelegt hatte, längst eingezogen. Die Ersparnisse, die Vater und Großvater auf Banken und in Sparkassen nach der Wirtschaftskrise noch besessen hatten, mussten sie anmelden. Sie mussten nach der Kristallnacht Sühnegeld für die Zerstörungen jener Nacht entrichten und sahen ihr Vermögen nie wieder. Ob Mutti noch in Darmstadt war, auf dem Weg nach England, oder hatte sie aussiedeln müssen wie viele andere Eltern, wie ganze Familien, ganze Hausgemeinschaften?

Bevor sie Darmstadt verließ, hatte sie nie überlegt, was ihr das Liebste sei. Später schien ihr, sie hätte in stupidem Überfluss gelebt. Kurz danach jedoch sehnte sie ihn wieder herbei. Sehnte sich nach den riesigen Steaks, die Vati manchmal von der Fabrik nach Hause brachte, die das Hausmädchen dann briet, so dass sich ein unwiderstehlicher Duft in der Wohnung ausbreitete, bevor die Familie sich zu Tisch setzte und über die Teller hermachte. Dennoch hatte sie diese Fettfabrik ihrer Familie nie gemocht, hatte es vermieden, den Vater im Büro zu besuchen. Es stank dort so.

Im Oktober war ein Brief aus Amerika in Seyre eingetroffen. Ein Brief von Lilo. Beim Entfalten fiel ein dünnes Papier mit der Handschrift von Mutti heraus. Sie hoffe, Lilo würde die kleine Schwester bald nach drüben holen und finde dazu die nötige Hilfe. Schreib ihr meine innigsten Grüße, schrieb Mutti an die Schwester. Ich hoffe, sie wird gut und lieb umsorgt und hat zum Anziehen alles, was sie braucht. Der Brief datierte vom August. Mutti glaubte, ihre kleine Inge lebe immer noch behaglich in Onkel Gustavs Haus in Brüssel. Mutti, hatte Inge geheult, liebste Mutti, wenn du wüsstest … Mutti war ihr abhandengekommen und damit ein Teil ihrer selbst. So sehr sie sich dagegen sträubte, ihre Mutter entglitt ihr.

– Ich weiß es eben, riss Chaims Antwort sie aus ihren Gedanken. Komm, sagte er knapp.

Inge verjagte die Erinnerung und sprang auf. Er nahm ihre Hand, sie überließ sie ihm, ohne zu zögern. Lass uns zurückgehen, sagte er, und das Holz zu Flora bringen. Um ihre Körbe und Säcke zu tragen, mussten sie einander loslassen, es ging nicht anders, und so machten sie sich auf den Rückweg.

– Glaubst du, dein Bruder würde es dir schreiben, hakte sie nach, als sie den Abstieg hinter sich hatten und schweigsam eine Weile gegangen waren, falls er dir etwas vorzuwerfen hätte?

Er nickte nur.

– Meine Schwester ist in Amerika, fing sie plötzlich an, mein Cousin Robert und seine Frau Selma haben sie nach drüben geholt. Ich erhalte nur spärlich Nachricht von ihr. Es plagen sie Kleidersorgen, ich glaube, sie hat zu viel Auswahl. Und sie ist verliebt. Und ich, ich lasse sie nichts wissen von den Läusen, die uns alle heimsuchten, und nichts davon, wie dünn wir geworden sind, wie sehr wir hungern, nichts von den Strohlagern, auf denen wir schlafen, vom Abtritt im Freien, vor dem wir uns alle fürchten. Und dass Alex uns zwingt, unsere Klamotten untereinander zu verteilen, damit alle gleich viele haben, schreib ich ihr auch nicht. Dass Ruth in meinem Kleid herumläuft, das mir zu weit geworden ist, und ich in Ediths Hemd, sowas fände sie eklig. Sie würde denken, ich erzähle Lügen, ich übertreibe. Sie heißt Lilo, weißt du. Ich habe sie immer bewundert, fand sie immer sehr schön. Sie ist älter, weißt du, ich war stets die Kleine, Dumme. Jetzt hat sie Arbeit bekommen in Chicago. Sie arbeitet dort in einem Büro und lackiert die Nägel rot.

Chaim lauschte überrascht dem atemlosen Sturzbach ihrer Geschichten. Als sie geendet hatte, sagte er:

– Du wärst auch gern dort, stimmt's?

– Klar, sagte Inge, aber noch lieber bei Mutti. Doch so mit dir hier herumwandern, das tu ich gerade am liebsten. Sie atmete tief und glücklich aus und überraschte ihn mit einem schelmischen Blick, den zu deuten ihm nicht gelingen wollte.

Beladen mit Holzstößen kamen sie schließlich zurück und näherten sich voller Neugier, mit vom Harz klebrigen Händen der Unterkunft. Von weitem hatten sie den kleinen blauen Lastwagen auf dem Vorplatz entdeckt, dessen staubiges Blech und schiefe Reifen, dessen zerbeulte Radkappen und beschmutzte Frontscheibe von Abstechern in schroffere Gegenden erzählten. Alex war gerade dabei, ihn mit ein paar Jungs zu entladen. Käselaiber wurden von der sandigen Straße in das Stallgebäude gerollt, in großen Kartons Milch- und Eipulver, Schokoladetafeln, Mehl-, Reis- und Zuckersäcke in großen Kartons herangeschleppt.

– Aus der Schweiz!, rief Hans, dem Land, das sich, satt wie eine Stubenfliege, am Fuß seiner Alpen sonnt.

– Freust du dich nicht, dass sie uns beschenken?, gab Alex zur Antwort.

Inge und Chaim schichteten das Holz auf die Beige hinterm Haus. Hin und wieder berührten sich wie durch Zufall ihre Hände, ihre Ellbogen. Sie konnten nicht bei den Käserädern mitanpacken, mussten erst das Harz von den Fingern waschen. Die beantragte Seife war jedoch noch nicht zum Vorschein gekommen, so blieb ihnen wie stets nur der Sand von der Straße. Erst jetzt bei der Rückkehr lasen sie es in den Augen der andern, denen sie begegneten: Sie galten als Paar. Sie waren ein Paar geworden. Von dem Tag an fand Inge ab und zu eine Blüte neben dem Teller, einen besonderen Stein, einen Zettel, einmal ein kleines weißes Schneckenhaus.

Flora, die nie wirklich auf eine Hilfe dieses Ausmaßes zu hoffen gewagt hatte, stellte zur Feier der Lieferung aus der Schweiz ein Festmahl zusammen und fand später in der Nacht den lang vermissten tiefen Schlaf wieder. Elka musste einmal aufstehen. Der schwarzhaarige Elia, der keinen Tag ohne seine kurze Lederhose herumlief und keine Nacht ohne sie zu Bett ging, war aus seinem Strohsack gekrochen, um in großer Hast nach einem Versteck zu suchen. Den Arm um den mageren Jungen gelegt, führte Elka ihn zurück zu seinem Lager und setzte sich zu ihm, bis sein Atem ruhig wurde und er wieder schlief. Fast jede Nacht glaubte er, das Rasseln von Ketten zu hören, und suchte nach einem Versteck, um sich zu verkriechen. Was für Ketten, dachte Elka, was für Ketten versetzen deine Seele in solche Angst? Bei Tag wusste er darauf ebenso wenig zu antworten wie in der Nacht. Seine Schwester vermutete, er höre die Panzer wieder, die Tag und Nacht an ihrem Haus vorbeifuhren. Er sei mal einer ganzen Kolonne gegenübergestanden, als er mit andern Kindern draußen spielte. Alle hätten sich gegen eine Hauswand gequetscht, aber ein Junge war nicht flink genug gewesen.

Inge hatte in der Nacht, die auf das Holzsammeln folgte, den Kopf noch ganz bei Chaims Worten, und wie sie miteinander durch die Gegend gewandert waren, wie er ihre Hand genommen hatte und wie ihr so anders wurde dabei. Sie blieb schrecklich aufgewühlt, ganz ohne Schlaf.

Die Seife traf mit den gespendeten Kleidern, Schuhen, warmen Strümpfen, der Unterwäsche und den gebrauchten Mänteln Ende November ein und die Inspektion der willkommenen Lieferung dauerte wiederum bis in die Nacht. Das Anprobieren und Verteilen der Klamotten ging unter Geplauder und Abwägen vor sich, was wem am besten passte und gerechterweise auch zustand. Niemand ging leer aus, fast alle bekamen, was sie brauchten, manchmal traf es sich, dass Jungen oder Mädchen wegen eines Stücks in Streit gerieten. Still wurde es in der Unterkunft erst gegen Morgen, als das kostbare Kerzenlicht zu flackern anfing und knisternd mit einem Räuchlein erlosch.

Nach dem monatelangen Luftkrieg, nach der Westoffensive, nach dem Vormarsch der Deutschen in Griechenland und Afrika brach der zweite Kriegswinter an. Luft, Land und Meer waren von den Millionen Gewehrsalven und Detonationen, von den brennenden Städten und Dörfern, den versenkten Schiffen, den abgeschossenen und auf Grund gesunkenen Bombern, von aufgedunsenen Leichen und stinkenden, von Würmern zerfressenen Tierkadavern entkräftet und krank. Himmel und Erde ließen das Meer gefrieren, die Bombenkrater erstarrten zu Eisseen, Mitteleuropa fror bei Kältewerten um zwanzig Grad minus, erlitt Erfrierungen und bittere Hungernächte. Man verheizte sein Mobiliar und die

Alleen, man wurde zum Dieb, stahl Kohle und Holz, um einmal wieder Füße und Hände zu wärmen, man schlich sich auf den Schwarzmarkt und bezahlte ein Vermögen für ein paar Kartoffeln.

Maurice Dubois erschien jede Woche mit seinem roten Bugatti in Seyre und besprach mit Alex, Elka, Flora und Ernst, was wieder gebraucht würde. An einem Dezemberabend des Jahres 1940 rief Alex, kurz nachdem Dubois wieder abgefahren war, die dreißig älteren Kinder der Kolonie zusammen und sagte:

– Wie ihr alle wisst, Weihnachten kommt bald. Und sicher wisst ihr, dass es für die Christen eines der höchsten Feste ist. Ein Fest mit Geschenken und besonderem Essen, mit Liedern, Kerzen und einem Lichterbaum. Und darum, verriet er, möchten die Leute in der Schweiz, die sich um uns kümmern, euch allen ein richtig schönes Weihnachtsfest bereiten. Mit Geschenken und einem Festessen für euch.

Die Kinderrepublik befand sich immer noch weit davon entfernt, abends satt einzuschlafen. Weit entfernt von Eiern zum Frühstück oder knusprigen Latkes mit Apfelmus als Nachspeise. Alle träumten bloß ständig von solchen Dingen. Von Latkes, den knackigen Kartoffelküchlein, zu Bergen aufgehäuft, von denen die schäumende Butter troff, in der sie gebrutzelt hatten. Sie träumten davon, wie weich sie im Innern sein würden und wie knusprig die Kruste. An dieser Stelle endete der Traum stets und ließ sich bei aller Anstrengung nicht fortsetzen. Flora fehlten das Fett und die Eier. Waren Eier da, bestand Alex darauf, sie roh zu schlucken. Wegen der Nährstoffe, die sie nur in ungekochtem Zustand vollumfänglich lieferten. Am häufigsten blubberte Maisbrei in Floras Kessel, den sie nach Möglichkeit zu bereichern suchte. So trug sie heute Mais mit Kastanien, morgen Mais mit Zwiebeln, Mais mit geröstetem Brot, Mais mit Kohl, Mais mit Bohnen oder Disteln, Mais mit Käse und sehr oft Mais mit Nichts auf. Die großen Jungs schleppten wöchentlich zentnerschwere Maissäcke die Straße zur Unterkunft hinauf.

– Es könnte heikel werden, fuhr Alex fort. Diese Leute in der Schweiz verstehen von unserer Küche wenig, ich vermute, es wird nichts von dem auf den Tisch kommen, was bei uns an Festtagen gegessen wird. Ich rede von Friedenszeiten, versteht sich. Könnte das für jemanden zum Problem werden? Oder seid ihr dabei?

Inge sah Teller mit Wiener Schnitzel vor sich, die weit über den Tellerrand hingen, ein knuspriges Hähnchen, einen Berg gebratener Kartoffeln, pinkfarbene Torten.

– Was passiert, wenn wir ablehnen?, fragte Ruth.

– Und was, wenn wir bloß um ein paar Zutaten bäten, die wir selber zubereiten?, schlug Edith vor.

– Wenn ihr mich fragt, mir ist alles lieb, wenn ich bloß mal wieder satt werde, warf Chaim ein.

Inge fiel ein, wie wenig sie sich im vergangenen Jahr an die jüdischen Feste erinnert hatte. Ihre Eltern besuchten die Synagoge nie, nur für Großvater hatte sie eine Rolle gespielt. Einmal in der Woche soll der Herr zu seinem Recht und seiner Ehre kommen, pflegte er zu sagen. Vati hielt sich auch samstags und sonntags in der Fabrik auf, was den Großvater kränkte. In der Kolonie waren sogar die höchsten Feiertage vorübergegangen, und die Leitung hatte davon keine Notiz genommen.

– Weihnachten zu feiern, sagte Lotte, bedeutet für mich ein Vergehen. Warum, fragte sie, die gewöhnlich wenig sprach, warum feiern wir nicht unsere eigenen Feste? Niemand hat bisher davon ein Wort gesagt. Ihr kennt doch alle unsere wunderschönen Rituale und Lieder.

Dieses lange Mädchen mit dem braunen Haar und den blassen edlen Gesichtszügen hatte sich allein von Rheydt in Deutschland bis Südfrankreich durchgeschlagen, wo sie aufgegriffen und in Gurs inhaftiert wurde. Alex war es, der sie rausgeholt hatte.

– Ja, meldete sich Ruth zu Wort, sie hat recht. Ich bin auch der Ansicht, wir sollten unser jüdisches Erbe mehr pflegen. Wir sind es unseren Angehörigen schuldig.

Ruth hatte während der Brüsseler Zeit Kurse in Hebräisch besucht und dabei die Sprache gelernt. Später, so versicherte sie oft, würde sie nach Palästina gehen. An den Freitagabenden traf sie sich mit einer kleinen Gruppe hinter dem Haus auf der Wiese. Es erklangen wehmütige und manchmal auf volkstümliche Art schalkhafte Weisen, der Abendwind wehte dem Bauern auf dem Feld, der Bäuerin beim Einsammeln der Hühner, den Mägden an den Brunnen und den Knechten und dem Vieh im Stall, ja sogar den Gendarmen eine Prise Leichtigkeit zu.

– Stimmt, fiel Alex ein, wir sollten öfter an unsere Traditionen denken.

Walter hingegen sagte:

– Dass wir uns beschenken lassen und ein gutes Essen bekommen, bedeutet nichts. Wir werden nicht zwangsläufig zu Christen dadurch. Lotte und Ruth hingegen sollen auch an Weihnachten ihren Maisbrei essen dürfen.

Judith war diesen Sommer zu einer der Schönsten unter den älteren Mädchen herangewachsen. Fast unmerklich verlor sie alles Kindliche, und eines Tages war sie eine Frau geworden. Es ließ sich im ehemaligen Ziegenstall nirgends ein Taschenspiegel oder eine Glasscherbe finden. Auch Fensterscheiben oder große Spiegel, die einen ganzen Menschen von Kopf bis Fuß wiedergegeben hätten, gehörten zu den Dingen, die im früheren Leben zurückgeblieben waren. Doch lernte Judith, dass sich Liebe, Enttäuschung, Bewunderung und Ablehnung, Gleichgültigkeit oder Wut in den Augen der andern ablesen ließen. Sie begann, ohne dass sie sich in einer Fensterscheibe oder an der Tür eines Schrankes entdecken konnte, über ihr Äußeres nachzudenken. War sie schön, oder was bedeuteten die vermehrten, verwunderten Blicke von allen Seiten? Sogar die Mädchen schauten ihr jetzt häufiger hinterher, bemerkten sie nicht mehr bloß, sondern bestaunten sie. Beobachteten sie träumerisch, manchmal befremdet, manchmal mit gerunzelten Brauen. Gerade der kleine Juri, für den Judith eine Art Mutter oder große Schwester zu sein versuchte, beteuerte oft, wie schön sie sei. Schön wie seine Mama. Als ob das nicht genügte, spürte Judith, dass sie die älteren Jungs immer weniger lästig fand.

Sie hatte damit begonnen, um Chaim herumzutrippeln. Seit er ein Küchenamt innehatte, sah man sie daher öfters im Dunst von Floras Töpfen. Sei es, um sich nützlich zu machen oder um es so einzurichten, dass er bei seinen Gängen an ihr vorbeikommen musste. Dann berührte sie ihn kurz, lächelte ihn an, scherzte mit ihm. Ständig versuchte sie, ihn in ein Geplänkel zu ziehen, während sie sich gegen den Küchentisch lehnte und das Spiel mit dem Körper ausprobierte. Ihre Aufgabe bestand darin, die Kranken im Krankenzimmer mit Essen zu versorgen, und da fast immer jemand bettlägerig war, gab es tatsächlich Gründe für sie, bei der Essenszubereitung herumzustehen. Keine Gelegenheit ließ sie dann aus, Chaim im Vorübergehen ein Stück geröstetes Weißbrot oder einen Apfelschnitz vom Tablett für die Kranken zuzustecken. Sie tat es mit großer Selbstverständlichkeit und viel Anmut. Die Familie musste ihr ein beneidenswertes Quantum Selbstvertrauen mitgegeben haben, und sie genoss das Erwachsenwerden aufrichtig. Ohne Hemmungen, ohne Versteckspiel. Und weil sie diese Ausstrahlung besaß, dazu noch so viel Schönheit, war sie bei allen beliebt. Und alle wandten sich ihr zu, als sie jetzt zu reden begann.

– Ich denke, es ist egal, ob wir eine Religion in unseren Herzen haben. Egal finde ich auch, welche von allen Religionen wir haben. Die Religionen wollen doch alle dasselbe. Wir sollen einander achten. Wir sollen Ehrfurcht haben vor dem Leben. Richtlinien über das Essen oder den Glauben gibt es, glaube ich, in jeder Religion. Aber hier, in La Hille, sind sie nicht nötig. Und auch nicht möglich. Wir können sie nicht befolgen, außer wir wollen verhungern. Aber das würde bedeuten, wir hätten keine Ehrfurcht vor dem Leben. Im Übrigen ist Weihnachten ein Fest für die Kinder, ein ziviles Fest, das jeder feiert, der Feste mag. Ich mag Weihnachten. Und bin überhaupt keine Christin. Und ich werde die Geschenke der Leute, die an uns denken, nicht zurückweisen. Ich möchte ihre Großzügigkeit nicht missachten. Und ebenso wenig möchte ich sie kränken, indem ich das Essen kritisiere.

Der Meinungsaustausch versiegte. Alex schloss daraus, dass er die Feier durchführen konnte. Gut, dachte er, schließlich sind diese Leute unsere Rettung.

Inge aber, die stets Judith im Blick hatte, und keinen von deren Versuchen, sich Chaim anzunähern, übersah, holte sich ihre Wolldecke, verließ den Raum und trat aus dem Haus. Der heutige Abend, dachte sie, hat vollends für Judith entschieden. Sie hatte klug geredet, zugegeben. Inge selber hatte währenddessen Chaims Interesse einzuschätzen versucht. War er beeindruckt? Sie selber vermochte nicht so klug zu reden. Ja, zweifellos hat Judith ihn bezaubert. Nicht zuletzt durch ihre Schönheit. Neben ihr konnte sie, die kleine Darmstädterin mit ihrer etwas großen Nase und den kindischen Locken, sicher keine Punkte machen. Das Reden vor den Leuten lag ihr nicht. Judith hingegen würde sogar die Mäuse und Ratten in ihren Schlupfwinkeln aufhorchen lassen.

Im Dorf war jeder still in sein Haus heimgekehrt. Nebel legte sich auf die Gegend, schlich lautlos und feucht über die Dächer, kroch zwischen die Latten der Zäune, klebte Tröpfchen an die Spinnfäden, suchte Nischen und Spälte, um sich darin einzurichten. Hätte ich mich zu äußern gewagt, dachte Inge, ich hätte nichts Nettes herausgebracht. Ich hätte ihnen erklärt, dass diese Leute uns alle zu kaufen versuchen. Mit Geschenken und erlesenem Essen. Dass sie es darauf abgesehen haben, uns nach und nach zu Christen zu machen. Warum dürfen wir uns nicht selber ein jüdisches Festmahl zubereiten? Warum feiern sie nicht einfach mal Chanukka mit uns? Wie es geht? Fragt uns doch!

Die vorgebrachten Argumente klangen in Inges Ohren wie Ausreden. Alle dachten doch bloß daran, wie es sich anfühlen würde, wieder einmal satt zu sein. Es würde himmlisch sein, zweifellos, gestand sie sich ein. Seit sie auf der Flucht waren, hungerten, froren, trauerten sie und ängstigten sich. Und sie vernachlässigten ihre Religion. Wie konnten sie es also verantworten, sich gerade auf den Glauben zu berufen? Anderseits war er es ja, der sie in die jetzige Lage gebracht hatte. Mussten sie etwa an ihm festhalten, um ihre Feinde zu bekämpfen?

An Heiligabend schlug Alex morgens mit den großen Buben im Wald eine Tanne. Maurice und Ellen Dubois trafen nachmittags mit der übrigen Belegschaft aus dem Büro von Toulouse ein. Einige Nachbarn waren auch geladen, und alle förderten aus ihren Taschen Pakete, sogar Baumschmuck und ein paar Kerzen zutage. Die Bauern legten ein paar Eier, ein Stück vom rar gewordenen Rauchspeck, Eingemachtes dazu. Alex versah jedes seiner Geschenke mit einem Namen. Später lagen sie rund um den Baum. Die Kerzen steckte er in spezielle Halter und klemmte sie auf die Äste. Unter Gelächter kletterten ein paar Kinder einander auf die Schultern und befestigten einen Metallstern an der Spitze. Die beiden Dubois hatten hölzerne Herzen in roter und blauer Bemalung aus Toulouse gebracht und verzierten damit ebenfalls den Baum. Die Kleineren deckten den Tisch und schmückten ihn mit Ästen und Vogelbeeren. Hier oder dort leuchtete ein Herbstblatt hervor.

Alex ging vors Haus, um mit einer Glocke jene zu rufen, die noch im Freien herumstreiften und deren Stimmen wie durch verstopfte Rohre aus dem Nebel drangen. Sie konnten nah oder auch fern sein, es ließ sich schwer sagen. Alle staunten über den glühenden Baum, die Pakete, die festliche Stimmung und besonders den Duft, der von Floras Herd herüberkam. Flora, Elka und Irène rührten und stocherten mit erregten Gesichtern in den Töpfen und Pfannen herum.

Maurice erging sich schon bald in feierlichen Tönen, erzählte von Jesus und seinen guten Taten. Erinnerung, schien ihm, war eine goldene Straße, roch nach Honig und gerösteten Mandeln. Ihm war, ein Engel berühre ihn sacht mit dem Saum seines Kleides. Er sah wieder das hölzerne Pferdchen vor sich, das er als kleiner Bub bekommen hatte, als es genauso duftete, Geschenke und Kerzen gab und die ganze Familie sang. Juri befingerte indessen schüchtern die kleinen bunten Gebinde unter dem Baum. Alex führte ihn weg. Er entwischte zu Rebekka, die verwundert in die flackernden Kerzen starrte. Er legte den Arm um ihre Schultern, sie saßen beide zusammengesunken da und schwiegen.

– Alle, sagte jetzt Maurice, die hier versammelt sind, bitte ich, sich an Jesus ein Beispiel zu nehmen. Wir alle hier, und damit zeigte er auf die versammelten Gäste, versuchen seit Jahren, den Verfolgten zu helfen. Wir tun es in seinem Namen und nach seinem Vorbild. Wir beten um Kraft und Güte, wie er sie besaß. Würde ihm die Welt folgen, gäbe es die schrecklichen Ereignisse nicht, von denen wir täglich hören und die uns so sehr zu schaffen machen. Ich bete für euch alle, aber jetzt wollen wir feiern. Frohe Weihnachten!

Er hat just zur rechten Zeit seine Faselei beendet, dachten einige Kinder, länger hätten sie nicht zuhören mögen. Zum Essen suchte Inge sich einen Platz neben Chaim und dachte an Mutti. Wenn sie bloß nicht fror, bloß nicht hungerte. Wo überhaupt war sie?

– Schau, neckte Chaim, dein Traum erfüllt sich nicht, es gibt keine Wiener Schnitzel und keine Kartoffelcharlotte. Wirst du dennoch eine Kleinigkeit essen?

– Ich war doch dabei, als die Würste gekommen sind, ich weiß, erwiderte sie. Warst nicht du derjenige, der heimlich eine anbeißen wollte? Weißt du das nicht mehr?

Schnell legte er den Finger an ihre Lippen. Sie küsste den Finger, hielt ihn mit den Zähnen fest und küsste ihn nochmals.

Jetzt durften sich alle in die Reihe stellen und am Herd zwei Exemplare dieser Schweizer Spezialität, eine schwarze und eine weiße Wurst, samt Kartoffelbrei entgegennehmen. Das Gericht sah sehr hübsch aus, Flora verteilte auf jeden Teller auch etwas Apfelsauce. Die schwarzen Würste, die Maurice Blutwürste nannte, waren so prall, dass sie beim Anschneiden spritzten. Flora hatte sie mit Sorgfalt im siedenden Wasser ziehen lassen und darauf geachtet, dass sie nicht platzten. Juri brachte trotz der würzigen Zutaten nicht den kleinsten Bissen hinunter. Die Vorstellung, Blut zu essen, würgte ihn. Er schob den Teller Inge zu, die schob ihn Chaim zu, der ihn zurückschob. Schließlich schnitten die beiden Juris Wurst in zwei Hälften und aßen ausgelassen das Teil im Teller des andern.

Für dieses eine Mal war genug da. Manche Kinder ließen sich Löffel um Löffel nachschöpfen. Mochten dabei an die kommenden Wochen und Monate denken, in denen von dem Reichtum nichts mehr übrig sein würde.

Als sie satt war, seufzte Inge: Ich esse Blutwürste, und sie schmecken mir, und ich feiere das Fest der Christen. Wäre ich aber eine von ihnen, säße ich nicht hier mit euch in diesem dreckigen Loch.

– Ich habe heute Morgen gefegt, Inge, es ist hier nicht …, zog Chaim sie schon wieder auf.

– Verzeih, fiel sie ihm ins Wort und verstummte.

– Möchtest du eine von ihnen sein?, nahm er den Faden wieder auf.

– Von wem?, fragte Judith, die zu ihnen trat und einen Teller mit Keksen vor die beiden stellte.

– Eine Christin.

– Muss sie das beantworten, Chaim?, lachte Judith und fuhr fort, die Kekse anzubieten, Kekse aus Toulouse, bedient euch!

Sie griff selber tief in die Schale, ihre weißen Zähne blitzten, sie biss zu und brach sich ein Eckchen ab.

– Wer weiß, was morgen ist, sagte sie scherzhaft und setzte sich unbekümmert ihnen gegenüber an den Tisch. Was ist mit dir, Inge? Isst du nicht?

Da begann Ellen, die freundliche dunkelhaarige Amerikanerin, zu singen, und Maurice, ihr Mann, fiel ein. Sie war italienischer Abstammung, und die beiden hatten sich in Murcia in Spanien bei der Arbeit für die Kinder des Bürgerkriegs kennengelernt. Edith holte die Flöte und spielte eine Kantate von Bach. Es folgte O Tannenbaum, und auch dieses Lied drang durch die Kartoffelsäcke vor den scheibenlosen Fenstern hinaus in die eisige Nacht. Ellen bat daraufhin Lotte, Stille Nacht zu singen. Sie war eine schöne, dunkelhaarige junge Frau von zartem Körperbau. Sie sprach nie unüberlegt und dennoch mischten ihr amerikanischer Akzent und ihre nicht immer korrekten Sätze einen unverwechselbaren Charme hinzu.

– Wir haben von deiner wunderbaren Stimme gehört, sagte sie.

Wissen sie von meinem Widerstand gegen das Fest?, dachte Lotte, was hat Alex ihnen erzählt? Sie senkte den Kopf und fing an, am Kleid herumzuspielen:

– Nein, sagte sie, nein, das möchte ich nicht.

Hatte sie ihre Abneigung gegen Weihnachten nicht deutlich genug zum Ausdruck gebracht?

– Es war ein schönes Fest, sagte sie. Ich werde den Abend nicht vergessen. Vielen Dank, aber singen werde ich nicht.

Heinz Storosum sprang ein, die Geige unter dem Arm, die er aus ihrem Kasten geholt und gestimmt hatte.

Die Gäste klatschten in die Hände, und das Spiel begann. Er fiedelte das Lied, es war ihm noch aus der Kindheit geläufig. Sein Instrument hatte ihn auf der Flucht von Köln nach Brüssel und von Brüssel bis hierher begleitet. Zum ersten Mal nahm er an diesem Abend den Bogen wieder zur Hand.

Maurice schien aufmerksam zu lauschen. In Wirklichkeit befand er sich in Gedanken ganz woanders. Im November war der Arbeitsgemeinschaft vom Eidgenössischen Kriegsfürsorgeamt eine zweite Sammlung für das Jahr 1940 nur ausnahmsweise bewilligt worden. Eine breite Werbekampagne hatte das Land überschwemmt, die Haushalte, die Kirchen, die Presse, die gesamte Schweizer Bevölkerung spendeten. Ohne diese Gelder hätte das Weihnachtsfest in den Lagern und Flüchtlingsheimen keinesfalls finanziert werden können. Im Frühjahr würde der nächste Spendenaufruf ausgelöst. Maurice vermochte als Leiter der SAK nur einen kleinen Schritt vor den nächsten kleinen Schritt zu setzen. Die Kriegshandlungen weiteten sich aus, die zusammengeschlossenen Hilfswerke kämpften nicht nur gegen zunehmenden Hunger und groß angelegte Vertreibungen, es fehlte ihnen auch verstärkt an Geld. Leicht konnten sie auf eine Straße ohne Zukunft geraten. Da die SAK ein Schweizer Hilfswerk war und von Schweizer Geldern unterstützt wurde, ordnete die Schweiz an, es sollten Landsleute sein, die für das Hilfswerk arbeiten. Maurice Dubois war gezwungen, Alex ins zweite Glied zurückzustellen. Sein Beschluss stand fest, ihn schon heute beiseite zu nehmen und ihm den Sachverhalt zu erklären. Im alten Jahr noch.

Als alle Gäste gegangen waren und die Kinder sich schlafen legten, bat er Alex nach draußen.

– Wissen Sie, fügte Dubois am Schluss der Unterredung an, während der die beiden mehrmals das Gebäude umrundet hatten, wissen Sie, es soll sich dadurch zwischen uns nichts ändern. Ihre bisherigen Leistungen haben das Maß dessen, was getan werden musste, weit überstiegen. Ihnen und Ihrer Frau ist es gelungen, den Kindern Hoffnung und Vertrauen zurückzugeben. Und ein neues Zuhause. Besser hätte Ihre Aufgabe niemand gemeistert.

– Ohne Flora, Elka, Ernst und meine Mutter hätte ich scheitern müssen. Und dieser harte Winter würde ohne Ihre SAK für uns alle zu einem Drama, antwortete Alex bescheiden. Ich respektiere Ihre Entscheidung, aber sie schmerzt. Stärker als vieles, was ich in diesen letzten Jahren durchlebt habe. Es war ein Schlag für ihn, er fühlte die Schmach des Rechtlosen, der den Zwängen geopfert wird. Schließlich dachte er an die Kinder. Wenn es tatsächlich besser für ihr Wohl war, wollte er die Demütigung hinnehmen.

– All dies bedeutet keinesfalls, fuhr Dubois fort, dass Sie und Ihre Frau uns verlassen müssen. Vorerst bleibt personell ohnehin alles beim Alten.

Alex lag eine letzte Frage auf der Zunge: Denken Sie, Herr Dubois, es würde sich eine Person jüdischen Glaubens als mein Nachfolger finden lassen?

Dubois fuhr innerlich zusammen, wie konnte ein Jude in solchen Zeiten ein derartiges Ansinnen auch nur aussprechen!

– Schlagen Sie sich das bitte aus dem Kopf, Herr Frank, erwiderte er mit Bestimmtheit. Seine Haltung drückte wie immer Hilfsbereitschaft aus, aus seinen Augen sprach Verständnis. Ich persönlich würde nichts ändern wollen, aber bedenken Sie, dass eine solche Person in den Augen der Besatzer ein Feind wäre. Das könnte den Kindern schaden. Wir könnten unmöglich unsere Unparteilichkeit glaubhaft machen. Der Unparteilichkeit aber verdanken wir es, dass wir hier arbeiten können. Das verstehen Sie doch? Wir haben es auch in Spanien so gehalten und sehr viel für die Kriegsopfer tun können. Die SAK hat in Frankreich die Erlaubnis bekommen, in den verschiedensten Lagern den Kindern, Schwangeren und Alten zu Hilfe zu eilen. Und, glauben Sie mir, die Zustände, die wir dort antreffen, sind grauenhaft.

– Ich weiß, warf Alex ein, ich war mehrmals dort und habe Kinder herausgeholt.

– Da brauche ich sie nicht aufzuklären.

– Wird es dann jemand sein, der das erforderliche Feingefühl mitbringt?, insistierte Alex. Diese Person wird im Haus als Einzige nicht jüdisch sein. Das muss man sich bewusst machen.

– Gut, dass Sie mich darauf ansprechen. Ich werde es nicht vergessen.

Dubois hatte den neuen Schatten in Alex' Gesicht nicht übersehen, und er verstand. Schade, dachte er, schade, dass ich ihm das antun muss.

Die in Aussicht gestellte neue Leitung hatte Alex seither nicht wenig bekümmert. Ein Wermutstropfen war es an jenem ereignisreichen Tag am Ende eines ereignisreichen Jahres gewesen. Nein, kein Tropfen, ein Glas, eine Flasche vom bittersten Wermut. Und Alex Frank musste sie in einem Zug leeren. Die angekündigte Persönlichkeit war sein Schwarzer Peter, er musste ihn ziehen, ihm war er vorbehalten gewesen, wie stets in seinem Leben, erbitterte er sich.

Hava Narisha

Als Rose in Seyre ihre Arbeit angetreten hatte, war Alex im Vallée de la Lèze mit seiner Truppe pausenlos am Herrichten des verwahrlosten Schlosses. In wenigen Monaten aber würde die Kolonie in La Hille einziehen.

Ende Juli war das Dach geflickt, der Kamin repariert und gefegt. Neue elektrische Kabel schlangen sich über Treppen und Schwellen, schmiegten sich Türrahmen und Wänden entlang, die Schalter versahen ihre Aufgabe, einzig die Glühbirnen waren nicht vollzählig, sie waren schwer zu bekommen. Das Wasser floss ebenfalls noch nicht durch das Haus, doch sah die unfertige Zisterne draußen vor dem Küchenfenster bereits ganz rechtschaffen aus. Mit weit aufgesperrten Türen und Fenstern erwartete das neue Zuhause seine nahenden Gäste.

Sie hatten mit den paar Kleidern aus den Hilfspaketen, mit Blechgeschirr, Holzpantinen, Küchengeschirr und Essvorräten, den Heften, Büchern und Bleistiften die Stallruine verlassen. Dennoch war mehr zu tragen als vorausgesehen. Sie mussten auch ihren Gemüsegarten plündern, die Tomatenstauden, die Salate, die ersten Rübchen und Radieschen ausgraben. Denn es war Frühling geworden, und ein warmer Wind hatte übers Meer den Sommer ins Land gejagt. Das erbarmungswürdige Aussehen der jungen Menschen war einem gesunden, blühenden gewichen und das Haar wieder nachgewachsen. Der Hunger plagte sie immer noch, wenn auch nicht mehr so fordernd. Die meisten Furunkel hatten sich geschlossen, der Schorf war abgefallen. Über den Gräsern gaukelten der Zitronenfalter und das Tagpfauenauge, Lerchen schraubten sich jubilierend in den Himmel. Sauerampfer und Schafgarbe standen neben Kerbel und Gundelrebe. Ein Fest der Farben und Düfte. Hoch oben kreiste der Bussard. Die wenigen Wolken standen da, sehr weiß, und weckten die Vorstellung, es hätte sie ein Kulissenschieber allein für diese Reise aus seinem Fundus geholt und an den Himmel gehängt.

Ruth und Inge, die in Seyre bei den Kleinen hatten bleiben müssen, hielten sich untergehakt, das Bündel über die Schultern geworfen. Schön war es, die Strapazen des Winters und der Kälte alle hinter sich zu lassen, und gut tat es, allerhand Übel aus eigener Kraft überwunden zu haben. Ruth musste singen, es drängte sie, jetzt zu singen, irgendetwas aus ihrem Innersten laut und voller Übermut herauszupusten:

Chag Purim, Chag Purim, Chag Gadol
Hu La'Yehudim,
Masechot Ra'ashanim, Shirim v'Rikudim
Hava Narisha, Rash, Rash, Rash! Barashanim.

So sang sie. Es war das Lied des Purimfestes, eines Freudenfestes mit viel Lärm. Gutes Essen gehört dazu, und dass man die Notleidenden beschenkt, die Thora liest und keine Trauerreden hält. Doch dies konnten sie jetzt nicht einhalten, und es war auch nicht der richtige Tag. Doch dann fielen auch die Jüngeren ein, und alle begannen auf Bündel und Ranzen einzuhauen, um richtig Krach zu machen, und während sie sich in langer Reihe weiter und weiter von Seyre entfernten, schwebte noch eine ganze Weile dieses ausgelassene Hava Narisha, rash, rash, rash des Refrains über der Gegend. Und es gehörte fast nirgends und zu keiner anderen Zeit mehr dazu als an diesem Tag des Umzugs und der Wanderung über die Felder.

Inge wartete seit Wochen darauf, Chaim wiederzusehen, der im Schloss mit den andern die Möbel zimmerte, Zisterne und Elektrizität einrichtete. Seit langem dachte sie über die richtigen Worte nach, mit denen sie ihr Wiedersehen feiern wollte. Ihre Beine stolperten, ihr Herz flog, sie war voller Furcht und voller Freude. Sie sah wieder die Weinernte vom vergangenen Herbst vor sich. Ein Bauer hatte die älteren Jungen und Mädchen um Hilfe angegangen. Chaim hatte es gegraust, in die blauschwarze schmatzende Masse zu steigen und mit bloßen Füßen darin herumzustampfen. Inge langte mit einem herzhaften Griff nach ihm und zerrte ihn dennoch herein. Er warf seine Strähne zurück und versuchte ihre Hände abzuwehren, gab aber gleich nach, denn sie hätten beinah beide das Gleichgewicht verloren und wären flach in den Traubenbrei gestürzt. Er verlor den Abscheu, war bald von Kopf bis Fuß blau und schließlich amüsierte er sich, als wäre nichts dabei. Es schien, Inges kühner Zugriff habe ihm gefallen. Dass sie so erhitzt war, stand ihr gut. Kaum aber war das Werk getan, der

Spaß vorbei, hatte sich Judith Chaims Hemd geschnappt und machte sich an die Wäsche. Von diesem Tag an wusch sie für ihn, bis die ganze Kinderrepublik von Seyre über diesen besonderen Fleiß herzog. Es hieß jetzt, Chaim trage die blühendsten Hemden von ganz Frankreich. Inge witzelte mit den andern mit, doch am liebsten hätte sie Judith geohrfeigt, ihr das Bein gestellt und in ihre Suppe gespuckt.

Am Weg zur Bahn winkten zum Abschied die Nachbarn, die hin und wieder Milch und Eier gebracht, mit der Kolonie Weihnachten gefeiert hatten und jetzt gute Wünsche mit auf die Reise gaben. Auch Geschenke wurden zugesteckt, auf Wiedersehen, et bon voyage, les enfants. Die Bauersleute suchten ihre Beklemmung zu verbergen, doch ihre Mienen verrieten sie. Paris hatte schon im März Tausende Menschen israelitischer Abstammung verhaftet. Von Polizisten begleitet, verschleppte die Militärverwaltung sie in die neuen Lager im Süden von Paris und von da nach Osten. Sie hatten davon gehört. Dieser Tage beschlagnahmte die Regierung das gesamte Eigentum der jüdischen Immigranten und ihrer Familien. Wie lange würden diese Kinder noch so fröhlich sein?, dachten sie und wussten nicht, dass diese Fröhlichkeit bereits die Kehrseite eines aufsäßigen Schmerzes war. Judith lief hinter Inge und Ruth, die einstigen Freundinnen sprachen kaum miteinander, Judith wusste Bescheid über Inge und Chaim, aber es genügte ihr längst nicht, von ihm bloß zu träumen. Es sei ja alles nur ein Spiel, dachte sie. Und genoss den Tumult in der Herzgegend, da sie so übermütig dem neuen Zuhause entgegenzog.

Nach kurzer Fahrt im Zug und zwei Stunden Landstraße zweigte ein schmaler Kiesweg nach rechts über die Wiese ab, und je weiter sie diesem folgten, desto mehr rückten die Türme und das Dach in den Blick. Noch wartete eine kleine Brücke und dann lag es vor ihnen. Nein, das war kein Stall mehr. Ein richtiges Schloss erwartete sie. Das Tor weit offen. Im Innenhof summte der Gemüsegarten, eine Gruppe jätete, bearbeitete den Boden, suchte ihn nach Käfern und Raupen ab, andere schichteten Brennholz, wieder andere machten sich an großen Zinnwannen zu schaffen und wuschen.

Rose trug gerade einen gefüllten Kessel vom Bach herbei. Sie war seit Mai wochenweise zwischen La Hille und Seyre hin- und hergependelt und fuhr kurz vor der Umsiedlung voraus, um für die Kleinen alles vorzubereiten. Als sie die Schar jetzt herankommen sah, stellte sie den Kessel zu Boden, Wasser schwappte dabei über den Rand und nässte ihre Schuhe, sie achtete nicht darauf, beschattete die Augen mit der Hand und eilte dem Trüppchen freudig entgegen. Sie herzte Inge, die unter den vordersten war, und sagte:

– Inge, wie wunderbar, dass ihr hier seid. Willkommen, meine Kinder, endlich sind wir wieder vollzählig. Und mit einer ausholenden Armbewegung sagte sie:

– Schaut, unser Gemüsegarten, ist er nicht prächtig? Gestern ernteten wir die ersten Karotten. Sie lachte und zeigte auf ihren Kessel: Wir müssen unsere neue Pumpe noch überzeugen, dass sie ordentlich arbeitet, sie mit den Leitungen verbinden, die die Jungs gelegt haben, und stellt euch vor, dann haben wir fließendes Wasser im Haus.

Inge hatte Rose zuvor selten so warm und unbeschwert erlebt. Sie und die Ankömmlinge staunten. Kaum konnten sie glauben, dass sie hier wohnen würden. Sie zählten die Fenster, wunderten sich über die Butzenscheiben im Erdgeschoss, dieses eindrückliche Gebäude musste viele hundert Jahre alt sein. Es war einem großen L nachgebaut, besaß zwei Flügel, zwei Eingänge, zwei Treppenhäuser und hohe französische Fenster. Wo sie hinguckten, stand saftiges Grün, reckten sich verschiedenste Bäume zum Himmel, und in einiger Entfernung säumten Hügel den Horizont. Grüne saftige Hügel.

– Vorsicht, es kann nur ein Traum sein, warnte der kleine Juri.

Er dachte, wenn das ein Traum sei, so wolle er nie mehr daraus erwachen. Später würde er Rose fragen müssen, ob seine Mama ihn denn, ob sie ihn an diesem fernen Ort auch bestimmt findet.

Rose hielt Ausschau nach Alex, und befahl ihm, den Ankömmlingen behilflich zu sein. Er solle das Gepäck in die zugeteilten Schlafräume bringen. Rose war eben noch ganz unbeschwert und glücklich gewesen, jetzt, im Umgang mit Alex, verfehlte sie vollends den Ton und behandelte ihn wie einen Hoteldiener. Dabei spürte Inge einen Stich, und Alex spürte ihn ebenso. Doch vergalt er es mit Humor, verneigte sich vor den jungen Mädchen und den Kindern, die sie begleiteten und sagte:

– Darf ich die Herrschaften zu ihren Räumlichkeiten bitten? Doch erlauben Sie mir, dass ich Ihnen zunächst zeige, was wir in der Küche für Sie vorbereitet haben. Er schritt voran, öffnete schwungvoll eine schwere hölzerne

Tür und präsentierte ihnen den getäferten Speisesaal von königlichen Ausmaßen. Das Abendlicht drang durch die hohen Fenster, ergoss sich über die Tonplatten am Boden, kroch unter die selbstgezimmerten Tische und Stühle. An der Ostwand streifte es eine gigantische Höhlung, den Kamin, den man im Winter eifrig zu füttern haben würde. Nachdem er sie auch auf die schweren Leuchter hingewiesen hatte und das andere Ende des Saales erreicht war, öffnete Alex eine weitere Tür, und da stand Flora in einer weißen Schürze. Sie warf eben Karotten und Bohnen in einen riesigen Kochtopf und sagte:

– Willkommen, meine Kinder. Wir haben euch so schrecklich vermisst. Ab heute werdet ihr Essen bekommen, das wie richtiges Essen schmeckt. Wir haben eine Küche! Ihr werdet wieder lernen, wie gut Gemüse munden kann. Mit vergnügtem Lächeln blickte sie auf ihre großen und kleinen Kostgänger und entdeckte ein paar durchaus zweiflerische Mienen. Doch galt dieses Misstrauen vielleicht vielmehr dieser Art von Humor, denn dies alles konnte nur ein Traum sein.

Das Radio

Juri darf Mitte August zum ersten Mal das Krankenzimmer verlassen und fühlt sich noch etwas schwach auf den mageren Beinen, Rose hat ihn an der Hand genommen, um das Jungenzimmer zu verlassen, wendet sich unter der Tür nochmals um, denn es geht ein starker Wind, und sie möchte die Fenster kontrollieren. Unten knallt schon die Haustüre zu. Überraschend werden zwei Köpfe hinter der letzten Bettreihe sichtbar und verschwinden wieder, schnell wie ein Blitz.

– Herrschaft, sagt sie sich, wie es in Fällen des Erstaunens oder der Empörung ihre Gewohnheit ist, Herrschaft, ich glaube, da muss ich nachsehen.

Sie bringt den Kleinen zu Elka und eilt sofort wieder die Treppe hoch ins Jungenzimmer. Ein würziger Duft nach Lorbeer und Suppenkraut stiehlt sich von der Küche her durchs Treppenhaus. Oben sieht sie zwei nackte Beine in Richtung Dachstock verschwinden. Sie eilt ihnen nach, natürlich dürfen sie kleine Geheimnisse haben, jedoch verrieten vorhin ihre Mienen, dass sie sie bei einer Sache ertappt hatte, die ernst zu sein scheint. Unterm Dach sind sie im Begriff, irgendein Ding zu verstecken.

Sie geht auf sie zu, erkennt Panik in ihren Augen und sagt sich: Du wirst sie nicht anfassen, Rose! Einmal ist dir die Hand ausgeglitten, ein einziges Mal hast du in Afrika einen geohrfeigt. Es hatte ihn nicht sonderlich erschüttert, aber dich. Dass du dazu fähig warst! Es scheint, man kennt sich nie genug.

– Fräulein Rose, sagen die Schlingel höflich und schüchtern, als die Direktorin so zornig, so rot im Gesicht, bis zum Hals hinunter glühend, auf das starrt, was sie in ihren Händen halten. Ein Radio.

– Wir müssen wissen, was in der Welt passiert, wir müssen wissen, was wahr ist, rechtfertigen sie sich rasch. Wir erwischen dann und wann sogar BBC. Bei BBC brauchen wir uns keine Judenhetze anzuhören. Und keine widerliche Siegespropaganda.

– Das denkt ihr!, entgegnet sie, Krieg besteht nicht nur aus Bomben und Minen und Überfällen. Nicht allein aus Lagern und Lazaretten. Mindestens zur Hälfte besteht der Krieg aus Propaganda. Aus Lügen und Übertreibungen auf beiden Seiten.

– Was werden Sie jetzt tun?, fragen sie, der eine höflich besorgt, der andere, Hans, herausfordernd. Er hatte gewusst, dass es illegal ist, sie liest es an seinem betretenen Jungengesicht.

– Woher habt ihr das Ding? Etwa geklaut?, will sie nun mit ihrer strengsten Stimme wissen.

– Ich hab es vom Bauern, sagt er, vom Bauern, bei dem mir Alex Arbeit verschafft hat.

– Vom Bauern? Geschenkt?, fragt sie.

– Wir waren noch in Seyre. Er schickte mich in die Remise zum Aufräumen, Ramsch wegschaffen. Von den Pferden befinden sich nicht mehr viele auf dem Hof, die besten haben die Boches nach dem Norden geholt. Da hat der Bauer mir aufgetragen, Ordnung zu schaffen.

– Und zum Dank dieses Radio geschenkt?

– Nicht wirklich, antwortet der Junge.

– Wie kam es überhaupt, dass du bei diesem Bauern arbeiten konntest?

– Als Alex vom Krieg kam, da hat er angefangen, bei den Bauern Gemüse und Fleisch und so zu kaufen. Und später hat er mal gefragt, ob es für uns da vielleicht Arbeit gibt. Und es gab Arbeit.

– Und dann hast du also diese Remise aufgeräumt?

– Ja, und dann war da ein Haufen von verrostetem Blech, geborstenen Wagenrädern und zerbrochenen Stühlen. In diesem Haufen hab ich damals ein Paar ausgelatschte Bauernstiefel gefunden. Die kämen mir gelegen, dachte ich, aber ...

– Moment, Hans. Ist dein Vater Bauer? Ich meine, kennst du dich aus?

– Nein, davor war ich auf dem Gymnasium. Hatte anfangs ganz schön Probleme im Rücken. Und Blasen an den Händen. Aber jetzt macht es Spaß mit den Tieren und so. Die freuen sich, wenn du kommst. Die haben auch eine Sprache.

– Gewiss, Hans. Finde ich prima, dass du dort arbeiten konntest. Bloß, das Radio, wie kam es, dass ...

– Unter den Stiefeln. Kaum hatte ich sie hervorgezerrt, kam die zersplitterte Kiste zum Vorschein. Ein Riesengewirr von Drähten und so. Und es stellte sich heraus, dass es um ein komplettes Radio geht. Vorderseite nach unten gekehrt, Rückseite eingetreten, Eingeweide herausgezerrt. Musste es nur noch zusammenflicken.

Und es funktioniert. Die Stiefel bekam ich samt Mistkruste und Kuhdreck gratis.

– Auch das Radio, Hans?

– Damit konnten die nichts mehr anfangen.

– Du hast es also mitlaufen lassen?

– Ich hatte um die Stiefel gebeten. Die Bäuerin prophezeite, ich würde mit ihnen nicht weit kommen, die Sohle sei weg, und an der Seite, da klaffe ein Riss. Glaub mir, sagte sie, damit kommst du nicht weit. Aber ich hab ihr gesagt, dass bei uns die meisten in Holzschuhen herumlaufen, Lederschuhe seien für uns daher ein ganz großer Luxus. Unsere Leiter würden garantiert etwas daraus machen können, sagte ich noch. Unter uns sei sogar ein Schusterssohn. Der Manfred, wissen Sie.

Und Hans fährt fort: Die Bäuerin wunderte sich sehr. Ein Jude und Flickschuster? Gibt es denn sowas?

– Was glauben Sie denn?, habe ich geantwortet und nebst dem Paar Stiefel auch die Bestandteile des Nachrichtenempfängers mitgenommen. Die aber beschlagnahmte ich heimlich. Teils unter dem Pullover, teils in diese maroden Lederschäfte gewickelt.

Hans war seither am Basteln gewesen, wann immer er dazu Zeit fand. Er stöberte Kabel auf, klaute hier ein paar Schräubchen und dort einen Draht, eine Nagelfeile, ein Klebeband. Zum guten Glück war die Diode unbeschadet geblieben, er hätte nicht gewusst, wie und wo er die auftreiben sollte. Ein sphärisches Pfeifen und Sausen brachte er bald zustande, und eines Tages ließ sich tatsächlich eine

Stimme aus dem kleinen, neu verleimten, verkabelten und geerdeten Kasten vernehmen. Hans hatte gejubelt:

– Klasse, Klasse, Mensch, das ist ja Englisch! Wetten, das ist BBC. Keine Naziparolen.

Die Bäuerin aber hatte lachend aus dem Fenster geschaut, auf den nach Hause eilenden Hans gezeigt und zum Bauern gesagt:

– Schau mal, der schleppt deine ausgelatschten Stiefel ab. Ein Prachtjunge. Und dabei ein Jude. Ich wusste gar nicht, dass es so blonde Juden gibt. Schade um ihn.

– Warum schade?

– Weil er bald das gesetzliche Alter hat, dann holen sie ihn. Bei diesen unsäglichen Verordnungen gegen die Juden heute.

– Im Süden gelten die nicht.

– Ich trau den Deutschen nicht, das sag ich dir.

– Ich werde sagen, ich brauche ihn. Eine unersetzliche Arbeitskraft sei mein Jude, werde ich sagen, antwortete der Bauer.

Das Radio kam selbstverständlich mit nach La Hille, Jungen und Mädchen versammeln sich seither immer wieder heimlich darum herum, lauschen und warten gebannt, bis von neuem Stimmen durch das Knattern und Ätherbrausen dringen. Als würden die Übertragungen vom Wind in Fetzen gerissen, die er durch den Äther wirbeln lässt, während Hans am Knopf dreht, um sie dort draußen wieder einzufangen. Alle, die sich um ihn drängen, brennen auf Neuigkeiten. Sie alle warten auf den Tag, die Stunde, da es heißen würde: War's over. Sie vernehmen stattdessen viel vom Luftkrieg und Teile aus Hitlers Brandreden. Dazwischen die üblichen Störungen und immer wieder ein oder zwei rätselhafte Sätze, wie grandfather is waiting for you, diese sogenannten persönlichen Nachrichten, die hereingeschneit kommen und sich zu der aktuellen Meldung verhalten wie Hering zu Streuselkuchen. Es handle sich ziemlich sicher um verschlüsselte Botschaften, meinte einmal ein Mädchen, dessen Vater bis kurz nach der Machtübernahme beim deutschen Rundfunk gearbeitet hatte.

Was für ein Schlaumeier, denkt Rose, nachdem sie alles erfahren hat, was kann man dagegen einwenden? Nichts kann man gegen so ein kluges Bürschchen sagen, nichts. Und der andere, Chaim, der stillere, ein Junge von auffallender Reife, ein Vermittler, oftmals ein Tröster, sagt, dieses Radio sei für sie alle unersetzlich geworden.

– Nun, antwortet sie, ich nehme es vorerst in Gewahrsam. Es ist besser, das Radio steht bei mir. Nehmt es und tragt es in meine Stube. Ihr dürft stets nach der Arbeit bei mir anklopfen und alles erfahren, was in der Welt geschieht, oder immerhin all das, was die Briten für die Ohren ihrer Landsleute bestimmt haben. Und für die Ohren des Feindes, vergesst das nicht.

Sie bringen es in ihr Büro, in Hans' Augen liest sie die Sorge, ob sie auch aufpasst, dass niemand daran herumspielt, der nichts davon versteht.

– Ich verspreche euch, sagt sie, es bleibt ganz. Und wenn ihm was fehlt, ruf ich dich, und du reparierst es.

– Einverstanden, erwidert Hans.

Rose hat mit ihrem Team gegen hundert Kinder zu beaufsichtigen, hundert Kindheiten, hundert unterschiedlichste Herkünfte. Hundert Persönlichkeiten zwischen fünf und siebzehn Jahren. Hundert Betten, zweihundert Holzpantinen, hundert und tausend Ängste, hundert Vergangenheiten in hundert unterschiedlichen Koffern, gefüllt mit Hunderten von Erinnerungen an verlorene Tage.

– Ich muss rot geworden sein vor Entrüstung, berichtet sie später Flora und Ernst. Zunächst wütend über mich selbst, dass ich mich hatte hinters Licht führen lassen. Nichts gemerkt hatte. Dann wütend über die beiden Knaben und erschrocken. Wisst ihr, wie gefährlich das für euch werden kann? Wenn das Radio bei uns entdeckt wird, wenn jemand davon erzählt, seid ihr geliefert. Wir alle sind dann in Gefahr. Ihr wisst, dass das Abhören von Fremdsendern verboten ist, nicht wahr? Juden dürfen kein Radio besitzen, wisst ihr das nicht?

– O doch, aber wir dachten, es wird bestimmt nichts passieren.

– Ihr habt davon gewusst?

– Wir dachten, Sie auch.

Würde sie mehr auf Ordnung achten, ist sie überzeugt, wäre ihr das Radio nicht entgangen. Außerdem kränkt es sie, dass man es ihr verheimlichte.

– Ich wünsche, dass solche Dinge künftig besprochen werden, lässt sie wissen und nimmt sich vor, öfters einen Rundgang durch die Schlafsäle zu machen.

Ihre Schützlinge entstammen bürgerlichen Familien. Man leistete sich ein belgisches Kinderheim für die

Söhne und Töchter. Es gibt kaum disziplinarische Probleme mit ihnen, und frech sind sie nicht, bei Tisch benehmen sie sich fast immer höflich, sie fluchen selten, sie grüßen, sagen Danke und Bittschön, Gutentag, Aufwiedersehen und Jagerne, Fräulein Rose. Dennoch gibt sich hin und wieder ihre innere Fassungslosigkeit zu erkennen. An ihrem unterschiedlichen Auftreten gegenüber der Directrice zum Beispiel, oder daran, wie sich die Einzelnen unter den andern neunundneunzig behaupten. Wie die einen sich beharrlich absondern, beharrlich schweigen, Sport und Spiele meiden, weil sie etwas langsam sind, weil sie ungeschickt sind und eine Blamage fürchten. Oder weil sie lieber lesen, zeichnen, schreiben, musizieren. Es gibt auch welche, die auf jeden beliebigen Sieg, jeden kleinsten Erfolg aus sind, einige unter ihnen mit augenfälliger Herrschsucht, und natürlich jene andern, die sich ihnen willenlos unterwerfen. Einzelne setzen ihr Talent zu herrschen großartig ein, andere machen ihren Kameraden damit das Leben schwer. Manche zerfleischen sich die Fingerbeeren, bis sie bluten, oder kratzen ihre Arme wund. Es gibt Kinder, die nicht sprechen, nachts aber schreien, und die nächtlichen Bettnässer, die tagsüber viel Unfug treiben, die kleinen Klebläuse, die sich stets an einen dranhängen wollen! Ein Fensterchen sollten sie haben, denkt Rose oft, durch das man die Geschichten sieht, die sie mit sich tragen – besonders in dieser Zeit, deren Vater der Krieg ist und deren Mutter die Schandtat.

Rose möchte jene Art von Ordnung erreichen, die sie für richtig und hilfreich hält. Über die unsichtbaren Verstümmelungen von Kriegskindern hatte sie in der

Psychiatrieausbildung wenig gelernt. Ihre Methoden sind bisweilen die Methoden ihrer eigenen Eltern. Sie hatten ihr zwar Offenheit und Skepsis gegenüber der Welt beigebracht, dennoch war ihre Kindheit hart und arm an Zuneigung gewesen. Die kleinen Bettnässer glaubt sie beispielsweise kurieren zu können, indem sie sie bloßstellt. Sie wuchtet die Matratze mit dem feuchten Fleck schimpfend in den Hof hinunter, wo sie vor aller Augen an der Sonne trocknen soll.

– Luzia war kein gutes Mädchen heute Nacht, ruft sie dabei, sie hat ihr Bett nass gemacht. Wenn ihr alle davon wisst, werdet ihr dem Mädchen bestimmt helfen, rechtzeitig auf den Topf zu gehen.

– Blöde Kuh, murren die Kinder, und es trifft Rose, dass alle sogleich verstehen, wer mit der Kuh gemeint ist.

Rose kann Europa nicht retten

Zehn Tage hängt die Tabelle nun schon in allen Zimmern. Die Tage von links nach rechts nebeneinander, die Namen in Kolonnen untereinandergereiht. Und neben jeder Zeile gut leserlich vermerkt, was erwartet wird: ordentliche Betten, ordentliche Kleiderhäufchen, aufgeräumte Spinde, saubere Zahnbürsten, die Schuhe reinlich neben der Tür und nicht kreuz und quer im Gang oder unter den Betten verstreut. Und daneben für jeden Punkt, der erfüllt wird, ein Häkchen. Für zehn Häkchen an zehn aufeinanderfolgenden Tagen gibt es eine Belohnung. Dabei muss Rose einsehen, dass sich beim Bettenmachen kein befriedigendes Resultat erreichen lässt. Die Matratzen sind mit Holzspänen und Stroh gefüllt und liegen auf Eisengittern. In der Mitte sind sie durchgelegen, an den Rändern wulstig. Da lassen sich die alten Schweizer Armeewolldecken nicht tadellos glattstreichen.

Rose geht nun jeden Morgen treppauf und treppab, gewissenhaft Häkchen um Häkchen setzend. Man hatte ihr gesagt, du leitest dieses Heim. Punkt. Sie war als Au-pair in der Romandie und in Lugano gewesen. In England hatte sie als Haushalthilfe gearbeitet. Danach als Krankenschwester und Psychiatrieschwester im Zürcher Burghölzli. Später, bei Albert Schweitzer in Lambarene, war sie für den Landbau des Spitals zuständig gewesen.

Immer waren ihr klare Aufgaben gestellt worden, man hatte sie geführt. Nun ist sie Directrice, die Verantwortung lastet allein auf ihr. Sie hat den Auftrag, dieses Château mit seinen hundert jüdischen Minderjährigen zu leiten. Sie hat dafür zu sorgen, dass genug zu Essen da ist, kleine Fieberschübe oder andere leichte Erkrankungen hat sie sachgemäß zu kurieren. Von ihr wird erwartet, dass jedes dieser geprüften Kinder gesund bleibt und zu einer tüchtigen, geschulten, gefestigten Persönlichkeit wird. Sie schließt den Spind, den sie als letzten noch prüfte, und wendet sich zur Treppe, als sie jemanden fauchen hört:

– Das sind meine Sachen, was schnüffeln Sie herum?

– Du weißt doch, Ruth, nur Kontrolle.

– Wie sind Sie nur auf diese Idee mit den dummen Listen gekommen?

Ruth rammt Rose beinah, reißt den Zettel mit den Häkchen von der Wand und schwenkt ihn vor Roses Gesicht herum.

Erst gestern hatte sie von Werner Abschied nehmen müssen. Werner hatte unentwegt Briefe von Tante und Onkel in Amerika bekommen, die sich um seine Einreise bemühten und immer wieder schrieben, bald sei es so weit, bald. Es fehle noch dies, es fehle noch das.

Eines Tages stand Werner wie gewohnt in der Werkstatt und hobelte vorsichtig an einem Stuhlbein, als er den Briefträger kommen sah. Die Schreinerei von La Hille beliefert die Leute im Dorf und seiner Umgebung mit kleinen einfachen Arbeiten. Es gibt zwei Hobelbänke, vier bis sechs Jugendliche arbeiten hier. Schräubchen, Dübel und so weiter sind Kostbarkeiten geworden.

Sie hüten sie wie einst ihre Großväter die goldene Uhr oder die Großmütter ihre Perücken. An diesem Tag spürte Werner es, heute war für ihn was dabei. Nach dem Essen überreichte ihm Rose den Umschlag. Er bekam seine Zukunft in die Hände.

Mehrere Dokumente lagen bei, alles war organisiert, jede Reiseminute, der Tag des Abschieds stand unmittelbar bevor. Unter den Gleichaltrigen waren alle mit ihm befreundet und deshalb hatten sie ihn in den Rat der Kinderrepublik gewählt. Die Kleinen hingegen interessierten ihn nicht besonders, darin war er wie die allermeisten Jungs. Er würde jedoch den Älteren ganz bestimmt fehlen. Allen voran Ruth, seiner Freundin.

Ruth war die Erste, die es zu wissen bekam. Sie hatte nicht geheult. Starrte bloß auf die Papiere. Dann umarmte sie Werner eine Ewigkeit lang. Legte den Kopf auf seine Schulter und versicherte: Ich wusste es. Wie schön für dich, wie schön! Die ganze Zeit habe ich es gewusst. Ob wir uns wiedersehen werden?

Werner stand da in seiner Schreinerhose, die ihm um den Körper schlotterte, das Haar etwas zerzaust wie immer, groß, hager, ein gutaussehender junger Mann, Sägemehl an den Händen. Er grub die eine in ihr dichtes Haar und versprach: Ich werde dir schreiben.

Sie antwortete: Ich bin schon bald nicht mehr hier. Jetzt, wo du gehst, gehe ich auch. Was hält mich noch hier?

– Wohin?, fragte er.

– Ich weiß es noch nicht. Ich werde schon was finden. Irgendeine Arbeit bei Bauersleuten.

– Pass auf dich auf.

– Mach ich.

– Den Molière lasse ich hier. Es war für mich so einmalig schön, zusammen mit dir unsere Bücher zu lesen und über all diesen Vokabeln zu brüten. Ich weiß, allein werde ich das nicht tun. Mit dir zu lachen, weißt du, und über die Welt und all das zu reden ... Du bist eine ganz besondere Frau, so, so klar. Wie du sprichst ... ich fühlte mich gut mit dir. Ich möchte dich wirklich eines Tages wiedersehen.

– Ich freu mich, wenn du mich ein wenig vermisst, hatte sie zu spaßen versucht.

– Tu ich jetzt schon.

– Sprichst du etwas Englisch?

Sie presste die Zähne aufeinander. Dachte, wenn ich jetzt weine, werde ich nie mehr damit aufhören können.

– Yes, I do.

– Küss mich, Chéri, sagte sie und lächelte unter unerhörter Anstrengung, dieses Lächeln, dieses Verziehen der Lippen, der Wangen und dabei das Augenwasser zurückhalten, sie fürchtete, es keine Sekunde durchzuhalten.

Er war ihr mit der Hand über Stirn, Augen und Nase gefahren, sie war rau gewesen von der Schreinerarbeit, er hatte mit den Fingern die Linien ihres Mundes nachgezeichnet:

– Darf es auch mehr sein?

– Komm, sagte sie.

Bald danach war er auf der Reise. Ruth hatte wieder einen geliebten Menschen verloren. Von ihrer Trauer und Sehnsucht ließ sie sich nichts anmerken. Sie überwarf sich hingegen vermehrt mit diesen und jenen, und jetzt gerät sie wegen der Liste mit Rose in Streit.

– Die Welt geht in Flammen auf, schreit die Fünfzehnjährige, und ihre braunen Augen unter dem schwarzen Haar glänzen dabei noch dunkler. Wir sind krank vor Sorge um unsere Eltern, unsere Geschwister, unsere Verwandten, um alle, und Sie, Sie behandeln uns wie zurückgebliebene Kinder und verteilen Ihre idiotischen Punkte.

– Ich bin doch mit dir sehr zufrieden, gibt Rose betreten zurück, was regst du dich auf?

Das ist Ruth, wie Rose sie kennt, eines ihrer intelligentesten und reifsten Mädchen, aber impulsiv. Sie bekennt sich wie nur wenige hier zu ihrem Judentum. Sie singt es, tanzt es. Aber was ist vorgefallen, dass sie so verwandelt, so hart und böse ist?

Zweifellos hatte der Urwald Rose einst beigebracht, dass es eine für alle gültige Ordnung nicht gibt, man wäre erstickt daran. Aber La Hille ist nicht Afrika, räsoniert sie, und ich bin keine Afrikanerin geworden, auch Schweitzer war kein Afrikaner geworden. Mitten in der Arbeit nahm er manchmal bei Johann Sebastian Bach und seiner Orgel Zuflucht. Wo ist mein Zufluchtsort? Ich besitze keine Orgel, für die Musik hat es nicht gereicht bei uns. Ich bin in meinem wackeren, von Bergriesen und Sankt Fridolin bewachten Glarus aufgewachsen. Sonntags standen die Männer im Ring und haben Politik gemacht, haben gemehrt und gemindert, danach ragten die Berge wieder etwas höher und etwas selbstbewusster in den Himmel, und das stimmfähige Männervolk stürzte ins Wirtshaus. Die Frauen hasteten an den Herd, sie hatten kein Recht, im Ring zu stehen und mit den Männern Politik zu machen. Sie und die Kinder zählten nicht. Fremde galten als Eindringlinge und versetzten diese braven Leute in Alarm. Deswegen ging ich doch weg. Um alles anders zu machen.

Auf einmal schämt sich Rose für ihre Liste. Sie möchte der außer sich Geratenen die Hand auf die Schulter legen, für mehr Gestik ist sie jedoch zu spröde, es fühlt sich schmerzlich an, aber sie vermag nicht, die junge Frau in die Arme zu schließen, so sehr sie es wünschte. Sie hat Umarmungen nicht gelernt, Nähe kann sie bloß in Krankheitsfällen, in Fällen von Hilflosigkeit bei andern ertragen. Wenn es Linderung oder Trost zu spenden gilt.

Ruth weicht zurück, als sie die unbeholfene Geste sieht. Sie denkt an Mama, ihre kleine Mama in Tränen vor dem Home Général-Bernheim. Zwei Jahre ist das her.

– So viel Getue um unaufgeräumte Schränke und was für ein Geschrei um nicht mustergültig unter die Matratzen gestopfte Laken! Was geht uns Ihre dämliche Liste an, während Europa von Mördern und Räubern vergewaltigt wird? Lesen Sie die Propagandablätter aus Vichy denn nicht?

– Für die Verrücktheit der Welt, fasst sich Rose, können wir nichts. Aber wir können hier bei uns für etwas Ordnung sorgen, egal, was draußen passiert. Bitte häng die Liste wieder zurück. Und vielleicht trifft es ja zu, dass Ordnung im Äußeren Ordnung im Inneren schafft, denkt sie, oder auch bloß die Festigkeit fördert.

Ruth schmeißt das Papier zu Boden.

– Wer so fanatisch wie Sie auf Sauberkeit und Ordnung versessen ist, macht mir Angst, ruft sie und rennt über die Treppen zurück nach unten.

Beim Hauseingang prallt sie auf Inge, die vom Unterricht zurückkehrt. Sie sagt: Ich halte diesen Stumpfsinn nicht länger aus. Tausende sterben jeden Tag, und diese Schweizerin macht sich Sorgen wegen Laken, die nicht straffgezogen genug sind. Dabei muss sie doch die Blätter aus Vichy auch gelesen haben. All die Androhungen und Verleumdungen gegen uns.

– Was willst du denn, was soll Rose gegen Hitler unternehmen? Sie kann Europa nicht retten.

– Sie könnte die Zeit und Energie, die sie für ihre Inspektionen aufwendet, dazu nutzen, noch mehr Flüchtlingen zu helfen.

– Glaubst du, es ist wirklich wahr, was in den Blättern aus Vichy steht?, versucht Inge die Freundin auf ein anderes Thema zu lenken.

– Wenn du die Übertreibungen weglässt, ist die Wahrheit noch grauenvoll genug, antwortet Ruth, bemüht, ihren inneren Aufruhr unter Kontrolle zu bekommen, ich haue ab hier.

– Dein Ernst?

– Ich suche mir Arbeit in der Gegend. Kommst du mit?

– Ich? Nein, ich will ... ich bleibe und ... und warte, bis mein Vater das Affidavit aus Amerika schickt, sagt Inge.

Am selben Abend verschwindet Ruth aus La Hille und wird sich nur noch selten im Schloss sehen lassen.

Inge fällt es leicht zu bleiben, denn jemand ist da. Der hält sie. An dem hängt sie. Die Mutlosigkeit hat sie nach und nach abgelegt. Es erbittert sie in Wirklichkeit nicht mehr, dass von ihren Verwandten kein Zeichen kommt, um sie hier wegzuholen. Nein, sie fürchtet bereits, nach Amerika gehen zu müssen. Der verbliebene Kummer gilt allein noch Mutti, die bei ihren Versuchen, Darmstadt bald zu verlassen, gegen lauter Hindernisse läuft. Sie hatte ihrem Kind für die Flucht nach Belgien neue Kleider geschneidert. Damals. Extra viel Stoff hatte sie in die Säume genäht und viel Material an den Nahträndern stehenlassen. Sehr viel. Ihr Kind würde weiterwachsen, und sie kann dabei nicht zusehen. Die neuen Kleider würden Inge begleiten und mit ihr wachsen. Sie sind bis zum letzten Nadelstich mit Liebe geimpft.

An dem Tag, da Inges Vati auf dem Weg nach England seine Tochter im Home Général-Bernheim besuchen kam, hatte die Freundschaft von Ruth und Inge begonnen. Ähnlich dem Veilchen, das dem unwirtlichsten Gestein trotzt. Sie waren fast noch Kinder. Vati besaß ein Visum, er besaß Geld, er hatte Verwandte in Amerika. Die nahmen ihn auf, er durfte ausreisen. Ohne Mutti, ohne Inge. Und als er Inge besuchte, hatte er getan, als sei es ganz natürlich, dass sie dortbleibt und er sich rettet. Ihr Onkel, sein Cousin, hatte ihn hergebracht. Derselbe, der Inge zunächst bei sich aufgenommen und später im Heim abgegeben hatte. Inge verabscheute ihn seitdem wie niemanden sonst. Vater war blind und taub, sah nicht, wie sehr sie dem Onkel misstraute, sah nicht, mit welcher Herablassung eines reichen Mannes er Vater und Tochter in Brüssel herumfuhr, Sehenswürdigkeiten hier, historische Bauten da und eine Handvoll Geld für Inge, betont locker aus der Hosentasche geklaubt. Als gäbe es keine Pogrome, als wäre Inge mit ihrem Vati bloß kurz zu Gast in Brüssel. Als stünde nicht wieder eine Trennung bevor, als würde Vati nicht morgen ohne Inge nach England reisen. Als würden sie beide wieder heim nach Darmstadt an die Alicenstraße zu Mutti fahren. Sie konnte verstehen, dass Leute wie ihr Onkel Hass auf sich zogen.

Zum Schluss hatte sie den Vater durchs Haus geführt, er war nur noch ein Schemen seiner selbst, der einst hünenhafte Mann hatte im Gefängnis fünfzig Pfund Körpergewicht verloren. Sie führte ihn ins Esszimmer des Heims, wo die niedlichsten Teppiche in orientalischem Muster herumlagen, in den Salon im ersten Stock, wo man in üppig geblümten Sesseln die Nachmittage verdösen konnte. Kein Grund, sein Ingelein dringend von hier wegzuholen, mochte Papas Eindruck gewesen sein. Er war so gebrechlich, außerstande, ihre Lage zu begreifen, außerstande, etwas daran zu ändern. Wie er immer schon außerstande gewesen war, das Richtige zu tun. Nicht ganz ohne Grund hatte Opa manchmal Schlemihl, manchmal Unglücksrab zu ihm gesagt. Unglücksrab, hast keine gedeihliche Hand, machst alles zu Schand.

Ganz anhängliches Töchterlein, küsste sie ihn zum Abschied, wie sie es früher jeden Tag getan hatte, dann schluckte ihn der große schwarze Onkelwagen und nahm ihn mit. Dass sie ihn nie wiedersehen könnte, war unvorstellbar. Sie ging zurück ins Haus, und die Tränen liefen, glücklicherweise waren die anderen in der Schule oder ausgegangen. Sie nahm die Treppe zum Zimmer, das sie mit vier Mädchen teilte. Sie stieg und stieg, eine Stufe, zwei Stufen, zehn, zwanzig, eine nach der andern. Sie stieg schnell, sehr schnell, vorbei an der Türe, die zu ihrem Schlag gehörte, ihr war, als müsse sie ihr Herz ausspucken. Zurückgelassen, nicht genug geliebt, um gerettet zu werden, zu schwach, zu nichtig, zu mutlos, sich aus eigener Kraft davonzumachen. Im Grunde wünschte sie nicht Rettung, sie wünschte sich zurück in die Familie. Sie wünschte, bei Mutti zu sein, die sie mit diesen viel zu großen Säumen und viel zu breiten Nähten an den Kleidern auf die Reise nach Brüssel geschickt hatte.

Die Treppe endete. Die Türe, vor der sie stand, war unversperrt, die Türfalle schrie auf wie eine Nachtkatze. Als sie sie aufstieß, schwang ihr ein Schatten entgegen. Entsetzt wich sie zurück. Dann, als das Herz wieder ruhiger wurde, war es bloß ein Seidenkleid, das an einem Haken an der Innenseite der Türe vergessen worden war. Sie befand sich in einem Raum, groß wie im Museum, Bücherstapel lagen zur Seite gestürzt, Sofas und Tische schlummerten unter weißen Tüchern, durch ein halb blindes Fenster trat etwas Tageslicht, erhellte spärlich den fremden Estrich, den Staub in der Lichtbahn. Keiner der Gegenstände hatte mit ihr im Geringsten zu tun. Eine unvergleichliche Leere überkam sie. Ihr war, es gäbe sie, Inge, nicht. Als wäre sie nur der Gedanke von jemandem, der dachte, sie stünde hier auf diesem fremden Dachboden. In Wirklichkeit hatte sie in Belgien nichts verloren. Sie war nutzlos, für alle und jeden nutzlos und entbehrlich.

Saß hier herum. Wozu? Warum hatte sie das mit sich geschehen lassen und hatte Mutti alleingelassen? Der Fensterriegel quietschte, er ließ sich nur schwer bewegen. Aber Inge dachte, du wirst mir gehorchen, ich öffne, ob's dir gefällt oder nicht. Unten leuchteten die Tulpen –, und wenn sie spränge, die Stille und das Vergessen erzwänge, nach denen sie sich sehnte? Sie fasste nach dem Fensterrahmen, das Holz splitterte, Achtung Splitter, dachte sie, egal, alles egal. Die Tulpen standen zehn Meter unter ihr in der Tiefe. Wie springt man, damit es nicht weh tut, wie macht man es, um richtig tot zu sein? Mit dem Kopf voran oder genügt ein einfacher Schritt und dann fallenlassen? Sie hob den Fuß nach draußen und tastete über den Sims.

– Wenn du springst, löst du keine Probleme, sagte eine Mädchenstimme, die fast schon erwachsen klang, du machst hingegen ein paar Menschen sehr unglücklich.

Die Stimme gehörte einem der vier Mädchen, mit denen sie das Zimmer teilte. Dieses hatte sich als Einzige auf Inge eingelassen, seit sie hier war. Sie hatte nicht mit den andern gekichert, wenn Inge eintrat, sie hatte nicht die Augen verdreht, wenn Inge wie gewohnt im Sport die beste Leistung erbrachte. Schlüpfte sie in ihre Kleider der Tochter aus gutem Hause, war das für Ruth kein Grund gewesen, die Augen zur Decke zu drehen.

– Ich wollte mich bloß ein bisschen umsehen. Was meinst du, die Bücher dort, sehen sie nicht schlimm aus?, entgegnete Inge.

– Was quält dich? Sind es die andern Mädchen? Sie sind nicht immer nett. Ist es das?

– Sie sind etwas stupid, das ist alles.

Sie schwieg. Ruth wartete ein wenig, nach einer Weile sagte sie: Du hattest den Fuß auf dem Sims.

– Mein Vater war gekommen, um Adieu zu sagen, er geht nach England. Ich habe ihn Jahre nicht gesehen.

– Dein Vater wollte dich noch einmal sehen? Wie schön, Inge.

Inge erzählte Ruth vom Ruin der Fettfabrik, vom angeblich verdorbenen Fett, vom Gefängnis, in das sie Vater steckten, vom Haus an der Alicenstraße, das verloren war, und von Mutti, die nun für fremde Leute waschen ging.

– Nun ja, das ist ziemlich viel. Aber immerhin hast du deinen Vater noch. Immerhin ist er gerettet. Als ich meinen Vater zum letzten Mal sah, waren wir noch in Berlin und die Gestapo stand in unserer Wohnung. Sie verspotteten ihn, sie schnitten ihm den Bart ab und warfen ihn in ein Auto. Er war Schuster, er hatte eine Werkstatt. Sie ruinierten sie, die ganzen Sachen. Ich hängte mich an das Auto, als sie losfuhren, gebt mir meinen Papa zurück, aber die Polizei zerrte mich weg und warf mich auf die Straße. Wir durften ein paar kleine Briefe austauschen, und dann war Ende. Seither keine Nachricht mehr von ihm, nicht, was mit ihm geschah, nicht, wohin sie ihn gebracht hatten.

Jetzt war es Ruth, die gegen die Tränen kämpfte. Sie drehte sich um und ging zurück zur Tür, die weit offen stand. Abendsonne drang in den Raum, Ruth sagte: Versprich mir zwei Dinge. Erstens, mach keine Dummheiten an diesem Fenster. Zweitens, geh und wasch dir das Gesicht. Es ist schmutzig. Damit ging sie.

Bronia

Rose, erschöpft auf einmal, lehnt ihre Stirn gegen die Wand. Ist sie zu weit gegangen? Sicher, es dreht sich auch um die wenigen privaten Sachen, die sie alle besitzen. Nebst den paar Kleidern und Schuhen um eine Fotografie, ein Häufchen Briefe, die in den Schlafsälen und auf dem Dachboden in unscheinbaren Schäften verstaut sind. Dabei beabsichtigt sie nicht zu schnüffeln, nein, sie will bloß auf ihrer Tabelle bestehen. Unentschlossen stellt sie sich eine Directrice nicht vor.

Einsamkeit, sie kennt sie längst. Sie kommt so leise wie damals, als sie – ein Kind noch, eines von vieren – erkannte: Man rettet sich einzig, indem man sich allein auf die Fersen macht, allein bestimmt, was man will und wohin. Seit der Konfirmation hatte sie ihre Entscheidungen frei getroffen. Nach dem Abschluss der Schulzeit besaßen die Näfs kein Geld für eine Ausbildung ihrer Kinder. Vater, Kondukteur bei der Regionalbahn, balancierte den ganzen Tag durch die rüttelnden Wagen und kontrollierte die Fahrkarten. Mutter kochte, wusch, fütterte den Ofen, scheuerte die Böden, arbeitete im Garten und füllte ihre Ernte in sterile Gläser und Töpfe. Sie goss Paraffin darüber, um alles luftdicht abzuschließen und die Familie das ganze Jahr aus den eigenen Beeten ernähren zu können. Leidenschaftlich las sie dieses oder jenes Blatt, das ihrem Lieblingsthema gewidmet war, dem Diktat von Zins und Zinseszinsen. Die Näfs verfochten das Gedankengut der Freigeldwirtschaft. Sie sahen im Zinsgeschäft der Banken ein Unding, das zur künstlichen Geldverknappung führe. Und damit zu Ungerechtigkeit und Massenverschuldung. Ihrer Meinung nach sollte das Geld nicht mehr vertikal, sondern horizontal fließen, sich nicht ständig vermehren lassen, sondern zum bewährten Tauschmittel werden. Die Ungerechtigkeiten in der Welt würden beseitigt, waren sie überzeugt. Roses Eltern konnten nichts gegen dieses wuchernde klingende Blendwerk ausrichten, es nicht verändern, nicht abschaffen. Aber sie konnten immerhin die eigenen Grundsätze überdenken und räumten daher den Moneten eine unbedeutende Rolle ein. Es war ihr persönlicher Versuch, Pflichtgefühl und Redlichkeit zu säen, und es war die Luft, die Rose geatmet hatte.

Am Ende der Schulzeit begann für Rose das Warten. Warten auf den zwanzigsten Geburtstag. Wenn es soweit sein würde, konnte sie die Ausbildung beginnen. Um dafür das Geld zusammenzubringen, fuhr sie in die Welt hinaus. Die erste Reise brachte sie nach Genf, eineinhalb Jahre Hausarbeiten für Arbeitgeber, die wenig Talent als Vorgesetzte besaßen. Dennoch ausgeharrt am See, den der Maler Hodler so schön und menschenleer gesehen hat. In Lugano erneut Hausarbeit, doch jene Leute gefielen Rose, sie mochten Bücher, Musik, sie liebten die Sprachen. Wieder gingen eineinhalb Jahre vorbei, und immer noch fehlten zweieinhalb. Also weiter nach England. Zwei Jahre. Danach ins Sanatorium von Davos, wo Rose die Anstellung der Sprachkenntnisse wegen sofort bekam.

Sie bückt sich nach der Tabelle und heftet sie von neuem an die Wand. Merkwürdig, denkt sie, wie oft mir in letzter Zeit meine eigene Kindheit wieder vor Augen steht. Jahre ist es her, dass sie zurückdachte, und jetzt passiert es ihr beinah täglich. Und oft nagen Zweifel an ihr. Ob sie für diese Aufgabe überhaupt die Richtige sei.

Wegen des Größenwahns eines einzigen Mannes steckt sie mit ihrem Völklein jetzt in dieser abgelegenen Gegend fest, und seinetwegen sind hier die meisten elternlos und heimatlos geworden. Auf diesem hübschen und zugleich verfluchten Stück Erde. Die Gegend ist paradiesisch, Spargel und Artischocke im April, im Sommer Muskatsalbei, Pflaumen, Mirabellen süß und verlockend, niemand nimmt sie von den Bäumen, nur die Kinder. Die Eidotter der schwarzen Hühner des Nachbarn sind dick und dunkelgelb. An den Hängen der Gegend Laubwälder, keine schwermütigen Tannen wie daheim, eine Landschaft voller Leichtigkeit, ein Eden der Hügel und Täler, der Flüsschen, Grotten und kleinen Dörfer, von hellen Straßen entzweigeschnitten. In den Wiesen käuen weiße Kühe, liegen träge herum, man glaubt, es seien Felsbrocken, im Wasser glitzern die flitzenden Fische und der Bachkrebs tummelt sich. Reichtum kennt hier keiner, viele Höfe sind verlassen, en ruine, sagen die Leute. Noch haben sich die ländlichen Gegenden kaum von Verdun erholt, wo gegen eine Viertelmillion Soldaten verblutete, und schon wieder sind sie kriegshalber verwaist. Dennoch verhält sich die Bevölkerung gegenüber den Flüchtlingskindern ohne Bitterkeit und lässt sie in Ruhe, manche versteckt und beschützt sie, besorgt ihnen Arbeit und falsche Namen. Bauer Schmutz, bei dem Hans arbeitet, soll neulich sein schönstes Ferkel unter den Arm genommen und auf die Präfektur getragen haben. Er legte es dem Präfekten auf den Tresen und meinte: Hier ein fettes zehnwöchiges Ferkel. Es gehört dir. Dafür lässt du mir meinen Juden. Er arbeitet zu gut. Er selbst hatte diese Geschichte dem Jungen erzählt.

Nicht, dass Rose ihre Aufgabe verkennt, sie hat hier Regeln einzuhalten und dort Regeln zu verteidigen, hier Grenzen zu respektieren, dort Grenzen zu ziehen. Trümpfe hat sie keine in der Hand. Vorsichtig Fuß vor Fuß setzen, mehr kann sie nicht tun. Und dabei denkt sie schon wieder darüber nach, wie sie ein Kind war, und wie sie nichts lieber tat, als auf hohen Stapeln gefällter Bäume zu balancieren. Fuß vor Fuß, damals hat sie es gelernt, die Arme ausgebreitet, den Blick auf die Pfeiler unter ihren Schuhen gerichtet. Nie wusste sie, ob nicht plötzlich alles in Bewegung gerät und sie mitreißt, um sie unter sich zu begraben, ihr die Knochen zu brechen. Aber das gefürchtete Schieben und Poltern blieb aus, die Stämme hatten immer zu ihr gehalten.

Ruth erscheint am Abend nicht zum Essen, nachts nicht in der Kammer. Der Schlafraum misst etwa fünf Meter Höhe, die Fenster reichen fast bis zur Decke und lassen viel Mondlicht herein. Ermöglichen die Aussicht auf Millionen Sterne und die universale Teilnahmslosigkeit, die sich über La Hille wölbt. Im Winter werden sich diese

Räume nicht erwärmen lassen, und es wird eine zweite Wolldecke ausgeteilt werden müssen. Die großen Mädchen schlafen auf der Ostseite des Hauses, wo der Blick bei Tag über Wiesen und Bäume streift. Mitunter sind die Bäume, wie die Natur sie hat wachsen lassen, mitunter sind es sorgfältig gezogene und veredelte Äpfel, Birnen. Schon bald reifen die sommergelben Mirabellen.

Betty, Ruths kleine Schwester, schlüpft an diesem Abend zu den Großen herein. Gerade sind sie wieder auf ihr Lieblingsthema gestoßen, das Essen. Und jede schildert den andern, was bei ihnen jeweils aufgetischt worden ist. Inge erzählt von den Riesensteaks, die ihr Vater aus der Fettfabrik nach Hause gebracht hat. Edith, ihre Bettnachbarin, fällt ihr ins Wort, das sei gar nichts, bei ihr zu Hause sei sonntags nie gekocht worden, man sei zu den Großeltern aufs Land gefahren, und es habe Truthahn, Kastanien und Rosenkohl, dazu luftig geschlagenen Kartoffelbrei mit einem See aus ausgelassener Butter gegeben, zum Nachtisch Rhabarbercharlotte, und das Beste daran seien die saftgetränkten Biskuits gewesen, aus denen die Oma die Charlotte gebaut habe. Rhabarber, das mochte ich noch nie, erzählt Lotte, mir könnte man jeden Tag Erdbeerschnitten mit Sahne zum Nachtisch bringen. Und wisst ihr, was ich wieder mal essen möchte?, verrät Judith, Rosinenkuchen, den möchte ich wieder mal haben. Wie der roch, wenn er im Backrohr steckte! Und danach kam oben drauf noch Zuckerwasser.

– Ruth hätte nicht gehen dürfen, platzt Betty heraus, nicht ohne mich. Sie schließt die Türe. Sie weint, unter dem dünnen Hemd beben die Schultern.

Ihre Familie ist nun ganz entzweit. In Berlin hatte die Gestapo den Vater fortgeschafft, in Brüssel mussten sich die Schwestern von ihrer Mama und der vierjährigen Bronia trennen. Betty vermisst seither ihr Zuhause. Sie vermisst die Freitagabende, vermisst die Stunde, wenn die Familie gemeinsam die drei ersten Sterne am Himmel suchte, Mutter Barches backte und den Tisch mit dem schönsten Leinen bedeckte. Wenn Mama es zuvor in die Luft schlug, um es auseinanderzufalten, duftete es so köstlich. Und Betty wird nie Bronias spitzbübische Augen und ihre verwilderten Bubenlocken vergessen, als sie am letzten gemeinsamen Vorabend des Sabbat hinter Mamas Rücken die Kerzen ausblies, kaum hatte diese sie angezündet. Unverhofft war aus der Kleinen das letzte Mädchen geworden, das der Mama noch blieb.

Als Belgien den deutschen und österreichischen Kindern Schutz und Unterkunft angeboten hatte, war es gewiss vernünftig, aber für die Eltern ebenso entsetzlich gewesen, ihre Kinder ziehen zu lassen. Jedoch glaubten alle, es würde nicht lange dauern, ein paar Monate vielleicht würde der Wahn vorhalten. Ihre Mama ließ es sich daher von niemandem ausreden, wenigstens das jüngste Kind mit nach England zu nehmen, es war doch noch so klein. Zu klein, um es in fremde Hände zu geben. Von ihrem Mann erhielt sie keine Nachricht, kein Zeichen, nichts. Sie hätte ihm seinen warmen Mantel, Esswaren, Lektüre nachschicken wollen, aber wohin, an welche Adresse? War er noch am Leben?

Hätte man sich wenigstens verabschieden können, doch bei dem Getrampel und Radau der letzten gemeinsamen Stunde gab es keine Möglichkeit dazu, in allen Räumen wütete die schwarz uniformierte Gestapo. Allein der Totenkopf an ihren Mützen verbreitete Entsetzen. Die gebellten Befehle, das Wühlen in den Schubladen, das Aufwuchten der Schränke und die zwei Gewehrmündungen, die auf die Familie gerichtet waren, ängstigten besonders die Kinder maßlos. Und hinter den Türen im Treppenhaus lärmte das Schweigen der Nachbarn.

Endlich, eines Abends im Dezember, es gefroren die Gehsteige in Berlin und es mangelte an Kohle, Kartoffeln, Mehl und Brot, da durfte ihre Mutter das Visum für England in Empfang nehmen. Es war ihr bereits eine Stelle als Hausmädchen in London versprochen worden. Nun durfte sie fahren. Erst erfuhr die Frau es als Lichtblick – endlich war das Papier da! –, doch als man ihr sagte, das Kind müsse zurückbleiben, war sie entschlossen, mit der Kleinen in die Spree zu springen. Von dem Gedanken, Bronia in einem Koffer über den Ärmelkanal zu schmuggeln, rieten ihr die wenigen, die noch zu ihr standen, ab. Erwischte man sie, wäre es das Ende für sie beide. Was tut denen mein Mädchen zuleide, wissen die überhaupt, was sie anrichten? Meine Bronia hat doch diesen Krieg nicht gemacht.

Die Frau brachte die Kleine darauf zu ihren zwei Schwestern ins Home Général-Bernheim. Elka und Alex nahmen sie auf. Als später die Bomben fielen, befand sich Bronia schon nicht mehr im Haus. Elka hatte entschieden, das Mädchen sei zu jung und gehöre hier nicht hin. Gegen den Widerstand der beiden älteren Schwestern brachte sie Bronia ins Waisenhaus. Einen Ort des Jammers. Es fehlte an Betten, an Essen und Betreuerinnen. Als die Deutschen einfielen, flüchtete das Personal und ließ die kleinen Waisen im Stich.

– Du darfst sie dort jederzeit besuchen, hatte Elka Ruth zu beschwichtigen versucht, das immerhin habe ich für dich erreichen können.

Die große Schwester lief nun fast alle Tage durch die Straßen von Brüssel zur kleinen Bronia, die kaum noch aß, die angefangen hatte, ins Bett zu machen und deshalb in dunkle Schränke gesteckt wurde, die ohne Essen zu Bett gehen musste und sich darauf in die Hülle eines verschwiegenen trotzigen Biests zu retten versuchte, das kratzte und biss. Eines Tages wartete der Erzieher am Eingang auf Ruth: Er wundere sich sehr, die Kleine benehme sich unerhört. Sein Vorrat an Geduld sei erschöpft. Zur Strafe kein Besuch heute. Ruth wandte sich daraufhin an die Damen, die dem Liebeswerk des Generals Bernheim vorstanden. Sie flehte darum, die kleine Schwester hierherbringen zu dürfen. Das Versprechen der Damen, etwas zu unternehmen, erfüllte sich nie.

Am Tag nach dem Bombenangriff auf Brüssel gingen die zehnjährige Betty und Ruth auf die Suche nach Bronia. Das Telefon versagte, es gab keine Verbindung mehr. Sie kamen bei der Zionistenschule vorbei, wo Ruth die Sonntage verbracht hatte, hebräische Volkslieder und Französisch lernen durfte und über Politik und Palästina unterrichtet worden war. Jetzt stand das Haus leer, die Türen waren unverschlossen, aus den Schränken in aller Eile die nötigsten Dinge für die Flucht herausgezerrt worden. Die beiden Schwestern rannten weiter zum Waisenhaus.

Betty erinnert sich an das himmelschreiende Durcheinander, das nach der Bombennacht in den Straßen der Stadt herrschte, sie weiß noch, wie die beiden Schwestern von der Menge mal hier-, mal dorthin geschubst, öfters sogar auseinandergerissen worden waren. Es gellte ein Fliegeralarm und noch einer, die Menge quetschte sich in die Schutzräume, man zerrte sie wohlmeinend mit, bis sie unverrichteter Dinge wieder vor dem Général-Bernheim standen, wo gerade sämtliche Kinder das Haus mit ihrem Gepäck verließen.

Wäre nicht der Krieg ausgebrochen, hätten die fünfundzwanzig jungen und sehr jungen Mädchen unter den Vorüberhastenden große Erheiterung ausgelöst. Doch nun achtete niemand auf sie. Elkas guten Rat beherzigend, trugen sie nämlich alles auf dem Leib, was sie an Kleidern besaßen. Sie traten an diesem vierzehnten Mai in ihren Wintermänteln, die sich über Schichten von Winter-, Sommer- und Frühlingskleidern spannten, in Schals und Mützen auf den Gehsteig vor das Haus, Koffer und Taschen mit sich schleppend, und spornten einander zur Eile an. Elka hatte getan, was in ihrer Macht stand, um eine Fluchtmöglichkeit zu bekommen. Nun hatte ihnen die Bahn eine Fahrgelegenheit zugesagt. Flora verteilte Rationen von Schokolade und Biskuits und vergaß nicht, jeder den täglichen Löffel Lebertran in den Mund zu schieben. Sie und Elka wussten nicht, wo die Fahrt enden würde, sie wussten nur, und ließen es auch die Kinder wissen, dass man nach Frankreich reise. Der Weg zum Bahnhof, das umständliche Schleppen der Gepäckstücke. Ruth und Betty inmitten der andern, widerspenstig, nach allen Seiten Ausschau haltend, ob Bronia im Gedränge der Straßen zu sehen sei, und Elka, die versicherte, um Bronia kümmere sich das Waisenhaus. Ruth schwankte zwischen Vertrauen und Zweifel. Dann die bereits vom Krieg durchlöcherten, mit Trümmerteilen übersäten, streckenweise gesperrten Straßen, auf denen ein Vorankommen nur mit Mühe möglich war, am Bahnhof eine fassungslose, um Fahrkarten sich balgende Menge, auf Koffern sitzengelassene Kinder, ohnmächtige Bahnbeamte, denen der Überblick nicht mehr gelang und die umsonst versuchten, sich wenigstens einen Durchgang zu schaffen. Bronia hingegen nirgends.

An diesem Tag hatte Ruth sich geschworen, die Mutter nichts von Bronias Verschwinden wissen zu lassen. In Seyre angekommen, verschaffte sie sich Papier und Schreibzeug und schrieb nach London. Sie seien alle drei in guten Händen, schrieb sie. Schrieb, Bronia lerne freudig die fremde Sprache, schrieb, die Kleine esse gut und wachse erstaunlich. Sie habe auch neue Freundinnen gefunden. Ruth imitierte zum Schluss eine schiefe Kinderschrift, um die Mutter glauben zu lassen, Bronia habe eigenhändig unterschrieben.

Und heute ist Ruth gegangen.

– Ich muss damit aufhören, nichts zu tun, hat sie gesagt. Hier stillsitzen und ein ordentliches Mädchen spielen, das geht nicht mehr.

Sie hat versprochen, sie holt mich, schluchzt Betty.

Doch Versprechen lassen sich derzeit nicht mehr besiegeln, die Mädchen wissen es.

– Genau das wird sie tun, versuchen die andern Betty zu überzeugen, wenn ein einziger Mensch auf der Welt sein Versprechen hält, dann ist Ruth dieser Mensch, versichern sie.

Ruth wäre noch hier, schluchzt Betty, hätte diese olle Schweizerin nicht ihre dumme Liste erfunden. Sie ist schuld. Wäre sie bloß nie bei uns aufgetaucht.

Inge hebt ihre Decke in die Höhe und ermuntert Betty, für diese Nacht bei ihr zu schlafen. Betty schluchzt auf und schlüpft in Inges Bett.

Roses Ankunft im Frühjahr hatte in der Tat eine Menge Veränderungen nach sich gezogen. Es begann schon damals, als sie, neben ihren Aufgaben als Leiterin, fortan das Regiment über den Gemüseanbau im Innenhof und außerhalb des Schlosses übernahm. Alex überließ sie hingegen die Aufsicht über die Fertigstellung des Brunnens, der Leitungen und, solange notwendig, über das Herbeischaffen des Wassers vom Bach und schließlich des Brennholzes. Sie unterband ferner schon bald die Sendungen ins Lager von Gurs.

– Mögt ihr es denn, wenn jemand ein Geschenk von euch weiterschenkt? Ein Geschenk, von dem ihr gedacht habt, dass die Beschenkten es sich dringend wünschen?

– Man darf doch, was einem gehört, mit andern teilen.

– Ich sehe, ihr macht euch große Gedanken, und dafür braucht ihr euch nicht zu schämen, antwortete Rose, jedoch ist Gurs, wo ihr die Sachen hinschicken wollt, ein besonderer Fall. Es arbeitet dort eine Schweizerin, Elisabeth Kasser.

Rose kennt sie von den Zusammenkünften im Büro von Maurice Dubois. Sie tauschen dort Erfahrungen aus und besprechen dies und das aus dem Alltag. Elisabeth ist meist still und zurückhaltend. Weil das viele, was sie jeden Tag erlebt, sich nicht sagen, nicht in blanke Worte fassen lässt. Sie schreibt es auf, aber aufgeschrieben sei nur aufgeschrieben, nur festgehalten, die Sprache mit ihrer unendlichen Geduld und ihren abertausend Worten könne weder den Schmerz, den Hunger, noch das Grauen oder die Wut und noch weniger den Geschmack der Tränen abbilden, klagt sie. Und wenn sie einst geglaubt habe, einmal in Sprache gefasst, würde sie das Erlebte verstehen, so sei auch das ein Irrtum. Sie kann einzig versuchen, diesen Sack voller Kümmernis schreibend leichter zu machen.

– Elisabeth Kasser bekommt Spenden, müsst ihr wissen. Die darf sie verteilen. Es ist nicht viel, aber es ist da. Das große Elend ist nicht der Hunger, sondern der Schmutz und der Schlamm, ist die fehlende Medizin, die herrschende Willkür.

Rose fürchtete einen Rückgang der Spenden aus der Schweiz, wenn ruchbar würde, dass die Kinder von La Hille sie weiterschicken. Wer glaubt denn, dass diese Jugendlichen sich so manches vom Mund absparen, freiwillig fasten, damit andernorts ein paar Menschen weniger am Hunger zugrunde gehen? Kein Mensch auf Erden darf einen andern mit Absicht verhungern lassen. In Gurs aber geschieht es. Es ist Elisabeth zwar erlaubt, Lebensmittel und Arzneien aus der Schweiz zu verteilen, doch allein an Kinder unter sechzehn. Täglich handelt die Frau dieser Einschränkung zuwider, wo es nur immer möglich ist. Der Kommandant kennt sie und ihre Beharrlichkeit bis zu seinem Überdruss. Am einen Tag versucht sie, die Lockerung einer Strafe für ein Vergehen, das gar keines ist, zu erwirken, am nächsten den Abtransport einer Schwangeren oder eines humpelnden Alten nach Osten zu verhindern. Dennoch, gegen das verordnete Aushungern vermag sie nichts. Nur jeden Tag kleine versteckte Hilfeleistungen. Und weiß, es bedeutet nur Aufschub, nicht Abhilfe. Es blutet ihr unentwegt das Herz. Doch dieses Grauen, so Roses Beschluss, verschweige ich meinen Kindern. Sie ahnte nicht, dass es den Kindern längst bekannt ist.

– Ich war dort, widersprach nun Lotte, und es erfasste sie plötzlich ein Nervenfieber, ein Zittern von innen her, das sie nicht einstellen konnte, doch sie nahm ihre ganze Kraft zusammen und fuhr fort, obwohl ihr fortwährend die Stimme brach, als schlotterte sie: Ich flehe Sie an, unterbinden Sie diese Sendungen nicht.

– Mein Bruder verhungert in Gurs, erklärte Chaim, und mit ihm Tausende.

– Wie alt ist dein Bruder?

– Einundzwanzig.

Die Kinder sahen Rose plötzlich blass werden.

– Ich werde nochmals mit Monsieur Dubois reden, wenn ich das nächste Mal in Toulouse bin, sagte sie.

Diese jungen Menschen haben die Größe, nicht bloß das eigene Leid zu sehen, verteidigte Alex später den erzieherischen Wert der Sendungen, als die Erwachsenen noch eine Weile flüsternd im nächtlichen Garten saßen. Das verdient, anerkannt zu werden.

– Zweifellos. Dennoch halte ich es für ungeschickt, Spenden, die man uns zukommen lässt, weiterzuschenken.

– Lassen Sie mich verraten, was mir dabei durch den Kopf geht, hob Alex an. Wir wissen, dass einige von den Kindern ab und zu Post bekommen, andere haben schon länger keine Nachrichten mehr von zu Hause. Sie sind in tiefer Sorge, wo ihre Angehörigen sich aufhalten könnten. Wer weiß, so habe ich gedacht, ob einige Eltern, Freunde, Geschwister nicht schon bald das Brot essen, das unsere Kinder aufgehoben haben.

– Sprachen Sie mit ihnen darüber?

– Ich hielt es nicht für zweckmäßig.

– Da gebe ich Ihnen recht. Ich fürchte, die Spenden könnten uns gestrichen werden, sollte es rauskommen. Und dass dann aus Bern bald ein kalter Wind bläst. Ich will nicht daran denken, wie die Kinder ohne die Gaben aus der Schweiz bis heute überlebt hätten.

– Sehen Sie, in meiner ersten Zeit in Palästina habe ich mich als Hafenarbeiter durchgeschlagen, seither fühle ich mich jeder Windstärke gewachsen.

– Und Sie glauben, das gelte nun auch für unsere Kinder?

– Kinder finden stets die einfachsten Lösungen, antwortete er, und meist sind diese genial.

Rose sah seine nach unten verlaufenden Mundwinkel, die ihm seinen charakteristischen, schmerzlichen

Ausdruck verliehen, noch weiter sinken und fürchtete, er wolle in Tränen ausbrechen. Sie wandte sich ab. Wieder war es ihr unangenehm, dem Belgier so ins Zeug zu fahren. Sie durfte jedoch keinen Anlass dazu geben, dass die Zuwendungen aus der Schweiz versiegten. Was zu tun war, würde sie stets mit Rücksicht auf dieses Gebot zu entscheiden haben. Schließlich hatten nicht alle das Glück, wie La Hille unter verlässlichem Schutz zu stehen. Den wollte sie auf keinen Fall leichtsinnig verspielen. Und wie oft, wenn sie über ihre Aufgabe nachdenkt, sah sie das Bild aus Kindertagen, den Stapel gefällter Baumstämme, auf dem sie balancierte. Die Bäume hielten stand.

Alex übt sich in Geduld wie stets, macht sich nützlich, wo ihm scheint, er würde noch gebraucht. Er liebt diese Kinder. Er und seine Frau, auch seine Mutter, lieben diesen Ort. In Wahrheit waren er und Rose auch wegen des Radios aneinandergeraten. Hatte er nichts gewusst? Oder ist er zu schwach, will er es den Jugendlichen nur immer recht machen? Dabei hätte er die Gefahr kennen müssen, die dieses Gerät für sie alle bedeutet. Der Erlass musste ihm doch bekannt sein, wonach der gesamten jüdischen Bevölkerung der Besitz von Empfangsgeräten verboten war. Sogar eine getaufte Christin muss unter Strafandrohung darauf achten, dass ihr jüdischer Ehemann nicht insgeheim einen Empfänger benutzt. Sie hat sogar dafür zu sorgen, dass ihr Mann nicht mithört, wenn der Apparat läuft. Was sie, erklärte Rose, persönlich davon halte, stehe nicht zur Debatte. Zur Debatte stehe einzig, was es für sie alle bedeuten könnte, erschiene Gendarm Gabrielle eines Tages unerwartet, und aus dem Jungenzimmer klänge das Radio. Alex habe dies in Betracht zu ziehen.

Nein, die Stimmung zwischen den beiden ist und bleibt unerfreulich, niemandem entgeht dies. Jedoch wird Alex von allen, den großen und den kleinen Kindern, geliebt. Er ist ein Freund, ist Gefährte und Vertrauter. Eine Autorität ist er. Er ist zur Autorität geworden, weil sie ihn mögen, denn es ist Verlass auf ihn. Sie respektieren ihn, weil sie erleben, mit wie viel Ernst und Achtung er an ihrem Leben teilnimmt. Und wie er sich allen Kümmernissen widmet, genauso wie er mit ihnen über fast jeden Schabernack lacht. Wie er ihren Erzählungen mit derselben Aufmerksamkeit lauscht, mit der er unterrichtet oder sich in den Abendstunden in seine Bücher vertieft. Und wenn Alex lacht, wenn sich sein meist wehmütiger Ausdruck urplötzlich ändert und er in unbändiges Gelächter ausbricht, dann jubeln auch die Kinder, dann suchen sie, ihn mit allerlei Unsinn weiter am Lachen zu halten und ganz La Hille weiß wieder, wie gut Ausgelassenheit tut. Sie sind zum Teil noch ungebildet, zum Teil schon beachtlich geschult, alle aber verstehen ganz von selbst und ohne viele Worte, wer ihnen gut gesinnt ist. Was jedoch Rose betrifft, sind sich nicht alle einig. Einige Mädchen halten sie für parteiisch, und wenn sie nicht vom Essen schwelgen, besprechen sie an manchen Abenden vor dem Einschlafen auch diesen Umstand.

– Als bei mir zum ersten Mal, berichtet Betty eines Abends, als die, ihr wisst schon, ja, die Tante Rosa zu Besuch kam, naja, da hatte ich irre Krämpfe im Bauch, und ich dachte, ob das normal ist? Ich konnte kaum aufrecht gehen, wollte einfach nur im Bett liegen und die Knie zum Kinn ziehen. Rose mochte davon nichts wissen. Ich klagte ihr, ich hätte ganz irre Krämpfe. Ich vermisste meine Mama, die hätte mich in die Arme genommen, klar, das tat sie gern, hat sie oft getan, sie hätte einen Tee gebraut, sie hätte erzählt, wie es bei ihr damals war, ach, sie hätte so manches getan und tausend liebe Worte gesagt. Aber sie war ja nicht hier.

– Kam nicht neulich ein Brief von ihr?, wirft Inge dazwischen.

– Ach, der war Wochen unterwegs. Und ich möchte nicht Papier, ich möchte Mama. Sie hätte nicht bloß gesagt, ich solle heißes Wasser oder Tee trinken. Es werde alles von selbst besser. Und ich solle darüber meine Pflichten nicht vernachlässigen.

– Die Pflichten sind ihr das Wichtigste, schnaubt Lotte.

– Und geh früh zu Bett, sagte sie noch. Und, ja, sie flüsterte beinah, als sie es sagte, behilf dir mit Toilettenpapier. Und ihr wisst ja, diese zerschnittenen Zeitungen taugen einfach nichts.

– Ich finde, meint Judith, Rose bevorzugt klar die Jungs. Weil die weniger peinliche Themen anschneiden.

– Dennoch glaube ich, ist sie ein ganz feiner Mensch, sagt Inge. Denkt doch an die Verantwortung, die sie trägt!

– Ich bin zu Flora gegangen, als es mir passierte, sagt Edith. Noch in Seyre damals. Flora nahm mich in ihre weichen Arme. Weiß jemand von euch, wie weich und warm die Arme von Flora sind?

– Edith, Süße, das braucht doch nur ihren Mann, den Ernst, zu interessieren, fällt ihr Judith ins Wort.

Gelächter.

– Flora sagte mir, lässt Edith sich nicht beirren, es handle sich um einen ganz normalen, völlig gesunden Vorgang. Du bist jetzt eine Frau, meinte sie. Es ist ein kleines Wunder, was du erlebst. Zur rechten Zeit und ohne dein Zutun ist in dir all das entstanden, was eine Frau ausmacht. Stell dir vor, jetzt bist du imstand, ein Kindchen zu bekommen. Freu dich darüber. Sei stolz, eine Frau zu sein. Sowas von pathetisch war sie. Aber es tat gut.

– Lieber etwas überschwänglich als so ein trockener Besen.

– Ja, stimmt, es tat wohl. Wirklich wohl. Hast du Krämpfe, junge Frau?, fragte sie auch noch. Lass mich dir einen Tee aufbrühen. Und setzte Wasser auf. Und für das Blut, warte, sagte sie. Sie stieg auf einen Stuhl und zerrte an diesem Karton. Ihr kennt ihn ja, der in Seyre oben auf dem Tablar gestanden hatte. Hier, nimm, sagte sie zu mir, das sind Lappen. Und dann sah ich diese tausend bunten Stofffetzen, die ganze Schachtel voll. Alle zurechtgeschnitten, hatte Flora erklärt und schelmisch gelächelt. Du legst sie dir in dein Höschen und wechselst sie, so oft es nötig ist.

– So bringst du beim Waschen das Blut besser raus, imitiert jemand die gute Flora.

– Und immer zuerst ins kalte Wasser einlegen, ahmt Edith Floras Tonfall nach, weil das die Gerinnung verlangsamt. Edith ist ein sehr kluges Mädchen, das oft und viel schreibt, Stücke, Tagebücher, Gedichte. Dabei ist sie fast blind hinter ihren schweren Brillengläsern.

– Irgendwie kann Flora unsagbar tröstlich sein, bestätigt Ilse.

– Und dann zeigte sie mir noch, wie ich die Lappen festmachen muss, fährt Edith fort und hebt seitlich das Kleid in die Höhe, um dicht am Gesäß herumzunesteln, was die Mädchen erheitert. Schau!, sagte Flora, geht ganz einfach. Und als Nächstes konstatierte sie: So, der Tee ist fertig.

Mittlerweile ist die Kinderrepublik längst in die Ariège umgezogen und der irre neudeutsche Teufel in Russland eingefallen. Hitler, der auf einen Nichtangriffspakt bestanden hatte, bereitet dem Verbündeten nun einen Blitzkrieg. Das denkt er zumindest. Erst hatte er England zu unterwerfen gehofft, London war schwer getroffen, die Holland Park Bibliothek bis auf ein paar intakte Regale mit Büchern, die unter freiem Himmel stehengeblieben waren, ausgebrannt, die St. Paul's Cathedral ein Trümmerfeld. Doch auch die deutsche Luftwaffe verzeichnete schwere Verluste, und das deutsche Heer wandte sich von der kämpferischen Insel ab und Russland zu. Spätestens jetzt weiß alle Welt, was von diesem schiefsträhnigen Mann zu halten ist. Nichts ist von ihm zu halten, und das Schlimmste ist, dass ihn selber alle seine Versprechen am wenigsten interessieren, vor keiner Schandtat schreckt er zurück. Nur drei Dinge können noch helfen. Ihm möglichst keinen Anlass zum Angriff zu geben, um ihn auf diese Weise zu beschwichtigen.

Endlich selber zum Angriff zu schreiten und außerdem jenen, denen diese Bestie und seine Helfer nach dem Leben trachten, Zuflucht zu gewähren. Wenigstens den Kindern, wenigstens ihnen.

Die deutschen Erfolge im Osten beunruhigen alle zutiefst, die an einen Sieg und die endgültige Herrschaft Hitlers nie denken mochten und das Dritte Reich verabscheuen, es fürchten oder verhöhnen. Eine Gruppe von Hitler-Attentätern ist bereits abgeurteilt und durch den Strang zu Tode gekommen. In La Hille wächst beim Hören der Nachrichten, die das kleine Radio ausstrahlt, die Sorge um die Eltern, die Schwestern und Brüder, die fernen Verwandten und Freunde, die noch in Europa ausharren. Man bangt um die zurückgelassenen Heimaten. Und um die eigene Zukunft, wie ist es möglich, sich dazu überhaupt etwas zu denken? In Europa brennen die Städte, die Einwohner samt ihrer Habe, ihren Kanarienvögeln und Hunden verkohlen in den Ruinen, einstige Alleen bestehen nur noch aus gespenstischen Stümpfen, im Atlantik tobt der Krieg zur See mit zehntausend toten Seeleuten, die als Grabstein bloß giftige Rauchsäulen bekommen.

In La Hille ist es einem unsterblichen, eigenwilligen Pflänzchen trotzdem gelungen, Wurzeln zu schlagen und sich einen Platz zu erobern. Und es machen die einen oder andern unverhofft Bekanntschaft mit neuen, noch nie erlebten Zuständen. Besonders mit dem zunehmenden Interesse der Jungen an bestimmten Mädchen. Und dem ebenso wachsenden Interesse der Mädchen an bestimmten Jungen. Inge und Chaim hatten es als Erste in Seyre schon verspürt.

Heinz, der Geiger, findet auf einmal Ilse besonders liebenswert. Ilse, die bereits in Köln, wo auch er herkommt, ihre Stimme ausbilden ließ. Bald schlug sie Heinz vor, ihn mit seiner Geige und Walter am Piano zu begleiten.

– Das brauchst du nicht zweimal zu sagen. Fabelhaft!, schlang er begeistert seinen Arm um ihre Schulter. Sie lachte ihm zu, er nahm scheu den Arm zurück, denn seine Wangen glühten auf einmal. Seither singt sie und er geigt.

Jacques zieht, ist er gerade nicht mit Joseph Conrad beschäftigt, öfters seinen Stuhl zu Margot hin, um ihr dann, statt von seinen konfusen Gefühlen, von Conrad und der Übersetzung zu erzählen, an der er arbeitet. Über Sartre und den Ekel will er außerdem mit ihr diskutieren. Nach einer Weile nimmt sie jeweils sein Gesicht in ihre beiden Hände, lacht ihn an und fragt, ob er ihr denn sonst nichts, gar nichts zu sagen habe. Ihre Eltern brachten sie aus Aschersleben nach Belgien. Sie hatte gesehen und gehört, wie in der Pogromnacht ihre Synagoge von brüllenden Horden ausgeraubt und in Brand gesetzt worden war. Der Rauch war noch nach Tagen in der Luft gewesen. Die Scherben aber mussten die Juden hernach mit Zahnbürsten zusammenkehren. Am Tor zum Harz geboren, ist Margot ein Kind der endlosen Weiten, der bis zum Horizont sich jagenden Wolken, bis dort, wo der Erdball sich fortwölbt und das Universum aufgeht. Der höchste Punkt von Aschersleben ist der Kirchturm. Noch schreibt ihr die Tante, die geblieben ist und ausharrt. Immer wieder mahnt sie, warum bist du noch nicht aus Frankreich weg, warum bist du noch nicht in die Schweiz gegangen? Menschen, schreibt sie, die mit der Hälfte ihres Normalgewichts zu überleben versuchen, sehen wir morgens in die Rüstungsfabrik ein- und abends wieder ausziehen, die haben dort Zwangsarbeit zu leisten. Für uns gibt es Schutzräume, für sie nicht.

– Warum, fragt sie Jacques, warum ist der Mensch so?

– Mensch gleich Raubtier, sagt er. Es beginnt schon am Sandkasten, wo der kleine Fritz der kleinen Anna die Schaufel wegnimmt und sie ihm eine Handvoll Sand ins Auge wirft. Noch ist die Schaufel klein, und auch die Hand mit dem Sand ist noch klein.

– Aber wir, sagt sie, wir sind doch nicht so, oder?

Jacques hebt die Schultern, nimmt sie dann in die Arme und sagt: Nein, du bestimmt nicht, Margot.

Die Liebe erobert das Schloss unsichtbar, durch ein Herumgehusche hier, ein Geflüster dort, ein leises Türenschließen hin und wieder, verrät sie sich doch. Ein heimliches Verschwinden, ein verschwörerisches Zwinkern, ein Lächeln, das nur einem einzigen Menschen gilt und sofort dessen Herzschlag beschleunigt, all dies kommt jetzt häufig vor. Und beunruhigt schon bald jene, die es vorgezogen hätten, blind zu bleiben dafür.

Elka beschwichtigt Rose, als diese eines Abends die Rede auf diese Liebesdinge bringt. Sie beschwichtigt dabei auch ein wenig ihre eigene Unruhe, versucht, sich bewusst zu machen, dass dies alles völlig normal sei. Die Enttäuschung über die negative Wendung, die ihr Leben seit der Reise aus Brüssel genommen hat, und die Erkenntnis, dass ihr Glück, ihre Karriere, ihre Träume wahrscheinlich für immer dahin sind, macht sie gleichgültig. Nie zuvor im Leben war Elka alles so egal gewesen wie jetzt. Dies sei eine Erscheinung, die zur Jugend gehöre und auch im Elternhaus hätte eintreten müssen, gibt sie Rose zur Antwort.

– Ja, du hast recht, antwortet Rose. Aber wir sind hier nicht im Elternhaus, Elka.

– Dennoch, insistiert Elka. Was, glaubst du, würden die Eltern tun?

– Wenn ich das wüsste!

Frau Palau, die Gattin des spanischen Schreiners, die hilft, den immensen Haushalt zu bewältigen, will gerade hinüber in die Remise, wo sie mit ihrer Familie wohnt, wirft aber davor noch kurz dazwischen, es sei das Blut, das in Wallung gekommen sei, Flora müsse etwas Brom ins Essen mischen.

– Kommt nicht in Frage, protestiert Flora.

– Es steigert die Ausdauer, sagt man, beharrt die Frau. Dies ist eine weitere angenehme Nebenwirkung.

– Nur bei gesunden und nicht mangelernährten Menschen ist dieser Effekt auf die Ausdauer belegt, wirft Rose ein, außerdem ist Brom nicht unbedenklich.

– Es gefällt mir, ergreift Alex das Wort, dass sich diese Triebe bei unsern Kindern so frei und trotz der außergewöhnlichen Umstände so zuverlässig melden. Sie, die keine Ahnung haben, was aus ihnen werden wird, genau sie sollen das Leben auskosten, jede Stunde. Sollen dieses tiefste und schönste aller Gefühle genießen. Wer von uns weiß denn, ob wir es auf diese Art je wieder erleben.

– Schweig endlich, sagt Elka, seine Frau, du ewiger Kinderversteher.

– Gute Nacht, ich geh dann, sagt Frau Palau. Sie ist mit ihrer Familie während des Bürgerkriegs aus Spanien geflohen. Sie und ihr Mann sind im Schloss unersetzlich.

Flora weiß aus früheren Gesprächen, dass Elka gerne eigene Kinder gehabt hätte, und bald würde es dafür zu spät sein.

– Was er sagt, ist richtig, finde ich, erklärt sie, fortwährend um den Frieden im Haus besorgt.

– Vermitteln wir nicht den Eindruck, die Liebe sei verboten, fügt Alex noch an.

– Ja, das hast du klug gesagt, bestätigt ihm Irène, seine Mutter, die dank ihrem Französischunterricht die Schüler besser kennt, als diese ahnen. Wenn sie sie zehnmal Wörter wie jamais oder charger nachsagen lässt, bis der Akzent stimmt, kann sie sich ein Bild über manches machen, was ihre Zöglinge über den Schulstoff hinaus bewegt und was sie prägt. Rede du mit ihnen, sagt sie. Du vermagst das.

Rose kann einen erschrockenen Seufzer gerade noch unterdrücken. Niemand weiß, wie sie von der Liebe denkt. Mag sein, sie hatte keine Zeit bisher, um jemandem so nah zu sein, dass sie sich nach seinem Lachen sehnt oder danach, ihm die Tränen vom Gesicht zu lecken, mit ihm Haut an Haut zu schlafen, sie träumt von anderem, das ihr widerfahren soll. Sie besitzt kein Geld und setzt dennoch alles daran, frei zu sein. Frei und belesen. Oder umgekehrt: belesen und frei. Ein nützliches Leben muss es werden. Und damit es das wird, soll keiner sie verzaubern. Diesem Sahnehäubchen über der Bitterkeit des Lebens entsagt sie lieber. Und nun kommt ihr die Liebe auf kleinem Umweg entgegen, lächelt ihr von gar nicht weit ins Gesicht, unbekümmert: So bin ich.

– Alles kommt, wie es kommen muss, beteuert Flora und besieht sich ihre Fingernägel, die vom vielen Gemüserüsten, vom Hantieren mit Feuer, Glut und Asche schwärzliche Ränder aufweisen, die Finger überzieht ein feines Netz von ebensolchen Furchen, ein Atlas der Arbeit, jedem sichtbar.

– Nein, protestiert die Directrice, aus ihrem blonden, um den Kopf geflochtenen Haar lösen sich, wie stets nach getaner Arbeit, tausend einzelne Strähnchen. So geht es nicht, sagt sie. Unsere älteren Kinder werden erwachsen. Sie haben mehr und mehr Verantwortung zu tragen für ihr Leben. Und sie wollen, betont sie, diese Verantwortung. Alles kommen lassen, wie es kommen muss? Ist der Mensch denn unfähig einzugreifen, Flora?

– Ganz im Gegenteil, sagt diese, aber wie soll ich sagen? Wir kennen unsere Zukunft immer erst, wenn sie vorbei ist, Vergangenheit ist. Dann erst wissen wir, was wir hätten sollen und was nicht.

Diese Frau mit dem unerschrockenen Herzen und robusten Gemüt, findet Rose, nimmt es nun doch zu leicht.

– Ich werde mit ihnen reden, verspricht sie.

Das Piano

Weiterhin sind Tage und Nächte voller Wärme, Rose liegt im Schatten eines Holunderbusches in einer Art Liege, die sie sich mit zwei Stühlen zusammengebaut und mit ihrem Kopfkissen gepolstert hat. Es ist Sonntag. Im Schloss, diesem großen gemauerten L wie Lebertran, wie Latkes, wie Leuchtturm, Lexikon oder Liebäuglein, sind die vielen jungen Naturen zu einer großen Familie zusammengewachsen. Alle zeigen wieder runde Backen, das Heimweh ist etwas in den Hintergrund getreten, aber es lässt sich nicht behaupten, der Schmerz sei vorüber, gleich einer ausgestandenen Kinderkrankheit.

An Werktagen besetzen oft Zinnwannen den Hof, dann wird Wäsche gewaschen, werden Hosen und Kleider geschrubbt, was die Stöpsel halten. Später planschen die Kinder in der Lauge. Die Großen seifen die Kleinen mit jenen glitschigen Klötzen von Steinfels und den Bürsten von Trisa ein, wickeln Tücher der Leinenweberei Bern um magere Kinderkörper. Elka schwingt meist die Schere und besorgt den ärgsten Strubbelköpfen ein manierliches Aussehen. Splitternackt, mit ausgelassenem Geschrei springen die Kleinen in die Wannen, bald ist die Hälfte des Wassers verspritzt. Nach dem Einseifen und Spielen bringen die großen Mädchen und Jungen trockene Tücher, wickeln die fröhlich Schlotternden hinein und rubbeln ihr Haar trocken. Sarah spielt besonders lange im Wasser, taucht ein und schnellt wieder heraus, lässt es von Brust und Bauch hinunterperlen. Sie hüllt sich ungern in den Fetzen, den sie um ihre Schultern gelegt bekommt. Es ist, als müsste sie den Körper ohne Ende von all dem Unrat aus jener Grube befreien, in der sie gelegen hatte, und er geht nicht weg.

Im Garten und den drei Feldern, die Rose außerhalb der Mauern angelegt hat, gedeiht die bescheidene Landwirtschaft, auch die Spenden der Schweizer Patinnen und Paten versiegen nicht. Das Haus ist eingerichtet, sogar ein kleines Wohnzimmer verlockt zum Lesen und Zusammensein. Ordnung und Sauberkeit haben Einzug gehalten. Selbst das fließende Wasser ist keine große Besonderheit mehr. Eugen Lyrer, der mit einem Koffer voller Bücher seine neue Stelle antrat, hat den Unterricht aufgenommen. Achtzehn der großen Mädchen und Jungen leben in Toulouse, wo sie sich einer Berufsausbildung widmen. Der Lerneifer der Kinder ist überwältigend. Trotz des Hitzetags, den die Natur schläfrig zu erdulden scheint, klappert aus den offenen Fenstern eine Schreibmaschine, jemand schreibt Briefe oder dichtet, vielleicht Edith, die ein Stück abtippt. Sie hat vor, es mit ihrer Truppe zu proben und später den Leuten aus der Nachbarschaft vorzuspielen. Eintritt: ein Ei. Die zwei gespendeten Schreibmaschinen im Schloss sind andauernd in Gebrauch. Sogar das Stenographieren findet Anhänger, es gibt Wettschreiben, bei denen Preise zu gewinnen sind. Und weil nun achtzehn Betten leerstehen, sind ein paar Kinder aus dem Departement dazugekommen. Die Behörde in Foix, die schon lange nach Plätzen gesucht hatte, freute sich so sehr, dass sie unverzüglich einen Zuschlag an Fleisch und Kartoffeln für La Hille bewilligte.

Rose schließt die Augen und horcht auf die Klänge des Sommers. Die Kühe, die Vögel, die Pflanzen, alles schweigt in der Mittagshitze, die verzettelten Wolken scheinen dauerhaft an den Himmel geklebt, im Holunder raschelt nicht der zarteste Wind. Nur vom nahen Bach klingt verhaltenes Plätschern und Gemurmel herauf. Dann und wann bellt ein Hund. Ach, wie ist sie glücklich, einfach glücklich. Zur Abwechslung plagt sie auch nicht die hartnäckige Frage, ob sie zu streng sei. Laut Alex ist der momentane Stil in Ordnung, so viel hatte er durchblicken lassen. Er fand wohlwollend, dieses Maß an Strenge brauche es vorläufig noch. Für Rose kommt diese Anerkennung einem Geschenk gleich. Vielleicht lässt sie ihn zu oft ihre konsequente Haltung spüren.

Sie streckt die Glieder und sucht eine etwas bequemere Stellung. Wie gerne würde sie jetzt ein entspanntes Nickerchen machen, um danach erfrischt und verjüngt aufzuspringen. Doch fällt ihr ein, dass sich in den letzten Tagen einige der Großen beklagt haben, nicht genug zu essen zu bekommen. Aber besitzen diese Jugendlichen ein Recht auf Privilegien? Niemand im Land kann sich an voll gedeckte Tische setzen. Alles, was wir von den Franzosen verlangen, kommt der Bevölkerung abhanden, hatte Maurice Dubois dazu gesagt. Versuchen wir, mit den Spenden aus der Schweiz und den uns zugeteilten Rationen der Gemeinde durchzukommen. Am Gemüse wie an den Kartoffeln, rechnet Rose jetzt nach, werden wir uns noch weit in den Herbst hinein satt essen können. Und sie weigert sich, heute, an diesem herrlichen Sommernachmittag, über den nahenden Winter nachzudenken. Es muss gehen, und irgendwie würde es gehen, sagt sie sich. Vielleicht, überlegt sie, vielleicht wird er ja nicht so streng wie der letzte, schließlich leben wir nun weiter im Süden, im Süden des Landes, das ja für seine milden Winter geliebt wird.

Sie hat ihr Versprechen von jenem Abend nicht vergessen und sie würde es verwirklichen, sobald auch Ruth und die andern Mädchen, die auswärts arbeiten, sich wieder einmal im Schloss aufhalten. Die Aussprache, so ihr Vorsatz, würde knapp und ungeschönt ausfallen. Sie würde sagen, was zu sagen war, keinen Unterton würde sie sich erlauben, kein Drumherumreden, dessen Bedeutung man erst mit Fantasie erraten müsste, nein, sie wird eine klare und sachliche Sprache sprechen.

Als sich bald darauf die jungen Frauen in Roses Büro einfinden, beginnt sie spaßhaft: Ihr braucht keine Angst zu haben, es gibt keine Schelte, nichts, was uns bedroht, auch kein Verhör.

Sie holt Atem und versucht unter ihren markanten Brauen ein Lächeln, versucht, keinesfalls streng zu wirken.

– Also die Sache ist die: Ich stelle fest, und mit Freuden tu ich das, wie ihr alle zu reifen jungen Frauen heranwachst. Die einen unter euch sind bereits im Alter, wo sie Kinder haben könnten. Die andern stehen kurz davor. Ich kann sehen, dass ihr gelernt habt, was Verantwortung heißt. Ihr versteht mittlerweile, dass es hier nicht nur um euch, sondern auch um die ganze Gemeinschaft geht. Mich freut eure Intelligenz und eure Reife. Euer Schicksal verlangt außerordentlich viel von euch. So begreift jede von euch sehr genau, warum sie hier ist und was das bedeutet. Auch darüber freue ich mich sehr. Ich bin stolz auf euch. Ihr Blick wandert in die Runde.

– Also die Sache ist die: Es ist nicht lange her, da weigerten sich ja alle Jungs, neben einem Mädchen zu sitzen oder zu gehen. Und ihr habt sie deswegen gehänselt. Doch ihr hattet ebenso wenig Spaß an der Nähe der Jungs. Das war ganz normal. Es hat sich aber geändert, was in dem Alter, in dem ihr jetzt seid, genauso normal ist. Doch wir bitten euch, auch weiterhin achtsam zu sein. Und verantwortungsvoll. Warum sage ich das? Wenn eine von euch schwanger wird, kann das in diesen unsicheren Zeiten problematisch werden. Ihr wisst, die Leute reden gern. Man würde auf uns aufmerksam werden. Mehr als bisher. Es würde unfreundliche Gerüchte geben, und das könnte das Ende unseres Zusammenlebens hier bedeuten. Ich bitte euch daher, euch stets Rechenschaft zu geben über das, was ihr tut.

Die jungen Mädchen verharren schweigend. Mittlerweile wissen sie, Rose geht es um das, wovon früher nie die Rede war, als das Leben noch in geordneten Bahnen verlief. Es geht ihr ums Überleben. Selbst Ruth, die wieder einmal da ist, hält es für unwahrscheinlich, dass die Leiterin mit dieser Rede bloß tut, was zu ihrem Beruf gehört. Diese Kinder zu retten, sie heil aus diesem Krieg herauszuführen, stellt für sie mehr als eine Pflicht dar, die sie zu erfüllen hat. Es ist ein Wille und ein klarer Vorsatz, die ihr ganzes Denken bestimmen. Denn für sie persönlich gibt es nichts zu befürchten, sie zählt nicht zu den Bedrohten hier.

Sie entlässt die jungen Frauen, wenn es noch Fragen gibt, sagt sie, kommt in mein Büro. Danach ruft sie die Jungs zusammen, um ihnen mit ähnlichen Worten zuzureden. Und auch sie scheinen zu verstehen. Wenngleich das Nachdenken darüber, wie man das macht, was sie nicht machen sollten, keineswegs versiegt.

Nach der Aussprache suchen Chaim und Inge, sich an der jungen Lèze etwas Kühlung zu verschaffen. Dieser Bach wird nicht groß, kein Fluss werden, wird sich nach wenigen Kilometern zur Ariège gesellen und mit ihr, kurz vor Toulouse, in die Garonne fließen. Er plätschert durch einen lichten Wald von Birken und weiß von nichts. Für ihn gilt nur der Augenblick. Ein Sonnenstrahl, der das Wasser berührt und das Bachbett bis hinunter zum Grund ausleuchtet, ein Fisch, der nach Mücken springt, ein Wildschwein, das frühmorgens Rüssel und Zunge eintaucht. Bereits der Vogel, der herbeifliegt, den Schnabel nässt, den Durst löscht, ist der Lèze Anlass genug, leicht die Stimme zu erheben und das Gemurmel zu verstärken, mehr will sie nicht. Inge denkt an Rose und ihre Ansprache. Und sie spürt auf einmal große Lust, Chaim jetzt, gerade jetzt zu umarmen.

– Wenn man dem Wasser folgen würde, sagt Chaim, bis zum Ort, wo es entspringt bei den Höhlen. Und wenn man dann weiterginge, immer auf die Berge zu, stünde man schließlich in Andorra.

Sie reden Deutsch, wie meist, wenn sie allein sind. Im Schloss muss Französisch gesprochen werden. Und eigentlich gilt das Gebot ganz besonders außerhalb des Schlossgeländes. Man sollte sie für Franzosenkinder halten.

– Das glaube ich nicht, sagt sie und beobachtet eine Spinne, die an ihrem Netz herumwerkt und einen langen Faden spinnt, eine schillernde verletzliche Brücke von Ufer zu Ufer. Ich fürchte, du würdest dich verlaufen, fährt sie fort. Andorra liegt im Süden, und der Bach hier fließt nach Norden. Er entspringt den riesigen Höhlen von Le Mas-d'Azil, heißt es.

Sie greift ins Wasser und wirft ihm zwei Handvoll zu. Er lacht und tut es ihr nach.

Sie flieht ausgelassen, mit nackten Füßen humpelnd über die Kiesel im Bachbett. Das Gewässer fließt in einen kleinen See, sie schwimmen manchmal darin, und plötzlich fühlt sie seinen Körper, seine Arme, seinen Atem, seine Umarmung mitten im Grün, im Spiegel des Sees.

– Aber ich dachte, er tut sich mit der Ariège zusammen, flüstert er und lacht dann leise. Lacht über die Wissenslücke, oder doch vielmehr über die kleine Verlegenheit. Und die Ariège kommt von Andorra, fährt er fort und streicht mit der einen Hand zärtlich über ihr Haar.

– Kurz vor Toulouse, da tun sie sich erst zusammen. Sie bückt sich, und abermals schwappt ein Wasserschwall in seine Richtung.

– Woher weißt du das?
– Im Unterricht war die Rede davon. Schon vergessen?
– Würdest du mitkommen?
– Nach Toulouse?
– Nach Andorra. Er bleibt stehen, und plötzlich wird er ernst.
– Wenn ich sicher sein kann, dass wir nicht nach Paris geraten ...
– Diesen Lapsus würdest du mir nie verzeihen, was?
– Es ist mein Traum, Paris zu sehen, aber ...
– Meine Mama liebt Paris. Sie besuchte dort die Académie des Beaux Arts. Sie sagte oft, die Malerei sei ihr ältestes Kind, witzelt er und lacht über diesen ziemlich unausgereiften Spruch seiner Mutter.
– Warst du dort, sag?
– Mit den Eltern, und sie nahmen uns mit zum Louvre. Natürlich.
– Louvre?
– Das größte Museum von Paris. Aber es gab auch noch das Haus mit den Knochen und Urtieren, die Paläontologie.
– Die was, bitte?
– Ein Haus voller Knochen und Skelette. Mama liebte es, dort zu zeichnen. Stundenlang. Dann ging Papa mit uns zum Zoo. Und da hab ich mal was ganz Sonderbares gesehen. Magst du es hören?
Sie nickt und schiebt ihre Hand in die seine, sagt: Erzähle.
– Ich sagte ja schon, dass Mama Ausstellungen besuchte und skizzierte. Eines Tages, kurz bevor die Tore

schlossen, gingen wir noch ins Vivarium. Ein Wärter trieb uns schon hinaus, da fiel mir im letzten Moment dort, wo sie die Reptilien halten, plötzlich ein Leguan auf. Du weißt ja, totenstarr lungern die herum, du erkennst sie kaum. Er saß auf einem Baum. Im Augenwinkel nahm ich plötzlich eine Bewegung wahr. Und dann sah ich in einer Ecke das Mäuschen. Versteckt hinter einem dünnen Baumstamm fraß es vergnügt ein Stück Salat. Hatte es einen Bissen zu Ende geknabbert, holte es sich hastig den nächsten aus dem Futternapf des Leguans. Der lag unbeweglich oben auf seinem Ast, wenn sich das Mäuschen einen Happen nahm, blinzelte er kurz mit dem einen Auge und döste weiter. Er schien sich nicht im Geringsten für Mäuse zu interessieren, selbst dann nicht, wenn sie sein Essen stehlen. Vielleicht mag er lieber Insekten als Grünzeug. Ich rief: Papa, schau dort, eine verirrte Maus. Ja, sagte er, aber jetzt komm, sie schließen. Wir gingen. Und dabei sah ich hinter der nächsten Glasscheibe, nur durch eine Wand vom Leguan getrennt, die Schlange. Da ahnte ich, dass das Mäuschen nicht zufällig in jenem Vivarium saß. Und ich sah auch den Schieber ganz unten in der Wand zwischen beiden Vivarien. Wie sie es anstellten, die Leute vom Zoo, dass die beiden zusammenkamen, darüber musste ich lange nachdenken. Lockten sie die Maus mit etwas Speck hinüber? Öffneten sie die Schiebetüre und überließen alles Weitere dem Zufall? Fingen sie die Maus mit einer Falle, um sie im Bezirk der Schlange wieder laufenzulassen? Aber wozu dann die Schiebetür?

– Warum erzählst du mir diese grauenhafte Geschichte?

– Weil ich nie herausgefunden habe, so sehr ich auch nachdachte, wer der Bösewicht ist. Ich meine, erst habe ich die Schlange gehasst, weil sie die kleine Maus fressen wird. Auch den Leguan, er war zwar richtig nett und überließ der Maus seinen Salat, aber anderseits dachte er nicht daran, sie zu beschützen. Um die Maus tat es mir schlicht leid. Aber dann dachte ich wieder, Mann, vielleicht ist sie genauso schuld wie die andern. Weil sie nur ans Fressen denkt und nicht daran, zu fliehen. Aber wohin sollte sie fliehen? Wusste sie, dass sie eingesperrt ist? Dann fragte ich mich, was die Schlange machen soll. Sie muss fressen, wenn sie am Leben bleiben will. So ist sie gemacht. Und der Leguan tut schließlich auch nichts anderes, als auf ein Insekt zu warten. Und ist es nicht besser für die Maus, sich in ihrer Lage einfach nur um den Napf mit dem Salat zu kümmern?

– Das Mäuschen tut mir leid, sagt Inge.

– Es fraß und freute sich des Lebens, sagt Chaim. Alle drei freuten sich des Lebens. Nur ich machte mir beim Hinausgehen all diese Gedanken. Ist doch verrückt, oder?

– Und dein Papa?

– Ich hatte Mühe, ihm das Ganze anschaulich zu machen, es hatte mich so durcheinandergebracht. Er zerzauste mein Haar und scherzte: mein kleiner Philosoph. Mir ließ es keine Ruhe. Und immer noch hab ich keine Antwort darauf.

– Vielleicht ist die Antwort einfacher, als du denkst.

– Du meinst, dass sie viele Tiere dort halten, nur damit sie gefressen werden?

– Irgendwann, ja, Chaim.

– Davon rede ich nicht. Mich quälte, dass sie bloß den kleinen Schieber öffnen mussten, und die Maus ist verloren.

– Ich liebe dich, Chaim. Du bist so zartfühlend, so gut. Versprich, mir immer zu erzählen, was dich plagt. So wie eben.

Sie schweigen beide. Chaim denkt, sie verstehe nicht. Und er sei vielleicht bloß ein kleiner Phantast. Nach einer Weile fragt er in verändertem Ton, wie nebenbei:

– Weißt du, wie ein Éclair schmeckt? Es hat in Paris Konditoreien, sag ich dir, da träum ich in letzter Zeit sogar davon. Von dort kenn ich die Éclairs.

– Wen?

– Längliche Törtchen, vorn und hinten abgerundet. Weißt du, wie die schmecken?

– Sag's mir.

– Sanft und süß, im Innern gibt es eine weiche, kühle Crème, außen einen luftigen Teig. Der schmeckt wie Brotteig etwa, unsüß. Du kannst für die Füllung unter verschiedenen Aromen wählen. Vanille, Schokolade, Caramel.

– Ich würde Caramel wollen.

– Ich Schokolade, dunkel am liebsten. Und ich bekam auf den Teller geladen, so viel ich nur wollte.

– Ich mag jene Törtchen am liebsten, länglich wie deine Éclairs, aber eckig. Da war Sahne drin und dann kam knuspriger Teig, immer übereinandergeschichtet, also das wechselte sich immer ab. Und oben drauf, das Beste, lag ein zuckersüßer Deckel. Kennst du die?

– Es können nur die Mille-feuilles sein. Das war was für Sigi. Der hatte an einem System herumgeklügelt, wie er sie in Stücke schneiden konnte, ohne dabei die Füllung herauszuquetschen.

Sie schweigen wieder und ihnen ist, als striche ein Geruch von Süße und würzigem Tee durch das Gehölz, jenes Gemisch, das sie aus dem Teehaus kennen, sie erinnern sich an das Geklapper der Tässchen und Gäbelchen, das Stimmenmosaik, das damit verbunden war, und ging die Tür auf, schwappte das arglose Rumpeln der Straße herein. Für Momente sehen sie die Stadt, wie sie im Alltag einst geschäftig rumorte, eilige Menschen, Trams, Autos, dort an der Ecke, wo sie einmal gesessen hatten. Stellen sich vor, durch die Scheiben des Cafés zu blicken, und plötzlich verändert sich alles, plötzlich klirren wieder die Scherben, da ist das Gejohle, Gestampfe, das Plündern wieder. Über vielen Läden das Wort Jude, an den Hausmauern die Stürmerplakate, die Parolen, die sie so beschämt hatten, dass sie die Blicke nicht mehr vom Boden hoben.

Das Tal verengt sich hier und wird zur Schlucht, zur Cluse du Pantaurel. An den Seiten ragen zwei Felszähne in die Höhe, und im Tal wird es eng wie in einem Fingerhut.

– Diese Schichten müssen vor Millionen Jahren aus der Erdmasse emporgeschoben worden sein, meint Chaim. Er spricht zu laut, wie ein voreiliger Schuss hinein in die Stille, um die inneren Bilder wegzuhaben. Diese schrägen Gesteinsschichten lassen sich sogar abzählen. Siehst du das?

– Steinerne Mille-feuilles, sagt Inge, während sie den Blick nicht von Chaim wenden mag.

Jenseits des Bachs und jenseits der Straße rücken verschlungene Brombeersträucher, allerlei zäh verwobenes Blattwerk, Dornensträucher und verrottetes Holz mit verschiedenen Bäumen zu einem undurchdringlichen Dickicht zusammen. Es lässt sich nur ab und zu ein Vogel hören und unablässig die Stimme des Wassers.

– Wenn wie heute die Sonne schien, beginnt Chaim wieder, verbrachten wir die Nachmittage im Jardin du Luxembourg und Papa mietete uns eins dieser kleinen Segelschiffe, die sie dort ausgeben. Wir setzten sie ins große Becken und ließen sie hin- und herkreuzen. Mit Knebelchen schubsten wir sie an.

– Wenn das hier vorbei ist, gehen wir beide nach Paris.

– Und dann zeig ich dir alles, den Zoo, das Knochenmuseum und dann noch die Winterrennbahn. Du wirst staunen.

– Ich kann es nicht erwarten. Aber es ist jetzt ohnehin nicht ratsam, nach Paris zu gehen.

– Spanien wäre besser. Man müsste nur der Ariège entgegengehen, weil die direkt aus den Bergen von Andorra kommt.

– Aber wir haben keine Papiere, Chaim.

– Hat mir Hans auch gesagt.

– Ohne Ausweis bist du für die kein Mensch. Aber sag, allein über diese Berge, zweitausend Meter und höher, würdest du dich trauen?

– Ich gehe nirgends hin ohne meinen Bruder.

Wieder Schweigen, von sehr fern der Ruf einer menschlichen Stimme. Chaim und Inge horchen auf, bleiben ein paar Minuten äußerst aufmerksam, dann schnappt er sich ein Stück Ast, klemmt es zwischen zwei Finger und schnippt es von einem Fingerpaar zum nächsten. Als sei gerade dies eine nicht aufzuschiebende Handlung.

– Ich möchte dich etwas fragen, Chaim. Etwas, das ich dich schon lange fragen wollte … nämlich, als du noch in Duisburg warst … da bist du ja zur Schule gegangen, nicht wahr? Hast du … ich … gab es da …?

Chaim lässt sich rückwärtsfallen, bleibt reglos liegen und späht in das grüne Gewölbe dieses Augusttages. Es lässt das Blau des Himmels bloß abschnittsweise durchschimmern und überzieht die aufziehende Wolke mit einem Netz aus Ästen. Er mag Inge. Sie ist ein entzückendes Mädchen, ist stiller als viele im Schloss, aber nett. Dennoch, plötzlich wäre er lieber allein gewesen. Dabei haben sie doch gemeinsam diesen Spaziergang beschlossen. Sie beide allein. Erst zur zerfallenen Mühle am Bach. Von ihr dem schmalen Fußweg am Bachbett entlang zu dem kleinen Teich, wo der Bach breiter wird. Weiter als bis hier dürfen sie sich nicht entfernen. Dort badeten sie und schwammen um die Wette, und plötzlich war da wie im Traum die Umarmung gewesen.

– Hast du ein Mädchen gekannt?

– Was für ein Mädchen?

– Weiß ich doch nicht. Drum frage ich dich.

– Ich habe viele Mädchen gekannt.

– Ja, sicher. Gewiss. Ich auch. Sie kitzelt ihn mit einem Grashalm im Ohr, um ihn für diese törichte Antwort zu bestrafen. Ich meine natürlich ein bestimmtes Mädchen.

Oh, er weiß, was sie hören möchte. Er weiß. Von Sonja will er aber nicht reden. Nicht hier, nicht zu ihr. Vielleicht morgen. Oder später. Vielleicht nie.

– Eine, die du besonders gut gekannt hast vielleicht. Vor Brüssel, vor dem ganzen Schlamassel. Das meine ich.

– Warum fragst du?, entgegnet er und stellt sich schläfrig.

– Du brauchst mir nicht zu antworten.

Ganz nah fliegt ein Fischreiher auf. Leicht und ohne Hast gewinnt er an Höhe.

Jetzt könnte man beinah die Wolken hören, die kaum merklich dem Himmel entlanggleiten, so schweigsam geben sich die beiden. Nach einer Weile steht Inge auf, klopft sich Erde und Blätter und Aststücke vom Kleid. Es zeigt sich an dessen unterem Rand deutlich der Streifen vom ausgelassenen Saum. Die Farbe des Streifens noch so kräftig am Leuchten wie damals, als Mutti den Stoff eben gekauft hatte, um das Kleidchen zu schneidern.

– Ich gehe zurück, sagt sie. Antwort kommt immer noch keine.

Sonja. Ihre beiden Wohnungen lagen einander gegenüber, dazwischen der Hof mit den Bäumen und Gemüsebeeten und den kleinen Wegen. Nach dem Regen glänzten sie schwarz wie Lakritze. Chaim sah, wenn Sonja abends das Licht löschte. Er war eines Tages wie die andern Judenkinder von der Schule gewiesen worden und sah Sonja seither einzig auf dem Schulweg. Er besuchte eine andere Schule, eine nur für jüdische Kinder. Traf er Sonja, musste er ihr ausweichen, eine neue Verordnung verlangte von den Juden, in bestimmten Straßen den Bürgersteig überhaupt nicht mehr zu benutzen. Sonja tat es ihm nach und verließ wie er den Bürgersteig, sobald sie ihn sah, und sie setzten den Nachhauseweg Seite an Seite fort. Die Tram war Chaim bis auf den hintersten Wagen verboten, Sonja stieg von da an zuhinterst zu. Die Bäckerin, bei der die Familie das Brot geholt hatte, durfte ihm nichts mehr geben. Sonja holte ihm trotzdem zwei Semmeln und steckte sie ihm an der Hintertür zu. Sonjas Vater war hie und da bei Chaims Papa auf der Kanzlei erschienen, damit er ihm im einen oder andern Streitfall beistand. Dann aber kamen nur noch die Juden. Als ihr Vater der Partei beitrat, wollte er Sonja nicht mehr mit dem Judenbengel antreffen. Sie wurde angehalten, zu tun, als kennte sie ihn nicht. Chaims Mutter malte weiter und sehnte sich nach Paris, der Stadt, der sie ihr Können verdankte. Bis der Krieg kam, stellte sie in verschiedenen Ländern aus und verschwand dann oft für Tage. Sein Vater durfte noch weiterarbeiten, als Justizsekretär ließ man ihn lange unbehelligt. Für den Staat war er schon fast unersetzlich.

Sonja und Chaim trafen sich im alten Waschhaus im Hof, wo sie ihre Hefte und Bücher ausbreiteten und sich gemeinsam über die Hausaufgaben beugten. Da konnte es vorkommen, dass die Hände einander leise trafen, wie vom Zufall geleitet. Oder die Knie. Und als sie einmal einander so nah kamen, dass die Wärme der Haut sich deutlich auf die Haut des andern übertrug, da küsste

Sonja den Chaim rasch auf die Wange, fasste dann mit den Fingerspitzen sein Kinn, drehte es auf die andere Seite und küsste ihn noch einmal und noch einmal. Er wandte sich ihr zu und berührte mit seinem Mund den ihren. Er weiß noch, ihre Lippen waren weich und sperrten sich nicht. Sonja legte die Arme um ihn, sie sagte: Du Lieber. Er spürte am Arm durch sein Hemd ihre kleinen Brüste, fühlte, wie sie ihm mit den Fingern ins Haar, ans Ohr und über den Nacken fuhr, berührte zärtlich ihr Gesicht, ihre warme, seidige Haut.

Eines Tages suchte der Hauswart nach seiner Schaufel. Er war alt und kurzsichtig geworden, aber seit der Blockleiter ihn zum ehrenamtlichen Helfer ernannt hatte, schien er verjüngt. Er war auf Adolf Hitler vereidigt worden, durfte jetzt alles regeln, alles erfahren im Haus, sich jederzeit überall einschalten und alle möglichen Informationen weiterleiten, Judenfreunde anzeigen, verdächtige Vorkommnisse melden. Ja, er war in aller Form zum Ansprechpartner für Denunziationen ernannt worden. Er sah auch im Waschhaus nach und wurde fündig. Dabei fiel ihm auf, dass dort drin auf einmal zwei Stühle standen, ein kleiner Tisch, die Hütte war gekehrt und roch nicht mehr nach Staub und Pisse. So kam er ihnen auf die Schliche. Von da an blieb Sonjas Fenster dunkel, sie verschwand aus der Stadt. Chaims Vater verlor die Arbeit und das Patent als Anwalt. Danach schickten die Eltern Chaim und Sigi nach Brüssel. Freunde rieten ihnen, das Land zu verlassen, sie versuchten es jedoch nicht einmal. Dachten, ihnen würde nichts zustoßen, sie seien anständige Deutsche, assimiliert bis in die Haarspitzen.

Auf einmal spürt er eine Hand.

– Liebst du mich, Chaim?

– Ja, antwortet er, ja, Inge, kam es nach kurzem Zögern.

Sie war ahnungsvoll zurückgekommen.

– Gut. Ich dich auch.

– Hätte ich dich sonst gefragt wegen Spanien? Aber ich hätte es nicht tun sollen. Es ist zu gefährlich.

– Du denkst zu viel.

– Der Mensch denkt und Gott lacht.

– Hast du nicht manchmal Angst?

– Was ist Angst? Eine Emotion. Wie Freude. Wie Liebe. Wie Sehnsucht. Ich hatte die Freude verloren, auch die Liebe. Warum soll ich auch meine Angst verlieren? Sie macht hellhörig, macht achtsam. Ich weiß bloß, ich sollte hier verschwinden aus diesem Château. Weil ich nicht anders kann. Nicht aus Mut.

Seine Hemdenärmel sind ihm zu kurz, die Handgelenke liegen entblößt. Und auch für diese Handgelenke liebt sie ihn, und für seinen schmalen Nacken, den er gebeugt hält, so dass ihm das Haar ins Gesicht fällt, vertieft in den Anblick des klaren Wassers sitzt er, und es ist unmöglich herauszufinden, was ihm wirklich durch den Kopf geht. Mit dem Ästlein stochert er ein wenig herum und trübt den Bach, seine nackten Zehen mit ihren schwarzen Rändern sind kleine selbständige Wesen, ruhelos, als wollten sie sich allein davonmachen. Inge wirft einen Kiesel in den Bach, es spritzt kurz, Chaim wendet sich zu ihr um, und sie sieht ihm an, er würde noch immer nicht mit ihr zum Schloss zurückkehren wollen.

Musik klingt aus den Fenstern, als sie in Sichtweite des Hauses kommt. Wie immer überfällt sie ein Gefühl unendlichen Wohlseins in der Nähe des Schlosses. Sie erkennt gleich, wer da spielt. Es sind Walter und Heinz, ihre beiden Musiker, und sie würden demnächst ein Konzert geben. Walter sitzt am Klavier, Heinz spielt Violine. Wie immer.

Das Klavier hatte eines Tages im Hof gestanden. Die Kinder dachten zu träumen. Irène, die Mutter von Alex, hatte sich keine Ruhe gegönnt, bis das Instrument im Schloss stand. Eines Sonntagmorgens bog ein asthmatisches Lastwägelchen mit viel Lärm und Gestank von der Landstraße her zum alten Anwesen ein und blieb vor dem Tor stehen. Die Kleinen rannten in den Hof, um zu sehen, was passiert. Die Großen öffneten die Fenster und lehnten hinaus. Zwei Männer verließen die Knattermaschine und fragten nach Madame Frank. Irène erschien an einem der Fenster und rief, sie käme ja schon.

– J'arrive, jubelte sie.

Juri öffnete das Tor, und die Männer hoben die Plane von der Ladefläche, ein verhülltes Ungetüm kam zum Vorschein. Sie machten sich an die Arbeit, das Ding musste dem Anschein nach von nicht geringem Gewicht sein, denn die Männer schlangen sich Gurten um die Schultern und begannen zu schnaufen. Das Staunen des Publikums nahm zu, einige lagen noch oben in den Fenstern und besprachen ihre Vermutungen. Einige dachten folgerichtig, es müsse sich um eine Verwechslung handeln, denn wer von ihnen besaß in dieser schwierigen Zeit das Geld für so etwas. Dass es ein Piano sein musste, offenbarten bald die zwei dünnen geschwungenen Beine, die hie und da unter dem verrutschten Tuch erschienen, auch der hohe Kasten und der vorspringende Teil, der die Tastatur enthält, waren unverwechselbar. Das schwere Ding sah sehr nach einem Klavier aus. Beim Abstellen gab eine Saite ein Wimmern von sich. Jetzt Jubel und zugleich Verblüffung. Irène kam aus dem Haus geeilt.

– Bitte, alle zurücktreten, rief sie und zog an der Verhüllung. Da stand es in der Tat. Mitten im Hof. Zum ersten und vermutlich auch zum letzten Mal im Lauf seiner langen Existenz von oben bis unten von Sonne beschienen. Es glänzte nicht sehr, es schien alt und musste lange und oft gespielt worden sein. Der Deckel war abgegriffen, die Tasten teilweise herausgebrochen, vom Alter gelb. Aber es warf einen langen eleganten Schatten in den Hof. Nun, sagte Irène, wer spielt uns das passende Präludium? Die Männer rumpelten mit ihrem altersschwachen Wägelchen zurück zur Straße.

Darauf wurde Irène von allen Seiten bestürmt, man fragte und beglückwünschte, einige küssten sie, Rose fasste nach ihren Händen und lächelte: Welche Überraschung, Irène, wie haben Sie das nur angestellt?

Unbemerkt hatte Walter einen Waschzuber herbeigeschleppt und kehrte ihn um. Setzte sich drauf. Legte die Hände auf die Tasten. Seine Finger strichen fassungslos und so vorsichtig darüber, als könnte sich das Piano unter seiner Berührung in Luft auflösen. Oft hatte er Rose verärgert, mit dem Argument, er sei Pianist in Ausbildung und dürfe seinen Händen keine schwere Arbeit zumuten. Sie sah darin nichts als eine Ausrede, ein Drückeberger war er für sie. Er galt als Intellektueller und sah auch so aus mit seiner hohen fliehenden Stirn, dem langen in den Nacken gekämmten Haar, der runden Nickelbrille und den wachen dunklen Augen. Das letzte Zeichen seiner Eltern hatte ihn aus Mauthausen erreicht.

Nun suchte er die ersten Töne. Er nahm das hohe F, das Des, As, links die Akkorde und schon flüsterte Irène Alex zu, sie musste sich dazu auf die Zehen stellen, es ist Chopin.

Er spielte und es schien ihm, als wär's jemand anderer, die Finger taten von selbst, was sie tun mussten, Walter sah nichts mehr von seiner Umgebung, er tauchte in die Musik ein, sie flutete durch ihn hindurch, er spielte bald sicherer, immer geschmeidiger griffen die Finger in die Tasten, die Erinnerung schlug für ihn die Seiten um, das Publikum lauschte, einigen traten Tränen in die Augen. So lange war es her, die Musik war ein Lebensmittel, das Erinnern eine Erlösung, sie wussten es in diesem Augenblick. Als Walter von Des-Dur nach E-Dur wechselte, mündete die leichte Melancholie in einen Trauermarsch und klang in wehmütiger Spielart fort, bis nach langem wieder die Synkopen des Anfangs mit frappanter Leichtigkeit daherkamen. Nie davor wurde vielleicht dem Instrument mit so viel Glut und Talent bedingungslos eine Freundschaft angetragen und gleichzeitig alles abgerungen, was es noch an Kraft besaß. Reglos, mit Gänsehaut versammelten sich alle um das schwarze Monstrum mit seinen darin verborgenen Klängen. Lauschend erlebten sie, wie einen aus dem Nichts das Glück überrumpeln kann. Die Vögel verstummten, Floras Milch in der Küche bekam eine Haut, Walter bediente die Pedale, steigerte sich dabei zurückhaltend, doch je länger, je mutiger in ein Fortissimo hinein, fiel fragend zurück ins Piano, ins Diminuendo, verlangsamte, kam erneut zurück auf den Trauermarsch, erzählte ein Lied, ein Leid, glöckelte sacht zwischendurch, unternahm einen letzten Lauf und ließ dann das Stück verklingen, setzte still und nachdenklich den Schlussakkord. Als er den Fuß vom Pedal und die Hände von den Tasten nahm, ließ sich oben in der Kammer die Geige Heinz Storosums vernehmen, der den Bogen über die Saiten strich beim Versuch, sie klangrein zu machen. Das Publikum bestürmte den Pianisten, mehr, mehr, baten sie, aber er gab zu bedenken, er müsse das Klavier erst stimmen, so könne man nicht spielen, Chopin würde entsetzt die Hände gegen die Ohren pressen, würde er es hören.

Schon in Seyre hatte Walter bereitwillig die Kleinen und die Gleichaltrigen in Mathematik unterrichtet, grobe Arbeiten mit den Händen aber hartnäckig verweigert. Er habe anderes mit ihnen vor. Er war ständig mit seinen Fingern am Trommeln. Er imaginierte ganze Sonaten. Er spielte an den Kanten des Esstisches, auf flachen Steinblöcken im Freien, gefällten Bäumen, Bretterstapeln, auf den eigenen Knien. Zu Hause, in Berlin-Lichterfelde, hatte er Stunden am Bösendorfer-Flügel gesessen, hier, unter Roses Regime, sah er sein Lebensziel, Musiker zu werden, bedroht.

Rose dachte lange nicht daran, ihn ernst zu nehmen. Ihr sind Allüren zuwider. Sie will alle gleich behandeln.

Sie findet, der Friede einer Lebensgemeinschaft wie der gegenwärtigen lasse sich am ehesten erhalten, wenn Zuwendungen, Pflichten, Vergnügen und Bildung im gleichen Maß auf alle verteilt werden. Dabei dürften freilich das jeweilige Alter und die gesundheitliche Verfassung nicht außer Acht gelassen werden.

– Was für ein haarspalterischer Friede, der auf Kosten der Persönlichkeit zustande kommt, hatte Walter einmal gespottet. Er hatte sich als Gefangener in Gurs mit Tuberkulose angesteckt, Alex hatte es zunächst nur befürchtet, dann wurde es zur Gewissheit. Sein Husten begleitete Walter treuer als ein Hund. Auch an diese Diagnose glaubte Rose lange Zeit nicht. Dachte, sie komme ihm gelegen, um seine Sonderwünsche durchzusetzen. Auch dass die Musik, etwa das Klavierspiel, ein Recht auf Schonung fordere, hielt sie für eine Marotte.

– Du wirst dich noch wundern, lieber Walter, wenn du in die Lage kommen solltest, dass dir das Holz zum Feuern fehlt, weil du es nicht schlagen und nicht schleppen gelernt hast. Wie willst du musizieren in ungeheizten Räumen?, hatte sie einmal gesagt.

– Es gibt Menschen, die verstehen sich aufs Schlagen von Holz, und es gibt Menschen, die verstehen sich auf die Musik. Genau wie es Hühner gibt, die Eier legen, und Pferde, die Könige tragen, war seine Antwort gewesen. Keiner käme je auf die Idee, daran etwas ändern zu wollen.

– Weil ein Huhn allein das Eierlegen beherrscht. Und ein Pferd allein zum Reiten da ist.

– Genau. Und niemandem würde es einfallen, ein Huhn reiten zu wollen.

– Ich möchte, dass wir alle die gleichen Pflichten und Privilegien haben, Walter. Egal, was hinter uns liegt, egal, was kommt.

– Denken Sie bloß nicht, ich bilde mir etwas ein auf die Musik. So ist es nicht.

– Tut mir leid, aber genau das denke ich.

– Verstehen Sie denn nicht, ich will und muss ein großer Musiker werden. Und da darf ich mir die Hände nicht mit schwerer Arbeit kaputtmachen. Die Musik fordert mich ganz.

Rose rief ihn weiterhin zu Küchenarbeit oder zum Jäten herbei. Er setzte sich dann und rüstete Gemüse, kauerte sich auf die Erde, warf Dreck herum und riss am Unkraut. Doch kaum war sie fort, verschwand auch er. Bemerkte sie es, rief sie: Wo steckt Walter wieder?

Sie hatte ihn als Drückeberger gesehen, Walter sie als Kulturmuffel.

Jetzt ordnete sie an, das Instrument in den Saal mit dem großen Kamin zu bringen, und hier übt der Junge nun schon frühmorgens. Das Schloss ist seither von der tänzerischen Leichtigkeit und leisen Schwermut Mozarts oder Chopins erfüllt, von Liszts Liebestraum und Schuberts Fremd bin ich. Von Walters Fingerübungen, von jenen Takten, die er sich wieder und wieder vornimmt und sich allmählich aneignet. Den Kleinen spielt er die Purzelbäume von Debussys Little Negro vor. Wer immer es wünscht, darf eigene Stücke spielen oder zunächst kleine Lieder auf den Tasten lernen. Er übt viel und regelmäßig. Rose sieht jetzt, wie ernsthaft er zu arbeiten versteht. Zwar nicht mit Hacke oder Küchenmesser, jedoch trägt auch er nun das Seine zum Leben im Schloss bei. Er unterrichtet jene, die es wünschen und brauchen, er übt mit Heinz, dem Geiger, für Geburtstage, Weihnachten und andere Ereignisse. Wenn Eugen Lyrer, der Lehrer aus der Schweiz, die Kinder im Singen unterrichtet, begleitet er sie.

Rose sieht nun keinen Anlass mehr, ihn zu piesacken, weil er diese oder jene Aufgabe nicht erledigen will. Endlich, freut sie sich, hat er seine Bestimmung gefunden, endlich trägt auch er zum täglichen Zusammenleben bei. Alle konnten beobachten, wie der Missmutige zu einem ansprechbaren, summenden Mitglied der Schicksalsgemeinschaft wurde, er rennt nun oft treppauf und treppab, man erkennt ihn kaum wieder.

Irène ahnte bereits vor Monaten, woher seine Übellaunigkeit rühren mochte. In der ersten Viertelstunde ihrer Französischlektionen ermuntert sie die Schüler und Schülerinnen regelmäßig zum Plaudern, und entlockt ihnen diese und jene Schilderung eines Ereignisses, sämtliche Alltäglichkeiten sind ihr recht. Mangelhafte Aussprache und grammatikalische Fehler korrigiert sie beharrlich, aber freundlich, gibt vor, sich ausschließlich für das Erzählte zu interessieren. Als erfahrene Lehrerin kann sie jedoch bei aller Gleichförmigkeit der Geschichten auf tieferliegende Fragestellungen ihrer Schüler und Schülerinnen schließen. Daher erkannte sie, wie sehr Walter die Musik fehlte und wie er darunter litt.

An all diese Dinge denkt Inge auf dem Heimweg von der Lèze, wo sie Chaim zurückgelassen hat. Sie selber gehört zu jenen, die schon zwei Stunden vor dem Frühstück draußen anzutreffen sind, denn die Nachmittagshitze ist in diesen Sommertagen groß. Sie liebt es, sich in den Gemüsebeeten abzurackern. Und wenn dabei aus dem Schloss das Spiel von Walter zu hören ist, hüpft ihr das Herz. Heinz besitzt vielleicht nicht dasselbe Talent wie Walter, aber es ist einfach schön, wenn sie spielen. Es ist so wunderbar normal. Und darum fiebern ja auch alle dem angekündigten Konzert entgegen.

Plötzlich entdeckt sie es, das Rad des Gendarmen, mitten im Hof. Sie schreckt aus ihren Gedanken auf und sieht, wie er eben das Schloss verlässt und sich mit einem Papier in der Hand auf den Sattel setzt. Er macht den Eindruck eines vollauf befriedigten Beamten, aber entzückt von sich selber scheint er nicht zu sein.

Als gäbe es nur den Wind

Sie hat ihm die Liste gegeben. Sie hat sie ihm gegeben, denkt Inge, unsere Namen sind da drauf, alle, die wir älter als sechzehn sind. Sie hat uns notiert, sie ... Im Innern des Hauses indessen die Geige, das Klavier. Fremd bin ich eingezogen, fremd zieh ich wieder aus ... Und jetzt hört sie auch Ilses engelhafte Stimme. Inge ahnt nichts von der Unterredung, die Maurice Dubois und die Directrice vor kurzem wegen der Liste führten. Dubois hatte Rose auseinandergesetzt, dass es unter den Hilfsorganisationen zu Veränderungen kommen würde.

Einst bildeten die SAK mit den Quäkern und anderen eine annähernd unabhängige Arbeitsgemeinschaft. Ihre Spenderschaft lebte hauptsächlich in der Schweiz. Jeder Spendenaufruf musste zwar behördlich bewilligt werden, und es durften höchstens zwei Aufrufe im Jahr erfolgen. Im Übrigen war Dubois' Arbeitsgemeinschaft in ihren Entscheidungen frei. Sie hatte in der Schweiz Patenschaften ins Leben gerufen. Jüdische Familien trugen gemeinsam mit vielen Schweizerinnen dazu bei, dass diese Geldquelle nie versiegte. Damit nahm der persönliche Austausch von Geschenken und Briefen zwischen der Schweiz und La Hille seinen Anfang. Über die Paten und Patinnen konnten Nachrichten zwischen Schutzbedürftigen und ihren Angehörigen weitergeleitet werden. Der Bundesrat stellte im Verlauf der Zeit jedoch nervös fest, die Arbeitsgemeinschaft bewege sich zu sehr im linken Spektrum. Darauf wurde die Bewilligungspolitik für Spendenaufrufe zurückgestuft. Nur noch einmal im Jahr durfte gesammelt werden. Den nichtstaatlichen Organisationen ging dadurch langsam das Geld aus, und die Kosten stiegen, je länger der Krieg anhielt.

Gegen Ende des zweiten Kriegsjahres ließen die Alliierten die Eidgenossen unmissverständlich wissen, sie beobachteten mit Erstaunen, dass das Land es mit der Neutralität und der Humanität nicht sehr genau nähme. Ihnen war der rege Austausch der Schweiz mit der Achse nicht entgangen. Das Dritte Reich übte nicht wenig Druck auf das umzingelte Land aus, und die Geschäfte zwischen Deutschland und der Schweiz blühten. Der Bundesrat kam zum Schluss, die Alliierten ließen sich ohne Risiko besänftigen, wenn die Schweiz für Kriegskinder etwas unternähme, ihnen Lebensmittel und gespendete Kleider sende, die Miete bezahle. Kinder sind uninteressant, Kinder sind abhängig, Kinder sind unpolitisch. Der reizbare Berserker in Berlin würde zugeben, dass Hilfe für eine Hundertschaft Waisen dem freundnachbarlichen Verhältnis kaum Schaden zufügt. Jeder halbwegs vernünftige Mensch sieht dies ein. Und gegen Ende desselben Jahres war der Vertrag mit dem Roten Kreuz, Kinderhilfe und dem Werk der SAK unter Dach und Fach.

Dubois hatte Rose versichert, sie dürfe die von der Vichy-Regierung geforderte Liste unbesorgt erstellen und aushändigen. Ab Neujahr würde La Hille unter dem Schutz des Roten Kreuzes stehen.

– Ich soll also kooperieren?, fragte Rose.

– Wir leben in diesem Land und haben uns an die Gesetze und Vorschriften zu halten. Da ist nichts Unrechtes dabei.

– Dieses Land gehört sich nicht mehr, antwortete Rose und betonte jede Silbe.

– La Hille wird unter dem Schutz des Roten Kreuzes stehen, Rose, gab er mit nicht weniger Nachdruck zurück. Und wir erwarten endlich mehr Gelder.

– Und was, wenn dieses Versprechen, dieser Schutz die Deutschen nicht kümmert?

– Wenn die Deutschen eine Institution respektieren, dann ist es das Rote Kreuz. Wir dürfen davon ausgehen, dass es immer und überall von allen Kriegsparteien respektiert wird. Glauben Sie mir.

– Und wie steht es mit der Unabhängigkeit der SAK? War Unabhängigkeit bisher nicht das Markenzeichen unserer Organisation?

– Das ist schwer zu sagen. Wir haben uns ja schon bisher teilweise nach den Behörden richten und Konzessionen machen müssen. Die Verhandlungen über unsere Zukunft sind noch im Gang. Aber wir bleiben pazifistisch und sind allen notleidenden Kindern ohne Unterschied verpflichtet.

Getrost war Rose nach La Hille zurückgefahren. Dubois' Zuversicht erleichterte sie. Der Rückgang der Spenden, die zunehmende Knappheit der Nahrungsmittel setzten sie alle unter Druck. Dabei hatte Maurice die Hauptlast der Verantwortung zu tragen. Da er aber den Schutz des Roten Kreuzes so klar gegeben sah, vertraute auch sie darauf. Europas Kinder litten entsetzlich, die versprochene Hilfe befeuerte sie.

In der Nacht fand Rose jedoch keine Ruhe. Um Mitternacht setzte sie sich im Bett wieder auf. Im Haus stand noch die Hitze des Tages, lautlos lagen die sonst so belebten Gänge, die Schlafräume, das Schulzimmer. Der Hof war im Dunkel kaum zu sehen. Ihr schien, allein sie wäre noch übrig. Sie hatte geträumt, sie renne, renne, bis sie glaubte, in Sicherheit zu sein. Endlich einen Raum gefunden zu haben, wo sie sicher war. Sie schloss die Tür und drehte den Schlüssel. Er drehte leer. Der Verfolger aber stellte schon den Fuß in die Tür.

Ihre Gedanken kehrten immer wieder zum Leutnant zurück. Er würde eines Tages von neuem im Hof stehen und die Liste mit den Namen verlangen. Er hatte sich vor langer Zeit schon einprägen müssen, dass ein Befehl in jedem Fall auszuführen ist. Und auch von Rose wird verlangt, mit klarem Kopf zu tun, was zu tun ist. Er muss ausführen, was seine Regierung von ihm verlangt, dachte sie. Und auch ich muss ausführen, was meine Regierung verlangt. Im Grunde schleppen wir denselben Sack. Bloß stimmen unsere Richtungen nicht überein. Maurice Dubois sagte, wir kooperieren. Ich werde diese Liste aushändigen müssen. Dubois ist mein Vorgesetzter. Der Krieg, ein zügelloser Wagenlenker, ist mein Arbeitgeber. Ob ich durchs Haus gehe, draußen im Hof nach dem Gemüse sehe, mich um die Wäsche, den Einkauf, die Kranken, die Abrechnungen kümmere, immer muss ich daran denken. Was tun? Ich muss diese Kinder schützen. Wer sonst schützt sie? Auch das Personal im Haus, insbesondere die Franks und Schlesingers mit ihrem Sohn brauchen Schutz. Wenn ich aber dem Leutnant diese Liste verweigerte, würde ich sie damit retten oder preisgeben? Doch was sorge ich mich? Bald wird uns das Rote Kreuz beistehen. Eine Größe, die man respektiert, und auf die ich zählen kann.

Noch breitete sich Stille in den Gängen und Räumen aus. In der Hecke am Bach trällerte eine Nachtigall. Du liebe Nachtigall, flüsterte Rose, ich wollte, ich könnte wie du so sorglos in die Nacht hinausjauchzen. Hingegeben an jede Minute, ohne einen einzigen Gedanken an morgen. Nicht einmal die Liebe beschwert dein Herz, fremde Sängerin. Aber auch er, der Vogel, lebt bedroht, fiel ihr ein. Baut er sein Nest nicht leichtsinnig auf nacktem Boden und schleichen nicht Marder und Fuchs um sein Versteck? Rose, versuche ein bisschen mehr Vertrauen zu haben. Wir kommen ja demnächst in die besten Hände. Sie stand auf, zündete die Kerze an und setzte sich hin. Sie nahm Papier und Stift und schrieb. Namen, Geburtsdaten und Herkunftsorte der Kinder. Namen und Daten der Erwachsenen.

Einmal konnte Gabrielle sich bei der Regierung mit einer Ausrede behelfen. Ein zweites Mal würde es Schwierigkeiten geben. Mittlerweile haben sich die Deutschen im Land eingelebt, ihr Ton ist derber geworden. Nicht nur gegenüber den Juden, auch mit ihm sind sie bissiger geworden. Darum befolgt er, was sie verlangen. So will es der Krieg. All dies erwog er am Morgen, als er sich aufs Rad schwang, um über die Landstraße zum Gut der de Dieu zu fahren, zum Schloss der hundert Judenkinder. Er mag die beherzte Directrice. Ich verstehe nicht, sagte er zu sich, und seine Pedale quietschten, warum diese Schweizer hierhergekommen sind. Warum sie sich in diesem gottverlassenen Winkel in einem verkommenen Schloss um diese Kinder kümmern. Warum bringen sie sie nicht in ihr Land? Unrecht hat diese blonde Schweizerin nicht, wenn sie sich Sorgen macht. Die Besatzer sind unberechenbar. Wer ihren Zorn herausfordert, und dazu braucht es ungeheuer wenig, an dem rächen sie sich zehnfach, nicht nur am Jud. Auch wir sind in Gefahr. Es sind Teufelskerle, sag ich zu Francine, Teufelskerle sind es. Sie sagt, das sei der Krieg, der sei so. Jud ist Jud, Fremder ist Fremder, Feind ist Feind, sagt sie. Bei den Bauern, wenn sie einen Juden verstecken, antwortet er ihr, drücke ich beide Augen zu. Aber hier handelt es sich um hundert Juden in einem Schloss, hundert Augen habe ich nicht zum Zudrücken. Darum versteh ich nicht, warum die Directrice diese Kinder nicht in ihr Land bringt. Francine sagt, die Kinder im Schloss bekommen regelmäßig Liebesgaben, Spendenpakete, Kisten voller Dinge, die unsereiner nur noch für viel Geld in Toulouse auf dem Schwarzmarkt findet. Schließlich überquerte er die kleine Brücke, radelte den Kiesweg zum Schloss entlang und kam vor das Tor. Da stand er und stritt sich mit dieser blonden Schweizerin.

– Man hat ihnen alles genommen, sagte diese, Zuhause, Familie, Heimat. Wie wollen Sie es verantworten, sie zu verfolgen?

– Ich verfolge sie nicht, ich brauche bloß ein Papier von Ihnen. Eine Formsache.

Gerade die Formsache würde Rose ihm besonders gerne glauben.

– Mir ist zu Ohren gekommen, dass alle europäischen Juden über sechzehn aus den besetzten Gebieten evakuiert werden sollen.

– Wir sind hier im unbesetzten Teil des Landes. Sie und die Kinder wollen ja essen. Um Lebensmittelmarken zu bekommen, muss jeder erfasst werden. Ohne Namensangaben und ohne genaue Zahl der Empfänger keine Marken.

– Wirklich nur um diese Marken geht es?

– Frankreich, war seine Antwort, ist stets allen Menschen gegenüber offen gewesen, egal welcher Nation oder Religion. Daran wird Marschall Pétain sich halten. Und auch ein Monsieur Laval wird daran nichts ändern.

– Aus Holland und Belgien haben die Besatzer sämtliche Juden nach Deutschland gebracht, Monsieur le Lieutenant.

Rose sieht die Zornesader auf seiner Stirn hervortreten.

– Wir sind in Frankreich, Madame. Und wir Franzosen halten unser Wort. Gerade darum ist diese Liste von großer Wichtigkeit. Speziell für Sie.

– Versprechen Sie mir, dass diese Kinder niemals den Deutschen ausgeliefert werden, drang sie in ihn und schlug dabei leicht mit dem Handrücken auf das Papier in ihrer Linken, wo alle Namen verzeichnet waren. Sie fühlte sich schrecklich hilflos.

– Frankreich liefert keine Menschen aus, stellte er mit harter Stimme fest. Wer aber Wohnrecht in unserer Gemeinde beansprucht, der muss sich registrieren lassen. Das verstehen Sie doch. Wird in ihrem Land nicht anders sein. Vous comprenez?, fragte er.

Der Besuch des Gendarmen blieb nicht geheim. Aufgebracht nimmt Inge ihn zur Kenntnis, und schweigsam setzen sich später besonders die Älteren zu Tisch. Rose mag den Vorfall nicht verheimlichen, ihr Herz ist in Aufregung, der Kopf voller Zweifel.

– Ich bitte euch, sagt sie, bleibt ab jetzt stets in der Nähe. Entfernt ihr euch trotzdem, tut es nie allein. Versucht, draußen so wenig wie möglich aufzufallen. Und immer Französisch reden, bitte. Und passt auf mit dem Radio, wenn ihr Nachrichten hört. Die Gendarmen können jederzeit hier aufkreuzen. Für sie ist alles, was ihr da empfängt, Propaganda des Feindes, ihr wisst es.

– Warum sind Menschen so?, fragt Betty und Rose antwortet:

– Liebe Betty, ich kann es dir nicht sagen. Vermutlich macht der Krieg sie so.

Nun essen sie schweigend, ohne zu wissen, was das Erscheinen des Beamten für Folgen haben wird, ob das Aushändigen der Liste richtig oder falsch gewesen war.

Walter wischt unauffällig mit der Hand durch die Luft, als ob Roses Antwort ihn nicht überzeugte. Er, der anerkannte Intellektuelle im Haus, weiß anscheinend mehr dazu. Es gibt außer Inge kaum ein Mädchen, das diesen mageren Jungen nicht liebt. Die einen tun es im Geheimen, die andern leichtherzig und wieder andere etwas linkisch. Das Merkwürdigste ist: Er sieht nicht besonders gut aus, sein Mund ist etwas groß, etwas zu beweglich, die Stirn flieht dem Hinterkopf zu, seine Brille hat Gläser wie Flaschenböden. Seine fadenscheinig gewordene Ausstattung hütet und umsorgt er wie einen Schatz, und trotz der Holzpantinen, die alle tragen, kleidet er sich wie ein Herr. Bei kleinen Festen oder wenn ein Foto gemacht werden soll, verzichtet er niemals auf Hemd und Krawatte. Sorgfältig hatte er diese von allerlei Strapazen bedrohten Accessoires von Berlin über das Lager von Gurs bis La Hille gerettet. Walter überragt mit seiner Körpergröße fast alle, sein nach hinten gekämmtes Haar betont noch das blasse Gesicht mit den etwas anmaßenden Zügen. Und er besitzt schöne Hände. Dank seiner Klugheit zieht er sogar jene in seinen Bann, die nicht genau wissen, wie sie über ihn denken sollen. Dazu trägt auch sein Talent bei, das Rose schließlich bewog, ihn im Konservatorium von Toulouse anzumelden. Seine feingliedrigen, kräftigen Hände sind sein kostbarster Besitz. Er achtet seit seiner Kindheit auf diese Hände, seit diese schwarzen und weißen Tasten anfingen, für ihn das Glück der Welt zu bedeuten. Er war früh davon überzeugt, dass allein diese neunundachtzig Tasten und seine zehn Finger seine ganze Zukunft bestimmten. Mit seiner Geste hatte er Roses Erklärung, warum die Menschen sind, wie sie sind, unwirsch aus dem Raum gewinkt. Erwartungsvoll blicken daher alle auf ihn.

– Nicht der Krieg macht sie so, sagt er jetzt, sie sind so.

– Was soll das heißen?, wirft Chaim ein.

– Die Menschen werden schuldig allein dadurch, dass sie sind, sagt er zögernd. Und diesmal klingt er nicht überheblich.

– Was war das?, fragt Heinz, der unmittelbare Tischnachbar, allein dadurch, dass sie sind, sagst du?

– Dasein bedeutet Schuld. Man belädt sich in der Minute mit Schuld, in der man geboren wird.

– Spinnst du vielleicht?

– Wäre der Mensch nicht auf der Welt, gäbe es keinen Krieg, keine Deportationen, keine Konzentrationslager, keine Schlachthöfe.

– Wäre der Hitler nicht auf der Welt, wird Walter korrigiert.

– Es ist nicht Hitler allein, der Schuld trägt. Wir alle sind schuldig. Seit dem Tag unserer Geburt.

– Sollen demnach auch wir hier verantwortlich sein für diesen dummen Krieg?

Rundum werden immer mehr Anwesende aufmerksam.

– Von Verantwortung rede ich nicht. Wir fragten nach der Schuld, der Schuld für das Sosein der Menschen.

– Aber es gibt doch gute und schlechte Menschen, oder würdest du sagen, alle sind gleich?, meint Edith.

Chaim hatte seinen Vater oft über Schuld und Unschuld reden gehört. Für ihn als Jurist gehörte diese Frage zum Alltag.

– Du willst damit sagen, allein die Tatsache, dass wir leben, bedeutet, schuldig zu sein?, hakt er nach.

– Scheint mir zumindest ein interessanter Gedanke, mit dem ich gerne experimentiere.

– Klar doch, es fehlt mir dabei aber der Vorsatz oder zumindest die Fahrlässigkeit, um schuldig zu werden.

Wir leben ja nicht deswegen, weil wir es gewollt hätten. Wir waren dabei völlig unbeteiligt.

– Und die Beweise, ruft Edith vom Nachbartisch herüber, was ist damit? Wie willst du das alles beweisen?

Auch Rose ist aufmerksam geworden und lauscht der Diskussion.

– Hältst du es etwa für fahrlässig, sich zur Welt bringen zu lassen?, insistiert Chaim, von einem Vorsatz kann hier kaum die Rede sein.

– Der Mensch kann sein Sein nicht frei hervorbringen.

– Aber auch nicht verhindern, wirft Chaim ein.

– Genau, mischt ein weiterer Junge sich ein, ohne meinen Papa gäbe es mich überhaupt nicht. Ohne ihn säße jetzt nicht ich hier in der Sch...

– Schuld beginnt da, wo wir zu sein beginnen, versucht es Walter nochmals.

– Und ohne zu wissen, was in ihm steckt, fällt Heinz ein, ist er schon mit Schuld beladen? Glaubst du das wirklich?

– Und keiner kann ihn freisprechen oder mildernde Umstände geltend machen, nicht der genialste Verteidiger?, fällt der stille Jacques ein.

– Nach juristischem Verständnis mag er ihn freisprechen können. Nach dem philosophischen nicht.

– Im allgemeinen Strafrecht wird Schuld geahndet und bestraft. Was sagst du dazu? Strafe dafür, dass wir sind?, ereifert sich Chaim.

– Strafe setzt ein Urteil voraus. Ich sagte jedoch, ich urteile nicht. Denn Schuldhaftigkeit ist eine Bedingtheit des Menschseins.

– Ohne jeglichen Schuldausschließungsgrund? Ohne in dubio pro reo?

– Die Frage war ja, warum der Mensch so ist. Nicht, ob er so ist.

– Was mir aber nicht in den Kopf will, ist, dass nach deiner Theorie im Prinzip jeder ein Hitler sein könnte, meint Heinz, der Geiger.

– Genau, ruft Walter, darum geht es, genau darum. Entscheidend ist, was der Mensch damit tut, ich meine, mit dem, was ihm mitgegeben worden ist. Also, wie er sich interpretiert, wie er sich auslegt oder deutet.

– Der Mensch ist also eine Art Kommode mit unzähligen Schubladen, wirft Lotte ein. Den Ausschlag gibt nur, welche seiner vielen Schubladen er zieht …

– Vielleicht hatte Rose recht, als sie meinte, der Krieg mache die Menschen so. Ohne Krieg wäre der Hitler vielleicht ein ganz netter Kerl und Familienvater geworden, mischt sich Judith jetzt ein. Doch irgendwann hat er zufällig die falsche Schublade gezogen. Es sprang der Krieg heraus, und er wurde zum Teufel.

– Nicht zufällig, möchte Walter einwenden, beschließt aber, darüber erst nachzudenken.

Chaim beginnt auf ein Zeichen der Erwachsenen, die Teller einzusammeln, dabei sagt er: Du machst doch Witze, Walter. Wegen einer blöden Schublade sollen wir alle hier am Leim kleben, wie Floras Fliegen am Fliegenfänger?

– Ist es vielleicht auch eine Art von Schuld?, sagt Judith nachdenklich, dass wir hier einfach so rumsitzen?

– Ich bitte euch, hört endlich mit diesem Unsinn auf, empört sich Rose.

– Sie philosophieren, besänftigt Alex.

– Aber ich finde, es ist Unsinn. Blanker Unsinn. Ihr kämpft Tag für Tag. Ihr kämpft darum, diese Lage zu meistern. Ihr kämpft um eure Würde. In diesen Zeiten keine Bagatelle. Doch ihr schafft es. Ihr beweist, dass man dem Unglück und der Gefahr entgegenwirken kann. Eure Aufgabe ist es, am Leben zu bleiben, sagt Rose, um zu euren Eltern zurückzukehren und euer neues Leben aufzubauen, sobald das hier vorbei ist. So viel wird von euch erwartet. Ihr seid die neue Generation. Und ich finde, diese Aufgabe meistert ihr großartig. Also hört auf mit diesem Geschwätz von einer Fliegenfalle, von Schuld und Schubladen.

– Was ist, wenn das hier nicht vorbeigeht? Und wenn es vorbeigeht, was ist dann? Werde ich Mama wiedersehen?, fragt der kleine Juri mit geröteten Äuglein.

– Es geht vorbei, versichert sie, es geht vorbei. Ich weiß von keinem Tyrannen, der nicht vom eigenen Größenwahn vernichtet wurde.

– Das kann aber dauern, hört sie Alex in ihrem Rücken.

– Wir halten eben durch. Bis es soweit ist.

Aus den Küchenfenstern klappert der Lärm der Küchenequipe in den abendlichen Hof heraus. Wolken schieben sich von den Hügeln her über das Land und ziehen ostwärts über die Türme hinweg. Einige der Jugendlichen diskutieren noch immer. Goldenes Licht fällt in die

Wiesen, legt lange Schatten neben Hügel und Bäume. Soviel Gewölk, und dann diese kräftige Abendsonne! Ein scharfer Wind fährt durchs breite Tal heran. Wer das Unwetter kommen sieht, zieht sich nach und nach zum Lesen zurück, einige nehmen ihre Holzschnitzarbeiten zur Hand, andere zeichnen, musizieren, schreiben. Die Kleinen spielen unbeirrt draußen weiter und messen ihre Kräfte beim Seilziehen, erproben sich mit der Steinschleuder, man hört sie rufen, lachen, als gäbe es nur diesen Wind, diese satten Wiesen, diese duftenden Matten. Bis die ersten dicken Tropfen ins Gras und auf die Bäume fallen, bis es Zeit ist, zu Bett zu gehen.

Inge zieht sich ins Lesezimmer zurück, den kleinen Raum neben der Küche, den Rose und jüngst auch Eugen Lyrer, der Lehrer, der nebenbei als Buchhalter amtet, selber gerne benutzen. Inge will zurück zu Muttis Brief, las ihn schon hundertmal. Mutti hat ein Visum für Kuba bekommen. Sie würde mit der Hamburg-Amerika-Linie von Portugal aus in See stechen. Der Brief datiert vom fünfzehnten Juni. Das Visum verfällt am ersten August. Mutti hofft, ihre Tochter besitze noch genügend Kleider, da sie doch bestimmt gewachsen sei. Ob die Garderobe vom letzten Sommer noch passe? Ob sie neue Sachen brauche? Ob sie ihr welche schicken solle? Und: Ich muss jetzt gehen, muss die neuen Ausreiseformulare ausfüllen, ich lass dich wissen, wann genau ich fahre. Ich umarme dich, meine Kleine.

Ach! Mutti. Warum kann ich nicht mit? Aber nein … ich will nicht mehr weg von hier. Denn hier ist Chaim.

Sechzehn

Leises Hantieren des Hauspersonals in der Küche. Muhen und Stampfen in der Stallung des Nachbarn. Der 19. September 1941. Inge erwacht mit den ersten Geräuschen des wiederkehrenden Tages. Vor dem sich erhellenden Horizont sieht sie die Sterne verblassen, es ist Freitag, ein ungewöhnlich kalter Tag, ihr Geburtstag. Schnell ist sie unten am Bach, schnell erledigt sie die Morgentoilette, schnell ist sie wieder zurück im Schloss, die Haut prickelt, als ob sich unter ihrer Oberfläche eine neue Inge bildet, vielleicht eine kräftige junge Birke.

An diesem Tag wird Kiew der Wehrmacht erliegen, und im ganzen Reichsgebiet tritt die neue Polizeiverordnung in Kraft. Sie erscheint in jeder Zeitung, wird öffentlich angeschlagen, und die Volksempfänger verbreiten sie. In den besetzten Gebieten müssen nun alle Juden und Jüdinnen einen gelben Stern tragen. Gut sichtbar, gut angenäht, und ausnahmslos an jedem Kleidungsstück, mit dem sie auf die Straße und unter die Leute gehen. Es gibt die Sterne am Meter zu kaufen. Für zehn Pfennig das Stück. Das Sechseck, das sich in ihrer Mitte ergibt, steht symbolisch für den siebten Tag, den Ruhetag. Darin muss deutlich das Wort Jude oder Juif lesbar sein. Selbst das Größenmaß ist vorgeschrieben und die Stelle, auf die er zu liegen kommen muss. Aufs Herz. Niemand weiß besser als die Nazis, was kränkt. Die Näherinnen und ein paar jüdische

Schneider erhalten endlich etwas Arbeit, müssen aber mit jedem Nadelstich einer Bosheit ohnegleichen zur Wirkung verhelfen. Einige jüdische Familien versuchen, eine Ehre darin zu sehen, mit dem Davidstern gekennzeichnet durch die Straße zu gehen. Obgleich dieser Effekt unmittelbar in fürchterliche Schutzlosigkeit mündet.

An diesem Tag beginnen Inges sweet sixteen. Vor dem Speisesaal streckt Chaim ihr ein leicht zerknittertes Geschenk entgegen. Und scheint so verlegen, so scheu:

– Für dich.

Er ist im Grunde nicht scheu, oft Mittelpunkt, jeder und jede wünscht, mit ihm befreundet zu sein. Manchmal kränkt es Inge, an andern Tagen fällt ihr Mutti ein, die genauso den Vati immer hatte teilen müssen. Stets kamen für ihn die Angestellten, die Kunden, die Lieferanten an erster Stelle. Und haben sie ihn nicht alle im Stich gelassen damals, als die neuen Gesetze seine Existenz zugrunde richteten?

Schluss damit, heute ist Geburtstag, denkt sie. Sie beeilt sich mit dem Frühstück, denn hier auf dem Tisch, neben ihrem Platz liegt dieses kleine Paket. Kaum wagt sie, aufzuschauen, scheut all die Blicke, die nun ganz gewiss auf sie gerichtet sind. Darunter nicht nur freundliche, sie weiß, unter der Hundertschaft von La Hille befinden sich solche und andere, und nicht jeder mag ohne Eifersucht das Glück des Nächsten miterleben.

Juri drängt sich an ihre Seite und lässt sich von ihr drücken, sie pflügt zärtlich durch sein Haar.

– Viel Glück zum Geburtstag, sagt der Kleine. Aber warum machst du das Paket nicht auf, wie hältst du es aus, so lange zu warten? Willst du nicht wissen, was drin ist?

– O doch, sagt sie. Aber ich möchte ganz gern allein sein, wenn ich es öffne, verstehst du?

– Mich willst du nicht dabeihaben?, fragt er erstaunt.

– Schau, so ein Geschenk bekomme ich vielleicht nie wieder. Ich möchte dieses Glück so lang ausdehnen, wie es geht.

– Kannst du aber nicht.

– Warum nicht?

– Ich hab's schon versucht. Es ging nicht.

– Nein?

– Wegen der Uhr, die Zeiger rückten weiter und weiter, ich konnte sie nicht zum Stehen bringen. Und dabei hatte ich genau das so sehr gewollt.

– Pass auf, vielleicht gelingt es beim nächsten Mal.

– Dann ist es zu spät. Muttis Zug ist gefahren.

– Ich nehme mir heute auf jeden Fall für alles zehnmal mehr Zeit. So werd ich es machen.

– Verstehe, entfernt sich Juri nachdenklich.

Inge zieht sich mit dem kleinen, in festliches Papier gewickelten Paket zurück. Es soll ein Tag werden, den sie nie vergessen will. Sie betastet zärtlich das Geschenk. Es ist nicht von bemerkenswertem Gewicht, das steht fest. Sie vermag dennoch diesen Glücksbrocken in ihrer Kehle kaum zu schlucken. Sie denkt an die Alicenstraße, an Muttis Überraschungstorte, an die rosafarbene Glasur, wie die dick über den Tortenrand floss, die hübsch verteilten Kerzen und Muttis Glück, wie ihr vor all der Freude oftmals die Tränen kamen.

Sie löst die feine Schnur aus Maisblattfasern ohne Hast, die hellen Schnüre sind mit Geschick für sie fabriziert und um das kleine Paket geknüpft worden, ach, und da ist sein Bild, Chaims Foto mit seinem Schriftzug. Sein kluger Blick, so, wie er sie manchmal beinah fragend anschaut, voller Wärme, die ganze Welt fasst Vertrauen zu diesem Blick. Und die Strähne, diese geliebte Strähne. Er war so süß, wie er das Geschenk beinah linkisch hinter seinem Rücken hervorzog. Er muss bereits zur Arbeit ins Gehölz gegangen sein, die Großen begeben sich täglich um diese Zeit zur Arbeit im Freien oder im Haus, der Unterricht beginnt für sie erst nachmittags. Bloß Inge hat frei bekommen. Aber die Zeit verstreicht, das Papier springt leise auf, knistert ein wenig, doch lässt die Form vom Inhalt noch nichts ahnen. Ein langes und schmales Etwas und sehr gerade, sehr hart. Sie presst das halbgeöffnete Geschenk ans Herz, steht auf und wirft einen Blick aus dem Fenster in den Garten. Zwischen ihren großen Blättern leuchten die Kürbisse, die Tomaten hängen an dürren Stängeln, am dicken Rundturm wuchern die Rosen, die Büsche wippen im Wind, sie sieht, wie sie sich bewegen, huch, sie zerspringt schier vor Glück. Hier ist der Beweis, dass er sie liebt, in ihrer Hand. Der Beweis, das Versprechen, das Pfand. Wenn Mutti wüsste. Ich bin verliiiiebt.

Sachte tasten sich ihre Finger in das sperrige Papier hinein. Und treffen auf Holz. Sie hält einen handgemachten Behälter für ihr Schreibzeug in den Händen. Sie schließt die Augen und betastet ihn sacht. Ganz fein geschliffenes Holz, eckige, an den Kanten abgerundete Formen. Und es duftet nach Baum, nach Regen und Chaims Händen. Sie öffnet den Verschluss und stößt auf etwas Kühles, Längliches, auf kleine bewegliche Knöpfe, die sich vor- und zurückschieben lassen, das Papier fällt zu Boden. Sie öffnet die Augen, und da liegt er, eingebettet in die Griffelschachtel. Sein silbernes Äußeres verbirgt eine intelligente Mechanik, die durch das Verschieben eines der Knöpfchen nach oben einen Stift zum Vorschein bringt. Um ihn hereinzuholen und gleich den nächsten auszufahren, bedarf es nur wieder eines leichten Drucks. Keiner rutscht von allein zurück. Vier Farben, und jeder schreibt. Sie hatte sich diesen Stift mehr als alles andere gewünscht. Mit mehr oder weniger kurzen Stummeln füllte sie bisher die Seiten ihres Tagebuchs. Sie müsste warten, hatte sie gedacht. Wie auf so manches. Er muss ihn in Montégut erstanden haben, aber wie war das möglich? Der Ort war zu klein, um sowas zu bekommen. War es vielleicht bis heute sein eigener Stift gewesen?

Abends dreht sich das Tischgespräch um die Zukunft. Chaim breitet freimütig wie noch nie seine Pläne aus. Er würde als Physiker in Palästina arbeiten, erzählt er.

– Und wir werden aus dem Nichts ein Homeland machen. Wir werden unser Land selber bestellen, und außerdem werden wir die besten Künstler und Wissenschaftler zu uns nach Palästina holen.

Ihr ist jenes ferne Land mit dem vielen Sand fremd. Aber sie mag es, wenn Chaim erzählt. Und er hatte *wir* gesagt. Er breitet bereits seine Pläne aus, offenbart, was *wir* in Palästina säen, wie *wir* ein Haus errichten, und welch herrliche Gemüse und Früchte *wir* kultivieren werden. Mutti, jubelt sie, er liebt mich. Was immer kommen mag, fällt ihr ein, der Zweiflerin, wir sind noch nicht in Palästina.

Weihnachten

Ende September muss die Schulstube bereits beheizt werden. Das ist unüblich in diesen Breitengraden. Der wacklige Ofen gibt es deutlich zu verstehen und stößt bösartige Rauchschwaden aus. Es heißt nun, wieder viel mehr Holz zu schlagen, Holz herbeizuschleppen, Holz zu spalten. Zum Schlafen legen sich manche zu zweit in die Betten, um von der Wärme des andern zu profitieren, denn auch die zwei Decken, die mittlerweile alle besitzen, genügen nicht mehr. Die letzten Kartoffeln werden geerntet. Rose ruft die großen Jungs zusammen, alle brauche sie, gibt sie bekannt, alle. Warm anziehen und mit zwei Paar Socken in die Holzpantinen, dann geht's los.

Alex indessen hatte in einem Nebengebäude, das bisher ungenutzt geblieben war, morsche Deckenbalken entdeckt, die in einem der Wintermonate einbrechen könnten. Das Dach der unbeheizten Hütte musste in Angriff genommen werden, solange die Finger noch nicht allzu klamm sind, das Holz noch nicht angeeist ist. Also holt er sich die sechs kräftigsten Jungen, gibt das Werkzeug aus und nimmt mit ihnen die Restauration in Angriff. Dass sie dabei auch gleich etwas lernen, ist ihm gerade recht.

Rose teilt ihre Mannschaft ein in jene, die ausgraben, jene, die einsammeln und solche, die das Kraut zu einem Haufen schichten und dann anzünden sollen.

– Vergesst nicht, die Windrichtung zu bestimmen, bevor ihr euch ans Abbrennen macht. Aber, Herrschaft, es fehlen ein paar Buben. Was ist hier los?

Der Streit zwischen Rose und Alex wird groß und laut.

– Wenn Sie Jungs für irgendeine Arbeit aufbieten, wie wichtig sie Ihnen auch scheint, so haben Sie mich vorher zu orientieren.

– Die Hütte droht zusammenzubrechen. Und ohne Hilfe der Jungen geht es nicht.

– Schön und gut. Aber ich muss es wissen. Ich erwarte nicht, dass Sie mich um Erlaubnis bitten. Aber wissen will ich es. Auf jeden Fall.

– In Ordnung, aber …

– Jemand muss die Kontrolle darüber haben, was wo durch wen angepackt wird. Wie sonst soll ich hier die Übersicht behalten?

– Mir war ebenso wenig bekannt, was Sie für heute vorhatten.

– Hätten Sie mir erklärt, dass Sie heute diese Hütte reparieren wollen, hätten Sie es erfahren.

– Meine Aufgabe sind die baulichen Angelegenheiten. Ich bin gezwungen, die Balken zu erneuern, bevor der Winter hereinbricht. Ich kann es nicht verantworten, dass das Dach einstürzt.

– Das ist sicher wahr. Aber darum geht es jetzt nicht. Ich dulde nicht, dass Sie mich über Ihre Vorhaben nicht ins Bild setzen.

Alex entschuldigt sich und meidet für eine Weile Roses Nähe. Aber er beschließt, nun endlich Pläne für seine

Zeit nach La Hille zu schmieden. Das SRK entsendet Personal und Geld ins Schloss, für jüdische Angestellte scheint es auf die Dauer keinen Platz mehr zu geben. Dass die Schweizer Polizei ihm ein Visum ausstellt, erachtet er als unwahrscheinlich. Er weiß von Freunden, dass die Konsulate angewiesen wurden, nur noch in dringenden Ausnahmefällen ein einfaches Einreisepapier zu erstellen. Dabei muss man sich als Jude verpflichten, innert weniger Wochen weiterzureisen, also ein zweites Visum besitzen. Dies wiederum gelingt immer weniger, die Kosten sind hoch und die Zahl der Zufluchtsländer, die ihre Grenzen geschlossen haben, hat sich drastisch erhöht. Nur wer als Jude vermögend ist, kann noch auf Aufnahme hoffen. Und dies nicht ohne Grund: Er wird verpflichtet, denen, die nichts besitzen und den Zutritt dennoch geschafft haben, voll und ganz unter die Arme zu greifen. Die Schweiz hat dafür kein Geld.

Alex ist jedoch nicht in der Lage, für irgendwen aufzukommen. Sein gutes Herz hat bei Heinrich Rothmund, dem höchsten Schweizer Polizisten, kein Gewicht.

Wenige Jahre nach dem letzten Krieg ließ sich Heinrich Rothmund von einem Juristen namens Max Ruth schon mit Theorien über die Judengefahr beliefern. Ihr antisemitischer Inhalt wuchs zum Fundament von Rothmunds Bevölkerungspolitik heran. Als Adjunkt bei der Fremdenpolizei ist Max Ruth auch Bundesrat von Steigers bevorzugter Spezialist für Bürgerrechtsfragen. Auf seine Arbeiten stützt sich der Bundesrat bei seinen Weisungen und Kreisschreiben, in denen er die Gefahr einer

Verjudung der Schweiz beschwört. Er will mit allen Mitteln verhindern, dass sein Land sich den Ruf eines Judenzentrums zuzieht. Und dabei unterstützt ihn auch der General, der unentwegt auf die Unzuträglichkeiten und Gefahren hinweist, die das Hereinlassen der bedrängten Juden dem Land bescheren würde.

Alex ist über diese Einzelheiten nicht im Bild. Er sieht sich aus persönlichen Gründen von den Schweizern enttäuscht. Sein Beschluss, außerhalb von La Hille eine Anstellung zu suchen, steht fest. Sich dabei immer auch vorsichtig nach einem Wegkundigen umzusehen, der ihn über die Pyrenäen bringt, ist sein zweites Ziel. Es gibt die Bergler, er weiß. Aber er weiß auch, dass für viele der angeblichen Alpenkenner und Menschenfreunde Verrat das bessere Geschäft ist. Fünf der älteren Jungs aus La Hille hatten es erlebt. Ein Bergführer hatte versprochen, sie gegen alle ihre Ersparnisse auf der Flucht zu begleiten. Er verkaufte sie jedoch der Grenzwache und hatte seinen Lohn auch noch von diesen. Nur einer der Jungen ist zurückgekehrt und hat berichtet.

Alex plagen außerdem Sorgen um Elka, die zu kränkeln angefangen hat. Und um Irène, sie würde eine Wanderung über die Alpen kaum überleben.

Als am 7. Dezember 1941 Amerika in den Krieg eintritt, beginnt La Hille wieder zu hoffen. Nun ist es leichter, sich auf Weihnachten zu freuen. Es gilt mittlerweile als Fest der Kinder, als Fest der kleinen Gaben, einer geschmückten Tanne und, die Hauptsache, es wird einen Schmaus aus Floras Töpfen geben. Edith sitzt an der Schreibmaschine und übersetzt Molières Lächerliche Preziösen, die sie inszenieren wird. Seit das Schloss von der Liebe infiziert ist, es aus Ecken und verborgenen Winkeln wispert und seufzt, hält Edith ihr Stück für ein unterhaltsames Gegenmittel. Edith mit ihrer dicken Brille hat das Stück sorgfältig gelesen und zu interpretieren versucht. Manchmal wird sie Omi gerufen, weil ihre Ernsthaftigkeit dann und wann etwas ältlich wirkt. Bevor sie an die Verteilung der Rollen ging, stellte sie Abschriften her. Für Inge hat sie die Rolle von Cathos, des reichen Bürgers Gorgibus hoffärtige Nichte, reserviert.

– Ich mag diesen Molière nicht, sagt Inge eines Abends beim Kartoffelschälen zu Edith, ich habe ihn gelesen und finde ihn widerlich.

– Das erstaunt mich, erwidert Edith. Ich dachte, dir gefällt seine spitze Feder.

– Ich möchte lieber in einem ernsthaften Stück spielen. Warum nicht Don Carlos zum Beispiel?

– Tja, ich denke, da würden wir uns zu viel zumuten.

– Der seichte Molière hingegen ist dir gut genug?

– Du bist zu hart, Inge. Molière ist nicht seicht. Er hatte den Mut, zu sagen, was ist. Er hat den Bürgern den Bürger gezeigt. Und den Bürgerinnen die Bürgerin, wie sie redet und sich gekünstelt benimmt. Auch den Knechten und Mägden zeigt er die Knechte und Mägde. Ungeschminkt, verstehst du.

– Warum spielen wir nicht ein schönes Stück? Ein Stück mit Heldinnen und Helden, mit Vorbildern?

– Ich glaube, du täuschst dich. Die Leute nehmen sich die Helden auf der Bühne nicht als Vorbild. Ich vermute, sie halten sich diesen Helden oder Heldinnen für ebenbürtig, die sie da oben sehen.

– Das genau meine ich. Sie sehen sich und die Welt mit anderen Augen. Packen vielleicht das Leben neu und mutiger an.

– Aber sehen wir uns denn jemals als den Bösewicht eines Stücks? Niemals. Wir fühlen uns stets als der mutige Held.

– Dürfen wir das denn nicht?

– Aber versteh doch, mit dieser Einstellung gehen Leute wie der Führer ins Theater.

– Sei mir nicht böse, aber ich mag dieses Stück nicht.

– Echt schade.

– Dein Molière ist ein oberflächlicher Witzbold, ein Sprücheklopfer.

– Ich finde ihn großartig. Wie er die Leute allein durch ihr Sprechen und Handeln verspottet, er ist großartig.

– Ich möchte kein Mädchen spielen wie diese Cathos. Die redet so dumm, so geziert.

– Stimmt, sie ist eingebildet, aber ehrlich ist sie auch. Diese Cathos lässt sich nicht an irgendwelche Tölpel verkuppeln.

– Sie hat kitschige Romane im Kopf.

– Wie wir alle, oder nicht? Die allermeisten von uns machen sich doch etwas vor.

– Sei mir nicht böse, Edith, aber ich arbeite lieber hinter den Kulissen mit.

– Wie du willst.

– Es wäre mir peinlich, vor allen Leuten zu sagen – wie heißt es doch im Stück? –, wie eine Frau bloß den

Gedanken ertragen könne, nach der Heirat nackt neben einem Mann zu liegen. Zu blöde!

– Blöde finde ich das nicht.

– Und ich soll das vor den Dubois und der ganzen Schar sagen?

– Brauchst du nicht.

– Und stell dir Rose vor!

– Beruhige dich! Ich suche eine andere. Aber mal ehrlich, Inge, nicht nur zu Molières Zeiten wurden die Frauen von ihren Familien verheiratet. Bis heute geschieht es. Und wenn du in diese Lage kämst, würdest du nicht mit Schaudern an das denken, was dir in der Hochzeitsnacht bevorsteht? Mit dem fremden ungeliebten Mann? Was glaubst du? Bis heute sagt keine von den Bräuten laut, was sie plagt. Bis diese Cathos von Molière auf die Bühne des Königs tritt und es ausspricht. Klipp und klar. Das gefällt mir.

– Nur wird dieser Effekt, den du erhoffst, am Ende kaputtgelacht, Edith.

– Klar, du hast recht, alles lacht zum Schluss. Aber es ist gesagt, und Zurückholen geht nicht. Lachen ist manchmal heilsamer als Weinen.

Inge bleibt bei ihrem Entschluss, was Edith keine Minute davon abhält, mit ihren Vorkehrungen fortzufahren.

Rose hingegen packt täglich ihre Rationierungsmarken, steigt aufs Rad und versucht, in den benachbarten Dörfern Montégut und Pailhès, ja sogar in Foix, Säcke voller Mehl, Zucker, sogar Butter zu ergattern. Es ist schwierig geworden, bei der herrschenden Knappheit. An manchen Tagen kehrt sie mit leerem Korb zurück. Glückt der Einkauf, schleppt sie ihre Schätze in die Küche und bittet Flora, das Ganze in Backwaren zu verwandeln, damit sie sich ein paar Wochen aufbewahren lassen. Rose bestellt in der Schreinerei, wo die Jungs tätig sind, holzgeschnitzte Engel, bastelt Sterne aus Schokoladenpapier, stellt Süßigkeiten her, die sie aus ihrer Kindheit kennt, um damit die Tanne und die festlichen Tische zu schmücken. Sie legt für alle ihre Schützlinge eine Tafel Schweizer Schokolade zur Seite, möglichst hübsch in gebrauchtes Papier verpackt, das Flora mit dem Eisen glätten muss.

Maurice Dubois beschenkt Flora und Ernst an dem Abend auf besondere Weise. Er erzählt Ernst, dass Alex für ihn offiziell die Stelle eines Spezialgärtners erwirken konnte. Dieses öffentlich anerkannte Amt schütze ihn vor der Gefahr einer Deportation, verspricht er.

Flora serviert kaltes Huhn, Kartoffelsalat und Bohnensalat, als Nachspeise Gugelhupf und herrlich süßen Brotpudding.

Wie die Väter und Mütter aus der Nachbarschaft mit ihren Kindern alle nah beisammen sitzen, Gebäcke knabbern und in die Kerzen gucken, schleicht sich Wehmut an die vertriebenen Kinder und Jugendlichen heran und stochert in alten Wunden.

Ediths «Lächerliche Preziösen» lockern die Mienen, es wird viel gelacht. Bei brisanten Stellen glauben manche, beobachten zu können, wie Rose die Gesichtsfarbe wechselt. Edith und ihre Truppe ernten viel Applaus. Gegen Mitternacht tritt das Konzerttrio auf, und es kommen all die Stücke, die seit Herbst in den Proberäumen geübt worden sind, zur Aufführung. Die Waldstein-Sonate, das Geisterkonzert, die Winterreise. Neben dem Piano steht Ilse und bewegt mit ihrem erstaunlichen Sopran, den Lichtreflexen im seidigen Haar und dem Glanz ihrer Augen die Festgemeinschaft. Und dann diese Wehmut der Lieder, niemand vermag ihr zu widerstehen. Das von neuem erwachte Heimweh schwingt mit. Die beiden Musiker und die Sängerin hatten so hingebungsvoll geprobt, dass ihre Stücke längst allen vertraut sind und die Lieder ihnen auf der Zunge liegen. Leise und verträumt summen einige mit.

Ganz zuletzt doch noch die Weihnachtsmelodien. Dann aber, als die Jüngsten zu Bett gehen, die auswärtigen Gäste aus dem Haus sind, ist Ragtime. Und genau darauf haben die Mädchen und Jungs gewartet. Das alte Piano gibt her, was es kann, es birst beinah.

2. Teil

Macht der Verhältnisse

Am ersten Tag des neuen Jahres wird der Zusammenschluss des Schweizerischen Roten Kreuzes, Kinderhilfe mit der Schweizerischen Arbeitsgemeinschaft für kriegsgeschädigte Kinder besiegelt. An einem Treffen in Toulouse informiert Maurice Dubois sämtliche Mitarbeiter, unter ihnen Rose, über die Änderung.

– Unsere Wirkungskraft ist den Schweizer Behörden nicht verborgen geblieben. Zudem sehen die Verantwortlichen des Schweizerischen Roten Kreuzes ihr eigenes Werk und ihren Ruf durch uns mehr und mehr konkurrenziert. Hauptsächlich aber ist unser Land bei den Alliierten in Verdacht geraten, sich den Achsenmächten anzudienen. Chemie und Industriebetriebe, Banken und Behörden unterhalten lebhafte Kontakte zu Deutschland. Dahinter steht möglicherweise die Vision, Hitler gehe aus diesem Krieg als Sieger hervor und werde das Schreckgespenst des Kommunismus für immer aus Europa vertreiben. Die Alliierten beobachten misstrauisch die enge Beziehung der Schweiz zum kriegerischen Nachbarn und setzen das umzingelte Land unter Druck. Es sei in Ordnung, sagen sie, zum eigenen Schutz die Neutralität anzuführen. Wenn aber diese Neutralität vorwiegend den Interessen der einen Seite diene, könne etwas nicht stimmen. Sie kritisieren nicht nur diese Haltung, sie stellen auch mangelnde humanitäre Bereitschaft fest.

Maurice bemerkt, wie Unruhe sich breitmacht, und fährt nach kurzem Unterbruch fort: Darum hat der Bundesrat beschlossen, sich vermehrt um die Kriegskinder zu kümmern. Die Alliierten, so rechnet er sich aus, werden applaudieren. Und Deutschland werde im neu erwachten Interesse der Schweiz für hungernde Kinder und Waisen keine Bedrohung sehen. Darum will er künftig die ganze Kinderhilfe unter eigener Flagge segeln lassen.

– Wir waren nicht Feuer und Flamme, setzt er hinzu, aber es kann uns auch Vorteile bringen. Besonders im Hinblick auf die bedrohlichen finanziellen Engpässe, in denen wir stecken. Wir versprechen uns auch Verbesserung im Umgang mit den Behörden.

Schweigen folgt. Dann der bittere Einwurf: Das SRK untersteht seit Ausbruch des Krieges der Armeeleitung!

Die Versammlung murrt, hüstelt und rückt mit den Stühlen.

– Darf ich zum Ende kommen, bitte?

Dubois fährt fort: Meine Kolleginnen und Kollegen, die wie ich bei den Verhandlungen dabei waren, wissen, mit welcher Eile die Statuten des Roten Kreuzes geändert wurden.

– Warum hat unsere Arbeitsgemeinschaft hier bloß mitgemacht?, wird gefragt.

– Es war keine Liebesheirat, kann ich euch sagen. Aber wir sahen, dass damit die Hilfsaktionen gerettet sind. Wir sehen auch politische Vorteile.

– Aber was wird aus der Unabhängigkeit?

– Richtig, das war auch unsere Sorge. Dann aber wurde uns klar, dass wir schon lange Konzessionen an den Bund und die Behörden machen müssen, um unsere Arbeit weiterführen zu können.

– Nun stehen also unsere sämtlichen Aktionen unter der Aufsicht des Bundesrats?

– So ist es. Über das Personal des SRK, das neue wie das bisherige, entscheidet in Zukunft das Militär.

– Damit befindet sich das SRK aber klar im Widerspruch zur Genfer Konvention.

– Auch wir unterstehen künftig dem General, macht Maurice klar, vergesst das bitte nicht.

Da entlädt sich das angestaute Missfallen. Der Leiter versucht zu beschwichtigen:

– Diese Tatsache befremdet auch mich, ich gebe es offen zu. Aber die Fusion entlastet mich. Ich sehe mich als Leiter des Büros von Toulouse nun nicht mehr allein der braunen Woge gegenüber. Während die Spendefreudigkeit der Schweizer Bevölkerung leicht rückgängig ist, wächst parallel dazu im drangsalierten Europa die Not der Kinder. Im Windschatten unseres Landes, unter dem Dach des Roten Kreuzes, das die SAK von nun an schützen und stützen wird, können sich durchaus neue Impulse ergeben. Das ist meine große Hoffnung, und die möchte ich auch euch vermitteln. Sie alle stehen ab diesem Jahr unter dem Schutz des Roten Kreuzes. Sie dürfen sich sicher fühlen, die Weiterarbeit ist garantiert, schloss er seine Ansprache.

– Ich beglückwünsche Sie, Maurice, sagt Rose beim Abschied.

– Ja, wir brauchen nichts mehr zu befürchten.

– Dann sind meine Kinder nun geschützt?

– Auch Sie in La Hille, sagt er lächelnd, befolgen die drei Grundsätze des Gründers des Schweizerischen Roten Kreuzes. Sie nehmen diese Kinder ohne Ansehen von Nationalität, Religion oder Überzeugung in Obhut. Diese Kinder bedrohen niemanden, führen keine Waffen, verbreiten keine Ideologien. Wer wird es jetzt noch wagen, ihnen etwas zu tun?

Rose ist in Zivil nach Toulouse gekommen. Graues Kostüm, leichte Schuhe und darüber ihr leuchtendes Haar, ihr blaues Augenpaar unter den charaktervollen Brauen. Sie scheint in den letzten Monaten noch schmaler geworden zu sein. Ihre Mutter hatte ihr vorgehalten, sie arbeite zu viel und immer noch mit leeren Taschen. Sie würde gebraucht, hatte sie einsilbig zur Antwort gegeben, sie wolle kein Geld, wünsche nur dies, eine Arbeit, die Sinn mache.

– Ich übe mich in Zuversicht, entgegnet sie halb scherzend.

– Man wird uns in Ruhe lassen. Der deutsche Soldat wie auch seine Gegner kommen in unseren Lazaretten in den Genuss dieses Schutzes. Und so auch unsere Kinder.

– Ich möchte nicht mit Ihnen streiten, Maurice. Aber ich habe beunruhigende Informationen, was diesen Punkt betrifft. Eine Studienkollegin von mir ist mit der ersten Abordnung der Ostmission nach Smolensk an die Ostfront gefahren. Im Auftrag des SRK.

– Das Rote Kreuz hatte bloß das Patronat übernommen, korrigiert Dubois. Idee und Finanzen kamen von Schweizer Militärärzten, Industriellen und Geschäftsleuten.

– Von diesen Dingen weiß ich nichts. Dennoch hat die Kollegin nicht ertragen können, dass die Ärzte ihr verboten, den verwundeten Russen beizustehen. Man sagte ihr, sie sei hier dem deutschen Heer unterstellt. Beunruhigt Sie das nicht auch?

– Abgesehen von der Schweigepflicht, Rose, seien Sie vorsichtig mit solchen Aussagen. Ich denke nicht, dass Sie den Ruf des Roten Kreuzes und unsere Arbeit aufs Spiel setzen wollen, gibt Dubois zur Antwort. Diese Ostmission ist sozusagen privat.

– Versteht sich, sagt Rose.

– Begraben Sie Ihre Bedenken, Rose.

In Wannsee bei Berlin werden in diesen Januartagen mörderische Entscheidungen gefällt. Sie werden nie wieder gutzumachen sein. Alex Frank verlässt kurz davor La Hille. Der Belgier erklärt den Kindern, er habe Arbeit auf einer nahen Farm bekommen. Er werde beschuldigt, Lebensmittel an sich genommen zu haben. Er bestreite es nicht und nehme den Diebstahl auf sich. Er müsse sonst die Hilfspakete verraten, die einige von ihnen insgeheim und entgegen Roses Verbot weiterhin in die Lager von Gurs und Récébédou schicken.

Der Schmerz des Abschieds ist auf beiden Seiten groß. Die Kleinen und Größeren verabschieden Alex unter Tränen und lassen ihn nicht ohne Protest ziehen. Für sie, die alle von ihren Vätern getrennt worden waren, bedeutet es, sich erneut in einen Vaterverlust zu schicken. Er war ihnen ein einfühlsamer, ein fantasievoller Ersatzvater gewesen. Seine Frau Elka schaut traurig zu, sie kommt nicht darüber hinweg, wie wunderbar es mit einer Schar eigener Kinder gewesen wäre.

Mit der Directrice vereinbart Alex, dass Elka und seine Mutter weiterhin im Schloss wohnen und arbeiten können. Irène zeigt sich tief gekränkt über die Wegweisung ihres Sohnes. Nach ihrem Dafürhalten war er ohne Not und ohne Grund entmachtet worden. Sie selber hatte sich an seiner Macht nicht wenig beteiligt und sieht nun ihre eigene Stellung vernichtet. Sie versieht Rose fortan mit dem Namen Walküre, und so dauern die internen Spannungen fort. Sie sind die Holzwürmer der Kolonie und unterwühlen zeitweise die Stimmung im Haus. Und sie verstärken sich durch den Druck von außen, der ständig zunimmt.

Der Winter züchtigt das ohnehin schon gegeißelte Europa, von neuem regiert der Hunger, wiederum entstehen in La Hille Furunkeln an den Lippen, an den Beinen. Die hässlichen schmerzhaften Hautwunden springen, kaum geheilt, von neuem auf. Die Großen werden gebeten, den Kleinen etwas von ihrem Essen abzugeben. Es fehlt das Gemüse des Sommers, es fehlen die Disteln, die verhassten, die Kastanien, die Nüsse, die Pilze. Und die Früchte, die man bis in den Herbst direkt von Strauch und Baum in den Mund steckte. La Hille lebt von den letzten runzligen Kartoffeln aus dem eigenen Acker und den Lieferungen aus dem Nachbarland. Auch die Schweiz rationiert seit Kriegsbeginn die Nahrung, besonders Importwaren wie Reis, Hülsenfrüchte, Speisefett und Teigwaren fehlen in den Küchen. Die Zuteilungsrationen pro Schweizer und Schweizerin sind von Jahr zu Jahr kleiner geworden. Zucker und Getreide verknappen sich dramatisch, im März muss die teilweise Rationierung von Fleisch hingenommen werden, im Juni die vollständige. Im November erfolgt diejenige von Brot und Milch. Bei Kriegsbeginn lag der tägliche Kalorienbedarf bei dreitausend, bald würde er unter die Zweitausendergrenze fallen. Aus Angst vor einem allgemeinen Mangel an Grundnahrungsmitteln müssen in den Schweizer Städten die Parkanlagen und Vorgärten, die Rasen und die Sportplätze umgepflügt werden. Die in vornehmer Abgeschiedenheit gelegenen Privatpärke mit ihren Mammutbäumen aus Übersee, ihren Zypressen und Agaven der Mittelmeerküste müssen geöffnet werden. Jede Familie erhält darin ein Stück Erde zum Beackern zugeteilt. Während im Schweizerland die Anbauschlacht wütet, fallen die Sendungen für La Hille immer bescheidener aus. Es kommt zum Streit über eine Brotscheibe, die dicker zu sein scheint als die eigene, über einen Tropfen Milch, der neben den Krug gefallen ist, wer darf ihn auflecken?

Briefe, die nur noch dann und wann eintreffen, diese vom Roten Kreuz beförderten Briefe aus den Lagern, berichten, wie es den Menschen in Gefangenschaft geht. Bloß fünfundzwanzig Wörter sind erlaubt, und sie werden zensuriert. Eine Anzahl von Codewörtern sorgt dafür, dass die Zensur die Klagen und das Flehen um Essbares nicht immer erkennt. Gemessen an der Not eines Winters in Gurs, Majdanek, Oswiezim oder Mauthausen lebt die Kolonie von La Hille wie die Barone. Daher beschließen die Jugendlichen, mit den Paketsendungen fortzufahren. Täglich legen sie ihre Scheibe Brot zur Seite, verstecken sie unter dem Arm, unter dem Teller, schieben sie in den Hosensack oder unter den Pullover. Chaim sitzt gleich bei der Türe und sammelt alles unauffällig ein. Bei sonnigem Wetter bringt er die Beute hinauf zum Turm, breitet sie dort zum Trocknen aus. Deckt sie mit einem Gitter ab, denn auch die Vögel möchten sich bedienen. Bei trübem Wetter toastet Inge die Scheiben am Feuer, das für die Waschlauge gebraucht wird oder das Schulzimmer heizt. Kein einfaches Unterfangen, denn Rose hatte diese Geschenke ja verboten, daher wachen viele Augen, rundherum.

Alle zwei, drei Wochen verlässt nun erneut ein Paket das Schloss, angefüllt mit Brot und dem Dörrobst aus der Schweiz. Chaims Aufgabe ist es, sich um die Post für und von La Hille zu kümmern. So scheint es allen selbstverständlich, dass er Pakete herumträgt. Zudem besorgt er im Auftrag der Leitung kleinere Einkäufe. Heute etwas Papier, morgen ein paar Eier. Hin und wieder muss er eine Lieferung aus der Holzwerkstatt zu den Kunden bringen. Die Kisten, die er auf dem Rad festzurrt, sehen aus, als wären sie leer. Die Körbe, die er festbindet, enthalten auf den ersten Blick einzig einen in der Schreinerei reparierten Stuhl, den er abliefern geht. Der einzige Erwachsene, der von den heimlichen Sendungen weiß, ist Alex. Wenn er seine Frau und seine Mutter besuchen kommt, verirrt er sich hin und wieder in die Vorratskammer und reduziert die dort gelagerten Dörrfrüchte, so, wie er es früher schon getan hatte. Dann und wann gibt er für die Pakete auch etwas Selbstgebackenes vom Hof dazu, auf dem er arbeitet.

Inge jubiliert, weil sie neuerdings gute Gründe hat, vermehrt mit Chaim zusammenzutreffen. Dies und das muss besprochen und entschieden werden – soll man die Brotscheiben ins Freie auf die Türme bringen oder braut sich Regen, vielleicht Schnee über dem Schloss zusammen? Soll Inge sie doch besser am Feuer rösten? Verpackungsmaterial muss unauffällig gesammelt, Geld für den Versand zusammengetragen werden. Der gemeinsame Entschluss, im Geheimen etwas eindeutig Erwachsenes zu tun, festigt das Band zwischen Chaim und ihr noch mehr.

– So himmlisch, so herrlich, sagt Inge zu Chaim, stelle sie sich das tägliche Leben vor, wären sie erst verheiratet.

Wenig später klagt sie sich an. Ich hintergehe Rose, ich spiele mit ihrem Vertrauen, so quält sie sich. Aber übe ich mich nicht gerade in jener Solidarität, die die Erzieher im Schloss so oft fordern? Bloß weite ich sie ein wenig über La Hille und sein Mauerwerk hinaus aus. Chaim ist ohne kleinsten Zweifel. Er ist von der Zulässigkeit, nein, Notwendigkeit dieser Schmugglerei überzeugt. Wenn wir nun aber dadurch die Kolonie in Gefahr bringen, wir alle ertappt würden und die Sendungen aus der Schweiz aufhörten, was würde das bedeuten?

Mut ist es nicht, weshalb sie weitermachen. Es ist bloß so, dass es nicht anders geht. Denn wenn zutrifft, was

Radio BBC neulich verbreitet hat, dass in den Lagern der Hunger vorsätzlich gegen die Gefangenen eingesetzt wird, ist jede kleinste Hilfe nötig. So gering sie ist. Sie fänden keine Ruhe mehr, wenn sie nicht versuchten, etwas dagegen zu tun. Unverständlich ist ihnen einzig, dass gerade dies verboten sein soll. Wer kann wissen, ob nicht gerade jemand von der eigenen Familie dank der Pakete etwas erhält?

Überfall

Hans, der täglich in Roses Büro das Radio einschaltet, wiederholt zum hundertsten Mal seinen Vorschlag, man solle endlich Vorräte im Wald verstecken, für den Fall, dass die Polizei käme.

– Es ist August, wir könnten ohne weiteres da draußen campieren, versichert er.

Aber es gelingt Chaim auch an diesem Abend, sie alle zu beschwichtigen: Hans, du bist ein Hasenfuß, spottet er. Hans macht sich sogar Sorgen, wenn dazu kein Grund besteht, stichelt er an Inge gewandt.

Doch Inge pflichtet Hans bei: Was ist schon dabei, im Wald zu schlafen? Es ist warm, wir würden etwas Übung darin bekommen, uns zu verstecken.

Chaims Blick durchbohrt sie. Ablehnung, ja, Feindseligkeit liegen darin und verzerren sein kluges Gesicht: Du bist hysterisch wie Hans. Willst du wirklich jedermann in Panik versetzen? Willst du wirklich Rose und all die andern beleidigen? Sollen sie glauben, wir vertrauen dem Schweizerischen Roten Kreuz nicht? Willst du das?

Sie wünscht, wenigstens die Hälfte seiner Gelassenheit zu besitzen. Sie hatte jedoch gesehen, wie Rose dem Gendarmen die Liste ausgehändigt hatte. Und war nicht vor zwei Tagen Anne, das neue Mädchen, aus Paris gekommen? Ihre Eltern waren geräuschlos bei Nacht wieder gegangen. Und berichtete diese Anne nicht von neuen Razzien in Paris und im ganzen Land? Nicht davon, wie die Leute jetzt mitten auf der Strasse und aus ihren Wohnungen heraus verhaftet würden? Aus Gurs, meldete das Radio, seien es Tausende.

Als Stunden später alle in ihren Betten liegen, treibt Hans sich immer noch in seinem langen Rot-Kreuz-Nachthemd auf den Treppen herum. Rose steht auf und versucht, ihn zu beruhigen.

– Hans, glaub mir. Wir stehen unter zuverlässigem Schutz, beruhige dich. Brauchst wirklich keine Angst zu haben. Erst gestern bin ich doch auf der Präfektur gewesen wegen meines sauf-conduit. Madame Théophile hat mir versichert, ich brauche mir überhaupt keine Sorgen zu machen. Eine Deportation stehe uns nicht bevor. Und das Rote Kreuz, das weißt du doch, ist der beste Schutz. Geh zu Bett und ängstige dich nicht. Es ist alles gut, mein Lieber. Lass uns schlafen.

Dann stellt sie sich an ihr Fenster und findet am Himmel kaum einen Stern. Ans Schlafengehen ist nicht zu denken, zu sehr hatten sie die Jugendlichen mit ihrer Nervosität angesteckt. Ein ganz feiner Hof umgibt den saubergeschleckten Teller am Himmel, während gerade eine kleine Wolke sich anschickt, in seinem Schein ein Bad zu nehmen. Auch die Umgebung von La Hille leiht sich sein Licht. Man könnte ohne Laterne wandern und jeden Käfer, jede Kuhle erkennen. Doch sieht Rose auf einmal, wie sich der obere Rand des Trabanten zu verdunkeln anfängt. Das Wölklein verflüchtigt sich, der

Mond wird rötlich, ohne jedoch seine klaren Umrisse einzubüßen. Bald bleibt er nur als eine schmale Sichel übrig, bis auch sie hinter dem Erdschatten verschwindet und sich tiefe Dunkelheit über die Gegend legt. Nur eine große kupferne Münze schimmert noch am Himmel. Nach und nach glimmt die Saat der Sterne auf. Im Süden erkennt Rose Orion und im Osten die Zwillinge mit dem glanzvollen Jupiter. Der Mond nähert sich indessen langsam der Mitte des Schattenkegels, den die Erde wirft. Dunkler und dunkler färbt er sich, während im Osten ein zarter Streifen den Tag ankündigt.

Endlich schläfrig geworden legt sich Rose zu Bett und hört, wie jede Nacht, in unregelmäßigen Abständen in der Ferne den Hund anschlagen. Seine Rufe widerhallen unverstanden. Um diese Zeit erwacht Inge. Sie befand sich im Traum zu Hause in Darmstadt und wollte eben die Haustür zur Alicenstraße aufstoßen, als eine Autohupe sie zurückschrecken ließ. Kurz überlegte sie, was der Lärm bedeuten könnte und leitet ihr Gehör zu dem Geräusch hin. Sie versucht, sich zu orientieren, und da fällt es ihr ein, sie befindet sich im Schlafsaal von La Hille, aber was verheißt dieser Ton so früh am Tag? Sie springt aus dem Bett und stößt die schweren hohen Fenster auf, muss sich gegen die morgendlichen Winde stemmen, die nur wenig Abkühlung bringen. Die Bäume stehen schwarz im Gegenlicht der Dämmerung, ihre Blätter regen sich schwach. Da hört sie die Stimmen. Sie unterhalten sich genau unter ihrem Fenster. Männerstimmen.

– Pourquoi nous faisons ça? Pourquoi nous arrêtons des enfants?

– C'est l'ordre, antwortet der andere.

– Warum tun wir das? Warum nehmen wir Kinder fest?

– Es ist ein Befehl.

Es tagt schon leicht, als jemand bei Rose anklopft.

– Zwei Uniformierte stehen vor dem Eingang. Auf der Straße warten zwei Autobusse, ruft jemand leise vor ihrer Tür.

Elka. Rose packt ein Tuch, und noch während sie es um ihre Schultern wirft, öffnet sie die Tür und steht vor der verängstigten jungen Jüdin. Sie zittert, als vibrierte in ihrem Innern ein leises Motörchen. Schweiß steht in ihrem Gesicht, der Pyjama klebt. Rose packt ihre Taschenlampe, rennt die Treppe hinunter und ruft: Na wartet!

Etwas zittrig entsperrt sie die verbarrikadierte Tür und reißt sie auf. Der dünne Strahl ihrer Lampe fährt in die Gesichter von zwei Uniformierten, und beinah lässt sie vor Entsetzen ihr Licht fallen. Also doch, denkt sie.

– Was erschreckt Sie denn so?, fragt der eine.

– Ich denke, es ist an mir, zu fragen. Was suchen Sie hier?

– Wir sind bloß auf Patrouille und wollten uns ein bisschen unterstellen. Der Wind, wissen Sie.

Rose, nur halb überzeugt, bittet sie einzutreten, denn der Wind bläst wirklich und droht die Fenster im oberen Stock zuzuschlagen. Beide lehnen höflich ab. Rose schließt die Tür und hastet die Treppe hinauf, um sich anzukleiden und Elka zu erzählen, was los ist. Diese hastet jetzt ihrerseits die Treppe runter und zur Hintertür. Sie will mit eigenen Augen sehen, wie es um sie alle steht.

– An der Hintertür treiben sich zwei weitere herum, gibt sie Rose Bescheid.

Inge weckt ihre Zimmergenossinnen und ruft in die schlaftrunkenen Gesichter:

– Die Polizei ist hier. Sie sind genau unter unseren Fenstern. Wir müssen einen Weg finden, rauszukommen. Schnell.

Ihr Mund fühlt sich rau und trocken an, sie bringt kein weiteres Wort heraus. Auf einmal weiß sie, es ist zu spät. Sie schlüpft aus dem Raum und ins Nebenzimmer, wo die jüngeren Kinder schlafen. Sie versucht, ganz leise zu sein, um sie nicht zu wecken. Sie hat den ganzen Raum zu durchqueren, um ins Treppenhaus zu gelangen, tappt vorsichtig an den Nachttöpfen aus Porzellan vorbei, die auf dem Fenstersims aufgereiht sind, damit niemand nachts aus dem Haus muss.

Rose rennt zu Ernst und Flora, die einen Stock höher schlafen. Ernst hat die Motoren auch gehört, ist schon auf den Beinen. Darauf rennt sie zurück in ihr eigenes kleines Zimmer, wo sie in höchster Eile ihren blauen Morgenrock überwirft und ihn an der Taille fest verknüpft.

Kaum aus ihrem Zimmer getreten, bietet sich ihr ein entsetzliches Bild. Auf der breiten Treppe nach oben, wo die Schlafzimmer liegen, drängen sich schätzungsweise zwanzig Männer in Kampfmontur, schwarze Uniformen,

Revolver an der Seite. Die Schuhe glänzen schwarz wie aus Gusseisen. Es ist, als wälze sich eine schwerfällige Hydra die Stufen herauf. Roses Magen zieht sich zusammen wie von einem Faustschlag, das Herz trommelt. Bis hinter die Augen pocht es. Dies ist nicht der Moment, um derart in Panik auszubrechen, sagt sie sich, fasse dich, steh aufrecht und sag, was jetzt zu sagen ist. Du bist die Chefin hier und sonst niemand.

An der Spitze geht der Chef der Gendarmerie von Pamiers in der khakifarbenen Uniform eines Offiziers, auf dem Haar das képi. Er tritt auf sie zu und sagt:

– Leutnant V., Sonderkommando der Polizei von Pamiers. Ich muss mit Ihnen sprechen.

– Zuvor will ich mich richtig ankleiden, sagt Rose.

– Dafür haben wir keine Zeit, betont der Offizier mit einem Kopfschütteln. Folgen Sie mir.

Als sie unten angelangt sind, streckt er ihr ein Papier entgegen.

Inge steht oben an der Treppe, den Blick ungehindert auf den Stoß Papiere in seiner Hand gerichtet. Das oberste ist eine Liste. Sie hört, wie der Mann zu Rose sagt:

– Alle, die hier wohnen und auf dieser Liste aufgeführt sind, sind festgenommen und haben sich in den Hof zu begeben.

Rose liest die vierzig Namen ihrer über sechzehnjährigen Schützlinge, liest die Namen des Ehepaars Schlesinger, Elkas und Irène Franks.

– Ich habe Befehl, sie alle zu verhaften. Sie können dreißig Kilogramm Gepäck mitnehmen. Bitte sorgen Sie für einen raschen und ruhigen Vollzug.

Sie blickt diesem Mann ins Gesicht. Ist das wahr? Ist es ein schlechter Traum? Dann schreit sie mehr, als dass sie spricht: Wie können Sie es wagen, diese Kinder zu verhaften?, sie betont jedes einzelne Wort, jede Silbe. Dieses Haus steht unter dem Schutz des Schweizerischen Roten Kreuzes. Ich hätte nie geglaubt, dass Sie das nicht respektieren. Ich bin die Direktorin hier … und ich erlaube es Ihnen nicht.

Als Antwort zuckt er mit den Schultern und, ohne Rose anzusehen, murmelt er die Formel, die in diesem Krieg millionenfach als Absolution für jede Art von Verbrechen herhalten muss:

– Es ist Befehl.

– So lassen Sie mich die Kinder wecken. Allein. Ich wünsche nicht, dass Ihre Polizisten sie aus den Betten reißen.

– Sie können meine Männer begleiten, wenn Sie das wünschen. Aber wir müssen Gewähr haben, dass es keine Schwierigkeiten gibt.

Die Polizisten gehen mit hinauf zu den Zimmern. Rose zwingt sich, nicht zusammenzubrechen. Ihre Knie verweigern nahezu den Dienst. Mit eiskalten Händen hält sie sich am Geländer und versucht, Haltung, Haltung zu bewahren. Nun ist sie diejenige, die die Männer zu den Schlafräumen führt, sie ist die Verräterin. Sie sollte dringend etwas anderes tun, die Vichy-Männer ablenken, Verwirrung stiften, alles hinauszögern. Sie entdeckt aus den Augenwinkeln, wie sich in den Ecken des Treppenhauses, die der herannahende Tag noch nicht erreicht hat, Gestalten zusammendrängen. Sie würde große Verwirrung schaffen, überlegt sie, wenn sie sich über das Geländer stürzte, völlig überraschend hinunter in die Halle spränge. Und dort mit zerschelltem Schädel liegen bliebe. Ein Bild des Grauens böte sich. Und im allgemeinen Schrecken könnten die Kinder in die Wälder laufen. Ja, überlegt sie, das wäre eine Antwort, die diese Befehlsautomaten bis ans Lebensende verfolgen würde. Sie bleibt stehen. Ihr Herz tobt: Ich kann nicht mehr! Keinen Schritt tu ich mehr.

Zurück in ihrem Zimmer, riecht Inge Rauch.

– Was tust du da?, schnaubt sie Lotte an, die im Begriff ist, Briefe und Fotos zu verbrennen.

– Die Polizei soll nichts über meine Eltern finden. Wer weiß, was sie ihnen sonst antun.

Inge denkt kurz über die Bedeutung des Gehörten nach, kann aber den Gedanken nicht ertragen, ihrerseits Muttis Briefe und Fotos zu zerstören. Sogar wenn die Deutschen in ihren Besitz kommen sollten, sie würde es nicht über sich bringen.

Während andere ebenfalls ein paar Briefe und Fotos, ihre kostbarsten Andenken ins Feuer werfen, zieht Inge sich rasch an, schlüpft in den roten, vom Roten Kreuz gestifteten Baumwollpullover, den hier im Sommer fast alle tragen. Er ist angenehm leicht, bloß, stellt sie trotz ihrer Hast auf einmal fest, wird er langsam zu klein. Aber kommt es darauf jetzt noch an? Es ist ja aus, alles aus.

Betty und Ilse flüstern aufgeregt von Flucht.

– Dazu ist es jetzt zu spät, bedauert Inge. Es stehen Dutzende da draußen und die sind teuflisch wachsam. Durch das Fenster im Treppenhaus konnte ich sie sehen. Schwarze Uniformen haben sie, und sie sind bewaffnet, ich glaube, Deutsche. Vielleicht gibt sich später eine Gelegenheit abzuhauen. Aber jetzt ist es aussichtslos. Schwere Schritte auf der Treppe lassen sie verstummen.

Rose, an der Spitze der gestiefelten und bewaffneten Horde, verwirft den Gedanken zu springen. Für wie lange wäre ihnen damit geholfen? Womöglich würden die Männer schießen, sobald die Kinder losrennen würden. Nein, unklug und überstürzt wäre eine solche Tat. Niemand sähe darin einen Sinn, allein Schwäche und Versagen würde es bedeuten. Nein, ich darf mich jetzt nicht zu solchen Hirngespinsten hinreißen lassen. Nicht zu vergessen der Anblick, wenn ich da unten läge. Ich sollte ihnen vielmehr Mut machen, Stärke vermitteln, Vorbild sein. Nicht im Stich lassen. Die Männer hinter ihr drängen sie nach oben.

Rose tritt ins Zimmer der Mädchen und verkündet so knapp, dass alle wissen, sie duldet kein Aber: Wir sind von Soldaten umzingelt. Sie postieren sich vor jeder Türe und wir müssen tun, was sie sagen. Bitte kleidet euch an, so schnell es geht. Packt eure Sachen und versammelt euch unten im Hof. Man befiehlt uns, zu kooperieren. Ihre Stimme ist emotionslos. Was den Mädchen und Jungs in dieser Stunde hilft, ist allein Gelassenheit und Stärke, sagt sie sich wieder und wieder, um so ihren Zorn und ihre Angst zu kontrollieren. Sie hofft, zu verhindern, dass jemand in Tränen ausbricht. Hinter ihr drängen sich die Polizisten ins Zimmer. Sie tritt mit aller Kraft das Feuer aus und wendet sich mit ihrem schwarzen Gefolge dem angrenzenden Raum zu, wo die Jüngeren längst aufgewacht sind und voller Angst in den Betten sitzen. Zwei Polizisten nehmen in jedem Türrahmen Stellung. Die Sechzehn- und Siebzehnjährigen irritiert dies – würden diese Typen ihnen nun beim Anziehen zuschauen? Doch es bleibt keine Zeit, sich darüber den Kopf zu zerbrechen, es müssen die Dinge zusammengesucht werden, die in Koffer und Taschen gehören. Ihre Kleider befinden sich in der allgemeinen Garderobe unter dem Dach, irgendwie müssen sie dort hinaufgelangen. Doch die Abordnung hat gemerkt, dass kein bewaffneter Widerstand geleistet werden wird. Die etwa sechstausend Tage ihres Lebens hatten die Jugendlichen gelehrt, dass in solchen Fällen Widerstand zwecklos ist. Von Angst, Trauer und Zorn erfüllt suchen sie ihre Habe zusammen. Würde man länger fort sein? So lange, dass es gut wäre, auch den blauen schweren Pullover mitzunehmen? Sollten die schönen wertvollen Lederschuhe mit oder doch eher die hölzernen Holländerschuhe? Nein, sagt sich Inge, um wegzurennen sind sie denkbar ungeeignet. Man weiß nie, wann es eine Gelegenheit gibt, sich flink und unauffällig davonzumachen. Und die Fotos, die Briefe, Sherlock Holmes, den sie gerade liest, was ist damit?

Rose und die Männer eilen zum Jungenzimmer. Inge nimmt ihren Mut zusammen und sagt zum Posten am Türrahmen: Können wir uns bitte ohne Wache ankleiden?

Er ignoriert die Bitte. Einer, der mitgehört hat, zieht komplizenhaft ein schiefes Gesicht, um dem andern ein ekliges Grinsen zu gönnen.

Die jungen Mädchen ziehen alles über das Nachtgewand. Dabei erinnern sie sich an Hans' Vorschlag, in die Wälder zu gehen. Hätte sie ihrem Instinkt gehorcht, sagt sich Inge, und nicht jenem von Chaim, steckte sie jetzt nicht in dieser Lage. Wäre Chaim doch nur etwas weiser, was die Wirklichkeit betrifft und ich selber etwas weniger naiv ...

Beim Einpacken der Briefe beschließt sie, auch die Fotos mitzunehmen. Und etwas Papier zum Schreiben. Ihren Stift.

Wortlos raffen alle ihre Sachen zusammen. Sie nehmen ihre Regale und die prall gefüllten Kartons unter ihren Betten in Augenschein und wählen, was sie brauchen würden, was sie zu tragen vermögen. Eine nach der andern verlässt den Raum und sucht den Abtritt an der äußeren Rückwand des Schlosses auf. Kein Schritt, ohne bewacht zu werden. Weder zum Abort noch nach oben unters Dach zu den Kisten mit den Klamotten. Überall stehen in der Morgendämmerung die dunklen Aufpasser.

Inge zieht ein Paar leichte weiße Socken über die Füße, während ihr ist, das Haus würde von diesen Stiefeln, Befehlen und begierigen Blicken vergewaltigt. Ihre Finger zittern, als sie in ihre kostbaren und einzigen ledernen Schuhe schlüpft, oh nein, auch sie zu eng geworden! Sie bindet die Schnürsenkel, als sie plötzlich erkennt: die Sprache! Diese Polizisten sprechen Französisch. Wann immer sie von ihren letzten Jahren in Darmstadt träumte oder sich vorstellte, man nähme sie fest, wurden die Befehle in hartem Deutsch gebellt. Sie weiß nicht, ob es ein gutes oder schlechtes Vorzeichen sei, dass heute alle hier Franzosen sind?

Die Jungen, ebenfalls von den ungewohnten Geräuschen unter ihren Fenstern geweckt, sind längst aufgestanden, als Rose in ihr Zimmer tritt.

– Jungs, ruft sie ihnen zu, wir sind umstellt. Packt eure Sachen. Jeder so viel er am Körper und in Händen tragen kann. Dreißig Kilo sind erlaubt. Ich empfehle euch, nehmt Lesestoff mit, Schreibzeug und vergesst eure Zahnbürsten nicht.

Der Klang der gestiefelten Schritte überall verdeutlicht, dass gegen diese Übermacht nichts unternommen werden kann. Das SRK, Maurice Dubois, sie schlafen Meilen entfernt in ihren Betten.

Die Kleinen, die Ähnliches schon erlebt haben, weinen vor Entsetzen, die andern erkennen in den Mienen der Großen, dass Schlimmes im Gang ist. Sarah, die neu dazugekommen ist, läuft schreiend aus dem Zimmer, wird aufgehalten, schaut nicht auf, sieht erschrocken die großen schwarzen glänzenden Schuhe am Boden vor ihr, klobige Schuhe mit Haken und Schnüren, zurück, befiehlt eine Stimme, zurück mit dir! Sie beißt auf die Fäuste und trottet schluchzend zu ihrem Bett.

Rose eilt, immer noch mit aufgelöstem Haar und im marineblauen Morgenmantel aus England, ins Esszimmer hinunter, aus dem die Tische schon vor Wochen ins

Freie gebracht worden waren, um dort, wie jeden Sommer, unter Geplauder und in aller Heiterkeit das Essen einzunehmen. Es ist ihr peinlich, unfrisiert und nicht angekleidet zu sein. Dabei ist der Morgenmantel, den sie trägt, einst ihr Stolz gewesen, als sie ihn bei Woolworths erstanden und freudig zurück ins Haus ihrer Londoner Arbeitgeber getragen hatte. Sie musste frühmorgens in der kalten Küche im vorgewärmten Krug den Tee angießen, sorgfältig ziehen lassen und später, nachdem sie zwei Tassen, etwas Milch, vier Stück Zucker und zwei Cookies dazugelegt hatte, das Tablett den Herrschaften ans Bett bringen. Zunächst hatte sie nichts Passendes für diesen morgendlichen Dienst besessen, nur ihr verwaschenes Baumwollnachthemd und die Strickjacke, die sie darüber warf. Mit ihrem blauen Morgenmantel sehe sie aus wie die Jungfrau Maria, empfing sie der Hausherr am Morgen nach dem Einkauf gutgelaunt, und sie, nun ja, sie hatte geglaubt, wie eine Lady auszusehen. Eine erzürnbare Madonna, wie mir Ihre stolzen Brauen verraten, neckte der Mister sie weiter. Have a nice day, entgegnete sie schüchtern und überließ den Eheleuten das Tablett.

Im Esszimmer überwacht ein Offizier die Jugendlichen, die mit ihrem Gepäck eintreffen. Als Rose ihn fragt, wohin die Kinder kämen, scheint ihr, ihre Worte hallten von sämtlichen Wänden zurück.

– Unmöglich, gibt er zur Antwort, ich darf nichts darüber sagen.

– Es ist die einzige Bitte, die ich habe.

– Wir sagen nie, wohin die Leute fahren. Wissen es selber nicht.

– Sie müssen etwas wissen. Sie werden ja nicht da draußen mit diesen Kindern im Kreis herumfahren.

Er schweigt. Er steht kurz vor einem Wutausbruch.

Rose gibt nicht nach: Irgendetwas werden Sie doch wissen. Eine kleine Information nur. Es ist wenig, worum ich Sie bitte. Sehr wenig.

– Ich habe dazu keinen Befehl.

Sie fühlt sich hilflos und voller Scham und Zorn.

– Befehl, Befehl, antwortet sie. Aber Sie sind doch auch ein Mensch. Sie müssen doch unter Ihrer Uniform ein Herz haben. Und Kinder? Haben Sie keine Kinder?

Der Mann wendet sich ab.

Sie besitzen im Schloss oder der näheren Nachbarschaft kein Telefon. Die einzige Möglichkeit, um Hilfe zu holen, verkörpert die Spanierin, Frau Parera, die mit ihrem Mann im Büro von Toulouse arbeitet und gerade zu Besuch weilt. Sie solle zur Post von Pamiers gehen und sobald diese öffnet, telegraphisch Maurice, Vichy und Bern informieren, befiehlt ihr Rose.

Schneller und disziplinierter, als es sich die Polizisten hatten denken können, finden sich die vierzig Mädchen und Jungen mit Flora und Ernst, Irène und Elka im Esszimmer ein. Rose hatte die Erlaubnis erwirkt, ein Frühstück zubereiten zu lassen, das die Spanierin in größter Eile in der Küche herrichtete. Es verspürt niemand Lust, einen Bissen zu sich zu nehmen. Sie tun es dennoch und spülen mit der heißen Ovomaltine aus der Schweiz nach.

Danach müssen sich alle im Hof zum Appell einfinden. Drei Kinder, darunter Anne aus Paris, die nicht auf der Liste vermerkt sind, obwohl sie das gefährliche Alter erreicht haben, dürfen wieder zurück ins Haus. Keine Schreie und keine Ausbrüche, außer jenen von Rose, sind bisher zu hören gewesen. Und jetzt ist die Directrice erfüllt von unendlich traurigem Stolz auf diese Schar, die sich so gefasst im Hof einfindet. Ein Junge zeigt sich merkwürdig heiter, man könnte beinah sagen, reisefreudig. Es ist Chaim, der sich von der Idee verführen lässt, nun endlich seinen Bruder wiederzusehen.

– Es wird weiter nicht schlimm werden, verkündet er. Man wird arbeiten müssen. Das haben wir ja gelernt.

Inge denkt, er spielt uns was vor. Er weiß genau, wie sehr er uns in der Hand hat. Er will bloß, dass keine Panik ausbricht, ja, bestimmt will er das.

Nun liest der Kommandant die einzelnen Namen von der Liste, und während die Aufgerufenen vortreten, wird ersichtlich, wie erbarmungslos die Karotten, die jungen Sonnenblumen, die Kräuter, die Salate, der ganze Gemüsegarten in der Dunkelheit von den Stiefeln niedergetrampelt worden sind. Keiner der Polizisten achtet auf die Tomaten, über die er stampft, was macht es aus, redet Inge sich ein, wir gehen ja ohnehin fort. Sehr fremd klingen auf einmal die Namen, die der Offizier ausruft. Mit falscher Betonung auf der Endsilbe, mit einem angehängten ö, wenn am Ende des Namens ein Konsonant steht: Hochberger wurde zu Oschberschèrö, Goldapper zu Goldapèrö. Unterdessen werden auch jene herbeigebracht, die auf den umliegenden Höfen arbeiten. Beim Namen Schützö Rüttö, folgt Stille, niemand reagiert. Ruth ist bei ihrer Bauersfamilie. Aber auch sie und die übrigen drei, die etwas weiter entfernt arbeiten, würden später an Ort und Stelle verhaftet werden, versichert der Anführer.

Wer aufgerufen wird, muss ins Esszimmer zurück und dort auf das weitere Vorgehen warten. Über den Hof schallen die Namen, und nach jedem Namen nähern sich Schritte dem Haus. Blind vom Sonnenlicht treten die Festgenommenen ein und tappen in Richtung Esszimmer.

Nach den Mädchen haben die Jungen anzutreten. Walter, dünn wie eine Nadel, kommt ungekämmt herein und sieht mitgenommener aus denn je. Er war in Toulouse aus dem Konservatorium geholt und in ein Arbeitslager gesteckt worden. Die Tuberkulose verschlimmerte sich dramatisch, weshalb er nach La Hille zurückkommen durfte. Er sieht wie sein eigener Tod aus. Bald danach betritt Chaim den Raum. Die Köpfe drehen sich nach ihm um, sein stets freundliches Lächeln scheint erloschen, seine von allen geliebten Waschbärenaugen liegen tief, was seine ohnehin schon markante Nase stärker hervortreten lässt. Durch das Gebell und die Grobheit der Gendarmen verflog seine Zuversicht. Er mustert die Herumstehenden, bis er Inge entdeckt, und schenkt ihr ein schwaches Lächeln, vielleicht ist es auch nur ein Zusammenpressen der Lippen. Er stellt sich zu Jacques hinüber, wo die beiden heftig zu flüstern beginnen. Hans Garfunkel meldet sich lange nicht, da weder er noch die andern verstehen, dass es gerade sein Name ist, der aufgerufen wird.

Endlos, scheint es, fallen die Namen, bis gegen Ende die Reihe an Elka und Irène ist.

– Eine alte Frau wie mich, schimpft Irène, als sie das Esszimmer betritt. Was wollen die von mir, soll ich etwa Steine klopfen?

Niemand antwortet, denn draußen ertönen weitere Namen. Flora und Ernstö Schlesingèrö. Fast im selben Augenblick gellt ein Schrei durch die offene Tür herein und eilt fort über die Treppen durch das ganze Haus. Unter den Jüngeren, die im Hof mit aufgerissenen, verweinten Augen alles beobachten, befindet sich auch Pauli. Der Einzige, der mit seinen Eltern im Schloss wohnen darf. Stets wurde er deswegen von allen beneidet. Nicht, dass er damit geprahlt oder dank der Begünstigung Vorteile ergattert hätte, doch es ist ihm nie eingefallen, dass es vielleicht nicht für immer so bleibt. Und nun erlebt er das traurige Privileg, um das ihn niemand beneidet. Flora droht bei diesem Schrei zusammenzubrechen, rafft sich auf und will zum Bub hinlaufen. Ernst erlaubt es nicht.

Als sie versucht, sich loszureißen, redet er beruhigend auf sie ein und sagt: Lass ihn, wir haben uns voneinander verabschiedet. Mehr können wir nicht mehr tun.

– Ich will mit ihm reden.

– Wir haben alles gesagt, Flora, es gibt nichts mehr zu reden.

– Ihn trösten, Ernst, ich will ihn ja nur ...

– Flora, sagt er und sieht ihr in die Augen. Als wolle er sie erinnern, dass sie ihr Kind heute und auch morgen nicht würde trösten können. Dass dieser Schmerz, den Pauli jetzt erleidet, ihn nie wieder verlassen wird. Dabei denkt Ernst an die Bewaffneten da draußen, an das, was sie seiner Frau und seinem Sohn antun könnten. Flora ist imstande, mit dem Kleinen an der Hand, von Panik getrieben, Reißaus zu nehmen. Das weiß er. Flora betritt düster, Hand in Hand mit Ernst, das Esszimmer, sucht mit niemandem Augenkontakt. Sie ziehen sich in eine Ecke im hinteren Teil des Raumes zurück. Elka schluchzt leise.

Inge indessen blickt sich zum letzten Mal um in dem riesigen Saal mit den getäferten Wänden, in dem sie und die andern unzählige Mahlzeiten bekommen hatten, so oft noch hungrig vom Tisch aufgestanden und insgeheim Mitglieder einer Verschwörung geworden waren, um für die Menschen von Gurs etwas vom Mund abzusparen. Sie sieht wieder den Morgen ihres sechzehnten Geburtstags vor sich. Neben ihrem Teller Chaims Geschenk, das sie lange nicht öffnen mochte, um Freude und Vorfreude auszudehnen. Sie erinnert sich an Chaims geliebtes Gesicht, wie er ihr schüchtern, beinah ungelenk dieses Päckchen in die Hand gedrückt hatte. Wie der kleine Juri voller Ungeduld drängte, dass sie es öffnen soll. Wie sie ganz allein im Lesezimmer den Vierfarbenstift aus dem Papier geschält und geküsst hatte, ihn an ihre Brüste gepresst und gestreichelt hatte. Ihr Geburtstag kommt in drei Wochen wieder. Würde sie noch am Leben sein? Die Menschen kehren aus den Lagern im Osten nicht zurück, ließen nie mehr von sich hören. Todesmeldungen sind die einzigen Nachrichten, die eintreffen. Wie kommt es, dass so viele sterben? Verhungert man, wird man erschossen?

– ... und keine Messer, Scheren oder Federhalter. Nichts, was scharf oder spitz ist, dringt plötzlich Roses Stimme an ihr Ohr.

Rose hatte die Hand vor den Mund geschlagen und den Kommandanten angestarrt, nachdem er ihr geraten hatte, diese letzte Bestimmung noch durchzugeben.

– Bedeutet das ... Gefängnis?

Er hatte sich abgewandt.

Er denkt am Ende, er tut mir einen Gefallen, der Bengel, wenn er es mir nicht sagt, denkt sie.

Nachdem sich alle nochmals ihrem Gepäck zugewandt haben, es durchsucht und herausgefischt haben, was nicht mitdarf, teilen ein paar Kinder unter sechzehn Jahren Proviant aus: Brotscheiben, Dosenmilch, Schokolade.

Einer der Polizisten keift zum andern hinüber: Die bekommen Schweizer Schokolade. Wann haben deine Kinder sowas zum letzten Mal gesehen? Und du machst dir Sorgen, weil du sie festnehmen musst!

Und abermals das Durchwühlen der Gepäckstücke, diesmal tun es die Ordnungsleute. Daraufhin verlässt an diesem Donnerstagmorgen Ende August eine Zweierkolonne mit etwas Gepäck den Schlosshof, bewegt sich durch das Tor, wo auch die beiden hohen Platanen still am Wegrand stehen und zu versprechen scheinen: Seid unbesorgt, wir halten die Festung. Einige der Gendarmen helfen beim Tragen der Koffer. Da, wo die kurze Einfahrt einen Knick hat, steht ein alter schwarzer Bus. Vor dem Einsteigen wieder ein Appell, und dann ist es endgültig. Alle weinen, die kleinen Geschwister einiger Deportierten, die zurückbleibenden Mitarbeiter und auch Rose.

Wohin bringen sie uns, was denkst du?, fragt Judith, als sie sich auf die Holzsitze niederlassen.

– Woher soll ich das wissen?, antwortet Inge, aber ich nehme nicht an, dass es uns gefallen wird.

– Ich frage mich, wie lange das Brot und die Schokolade reichen, was meinst du?

Sogar jetzt, denkt Inge verärgert, sogar jetzt befasst sie sich zuerst mit ihrem leiblichen Wohl.

Die Nachbarn des angrenzenden Gehöfts laufen herbei und weinen. Ist es denn zu glauben, dass ihre Landsleute diese jungen Menschen abführen? Sie haben doch das Leben noch vor sich. Rose hatte erlebt, wie es die Familien des Dorfes schüttelt, wenn einer der Männer oder Söhne gefallen ist oder in Gefangenschaft gerät. Und nun ist sie selber diejenige, die diese Ohnmacht fühlt. Als gegen zehn Uhr der Motor anspringt und aufheult, das Vehikel erbebt und sich dann ruckartig in Bewegung setzt, ist es den Anwesenden, als trenne ein Schwert sie von allem, was noch gestern ganz alltäglich war.

– Und vergesst nicht, Rose tritt ans Fahrzeug, getrieben vom Wunsch, noch etwas und wieder etwas zu sagen, dieses letzte Band, das Band der Worte, noch nicht zu lösen, diesen einzigen und unwiederbringlich letzten Behelf, der ihr noch bleibt, bis zuletzt zu nutzen. Ihr wisst, nicht wahr, sagt sie, dass das Rote Kreuz alles unternehmen wird, um euch zurückzuholen. Tut einfach, was diese Männer befehlen, bald seid ihr wieder frei.

Sie leidet beispiellos. Zusehen zu müssen, wie nun alle ihre Jugendlichen und ihr treues Personal wie Kriminelle abgeführt werden, ist für sie eine Heimsuchung. Zum ersten Mal verflucht sie die Tatsache, dass sie zufälligerweise keine Jüdin ist, dass sie zurückbleiben und diese jungen Leute, die drei Frauen und Ernst ohne Schutz ins Ungewisse ziehen lassen muss. Sie sieht während eines Sekundenbruchteils das Bild der Baumstämme aus ihrem Kindheitstraum vor sich. Sie rollen, rollen. Grotesk, sinniert sie eine Sekunde lang, dass Befehl und Behelf einander so nah sind? Dabei doch himmelweit entfernt.

Da tritt sie noch einmal an den Kommandanten heran, erkundigt sich noch einmal nach dem Bestimmungsort.

– Tut mir leid. Ich habe strikten Befehl, darüber nichts zu sagen. Ein Zentrum irgendwo in der Ariège. Aber ich möchte Ihnen dennoch danken, fährt er nach kurzer Pause fort und wirft seine Hand an die Mütze, dass Sie uns die Ausübung unserer Pflicht durch Ihr kooperatives Auftreten und Ihren Appell an die Vernunft so sehr erleichtert haben.

Schnell und heftig klatscht Roses Ohrfeige. Überrumpelt stolpert er nach hinten. Ohne ein Wort macht er kehrt, besteigt seinen Ordonnanzwagen und befiehlt zu fahren.

– Mir tut es auch unendlich leid, dass ich nicht wahrhaben wollte, dass das hier geschehen wird. Er hört es nicht mehr.

Da fühlt Rose eine kleine Hand, die sich in die ihre schiebt. Juri schaut zu ihr hoch, Tränen in den Augen. Eben ist mit den andern auch Jacques, sein großer Freund, davongefahren.

In diesem Augenblick fühlt Rose sich unfähig, Trost zu spenden, die Kraft, die ihr durch die Anspannung zugeflossen war, ist weg.

– Jetzt wo die Großen fort sind, hört sie den Kleinen sagen, lassen wir Sie nicht allcin. Wir werden Ihnen bei der Arbeit helfen.

Le Vernet

Es zieht. Die Barackenälteste verteilt dünne Wolldecken. Und wie die riechen! Später bringt sie einen Kessel mit Suppe, eine Schöpfkelle, Brot. Essgeschirr gibt es keins. Diese Unterkünfte bestehen hauptsächlich aus Holz. Jede befindet sich in einem anderen Zustand des Verfalls. Die Dächer sind aus einer Art geteerter Pappe. Entlang der Innenwände befinden sich beidseits vierzig Liegeplätze, einer unten und einer darüber. Nichts weiter als löcherige Strohsäcke liegen darauf, aus denen beständig Halme herausrieseln, ein kleiner Tisch und zwei Bänke stehen im Gang zwischen den Reihen mit den Doppelstockliegen. Anstelle der Fenster gibt es kleine Rechtecke, durch die man von der oberen Schlafstelle her gerade mal die Hand ins Freie stecken könnte. Glasscheiben fehlen. Stattdessen hat man neben den Schlitzen die aus der Wand herausgesägten Brettchen befestigt, um sie über die Schlitze schieben zu können. Aber dann dringt kaum noch Luft oder Tageslicht ein.

Nach einem erneuten Appell, dem Registrieren, nackt Ausziehen und Inspizieren erhalten alle ein kleines Kartonschild mit einer Nummer, dazu eine Schnur, um es an den Hals zu hängen. Alles wurde ihnen weggenommen, nur was sie auf dem Leib tragen, durften sie behalten. Rinah wehrt sich, sie möchte ihren Seidenschal behalten.

Doch die Aufseherin sagt schroff: Da, wo ihr hingeht, brauchst du sowas nicht.

Die Jungs halten den ganzen Nachmittag und Abend Ausschau nach bekannten Gesichtern, aber im Block der Männer kennen sie einzig ihre Kameraden aus La Hille. Die Zäune um das Lager Le Vernet umfassen neunzig langgezogene Gebäude, die in mehrere Blocks zusammengefasst sind.

Vor dem Austeilen der Abendsuppe rufen die Lautsprecher zum allgemeinen Appell, die Menschen stehen zu Hunderten im Freien und stehen, bis jeder Name aufgerufen, bis jeder einzelne Meldung erstattet hat. In allen zweihundert Lagern des Landes wird diese Prozedur viermal täglich wiederholt und dauert Stunden. Viele sehen entsetzlich ausgemergelt aus, und ihre Augen liegen in tiefen grauen Höhlen. Inges Füße schmerzen in den zu klein gewordenen Schuhen. Dann und wann stürzt jemand vor Schwäche zu Boden und ist auch mit Stößen und Fußtritten der Aufseher nicht mehr zum Aufstehen zu bewegen.

Später ruft eine Frau in die Baracke der Mädchen: Gibt es hier eine Inge Joseph?

– Das bin ich.

– Ein Chaim bittet dich, dich morgen um zehn mit ihm zu treffen.

– Aber wie, es sind überall Zäune?

Die Frau beschreibt einen bestimmten Zaun, der den Männerblock vom Frauenblock trennt. An diesem Zaun beim Fass mit dem Wasser gleich hinter der Küchenbaracke wird er auf sie warten.

– Mir ist, es wäre alles nur ein Traum, sagt Inge anderntags zu Chaim, ich erwarte fortwährend Rose, die sagt: So, Leute, das wär's. Nun habt ihr einen Eindruck, was ein Konzentrationslager ist. Packt eure Sachen. Wir gehen.

Zwischen den beiden verlaufen die ungemütlichen Drähte des Zauns, aber ihre Hände umklammern sich dennoch, sie haben einander, den Eisendornen zum Trotz, gefunden. Inge bezwingt das viele Wasser, das ihr in die Augen drängt. Sie sprechen schnell und leise. Die Wachen könnten sie jeden Augenblick auseinanderjagen.

– Neben der Küchenbaracke, raunt Chaim ihr zu, gibt es leere Konservendosen, als Suppentassen durchaus brauchbar, und übergibt Inge ein gut gesäubertes Exemplar. Später, in der Baracke, auf ihrem harten Lager würde sie diese Dose küssen und herzen.

– Rosenthal, witzelt er. Doch sie sieht ihm an, wie erschüttert er von der Nervenprobe ist, die der Tag für sie alle gebracht hat, wie auch von der Ungewissheit, die über allem lastet.

– Walter, sagt er, ist vollkommen entmutigt. Er isst nicht, spricht nicht und schläft nicht.

– Hast du Nachrichten von Sigi?

– Es herrscht hier die Meinung, wer schon in einem Lager war, komme nicht hierher, sondern direkt nach Drancy, dem Vorhof zum Osten, antwortet er trocken. Und Sigi war ja schon in Gurs.

Sie erzählen einander von den vielen Gerüchten, die in Le Vernet umgehen.

– Die schlimmsten Lager, sagt er düster, erwarten einen in Polen. Dort soll es die größten und schrecklichsten geben.

– Wir haben aber Maurice und das Rote Kreuz, flüstert Inge. Rose unternimmt sicher, was sie kann.

– Sie bewahrten uns nicht vor der Festnahme, sie bewahrten uns nicht davor, deportiert zu werden, wirft er finster ein. Hätte ich bloß auf Hans gehört und in den Wäldern übernachtet.

Es treffen Kolonnen um Kolonnen von Menschen ein, Mütter mit Kindern füllen die Baracke der Mädchen, ältere und junge Männer die Baracke der Jungs. Im Verlauf der Nacht kommen nochmals über hundert Menschen dazu. Man liegt jetzt zu zweit, zu dritt auf dem Strohsack. Befremdliche Gerüche, bizarre Manieren bringen sie mit, ein Glück für die Mädchen von La Hille, dass sie nicht Rücken an Rücken mit einer Fremden zu liegen kommen, sondern zusammenbleiben dürfen. Dennoch ist es nicht angenehm, die ganze Nacht wegen der Enge in derselben Position zu verharren oder gemeinsam mit allen andern sich von der linken auf die rechte Seite zu drehen und von der rechten auf die linke. Die wachsende Zahl von Zugängen bedeutet, dass das Lager bald übervoll sein würde, und dies kann nur heißen, weitergeschickt zu werden. Wohin, weiß niemand. Wie würde es am nächsten Ort sein? Die Neueingetroffenen erzählen den andern leise, es sei in Le Vernet zwar hart, doch besser als dort, wo sie herkamen. Oder sie kennen Leute, die Schlimmeres angetroffen hatten.

In Dachau, sagen sie, würden die Menschen ermordet, in Le Vernet ließe man sie verhungern. Wer überlebe, käme irgendwann auf Transport nach Osten.

Zum Hunger, zur Ungewissheit und zur Langeweile kommen die unsäglichen hygienischen Bedingungen. Man darf sich nur unter Bewachung und in aller Öffentlichkeit am Brunnen waschen. Die Bewacher grinsen, hinter den Zäunen kommentieren männliche Gefangene, wie die Frauen sich waschen. Schreibzeug und Papier mussten im Schloss zurückbleiben. Bloß: Was würde man denn schreiben? Inge weiß, vom Hunger würde sie auch diesmal nicht erzählen. Und dass man wünscht, nicht hier zu sein. Das können Mutti oder die Schwester sich vorstellen, man braucht dafür keine Tinte zu verschwenden. Dass sie Skelette von Menschen gesehen hat, Augen ohne Ausdruck, wozu es berichten? Sie übertreibt wieder, würden sie sagen. Weder vom Schloss noch aus Toulouse hat irgendwer irgendwelche Nachricht.

– Kein Zeichen, nichts, bestätigen auch Elka und Irène, die sich erst hier im Lager einander anzunähern scheinen.

Zwischen den Baracken des Blocks beginnt abends das Feilschen und Handeln. Wer einen Knopf, ein Hemd, eine Nähnadel einzutauschen hat, macht sich an alle heran, um sein Glück zu versuchen. Am begehrtesten sind Zigaretten, manche verschachern ihr einziges Hemd gegen zwei oder drei davon. Daher also kommt es, dass viele bloß Lumpen tragen. Auch Brot ist außerordentlich gefragt. Zahllose Schuhe haben keine Sohlen, bestehen nur aus Fetzen, die mit irgendwelchen Schnüren, Drähten, Riemen an den Füßen festgebunden sind. Man sollte besser nicht hinsehen, es dreht sich einem der Magen um bei dem wunden fauligen Anblick. Was ist noch Fuß, was Schuh an diesen verfärbten Klumpen? Intaktes Schuhwerk ist weit und breit nicht zu bekommen. Auch Nachrichten werden herumgeboten, britische Bomberverbände hätten München angegriffen, heißt es. Das Gerücht will von über hundert Toten wissen. Saarbrücken und Kassel seien die nächstgelegenen Ziele gewesen. Alles in Schutt gebombt. Und selber saß man hier, sinnlos eingesperrt.

Die Jugendlichen lernen nach und nach die übrigen Insassen ihres Blocks kennen. Die meisten haben mitbekommen, dass diese Neuankömmlinge bereits in der Küche gearbeitet haben. Irène ist ständig bemüht, ihnen eine Beschäftigung zu verschaffen. Sie sind Arbeit gewöhnt und grübeln dann nicht immer über ihre Lage nach. Dass sie unter dem Schutz der Schweiz stehen sollen, weigern sich die meisten Mitgefangenen zu glauben.

– Das kommt mir merkwürdig vor, sagt ein alter Jude zu Hans, unsereins ist in der Schweiz unerwünscht. Das wisst ihr nicht?

– Beamte, Offiziere, verfolgte Intellektuelle, die lassen sie in der Regel rein. Als Jude jedoch hilft dir auch das nicht mehr, verkündet ein anderer, kannst hundertmal Doktor sein und sogar ein Konto bei ihnen haben. Seine Nase ist blutunterlaufen und mit einem schmutzigen Wundpflaster notdürftig überklebt, in seinen Zahnreihen klaffen Lücken. Sein Mundgeruch ist tödlich.

Die Jungen weichen unwillkürlich zurück und heben bloß die Schultern. Sie glauben ihm nicht.

Jacques sagt: Wir haben dort Patinnen und Paten. Die schicken uns regelmäßig Geschenke. Die werden uns bestimmt aufnehmen.

– Schön, sagen die andern, dann mal viel Glück mit euren Paten.

– Politik, sagt der Alte wegwerfend und schleppt sich davon, während ein zweiter den Jungen verrät, wer der Mann sei, ein berühmter Forscher mit hohen Auszeichnungen und einst in besten Kreisen verkehrend.

– Hätte nicht gedacht, euch hier wiederzusehen.

Ruth steht plötzlich in der Frauenbaracke, ist dünn geworden und trägt ein tropfnasses Bündel mit sich. Ich habe gerade da drüben gewaschen und hörte plötzlich Inges Stimme. Dass ihr hier seid! Ich glaub es nicht, staunt sie und sieht blitzschnell nach, ob wer fehlt. Ich hab so sehr gehofft und gebetet, dass sie euch in Ruhe lassen.

– Es war furchtbar, berichtet Edith. Die Kleinen weinten, blass vor Schreck, und Rose war außer sich.

– Das ganze Schloss war mit Polizei vollgestellt, sagt Judith.

– Entsetzlich, Ruth schüttelt es bei der Vorstellung.

– Wir hätten nicht gedacht, dass sie dich aufstöbern, sagt Inge.

– Sie erwischten mich, als ich eben mit Gemüse ins Haus wollte. Die zwei schwarzen Autos, ich hatte sie nicht kommen gehört, ich erschrak furchtbar, keinen

Schritt konnte ich mehr machen. Alles, alles war wieder da, wie ich die Schere holen musste, wie sie sich damit an Vaters Bart zu schaffen machten, ihn die Treppe hinunterzerrten, wie ich mich ans Auto klammerte, wie sie mich wegstießen, alles. Ich glaubte, wieder die SS vor mir zu haben.

– Wie haben die dich bloß gefunden?

– Sie wussten auch schon meinen Namen.

– Roses Liste vermutlich.

– Sie gaben mir fünf Minuten. Stellt euch vor, fünf Minuten, das ist nichts. Die Bäuerin stand am Herd und wäre am liebsten in die Pfanne gesprungen, es schien mir, sie verkröche sich buchstäblich in ihre dunkle Ecke, sie drehte ihnen den Rücken zu und rührte den Löffel um und um. Da, das Gemüse, sagte ich und stellte den Korb zu Boden. Sie blickte nur rasch herüber und dann wieder in die Pfanne. Was habe ich getan?, fragte ich darauf die Männer. Los, pack deine Sachen, in fünf Minuten geht's los. Beeilung, schrien sie noch, das war alles. Wohin gehen wir?, wollte ich wissen. Das wirst du früh genug erfahren. Es wird Zeit, dass ihr Juden arbeiten lernt. Sie durchwühlten mein Bündel, Ruth beginnt zu zittern, während sie erzählt. Sie schmissen mich ins Auto und fuhren los wie die Teufel. Erst da sah ich das Wurstbrot in meiner Hand. Frau Schmutz musste es mir irgendwann zugesteckt haben. Mir war aber der Hals wie zugeschnürt. Und ich merkte plötzlich, wie ich dabei war, das Brotpaket zu zerquetschen. Zum Lachen, wirklich. Ich hab dann auch ganz blöd zu lachen angefangen, die hätten mich beinah geohrfeigt, aber ich sagte: Fass mich nicht an. In Pamiers sperrten sie mich in eine Zelle. Ohne ein Wort schlossen sie ab und entfernten sich. Da kam ich endlich zum Nachdenken. So ist das also, dachte ich, wenn sie dich holen. So ist es meinem Papa ergangen. Ich sah draußen auf der Straße die Menschen in ihren Sommerkleidern, wie die jungen Paare sorglos durch den Tag schlenderten, ihre Fahrräder stießen, Mütter, die ihre Kinder auszankten. Wir haben doch schon zwei Jahre keine sorglosen Leute mehr gesehen, nicht wahr?

– Aber wir waren doch sorglos! Denk bloß an die Nachmittage beim moulin am Bach und wie wir Theater spielten, wirft Edith ein.

– Und da dachte ich, ob vielleicht ein Fluch auf mir liegt, sagt Ruth. Naja, ich wusste ja von den Judenpogromen und dem ganzen Hitlergequatsche, aber es schien alles so weit weg. In La Hille und bei den Bauersleuten war mir das alles nur wie ein böser Traum erschienen. Und nun traf es mich. Mitten im schönsten Sonnenschein standen sie auf einmal vor mir. Am Abend steckten sie mich wieder in ein Auto, dort saß schon eine ganze Familie drin. Wir hielten erst wieder hier im Lager. Ich zermarterte mir den Kopf, wie ich euch warnen könnte, und jetzt seid ihr hier. Wie geht es Betty? Übrigens, gebt Acht, wenn ihr was zum Trocknen an die Leine dort hängt. Ihr dürft es nicht unbewacht lassen, es verschwindet sofort.

Macht und Ohnmacht

Nachdem der Bus auf der Landstraße nicht mehr zu sehen ist, begreift Rose, dass dieses Dastehen und fassungslose Hinterherstarren nicht im Geringsten mehr von Nutzen sein kann. Sie macht sich mit den Kindern, die ihr noch geblieben sind, auf den Rückweg zum Schloss. Die einen schluchzen, andere stellen Fragen über Fragen. Roses Antworten fallen einsilbig aus, was soll sie sagen, weiß ja selber nichts. Nur eins weiß sie, sie wird nichts unversucht lassen, um zu erfahren, wohin die Kinder gebracht wurden. Sie macht sich in Eile zurecht, gibt im Haus die nötigen Anweisungen und besteigt auch schon das Rad, um den Bus nach Foix zu erwischen. Die Mitreisenden zeigen ihr Mitgefühl durch stille, erschütterte Blicke.

Eine Stunde später pocht sie an die Tür des zwanzig Kilometer entfernt gelegenen Bürgermeisteramtes von Foix, gewohnt, dort freundlich empfangen zu werden. An diesem Tag aber benimmt sich das Personal nicht wie sonst.

– Tut mir leid, liegt nicht in meinem Zuständigkeitsbereich.

– Oh, davon habe ich gar nicht gewusst, liebe Mademoiselle Näf, ich kann Ihnen daher leider nicht weiterhelfen. Ich bin untröstlich.

– Wann, sagen Sie, ist das passiert? Heute früh? Fragen Sie doch da drüben in Büro zwölf nach. Ich bin nicht kompetent.

– Eine unerhörte Geschichte. Habe aber keine Zeit.

Sie eilt von Tür zu Tür, von Schreibtisch zu Schreibtisch, lauter bange Gesichter.

Schließlich steht sie in einem lichtlosen engen Büro vor einem Pult. Ein kleiner Mann undefinierbaren Alters sitzt dahinter und ordnet Papiere. Sein Haar trägt er um die Ohren rasiert, über der Stirn hochgebauscht. Die grauen Ärmelschoner scheinen frisch gewaschen, sein hellblauer Hemdkragen macht einen etwas abgewetzten, aber blitzsauberen Eindruck, während die Brille, die zwar leicht und dünn aussieht, dem Männchen eine unanfechtbare Würde gibt. Er ist einer, dessen Frau ihm viel Fürsorge angedeihen lässt, Rose sieht sie geradezu, wie sie ihm nach dem Abschied hinterhereilt, um ein Haar, ein paar Schuppen von der Schulter zu wischen, wie sie leise und mit Sorgfalt die Türe hinter ihm schließt und sie ebenso leise, die Pantoffeln schon in der Hand, am Abend wieder für ihn öffnet. Mit solchen Männern hat sie leichtes Spiel, das weiß Rose, sie respektieren Frauen.

Er hält gerade einen Stoß Umschläge zwischen beiden Händen, den er mit den Kanten auf die Tischfläche stürzen lässt, erst die Längskanten, dann die Kanten der Breite, so dass sie einen wohlgeordneten Stapel ergeben, den er befriedigt an den Rand seiner Arbeitsfläche schiebt, damit der Postjunge ihn dort holen kann, wie Rose vermutet.

– Womit kann ich dienen, wen suchen Sie?

– Ich suche Sie, sagt Rose verwegen.

– Ah bon, antwortet er überrascht und wartet.

– Sehen Sie, die Sache ist die. Heute Morgen hat die Polizei in La Hille, wo ich arbeite, vierzig Kinder und drei Erwachsene abgeholt.

Er wiegt langsam und traurig den Kopf hin und her.

– Es sind schlimme Zeiten.

– Ja, mein Herr. Ich will Sie auch gar nicht lange aufhalten. Bloß muss ich noch heute wissen, wohin die Kinder gekommen sind, verstehen Sie?

– Ja, ich verstehe. Und warum denken Sie, ich wüsste Bescheid?

Rose meint verlegen: Ach, wie gesagt, ich habe nicht viel Zeit ... und ... wäre Ihnen sehr zu Dank verpflichtet ...

– Warten Sie, ich hab da was abgelegt, sagt er gedehnt, indem er aufsteht, einen Ordner hervorzieht und darin blättert. Er schiebt mit zwei Fingern die Brille zurecht und zieht dabei das Gesicht in die Länge. Es muss eine alte Gewohnheit von ihm sein, denn die Falten, die dabei entstehen, bleiben auch danach noch sichtbar.

– La Hille, sagten Sie? Hier. Da steht es. Ich kann es nicht beschwören, aber ich sehe hier Le Vernet. Camp du Vernet.

– Camp du Vernet, wiederholt Rose, ist das weit von hier?

– Gar nicht weit. Sie verlassen Foix in Richtung Pamiers. Nach Pamiers bei der Kreuzung nach links. Sie können es nicht verfehlen. Liegt unmittelbar an der Straße.

– Und was denken Sie, für wie lange werden sie dort sein?

– Für wie lange, fragen Sie? Da kommt eigentlich nie einer zurück, Madame.

– Nie einer zurück? Rose dehnt die Worte, es gelingt ihr nicht, zu fassen, was sie da hört.

– Es sind heute wieder vierhundert Flüchtlinge hingebracht worden. Alle aus den Lagern der Gegend hier. Die Franzosen werden noch verschont, wie es aussieht.

– Kann man sie besuchen?

– Ah non, Madame, ça non! Verzeihen Sie. Das Lager ist geschlossen, niemand darf es betreten, niemand darf es verlassen. Tja, traurige Geschichte. Versuchen Sie es mit einer Postsendung. Oder gehen Sie zum Präfekten. Er ist leider heute nicht da. Nur er könnte Ihnen eine Besuchsbewilligung ausstellen.

– Aber es eilt. Ich muss noch heute dort sein.

– Ah non, Madame, ruft er abermals, das geht nicht. Aber warten Sie, ich habe eine Idee. Wir geben dem Beamten des Service Social des Étrangers eine Erlaubnis. So können Sie morgen mit ihm reisen, falls auch Sie eine Erlaubnis erhalten.

Sie fährt mit dem nächsten Bus zurück und nimmt sich vor, anderntags sehr früh nach Le Vernet aufzubrechen.

Was für eine Nacht! Sie sieht immer wieder alle diese lieben vertrauten Gesichter die Bündel die Koffer die roten Pullover des Roten Kreuzes die sie trugen Pauli schreit sein aufgerissener Mund eine nach dem andern ziehen sie vorüber tauchen weg kommen wieder ihre Stimmen ihre Fragen ohne zu verstehen eindringlich heften sich ihre Blicke auf sie, auf Rose. Erwacht sie, ist es unheimlich still im Schloss, als hielten alle den Atem an, als kämpften alle mit denselben Träumen.

Sie ringt mit sich, erwägt den Plan, nach Le Vernet zu fahren, und verwirft ihn wieder. Ist es klug? Wird es etwas ändern? Sie, eine Frau, gegen alle diese Uniformen? Sie hört wieder das entschiedene ça non des Beamten. Doch machte man ihr den Vorschlag, mit dem Beauftragten des Ausländerbüros hinzufahren. Sie kennt sich doch. Sie würde keine Ruhe finden, sie würde ohne Unterlass denken, dorthin fahren zu müssen. Ohne Unterlass. Ist es da nicht besser, einfach loszufahren? Der du bist im Himmel, denkt sie. Ich bitte dich selten um etwas, eigentlich nie, aber heute, heute musst du mir beistehen. Maurice Dubois war unverzüglich nach Vichy gereist, als er den Anruf von Frau Palau erhalten hatte. Aber der Versuch, die Befreiung der Kinder zu erreichen, kann mit langen Wartezeiten, Formalitäten, Hinhaltungen einhergehen. Bis es schließlich zu spät ist. Im Haus fehlen die Betreuerinnen, fehlt Ernst. Aber es sind ja auch weniger Kinder da. Rose hatte Eugen Lyrer noch am Tag des Abtransports aus der Post von Foix angerufen. Lyrer versprach, seine Ferien sofort abzubrechen und zu kommen. Zurzeit befinden sich die beiden Palaus zu Besuch, Pauli darf vorläufig bei ihnen wohnen. Die neue Kindergärtnerin sieht auch zum Rechten, außerdem sind zwei Frauen aus Toulouse da. Der Garten ruft dringend zur Arbeit, zertrampelt wie er ist. Doch er geht nicht zugrunde, wenn sie allen einschärft, auch den Gästen aus Toulouse, was zu tun ist. Die jüngeren Kinder sind an Gartenarbeit gewöhnt und werden ihnen an die Hand gehen. Nein, sie würde fahren. Schließlich will sie noch ein paar zurückgelassene Kleider hinbringen. In aller Frühe würde sie aufs Rad steigen und um sechs Uhr den Zug nehmen.

Noch ist der Tag nicht wirklich angebrochen, da packt sie einen Beutel voller Trockenfrüchte, Schokolade, Obst und Zwieback auf ihr Fahrrad, wirft einen letzten Blick hinauf zu den Fenstern der Schlafräume und tritt entschlossen in die Pedale. Bald beginnt der Pneu verdächtig zu schmatzen, er ist platt. Als der Milchmann mit seinem Wagen des Wegs kommt, lässt sie das Rad am Straßenrand liegen und bittet ihn, mitfahren zu dürfen. Die verlorene Zeit ließe sich dadurch vielleicht wieder einholen. Der Mann kennt Rose und lädt sie auf, nicht ohne nach dem Wohin und Warum zu fragen. Zu so früher Stunde. Kurz vor Foix hält er den Wagen an und sagt, hier müsse er sie bitten, auszusteigen, sein Weg sei zu Ende. Er wünscht viel Glück. Rose hastet der Straße entlang, getrieben von Ungeduld und Angst. Um jeden Preis will sie die Kinder in Le Vernet noch antreffen. Die Zeit ist schon ziemlich vorgerückt, als sie sich einer Autogarage nähert. Rose denkt: Wenn ich doch Autofahren könnte! Vielleicht finde ich einen Kunden der Garage, der in dieselbe Richtung muss. Vielleicht gibt es ein Taxi dort. Ein Mann im blauen Drillich macht sich an der Tanksäule zu schaffen, ein anderer sitzt in einem Auto, tritt das Gaspedal und verursacht einen fürchterlichen Lärm.

– Guten Tag, schreit sie, sind Sie der Besitzer?

Der Mann im Blaumann bejaht.

– Ich brauche dringend einen Fahrer. Ich bezahle gut.

– Wohin soll's denn gehen?

Bald danach erreichen sie das Eingangstor des Lagers. Verblüfft sieht Rose zwei schwarzhäutige Wachsoldaten davor stehen. Es fällt ihr ein, dass es Leute aus den französischen Kolonien sein könnten. Also steht dieses Lager unter französischer Aufsicht. Ein Hoffnungsschimmer. Die beiden blicken nicht weniger überrascht auf das Auto, das heranbraust. Ihr Fahrer nutzt ihr Erstaunen und ihre Unentschlossenheit, um durch das Tor ein Stück weit ins Lager zu fahren, zu wenden, Rose heraushüpfen zu lassen und flugs den Rückweg unter die Räder zu nehmen. Groß und blond steht sie da, schaut in die Runde, bemerkt Stacheldraht, nichts als Stacheldraht, graue Baracken und wieder Stacheldraht.

Augenblicklich sieht sie sich von Uniformen umstellt. Was würden sie mit ihr tun? Rose verlangt den Beamten vom Sozialdienst für Ausländer zu sprechen.

– Wir sind verabredet hier, sagt sie.

Ein Soldat führt sie zur Direktion, vorbei an den Zäunen und erbärmlichen Unterkünften. Jedoch bekommt sie kein einziges vertrautes Gesicht zu sehen. Nirgends. Auch von weitem nicht.

Der Mann vom Service Social des Étrangers besitzt bloß eine einzige Besuchserlaubnis, Rose hatte man keine ausgestellt. Er erschrickt bei ihrem Anblick und will wissen, wieso sie hier sei. Sie müsse augenblicklich wieder gehen.

– Bevor man mich auf die Straße stellt, setzt sich Rose zur Wehr, will ich meine Schützlinge sehen. Sie hatte ihre Rotkreuznadel auffällig über der Brust platziert.

Nach langem Beraten wird beschlossen, den Chef d'Administration zu rufen. Dieser soll beim Kommandanten ein Wort für die fremde Frau einlegen.

– Fräulein Näf, raunt ihr etwas später eine Stimme in Schweizerdialekt zu, und noch während sie sich umdreht, hört sie die Worte: Ich bin der Chef d'Administration. Tun Sie alles, was Sie tun können, um Ihre Kinder zu befreien. Doch sofort ändert die Stimme ihren Tonfall, der Mann brüllte jetzt auf Französisch: Was hat diese Frau hier zu suchen? Wer hat das zu verantworten? Ein schwerer Fehler, diese Frau einzulassen. Ich werde sogleich den Kommandanten benachrichtigen. Er wird entscheiden, was mit Ihnen zu geschehen hat, wendet er sich in aller Strenge an Rose.

So weit ihr Blick reicht, Baracken. Sie sind zu Blöcken zusammengefasst, jeder Block von einem Zweimeterzaun aus Stacheldraht umgeben. Graue gebeugte Gestalten, lauter Greise, scheint ihr, schleppen sich über den Platz. Zu hören sind bloß dann und wann ein paar Befehle und das Scheppern, das aus einer Küche zu kommen scheint. Von den Jugendlichen sieht sie niemanden. Befinden sie sich noch hier? Ich würde es nicht aushalten, zu spät gekommen zu sein.

Der Kommandant ist kleingewachsen und etwas schwer, ein Onkeltyp. Er grüßt höflich, entschuldigt sich für die Unfreundlichkeit seiner Wachleute und erkundigt sich nach ihren Wünschen. Rose richtet sich zu ihrer vollen Größe auf:

– Ich bin gekommen, um die Jugendlichen zurückzuholen, die gestern hierhergebracht worden sind.

– Die sind alle sechzehn und darüber. Meine Männer haben das ganz bestimmt geprüft. Somit haben sie das gesetzliche Schutzalter überschritten.

– Sie stehen unter dem Schutz des Schweizerischen Roten Kreuzes. Ich bin gekommen, sie zurückzuholen.

Es herrschten dieser Tage verschärfte Vorschriften, ließ er wissen. Deswegen müsse er sie, Madame Näf, nun ebenfalls hierbehalten. Und zwar so lange diese Aktion andauere, wie er sich ausdrückt. Damit meint er gewiss die Razzien im ganzen Land, von denen Rose gehört hat. Was sie nicht weiß: René Bousquet von der Vichy-Polizei hat den Mördern an der Tagung in Wannsee hunderttausend Juden aus ganz Frankreich zwecks Vernichtung zugesagt.

– Wir haben Befehl, alle ausländischen Juden zu verhaften. Und auch Ihre Jugendlichen sind keine Franzosen. Es sind Juden, wie Sie ja selber wissen. Also, bitte.

– Wo sind sie?

– Es geht ihnen gut, versichert er.

– Sie haben kein Recht, …

– Ich will Ihnen etwas sagen, Frau …?

– Näf, Rose Näf.

– Alle haben immer Gründe, warum sie entlassen werden sollten. Wenden Sie sich an meine Vorgesetzten. Ich habe nichts zu entscheiden.

– Und wo finde ich Ihre Vorgesetzten?

– In Vichy, denke ich.

– Aber ich bin ja arretiert.

– So ist es. Ich werde Ihnen die Erlaubnis zum Telefonieren erteilen. Doch zunächst suchen Sie Ihre Unterkunft auf, dort finden Sie ein Telefon. Und essen Sie etwas. Später werden Sie einen Passierschein erhalten, damit Sie in den Sektor Ihrer Schützlinge gelangen können. Sie dürfen sich auf dem ganzen Areal frei bewegen, sofern sie mir versprechen, dazubleiben.

Rose bedankt sich, ohne zu wissen, wofür. Sie ist bloß unsäglich erleichtert, endlich die Jungen und Mädchen sehen zu dürfen. Mit aller Kraft setzt sie eine gleichgültige Miene auf. Er soll nicht ahnen, wie groß ihre Freude darüber ist, arretiert zu sein.

Rose trägt einen knielangen, leicht ausgestellten Rock, eine weiße Bluse mit kurzen, nur wenig gepufften Ärmeln und flache Schuhe. Ihr feines Haar hatte sich schon frühmorgens hemmungslos dem Fahrtwind auf der Landstraße überlassen. Sie hatte es nach dem Aufstehen hurtig zu zwei Zöpfen geflochten und flüchtig auf dem Kopf festgesteckt. Ihre Rotkreuzuniform ist in La Hille zurückgeblieben, nur das Abzeichen steckt an der Bluse. Die Uniform, denkt sie immer, sei ihr zu formell. Sie will als Rose Näf auf die Leute zugehen. Nach zehn Minuten wissen alle, dass sie zu diesen vierzig Jugendlichen gehört, die gestern hier eingetroffen sind.

Am Telefon bringt Rose in Erfahrung, Maurice werde nach Vichy aufbrechen, um den Schweizer Botschafter zu sprechen. Ellen indessen befinde sich im Zug nach Bern. Sie atmet auf.

Vier Tage danach, am letzten Augustabend, lässt der Kommandant sie spätnachts rufen. Während der vergangenen vier Tage erlebte Rose Hunderte Menschen, die in immer neuen Bussen hergebracht wurden. Die Stimmung wurde von Stunde zu Stunde bedrückender, es ereigneten sich Selbstmorde, Fluchtversuche, es fielen Schüsse. Viele der neuen und der älteren Gefangenen suchten Rose auf. Sie ist diejenige, die von draußen kommt und dahin zurückkehren wird. Sie zeigten ihre Wunden, erzählten von ihren Beschwerden und baten um Rat, sie waren begierig, Neues über den Verlauf des Krieges zu erfahren, sie steckten ihr Briefe zu, die sie weiterleiten sollte, Geld und Schmucksachen, diktierten ihr Telefonnummern, damit sie geliebte Menschen benachrichtige. Zweimal täglich wurden Suppe mit Brot und als Geschenke der Bauern der Umgebung süße Früchte verteilt. Der Secours National und auch das Büro von Maurice in Toulouse lassen Zulagen ausgeben. Die Menschen wundern sich, da sie wissen, dass solcher Überfluss nicht die Regel ist.

– Es sind unsere Henkersmahlzeiten, sagen sie.

– Die Juden gehen morgen auf Transport, beginnt der Kommandant das Gespräch, nachdem er Rose angewiesen hatte, Platz zu nehmen.

– Morgen schon?, antwortet sie.

Es fällt ihr keine klügere Entgegnung ein, denn es kam so leicht und sachlich aus seinem Mund, als hätte er gesagt, es würde Regen geben. Diese Leute verstehen es unheimlich, sich zu beherrschen. Oder können Menschen so kaltblütig sein?

– Sagen Sie den Jugendlichen nichts davon, rät er. Lassen Sie sie noch diese letzte Nacht ruhig schlafen.

– Und wohin fahren sie?

– Ich weiß keine Einzelheiten. Das Ziel liegt im Osten.

– Ich fahre mit, sagt Rose mit fester Stimme, doch ich gebe die Hoffnung noch nicht auf.

– Wie Sie wollen, antwortet der Mann müde. Wir müssen bloß das Kontingent erfüllen, wer dabei ist, danach fragt letztlich keiner.

– Eine letzte Frage, Herr Kommandant, Rose erhebt sich. Sie tritt an das kleine Fenster, verharrt dort einen Augenblick und verlangt dann zu wissen:

– Wie fühlt es sich an, an Ihrem Platz zu stehen?

– Wie meinen Sie?

Sie sieht die dunklen Silhouetten der Baracken, über die das Licht der Scheinwerfer seine Runden zieht. Die Anlage ist in tiefes Schweigen gehüllt, stumm wandern die Schatten.

– Über das Leben von Menschen zu verfügen, antwortet sie. Was fühlt man dabei?

– Ich verfüge nicht, ich führe bloß aus. Verfügen tun andere.

– In diesem Krieg scheint es nur Befehle zu geben. Jeder führt bloß aus, was ein anderer befiehlt, keiner denkt nach. Ist es nicht so, Herr Kommandant?

– Was gäbe es für ein Chaos, wenn jeder sein eigener Feldherr wäre!

– Stimmt, aber was fühlt man, wenn es gegen die eigene Überzeugung geht?

– Im Dienst trinkt man nicht und fühlt man nicht.

– Hunderte sind gekommen in diesen wenigen Tagen. Ihr Elend ist sichtbar. Was haben sie getan?

– Fragen Sie Herrn Hitler. Ich verstehe kein Deutsch und auch kein Polnisch.

– Oh, Herr Kommandant, jetzt verraten Sie sich. Sie weichen aus.

– Ich wurde hierher abkommandiert. Nicht um irgendetwas zu verhindern, nein, der Organisation wegen. Ich muss für einen reibungslosen Ablauf sorgen.

– Wie betäubt man sich?

– Wenn ich den Dienst verweigere, tut ihn ein anderer. Und ich ..., er macht mit der Hand das Zeichen des Halsabschneidens.

– So ist es wohl. Niemand möchte unter diese Elenden vor Ihrem Fenster geworfen werden, Sie haben ja vermutlich Familie, eine Frau, ein paar Kinder.

– Aber sicher ...

– Ich verstehe.

– Soll ich mich mit Ihnen etwa über mein Privatleben unterhalten?, weicht er unwirsch aus. Ich habe Sie informiert, und nun gehen Sie und halten sich still. Ich will keine Panik hier. Es muss morgen geordnet und zügig vonstattengehen. Verstehen Sie?

Er fasst sich schnell wieder und steht auf, um Rose zur Tür zu geleiten.

– Warum haben Sie mich gerufen, warum? Damit ich mein Einverständnis gebe? Sie tritt ihm entgegen.

– Damit Sie vorbereitet sind, wenn es morgen hier losgeht.

Mit einem deutlichen Gutenacht verlässt sie die Kommandantur und wandert über den menschenleeren Lagerboulevard zu ihrer Stube zurück, verwundert über die große Ruhe, die sie empfindet. Vielleicht ist es bloß die Lähmung der Maus vor der Katze.

– Der du bist im Himmel, wieder drängen sich ihr diese Worte auf, aber ach, nein. Es kann nicht sein, dass dort oben ein Gott sitzt. Ein Gott, der sich Vater nennt, und seinen Kindern nicht zu Hilfe kommt. Was hier geschieht, ist unmöglich der Plan eines guten Vaters. Der Himmel muss leer sein. Es ist undenkbar, dass dort einer zuschaut und tatenlos bleibt, obschon ... Rose, wie willst du das aushalten?

Ellen Dubois macht sich, kaum gelangte der Hilferuf Frau Palaus nach Toulouse, auf die Reise in die Schweiz. Die Wochenmitte ist schon überschritten, und sie muss unbedingt noch vor Sonntag in Bern sein, um nicht vor verschlossenen Türen zu stehen. Die Stadt empfängt sie sommerlich und unbekümmert. Die Gassen summen gelassen, die Pflastersteine glühen in der Mittagshitze, die Blumenkisten an den Fenstern überquellen von roten Geranien und der Kindlifresser überfrisst sich in aller Öffentlichkeit auf seinem Brunnensockel. Es schlendern nicht wie üblich um diese Zeit Hausfrauen unter den Lauben, um ihren Besorgungen nachzugehen. Es scheint, es ist ihnen zu heiß, da kochen sie lieber hinter den Jalousien ihre Sommersuppen, oder sie tummeln sich mit den Sprösslingen unten im Aarebad, treiben im glitzerigen Wasser flussabwärts oder liegen ausgestreckt am Ufer, um sich von der Sonne bräunen zu lassen.

Ellen besucht Rodolfo Olgiati, den Sekretär der Kinderhilfe des Roten Kreuzes, und schildert ihm, was in La Hille vorgefallen ist. Sie kennen sich noch aus der Zeit, als er bei der Schweizerischen Arbeitsgemeinschaft für kriegsgeschädigte Kinder arbeitete. Er hatte später als Sekretär zur Kinderhilfe wechseln können. Ellen macht ihm deutlich, wie dramatisch sich die Lage in Frankreich zugespitzt hat. Olgiati bestellt Tee bei der Sekretärin. Ellen erzählt von den Razzien und den fürchterlichen Ereignissen in der Radrennbahn von Paris.

– Wie viele hatten sich in den Jahren davor nicht zur Radsporthalle aufgemacht, sagt sie, um gegen eine Handvoll Francs die Radfahrer zu sehen, die da ihre Runden fuhren! Oder die Stürze der Steherrennfahrer, die im Windschatten eines Motorrads über mehrere Runden rasten!

– Ich weiß, ich weiß, winkt Olgiati ab.

– Wie viele hatten sich das Glück eines arbeitsfreien Tages auf einer der Tribünen lange zusammengespart!, fährt Ellen fort. Dann, da sie dem Aufgebot folgen mussten, saßen sie bei gestauter Hitze hungrig und durstig unter dem brühheißen Glasdach, Tausende zusammengepferchte Jüdinnen und Juden, über viertausend Kinder, ohne nennenswerten Proviant, und nicht einmal eine Toilette konnte man benutzen, stellen Sie sich mal vor, es gab keine, die nicht verstopft war. Rücken an Rücken mit Tausenden anderen, die auf diesen Tribünen ihren Angstschweiß aussonderten, schließlich auch ihre Notdurft.

– Kommen wir zur Sache, sagt Olgiati, das Rote Kreuz hat die Kinder von La Hille unter seinen Schutz genommen, es hat sich verpflichtet, ihnen zu helfen. Die Bevölkerung trägt mit den Spenden großzügig dazu bei, versichert er.

– Noch sind sie in Frankreich, noch unter französischer Aufsicht. Aber nicht mehr lange. Sobald sie aus Le Vernet weitergeschickt werden, kommen die Besatzer ins Spiel, ereifert sich Ellen. Mein Mann und ich, fährt sie fort, so wie viele andere, sind überzeugt, es werde etwas weit Schlimmeres mit den Juden beabsichtigt als bloß eine Verschickung zur Arbeit.

Sie spiele vermutlich auf die Gräuelpropaganda gewisser jüdischer Kreise an, wirft Olgiati ein und gießt gekühlten Tee in ihr Tässchen.

Sie hatte übersehen, dass er hereingebracht worden war.

– Es gibt Augenzeugen, es gibt Fotos, entgegnet sie. Und was im Vélodrome geschah, ist das nicht Beweis genug?

Olgiati beschwichtigt: Vergessen Sie nicht, wer dies alles breitschlägt. Propaganda ist eine heimtückische Waffe.

– Es braucht bloß ein Visum für jedes Kind, Ellen lässt sich nicht beirren, und schon sind sie frei. Mein Mann ist nach Vichy geeilt, um von dort die nötigen Ausreisepapiere zu bekommen. Aber ich muss Ihnen sagen, wir dürfen keine Zeit verlieren. Jeden Tag könnten sie aus Le Vernet fortgeschafft werden, um für weitere Menschen Platz zu schaffen. Eine so grobe Verletzung der Genfer Konvention muss doch auch Sie außerordentlich beunruhigen. Dunant hätte dies niemals akzeptiert. Kinder, Frauen und Greise stellte er unter den Schutz seiner Truppen. Wer einer harmlosen Person ein Leid zufüge, entehre sich und beschmutze seine Fahne, sagte er.

Er fühle wie sie, antwortet Olgiati. Sie atmet auf. Man müsse jedoch, tritt er sogleich den Rückzug an, auch an die Schweiz und ihre Interessen denken, an die Bevölkerung und die großen Opfer, die für die Flüchtlinge diesseits und jenseits der Landesgrenze bereits gebracht würden. Ihr, der Bevölkerung, seien schließlich die lebensrettenden Spenden zu verdanken, von denen sie, Frau Dubois, eben gesprochen habe. Sie gingen in die Millionen.

– So ist es, ruft sie, das Schweizer Volk ist großartig. Und wissen Sie, ich kenne jedes einzelne dieser Kinder in La Hille. Ich könnte es mir nie verzeihen, wenn ihnen etwas zustieße. Diesen Schweizern geht es bestimmt genauso. Sie würden diese Kinder mit offenen Armen ...

– Auch ich kenne sie, gibt Olgiati zur Antwort. Und ich kenne die Situation in einigen Internierungslagern, ich habe sie besucht. Ja, ich verstehe Ihre mütterlichen Regungen.

Er schiebt Ellen das Tässchen zu.

Wie schön sie ist, wie schön, denkt er.

Ellen aber denkt: Mütterliche Regungen? Darum geht es doch nicht. Es geht darum, einzugreifen.

– Man darf aber den Bogen nicht überspannen, fährt er fort. Die Opferbereitschaft könnte ins Gegenteil umschlagen, verstehen Sie, sie könnte in eine judenfeindliche Stimmung umschlagen. Wenn man in großer Zahl

Juden hereinnehmen würde, sähen das die Frontisten als Einladung zu weit heftigeren Aktionen.

– Aber wir dürfen doch jetzt nicht innehalten, empört sich Ellen, jetzt, wo die Kinder unmittelbar bedroht sind. Bloß aus Furcht vor etwas, das eintreffen könnte, jedoch nicht eintreffen muss. Sie plädieren also dafür, diese jungen Menschen aufzugeben?

– Ich wiederhole nur die Argumente meiner Vorgesetzten, die sich allerdings nicht ganz von der Hand weisen lassen.

– Gewiss, gewiss. Aber gegen diese Fanatiker sollte es noch andere Mittel geben, als den Kopf einzuziehen.

Ellen, die Tochter nach Amerika ausgewanderter Italiener, fleht, bittet, beschwört.

– Ich muss Ihnen leider mitteilen, dass der Bundesrat vor zwei Wochen die Grenzen hermetisch schließen ließ.

– Ich weiß, ich weiß. Daher komme ich ja zu Ihnen, um Mittel und Wege ...

– Nach Meinung des Bundesrats muss vor Ort eingegriffen werden. In den Lagern und Heimen vor Ort muss die Situation verbessert werden. Dort sieht das Rote Kreuz seine Kernaufgabe.

– Weiß der Bundesrat denn nicht, dass unsere Frauen in den französischen Lagern schon seit zwei Jahren Unerhörtes leisten? Sie lindern dort das unmenschliche Leid. Wüssten wir noch nicht, was Verzweiflung ist, wäre dort der Platz, wo man sie Tag für Tag besichtigen kann. Aber es kommt mir vor, als versuchten diese Frauen, Berge in Zündholzschachteln zu verpacken: Beständig füllt neues Elend die Baracken. Diese Frauen stehen vor unlösbaren Problemen. Was tun wir? Und wann fangen wir damit an?

– Nächste Woche findet eine Sitzung mit dem Bundesrat statt. Ich werde Ihr Anliegen vorbringen.

– Es freut mich, dies zu hören. Tun Sie das. Wir vom SAK stiegen auf das Zusammengehen mit dem SRK ein, weil wir überzeugt waren, auf diese Institution zählen zu können.

– Ich versichere Ihnen, dass wir Bundesrat von Steiger unsere Vorschläge zur Flüchtlingsfrage nochmals unterbreiten werden. Doch noch ist er in den Ferien. Und bis dahin ...

– ... ist es höchstwahrscheinlich für die Kinder von La Hille zu spät.

– Ich denke, Sie wissen, dass wir vom SRK keine eigenen Entscheide treffen dürfen.

Ellens Tee bleibt unberührt, niedergeschlagen reist sie ins Büro von Toulouse zurück.

– Man hat mir nicht wirklich zugehört, sagt sie zu Maurice.

Maurice war noch vor Ellens Rückkehr nach Vichy aufgebrochen, fragte aber vergeblich nach dem Schweizer Gesandten, Herrn Stucki. Er verlangte darauf, den Polizeichef der Regierung Südfrankreichs zu sprechen.

Verärgert schilderte er diesem die Vorfälle. Er ließ den Mann wissen, die Festnahmen in La Hille durch die französische Polizei stellten eine krasse Missachtung der Unabhängigkeit des Roten Kreuzes dar. Falls diese Grundsätze nicht mehr respektiert würden, könne man nicht umhin, alle wohltätigen Heime in Frankreich zu schließen. Und außerdem arbeiteten Schweizerinnen in den zahlreichen Lagern. Diese rund vierzig Frauen verteilen Lebensmittel, sie kümmern sich um Schwangere, Säuglinge und Kinder ohne Eltern, um hungernde Greise. Sie nehmen sich der Sterbenden an, die in verschlammten Ecken wie Tiere krepieren. Sie unterrichten, sie veranstalten kleine Feste, hob er hervor.

– Hören Sie auf, ich weiß Bescheid, ich weiß Bescheid, rief der Polizeipräfekt.

– Das hätte alles sofort ein Ende, wenn den Kindern von La Hille etwas Unerfreuliches zustößt. Auch die Spenden in Millionenhöhe würden gestoppt. Man wird ferner die Kinderzüge einstellen, die bis dahin etwa fünfzigtausend unterernährte, kranke, verwaiste Kriegskinder in die Schweiz zur Erholung gebracht haben. Wollen Sie das?

Auf dem Rückweg vom Büro des Kommandanten erwägt Rose, ihren Schutzbefohlenen einen Besuch abzustatten. Doch sie zweifelt. Wie kann ich im Wissen um das Morgen zu den Mädchen und den drei Frauen, zu Ernst und den Jungs im andern Block gehen? Ich muss grau aussehen, fällt ihr ein. Sie werden es sofort bemerken, ist sie überzeugt, und würden den Grund wissen wollen. Sie unternimmt nichts. Warum soll sie ihnen mitten in der Nacht diese Mitteilung machen? Eilt es denn? Sie liegen eng beieinander in ihren Barackenabteilen auf den Pritschen. Sie schlummern im lauen Wind, der von Luftschlitz zu Luftschlitz weht, in der

Nähe der andern. Verlassen sich auf sie, auf Maurice, auf Ellen und unsere Landsleute. Beim Wiedersehen mit den Verschleppten gab sie ihr Wort: Ich werde bei euch bleiben, was immer geschieht … Der nächste Tag würde die Stunde ihres Lebens bringen, die Stunde, die sie fürchtet, wie sie noch nie etwas gefürchtet hat. Der Stapel der gefällten Stämme rollt, rollt unter ihren Füßen. Rose sucht ihre wenigen Sachen zusammen und wartet auf das erste Licht des Morgens, wartet, dass vielleicht doch noch eine Nachricht eintrifft, versucht zu schlafen. Nimmt noch einmal Zuflucht bei ihrem Kinderglauben, dass oben hinter den Wolken einer seine Hand über sie hält. Wie es ohne Tal keine Berge gibt und ohne Berge kein Tal, muss es neben dem ungerechten Gott den gerechten geben. Neben dem hellen einen dunklen Gott, neben dem liebenden einen rächenden, neben dem milden einen strafenden. Muss demnach die Grausamkeit, die uns hier widerfährt, als Gottesbeweis erkannt werden? Das eine folgt aus dem andern, wie der Schatten aus dem Licht. Gott ist grausam, also ist er auch gütig. Und umgekehrt. Das würde bedeuten: ohne Grausamkeit keine Güte. Das ist Existenz. Die vollkommene Existenz. Lernt mit eurem Ende zu leben, damit ihr anfangen könnt. Wer hat das nur gesagt? Doch braucht der Mensch dann einen Glauben? Und wozu das Gebet?

Sie rollt sich zusammen und wirft die leichte Decke vom Bett. Wieder und wieder streift das Licht der Scheinwerfer ihr Fenster. Morgen also, morgen. Und wenn sich Gott und der Führer zusammengetan hätten? Dein Reich komme …, wie Millionen anderer lernte sie, so zu beten.

Noch ein Reich, noch ein Tyrann? Nein, das nicht, nein, so darf ich nicht denken. Aber wieder: Wenn es einen Gott gibt, warum würde er zulassen, was hier und in ganz Europa geschieht, warum? Weil er eine Erfindung, eine Täuschung ist? Bin ich belogen worden? Die Naturvölker in Afrika verehren die Kräfte der Natur in ihren vielgestaltigen Erscheinungen, die Natur als nährende und verschlingende Gottheit, die Natur als Gebärerin und Mörderin. Sie haben die Ganzheit verstanden, sie glauben nicht an die Güte ihrer Götter, nur daran, dass sie sich auch mal versöhnlich zeigen können. Ihre Götter haben die Bäume, die Tiere, den Menschen nicht erschaffen. Sondern sie wohnen in ihnen. Aber, was mache ich jetzt und hier ohne Gott? Jedoch: Wie gut, nicht denken zu müssen, er strafe mich für irgendwas. Oder ich würde geprüft! Meine Güte, wie haben sie uns, als wir klein waren, im Unterricht damit gequält. Nein, ich bin es, ich allein, die alles für unsere Rettung versuchen muss.

Sie sieht sich zurückversetzt an jenen Tag Mitte August, als sie alle zum Bach gewandert waren, Körbe mit Proviant dabei, dazu die gespendeten Badehosen, die bunten, mit Schmetterlingen, Blumen und Segelschiffen bedruckten Badetücher aus der Schweiz. Ihr ist, sie höre das ausgelassene Geplauder wieder, die Kleinen, wie sie vor Freude mit ihren mageren Beinen hüpften, ihre Stimmen ein Gesang, ein Sommerballett. Auch die Großen steckten voller Leichtsinn, die Mädchen plauderten, lachten viel und neckten die Jungen, deren erste brüchige Stimmen besonders rührend dazwischenkrächzten. Am Bach angekommen, setzte sie sich ins lichte Unterholz und schaute einfach zu. Es gab Tage, an denen sie die ganze Bande verwünschte, aber damals, als sie halb liegend, halb sitzend einfach zusah, einfach genoss, wusste sie, wie lieb sie diese jungen und so ungleichen Persönlichkeiten hatte. Sie weiß noch, wie unterschiedlich sich die einzelnen dem Bach näherten. Nicht alle stiegen sofort ins Wasser. Die einen zeigten sich auffallend beherzt, die andern eher zögerlich. Mit gekrümmten Schultern, vorsichtig wie junge Störche hoben sie die Knie in die Höhe, blieben auf Zehenspitzen stehen, um vielleicht die Kälte des Wassers weniger zu spüren, und wagten die ersten Schritte. Die Verwegenen plumpsten neben ihnen kurzerhand vornüber in den Bach und schrien lauthals, oder sie rannten ins Wasser und ließen es nach allen Seiten spritzen, was die Zaghaften wiederum beanstandeten. Und wie sie dann herumhüpften, tauchten, Steine schleuderten, Fangen spielten und schließlich, nach einer halben Stunde, wieder herauswateten, blaulippig, man konnte ihre Rippchen einzeln vorstehen sehen, mit triefend verklebtem Haar sich ihre Tücher schnappten und die Gesichter hineinpressten. Hundert verschiedene Neigungen und Persönlichkeiten. Immer waren es die hellwachen, die am furchtlosesten ins Wasser sprangen, flinke Schwimmzüge taten, von allen größeren Steinen sprangen, nach Fischen und Kieseln tauchten und sich bis zur Erschöpfung dieser Lust hingaben. Im Unterricht sind sie nicht so flink, nicht so vergnügt, im Unterricht träumen sie oft. Sie reifen etwas langsamer heran, ihre Wachheit bremst sie im Unterricht, sie haben fortwährend Einfälle, ein einzelnes Wort, eine Frage, die sie in fernere Sphären locken. Sie begegnen auf jeder ihrer jeweiligen Reifestufe Fragen und Geheimnissen, über die sie nachdenken müssen. Sie spielen länger und ausgiebiger als die trägen Kinder. Sie führen Selbstgespräche beim Spiel, sie vergessen sich. Ich selber war so, seufzt Rose plötzlich, jetzt, im Spiegel dieser Kinder erkennt sie es. Ihr scheint, sie könnte dank dieser Einsicht endlich Freundschaft mit sich schließen. Die langsameren unter den Kindern erinnern Rose hingegen an die Schwester. Wie sinnlich und empfindsam sie sind. Wer sie antreibt, tut ihnen Unrecht, erkannte sie deutlich, denn sie müssen beschaulich leben. Hast verunsichert sie, als ob einem Blinden der Stock entzogen würde, einem Kletterer das Seil. Sie besitzen in hohem Maß die Gabe zu lieben. Sie sind treu und teilen daher ihren Besitz nicht gern. Das Lernen fällt ihnen leicht, und sie besitzen oft ein kleines oder großes Talent für die Musik oder das Zeichnen, die Mathematik. Was sie wissen, das wissen sie genau, und sie verteidigen es heftig, manchmal geradezu stur. Zur Not mit Fingernägeln und Zähnen. Rose sinkt lächelnd in einen traumlosen, wenn auch kurzen Schlaf.

Ein Anruf reißt sie aus dem leichten Schlummer. Es ist Maurice aus Toulouse. Er verkündet den Erfolg seiner Bemühungen in Vichy.

– Die Kinder dürfen zurückkehren, sagt er.

Rose umfasst den Hörer mit beiden Händen, stimmt es wirklich? Sie springt auf und, den Hörer immer noch am Ohr, tritt sie ans Fenster, blickt froh hinaus, wo nichts sich tut, außer den stets kreisenden Lichtbahnen und den dunklen wacheschiebenden Gestalten zwischen den Baracken. Aber jäh fällt ihr ein, dass es im nächsten Umkreis für Hunderte, mit denen sie gesprochen und deren beispiellose Geschichten sie angehört hatte, für Hunderte, denen sie die Wunden verbunden oder andere Beschwerden zu lindern versucht hatte, diese Freude nicht gibt. Scham mischt sich in ihr Glück, Scham für La Hille und für ihr eigenes Verschontsein.

Sie hört, wie sich Stimmen und Gesänge nähern, etwas später dringt der Lärm durch die dünne Barackenwand. Die Angehörigen der Police d'État kehren in ihr Kantonnement zurück, neben dem Roses Kammer liegt. Sie hört, wie Witze gerissen werden, hört das Gelächter und denkt dabei an die Arbeit, die der nächste Tag diesen rund vierzig Männern bereithält.

Am nächsten Tag, dem 30. August 1942, reist ein stattlicher Berner im Zug nach Zürich-Oerlikon. Es ist Sonntagmorgen, sein letzter Ferientag. Man sieht ihm an, er ist Jemand. Sein Porträt guckt einen fast täglich aus den Zeitungen an. Er ist ein hoher Mann, ein mächtiger Mann, einer, der bedeutungsvolle Dinge sagt und tut. Er ist ein Bundesrat.

Er fährt an diesem Tag auf Einladung der reformierten Jugendorganisation Junge Kirche nach Zürich. Er ist gebeten worden, eine Rede zu halten. Der Reisende, Eduard von Steiger, stammt aus Langnau im Emmental, ist Jurist und seit zwei Jahren Vorsteher des Justiz- und Polizeidepartements. Zwei Wochen zuvor, am 13. August

1942, verordnete er eine totale Grenzsperre für jüdische Flüchtlinge, und keiner der Bundesräte beanstandete es. Daher wünschten die Leute von der Jungen Kirche, von Steiger möge an ihrer Landsgemeinde ein Referat zu diesem Thema halten. Vor ihm hatte der beliebte Pfarrer Lüthi aus Basel gesprochen. Lüthi redete in klarer Sprache von den Hunden, die allein in Basel mit über dreitausend Exemplaren ein genießerisches Leben führen dürften.

– Ich mag ihnen ihr Essen wohl gönnen, legte er dar, aber solange wir in der Schweiz noch bereit sind, unser Brot und unsere Suppe und unsere Fleischration mit hunderttausend Hunden zu teilen, und wir gleichzeitig meinen, einige zehntausend oder auch hunderttausend Flüchtlinge würden für uns nicht mehr tragbar sein, ist das eine Einstellung von hochgradiger Lieblosigkeit.

Der Applaus war stürmisch.

Nach dem Mittagessen verteidigt der geladene Bundesrat vor den versammelten Jugendlichen das Abriegeln der Grenzen als humanitäre Tat. Das Boot sei voll, erklärt von Steiger.

– Und doch ist noch menschlich, wer beizeiten vor falschen Hoffnungen warnt und wenigstens die schon Aufgenommenen zu retten sucht, führt er den Gedanken weiter aus.

Der neue Tag schickt zunächst ein zärtliches Morgenrot an den Himmel von Le Vernet, es gleitet still über die Hügelrücken in die Tiefe und verdichtet sich ins Pur-

purrote, bis das breite, schon beinah an eine Ebene erinnernde Tal in glühendem Licht liegt. Im Lager trifft eine Kompanie der französischen Staatspolizei ein. Der Kompaniechef übernimmt das Kommando über das Lager und lässt über einen plärrenden Lautsprecher die Tagwache verkünden. In jede Baracke platzt einer seiner Männer, hält eine Liste in der Hand und ruft die Namen, befiehlt, die Sachen zusammenzupacken und sich zum Abtransport fertig zu machen. Die Aufgerufenen haben sich in einer halben Stunde auf dem Appellplatz einzufinden.

Die bis zu diesem Tag ziemlich gefassten Menschen stürzen aus ihren Betten, rennen wie Ameisen durcheinander, deren Festung gerade von einem mutwilligen Bengel zertreten wird, wissen nicht mehr, was sie mitnehmen wollen, stoßen einander von den Latrinenlöchern, schreien ihre Kinder an und finden sich verängstigt auf dem Appellplatz ein, wo sie sich zu einer verwirrten Schar zusammenrotten. Einige versuchen, dem Offizier begreiflich zu machen, dass sie vom Abtransport ausgenommen seien. Sie hätten Papiere, Visa, amtliche Schreiben. Die Antwort ist eine Beschimpfung und ein Stoß in einen der wartenden Busse. Der Hauptmann gewährt nur vereinzelte Ausnahmen. Alte Leute und Mütter mit Kindern werden von den Polizisten rücksichtslos in die Busse gejagt, manches Gepäckstück bleibt zurück, Schuhe gehen verloren und kommen in andern Besitz, unersetzliche Brillen, kostbarer als ein Diamant, fallen zu Boden, gehen in die Brüche, und die ersten Wagen fahren schon.

Rose blickt flüchtig in ihren Taschenspiegel und streicht mit der Linken die widerspenstigen Löckchen zurück, die sich schon wieder befreit haben, kaum ist das Haar etwas zu nachlässig aufgesteckt. Sie verlässt, durch den Lärm alarmiert, ihren Schlupfwinkel, und sofort umringen sie diese verzweifelten Menschen. Eltern zerren ihre Kinder vor sie hin, verstellen ihr den Weg und flehen, sie möge sie mitnehmen, mit ins Schloss. Babys sind darunter, weinende Kleine, die sich wütend an die Mutter klammern, also keinesfalls mit Rose gehen wollen. Sie hingegen muss wieder und wieder erklären, es sei ihr verboten. Sie kommt sich schäbig und gemein vor, sie redet jetzt wie die Soldaten, die Polizisten, genauso.

In diesem Geschrei und Gerenne erkennen diese Kleinen nicht, wer der Urheber der Aufregung ist, vielleicht diese Blonde, diese Fremde, zu der ihre Eltern sie zerren, ahnungslos, warum sie das tun, warum sie sie auf einmal loswerden wollen, kämpfen sie um ihr Recht. Was habe ich denn getan?, fragen sie sich. Eine junge Mutter drängt sich vor, an jeder Hand ein Kleinkind von vielleicht zwei Jahren. Eins ist das Abbild des andern, derselbe Ausdruck von Angst liegt in den schwarzen Augen der beiden Gesichtchen, die von schwarzem Gekringel umspielt werden. Rose versucht höchst besorgt, aus dem Gedränge heraus die Unterkünfte ihrer Schützlinge zu sehen, sind sie etwa doch aufgeboten worden? Die Türen der Baracken vier- und fünfundsechzig sind verschlossen, nichts regt sich dort.

– Tenez-les, tenez-les, schreit die Frau, will ihr mit verstörtem Blick aus grünen Augen die Kleinen zuwerfen. Rose ergreift die Zwillinge beinah, schreckt gleichzeitig davor zurück, sie in die Arme zu nehmen, sie schnell und rabiat an sich zu zerren. Sie vergraben ihre Fäustchen im Kleid der Mutter und drängen ihre Körper und Köpfchen gegen Brust und Schultern der jungen Frau. Plötzlich wird die Frau von hinten gepackt und gegen den Bus geschleudert.

Sie fällt beinah, die Kinder kippen vornüber, sie rappelt sich jedoch auf, reißt die Kleinen an sich und schreit zum Uniformierten, dass alle es hören können: Was wollt ihr mit uns machen, que voulez-vous faire de nous?

Und der Mann bläfft der Unglücklichen zu: Wer weiß, vielleicht Würste, und stößt sie mitsamt den Kindern in den Wagen.

Rose wühlt sich aus dem Gedränge, steigt über Koffer und Reisetaschen, schiebt Menschen aus dem Weg. Muss unbedingt wissen, was mit ihren Jugendlichen und ihrem Personal geschieht. Da entdeckt sie den Kommandanten. Sich ebenfalls einen Weg durch die Menge bahnend, kommt er auf sie zu.

– Wo sind meine Kinder, mein Personal?

– Gestern spät traf ein Telegramm aus Vichy ein. Diesmal hatten Sie Glück, fährt er sehr leise fort, das nächste Mal gibt es kein Zurück. Sagen Sie jetzt nichts, gehen Sie zum Bahnhof, die Leute werden in die Waggons verladen, ich glaube, es braucht Sie dort. Gehen Sie, sehen Sie nach, ob dem so ist.

Der Bahnhof liegt in Sichtweite, Rose, glücklich über die Rettung der einen und verstört über das zeitgleiche Wegtreiben der andern, erlebt das seltsame Gefühl, größer zu sein, als sie in Wirklichkeit ist, ihr Körper überragt sie. Ein Gewicht, so scheint ihr, beschwere jedoch ihre Schritte, die Füße fühlen sich an wie Zentnergewichte, und immer kehrt die Frage wieder, wohin die Züge fahren. Sie tut, wie geheißen, gewiss. Aber mache ich mich nicht zur Komplizin, indem ich es tu? Zur Komplizin, weil ich widerstandslos geschehen lasse, was der Frau mit ihren armen Zwillingen und all den Unglücklichen hier widerfährt? Ihnen diesen Dienst erweise und doch fürchten muss, dass es der letzte sei, der ihnen jemals noch jemand tun wird. Die Rechtlosigkeit, mit der diese Verschleppten konfrontiert sind, verheißt sie nicht weitere Erniedrigungen? Ihr eigenes Unvermögen trifft die Glarnerin, wieder fühlt sie sich tief beschämt. Dennoch vermag das, was hier geschieht, ihr die Erleichterung nicht zu nehmen, selber unbehelligt zu bleiben. Es ist, als fröre es sie über den Rücken hinab, und als verklumpte ihr Magen. Während sie zum Bahnhof eilt, im Wissen, dass für sie nach diesem Gang der Rückweg offensteht und in der kommenden Nacht ihr kleines Zimmer im Schloss auf sie wartet, wendet sie nochmals kurz den Kopf, um sicher zu sein, dass ihre Leute noch bei den beiden Baracken ausharren.

Von weitem erspäht sie, dass sämtliche Wagen des langen Zuges bereits verschlossen sind. Als sie sich nähert, rücken auch die eisernen Verriegelungen in Sicht, die die Türen der Waggons von außen sichern. Aber es sind ja bloß Viehwagen, stellt sie erschrocken fest. Wie muss es im Innern stickig sein und eng bei den Hunderten von Menschen. Durch die Wagenwände dringen die

Empörung, die Bitten und Klagen der Eingesperrten zu der Schweizerin, die jetzt dem Zug entlangläuft.

Eine Männerstimme wird plötzlich deutlich hörbar. Zornig tönt es: Gehen Sie und berichten Sie in ihrem Land davon, wie man hier mit Leuten umgeht, die für Frankreich gekämpft haben. Es lebe die Schweiz, nieder mit Frankreich.

Aus den Ritzen der Holzwände, den Spalten der Schiebetüren werden Zettel, kleine Umschläge oder Paketchen geschoben, die Rose alle einsammelt. Sie nimmt Adressen, Telefonnummern, Wertpapiere entgegen, Edelsteine sogar und auf Papierfetzen gekritzelte eilige Grüße, die sie der Ehefrau, dem Sohn, der Mutter in einem der andern Waggons überbringen soll. Ihre Hände und Arme sind mit all diesen letzten Dingen beladen, als die Wagenreihe sich langsam in Bewegung setzt.

– Auf Wiedersehen, schreit sie, auf Wiedersehen! Bei jedem Waggon, auf Wiedersehen!, es sollte ein Geheiß sein, eine Beschwörung. Aber wen beschwört sie denn? Welche Zentrale ist imstande, eine solche Schande auszubrüten und welcher Macht liegt daran, sie rückgängig zu machen? Der Lärm der Wagenräder wächst, je schneller sie sich entfernen, auf Wiedersehen. Roses Stimme geht unter, sie steht auf dem Bahnsteig, außer ihr niemand mehr. Nichts gibt es noch zu sagen, zurückbleibt, was sie in den Armen trägt.

In die Baracken vierundsechzig und fünfundsechzig ist frühmorgens durch das Geschrei der Lautsprecher ebenfalls Leben gekommen.

– So früh, sagen alle, in den Stimmen klingen noch Schläfrigkeit und unruhige Träume mit. Es ist so weit. Sie werfen ihre Sachen in die Reisetaschen und Koffer, sie küssen die Fotos der Eltern, ihre Herzen rasen, in den Magengruben sitzt der Hunger, dennoch mögen sie nicht daran denken, jetzt von dem klammen Brot zu essen, jetzt den dünnen Kaffeeersatz zu schlürfen. Aber es gibt nichts, es gilt einzig, in einer halben Stunde draußen zu stehen. Mit einem Knall springt die Tür auf. Namen werden heruntergelesen, die Namen aller Frauen in diesem Verschlag. Eine nach der andern tritt hinaus, die einen ein Kind, die anderen mehrere im Arm, an der Hand, am Rockzipfel. Sie gehorchen widerstrebend, kaum ganz wach. Der Verschlag leert sich schnell, nach den achtzig Namen folgen diejenigen der Jugendlichen von La Hille, und sie beziehen draußen auf einem engen Fleck ihren Platz. Dasselbe geschieht in der Baracke der Jungs. Vor jeder Baracke versammeln sich gegen dreihundert Leute. Nochmals werden die Namen verlesen, jetzt müssen sie sich in lange Reihen gruppieren, Männer- und Frauenreihen. Kaum jemand wagt einen Blick hinüber zu den anderen Reihen, wenn Angehörige, genau wie sie selber, vorangejagt werden. Und hätten doch nichts lieber getan, als ein paar Worte des Wiedersehens zu wechseln, der Nachfrage vielleicht, wie dem andern zumute sei, ob der Ehemann sein Medikament auch ja dabei habe. Oder, ja, Trost zu finden, Mut zu machen. Einander in die Arme sinken, während ein Befehl auf den andern folgt. In der von Angst und Schmähungen gesättigten Luft ist es vielleicht eine Umarmung, wonach sich die meisten sehnen, mehr sehnen, als in all den vorangegangenen Jahren. Es folgt der Befehl, zum Haupttor zu marschieren, wo schwarze Busse warten. Die früheren Bäcker oder Anwälte, Ärztinnen, Näherinnen, Mütter, Großväter, Ladenbesitzer sind zu einer Masse ohne Recht, ohne Eigentum, ohne Wohnsitz amalgamiert. Dreck, den man anbrüllt, prügelt, liquidiert, wenn einem danach ist. Den Alten, die zu schwach sind oder zu widerspenstig, verpasst man eine Injektion, damit sie überhaupt die Busse erklimmen können. Die Bustüren schlagen zu. Man sieht einen der Uniformierten kräftig zur Seite spucken. Nein, hört man ihn sagen, nein, an einer solchen Schweinerei beteilige ich mich kein zweites Mal. Darauf reibt er seine Spucke mit der Schuhspitze in den Boden und fährt damit fort, bis eine tiefe Kuhle entstanden ist.

Nur die jungen Menschen von La Hille sowie ein paar wenige andere, die rettende Papiere vorweisen konnten, Schreiben hoher Persönlichkeiten, Ausreisescheine oder Ariernachweise, stehen noch vor ihren Baracken, das Entsetzen in die Gesichter gestempelt. Umgestürzte Koffer mit herausquellenden, nutzlos gewordenen Besitztümern liegen herum. Vergessene, verlorene Schuhe, dieser unersetzliche Schatz. Auch Kochgeschirr erkennt sie, verstreut und völlig nutzlos, ein Püppchen, die Arme verrenkt, das Haar verfilzt, die Augen ausgepuhlt, hängt schief über einem Treppenabsatz. Ein paar hundert Meter entfernt befindet sich Ruth ganz allein und blass vor ihrer Unterkunft.

Spionage

Nun scheiden sich alle Ereignisse in die Zeit davor und die Zeit danach. Am Tag der Rückkehr empfangen die Kleinsten und Kleinen ihre Großen und die fünf Erwachsenen mit einem zauberhaften Essen und einem Niagarafall von Fragen. Das Erlebnis jenes frühen Morgens hatte die Schrecken, die sie vor Zeiten selber durchmachen mussten, auferstehen lassen. Fast nichts ist mehr wie davor. Einige schweigen und weinen vermehrt. Auch wurden die Erfolge der Bettnässer, deren Bettlaken trocken geworden waren, durch den grausamen Überfall wieder vereitelt. Sarah Goldstein stellte gleich nach der Verschleppung ihre Sprechversuche ein. Sie fragt nicht mehr nach ihrem Vater, ruft ihn bloß noch im Schlaf. Die Mama und die Brüder, das weiß sie genau, kommen nicht wieder. Aber auf Papa hatte sie gezählt, er war damals ja bloß mit der Schaufel in den Wald gegangen. Nun ist sie sicher, es fängt alles von neuem an.

Alle, deren ältere Brüder und Schwestern abgeholt wurden und jetzt wieder da sind, leben hingegen in freudiger Erregung. Sie verschieben den Gedanken, dass bald auch sie das gefährliche Alter erreichen würden. Pauli trennt sich keine Minute von seinen wiedergewonnenen Eltern. Auch Ruth ist zurück.

Die Heimgekehrten mögen nicht reden. Es gibt daher auf die Fragen kaum Antworten, oft scheint es, sie befänden sich in Gedanken immer noch nicht hier. Auch mögen sie nicht mehr wie früher in jeder freien Minute Fußballspielen, Seilziehen oder diese Wettrennen veranstalten, die sie so liebten. Seit sie Brüssel verlassen mussten, haben sie nie mehr so engen Kontakt mit der Außenwelt gehabt wie in Le Vernet. Walter ausgenommen, der in der Stadt studierte. Oder jene, die in der Umgebung eine Arbeit angenommen hatten. Doch seit den Tagen in Gefangenschaft wissen alle, dass die Rede von den Todeslagern keineswegs die schrille Propaganda der Judenmafia ist, wie es aus Bern verlautet. Im Verlauf der fünf Tage lernten sie, dass die Gerüchte vom grausamen Hinschlachten im Osten der Wahrheit entsprechen. Der fürchterlichen, unvorstellbaren Wahrheit. Sie hatten gehört, was dort erzählt wurde. Sie hatten erlebt, dass einem in der Sekunde, die es dauert, vom Boden einen Kiesel aufzuheben, schon alle Rechte genommen werden können. Dass man als Jude der Wurm ist, dem keiner Mitleid schenkt.

Im Schloss warteten bei der Rückkehr auch Briefe, und wer zu den Glücklichen zählt, verschwand sofort in einer Ecke, um den Umschlag aufzureißen.

Auch für Inge lag ein Brief bereit. Vati wohnt seit kurzem in den Staaten, erfährt sie. Dass er aber etwas tun würde, um sie herüberzuholen, nein, kein Wort schreibt er davon. Vati ist und bleibt ein Schlemihl. Opa hatte es immer gesagt. Die Fettfabrik war zugrunde gegangen, und Großvater hatte Vati deswegen Schlemihl gescholten, er habe den Schlamassel verschuldet. In Wahrheit hatten die Nazis das Gerücht verbreitet, Vati habe ranziges Fett verkauft. Er wolle dem deutschen Volk mit verdorbenem Fett den Magen ruinieren. Doch das Fett, das die Fabrik erzeugte, war zu keinem Zeitpunkt ranzig gewesen und hatte allein zur Herstellung von Schuhcrème und Seife gedient. Mit geliehenem Geld hatte Vati darauf alles retten wollen, die Familie, die Fabrik. Aber es war das Geld eines Nazis gewesen, der eine höhere Stellung in der Firma bekleidet hatte. Vati war bis dahin mit ihm befreundet gewesen. Warum also sollte er dem Freund das Angebot, ihm mit Geld unter die Arme zu greifen, abschlagen? Er sah zu spät, dass er sich und die Familie damit ausgeliefert hatte. Die Fabrik war nach kurzer Zeit arisiert und Vati im Gefängnis. Nein, scharfsinnig war er nicht. Er hatte es damals nicht geschafft, sie zu retten, und er würde es auch jetzt nicht schaffen. Er würde die Tochter und Mutti nie nach drüben holen, Opa hatte recht, er ist ein Schlemihl.

Rose verbringt ihre erste Nacht nach der Rückkehr nicht so erleichtert, wie sie gehofft hatte. Sätze, Blicke, Umarmungen und Tränen, Schreie und Schläge, Szenen menschlicher Niedertracht und solche menschlicher Größe hatte sie erlebt, und jetzt kreisen sie alptraumartig hinter ihrer Stirn. Sie glaubt keine Minute, dass die Befreiung ihr Verdienst sei. Ohne Vichys Eingreifen, ohne Maurices erpresserischen Druck wären sie jetzt alle weit weg. Und sie weiß, es könnte jederzeit wieder geschehen. Das nächste Mal, hatte der Kommandant gesagt, werden die Deutschen hier sein, da gibt es kein Zurück.

Sie bemüht sich, ihre Furcht nicht zu zeigen, muss weiter ihre Aufgaben als Direktorin wahrnehmen, muss für diese unglücklichen Kinder Verantwortung tragen, indem sie beispielsweise an die Wintervorräte denkt, die warmen Kleider und Schuhe prüft, sich um den Holzvorrat kümmert und mit dem Büro in Toulouse die vergangenen Ereignisse bespricht, um daraus eventuell Schlüsse zu ziehen, die die unmittelbare Zukunft betreffen. Sie muss Ruhe und Zuversicht ausstrahlen, während sie in Wirklichkeit ihre feste Überzeugung verloren hat, was die Sicherheit im Zeichen des Roten Kreuzes betrifft. Jetzt, da sie die Einzelheiten kennt, die zur Befreiung führten, weiß sie, dass diese Kinder allein auf sich gestellt sind. Wenn sie nicht im Osten verschwinden wollen, müssen sie handeln. Denn in diesem Sommer lässt Ministerpräsident Pierre Laval ganz Frankreich, als sei es ein alter Teppich, von allen Juden und lästigen Ausländern räumen. Die Schweiz hingegen verstärkt den Grenzschutz und verfügt, die Juden seien an den Landesgrenzen abzuweisen.

Rose besucht des Öfteren die Präfektur in Foix. Fieberhaft sucht sie Arbeitsstellen für ihre Schützlinge, die sich in möglichst abgelegenen Dörfern befinden sollten. Und es gibt immer mehr Menschen, die den Ungehorsam wagen und einen von ihnen aufnehmen. Wenn Rose dann eine Arbeitsbewilligung oder einen Passierschein beantragt, spricht sie, wie gewohnt, im Büro von Madame Théophile vor. Diese Dame ist eine mächtige Frau mit dichtem rotem Haar. Die Unterhaltung mit ihr wird dadurch erschwert, dass sie den Dialekt ihrer Gegend spricht, dennoch ist es unerlässlich, jedes Wort, das sie sagt, zu verstehen. Sie selber kümmert sich nicht darum, denn sie hält ihr Französisch für das richtige, originale, das Französisch der Könige. Sie füllt die Passierscheine für jene Ausländer und Staatenlosen ihres Gemeindebezirks aus, die vorübergehend den Ort, an dem sie angemeldet sind, verlassen und beispielsweise nach Toulouse reisen wollen. Man darf in keine Kontrolle geraten ohne Ausweis, es bedeutet Gefängnis. Madame Théophile erteilt oder verweigert außerdem die Arbeitsbewilligungen, und neuerdings verfasst sie auch die Deportationslisten für ihr Departement.

Rose benötigt eine Arbeitsbewilligung für Heinz Storosum, den Geiger, der eine Arbeit annehmen will. Und sie ist überrascht, wie ausgesucht freundlich die Frau sie begrüßt. Ihr Beruf bringt es mit sich, dass sie die einen Gesuchsteller bevorzugen kann und die, die ihr nicht gefallen, mir nichts, dir nichts auf eine ihrer berüchtigten Listen setzen. Alle, die bei ihr eintreten, sind daher bemüht, zu gefallen. Sie braucht sich nicht einmal anzustrengen dafür.

Nachdem sie die Bewilligung für Heinz ausgestellt hat, begleitet Madame Théophile Rose hinaus und fragt: Wüssten Sie nicht ein fleißiges sauberes Mädchen, auf das Verlass ist? Ich würde es gerne bei mir einstellen. Es müsste ein Mädchen sein, dem ich vertrauen kann, und das sich bewusst ist, bei wem es arbeitet. Es müsste die kleinen Hausarbeiten, die ich ihm übertrage, selbständig bewältigen. Wir sind ja nur zu zweit, meine Tochter und ich. Ich dachte, ich wende mich zuerst an Sie. In der Annahme ... Sie wissen ja, wie die hiesigen Töchter sind.

– Ich denke, antwortet Rose, ich kann Ihnen behilflich sein. Lassen Sie mir etwas Zeit, ich werde überlegen, wer sich von unseren jungen Frauen eignet. Was würden Sie denn bezahlen?

– Oh, ich werde nicht geizig sein.

– Meine Zöglinge sind bescheiden, aber ich würde gerne eine Antwort geben können, sie werden mich vermutlich danach fragen.

– Ja, die Juden, sagt die Frau mit verhaltenem, aber vielsagendem Lachen.

– Was wollen Sie damit sagen?, bemüht sich Rose, höflich zu fragen.

– Nehmen Sie es mir nicht übel, aber man macht so seine Erfahrungen, antwortet sie.

– Da haben Sie allerdings recht, bestätigt Rose nun ebenfalls vielsagend. Nun, wie viel können Sie auslegen, Madame?

– Wir werden sehen. Bevor ich nicht weiß, was das Fräulein kann, will ich mich nicht festlegen. Aber ich versichere Ihnen, Ihre Kolonie dafür aus meinem Gedächtnis zu streichen. Ihre Jugendlichen werden auf keine Liste gesetzt.

– Einverstanden. Ich verlasse mich darauf. Und vielen Dank.

– Schicken Sie mir morgen die Tochter Ihrer Wahl.

– Noch etwas. Ich muss darauf bestehen, dass sie jedes zweite Wochenende ins Schloss kommen darf. Die Mädchen sind noch sehr jung, verstehen Sie, La Hille ist ihr Zuhause.

– Es wird sich bestimmt eine Lösung finden, ließ die Théophile wissen.

– Worauf ich mich verlasse.

Rose weiß nicht gleich, was von der Anfrage zu halten sei. Die vergangenen Ereignisse besagen allzu deutlich, wie es um die nahe Zukunft der Kinder und des Personals im Schloss steht. Es ist mir daher, denkt sie, nahezu jedes Mittel recht. Die Frau machte ein halbwegs interessantes Angebot. Bloß was den Lohn angeht, hielt sie sich bedeckt. Dachte wohl, die Unterschlagung der Kolonie bei den Listen sei Lohn genug. Rose hält es für unlauter. Anderseits scheint diese Anfrage, trotz aller Zweifel, die sie gegenüber Himmelsmächten hegt, nun doch wie ein Wunder. Sie wünscht, es zu nutzen. Die junge Frau, die sie vorschlagen würde, muss nicht nur fleißig und flink sein, sie muss auch besonders verständig sein. Sie sollte für La Hille ein bisschen herumspionieren. So dass alle gewarnt wären, falls die Beamtin sich nicht an die Abmachung hält.

Herr Lyrer, der Lehrer, hat seinerseits eine grandiose Idee. Er schläft im zweiten Stock des Schlosses, da oben lebt es sich fürstlich, witzelt er: Im Sommer schmilzt man dahin, im Winter herrscht arktische Kälte. Neben seinem Zimmer liegt ein großer, schlecht riechender Raum, seit längerem ungenutzt. Es gibt darin graue Wände, graue Sparren und ein winziges Fensterchen. Vor Zeiten hingen dort Zwiebeln in langen Zöpfen zum Trocknen an den Sparren.

– Man könnte ein Versteck daraus machen, sagt er zu den Jungs und den Mädchen.

Die rennen sogleich die Treppen hoch, nehmen den Dachraum in Augenschein und verlassen ihn, kaum angekommen, sofort wieder.

– Herr Lyrer, sind Sie noch bei Verstand?

– Hier stinkt es bestialisch.

– Genau, bestialisch, lacht er. Das hält sogar die Polizei fern.

– Unsinn, ist die Antwort.

– Und außerdem lässt es sich gut tarnen, fügt er bei.

– Mag sein, aber man hält es hier keine Stunde aus.

– Auch wenn Gefahr ist?

– Wie wollen Sie den Geruch wegbringen?

– Versteht doch. Es kann sich alles wiederholen.

– Er hat recht, gibt Chaim zu, der seit den Tagen in Le Vernet so einsilbig wie alle andern geworden ist.

– Wir brauchen nur kräftig zu lüften, wirft jetzt Judith ein.

– Das Fenster ist winzig, sagt Hans, aber mir gefällt die Idee mit dem Versteck. Er trägt an den geflickten Stiefeln die Sohle vom vereinzelten Schuh, den er aus Le Vernet mitgenommen und dann zertrennt hatte.

– Ist es nicht etwas eng für uns alle?, meint Jacques.

– Ist ja freiwillig, gibt Inge zu bedenken.

Rose mag die Idee, und bereits am Tag danach beginnt das Vermessen, Sägen, Schleifen, Nageln, das Beizen und Hämmern. Die einstige Türe vom Lehrer- zum Nebenzimmer liegt bald ohne Türfalle und Angeln zerlegt beim Brennholz. Wo man einst zu den Zwiebeln gelangte: bald schon nichts mehr als Wand, getäferte Zimmerwand. Ton in Ton. Nur wer sehr genau hinsieht, erkennt etwa sechzig Zentimeter ab Boden einen schmalen Streifen. Aber da kaum Licht darauf fällt, bleibt er Uneingeweihten verborgen. Keiner sieht, dass sich dort die Fuge der kleinen Schiebetür befindet, die der Alleskönner Ernst exakt eingepasst hat. Nur bäuchlings gelangt man durch den Einlass in das Versteck, das nun mit Betten und Vorräten aller Art ausgestattet wird. Dank seines üblen Geruchs heißt es fortan Zwiebelkeller. Abends, sobald alle hineingekrochen sind, verschließt Eugen Lyrer die schmale Öffnung. Niemand kann mehr hinaus, bis morgens das vereinbarte Klopfen zu hören ist. Endlich gibt es ein sicheres Versteck.

Chaim ist nicht nur redescheu geworden, er geht Inge, ohne ihr den Grund zu verraten, aus dem Weg. Erst beim Einrichten des ungewöhnlichen Verstecks beteiligt er sich wieder an einer Arbeit. Inge bringt einen Imbiss hinauf und sieht ihn mit Hingabe schuften. Er beachtet sie nicht.

Da fragt sie: Was ist, Chaim? Du gehst mir nicht etwa aus dem Weg?

Er fährt mit dem Zurechtsägen der Bretter fort. Die Teile fallen auseinander, es stiebt und splittert, und er hält den angewinkelten Arm schützend vor die Augen.

– Ich habe gesehen, wie sie Frauen und Kinder prügeln, ich habe die Alten gesehen, die sie in die Busse warfen, ich habe Angst, Inge, sagt er.

– So sprich doch mit mir darüber, bitte, Chaim. Ich fürchtete immer, dich irgendwie gekränkt zu haben.

– Verzeih, ich denke nur noch daran, wie ich entkommen soll, antwortet er und setzt die Säge wieder am Brett an.

– Chaim, wenn du gehst, verlass La Hille bitte nicht ohne mich.

Er unterbricht nochmals seine Arbeit.

– Liebste Inge, ich weiß ja noch nicht einmal, wie ich es tun werde oder wann, sagt er gereizt, und ob ich nach Spanien oder in die Schweiz gehe. Ich weiß nur, ich will weg. Mag nicht noch einmal in ein Fahrzeug gesperrt werden, das mich an einen Ort bringt, wohin ich nicht will.

– Lass unsere Liebe deswegen nicht sterben.

– Es ist alles so unerträglich geworden.

– Ich glaube, ich muss dir was erzählen. Aber nur dir, es muss geheim bleiben. Und sie schildert ihm, was Ilse ihr über die neue Anstellung geklagt hatte.

– Théophile und ihre Tochter lassen ihr ganzes Haus in großer Unordnung. Ilse muss aufräumen, kochen, bügeln, Böden kehren. Kommen sie nach Hause, nörgeln sie herum, essen und lesen die Zeitung dabei. In dieser Zeit aber, in der sie bei Tisch sitzen, und jetzt hör gut zu, geht Ilse das Büro putzen und tut, was Rose ihr aufgetragen hat. Sie schaut sich nach den Listen um, die die Théo schreibt. Nach den Deportationslisten. Das ist nicht in Ordnung, sagt sie, und sie fürchte sich. Aber ich tu es in erster Linie für uns und gegen den Krieg, aber auch, sagt sie, gegen Hitler. Aber sie hat noch nichts gefunden bisher, das uns betrifft. Beruhigt dich das ein wenig?

– Was ist, wenn die Théo ihr auf die Schliche kommt?, fragt Chaim, es ist ziemlich ungesetzlich.

– Genau davor hat sie furchtbar Angst. Die Frau würde uns wahrscheinlich alle sofort abholen lassen, meint sie.

– Siehst du, Rose weiß sich nur noch mit illegalen Tricks zu helfen. Es wird Zeit zu gehen.

– Aber, Chaim, wenn die Ilse eine Liste findet, auf der unsere Namen stehen, so wären wir gewarnt.

– Ja, wenn! Chaim nimmt wieder die Säge zur Hand, die Freundin wendet sich zum Gehen.

– Ich habe dir eine Kleinigkeit gebracht, sagt sie noch. Und sie erzählt nicht, was sie auch noch weiß, dass nämlich die Leute im Ort der Théo aus dem Weg gehen. Keiner traut ihr, und nun traut auch keiner Ilse. Niemand will bei den drei Frauen durch irgendein Wort Anstoß erregen aus Furcht, auf eine Liste zu geraten. Die Leute meiden die Angestellte der beiden Nazidamen und wechseln die Straßenseite, wenn sie ihr begegnen, in den Läden von Foix verstummen sie, wenn sie eintritt. Wehe, man sagt etwas, das das Mädchen aufschnappen könnte, denken sie. Sie fürchten die Ilse, und es fällt ihr schwer, das auszuhalten.

Inge setzt sich an ihre Arbeit. Noch lässt es sich tagsüber im Freien arbeiten. Aus der Schweiz sind Kartons mit Wollsachen eingetroffen. Auch Schadhaftes befindet sich darunter, Elka ist sehr geschickt mit Handarbeiten und sucht heraus, was repariert werden muss, dann weist sie die jungen Frauen beim Ausbessern von Löchern oder Säumen und Nähten an. Sie verlangt, gewisse Strickwaren aufzutrennen, die gekrausten Fäden auf neue Knäuel zu wickeln, und daraus Strumpfhosen, Socken oder Pullover anzufertigen. Elka führt ihr einfaches Modell vor, das man in einem oder zwei Tagen herstellen kann. Fast immer versammelt sich auch eine Gruppe von Strickerinnen ums Radio. Sie begleiten die

Meldungen mit dem leisen Geräusch der Nadeln, die unausgesetzt kleine Hiebe austauschen. Diese stündlichen Nachrichten bringen die ganze verworrene Wirklichkeit des Krieges, der in jeder Ecke Europas und jenseits der Meere die Länder wie eine Hautkrankheit überzieht, ins Bewusstsein. Niemand im Schloss möchte noch einmal von einem nächtlichen Überfall erschreckt werden. Auch tagsüber fühlt sich niemand sicher. Abwechslungsweise verstecken sich daher kleine Gruppen auf den Türmen oder im Gebüsch. Ihre Einsätze haben sie genau geplant. Sollte ein Polizist oder ein Camion sich nähern, würden sie die andern warnen. Ein zweimaliges Glockensignal würde ertönen, und alle, die über sechzehn sind, verschwänden im Zwiebelkeller.

Studentenaufstand in Norwegen, Erschießungen in Polen, Bomben auf deutsche Städte, Krieg in Japan, Versenkungen auf See, brennende Flieger in der Luft, Triumphe der Briten in Afrika, Krieg gegen Brasilien, Vormarsch in Russland, die Gefallenenzahlen, verlorene Kampfeinheiten und Städte, der erste Schnee im Osten, die misslungene Landung in Dieppe, Deportationen aus den Lagern im Westen nach den Lagern im Osten, immer wieder die hasserfüllten Tiraden Hitlers und Goebbels'. Auf Heydrich, den Henker von Tschechien, haben zwei Widerstandskämpfer nahe Prag einen tödlichen Anschlag verübt, und dafür wurde ganz Lidice niedergebrannt, sämtliche Männer wurden liquidiert. Der Vorrat an Berufsmördern muss in Deutschland grenzenlos sein. Ein Nachfolger steht bereits da und würde ihm in nichts nachstehen. In New York wird ein neues Stück uraufgeführt. Das Stück heißt: Wir sind noch einmal davongekommen. Von Thornton Wilder. Er ist fünfundvierzig. In München kommt die Oper Capriccio des alten Richard Strauss zur Uraufführung, und es geht um die Frage, ob Musik und Text zusammenzubringen sind und wenn ja, was von beiden mehr zählt. Musik und Text der Reden Hitlers lassen sich zusammenbringen, ich lach mich tot, sagt Walter einmal.

Die Jungen legen sich auf der einen Seite des Zimmers zu Bett, die Mädchen auf der andern. Meist geschieht dies nicht ohne Gekicher, nicht ohne Verlegenheit. Sie sind es nicht gewöhnt, sich in der Gegenwart des andern Geschlechts schlafen zu legen, auch wenn dieses andere Geschlecht etwa gleich alt ist und, wie es sich gehört, taktvoll fehlendes Interesse vortäuscht. Abgesehen von ein paar Witzchen über ein herumliegendes Höschen mit verblichenen Röschen und so weiter. Es bleibt keine Kleinigkeit unbeobachtet. Zu alledem stinkt es weiterhin in diesem Unterschlupf. Durch die jahrelange Zwiebeltrocknung sind Wände und Boden vom Geruch durchdrungen. An den ersten Morgen stanken sämtliche Schläferinnen und Schläfer nach Leim, Beize und Zwiebel. Niemand ahnt, wie sehr man selber riecht, aber die Kleinen rümpfen beim Frühstück die Nasen. Die Tage sind wie gewohnt mit Erinnerungen und Vorahnungen befrachtet. Doch während es tagsüber Ablenkung gibt, allerlei Späße, Spiele, Unterricht, Arbeit, hören in den Nächten die Alpträume nicht auf.

Abgesehen von den Bildern, die Rose seit jenen Szenen am Bahnsteig von Le Vernet verfolgen, abgesehen vom Blick der grünäugigen Frau mit den Zwillingen, abgesehen vom Wimmern und wütenden Anklagen aus der abgeriegelten Zugskomposition, abgesehen von den Zetteln, die sich ihr aus den Ritzen der Waggons entgegenschoben, abgesehen von all diesen wiederkehrenden Eindrücken, die auf ihre Netzhaut gebrannt wurden, verbringt sie die Nächte etwas gefasster. Es beruhigt sie, dass es das Versteck auf dem Boden in der Obhut von Lehrer Lyrer gibt. Sie weiß jetzt auch, was sie sagen würde, wenn wieder ein nächtlicher Überfall stattfände. Sie hat gelernt: Man muss lügen können, und sie würde nicht rot dabei.

Eines Tages trifft ein Schreiben der Militärverwaltung ein. Norbert soll sich zwecks Einsatz in einem Arbeitslager bei der Behörde melden. Die Arbeitskräfte in Deutschland sind tot oder an der Front. Daher zwingen die Nazis nun nicht mehr alle Unerwünschten ins Gas oder in die Gruben, sondern holen die Kräftigsten in die Kriegsindustrie. Der Junge beschließt, sich zu verstecken. Rose jedoch weiß nicht, dass er dort bei Schwerstarbeit wird schuften und hungern müssen, damit er von selbst zugrunde geht, und bringt ihn zum Bus, redet ihm zu, bestärkt ihn, und er fährt.

Sie sagt: Denk an Jakob mit der Himmelsleiter. Du schaffst das. Er fährt, und seither hört man nichts mehr von ihm.

Da beschließt Rose, in die Schweiz zu fahren. Sie will sich mit dem Direktor des Roten Kreuzes, Kinderhilfe, persönlich treffen und um die sofortige Aufnahme ihrer Schützlinge bitten. Rose ersucht die Präfektur, ihr eine Reisebewilligung auszustellen, um in die Schweiz zu fahren. Nach Wochen trifft das Papier ein.

Die Deutschen sind schließlich ein hochkultiviertes Volk

An einem Mittwochmorgen bricht Rose auf. In Toulouse steigt sie um und besucht vor der Weiterfahrt Maurice Dubois.

– Ich reise in die Schweiz, Maurice. Ich will Doktor Remund aufsuchen. Es muss etwas geschehen. Die Kinderhilfe ist ein europaweites Hilfswerk unter seiner Direktion. Er wird sich doch der humanitären Versprechen noch erinnern. Er ist schließlich Arzt, nicht wahr?

– Ja, reisen Sie. Und wiederholen Sie dort, was auch Ellen schon deutlich gemacht hat, dass wir für unsere Jugendlichen Einreisepapiere brauchen. Laval gibt uns sämtliche Ausreisevisa. Das hat er zugesagt. Aber erst muss die Schweiz die Einreise bewilligen.

Er gibt sich zuversichtlich. Ihr will dies nicht gelingen. Er hat es nicht erlebt, er ist nicht dort gewesen, denkt sie.

– Ich bezweifle, wirft sie vorsichtig ein, dass Herr Laval die Lage noch unter Kontrolle hat. Die Regierung ist nicht mehr Herr des Schicksals von Frankreich. Herr Laval laviert, wenn ich das so sagen darf, und sie versagt sich die kleine Freude an ihrem Wortspiel nicht.

– Gehen Sie in die Schweiz und reden Sie mit Doktor Remund. Berichten Sie dem Direktor, was Sie gesehen haben. Und erzählen Sie, was ich Ihnen soeben sagte.

Das Wetter ist immer noch sommerlich schön, der Zug wie gewohnt vollbesetzt, in der Hauptsache Militär. Kaum findet die junge Frau im Abteil dritter Klasse einen ruhigen Platz. Sie trägt ihre weiße Bluse und den grauen Jupe, den schmalen Regenmantel hat sie an den Wandhaken gehängt. Ihr braunes Köfferchen, das mit ihr über den Ogowe und nach Lambarene gereist war, das sie zum Skifahren in die Berge und schließlich nach der Ariège begleitet hat, liegt oben im Gepäcknetz. Sie versucht, es sich in ihrer Fensterecke bequem zu machen. In der Hand hält sie ein Buch, das jemand in die Bibliothek von La Hille gestellt hatte, Herr Lyrer vermutlich. Sie liest es nicht deswegen, weil es vom Krieg handelt, sondern weil es im Reich verboten ist. Es beschreibt nicht das siegreiche strahlende Antlitz des Krieges, wie Deutschland es mag. Es erzählt von einem Soldaten, dem das Gesicht weggeschossen wird, vom Lazarett, in dem er sich nach der Schlacht wiederfindet und nicht weiß, wie seine Familie ihn empfangen wird mit diesem verlorenen Gesicht. Es erzählt von der Panik in den Schützengräben und den von Flüchtlingen verstopften Straßen, die die Tiefflieger ins Visier nehmen. Sie schlug das Buch vorsichtshalber in eine Zeitung ein. Es zählt zu jenen, die Joseph Goebbels verbrannte und deren Besitzer er foltert. Der Ernst im Gesicht der jungen Reisenden hält die Soldaten davon ab, sich ihr scherzhaft zu nähern. Wagt dennoch einer zu fragen, was sie denn Interessantes lese, bekommt er lediglich einen ihrer nachdrücklichen Blicke. Unter ihren kräftigen Brauen schießt all der Zorn, die Entschlossenheit und das Leid hervor, die sie zu dieser Reise nach Bern antreiben.

In Genf muss sie umsteigen. Es gibt zurzeit keinen andern Grenzübergang nach Osten. Von der Gare des Eaux-Vives muss sie durch die halbe Stadt, um den Zug nach Bern zu besteigen. Sie kommt an unzähligen Läden vorbei und würde am liebsten losheulen beim Anblick der heiteren Auslagen. Alles, so scheint ihr, ist hier zu bekommen. Auf dem Rückweg würde sie zusammenkaufen, was ihre Taschen zu fassen vermögen.

Spätabends und hungrig erreicht sie die Hauptstadt und bestellt sich als Erstes eine Rösti. In La Hille sehnt sie sich manchmal nach dem goldigen knusprigen Kartoffelfladen. Heute gönnt sie sich sogar ein Glas billigen Roten dazu. An der Grenze hatte große Unruhe geherrscht. Lange Wartezeiten und viele Fragen, sogar das Durchwühlen des Köfferchens war nicht zu umgehen gewesen. Sie ließ die Schikanen gleichmütig über sich ergehen. Mit Beschämung gestand sie es sich ein: Sie gehört zu jenen, die wissen, dass ihre Papiere stimmen, und dass sie nichts zu fürchten haben.

Es tut gut, in Ruhe eine normale Tageszeitung durchzublättern, die Seiten mit den Inseraten zu lesen, die Stellenangebote, die Kinowerbung, die Anzeigen der Frisöre und Schneiderinnen, das ganz normale Leben abgebildet zu sehen. Der Stumpenraucher in der Ecke vernebelt die Luft, es kümmert sie nicht. Ein neuer Film aus Amerika wird angekündigt, er heißt Vom Winde verweht und soll während des Sezessionskrieges spielen. Schade, die Zeit würde nicht reichen, ihn zu sehen. Sie will morgen nach der Sitzung den Bruder besuchen und dann gleich nach Glarus zu Mutter fahren. Die derzeit so beliebten Modeschuhe mit den dicken Sohlen gibt es punktfrei für vierzehn Franken neunzig. Siebeneinhalb Lohnprozente muss man ungefähr hergeben. Den zeitlosen Herrenschuh für vierzig Punkte, den Kinderschuh für dreißig. Die Berichte über den Krieg verhalten sich maßvoll und gepflegt, die Front scheint sich weit weg abzuspielen.

Die Kellnerin räumt den Teller weg und fragt, ob's recht gewesen sei, ob sie noch was bringen dürfe. Einen Kaffee könne sie derzeit leider nicht anbieten, er sei ausgegangen. Rose bedankt sich und verlangt die Rechnung. Als sie die Zeitung zusammenrollt, fällt ihr eine Agenturmeldung des Daily Telegraph auf. Sie überfliegt die Spalte. Es handelt sich um die jüngste Operation der Royal Air Force in Deutschland. Von neuen Bomben ist die Rede, den schwersten bisher. Von einer Sprengkraft, größer als alles Dagewesene. Von einer mächtigen viermotorigen Maschine, die als Einzige diese Bomben zu befördern vermöge. Und von den vier Prozent der angreifenden Flieger, die in jener Nacht von ihrer Operation nicht zurückkehrten. Die Serviererin legt die Rechnung auf den Tisch, Rose bezahlt, rollt die Zeitung noch ganz ein und hängt sie an den Wandhaken zurück.

In der Nacht findet sie kaum Schlaf. Und nicht nur, weil die Rösti reichlich Schmalz oder sonst ein Fett enthielt, das sie nicht mehr gewohnt ist, Fette sind rar. In der Zeitung stieß sie auf den Appell an die Bevölkerung, sie solle Nüsse sammeln. Bucheckern, die winzigen Früchte der Buchen, nehme der Staat kiloweise entgegen. Für Kerne ohne Schale bekäme man ein paar Rappen mehr als für die ungeschälten. Nein, nicht die gepressten Bucheckern, vielmehr die Megabomben der Alliierten ramponieren ihre Nachtruhe. Vielleicht liegt es an der Eile, in der sie die Spalte überflogen hatte, doch nein, es muss noch was anderes sein. Vielleicht diese distanzierte Berichterstattung, die aus den alliierten Bombardementen Operationen macht. Die Unbekümmertheit, mit der sie aus jenen Piloten, die nicht zur Truppe zurückgekehrt sein sollen, Prozente macht. Abgeschossen wurden sie. Ins Meer, ins Kampfgebiet stürzten sie. Prozente jedoch muss man sich nicht verkohlt vorstellen, Prozente verbluten nicht, Prozente werden nicht zu Gefangenen, Prozente hinterlassen keine Frauen, Mütter, Kinder. Verbrennen keine Gärten, in denen all die verlorenen Kinder vielleicht einst gehen gelernt hatten, oder Häuser, in denen sie hoffentlich ein wenig glücklich gewesen waren. Und morgen das Treffen mit Doktor Remund. Sie ist sich vollkommen im Klaren, wie viel davon abhängt, die richtigen Worte zu finden. Sie versucht wieder und wieder, sie sich zurechtzulegen. Gegen Mitternacht schlummert sie endlich ein, bis fernes Dröhnen sie schon im Traum beunruhigt und schließlich aufwachen lässt. Am Herbsthimmel zieht ein Bombergeschwader vorüber. Es muss von Westen kommen und fliegt Richtung Deutschland. Ein zweites folgt, ein drittes, ein viertes. Der Durchflug dauert eine Stunde, zwischen zwei Wellen hört sie deutlich die Kirchenuhr schlagen. Vor dem Fenster breitet die Nacht ihr sternenübersätes Tuch am Himmel aus, und nirgends zeigt sich auch nur der Schimmer eines Erdenlichts. Der Luftraum über den Dächern vibriert vom Dröhnen der Motoren. Zeitweise ist es ein helles Singen, zeitweise ein tiefes Gebrumm. Am Morgen erfährt sie, dass die Bomber in der Nacht abermals München zum Ziel genommen haben.

Remund, Präsident und Chefarzt der Kinderhilfe, sitzt Rose seit einer Viertelstunde in seinem Büro gegenüber. Zwischen ihnen macht sich ein vollbeladener massiger Schreibtisch breit, Rose sitzt am vordersten Rand ihres Stuhls, sehr aufrecht. Wir wollen doch dasselbe, denkt sie, warum steht zwischen uns dieser Klotz, diese Barrikade aus Abwehr?

– Es werden keine Abtransporte mehr stattfinden ohne vorherige Ankündigung, das wurde uns zugesagt. Ein Protest bei der Vichy-Regierung liegt ganz und gar nicht in unserem Sinn.

– Von einem Protest spreche ich nicht, verdeutlicht Rose. Ich versuche Ihnen bloß zu schildern, wie es da zugeht, bei diesen Deportationen. Damit Sie mir glauben. Es ist mir sehr, sehr ernst. Die Vichy-Regierung steht unter Druck, das sieht man. Wie lange sie sich noch durchsetzen kann, ist schwer zu sagen. Laval entgleitet allmählich die Kontrolle. Und wenn die Nazis vollends an der Macht sind, Herr Doktor Remund, gibt es keine Hoffnung mehr. Darum, Herr Doktor, eilt es uns so. Darum bin ich hier. Eine ähnliche Katastrophe kann jederzeit wieder über das Schloss hereinbrechen.

Das Gespräch will und will nicht vorankommen.

– Die Schweiz wird bestimmt nicht den guten Ruf ihrer humanitären Tradition verspielen wollen, fordert sie ihn heraus.

– Wir haben berechtigte Sorgen, durch eine übertriebene Aufnahme von Juden eine jüdische Frage ins Leben zu rufen, entgegnet Remund. Sie verstehen, was ich meine. Wir haben ansässige Israeliten im Land, die sich genau davor fürchten, vor einer antisemitischen Bewegung. Das wäre unseres Landes und seiner Neutralität entsetzlich unwürdig.

Sie versteht nicht. Warum verhält er sich so abwehrend? Warum schweift er ab? Sie arbeiten doch beide für die Kinderhilfe. Sie weiß zu wenig über ihn. Sie hätte sich erkundigen sollen, fällt ihr ein. Sie stammt von einfachen Eltern, von ihm weiß sie nichts. Sie ging bisher schlicht und naiv davon aus, sie beide wollten dasselbe. Not lindern, Leben retten. Und keine Fragen stellen, nicht nach der Position, nicht nach der Religion oder Nationalität.

– Diese Sorge verstehe ich natürlich, antwortet sie. Doch wie absurd, zu glauben, durch die Rettung der Juden werde der Antisemitismus zunehmen. Ich habe gestern in der Zeitung die Statistik über die schweizerische Sammeltätigkeit gelesen. Großartig, finde ich. Pro Kopf der Basler Bevölkerung wurde im ersten Halbjahr ein Franken zweiundsiebzig für die Kinderhilfe gespendet. Die Leute wollen helfen. Da spüre ich nichts von Judenfeindlichkeit.

– So ist es.

– Wenn die Bevölkerung aber eines Tages hören müsste, unser Land sei nicht bereit gewesen, israelitische

Kinder vor der Vernichtung zu retten, wie würden Sie ihnen das erklären?

– Sie nehmen dies alles viel zu ernst. Diese Gerüchte von der Vernichtung sind auch uns zu Ohren gekommen. Doch Vorsicht, Frau Näf. Schon im letzten Krieg hatten wir mit Gräuelpropaganda zu kämpfen. Im …

– Herr Doktor Remund, fällt sie ihm ungeduldig ins Wort, sie mag diese Vortäuschungen nicht mehr hören. Ich bin fest überzeugt, die Art, wie derzeit mit den Juden umgesprungen wird, erlaubt es nicht, immer noch von Gerüchten zu reden.

– Diese Menschen werden zum Arbeiten angehalten, von Vernichtung wollen wir nicht sprechen, entgegnet Remund.

– Kein Mensch, der klar denken kann, glaubt das noch, antwortet Rose. Menschen, denen man Arbeit verschaffen will und sie deshalb umsiedelt, treibt man doch nicht mit Stöcken wie Vieh zusammen. Man stiehlt ihnen doch nicht ihre ganze Habe, man stößt sie doch nicht brutal in Viehwagen. Nein, sogar Vieh wird besser behandelt. Ich habe es gesehen, ich war dabei, Herr Doktor. Menschenwürde? Ja, wenn es um ihre eigene Rasse geht.

Sie ist impertinent, diese Frau. Der Chefarzt der Kinderhilfe versucht, Haltung zu bewahren. Mit solchen Gräueln vermag man niemanden zu überzeugen. Es macht die Leute aggressiv, er hat es selbst erfahren müssen. Jeder tut, als sei er selber dort gewesen. Jeder gibt vor, Bescheid zu wissen. Es sind sogar Fotografien aufgetaucht, ja, aber wie lässt sich deren Echtheit beweisen?

Die Deutschen sind schließlich ein hochkultiviertes Volk. Es mag Einzelfälle geben, aber verallgemeinern sollte man nicht. Man muss unbedingt vermeiden, Hitler auf die Füße zu treten, ist Remunds Überzeugung.

– Mäßigen Sie sich, ich darf Sie doch sehr bitten, Frau Näf. Wir sind zum Helfen da, nicht zum Anklagen. Im Rahmen des Möglichen tun wir alles für die jüdischen Emigranten. Ich bin von unserem Arbeitsausschuss beauftragt worden, mit den Behörden über die Aufnahme dieser Jugendlichen zu verhandeln. Wir müssen dabei aber die wachsenden Versorgungsprobleme in unserem Land berücksichtigen. Die Lage ist ernst. Sehr ernst! Auf dem Arbeitsmarkt genauso. Die heutigen Engpässe, die durch eine Masseneinwanderung unerwünschter Elemente noch zunehmen würden …

– Es sind keine Elemente, tut mir leid, es sind Menschen, Herr Oberst Remund. Verzeihen Sie, ich habe mich kurz vergessen. Sie reden, als ob das Land für die eingewanderten Juden geradestehen müsste. Das tun ja allein die Israeliten der Schweiz und ihre Organisationen. Sie allein unterstützen ihre verfolgten Glaubensbrüder und -schwestern.

– Ich dürfte Ihnen das eigentlich nicht sagen, aber ich denke, Sie sollten etwas besser Bescheid wissen. Gewisse Organisationen der Israeliten sind bereits hochverschuldet. Nur, damit Sie im Klaren sind. Es gibt folgenschwere Engpässe bei den Devisen.

– Sie erwähnten die Versorgungsprobleme. Wir versorgen uns in La Hille ja auch zum Teil selber, zum Teil dank der Spenden. Daran müsste sich bei einer Aufnahme in die Schweiz nichts ändern. Wir bräuchten bloß etwas Land, einen kleinen Garten.

– Land, einen Garten?, entsetzt er sich.

– Damit wir unser Gemüse anbauen könnten.

– Das schlagen Sie sich gleich aus dem Kopf. Wer aufgenommen wird, kommt sofort in ein Auffanglager und wird dort selbstverständlich verpflegt.

– Natürlich, natürlich. Es war halt so eine Idee von mir, weil Sie sich um die Kosten sorgen. Ich wüsste schon Abhilfe.

– Von den Lagern aus versuchen wir, die Leute weiterzuverschicken. Sie bleiben jeweils nicht lange im Land. Nur wird die Weiterreichung immer aussichtsloser.

Weiterverschicken, denkt Rose, was für ein Ausdruck!

– Was den Transport angeht, sagt sie, dachten wir an die Kinderzüge mit den Ferienkindern. Da könnten unsere Kinder mitreisen. Die Regierung in Frankreich hat uns ja bereits die Ausreisepapiere zugesichert.

– Über die Formalitäten wissen wir Bescheid.

– Wir brauchen bloß noch die Zusage der Schweiz. Und die vierzig Visa für unsere größeren Kinder. Ist doch keine Hexerei.

– Haben Sie eine Vorstellung davon, was so alles jeden Tag über unsere Grenzen will? Und wir müssen um jeden Preis vermeiden, dass Deutschland glaubt, wir würden eine Aktion zugunsten der Juden anzetteln. Wir können nicht jeden Dahergelaufenen vom Fleck weg hereinnehmen.

– Aber, Herr Remund, jeden Dahergelaufenen! Ich bin doch hier, weil ich mir die größten Sorgen um unsere Jugendlichen mache.

– Mich erstaunt, wie wenig Vertrauen in unser Werk ich bei Ihnen feststellen kann. Sind Ihre Jugendlichen denn in Le Vernet nicht befreit worden? Haben unsere bisherigen Leistungen nicht das Überleben der Kinder gesichert?

– Für diese Leistungen sind wir dem SRK unendlich dankbar. Und besäße ich das Vertrauen nicht, säße ich nicht hier.

– Sie haben vorhin die Kinderzüge erwähnt, denken Sie bloß: drei Monate Ferien für Kriegskinder in der Schweiz. Ist doch großartig.

– Stimmt, stimmt. Großartig. Sie haben recht. Aber es sind verschwindend wenig kleine Nichtarier in diesen Zügen dabei.

– Damit wir uns richtig verstehen, Frau Näf. Es geht allein um die Jugendlichen, nicht wahr? Für die Erwachsenen können wir uns nicht einsetzen.

– Ich befürchtete es. Aber es bedrückt mich noch mehr, es jetzt so deutlich von Ihnen zu hören. Noch gestern las ich das ganzseitige Inserat des IKRK mit dem Satz des Präsidenten Max Huber: Die edelste unserer Pflichten ist, uns hilfreich für die Opfer der Kriege einzusetzen.

– So ist es. Doch wenden Sie sich mit diesem Anliegen bitte nicht an die Kinderhilfe. Und selbst Ihre Jugendlichen, Frau Näf, würden so bald als irgend möglich unser Land wieder verlassen müssen, wie ich schon sagte. Falls sie überhaupt aufgenommen werden, betont er. Wir können nur Transitland sein.

– Ich hörte, die jüdischen Kreise seien deswegen mit verschiedenen Regierungen am Verhandeln. Aber vorerst müssen diese Kinder doch einfach aus der Gefahrenzone heraus.

– Gewiss, gewiss. Ich persönlich denke sogar über eine Emigration sämtlicher jüdischen Kinder aus dem unbesetzten Frankreich nach.

– Ach, wirklich?

– Ich sehe Nordafrika als mögliche Destination. Von dort aus würden wir sie weiter verfrachten.

Rose schluckt, spürt ihren Haarboden, ihre Hände feucht werden, spürt ihre Bluse, wie sie an der Haut klebt, riecht aus dem Halsausschnitt die eigene Ausdünstung. Afrika ist gewiss wunderschön, eine ganz anders geartete reiche Kultur. Aber wie würden diese armen Kinder sich in Afrika nur zurechtfinden? Und was bedeutet verfrachten? Eine weitere unglückliche Wortwahl, oder doch Nazivokabular? Sie reißt sich zusammen. Ich muss bei der Sache bleiben.

– Wer würde sich dort um sie kümmern, Herr Doktor?

– Ich habe sogar den Plan, sie paketweise via Dakar nach Amerika auswandern zu lassen.

Rose braucht ein paar Sekunden, um sich erneut zu fassen.

– Ich glaube, es weiß hierzulande niemand, was dieser Krieg überhaupt mit den Menschen macht, sagt sie, mit aller Kraft ihren Zorn niederkämpfend. Ich habe den Eindruck, für die meisten existiert er irgendwo weit weg und geht sie im Grunde nichts an.

– Diesen Satz hätte ich von Ihnen lieber nicht gehört, Frau Näf. Wie können gerade Sie so etwas sagen? Glauben Sie, der Krieg mache uns nicht auch zu schaffen? Und Sie rühmten ja vorhin die Spendefreudigkeit der Schweizer Bevölkerung. Etwas mehr Loyalität glaube ich erwarten zu dürfen.

– In Ordnung, aber beruhigen die Spenden vielleicht nicht hauptsächlich das Gewissen der Entscheidungsträger?

– Frau Näf, ich glaube nicht, dass dies ein Punkt ist, den ich hier und heute mit Ihnen zu erläutern habe. Sie sprechen eine heikle Frage an.

– Bitte, verzeihen Sie, ich persönlich habe ein gutes Gefühl, was die Schweizerinnen und Schweizer betrifft. Ich habe von meiner Mutter eine Abschrift des Briefes zugestellt bekommen, den die Schülerinnen aus St. Gallen an den Bundesrat geschrieben haben. Es hat mich tief berührt, wie sie sich gegen die Herzlosigkeit an der Grenze wehren. Und meine Mutter sendet mir auch den einen oder andern empörten Leserbrief aus der Zeitung zu. Die Leute wünschen sich eine offene Flüchtlingspolitik. Sie wollen stolz sein dürfen auf ihr Land. Sie, Herr Doktor Remund, haben es in der Hand, wenn Sie beim Bundesrat vorsprechen.

– Gewiss, gewiss, ich werde sogar Herrn Rothmund bitten, Ihr Anliegen beim Bundesrat vorzutragen. Und nun muss ich Sie leider entlassen. Andere Geschäfte. Es war mir eine Ehre, Frau Näf.

Glarus

Der Zug nach Glarus verlässt Bern um zwei. So bleibt Rose Zeit, den Bruder zu besuchen, sie flüchtet aber bald wieder von dort, die Auffassungen sind einander zu fremd, man hat sich nichts zu sagen. Und dabei flaut auch das öde Gefühl lange nicht ab, das Rose während der Sitzung mit dem Oberst beschlichen hat. Der behandelte mich wie einen Lumpen, muss sie immer wieder denken. Selbst im Lager von Le Vernet begegnete man mir mit mehr Anstand.

Die Fahrt nach Glarus dauert den ganzen Nachmittag, die Wartezeiten in Zürich und Ziegelbrücke wollen nicht enden. Es wird viel rangiert, hunderte Wagen mit singenden Soldaten, die Bahnsteige unter feldgrauen Gepäckstücken und Uniformen kaum noch zu sehen. Beim Lesen in ihrem Roman stehlen sich wieder und wieder Gesprächsfetzen aus der Sitzung vom Morgen herbei, da schließt sie das Buch und blickt aus dem Fenster. Wahrscheinlich ist es jetzt klüger, die eigenen Gedanken zu ordnen.

– Was für ein Gestürm an den Bahnhöfen, seufzt Rose bei der Begrüßung der Mutter. Die vielen Sachen, die man in den Läden bekommen kann, die Plakate überall, es macht mich ganz sturm. Und die entzückenden Frauen mit ihren modernen Entwarnungsfrisuren. Die niedlichen Hüte, die sie tragen. Aber glaubst du, dass die gegen Sonne oder Wind und Regen zu gebrauchen sind, oder betten die Frauen sie bloß als Zierde aufs Haar? Stecken sie sie fest? Was meinst du?

– Was weiß ich. Bei Wind bestimmt.

– Bei Wind tragen sie doch hoffentlich ein robusteres Kleinod, lacht Rose. Und ihre eng geschnittenen Tailleurs! Einige habe ich gesehen, die besitzen in der Tat bereits diese Schuhe mit den fingerdicken Sohlen aus Bast. Punktfrei für vierzehn Franken neunzig.

– Was du alles weißt!

– Aus der Presse, Mutter, gab Rose sich unbeschwert, bemüht, das Gespräch des Morgens zu vergessen.

Inzwischen hat sie den Regenmantel aufgehängt, das Köfferchen in die Ecke gestellt und schaut sich um. Es ist eng geworden in der Wohnung ihrer Kindheit, die geweißten Wände haben ihre einstige Frische eingebüßt. Mutter und Tochter treten beide in die Küche, wo schon das Licht brennt. Und vor dem Fenster hängen schwarze dicke Tücher. Es herrscht Verdunkelungspflicht.

– Mager, mager bist du, Rösi. Bekommst du genug zu essen?

– Mutter, es ist Krieg in Frankreich.

– Darum sorge ich mich ja. Komm, setz dich. Aber du bist nicht im besetzten Teil?

– Nein. Es ist auch nicht wirklich Krieg bei uns, aber vielen dort geht es miserabel, wir dagegen leben auf unserem Schloss wie die Fürsten.

– Aber bekommst du genug? Diese Juden essen doch ziemlich anders.

– Die Köchin tut, was sie kann, aber komm, beruhige dich, erzähl von dir. Wie geht es dir, Mutter?

– Die Welt hat sich verändert.

– Aber doch nicht hier bei euch?

– Das ist es ja. Gerade hier.

– Vielleicht hast du dich verändert.

– Wie meinst du das?

– Dass du manches anders siehst als früher.

– Da hast du recht.

– Siehst du. Und was denn erlebst du anders?

– Wegen ein paar abgezehrten Geschöpfen, die aus dem Krieg kommen, rufen gewisse Leute schon Zetermordio. Haben Angst, die essen ihnen das Brot weg, nehmen ihnen die Arbeit weg und dann womöglich das Haus.

– Lass uns von was anderem reden.

– Du hast mich gefragt.

Es entspann sich ein langes leises Gespräch über die Familie, den Aktivdienst, die Frauen, die jetzt anstelle der Männer in der Regionalbahn die Fahrkarten kontrollieren, die Bäuerinnen, die anstelle der Männer pflügen und das Heu einbringen, das Vieh besorgen, über die Politik, die Gesundheit, und dabei trägt die Mutter eine Lauchsuppe auf.

– Von meinem Garten, sagt sie, als zum Schluss der selbstgebackene Apfelstrudel auf den Tisch kommt. Meine Äpfel. Vanillesauce hab ich leider keine. Konnte kein einziges Ei auftreiben. Ich weiß doch, wie sehr du das immer gemocht hast.

Unvermutet fallen Tränen in Roses Teller. Sie ist machtlos dagegen. Zu müde auch, um sie zurückzuhalten.

– Kind, was ist, was hast du?

Als Rose klein war, mochte Mutter keine Tränen sehen. Aber wer lange fort war, darf schon mal weinen.

– Verzeih, ich hab das Gefühl, ich schaffe es nicht mehr. Es ist nur weil, es ist so schwer geworden alles.

– Ich sag's ja schon lange. Diese Arbeit ist dir zu viel.

– Nicht die Arbeit, Mutter.

Sie fasst sich wieder, und der Mutter ist es auch recht, sie fühlt sich hilflos beim Anblick weinender Menschen. Sie legt ihre raue Hand auf Roses Arm, und Rose legt ihre Hand auf Mutters Hand, und so sitzen sie eine rechte Weile ohne ein Wort.

Dann muss sie es doch erzählen. Hier sitzt der einzige Mensch, der sie nicht verurteilen wird.

– Sie haben angefangen, junge Leute für Zwangsarbeit aufzubieten, fängt sie an. Diese müssen sich dann auf der Präfektur melden und kommen nach Deutschland in die Rüstungsindustrie. Leisten sie dem Aufgebot keine Folge, werden sie abgeholt, und fragt man später nach, sind sie schon tot.

– Da hast du einen von ihnen versteckt.

– Ja, nein. Eben nicht. Ihn nicht. Magst du es überhaupt, wenn ich erzähle?

– Was fragst du noch!

– Hab halt befürchtet, wenn er sich nicht meldet, überfallen sie das Schloss und wer weiß, was dann wird. Finden sie ihn in einem Versteck, erhängen oder erschießen sie ihn. Verräter, Spion, was weiß ich. Wenn er sich aber meldet, hab ich gedacht, geht er irgendwo arbeiten. Was ist dabei, hab ich gedacht, er kann das, ist jung und kräftig. Und er kommt dann nicht in den Osten, von wo keiner zurückkehrt. Bin mit ihm zum Bus gegangen, hab ihn begleitet. Er hatte Angst. Eine solche Angst. Den ganzen Weg hab ich ihm zugeredet. Er soll sich melden, hab ich gesagt, da sei nichts dabei. Denk an Jakob mit der Leiter, hab ich gesagt. Mit dem Willen gelingt alles. Solange einer sich nützlich macht, geschieht ihm nichts. Wer sich nicht meldet, muss mit allem rechnen, verstehst du? Und arbeiten kannst du ja, hab ich gesagt. Aber er kam nie zurück, wir hörten nie wieder von ihm.

– Das war bestimmt kein leichtfertiger Entscheid von dir.

– Ich war sicher, dass es eine Möglichkeit sei, ihn zu retten. Ich irrte. Und ich spüre deutlich, dass die andern mich insgeheim dafür verurteilen. Die alte Irène Frank ganz besonders. Sie verzeiht mir nicht.

– Du musst sie wegschicken.

Rose steht auf und spürt auf einmal die Müdigkeit in ihren Gliedern. Die lange Reise, die schlaflose Nacht, die Besprechung, das ungewohnt viele und ausdauernde Sitzen heute. Sie tritt ans Fenster und schiebt das schwarze Tuch einen Spalt breit zur Seite. Die Straße versinkt in der Dunkelheit. Niemand unterwegs. Kleine dunkle Haufen am Straßenrand. Als schliefen dort Katzen. Herbstlaub vermutlich. Nieselregen setzt ein. Kaum sieht man es feinfädig herunterströmen. Im Nachbarhaus brennt hinter der schwarzen Verdunkelung Licht und kommt wie ein zarter Goldstreifen an der einen Seite zum Vorschein.

– Wohnen immer noch die Felders da drüben?, fragt sie beiläufig.

– Ja, warum?

Rose antwortet nicht. Die Müdigkeit. Die Erschöpfung. Dann dreht sie sich vom Fenster weg und sagt: Die alte Jüdin hat ja recht. Sie blickt der Mutter geradewegs in die Augen.

– Hast du ihr das gesagt?, fragt diese.

– Nein.

Rose setzt sich wieder zu ihr, und stumm sitzen sie vor dem Apfelstrudel, jede mit ihren Gedanken, ihrer Müdigkeit, ihrer Verlegenheit und Fremdheit. Mutter tupft mit dem Zeigefinger ein paar Krümel vom Tisch und leckt sie dann gedankenverloren mit der Zungenspitze von der Fingerbeere. Rose denkt, meine Mutter ist ein Mond. Einsam, still und klug.

– Nun sind es bald zwei Jahre, dass du dort bist, sagt diese, eine lange Zeit.

– So ist es.

– Und wir hier machen uns keine Vorstellung.

– Das habe ich heute zu Doktor Remund auch gesagt. Er war empört, dass ich ihm und dem Land sowas unterstelle.

– Remund? Ein Jude?

– Mutter!

– Klingt halt so jüdisch.

– Wie kommst du darauf?

– Der Name.

– Wir haben auch den Rothmund, den Ruth, den Dubois, den Frank. Das besagt rein nichts. Namen können

Bedeutung haben. Oder auch nicht. Sie sind Juden, Antisemiten, oder auch keins von beidem.

– Rothmund, der zweithöchste Polizeibeamte im Land? Meinst du den?

– Lass, Mutter, bitte.

– Es interessiert mich aber. Es gibt auch den antisemitischen Juden. Er mag schon vor Jahren konvertiert haben.

– Möglich, Mutter.

– Doch bei solchen Leuten hat der Antisemitismus eine andere Wurzel, versichert die Mutter. Vermutlich liegt sie im Antisemitismus selbst.

– Ist das nicht die unlogischste Sache der Welt?

– Ist es nicht. Juden, die andere Juden aussperren, tun dies nicht aus Bosheit gegenüber ihren Brüdern und Schwestern. Nein, weil sie in ihrer langen Geschichte und im Verlauf ihrer vielen Wanderungen etwas gelernt haben. Nämlich, wo Massen von Juden neben Massen von Andersgläubigen leben, kommt es früher oder später zu Übergriffen.

– Ich bitte dich. Das tut doch absolut nichts zur Sache. Viele Köpfe fürchten, man werfe ihnen drüben im Reich Parteilichkeit vor.

– Glaubst du? Wir hatten doch unlängst diesen Judenmord auf dem Markt von Payerne. Das Opfer hatte sich nichts zuschulden kommen lassen. Viehhändler, Familienvater, unbescholten. Aber er war Jude. Hätten die Behörden nicht mit Härte geantwortet, hätten sie die Täter nicht gesucht, verhört und bestraft ... Es war der dreckige Versuch, eine Judenhatz vom Zaun zu brechen.

– Erzähl mir von Louise, wie geht es ihr?

– Du willst es also nicht hören, seufzt die Mutter und räumt das Geschirr in die Küche.

– Verzeih, ruft Rose ihr nach, ich weiß, du hast recht. Aber ...

Sie mag nicht erzählen, was sie gesehen hat, sie erträgt den Zweifel in den Augen der Mutter nicht.

– Lass uns zu Bett gehen.

Mutter kommt wieder und stellt ihren Stuhl wortlos zum Tisch zurück, die Sitzfläche entschieden unter das Tischblatt.

Rose schläft sofort ein. Ihr ist, das Sofa schlinge zwei warme große Arme um sie und hielte sie wie ein Ozean aus Kissen, Decken und Matratzen liebevoll an seinen weichen Bauch gedrückt. Sie träumt, ein Mann, den sie im Traum zu kennen glaubt, fasse sie an der Schulter und drehe sie um sich selbst. Ihr wird etwas schwindlig, er umarmt sie unangekündigt. Er presst sie an sich, und sie fühlt ihren Körper nachgeben, fühlt, wie ein Bach von Lust ihn durchrieselt, und sie sagt sich, zum Teufel, was geschieht mir da, sie küssen sich lange, sein Mund ist feucht und groß und warm. Bloß findet sie seine Zunge nicht. Im Halbschlaf gleiten ihre Hände zur Zone der Lust, um sie lange noch auszudehnen. Es ist absolut tröstlich.

– Kaffee?, fragt Mutter. Sie tritt zum Tisch, frisch gekämmt und angekleidet.

– Gibt es denn welchen?

– Eichelbrühe, kommentiert sie trocken und trägt eine mit brauner Flüssigkeit randvoll gefüllte Schale zum

Tisch. Sie streicht der Tochter mit der Hand über den Arm. Rose spürt die Schwielen von der Gartenarbeit, vom Holzsammeln, Holzbrechen und -hacken im Wald.

– Ist schon recht, sagt Rose in einem Ansturm von Zärtlichkeit.

– Hätte dir zu gern einen richtigen aufgetischt.

– Mach dir keine Gedanken.

– Was suchtest du eigentlich in Bern?

– Sie sollten dafür sorgen, dass unsere Kinder herkommen dürfen.

– Eure Judenkinder?

– Macht es einen Unterschied?

Sie ist empfindlich geworden, glaubt, Untertöne heraushören, glaubt, sie deuten zu können.

– Zu uns in die Schweiz?

– In die Schweiz, ja, antwortet sie, gereizt jetzt.

– Du hast dich schon immer auf die Seite der Kleinen und der Schwachen geschlagen. Also nicht klein von Wuchs, du verstehst schon.

– Sie sind nicht schwach. Die Mehrzahl ist stark und gesund. Und es gibt große Talente unter ihnen.

Was kann denn Mutter dafür, dass unsere Behörden so misstrauisch, so zögerlich sind?, denkt Rose. Was zürne ich ausgerechnet ihr?

– Vorgestern haben die Alliierten München bombardiert, wechselt die Ältere das Thema.

– Ich weiß, hab die Flieger gehört.

– Wie lange bleibst du?

– Ich fahre noch heute.

– Dann bist du wohl in Eile?

– Ein wenig schon.

– Dein Bruder hat geheiratet.

– Ich weiß, Mutter.

– Hier, für dich, die Mutter kramt etwas aus der Schublade hervor, im Juli aus der Zeitung geschnitten. Es soll mir keiner mehr kommen und sagen, so schlimm kann es ja wohl nicht sein.

– Was denn?

– Hier steht es schwarz auf weiß. In Polen ist mehr als eine Million Juden von den Nationalsozialisten getötet worden. Lies unten im letzten Abschnitt.

– Botschaft Churchills an die amerikanischen Juden, liest Rose.

– Vom Juli, wiederholt die Mutter.

– Interessant, sagt Rose.

– Ich habe noch mehr von der Art. Volksrecht vom 15. August, Thurgauer Arbeiterzeitung vom 25. August, National-Zeitung, Tat. Hier. Kannst sie haben.

Rose streicht die sorgfältig ausgeschnittenen Meldungen flach. Remund geht ihr durch den Kopf, und sie mutmaßt: Der muss es doch auch gelesen haben. Bloß Propaganda der Judenmafia, würde er sagen, in Kriegszeiten nicht unüblich.

Zur Mutter sagt sie: Ich lass das hier. Damit es mir in Frankreich keine Schwierigkeiten macht.

Und dabei denkt sie, ich hätte es ihr erzählen können, sie hätte mir geglaubt. Alles. Doch es wird Zeit, zu gehen. Diese Menschen hier, die mir am nächsten stehen, sind fern, so fern. Oder bin ich die Unerreichbare?

In La Hille packt sie ihre Einkäufe aus, stolz wie eine Löwenmutter, die ihre Beute präsentiert. Schokoladen und Nüsse und Schreibzeug. In einer Fabrik hatte sie haufenweise Taschentücher gratis abholen dürfen. Aber seltsam, die Großen reagieren verhalten. Nicht dieses Zeug wollen sie von Rose haben, nein, eine Antwort auf die brennende Frage erwarten sie. Welche Zusicherungen Remund gegeben habe.

Schicksal, du räuberisches

Vom Bach her steigt der Nebel. Er zieht fort und kommt wieder, er hebt und senkt sich. Da und dort sickert etwas Sonne hindurch und wirft ein beinah überirdisches Licht auf das Schloss und seine Umgebung, vergoldet kurz und feenhaft die leeren Beete im Innenhof und verlöscht wieder. An die abgeräumten Obstbäume klammert sich vereinzelt und ohne Kraft das letzte Laub, aus den gepflügten Äckern der Kinderkolonie steigen kleine Dunstwesen. Geräusche sind nur selten zu hören. Manchmal durchdringt von der Landstraße das Rumpeln eines Fuhrwerks die Stille. Inge und Chaim gehen über die Äcker und Wiesen. Sie sprechen wenig. Ihnen scheint die Gegend nicht düster und trübe. Sie lieben diesen bleichen Nebel, um unbeobachtet durch die Gegend streifen zu können. Sie hatten lange auf ihrem geliebten Hügel gesessen, ohne Worte zu wechseln, und wärmten einander. Zum Nachdenken der beste Ort, finden beide. Als es zu dämmern begann, brachen sie auf.

– Seltsam, sagt Inge jetzt, wir schlafen im selben Zimmer und doch so weit voneinander. Jede Nacht möchte ich zu dir hinüberkommen und mich ganz nah an dich kuscheln. Aber ich trau mich nicht.

– Kannst ja jetzt kuscheln, antwortet er und legt seinen Arm noch enger um sie. Sie fühlt das Gewicht, denkt an einen Engelsflügel und greift nach seiner Hand auf ihrer Schulter.

Sie wandern schweigend, beide aneinandergelehnt, Inge schnieft, Chaim zieht einen Fetzen seines zu klein und schäbig gewordenen Bubenhemdes aus der Hosentasche, den er nun als Schnupftuch benutzt, und trocknet ihr das Gesicht. Es riecht nach ihm, nach Feuer, Sägemehl und Jungenschweiß.

Sie dreht sich ihm zu und küsst seinen Hals, die Innenfläche seiner Hand, küsst das Stück Bubenhemd und stellt sich den kleinen Jungen von einst vor, der er gewesen sein muss.

– Mein altes Hemd aus Duisburg, sagt er, ich erinnere mich genau. Großmutter kaufte es mir bei Horten, und nachher lud sie mich ein ins Café Prinzregent.

– Ach, könnten wir dort im Café Prinzregent sitzen. Wie wär das schön.

Gegen eins war an diesem Tag wie immer die Post verteilt worden. Seit August enthalten die Briefe und Karten der Brüder oder Schwestern, der Eltern und Freunde, die vereinzelt noch schreiben, meist nur kurze Sätze über verordnetes Abreisen oder es sind aus fahrenden Zügen geworfene Abschiedsworte. Inge hatte nichts bekommen, aber während sie einen Tellerstapel zum Spültrog trug, bemerkte sie am Tisch der Jungen Chaim mit einem Umschlag in der einen und einem beschriebenen Bogen in der andern Hand. Ihr schien, er lese nicht, er starre bloß. Vor ihm sah sie eine Postkarte liegen. Sein Gesicht war fahl, als er aufstand, die Papiere zusammenraffte und sich mit seltsam schleppendem Gang entfernte, als wollte er rennen und vermöchte es nicht, oder als würde er demnächst zusammenbrechen. Sie sah ihn hinausgehen und die Türe schließen, ohne sich nach ihr umzudrehen. Dieses Davonschleichen war nicht dasselbe, wie wenn er Brot gehortet hatte und es zum Trocknen auf die Türme bringen wollte. Es war der Gang eines Menschen, der gerade einen Freund zu Grabe trägt.

Nach dem Abwasch hatte sie von ihm keine Spur gefunden, keiner habe ihn gesehen, hieß es. Sie rannte zum Zwiebelkeller, zum Bubenschlafraum, zum Schulzimmer in der einstigen Kapelle, guckte zu den Türmen hinüber, schaute im Abort nach, in die Küche und zur Schreinerei rannte sie, rief seinen Namen. Bis ihr einfiel, dass Chaim nur auf dem Hügel sein konnte, allein mit dem Geruch nach Harz und dem Rauch der Herbstfeuer, der im Nebel hängenbleibt. Wortlos und ziemlich außer Atem setzte sie sich später neben ihn, er griff nach ihrer Hand. Sie saßen lange schweigend, bevor sie ein Stück gingen.

Nach ein paar Minuten fing sie zu reden an. Von der seltsamen Schlafordnung, vom Kuscheln. Sie dachte, dass ihm das hilft. Darauf gab er ihr den Fetzen vom Bubenhemd, erwähnte das Prinzregent und wieder wurde es eine gute Weile still zwischen ihnen.

– Sigi schreibt, fängt er später zögernd an, er werde aus Gurs weggeholt. Er muss den Brief am Vorabend des Transports aufgegeben haben.

Sie sehen beide wieder die Baracken von Le Vernet vor sich, und wie die frühe Sonne so überaus trügerisch auf das beispiellose Chaos jenes letzten Morgens geschienen hatte.

– Sigi musste einsteigen, musste wegfahren.

Und ebenfalls heute war die Postkarte der Eltern eingetroffen. Zwanzig Tage davor verfasst, stehen auf der Rückseite die Worte: Wir sind gesund und vermissen dich sehr.

– Wir sind gesund, zitiert Chaim die Karte, wir sind gesund. Immerhin, Inge, sie sind gesund.

– Du hast keine Adressen, damit wir ihnen Essen oder Kleider schicken können?, fragt sie.

Sein Gesicht hellt sich auf.

– Natürlich, sagt er, lass uns sofort zurückgehen und ein Paket aufgeben. Komm, Inge, beeil dich. Sigi hat eine Adresse angegeben, Drancy. Und von meinen Eltern werden wir über kurz oder lang auch eine haben. Komm.

Sie gehen Hand in Hand. Der Nebel verzieht sich. Beim Hof der Nachbarn, schon kommen die Giebel von La Hille in Sicht, bleibt das Paar stehen. Von fern lässt sich dumpfes Dröhnen hören. Sie werfen sich hinter der Hecke der de Dieus zu Boden und lauschen, Chaim legt dabei seinen Arm um Inge, sie liebkost sein Haar. Das Dröhnen kommt von der Straße nach Montégut, die entlang des Bachs verläuft, links und rechts wird sie von Wiesen gesäumt. Kein Haus behindert die Sicht, und so sehen sie, wie sich in der Ferne die Wimpel eines Konvois nähern.

Generalfeldmarschall Rommel ist in Afrika gescheitert und heimgekehrt, die Alliierten sind in Nordafrika gelandet, die Besatzer Frankreichs sehen sich bedrängt. Sie erhielten Befehl, den Süden einzunehmen, und seither rollen Lastwagen, Jeeps, Tieflader mit festgezurrter Artillerie und Panzereinheiten durch die Gegend. Außer den behelmten, kampfbereiten Soldaten auf den Jeeps bestürzt Inge und Chaim die riesige rotschwarze Flagge auf den Fahrzeugen. Hinter der Hecke der de Dieus kauernd, beobachten sie die Parade. Wäre man kein Jude, Ausländer oder Zigeuner, empfände man vielleicht Bewunderung für diesen kriegerischen Auftritt. Würde die Abordnung nach La Hille abbiegen? Nein, sie verlangsamen bei der Abzweigung nicht. Die Botschaft heißt dennoch: Nun ist auch die Ariège zu Hitlers Beute geworden.

Im Dezember folgt ein regnerischer Tag dem nächsten. Auf den Schulweg hätten die Sieben- bis Vierzehnjährigen heute gerne verzichtet. Lustlos verlassen sie das Haus. Man besitzt keine guten Schuhe, keine Regenmäntel oder Schirme und sucht sich, so gut es geht, mit alten Futtersäcken zu schützen. Zu dritt oder viert laufen die Kinder die fünf Kilometer nach Montégut durch den Regen und halten die immer schwerer werdenden Säcke über ihre Köpfe. Oder sie schlüpfen ganz hinein. An den Füßen nimmt das Gewicht ebenfalls zu, Schlamm klebt an ihnen. Bald schmatzen die Zehen vor Nässe im Schuh. Die Straße ist voller Löcher, und ihr entlang pfeift ein eisiger Wind. Die Großen werden nachmittags im Schloss unterrichtet, während der Morgen für Hausarbeiten reserviert ist. Holzarbeiten, Näharbeiten, Küchenarbeiten.

Inge erreicht in diesen Tagen ein Brief, eine der schwer zu deutenden Fünfundzwanzig-Wörter-Nachrichten, weitergeleitet vom Roten Kreuz. Absender: Konzentrationslager Piaski, Polen. Mutti schreibt, sie sei allein ohne die alte Oma und ohne Schwester oder Bruder aus der Ruinenstadt vertrieben worden, zu der Darmstadt geworden sei. Sie bittet Inge, Vati mitzuteilen, er möge ihr Lebensmittel und was Warmes zum Anziehen schicken. Inge soll die Bitte nach Amerika zu Vati weiterleiten. Vom Schicksal ihrer Verwandten wisse sie nichts, schreibt Mutti.

Es tröstet Inge kein bisschen, dass im Schloss auch andere im Besitz solcher Nachrichten sind. Sie mag nicht essen, nicht herumgehen, nicht einmal reden mag sie. Nichts fühlen oder anfassen. Es scheint ihr vollkommen sinnlos, sich auch bloß zu rühren. Mit Mutti ist ihr die Vergangenheit und was ihr der Besitz dieser Vergangenheit noch bedeutet hatte, entglitten. Sie dachte bisher stets, eines Tages kehre sie zu Mutti zurück. Nicht, dass sie es wirklich dachte, nicht als Folge einer Überlegung. Eher als Empfindung. Schließlich war sie stets zu ihr zurückgekehrt. Die geliebte Mutti erlebt nun all das, was Inge in den Augusttagen widerfuhr. Doch für Mutti muss es viel schlimmer sein. Sie ist allein. Und es ist Winter. Die harten Pritschen, der Hunger und der Verlust ihrer Privatheit, der Mangel an Intimität, und dass sie nicht mehr über sich selbst bestimmen kann, all das wird ihr zusetzen. Inge weiß, Mutti hat stundenlang stehen und warten müssen. Sie war wie alle andern in Viehwagen gepfercht und zum Wegfahren gezwungen worden. Arme kleine Mutti. Inge presst die Kiefer aufeinander. Nun muss sie, die mir immer so nah war, mir die Hand auf die Stirn legte, wenn ich fieberte, mich in die Arme nahm, wenn ich weinte, mit mir die Schulaufgaben besprach, die leckersten Kuchen backte und uns die riesigen Steaks, die Vati aus der Fabrik brachte, in der Küche so lecker zubereiten ließ, sie muss sich nun jene wässrige Flüssigkeit, die sogenannte Suppe, gefallen lassen. Morgens, mittags, abends. Und niemand, niemand steht ihr zur Seite. Wüsste ich doch wenigstens nicht, was sie ertragen muss, hätte ich doch nicht selber erlebt, wie schwer es ist, in diesen Baracken durchzuhalten, wie entkräftend die Appelle sind, wie bösartig viele Aufseher. Es ließe sich besser ertragen, denkt sie.

– Muttis Nachricht drückt mich wie ein Zentner, vertraut sie Ruth an.

– Komm, sagt diese und legt den Arm um Inge, weine dich aus. Viele Tränen wurden bereits vergossen, egal, wie viele noch dazukommen.

– Was hat sie ihnen getan? Was?

– Quäl dich nicht.

– Sie musste allein gehen, ohne ihre alte Mutter, ohne die Schwester, ohne Bruder.

– Pass auf, du zerknüllst ihn, sagt Ruth und entwindet Inge sanft den Brief. Greift ihr mit beiden Händen in die braunen Locken und legt sich ihren Kopf an die Schulter, streicht über ihr Haar. Wieder und wieder.

– Wir Großen sollen alle zu Rose ins Büro kommen, beeilt euch, ruft ihnen Judith im Vorübergehen zu.

Inge bleibt sitzen. Sie würde nie mehr irgendwohin gehen, würde nur ewig hier sitzenbleiben wollen, bis sie ganz zu Stein geworden wäre, nein, sie kann sich mit diesem verheulten Gesicht nicht unter die andern mischen, überhaupt, was geht es sie an, was Rose zu sagen hat, Ruth kann es ihr ja hernach erzählen, falls sie es überhaupt erfahren will, sie jedenfalls würde nicht aufstehen und nicht aus der Tür gehen. Nie mehr. Vorbei, alles vorbei.

– Komm, sagt Ruth ärgerlich, hab dich nicht so. Deine Mutti will, dass du weitermachst, sie wünscht sich, dass ein Mensch an sie denkt. Sie ist erst verloren, wenn niemand mehr es tut.

Inge versteht erst nach Minuten. Ja, da ist vielleicht was Wahres dran, sie kann Mutti retten, darf sich nicht gehen lassen. Sie muss weitermachen, dann wird auch Mutti weitermachen. Sie erhebt sich schwerfällig, als wäre sie schon halb der Stein, der sie werden wollte. Sämtliche älteren Jungen und Mädchen haben sich bereits im schmucklosen Büro eingefunden.

Roses Züge sind gezeichnet, ihr warmes Lächeln gibt Ernst und Nachdenklichkeit wieder. Strahlte sie bisher vor Energie und Frische, vermittelt sie jetzt Entschlossenheit.

– Ihr habt mich oft gefragt, beginnt Rose, als alle eingetroffen sind, wie soll man unter diesen Umständen hier noch leben? Ein paar wenige von euch haben bereits zu fliehen versucht. Ich halte es für möglich, dass ihr euch retten könnt. Hans hat es bewiesen, er ist am Ziel. Aber planloses Davonlaufen kann das Ende bedeuten. Wer sich dazu entschließt, melde sich deshalb bei mir. Ich habe mit Kolleginnen und Leuten vom Widerstand

Kontakte hergestellt, die bereit sind, euch unterwegs und beim Grenzübertritt zu helfen.

Sie macht eine längere Pause, sieht in lauter aufmerksame Gesichter. Überall Zustimmung. Ja, sie scheinen alle froh über die klaren Worte zu sein. Vor ihnen steht nicht mehr dieselbe Frau, die aufgrund bürokratischer Regeln und existentieller Abhängigkeit das Versenden von Lebensmitteln ins Lager von Gurs verboten hatte.

– Wir haben alles genau geplant, fährt Rose fort. Den Weg, den Zeitpunkt, das Ziel. Es könnte gelingen, aber ihr wisst, wer erwischt wird, wird bestraft, vielleicht umgebracht.

Sie schluckt. Wieder wartet sie umsonst auf Widerspruch oder Zweifel.

– Ich möchte euch außerdem wissen lassen, dass es mein ganz persönlicher Entscheid ist, euch diese Hilfe anzubieten. Das heißt, beim Roten Kreuz weiß niemand davon. Wer also Interesse hat, spricht bitte nur mit mir. Jetzt oder später.

Im kleinen Raum herrscht vollkommene Stille. Sie fühlen auf einmal ihren Herzschlag, halten den Atem an.

Natürlich wünschen alle endlich Sicherheit, wenngleich das frühere Leben nie wieder zurückkommt. Die Angst vor den Nazis ist unüberwindbar, Tag und Nacht ist sie da. Und doch. Hier mit den andern, hier im Schloss sind sie zu Hause. Sie würden wieder umherirren, ohne zu wissen wohin. Vielleicht für immer. Eine sehr ungewisse Zukunft wäre der Preis. Doch würde diese nicht ohnehin irgendwann anbrechen? Im Schloss kann ihnen alles zustoßen. Gehen sie Richtung Schweizer Grenze, besteht eine Chance, sich retten zu können.

– Was ist zu tun, falls wir Polizei oder Militär begegnen, was, wenn man uns gefangen nimmt?

– Jeder und jede von euch, die sich aufmachen, um in die Schweiz zu gelangen, erhält einen Namen, der in der französischen Schweiz üblich ist. Ihr werdet sagen, dass ihr aus Genf seid und während eurer Ferien ein wenig im Wald spazieren gegangen seid. Ihr sagt, ihr hättet euch verlaufen. Dass ihr es unterlassen habt, einen Ausweis mitzunehmen, weil das in der Schweiz nicht unbedingt nötig ist. Dass ihr nicht gewusst habt, dass man in Frankreich zwingend ein sauf-conduit auf sich zu tragen habe. Vergesst, dass ihr Deutsche seid. Oder aus Österreich. Ihr dürft nur französisch sprechen. Auf deutsche Wörter, Fragen oder Rufe dürft ihr keinesfalls reagieren oder antworten. Niemals, hört ihr? Die Deutschen können kaum Französisch. Euer Akzent würde ihnen nicht auffallen. Euer korrektes Deutsch aber schon.

Diejenigen von euch, die zur Flucht bereit sind, werden in Gruppen von vier oder fünf Leuten aufbrechen. Jeden Abend stellt ihr eure Rucksäcke bereit. In der Früh werde ich diejenigen wecken, die losgehen sollen. Ich allein werde die Gruppen zusammenstellen. Ihr werdet im Voraus nicht wissen, wer am nächsten Morgen geht. Damit ihr – geschehe was wolle – keine Auskunft geben könnt. Niemandem.

Es ist kurz vor Weihnachten. Ein Weihnachten mit Schatten, wie gewohnt, jetzt jedoch besteht die Gelegenheit, zu gehen und alles hinter sich zu lassen. Wer zu fliehen beschließt, auf den lauern Gefahren, auf die, die bleiben, wartet ziemlich sicher der Tod. Die Jugendlichen, die alle mit dieser Entscheidung zu ringen haben, sind seit Roses eindringlichen Worten verändert. Sie wirken zerstreut, voll innerer Unruhe. Es kommt zu gereizten Wortwechseln, ja Krächen. Abschiede stehen bevor, und man weiß nicht wann und von wem. Gewiss, die Kleinen ahnen nicht, was im Büro besprochen wurde. Bloß fällt ihnen auf, dass sich die Großen unmöglich benehmen. Sie wollen nicht spielen, nicht reden, nicht einmal essen. Fragt man sie, was denn in sie gefahren sei, bekommt man einen flüchtigen Kuss, ein trauriges Lächeln und nicht die Spur einer Antwort. Zum Fröhlichsein, finden sie, fehlt unter diesen Umständen jede Lust.

In diesen Tagen sucht Rose den Dorfarzt von Montégut auf. Sie kennt ihn nicht, doch weiß er Bescheid über das Schloss und die Judenkinder, als sie ihm ihren Namen nennt. Dass einige von ihnen vor der Flucht stehen, braucht er nicht zu wissen.

– Ich weiß nicht, wie soll ich es sagen, beginnt sie, steht einfach da und ringt nach Worten. Sie kennt seine Einstellung nicht, hofft aber, er sei einer jener anständigen tapferen Franzosen, die es schließlich auch gibt.

– Versuchen Sie es, ermuntert er sie und sucht in ihrem Gesicht und Verhalten bereits nach pathologischen Symptomen.

– Es ist so, beginnt sie, ich fürchte, ich brauche eine Epidemie.

Er lächelt unwillkürlich und glaubt an einen Versprecher der Schweizerin. Denn schließlich spricht sie eine Fremdsprache.

– Ich glaube, ich verstehe nicht.

– Irgendein Mittel, erklärt sie, um Besucher fernzuhalten.

– Ein Mittel also?

– Die Kinder sind kerngesund, aber ...

– Eine Epidemie?, fragt er zweifelnd. Aus irgendeinem Grund wagt sie nicht, ihr wahres Anliegen vorzubringen, dünkt ihn.

– Wir hätten für eine Weile Ruhe im Schloss.

– Wovor?

– Den Gendarmen, der SS.

Da versteht er.

– Die Kinder haben also Scharlach?, sagt er und greift, ohne eine Antwort abzuwarten, zu Papier und Tinte. Ich werde der Schule und der Präfektur mitteilen, dass bei Ihnen Scharlach ausgebrochen ist und das ganze Schloss unter Quarantäne steht. Lassen Sie niemanden herein und halten Sie die Kinder vom Schulbesuch ab. Gehen Sie ruhig nach Hause, vorderhand wird niemand mehr den Fuß auf Ihr Grundstück setzen.

Nachdem diese Sorge vorübergehend abgewendet ist, bleibt jene um die unzureichenden Vorräte. Rose und Flora hatten am Tag des Überfalls die Vorratskammer um ein Drittel geplündert, als sie den Kindern die Schokolade und die Büchsenmilch mit auf den Weg gaben. Rose selbst hatte damals allerlei aufs Rad gepackt, als sie ins

Lager aufbrach. Und bei der Rückkehr war die Kammer fürs Wiedersehensfest nochmals ordentlich geleert worden. Unlängst wurden außerdem die Lebensmittel zusammengestellt, die die Flüchtenden in ihre Schultornister packen sollten, um auf ihrer Reise nicht zu hungern.

Die nächsten Tage gehen in der üblichen Weise mit Arbeiten und Lernen vorbei. Walter und Chaim versuchen, den Gleichaltrigen etwas über Einstein und seine Relativitätstheorie zu erzählen, über Raum und Zeit, über das eigenwillige Licht. Wie man es dreht und wendet, es ist immer schneller. Sie üben für das Weihnachtskonzert, backen, und helfen putzen. Täglich gehen ein paar kräftige Jungen ins Holz. Auf den Türmen stehen unterdessen zwei Wachen. Sie haben Glocken dabei für den Fall, dass sich trotz Quarantäne ein Fahrzeug nähert. Denn ohne Holz keine Wärme, kein Essen. Jeden Abend steigen die Kleinen die Treppe zu ihren Schlafräumen hinauf, und ein paar Jungs oder Mädchen erzählen eine Gutenachtgeschichte. Die Übrigen versammeln sich ums Radio, und früher oder später verschwinden alle im Zwiebelkeller. Ohne jedoch zu wissen, ob jemand in der Nacht aufbrechen wird. Sie schlafen unruhig, denken unentwegt, ob Rose sie diese oder die nächste Nacht holen kommt.

Am Tag vor Heiligabend steht Rose am Fenster und prüft, wie das Wetter wird. Ihr scheint, der Wind, der schon gestern leicht aus Nordwesten wehte, lege zu. Der Himmel aber klart auf. Flora bereitet unterdessen das Festmahl vor, diesmal hat die Schweiz in letzter Minute ein paar Kilo Mehl, Milchpulver, einen Käselaib und Schokolade beigesteuert. Wer bei Bauern arbeitet, bekam ein paar Eier geschenkt und lieferte sie in die Küche.

Als alles bereit ist, bittet Rose zum Festmahl. Dank der Quarantäne erscheinen zu ihrer Erleichterung keine Gäste aus Toulouse. Dennoch befindet sich eine Fremde unter ihnen. Die neue Kindergärtnerin, um die Rose gebeten hatte, nachdem Alex beim Bauern angestellt worden war.

Walter, der nach den Tagen in Le Vernet bis zur Besetzung des französischen Südens zurück ins Konservatorium von Toulouse durfte, schrieb Beethovens Frühlingssinfonie für Klavier und Geige um. Sie wird den musikalischen Festakt des Abends bilden.

Der Directrice scheint an diesem Tag vordringlich zu sein, dass keine unerwünschten Mitwisser ihr Vorhaben kennen. Als Alex unerwartet zu Besuch kommt, schickt sie ihn noch am gleichen Tag fort. Er ist empört, lädt aber Elka und fünf Jugendliche ein, ihn zu begleiten. Er will nach Spanien. In derselben Nacht, wenige Stunden nach dem Fest, morgens um vier lässt Rose die erste Gruppe ziehen. Es muss diese Nacht sein, denn das Wetter ist günstig, ein mondleerer Himmel, kein Schnee.

Im Zwiebelkeller fehlen am Weihnachtsmorgen mehrere Kameraden und Kameradinnen. Betten stehen leer, Rucksäcke sind fort. Leere Stühle stehen am Frühstückstisch. Es wird darüber kein Wort verloren, bis irgendwann die Kleinen, die umsonst nach ihren Ersatzmüttern und Ersatzvätern suchen, nachzufragen beginnen.

Juri vermisst Jacques und begreift nicht, warum ihn sein großer Freund ohne Abschied im Stich ließ. Er wird lange immun bleiben gegen alle Versuche, ihn zu trösten. Bis die erste Ansichtskarte seines Lebens aus der Schweiz eintrifft. Die Gruppe sei wohlbehalten angekommen, und Jacques habe bei seiner Patenfamilie wärmste Aufnahme gefunden, steht da. Auf der Vorderseite ein blauer See, Schiffchen, Berge, Fahnen und ein wolkenloser Himmel. Juri ist überzeugt, sein Freund befinde sich in einem Land, in dem nie Bomben fallen, und in dem die Äpfel an den Bäumen reden können, wie bei Frau Holle.

– Wenn ich groß bin, sagt er, gehe ich Jacques besuchen.

Ich will Feindschaft setzen (1. Buch Moses)

Inge erwacht um zwei Uhr früh. Eine Hand berührt leicht ihre Schulter. Rose flüstert ihr zu, aufzustehen, den Tornister zu nehmen, den Zwiebelkeller leise zu verlassen und sich erst danach anzukleiden. Inges Herz pocht aufgeregt. Sie schlüpft hinter Rose durch das Schiebetürchen ins Zimmer von Herrn Lyrer. Vier Gestalten erwarten sie. Manfred, ein stiller Junge, den sie nicht gut kennt, er ist der Älteste der Gruppe. Judith steht da und Rinah, mit ihren knapp sechzehn Jahren die Jüngste. Der Vierte ist Chaim. Inge jubelt innerlich, überglücklich, ihn hier zu sehen. Er lächelt sein warmes, sein liebes Lächeln, heiter schlüpft sie in ihre Kleider. Palästina rückt auf einmal sehr nah. Es ist ihr, als würden sie beide durch diesen gemeinsamen Aufbruch zum zweiten Mal so etwas wie verheiratet.

Rose bittet die Fünf, auf Zehenspitzen hinunter in die Küche zu gehen, übergibt ihnen Konfitürebrote und Dörrfrüchte, die sie in Zeitungspapier eingeschlagen hatte. Sie händigt jedem von ihnen etwas Geld und Lebensmittelkarten aus und beschreibt den Weg, den sie zu gehen haben, die Stationen und anschließend die Treffpunkte, wo bestimmte Leute ihnen weitere Weisungen und die benötigten Bahnkarten geben würden.

Bevor sie sie entlässt, bittet sie sie, hinter der Tür kurz zu warten, zieht ihren Wollschal enger um die Schultern und tritt allein in die Nacht hinaus. Es ist sehr dunkel und bitterkalt, und es rieseln kleine Flocken aus der Schwärze. Westluft. Im Brunnen hat sich eine dünne Eisschicht gebildet. Rose lauscht nach Geräuschen, nach Schritten oder sich nähernden Wagen. Nichts. Kein Laut. Nur das zarte Fallen der Flocken. Eine Weile verharrt sie so, tritt ins Haus zurück und verabschiedet die Fünf mit einer kurzen Umarmung.

– Ich entlasse euch jetzt aus La Hille und aus meiner Obhut. Ihr habt gelernt zu überleben. Und ihr werdet auch dies hier überleben. Gute Reise und lasst von euch hören, sobald ihr drüben seid.

Sie legt jedem Einzelnen noch schnell ihre Hand an die Wange, fährt ihnen liebkosend mit dem Daumen über das Jochbein, lässt sie dann ziehen und bleibt vor dem Haus stehen, bis das Dunkel und der Schneefall sie ihren Blicken entziehen. Es ist vier Uhr. In der Ferne schlägt der unbekannte Hund an.

Nach der schmalen Brücke erreichen sie die Landstraße und schlagen die Richtung nach Foix ein, wo um sechs der Frühzug nach Toulouse fährt. Pailhès wäre weniger weit, aber Rose hatte befürchtet, die Leute dort könnten sie wiedererkennen. Die Straße ist glitschig, sie laufen im Gänsemarsch, schweigend, die Köpfe gegen Wind und Schnee gesenkt und stets auf der Hut. Rutscht ein Fuß aus, greifen eine oder zwei Hände zu, um den Strauchelnden neuen Halt zu geben. Es fällt kein Wort dabei. Chaim und Inge bleiben plötzlich stehen, als sie bemerken, dass sie den andern bei der schlechten Sicht viel zu weit vorausgeeilt sind.

– Ich bin so froh, Chaim, dass wir, du und ich, gemeinsam fortgehen.

– Du hattest mich doch darum gebeten, weißt du's denn nicht mehr?

Sie liebt den hellen Hauch, der bei jedem seiner Worte in die Nacht entweicht, und blickt ihm nach. Mit jedem flüchtigen Stück Atemluft bleibt von ihnen allen fortwährend ein Teil zurück.

– Ich hatte es mir so sehr gewünscht, antwortet sie.

– Warum eigentlich ist Ruth nicht mit uns gegangen?

– Sie fühlte sich nicht gut. Im Grunde aber will sie gar nicht fliehen. Sie sagte, sie will nicht davonlaufen. Sie will kämpfen. Sie will versuchen, zur Résistance zu stoßen.

– Aus ihr wird eine gute Kämpferin. Mag passieren, was will, sie bleibt die Ruhe selbst.

– Sie hat mir einst das Leben gerettet.

– Ich weiß. Rinah hingegen macht mir etwas Sorge. Sie ist oft noch ein richtiges Kind.

– Das pure Gegenteil von Ruth.

Inge erinnert sich an eine Nacht in Belgien. Es war Bombenalarm. Sie schleppten alle wie gewohnt ihre Wolldecken in den Keller. Nach der Entwarnung wagte niemand, zurück nach oben zu gehen. Da, mitten ins Schweigen hob diese Rinah zu singen an: Denn der Haifisch, der hat Zähne und die trägt er im Gesicht, doch im Bauch, da hat er Lebertran und den Lebertran, den sieht man nicht. Gut, es war das Lied gewesen, das sie alle total mochten, und sie sangen es zu jeder Tageszeit, wann immer ihnen danach zumute war. Am häufigsten, wenn

Elka sie mit dem täglichen Löffel Lebertran traktierte. Aber jetzt doch nicht! Sei still!, zischte es mehrstimmig aus dem Dunkel.

Dann, am Tag, als sie endlich den Keller verlassen und aus der Stadt ausreisen durften, führte diese Rinah nebst dem Rucksack einen schweren bauchigen Koffer mit. Kaum vermochte sie ihn zu schleppen. Elka versuchte, ihn ihr auszureden, aber Rinah fragte nur: Warum, wohin gehen wir? Elka erklärte ihr, sie wisse nicht, wohin die Reise gehe, aber es sei gut möglich, dass sie eine Strecke zu Fuß würden gehen müssen. Rinah zuckte die Schultern und meinte, den Tränen nahe, sie habe wichtige Familienstücke dabei. Als sie nach Tagen gebeutelt aus dem Zug stiegen, kletterten auch das Dutzend Waisenkinder, Chaim und die anderen aus dem Jungenheim von Brüssel aus den Waggons. Es wartete eine Strecke von acht Kilometern auf die Schar. Im Schloss, das ihnen allen versprochen worden war, fand sich jedoch keine freie Ecke mehr. Darauf zog Elka mit den hundert obdachlosen Kindern, den Betreuern und dem ganzen Gepäck von Haus zu Haus. Nach einer Weile stellte Rinah ächzend ihren Koffer zu Boden und schleifte ihn, anstatt ihn zu tragen, über Kiesel und Schmutz, um ihn bald mithilfe der Füße voranzustoßen. Endlich fiel ihr ein, sie könnte ein paar Sachen zurücklassen. Partykleider und die passenden Schuhe, ein kostbarer Spitzenschal und ein goldverziertes Abendtäschchen sowie Fläschchen und Töpfchen blieben am Wegrand liegen. Stunden später, bei der Ankunft im Ziegenstall, grub sie einen siebenarmigen Leuchter aus den Abgründen ihres Ungetüms, stellte ihn in die Fensteröffnung, kramte nach Streichhölzern und zündete die Kerzen an. Man hätte heulen mögen, so schön und tröstlich war das gewesen.

Nun flüchten sie wieder gemeinsam. Älter geworden und vielleicht ein wenig klüger. Interessanter wären sie auch gern, lachen sie manchmal. Und anziehender. So anziehend wie Judith.

– Und wenn ein Auto kommt mit Gendarmen drin? Eine Patrouille?, fragt Rinah.

– Sofort hinlegen, antwortet Chaim.

– Aber da ist alles voll Schnee, klagt Judith.

– Egal. Hinlegen. Sofort.

Auch ohne Gefahr fallen sie mehrmals hin, so eisig ist die Straße. Sie sind außerdem aufgeregt und achten zu wenig, wohin sie treten. Die Knie zittern leicht. Denn was sie hier unternehmen, bedeutet Gefahr, und zugleich ist es endlich der ersehnte Schritt in die Unabhängigkeit. Binnen eineinhalb Stunden erreichen sie Foix und besteigen den überfüllten Zug, stehen vier geschlagene Stunden ums Gleichgewicht ringend zwischen den anderen Reisenden und beobachten, wie hinter dampfnassen Fensterscheiben auch die Nacht ihre Flucht antritt. In Toulouse angekommen, schlagen sie sofort getrennte Wege ein. Jeder würde für sich eine Fahrkarte lösen, wie Rose es empfohlen hatte. Sie würden sich abends um fünf am vereinbarten Bahnsteig wieder treffen.

Inge staunt über diesen Palast von einem Bahnhof. Fürstlich breitet er seine Hallen aus und überhöht sie mit Kuppeln, widerhallt von Lärm und ungezählten

Stiefelschritten, vom Zischen und den Pfiffen der Lokomotiven. Chaim gönnt ihr während des Wartens kein Lächeln, auch kein mit den Lippen oder den Augen angedeutetes Wort, wenn sich im Gewimmel ihre Blicke treffen. Rose hatte es so befohlen. Nicht wegen der Moral, nein, zum Schutz. Um nicht aufzufallen. Auch ihre drei Mitreisenden geben vor, hier niemanden zu kennen, so schwer es ihnen fällt, ihre Aufregung ganz allein aushalten zu müssen. Ein junger Mensch in verwachsenen, geflickten und außerdem zu leichten Kleidern und Schuhen fällt in diesen Tagen und Jahren nicht sonderlich auf. Eine Fünfergruppe in solcher Aufmachung, die überdies nicht verbergen kann, wie schlecht sie sich auskennt, zieht hingegen schon Blicke auf sich und läuft Gefahr, gefilzt zu werden. Deutsche und französische Uniformen sind überall, es herrscht ein ständiges Ein und Aus durch die Portale, die Stiefelabsätze echoen überlaut aus sämtlichen Richtungen. Am besten, man richtet den Blick auf nichts und niemanden, was nicht ohne Anstrengung gelingt.

Inge, die beschlossen hat, zu tun, als ob sie am Boden etwas suchte, sieht sich plötzlich einem Paar Stiefelspitzen gegenüber. Sie hebt die Augen, ein junger Franzose steht vor ihr. Er tritt noch näher, trägt Uniform, und scheint dennoch nur wenig älter als sie. Seine blauen Augen glänzen sonderbar.

– Von hier?, fragt er, dabei gelingt es ihm nicht, sich die befohlene Strenge abzuringen.

– Oui, antwortet sie so beiläufig wie möglich, wendet sich jedoch schnell zum Gehen, als müsste sie einen Zug erreichen. Er lässt sie ziehen, sie verlangsamt den Schritt wieder und zieht weiter ihre Runden. Die Stunden kriechen, die Halle dröhnt. Irgendwann packt sie eine ihrer Stullen aus. Rose hat mit Konfitüre nicht gegeizt. Inge riecht auf einmal den etwas rauchigen Geruch wieder, der einen stets im Schloss empfing. Sie denkt daran, wie sie im großen Esszimmer jeweils zu Tisch saßen, erinnert sich an all die Stimmen rundum, das Geklapper der Bestecke, und wie es nach Floras Steckrübensuppe, Floras Weizen- oder Maisbrei duftete. Und wie danach in aller Selbstverständlichkeit und Geborgenheit der Unterricht für die Großen begonnen hatte.

Sie zieht sich hinter einen Zeitungsständer zurück und liest die Überschriften. Es sind Schlagzeilen von Versteigerungen, Anpreisungen von Schiffskursen der verschiedenen Linien ab Lissabon nach Übersee, Anzeigen von Todesfällen, Berichte über Schlachten in Afrika, Nachrichten aus Stalingrad, wo zweiundzwanzig deutsche Divisionen eingekesselt liegen sollen. Inge ist, als stehe jede ihrer Nervenfasern aufgerichtet da, als schlüge das Herz einer aufgeschreckten Katze in ihr.

Judith am andern Ende der Halle gerät ebenfalls an einen jungen Franzosen: Mademoiselle, Sie suchen etwas?

Judith erschrickt. Rechtzeitig fällt ihr Roses Mahnung ein, und sie antwortet auf Französisch:

– Oh, bonjour, und lächelt entwaffnend. Ich erwarte meine Tante.

Inge sieht von weitem zu und denkt: Wie entzückend sie ist, das Haar so weich, und wie sie es auch aufsteckt, immer sieht es gut aus, und das Kleid nicht weniger schäbig als das meine, aber von Judith getragen wirkt jedes Fetzchen edel. Während meine Schultern immer wieder nach vorne fallen, bewegt sie sich wie eine Tänzerin.

– Hat die Tante sich verspätet?, ließ der junge Mann nicht locker.

– Es sieht danach aus.

– Sie sind von hier?

– Da ist sie ja, excusez, Monsieur.

Damit rennt sie los, lässt den jungen Franzosen stehen und ruft über die Schulter zurück: Oui, bien sûr.

Sie läuft auf eine Frau zu, die soeben durch die Schranke tritt, hinter der die Geleise liegen. Wo mit Getöse Züge einfahren, Unmengen von Dampf entlassen und dann mit gellenden Pfiffen und abermaligem Gezische erneut aufbrechen. Die Frau ist mittleren Alters, trägt ihr rotes Hütchen schräg über der Stirn, etwas Lippenstift und Rouge im Gesicht, in der einen Hand ihren kleinen Koffer.

Judith umarmt die Frau strahlend und flüstert ihr ins Ohr: Bitte, helfen Sie mir. Lassen Sie uns so tun, als wären sie meine Verwandte. Nur fünf Minuten, bitte.

Die Frau umarmt sie nun ihrerseits und meint freundlich lächelnd: Stecken Sie in Schwierigkeiten?

– Der junge Mann dort. Er ist etwas zudringlich geworden. Darf ich Sie unterhaken und ein Stück begleiten?

Die Frau wirft strafende Blicke in die Richtung des jungen Franzosen, der versteht.

Sie bietet Judith ihren freien Arm an, legt dann ihre behandschuhte Hand vertraulich auf Judiths Finger, die sich die Zärtlichkeit gern gefallen lässt. Madames Ärmelstoff ist vom Feinsten, sie erkennt es sofort, und ebenso erkennt sie den bittersüßen Duft, den ihre Retterin verströmt. Es ist lange her. Er weckt Bilder aus einer verlorenen Zeit. Sie schlendern dem Ausgang zu, ganz Tante und Nichte, niemand hätte Verdacht schöpfen können, dass es anders ist. Aus den Augenwinkeln beobachtet Judith, dass der junge Mann dieselbe Richtung einschlägt. Chaims fragender Blick streift sie. Er ist nur zum Schein so ziellos in ihre Nähe geraten. Sie begegnet seinem Blick und nickt flüchtig, es sollte ihn beruhigen.

Vor dem Portal ruft die Frau ein Taxi, lässt dabei ihren Koffer nicht los und fragt Judith: Brauchen Sie Geld, haben Sie Hunger?

– Nein, nein, es ist alles in Ordnung. Wenn Ihr Taxi kommt, werde ich in die Halle zurückkehren.

Der junge Mann schlendert bereits über den Platz, ohne den Kopf noch einmal zurück nach den zwei Frauen zu wenden. Als der Wagen erscheint und der Fahrer die Türe aufreißt, trennen sich die beiden.

Die Fremde sagt: Pass auf dich auf, meine Kleine! Im Ernst!

Judith sieht ihr eine Weile nach: Hätte sie gefragt, ob ich mit ihr käme, ich wäre zu gern gegangen.

Manfred macht während der langen Wartezeit das zögerliche Schleichen der Stunden heftig zu schaffen, als klebten die Uhrzeiger am Zifferblatt und hätten kaum die Kraft, um vorzurücken. Auch er sieht sich ständig und jede Minute durch diese vielen Uniformen und das Hämmern ihrer Stiefelabsätze in Gefahr. Es klingt in seinen Ohren wie Explosionen. Wie Schüsse. Die deutschen Sprachfetzen, die er aufschnappt, scheinen ihm so fremd, so hart und anmaßend, so wenig heimatlich, dass ihn beinah das Weinen überkommt. Dass seine Freunde ihn nicht zu beachten scheinen, stört ihn nicht, so lautet ja die Abmachung. Bloß dass er sich nicht einmal in ihre Nähe setzen darf, dass er völlig allein diese vielen Stunden ausharren und die Gefahr allein aussitzen muss, fällt ihm viel schwerer, als er es sich vorgestellt hat. Er wüsste gern, wie es den andern geht, was die andern von der Lage halten, in der sie stecken. Die bevorstehende gemeinsame Bahnfahrt durch die Nacht scheint ihm noch unendlich fern. Niemand weiß, was bis dahin alles passieren kann. Zum ersten Mal im Leben wurden er und sein kleiner Bruder getrennt. Henri zählt erst acht und darf das Schloss nicht verlassen, noch sei er zu jung, hieß es. Manfred hingegen ist unter den Flüchtenden der Älteste, um ein Jahr ist er Chaim voraus. Sein Vater ist Schustermeister und Manfred ein Talent mit Nadel und Faden. Er war es, der Hans die Stiefel ausbesserte, und manchen die Socken und Pullover flickte. Er mag nicht daran denken, dass er und Henri sich nie wiedersehen könnten. Er schwört sich, bei der nächsten Gelegenheit, die sich bietet, den Kleinen in die Schweiz zu holen. Ach, die Schweiz, wie würde es dort sein? Er weiß, dass der Bruder und er nie wieder nach Köln ins Elternhaus zurückkehren können. Seit Mai ist ihre Stadt verwüstet. Er würde ihm schreiben und Schokolade schicken, ja, das würde er tun. So oft es immer geht.

Niemand spricht den ernsten Jungen an. Er zählt nicht zu jenen, die man anspricht. Eine Tatsache, die ihm selbst in La Hille nur vage bewusst geworden war. Er selber redet ohnehin wenig, und außer seiner Ziege hörte kaum jemand zu. Er hängt an der Ziege. Er durfte sie melken und Ernst bei der Zubereitung des Käses helfen. Er durfte sie aufs Feld und an den Waldrand treiben und dort mit ihr die Zeit verbringen. Sie wusste von seinen stillen Sehnsüchten und teilte Freude und Kummer mit ihm. Sie träumte mit ihm die Träume ihrer einsamen Tage. Daneben erfüllte Manfred seine übrigen Pflichten und fiel keinem auf. Seine eifrige Hilfsbereitschaft mochte bisweilen auf die Nerven gehen, dann kam erst recht kein Dank. Außer Henri und dem kleinen Meckerer steht ihm niemand nah. So sehr er sich mühte, es fragte keiner nach ihm, und hier, sogar hier in diesem Nervenkessel, scheint es, lauere auf ihn keine Gefahr. Auch sie übersieht ihn, vergisst ihn.

Sie steigen alle fünf in denselben Waggon ein, tun jedoch, als kennten sie einander nicht, und wie zufällig finden sie ein gemeinsames Abteil, hart und hölzern sind zwar die Bänke, aber wieder ist ein Schritt gelungen, wieder sehen sie sich der Freiheit ein Stück näher. Zunächst beratschlagen sie leise, wie eine deutsche Kontrolle am besten zu umgehen sei. Die französische Eisenbahngesellschaft untersteht seit dem Waffenstillstand von Compiègne den Besatzern. Erst vier Jahre ist es her seit dem Zusammenschluss der vier bedeutenden Bahngesellschaften Frankreichs zur Französischen Eisenbahngesellschaft. Pierre Guinand, ihr erster Präsident, wurde 1940 von den Nazis entlassen. Goeritz, der Kommandant der Wehrmachtsverkehrsdirektion, schrieb dem neuen Direktor damals: Alle Beamten, Angestellten und Arbeiter der SNCF unterstehen dem deutschen Kriegsrecht. Dieses ist sehr hart, es sieht mit wenigen Ausnahmen die Todesstrafe oder Zwangsarbeit vor. Dennoch weigerte sich ein Lokführer zwei Jahre später, einen Deportationszug, vollgepfercht mit Juden, Jüdinnen und ihren Kindern, zu fahren. Er wurde fristlos entlassen. Im Lauf der nächsten Kriegsjahre würden die Nazis achthundert Bahnangestellte umbringen, weil sie Befehle verweigerten. Tausendzweihundert weitere, die Sabotage betrieben und sonstige Akte des Ungehorsams begingen, wurden in Todeslager gebracht. Auch brachten Eisenbahner einen Zug zum Stehen, der Männer und Frauen zur Zwangsarbeit nach Deutschland fuhr, und ließen sie laufen.

Inge spürt, wie steif und klamm Hände und Füße sind. Die Angst fährt mit, und die Zugsräder höhnen: Euch ist überhaupt nicht zu helfen. Ohne Personalausweise hier drin zu sitzen und mitzufahren. Woher nehmt ihr den Mut, Judenbrut? Wartet nur, bis die euch rupfen wie Gänse, ihr werdet schon sehen. Eure Reise in die Schweiz ist nur ein Traum, nur ein Traum und deshalb unmöglich. Dennoch sitzt ihr frech hier drin, frech hier drin, frech hier drin.

– Das Beste wäre, wir kommen der Polizei zuvor, sagt Chaim. Ich denke, jemand von uns sollte alle Stunden den

Zug abschreiten, um zu erfahren, ob sie in anderen Abteilen die Ausweise kontrollieren. Wenn es so ist, verstecken wir uns in den Toiletten der bereits kontrollierten Wagen.

Für Inge, Judith und Manfred klingt seine Stimme ferner und ferner, sie schlafen schon beinah und wissen doch, dass sie gerade dies auf keinen Fall tun dürfen. Weder die harten Bänke, weder Lärm noch Gerumpel helfen gegen das ständige Einnicken. Rinah steht am Fenster, formt mit beiden Händen ein Rohr und guckt in die angebrochene Nacht, durch die sie fahren, sieht schwarze Landschaften, einsame kleine Lichter, folgt mit den Blicken dunklen Hügelrücken und denkt mit Ungeduld, dass sie morgen um diese Zeit die Schweiz erreicht haben werden. Wie sieht es dort aus, fragt sie sich, wie sind dort die Menschen? Sie sagt wieder und wieder ihren neuen Namen still vor sich hin, Yvette, Yvette, als plötzlich Chaims zornige Stimme in ihrem Rücken sie aufschreckt.

– Ihr seid wohl übergeschnappt. Wie könnt ihr bloß schlafen!

– Ich bin todmüde, Chaim, und ich habe nicht geschlafen, ich bin nur kurz ein wenig weggedöst, seufzt Judith und schlägt schuldbewusst die Augen auf.

Die Mädchen sitzen auf der einen Seite, die Jungs gegenüber.

– Wir könnten uns abwechseln, sagt Inge, zwei von uns schlafen, drei wachen. Die Polizei würde uns nicht überraschen.

– Ich kann euch gar nicht sagen, wie gern ich schlafen möchte. Ich würde sogar weniger schlafen, wenn ich bloß die Erste sein dürfte, bettelt Judith.

Inge weiß, sie sollte sich zusammenreißen, sollte nicht denken, was sie gerade denkt: Judith kehrt wieder ihre kindliche Seite hervor, hält sich für unwiderstehlich. Judith ist stets die Erste, wenn es um Vorteile geht, Sonderbehandlung und Sondervergnügen, die Erste bei exklusivem Essen, die Erste bei exklusiven Kleidern. Ihre funkelnden blauen Augen, ihre langen Wimpern, ihr kindliches Lächeln, ihre süße Stimme öffnen ihr immer wieder die Herzen. Wie sie ihren Egoismus mit einem zuckrigen Mäntelchen überdeckt! Und alle halten es für niedlich, für unwiderstehlich.

Chaim reagiert nicht wie gewünscht. Diesmal beißt er nicht an, triumphiert Inge. Vielmehr zieht er böse die Brauen zusammen, richtet seinen Blick erst auf Judith, dann noch böser auf Inge, die den Vorschlag gemacht hat. Seine dichten Brauen berühren einander fast.

– Inge, das ist keine gute Idee, sagt er finster, wir müssen alle wach bleiben und jederzeit bereit sein, schleunigst von hier zu verschwinden.

Sie dürfen in diesem unbequemen Zug also nicht mal ein wenig dösen. Und nur, um der Polizei zu entkommen! Doch wie sollten sie alle fünf hinter dem Rücken eines oder zweier Polizisten hinausschleichen, wie sollten sie sich alle in eine der Toiletten quetschen, und wer garantiert, dass diese nicht einfach aufgesperrt würde?, sinnt sie wütend. Aber sie schweigt, es ist jetzt weder der Ort noch die Zeit, um zu widersprechen und zu streiten.

– Keine Frage, sagt Chaim noch einmal. Niemand schläft hier! Niemand.

Er erkennt die Wut in Inges Augen. Aber seltsam, er fühlt nichts dabei, Inge ist ihm gleichgültig. Und Judiths bezauberndes Gesicht, das sogar jetzt noch lauter Liebreiz verströmt, berührt sein Herz nicht. Sein Instinkt rät ihm: Rette dich, um alles in der Welt, rette dich. Einer aus der Familie muss es schaffen. Wie soll es ihm da noch gelingen, einfach nett zu sein? Er, der ewig Nette, der von Rose gerade dafür geschätzt wird, ist eben im Begriff, diese alte Haut abzuwerfen. Sie ist unnütz geworden. Und diese Vier hier bedeuten ihm eine Last.

Im Nebenabteil sitzen deutsche Soldaten, und ihre Stimmen werden immer lauter. Müssen getrunken haben und scheinen Karten zu spielen, dazwischen fallen Worte, die sie immer neu in unflätiges Wiehern ausbrechen lassen. Die Lage ist bedrohlich, nur diese eine Wand liegt zwischen ihnen, fast berührt man sich. Die Fünf wagen kein Wort mehr zu reden und lauschen bloß dem Lärm, der messerscharf und rücksichtslos durch die Wände über ihr Schweigen und ihre Erschöpfung hereinfällt. Plötzlich reißt jemand die Abteiltür auf, und drei Fremde drängen sich auf die freien Plätze. Ein Nächster, wieder ein deutscher Uniformierter, platzt kurz danach ebenfalls herein, während die fünf jungen Leute versuchen, gleichgültig zu bleiben, nicht hinzustarren, nicht vor Angst in Tränen auszubrechen und kein einziges deutsches Wort zu sagen. Und kein einziges zu verstehen.

Der Eintretende aber blickt zu Chaim und Manfred und fragt: Spielen Sie Schach?

Die beiden, entgeistert, starren ihn an. Schweigen. Er hält es für Unverständnis, denkt sich: Na klar, sind ja Franzosen. Er geht und schließt dabei achtsam die Tür. Unbemerkt für die andern löst sich die Starre bei allen etwas. Chaim schafft es sogar, die Fremden leicht anzulächeln. Inge aber denkt bei sich: Du solltest nicht so lächeln, Chaim, jeder kann sehen: Wer so lächelt, muss schlecht beieinander sein.

Er sieht zu ihr herüber, als errate er ihre Gedanken, das Lächeln gefriert, er wendet den Kopf und blickt durchs Fenster, wo sich ihm nichts zeigt außer Schwärze und acht Gesichter, die sich widerspiegeln. Dann und wann weht von der Lok her ein heller Dunstschwaden vorüber.

Wieder öffnet sich die Tür, der Typ von vorhin. Unter dem Arm ein Schachbrett. Fragend blickt er auf Chaim und deutet auf sein Brett, Chaim nickt und lächelt wieder, ja, er spiele Schach, ja, gern sogar, sollte es heißen. Der Leutnant fängt an zu strahlen und bedeutet ihm, hinüber ins nächste Abteil zu kommen.

Beim Fenster sitzen vier Soldaten und spielen Karten. Der Leutnant setzt sich unmittelbar neben der Tür auf die Bank, legt das Brett auf die Knie und stellt die Figuren auf. Chaim zieht Schwarz, er darf beginnen. Er stellt ein Bäuerchen vor, sein Gegenüber tut es ihm nach. Er springt mit einem Pferdchen, der Deutsche wählt ein zweites Bäuerchen. Darf Chaim versuchen, ihn zu schlagen? Oder würde er ihn damit zu sehr reizen? Abwarten, beschließt er, und spielt, wie er es gelernt hat. Sigi und er konnten sich an manchem jener fernen Abende in Duisburg nicht von diesem Spiel losreißen, eine Herausforderung folgte der andern, während der eine überlegte, nickte der andere ein, so müde wurden sie. Und danach redeten sie im Schein der Stehlampe unter dem gelben Seidenschirm über die Partie, bis es tagte. Da löschten sie das Licht und legten sich schlafen.

Der Deutsche knotet beim Nachdenken die langen Finger ineinander. Öffnet er sie, um eine der Figuren zu ergreifen, wird ersichtlich, wie lang und beweglich seine Hände sind. Sie taugen nicht zum Töten und müssen es dennoch. Wie oft wohl verübten sie es schon?, geht es Chaim durch den Sinn. Das Spiel verläuft so konzentriert, dass er die Gruppe im benachbarten Abteil vergisst. Beide sprechen kein Wort, und die anderen lachen und lärmen laut und zügellos, hauen ihre Karten auf die Knie, äugen ab und zu verständnislos und grinsend herüber zum schweigsamen Paar. Chaims Kopf arbeitet fieberhaft. Nicht bloß die nächsten Züge strengen ihn so an, aber das Grübeln nach dem französischen Wort für Schachmatt. Was würde er sagen, wenn es soweit ist? Am besten, er verlöre mal zunächst. Der andere würde das Wort dann aussprechen müssen. Da aber gewinnt Chaim das erste Spiel. Und bevor es zum letzten Zug kommt, sagt er etwas unsicher:

– Je suis désolé ... Es tut mir leid.

Der Offizier lächelt: Nur zu.

Und dann ist der König umstellt.

Chaim gefällt dem Deutschen. Wie charmant diese Franzosen sind, denkt er überwältigt. Danach aber, vorsichtig genug, lässt Chaim ihn zweimal gewinnen. Um Mitternacht sucht er wieder die andern auf, die schweigend und bleich auf ihren Sitzen ausharren, in sich zusammengesunken, die zeitige Ankunft mehr schlafend als wach erwartend. Ihre Mitreisenden schnarchen, schmatzen und knirschen mit den Zähnen, manchmal stoßen sie unverständliche Worte aus, bald stöhnt einer und kippt gegen den Nachbarn. An Inges Schulter liegt der Kopf eines fremden Soldaten, sie lässt es zu. Der Herr Schlaf kennt nun mal keine Manieren. In Lyon verlässt das Militär den Zug, und jetzt erlaubt Chaim der Gruppe kurze Schlafperioden von einer halben Stunde, so dass Judith und Manfred augenblicklich einnicken und zur vereinbarten Zeit kaum mehr die Augen zu öffnen vermögen. Der Zug fährt gegen Osten, dem neuen Tag entgegen, dem Tag, der die Rettung bringen wird. Nach endlos scheinenden Stunden erreichen sie Annemasse.

Vielleicht liegt es daran, dass Neujahrstag ist. Die Polizei rund um den kleinen hölzernen Bahnhof kümmert es nicht, ob irgendwer Ausweise auf sich trägt. Nach den vielen Stunden im stickigen Abteil empfängt sie kühle reine Morgenluft. Mit ihrem minimalen Gepäck ziehen sie trotz Müdigkeit und Hunger neu belebt davon. Es führt nur eine einzige Straße zum Bahnhof und vom Bahnhof weg, genau wie Rose es ihnen beschrieben hatte. In zweieinhalb Stunden würden sie am Ausgangspunkt ihrer letzten Etappe eintreffen. Die Grenze liegt nur drei Kilometer entfernt, und die vereinzelten Häuser, an denen sie vorbeilaufen, sehen in der Tat schon ganz fremdartig aus, Satteldächer über dunklen Holzwänden mit winzigen Fenstern, in denen sich die Landschaft spiegelt. Diese Landschaft liegt so winterlich weiß und still da, dass Krieg und Konzentrationslager, Hunger und Verfolgung bloß weit weg zu sein scheinen. Die Schneekristalle glitzern, und man bemerkt hie und da sogar ein winziges Aufblitzen von Regenbogenfarben. Recht festlich kommt es ihnen vor. Und da stimmt Judith plötzlich das geliebte Purim-Lied an:

– Have Narisha, rash, rash, rash …

– Bist du wahnsinnig?, rufen Chaim und Inge gleichzeitig.

– Warum, es passt doch?

Von fern nähert sich ein Motorrad mit Seitenwagen. Zwei deutsche Soldaten. Die Fünf verstummen. Die Männer preschen so nah heran, dass sie die Wandernden fast streifen. Die jungen Raser wenden sich ihnen mit vom Fahrtwind geröteten Gesichtern zu, bevor sie wieder davonpreschen. Doch diese Unholde kommen zurück. Auch diesmal viel zu nah, sagen kein Wort, schauen nur, mustern prüfend die Rucksäcke, das Schuhwerk. Sie wiederholen dieses Spiel mehrmals, bevor sie das Weite suchen. Chaim vermutet, sie hielten sie für Schmuggler, doch ihre Rucksäcke hängen so schlaff herunter, da lohnt sich die Mühe nicht. Ihm scheint, sie hätten ungefähr dasselbe Alter, seien kaum von Mutters Knie gerutscht und schon im Krieg. Die Fünf beeilen sich, weiterzukommen.

Nach einer Stunde erreichen sie St. Cergues und das von Rose zutreffend beschriebene Haus auf dem Hügel, Feux Follets heißt das Haus. Es beherbergt geschwächte Wöchnerinnen aus den Lagern der näheren und weiteren Umgebung mit ihren Kindern. Vorletztes Ziel für heute. Eine Frau von etwa fünfundzwanzig Jahren führt sie ins Haus und in einen Raum, vermutlich das Esszimmer, wo an der Ecke eines langen hölzernen Tisches mit vielen Stühlen eine kochend heiße Suppe bereitsteht. Dazu französisches Brot und weichschmelzender Camembert, der beinah von selbst aufs Brot fließt, wie Judith scherzt. Es schmeckt großartig. Und es gibt für alle mehr als genug.

– Ich heiße Renée, sagt die Frau, und darüber, was wir miteinander planen, weiß hier außer mir niemand Bescheid. Die kleinen und großen Bewohner befinden sich auf einem Ausflug, sie sollen euch besser nicht sehen. Auch die Direktorin ist verreist. Sie ist zum Neujahrsfest ins Büro von Toulouse gefahren.

Es beunruhigt sie, dass Motorradfahrer unterwegs sind. Deren befremdliches Verhalten vermag sie auch nicht zu deuten. Schon fürchten die Flüchtlinge, der Plan würde fallengelassen. Doch nein, Renée fasst sich und beschreibt die vorgesehene Route. Um zweiundzwanzig Uhr würde Léon kommen und alle fünf bis zur Grenze begleiten. Er sei ein junger Bauer, Nachbar von nebenan. Die Distanz betrage bloß drei Kilometer. Sie erklärt, die letzte Gruppe sei gut ans Ziel gekommen. Von ihrer Sorge wegen des Alters der fünf Flüchtlinge deutet sie nur so viel an, dass sie besser erst fünfzehn wären. Und sie zeigt sich zuversichtlich, dass sämtliche ältere Kinder aus La Hille es innerhalb der nächsten Wochen schaffen würden. Später wollen Rose und sie auch die Kleinen in Sicherheit bringen.

– Nun schlaft ein wenig, sagt sie und führt sie in ihr Zimmer. Ich werde euch wecken, und dann holt euch Léon ab. Und bitte, seid leise. Niemand im Haus darf Verdacht schöpfen. Sie verriegelt von außen die Tür der Kammer.

Von Schläfrigkeit ist in dem Zimmer nicht das geringste Anzeichen mehr vorhanden.

– Ich kann es kaum erwarten, in der Schweiz zu sein, lässt Judith wissen. Möglich, dass ich von dort aus meinen kleinen Bruder aus dem Waisenhaus von Brüssel kommen lassen kann, bevor die Deutschen ihn erwischen. Dabei drückt sie ihre erbärmliche kleine Holzpuppe an sich, mit der sie jede Nacht einschläft.

– Ich werde sofort versuchen, nach England zu meiner Mam zu gehen. Sie macht sich große Sorgen. Ich glaube, nichts würde sie mehr freuen, flüstert Rinah, sie hat ja nur noch mich.

– Weißt du noch, sagt Inge, der bauchige Koffer, den du aus Brüssel mitschleppen wolltest?

– O ja, ich dachte, ich würde ohne den Ramsch nicht überleben. Und jetzt? Hab ich einzig diesen schäbigen Rucksack dabei, und es beunruhigt mich überhaupt nicht.

– Schon bald wirst du neue schöne Kleider bekommen, wenn du erst bei deiner Mam bist, meint Judith. Ich muss mich hingegen noch gedulden, bis ich die Eltern wiedersehe. Bis London ist es ein Katzensprung verglichen mit Nowosibirsk.

Chaim hingegen schweigt. Er leidet unendlich darunter, nichts von seiner Familie zu wissen. Sind sie alle tot, oder würde er sie wiedersehen? Wie sollte er nur an sie denken? Als Tote? Da hätte er doch immerhin die Trauer. Als Lebende, als die, die sie früher waren? Da hätte er die Hoffnung. Immerhin sie. Und die Freude aufs Wiedersehen. Würde man sich wiedererkennen, welche Worte würde man sich sagen, würde man sich noch verstehen? Und wohin sollte er ihnen die gute Nachricht von seiner Rettung schicken, ja wohin? Und wie um alles in der Welt würde er sie rausholen, dort, wo sie jetzt sind? Und warum ist er nicht mit ihnen? Wozu also schickten sie damals ihn und Sigi nach Brüssel? Wozu nur? Konnte Papa, der Jurist, denn nicht sehen, dass dieser Krieg kein Blitzkrieg werden würde?

Wie gewohnt legt sich Inge beim Einschlafen die Vorstellung zurecht, dass sie mit Chaim nach Palästina reist. Nur sie beide. Und sobald sie dort eintreffen, würde sie Mutti nachkommen lassen. Was sie jedoch bestürzt, ist die Tatsache, dass Rose für sämtliche Kinder von La Hille Vorkehrungen für eine Rettung ausgedacht haben muss. Roses Sorge um sie alle war viel größer, als sie hatte ahnen lassen.

– Ich werde auf Henri warten, hört sie noch Manfreds schüchterne Stimme. Dann wird es still.

Rose beeilt sich, in Pamiers den Zug nach Toulouse zu erreichen. Sie ist zur Neujahrsfeier eingeladen. Eine Absage hätte sich nicht geziemt. Vor der Abreise warnt sie nochmals eindringlich davor, La Hille auf eigene Faust zu verlassen.

– Niemand verlässt das Haus, solange ich weg bin, beschwört sie die Älteren. Herr Lyrer, sorgen Sie dafür, ich bitte Sie. In zwei Tagen bin ich zurück. Wer sich allein über die Grenze wagt und weder die Schlupflöcher noch die geheimen Wege kennt, riskiert sein Leben, ruft sie den Jugendlichen in Erinnerung. Alle, die gewillt sind, aufzubrechen, bitte ich deshalb, lasst es mich wissen. Ich kann nicht versprechen, dass ihr durchkommt, nein, aber ich habe Adressen, und die könnten euch weiterhelfen. Gefahrlos ist es dennoch nicht. Und noch etwas: Ich habe in der Schweiz ein Emigrantenlager besucht. Ich war drin. Sie werden von Militärs geführt, man erhält dort keine Briefe und darf auch keine schreiben. Es herrscht ein eisiges Klima, ich würde dort nicht leben wollen. Wem aber die Flucht glückt, kann nicht im Land bleiben und in einem dieser Lager auf den Frieden warten. Die israelitischen Flüchtlinge müssen so bald als möglich weiterreisen. Und merkt euch: Als Flüchtling dürft ihr dort nicht arbeiten, und vieles, was euch normal scheinen mag, ist für Juden verboten. Beispielsweise das Benutzen der Parkbänke in den Anlagen.

Doch sie weiß, reden fruchtet nicht mehr. Zu sehr fürchten sie die Deportation, die Reise zu den Henkern. Die Quarantäne mochte eine Weile dazu beigetragen haben, sich im Schloss sicherer zu fühlen, doch ließ sich diese Lüge nicht lange aufrechterhalten. Man hätte sonst Verdacht geschöpft. Als noch vor Weihnachten aus einer jüdischen Bauernschule die Anfrage eines Ehemaligen eintraf, man möchte ihn dringend wieder im Château aufnehmen, er sei in ein Arbeitslager aufgeboten worden, verbreitete sich Panik. Rose versprach, Maurice zu fragen, was zu tun sei. Doch Maurice war verreist und der

Junge bei seiner Rückkehr schon aus der Bauernschule geholt worden. Ohne Adressangabe, ohne Gruß.

Dies ist bloß einer der Gründe, warum Rose lieber nicht nach Toulouse reisen würde. Die Anspannung im Château wächst Tag für Tag. Vor wenigen Stunden hatte sie die Fünfergruppe mit Chaim und Inge verabschiedet. Davon wird sie den Dubois und der Belegschaft nichts erzählen. Von jenen, die am Weihnachtsmorgen, und jenen, die drei Tage davor gegangen waren, hatten bisher nur zwei eine zufriedenstellende Nachricht ins Schloss gesandt. Von all dem weiß in Toulouse niemand.

Und nichts weiß man von den Jugendlichen, die aus eigenem Antrieb heimlich nach Lyon fuhren, ohne eine Nachricht zu hinterlassen. Selbst Rose vernimmt erst kurz bevor sie das Haus verlässt, wohin und mit wessen Hilfe diese Gruppe verschwand. Im Dezember war ihr vom Toulouser Büro Margrit, die neue Kindergärtnerin, zur Unterstützung gesandt worden. Erst als die junge Angestellte Roses Ermahnungen hörte, gestand sie der Directrice, sie habe neulich einer Gruppe die Adresse der Jüdischen Gemeinde von Lyon zugesteckt. Hier, eine zuverlässige Adresse in Lyon, habe sie zu ihnen gesagt. Wer Hilfe brauche, bekomme sie an dieser Adresse. Sie gäben gefälschte Ausweise ab und böten befristete Unterkünfte an. Niemand dürfe aber davon erfahren. Das war der Mosaikstein gewesen, der diesen Jugendlichen noch fehlte. Die Kindergärtnerin war erschrocken, als noch in derselben Nacht vier von ihnen verschwanden, ohne jemanden in Kenntnis zu setzen. Reumütig nannte sie Rose die Namen.

Die unerfahrene junge Frau hatte sich bei ihrem Arbeitsantritt auf eine Bande mehr oder weniger wohlerzogener Kinder eingestellt und sich von den explosiven Zuständen in La Hille keine Vorstellung gemacht. Sie erkannte die Not der Kinder sofort und begriff, dass La Hille zu einer Art Reservat geworden war, in dem sich die deutschen Besatzer jederzeit bedienen konnten. Sich mit dieser unheimlichen Lage abzufinden, kam der Kindergärtnerin einem Verrat gleich. Sie hatte kaum noch schlafen können, glaubte, Tag und Nacht Stiefel und Camions im Hof zu hören. Warum hilft niemand?, dachte sie. Es muss etwas geschehen. Sofort. Wirkungsvoll. Uneingeschränkt. Und wozu hatte sie diese Adresse im Büro von Maurice aufgeschnappt, wenn nicht dazu, diesen Kindern zu helfen.

Frostiger Empfang für Rose in Toulouse. Ein enttäuschtes, wütendes Ehepaar Dubois. Ellens Gesicht hart, die Nase schmal und spitz. Das Paar hatte über Weihnachten das Heim in St. Cergues besucht, dessen Leiterin, Germaine Hommel, Alarm geschlagen hatte. Sie wünschte zu erfahren, warum auf einmal Kinder aus La Hille bei ihr eintreffen.

Rose sucht sich zu rechtfertigen, sie habe den Entschluss zum Handeln aus lauter Sorge gefasst. Sie habe gedacht, besser als die jungen Menschen heimlich und planlos davonlaufen zu lassen, wäre es wohl, die Fluchten selber an die Hand zu nehmen. Und das habe sie getan. Ihre Aussage ändert am Verdruss der Dubois und der Kollegin nichts.

Maurice sagt: Wären wir noch die alte Arbeitsgemeinschaft, könnte all dies möglich sein. Nun aber gelten andere Bestimmungen, an die wir uns zu halten haben. Nehmen wir jetzt in Rotkreuzheimen illegal Juden auf, um sie dann über die Grenze zu schmuggeln, wird man uns schwere Vorwürfe machen. Rose, machen Sie sich denn keine Vorstellung davon, wie sehr Sie das Schweizerische Rote Kreuz in Verruf bringen?

– Ich gebe zu, daran habe ich nicht gedacht. Ich verlor die Geduld, als ich sah, dass auf die versprochene Hilfe nicht mehr zu hoffen ist. Sämtliche Juden und Jüdinnen haben aus Frankreich zu verschwinden. Und die offizielle Schweiz regt sich nicht. Vor Monaten haben wir um Visa gebeten. Nichts ist geschehen.

– Rose, Sie retten vielleicht drei oder vier Menschen. Das ist ehrenhaft. Aber Sie gefährden damit Hunderte. Ich muss ihnen weitere Abenteuer dieser Art energisch untersagen.

– Es ist sehr hart, was Sie da von mir verlangen.

– Es ist in der Tat eine harte Zeit.

– Ich habe zwei kleine Gruppen an eine Adresse nach Lyon geschickt. Da ich von ihnen nichts mehr höre, muss ich dennoch darum bitten, dorthin reisen zu dürfen, um mich nach ihnen zu erkundigen.

– Ja, tun Sie das, antwortet Dubois gereizt, aber weitere Hilfeleistungen darf ich nicht tolerieren.

Schon im Zug stößt Rose auf zwei dieser Jugendlichen. Sie kauern verängstigt und ziemlich ausgehungert in einem Abteil des Zugs. Sie nimmt sie mit nach Lyon und sucht mit ihnen die Adresse der jüdischen Organisation, doch da findet sich niemand. Im Obergeschoss jedoch, wo der Rabbi wohnt, macht sich Tumult bemerkbar.

Im Treppenhaus flüstert ihnen jemand zu: Leute, dort oben ist eine Razzia im Gange.

Rose verlässt mit dem schreckensblassen Paar unter vorgetäuschtem Gleichmut das Haus. In der Stadt wimmelt es von Militär. Die Frauen von Lyon laufen mit angemalten Beinen durch die Straßen. Sie haben sich in ihrer Armut die nackten Beine mit bräunlichem Lack von Elizabeth Arden gefärbt, damit es aussieht, als trügen sie Nylonstrümpfe.

Rose reist mit ihren beiden Flüchtlingen weiter nach St. Cergues, von wo sie versuchen sollen, in die Schweiz zu gelangen. Mittlerweile ist der zweite Januar angebrochen. Inständig hofft Rose, die Gruppe von Inge und Chaim habe gestern in aller Morgenfrühe die Schweiz erreicht.

Zäune. Schnee. Silvester

Mitten in der Nacht berührt jemand Inge an der Schulter, sie träumt, es sei Mutti, vernimmt aber Chaims Stimme, die mahnt: Inge, wir brechen auf.

Wenig später steht Renée am Esstisch, vor sich eine ausgebreitete Landkarte. Sie zeichnet mit dem Zeigefinger den Weg zur Grenze nach.

– Léon wird euch führen, flüstert sie. Er arbeitet für den Untergrund und ist sehr zuverlässig. Ihr dürft ihm vertrauen.

Sie nimmt eine zweite Karte zur Hand, auf der sie den Weg von der Grenze bis nach Genf aufzeigt.

– Nur etwa fünfzehn Kilometer sind es bis Genf, sagt sie und nennt Name und Adresse der Leute, die sie in Genf aufsuchen müssen.

– Nun wiederholt, befiehlt sie, und die Fünf wiederholen alles Gesagte so oft, bis es in den Köpfen festsitzt.

Währenddessen betritt ein drahtiger Mann das Zimmer. Er ist nicht viel älter als die, die ihm in dieser Stunde anvertraut werden. Er besitzt feines über der Stirn gewirbeltes Haar und ist groß wie ein Baum. Seine gesunde Gesichtsfarbe verrät, dass er sich viel im Freien aufhält. Sein Lächeln aber gibt nichts preis, sein Blick sucht keinen Kontakt zu niemandem.

Als Renée geendet hat, greift er nach der Karte und meint: Wir werden den Plan ein wenig umstellen müssen, denn es hat am späten Nachmittag zu schneien begonnen und schneit immer noch, wie ihr wisst. Ich werde euch nicht bis zur Grenze begleiten. Ich fürchte, die Grenzwache könnte meine Spuren im Schnee bis zurück ins Heim verfolgen. Das wäre sehr dumm. Also komme ich mit euch durch den Wald. Von dort geratet ihr auf ein Feld. Da ist es nur noch eine kurze Strecke bis zur Grenze. Ihr erkennt die Grenze am Drahtzaun, auf den ihr treffen werdet. Ihr robbt unter ihm durch und seid in der Schweiz. So einfach ist das. Ihr müsst dann immer geradeaus gehen und trefft zu eurer Linken auf die Straße nach Genf. Ich denke nicht, dass es Probleme geben wird. Es sind immer noch Weihnachtsferien. Da ist die Grenze locker bewacht.

– Was ist, wenn wir uns verirren?

– Ihr werdet euch nicht verirren, antwortet Léon, den unruhigen Blick auf die Wand gerichtet.

Warum, überlegt Inge, begleitet er uns nicht, wo er doch sagt, dass die Grenze kaum bewacht ist? Und außerdem: Es schneit in einem fort, und zwar so stark, dass seine Fußspuren innert kurzem verschwunden wären. Sie begreift nicht, warum sie die Grenze überqueren sollen, während ein junger Mann vom Untergrund, der die Gegend kennt wie sein eigenes Bett, Angst hat, sie zu begleiten. Wenn es für ihn riskant ist, warum dann nicht für uns?

– Sollten wir vielleicht doch an einem anderen Tag gehen?, wendet sie sich an Renée.

– Nein, sagt diese bestimmt. Aber seid unbesorgt, es ist absolut ungefährlich.

Léon begleitet die Gruppe gerade mal fünfzehn Minuten, bevor er sich auf den Rückweg macht.

– Hier über das Feld, sagt er und weist in die vom Schnee leicht erhellte Nacht, und bis zum Stacheldraht. Immer flott geradeaus. Bonne chance!

Es herrscht die dumpfe Stille jeder Winternacht. Sie gehen in Einerreihe und gegen den Schneefall nach vorn geneigt, einsame krumme Gestalten in winterlicher Einöde. Nur ihre Schritte machen Geräusche, die Flocken torkeln tonlos herunter, der Schnee nimmt zu, so dass sie bald bis zu den Knöcheln einsinken. Es wundert sie, dass ihre Schuhe überhaupt noch standhalten, denn die bestehen aus Karton, da es in Frankreich keine ledernen mehr gibt. Für die Verhältnisse hier erweisen sie sich als unbrauchbar. Nach wenigen Schritten waren ihre Füße bereits nass, schon kriecht Kälte die Beine hoch.

Es dauert jedoch bloß etwa zehn Minuten, da erreichen sie schon den dreireihigen, mit Stacheln bewehrten Zaun. Chaim hält für Inge vorsichtig den untersten Strang empor. Sie kriecht hinein in die Schweiz. Und dann hält sie den Draht für Judith in die Höhe, zuletzt hält ihn Manfred für Chaim. Inge sieht aus wie ein Schneemann, und Chaim muss lächeln. Ihr scheint, sie habe ihn noch nie so strahlend, so glücklich gesehen. Es war ja ganz leicht gewesen, in die Schweiz zu kommen. Dennoch kann jederzeit das Licht eines Scheinwerfers auf sie fallen, und alles könnte mit Gebrüll, Einsperren, Fortbringen enden. Man darf sich erst fünfzehn Kilometer im Landesinnern aufgreifen lassen, um bleiben zu dürfen, sie wissen es.

Die Nacht rundum ist ein hoher Turm. Wo man hinsieht, dunkle Wände, von oben unaufhörlich tonloses Geflock. Sie gehen durch Gebüsch und Schneefelder, bis Chaim plötzlich zurückzuckt. Ein zweiter Zaun schneidet ihnen den Weg ab. Was tut der hier? Warum hat Léon ihn nicht erwähnt? Sie beraten sich wispernd, ob sie ihn überwinden oder ob sie umkehren sollen. Inge glaubt, es wäre richtig, ihn zu überwinden. Sie meint, den ersten hätten die Franzosen errichtet, den zweiten die Schweizer. Das heißt, sie müssten hinüber. Das Land dazwischen sei schlicht das Niemandsland, wie es überall ein Niemandsland gibt zwischen den Ländern. Sie robben in derselben Weise wie zuvor durch das weiße kalte Meer zur anderen Seite. Nun wird bald die Straße nach Genf zu sehen sein. Irgendein Zeichen, ein Schild, ein Hinweis wird sich gleich zeigen, trotz der still und unaufhaltsam vom Himmel wirbelnden Flut.

Da, nach wenigen Minuten ein weiteres Hindernis. Wieder ein Zaun. Wieder Stacheldraht. Drei Drähte übereinander. Hinüber? Wo befinden sie sich nur? Waren sie im Kreis gegangen? Oder hatten sie schon davor eine falsche Richtung eingeschlagen? Und wenn sie sich von neuem in Frankreich befinden? Trotz ihrer Erschöpfung ist an ein paar Ruheminuten nicht zu denken.

– Wir müssen zurück zum zweiten Zaun, bestimmt Chaim.

Inge denkt voller Zorn an Léon. Warum erwähnte er nicht wenigstens die Möglichkeit, auf drei Zäune zu stoßen? Außerdem kann sie jederzeit der grelle Kegel eines Scheinwerfers erfassen, hier mitten in der weißen

Fläche, wo sie allein stehen, ohne Baum, ohne Strauch in der Nähe. Ausgesetzt wie gejagtes Wild. Rinah beginnt leise zu schluchzen und zu schniefen.

Judith flüstert: Bitte, entscheidet euch. Meine Füße fallen gleich ab vor Kälte.

Immer hat sie was zu klagen, entweder ist ihr zu kalt oder zu warm. Entweder ist sie hungrig oder schläfrig, denkt Inge.

Judith, Rinah und Manfred richten ihre Blicke starr und ratlos auf Chaim. Er gibt die Blicke zurück, schaut alle einzeln an, seine Augenbrauen ziehen sich zu Pelzbüscheln zusammen, auf denen Schneereste zittern, sein Haar klebt in nassen Strähnen quer über der Stirn. Inge meint zu hören, was dahinter vorgeht. Seine Lippen sind dunkel und geschwollen vor Kälte. Das Reden macht ihm Mühe.

– Wir stehen an einem verhängnisvollen Punkt, von allen Seiten sind wir zu sehen, warnt er. Wir sollten dem Zaun entlang in die Richtung jenes Gehölzes gehen.

Er weist mit der Hand dahin, wo drei dunkle Tannen in den Nachthimmel ragen. Eine Gruppe schwarzgekleideter Riesen mit spitzen Kapuzen.

Nein, nein, über den Zaun wäre besser, möchte Inge widersprechen, hält sich aber zurück. Chaim sorgt sich, denkt sie. Er möchte gegen die Fühllosigkeit von Judiths Füßen, gegen Rinahs Schluchzen und Manfreds Zähneklappern etwas tun, von seinem Verantwortungsgefühl, oder wie immer man es nennen mag, lässt er sich nicht abbringen. Aber wir müssen weiter, für einen Kompromiss ist keine Zeit, Chaim. Wir müssen schleunigst von diesem Zaun weg. Warum sage ich nicht, was ich denke?

– Worauf warten wir, sagt sie, wischt mit der Hand zornig den Schnee vom Haar, klopft den Mantel aus und stapft los, dem Zaun entlang, auf die Tannen zu. Hätte ich etwa einen Streit anzetteln sollen?, fragt sie sich. Laute Stimmen im offenen Feld sind weitherum zu hören und können sie schnell verraten. Außerdem hasst sie die Vorstellung, in der Gegenwart der andern mit dem anständigsten, freundlichsten und kostbarsten Menschen der Welt zu streiten.

Die Baumgruppe scheint vor ihnen her durch die Gegend zu marschieren. Die Distanz verkleinert sich nicht. Sie dachten, die Nacht sei dunkel, aber diese Kapuzenriesen brüsten sich, noch dunkler zu sein, heben sich ab vom nächtlichen Hintergrund und stehen nach einer halben Stunde noch so weit entfernt wie zuvor. Wendet man aber den Blick von dieser merkwürdigen Versammlung, ersteht sie hell, beinah durchscheinend neu, wohin man auch schaut.

Plötzlich ein Licht in der Höhe. Es ist das Licht, das sie aus ihren Kinder- und Hausmärchen kennen. Das Licht, das eine Wende verspricht, aber nichts verrät, weder Erlösung noch Gefahr. Und wie im Märchen die Prinzen und tüchtigen Mädchen sind die Fünf gezwungen, zu entscheiden, ob sie sich ihm nähern oder es doch besser umgehen. Woher sollten sie wissen, was tun? Wer von ihnen hätte sagen können, wo überhaupt sie sich befinden? In der Schweiz, in Frankreich? Die einzigen Anhaltspunkte, die sie haben, sind ein Licht in Schnee,

Kälte und Dunkelheit und drei furchtsame Riesen. Erregt und im Flüsterton, von Ungeduld und klumpigen Füßen geplagt, entscheidet Chaim.

– Ich gehe nachsehen, was das für ein Licht ist, flüstert er. Ihr wartet hier auf mich. Bin ich in einer halben Stunde nicht zurück, ist etwas schiefgelaufen, und ihr geht in unserer Fußspur zurück bis zum dritten Zaun. Setzt die Flucht dort fort.

– Du, sagt Inge, und er sieht, sie will ihn umarmen und mit ihm gehen, aber er schiebt sie entschlossen von sich. Die hier, sagt sein Blick, brauchen dich mehr.

Er verschwindet in der Nacht, verschwindet im Schnee.

– Bitte, sei vorsichtig, flüstert sie noch.

Er kämpft mit den Schlingen, welche die Angst um ihn legt. Zugleich peitscht sie ihn voran, er muss, er will sich retten. Aber da sind die andern, er darf sie nicht im Stich lassen. Ist er überhaupt all dem gewachsen, er, der kleine Chaim? Sigi würde ihm nicht verzeihen, wenn er versagte. Mama würde einwenden, er sei noch jung und unerfahren. Sie hatte ihn gern auf ihrem Schoß gehätschelt, erst mit vierzehn fing er an, sich dagegen zu sträuben, dann schob sie ihm das Haar aus dem Gesicht, küsste ihn und ließ ihn lachend laufen.

Chaim wird zum Schatten, bald verschlucken ihn die unbarmherzig fallenden Flocken. Das Licht in der Höhe aber bleibt und lockt, bleibt und droht. Das Warten dauert schon über eine halbe Stunde, der Späher kommt nicht wieder.

Die Laterne erhellt den Eingangsbereich eines Hauses. Drin sitzen fünf französische Grenzsoldaten um einen Holztisch und feiern das neue Jahr. Sie stellten eine Wache vors Haus, weil es sich so gehört, doch bei diesem Wetter und so viel Niederschlag erwarten sie keine Störung. Sie spielen Karten, sie knobeln, sie reden vom Urlaub, von ihren Mädchen. Ab und zu schmeißt einer ein Scheit ins Feuer, und die Glut stiebt auf, ein anderer flucht, da er sich gerade mit einem brennenden Ast eine Zigarette anstecken will. Sie necken den Jüngsten, denn der ist verliebt und mag vor Heimweh nicht mitwitzeln, nicht mal essen oder spielen. Er sitzt am Tisch und liest Honoré de Balzac, er muss lesen, um es auszuhalten, die Witze, den Gestank dieser Männer, die schussbereiten Waffen. Im Kamin knistert und knallt das Feuer, er setzt sich näher, damit Wärme in seine Montur eindringt, denn bald würden sie von den Deutschen abgelöst, mit denen sie abwechslungsweise diese Höhe besetzt halten. Danach würden sie durch das Gestöber zu fahren haben.

– ’alte!, ruft draußen der Kamerad auf Französisch.

Sie stutzen, sie werfen die Karten auf den Tisch. War da was? Der Leutnant erhebt sich, geht selber zur Tür, öffnet. Es flockt herein, und aus der Nacht tritt ein triefender Sechzehn- oder Siebzehnjähriger, nasse Strähnen hängen ihm über die Augen, ein erschöpftes, blau gefrorenes Gesicht. Statt Füße Schneeklumpen. Hinter ihm folgt der wachhabende Soldat. Sie heißen ihn, sich zu setzen und nicht von der Stelle zu rühren. Der Leutnant befragt ihn, und der Junge erzählt. Sie werfen ihm eine Wolldecke um und geben ihm heißen Tee, er legt die eisigen Hände um die Tasse und neigt sein Gesicht darüber. Er heißt Charles und plante von Genf aus am Nachmittag eine Wanderung, wurde vom Wetter überrascht und verlief sich.

– Papiere hast du natürlich keine, wie?

– Ich hatte nicht vor, bis zur Grenze zu gehen. Hab mich verirrt.

– Hast du Geld dabei? Zeig her. Sieh mal an, französisches Geld hat der Schweizer. Woher?

– Ich hab's gestohlen, sagt der Aufgegriffene und mimt den Schuldbewussten.

– Bist mir ein schöner Lümmel. Los, die Deutschen kommen gleich. Raus mit ihm.

Die Wachablösung wird ordnungsgemäß durchgeführt, doch da befindet sich Chaim schon unterwegs zum Polizeiposten.

Scheitert Chaims Plan, liegt das Schicksal der Zurückgebliebenen in Inges Hand. Es drängt sie, hinter Chaim herzueilen. Er verspätet sich. Ob er in Schwierigkeiten steckt? Wäre alles in Ordnung, hätte er ihnen ein Zeichen gegeben. Länger zu warten, überlegt sie, könnte nützlich, aber auch unvorsichtig sein. Außerdem frieren sie alle und spüren ihre Füße nicht mehr. Sind durchnässt und entsetzlich müde. Das Klügste wird aber sein, Chaims Rat zu befolgen, zum dritten Zaun zurückzukehren, unten durch und geradeaus weitergehen.

– Inge, ich bin durch und durch nass, ich zittere vor Kälte. In jenem Haus, wenn denn dort eins ist, könnten wir uns immerhin aufwärmen, jammert Judith.

Ihre schönen Augen glitzern vor Tränen und Kälte, auf den Wimpern wippen kleine Schneekristalle. Ihr Haar und alles, was sie trägt, hängt nass herunter, sie sieht in der Tat bedauernswert aus, und doch so reizvoll wie immer. Rinah, die nicht aufhören kann zu weinen, nickt einvernehmlich. Ein Gefühl, halb tot und von allen verlassen zu sein, besetzt sie. Sie ist mit dem ganzen Ramsch aus dem Kaufhaus ihres Vaters nach Frankreich gekommen, und jetzt enthält der schlaffe Rucksack an ihrem Rücken nichts mehr, an dem sie sich festhalten kann. Das bisschen Leben, das noch in ihr zittert, verfügt dennoch über die Kraft, gegen jede weitere Zumutung zu rebellieren. Sie würde sterben, erfrieren. Sie braucht ein Herdfeuer, einen Ofen, egal. Bloß was Warmes, Helles, Freundliches, lässt sie Inge wissen.

Manfred meint schüchtern, sie sollten Chaim jetzt nicht im Stich lassen, und überhaupt sei auch er selber nass bis auf die Knochen.

– Wenn dort ein Haus ist, haben die Bewohner Chaim vermutlich zur Schweizer Polizei gebracht, um Hilfe zu holen, mutmaßt Judith.

Inge hatte es schon in Darmstadt, wie auch später in Brüssel, vermieden, sich Gruppen anzuschließen, sie beengen einen, schnüren einem die Luft ab und fallen dir ins Wort. Warum nur hatte Rose ihr und Chaim diese drei mit auf den Weg gegeben? Rose hatte sich vermutlich gedacht, dass die drei es allein niemals schaffen würden. Und Inge muss sich nun mit ihnen herumschlagen. Doch was tun sie? Sie begehren auf und lassen ihre offensichtliche Erschöpfung als einzigen Ratgeber gelten.

Wäre doch Ruth mit uns gekommen, denkt sie. Sie und ich, wir hätten Chaim bestimmt überzeugt, dass wir auch das dritte Hindernis hinter uns bringen müssten.

– Ich bin sicher, dass über den Zaun dort der Weg zur Grenze führt, sagt sie.

– Lasst uns nicht länger hier herumstehen und reden. Ich möchte zum Haus, bitte, fleht Judith.

– Wäre dort ein harmloses Haus, wäre Chaim zurück.

– Er hat bestimmt Hilfe organisiert.

– Nicht, ohne uns ein Zeichen zu geben.

– Hat er ja vielleicht, und wir haben es nicht gesehen.

– Vielleicht hat er beschlossen, zuerst Hilfe zu holen, sagt Manfred.

– Wir könnten ihm entgegengehen, mischt Rinah sich ein.

– Ausgeschlossen.

– Ich finde, wir sollten jetzt entscheiden, meint Manfred.

Manfred und Rinah vermöchte ich zu überzeugen, Inge weiß es. Aber Judith nicht. Zu schnell hatten wir uns versöhnt damals, obschon sie so sehr um Chaim geworben hatte. Sie versucht mich noch immer auszuschalten.

– Woher willst gerade du wissen, was getan werden muss und wo der richtige Übergang ist?, bestürmt Judith Inge.

– Ich weiß ja auch nicht, was tun. Ich versuch nur, herauszufinden, was das Klügste ist.

– Dann beeil dich mal bitte, ja?

– Lasst uns abstimmen, schlägt Rinah mit brechender Stimme vor.

Sie findet, dies sei nicht die Zeit und der Ort für ein Kräftemessen zweier Rivalinnen. Ihre sonst olivfarbene Gesichtshaut schimmert grau, ihre Augen scheinen tief in die Höhlen gesunken.

Inge versichert: Glaubt mir, hinter uns beim Zaun liegt der Weg. Er ist die Rettung. Chaim kam nicht zurück. Und in diesem Fall, hat er uns erklärt, sollten wir uns von dem Licht fernhalten. Gehen wir also zurück.

– Du willst Chaim nicht suchen?

– Er selber hat gesagt, wir sollten ihm nicht folgen.

– Das hat er gesagt, ja. Aber du wirst es dennoch tun. Du wirst deinen besten Freund nicht im Stich lassen.

Judiths Augen flammen, Manfred starrt die beiden an, Rinahs Schniefen wird heftiger und droht, Inges Entschiedenheit zu brechen.

– Hast du denn kein Taschentuch?, schnaubt sie.

– Nein, kommt es weinerlich zurück. Ich habe solche Angst. Ich glaube, ich habe es euch erzählt, aber vielleicht habt ihr es vergessen. Mein Vater ist in Dachau umgebracht worden. Ich möchte nicht enden wie er.

Was kann ich dafür, erwägt Inge, wenn sie mir nicht vertrauen wollen? Am Ende mache ich mich allein auf den Weg und überlasse sie sich selbst. Sie sind ohnehin dem Zusammenbruch nahe. Aber Rose würde niemals verstehen, nie verzeihen, wenn ich diese drei in der Schneenacht stehen ließe. Sie fühlt es, als stünde die Glarnerin neben ihr. Ich trage die Verantwortung, denkt sie. Warum eigentlich? Was bilde ich mir nur ein? Außerdem bedeutet das Licht vielleicht keinerlei Gefahr, es könnte sich in der Tat um eine harmlose Waldarbeiterhütte handeln. Weshalb sollte gerade ich wissen, wo der richtige Weg verläuft? Aber, was ist mit meinem Instinkt?, fragt sie sich, er hat mich bisher doch immer richtig geleitet. Sie erinnert sich der Nacht, als die Soldaten ins Schloss drangen, sieht wieder ihr Grinsen vor sich, als sie darum bat, beim Umziehen alleingelassen zu werden. Sie wird von einem heftigen Impuls gepackt, kurzerhand kehrt zu machen. Kurzerhand in jene Richtung zu laufen, von der sie überzeugt ist, dass sie ans Ziel führt. Einen Augenblick zögert sie. Sieht ihren Liebsten vor sich. Auf ihrem Hügel, am Bach, denkt zurück an das Geschenk zum Geburtstag. An Palästina. Nein, sie muss ihn finden, er könnte sonst für immer verloren sein. Er könnte gestürzt sein, sich verletzt haben. Sich selber zu retten, ohne ihn, ging das denn? Ihn womöglich erfrieren zu lassen? Sie wendet sich abrupt ab, nimmt die schon fast vollständig zugedeckten Spuren Chaims auf, wirft keinen Blick zurück, rennt, sinkt ein, stolpert, keucht. Und kein Wort verliert sie mehr. Die andern raffen sich auf und schwanken hinter ihr her.

Das Haus hat den Anschein eines kleinen freundlichen Bauerngehöfts. Am Eingang strahlt das Licht. Das Fenster liegt zu hoch, um ins Innere zu schauen. Inge hebt die Hand, will anklopfen, da kommt es von der Hausecke:

– Halt! Stehenbleiben!

Dies ist bestimmt der Bauer, und er hält uns für Diebe. Die Lampe über der Türe blendet für wenige Sekunden, danach lassen sich die Umrisse einer Uniform erkennen.

Weitere Soldaten drängen aus der Tür. Inges Schreck kommt langsam und fällt plötzlich in sich zusammen. Sie weiß jetzt, wie es Bär oder Hirsch zumute ist, wenn er auf einmal rundum Gewehre auf sich gerichtet sieht. Vom Schneestapfen fühlen sich ihre Beine bleiern an. Ein Fluchtversuch käme einem Selbstmord gleich. Aber damit hat es noch Zeit.

– Ich Idiotin!, denkt sie, während alle vier unsanft ins Haus bugsiert werden, warum bin ich nicht der ersten Idee gefolgt, warum nur ließ ich mich umstimmen? Ich wusste doch, dass sie Narren sind, die andern.

Die Soldaten brüllen Fragen, sie brüllen sie auf Deutsch. Weder Inge noch ihre Gefährten lassen sich anmerken, wie überdeutlich sie alles verstehen. Die Soldaten sollen glauben, Romands vor sich zu haben, französisch sprechende Schweizer, hatte Rose gesagt. Sie antworten daher Französisch, erklären, sie verstünden nicht.

Nun beginnen die Uniformierten, Wörter zusammenzuklauben. Das Kläffen wird ihnen dadurch erschwert. Denn es ist für sie nicht einfach, sich als Besatzer in einer Fremdsprache verständlich machen zu müssen. Der Disput fällt knapper aus als üblich, doch trägt jeder mit seinen zusammengeklaubten Vokabeln etwas dazu bei.

Inge geht als Einzige auf die Fragen ein. Es sollte überzeugend klingen, und sie ist gut geworden in Französisch. Irène, die Französischlehrerin, wäre stolz auf sie.

Im anschließenden Verhör mit den einzelnen Gefangenen dreht sich alles noch einmal um dasselbe. Die Geschichte bleibt unverändert. Rinah und Manfred schnürt

Angst die Seele ein, ihre Hirnzellen boykottieren das Abrufen der angelernten Sprachkenntnisse, dennoch bleiben sie, wie abgemacht, beim Französischen. Zum Glück, denkt Inge. Doch die Boches glauben niemandem ein Wort. Dabei entgeht ihnen, dass das, was sie hier hören, bei weitem nicht der Akzent der Romands ist. Sie beraten sich nun auf Deutsch:

– Die scheinen zur selben Bande zu gehören wie der andere, den die Franzosen vor einer halben Stunde mitgenommen haben.

Chaim muss demnach den Franzosen in die Hände geraten sein, überlegt Inge. Wir vier haben das schlechtere Los gezogen.

Die Soldaten verhören die Halbwüchsigen wieder und wieder, doch lässt sich nur schlecht verstehen, was sie wissen wollen. Inge ist getrieben vom Wunsch zu entkommen. In all der Turbulenz versucht sie, Fluchtmöglichkeiten, offene Fenster, Türen ins Freie zu erspähen. Ihr fallen die Pelztiere in den Fallen ein, die sich ihre eingeklemmten Pfoten abnagen, wenn sie anders nicht frei kommen können.

Rinah schnieft und wischt mit dem Ärmel Rotz und Tränen aus dem Gesicht, was den einen der Soldaten rührt. Er fummelt in seinen Taschen und reicht ihr ein Taschentuch. Sie schluchzt auf und denkt, sie habe eine bessere Behandlung verdient. Die hier kannten meinen Papa nicht, denkt sie. Sie weiß, was sie sich schuldig ist, wie man sich kleidet und benimmt. Sie kann nichts dafür, dass sie hier ist, sie sollten aufhören mit ihrer Fragerei und ihrem würdelosen Gebrüll, dies ist nicht Rinahs

Welt. Wie früher an der Nordsee, wenn ihre stolzen Sandburgen bei Flut still in sich zusammensanken, so kommt ihr das hier vor, man ist machtlos, man hat nicht daran gedacht, dass Springzeit ist, wo das Wasser besonders hoch kommt.

Judith begreift, dass Chaim in denselben Hinterhalt geraten war. Kein Wunder, gab er kein Zeichen, kein Wunder, kam er nicht zurück. Dass sie Inge nicht erlaubt hatte, den andern Weg zu wählen, bereut sie nicht. Wer weiß, wohin er geführt hätte. Sie ist überzeugt, das hier gehe bald zu Ende und man ließe sie laufen. Schließlich hatten sie angegeben, aus der Schweiz zu sein. Jeder kann bei diesem Wetter vom Weg abkommen. Und man sollte auch deutlich machen, dass da noch Eltern sind, die sich Sorgen machen. Nein, sie befürchtet nicht das Schlimmste, nein, keinesfalls. Schließlich haben sie ja alle keine jüdischen Namen angegeben. Sie zum Beispiel nennt sich Aline.

Manfred fühlt sich vor all den Soldaten klein, sehr klein. Ihm scheint sogar, jenen Rotschöpfigen dort zu kennen. Beim Eintreten war er ihm gleich aufgefallen. Vielleicht einer aus seiner damaligen Schule, vielleicht ein Gesicht von der Straße, an der er gewohnt hatte, möglich, dass er ihn von einer Prügelei her kennt, doch halt, ja genau, das ist doch jener Junge, der damals Mutter vom Bürgersteig stieß. Er steckte Rinah vorhin ein Taschentuch zu, eigentlich freundlich von ihm, aber hernach brüllte er sie so laut an, dass sie wie eine Maus zusammenfuhr. Er mag ihm zwei Jahre voraushaben, wobei ihn die Uniform wahrscheinlich älter erscheinen lässt. Und männlicher auch. Manfred selber ist umso bedeutungsloser. Er versucht, sich nicht anmerken zu lassen, dass er ihn kennt. Er versucht, möglichst aufrecht zu stehen, ist bemüht, erwachsen auszusehen, aber das Gefühl, ein Nichts zu sein, zermalmt ihn innerlich. Überhaupt sollte er dringend pinkeln. Wenn er ihnen das jedoch sagt, denkt er, wie stünde er dann da? Vielleicht bringe ich mich gar in Verdacht, abhauen zu wollen. Obschon bei diesem Schnee ... und die haben Schießgewehre ... und wohin sollte er denn laufen mitten in der Nacht? Wenn er doch nur pinkeln könnte! Er versucht, so zu stehen, dass er den Drang weniger spürt. Doch je mehr er daran denkt, umso mehr nimmt es überhand. Er passt auf, dass derjenige, den er zu kennen glaubt, sein Gesicht nicht sehen kann. Es wäre zu beschämend. Manfred hatte damals seiner Mutter zu Hilfe eilen wollen, und jener ließ zu, dass die andern ihn mit Fußtritten verjagten, zum Schluss stieß er ihm selber noch den Schuh in die Seite.

– Antworte, schreit nun der Typ, oder verstehst du doch kein Französisch?

Jetzt passiert es. Es hat sich aber um seine Füße bereits eine Pfütze aus Schmelzwasser gebildet, das von ihm heruntertropft. Da fällt die Pisse niemandem auf, Manfred wäre dennoch am liebsten weggestorben. Die Soldaten beraten, was nun mit den vier Heuchlern zu geschehen habe, die nichts anderes im Sinn haben, als über die Grenze abzuhauen. Wer trägt denn in der Schweiz in einem Winter wie diesem zum Spazierengehen solch lächerliche Schlarpen? Schuhe kann man das nun wirklich nicht nennen, was da als aufgeweichte Fetzen an den Füßen dieser Gestalten klebt. Und dazu ohne Ausweise! Bitte sehr, es ist Krieg! Selbst wenn es Schweizer wären, einen Denkzettel sollte man ihnen allemal verpassen. Wo leben die denn!

Sie werden ins Freie beordert. Einer stapft voraus, einer hinterher. Der kurze Weg führt zu einem einstigen Hotel. Hier begrüßten einander zu Friedenszeiten schon in der Eingangshalle Naturfreunde und Vogelkundler, jetzt macht sich die Wehrmacht breit. Zwei Wachen bauen sich auf der Vortreppe und unter dem Vordach auf.

Und wieder denkt Inge. Die Grenze war so nah gewesen, so nah!

Sie überlegt auf dem kurzen Weg noch einmal, ob der falsche Name und die falsche Identität tatsächlich zu überzeugen vermögen. Schlagartig fällt ihr das Brillenetui ein, das in der Tasche ihrer Skihose steckt. Name und Adresse ihres Optikers in Darmstadt stehen in einst goldenen, jetzt verblichenen Lettern auf der Hülle. Wenn die Deutschen es in die Hände bekommen, fliegen wir alle auf. Sie greift vorsichtig in die Tasche, schiebt langsam, langsam die beiden Teile des zweiteiligen Rohrs mit den Fingern auseinander und zieht das Stück mit dem Schriftzug behutsam aus der Versenkung. Als sie sicher ist, von niemandem beobachtet zu werden, lässt sie es in den Schnee fallen.

In der einstigen Lobby mit ihren Rauchertischchen, gemütlichen Sesseln und dem offenen Feuer entdeckt sie nirgends einen unbewachten Ausgang, keine Tür, kein Fenster, vor denen nicht einer steht. Man heißt sie, hier auf den Kommandanten zu warten. Zum Umfallen müde, mit fliegendem Pulsschlag, triefend und unterkühlt stehen sie da, von all den Grenzern gleichgültig gemustert.

Nach zehn Minuten die Aufforderung, zum Kommandanten zu kommen. Er empfängt sie hinter einem monströsen Schreibtisch. Seine Uniform droht an einigen Stellen zu platzen. Sein ölig glänzendes Haar ist straff nach hinten gekämmt. Die schweren Wangen und die lockeren Lippen ergeben das Bild eines verkleideten Bierhallenbesitzers. Sein Blick ist nicht nur ernst, nein unfreundlich, geradezu hinterhältig, nichts Gutes verheißend. Beim Anblick des Ungetüms, hinter dem der Riese sitzt, fragt sich Inge, ob vielleicht auch Chaim hier gestanden habe, zwischen den Ländern. Hinter ihm ragt links und rechts eine Flagge in den Raum. Eine Naziflagge und eine französische.

Der Kommandant beginnt Fragen zu stellen, kurzangebunden, ohne dabei aufzuschauen. Bei Judiths Bemerkung, sie verstünden kein Deutsch, blickt er auf, schaut sie einzeln prüfend an, als gälte es, sich nun doch ein Bild zu machen, wer vor ihm steht. Er fährt mit dem Verhör in gebrochenem Französisch fort. Die erlogene Geschichte, die Inge jetzt vorträgt, scheint ihn nicht zu interessieren. Er fällt ihr bald ins Wort und sagt: Es reicht. Raus mit euch.

Es verstreichen nur wenige Minuten, Inge wird erneut gerufen. Allein. Eine Verständigung mit den andern war in der kurzen Zeit und unter all den Blicken nicht möglich gewesen, doch sie würden an der Geschichte festhalten, dessen ist sie sicher.

– Ein sehr hübsches Mädchen bist du offensichtlich nicht, beginnt er und prüft die Wirkung seiner Worte. Mit deiner zu langen Nase könntest du eine Jüdin sein. Also, nun sag mir die Wahrheit. Wer bist du, was ist dein wirklicher Name und wohin wolltest du heute Nacht mit deinen Freunden?

– Mein Name ist Isabelle Genelle und ich wohne zwischen Genf und Lausanne. Mein Vater heißt Jean und arbeitet als Waldarbeiter. Meine Mutter heißt Claire. Sie kümmert sich um unseren Haushalt, um mich und meine Geschwister. Und übrigens: Ich besitze die Nase Dantes.

– So, dein Vater heißt Jean, und was suchst du mitten in der Nacht hier draußen?

– Ich sagte schon, wir haben uns verirrt.

Sie schreckt zusammen, denn er schlägt mit der Hand auf den Schreibtisch. Dazu also, durchfährt es sie, allein dazu braucht er diese riesige Tischplatte.

– Hör endlich auf mit diesem Unsinn. Glaubst du, ich falle darauf herein?, schreit er. Ich halte dich für intelligenter. Du behauptest, dein Vater tauge bloß dazu, Bäume zu schlagen und Holzdieben aufzulauern ... Wie viel verdient er denn so, dein Vater?

– Zweihundert vielleicht.

– Zweihundert was?

– Franken, was sonst?

– Warum zögerst du? Wolltest erst Reichsmark sagen, ich weiß schon. Verlogen wie alle Juden. Woher kommst du?, fährt er sie plötzlich auf Deutsch an.

– Bitte?, fragt sie auf Französisch.

Sie hält an ihrer Geschichte fest, seine Stimme wird lauter.

– Wie kann jemand sich verlaufen, der behauptet, aus der Gegend zu stammen?

– Wir wurden vom Schnee überrascht, keine Wege waren mehr zu sehen, es war dunkel, es schneite ununterbrochen.

– Wie sagtest du, heißen deine Eltern?

– Jean und Claire.

– Ach, ich dachte Joseph und Christine.

Beim Wort Joseph zuckte sie leicht zusammen. Ihr Familienname. Sollte er ihn kennen? War es eine Anspielung?

– Jean und Claire, verbessert sie.

– Welche Straße führt von Lausanne nach Genf?

– Die Genferstraße natürlich, antwortet sie auf gut Glück.

– Raus mit dir, schreit er abermals. Als sei sie ein zudringlicher Hund.

Der Reihe nach lässt er sie alle rufen.

Inge fragt sich, wie klug Roses Idee mit den erfundenen Biographien war. Was ist hilfreicher, die Wahrheit oder die Lüge? Verwirren und entzweien, so lautet die deutsche Taktik. Sie sorgt sich ferner wegen der Sprache, außer ihr und Judith spricht niemand fließend Französisch, Rinah stockt oft. Sogar im Deutschen ist sie unsicher, ihr sächsischer Dialekt hatte verschiedentlich Anlass zu Foppereien gegeben. Und für Manfred gleicht die fremde Sprache einer unüberwindlichen Mauer. Vor lauter Unsicherheit verwünscht er sich für jeden Fehler, der ihm unterläuft. Er würde am besten einfach schweigen.

Schließlich treffen sie in der Lobby wieder zusammen. Inge hätte sich gerne abgesprochen mit den andern, aber sie werden rundum von den Grenzern in Schach gehalten. Inge ist überzeugt, auch die andern hätten an der Lügengeschichte festgehalten. Sie sitzen stumm in ihren Sesseln, Durst und Hunger scheinen auch sie zu plagen. Plötzlich wird Manfred aufgefordert, mitzukommen. Ausgerechnet Manfred! Zwei Soldaten nehmen ihn in ihre Mitte und bringen ihn in einen anderen Teil des Hauses. Dann weiter warten. Weiter den ständig abbrechenden, lückenhaften Gedanken nachjagen, dazu die Übelkeit von der Leere im Magen, das unkontrollierbare Zittern, das Pochen im Kopf. Und obendrein die schlechte Luft.

Und jetzt aus einem entfernten Raum Schreie. Und Schläge gegen eine Wand. Ob die andern das auch hören? Sie vermeiden es, einander anzusehen, sitzen steif und blass, hoffen dabei, die schrecklichen Geräusche würden aufhören. Inge denkt: Jetzt bloß nicht weinen, Rinah, nicht weinen. Bitte!

Und wieder die Schreie, Manfreds Schreie, und die Schläge. Schläge gegen eine Wand.

Sie holen Rinah und nach einer Viertelstunde Judith. Und beide kommen verheult aus dem Büro des Kommandanten zurück. Man bringt sie an Inge vorbei zum andern Hausteil, und sie vermeiden es, Inge anzusehen. Man zerrt und schubst sie mit den schrecklichen Worten Beeilung, vorwärts! hinaus.

Der Kommandant hat beschlossen, sich Inge für den Schluss aufzusparen. Sie bildet die Nachspeise seines Göttergerichts. Es ist heute sein viertes Kreuzverhör, und er vollzieht es mit Herablassung. Diese hier scheint von allen die härteste Nuss zu sein, aber er wird auch sie knacken. Er wird dieses widerspenstige Dessert langsam zerquetschen. Sie wird heulen und sich winden und alles gestehen wie die andern davor. Er wird sich vor seinen Leuten nicht zur Witzfigur machen lassen.

– Glaubst du, es macht Spaß, mich hier mit euch dreckigen Juden herumzuschlagen?, lässt er auf Deutsch verlauten. Glaubst du, ich hätte nichts Klügeres zu tun, als euch zu überführen? Lügner seid ihr. Alle Juden lügen. Aber ich habe, weiß der Teufel, schon geschicktere, geradezu brillante Lügner zur Strecke gebracht. Du machst mir nichts vor, ich weiß längst, dass du mein Deutsch verstehst. Sehr gut verstehst. Aus Darmstadt kommst du, auch das weiß ich. Nicht weit von meinem eigenen Zuhause. Und ich weiß auch, wie du heißt. Willst du es mir nicht selber sagen?

Er macht eine Pause, wartet, streicht sein fettiges Haar zurück, bohrt mit dem Schreibstift im Ohr. Und nimmt ein Papier mit Notizen zur Hand, starrt es lange kopfschüttelnd an, fragt dann:

– Willst du wissen, was ich hier habe? Du wirst es nicht glauben, aber es sind alle eure Namen, dein Name und die deiner Freunde. Du bist Inge Joseph aus Darmstadt. Du meinst, du kannst dahin zurück? Ich fürchte, da ist alles zerbombt. Doch keine Sorge, wir haben für euresgleichen andere Orte.

Inge schweigt. Der Dicke schweigt.

Er liest die Namen von Rinah, von Judith, von Manfred, liest deren Familiennamen und Herkunftsorte. Sie erfährt erstmals, dass Manfred aus Köln stammt, und sieht die spitzen Türme des Doms vor sich, den Rhein, wie er glitzernd vorbeifließt. Die Bahnhofshalle, in der sie einst mit Mutti auf den Anschluss nach Brüssel gewartet hatte. Sie waren damals beim Abschied gemeinsam nach Köln gereist, damit Inge auch gewiss den richtigen Zug nach Belgien nimmt. Wir werden bald alle in Amerika zusammensein, versprach Mutti, als sie damals die riesige Halle betraten, und versuchte, ihre Augen vor Freude leuchten zu lassen. Doch sie beide wussten, dass sie von ihrem Lieblingstraum sprach und nicht davon, dass man einander vielleicht nie wiedersehen würde. Du bist jetzt ja erst dreizehn und denkst noch nicht daran, mit Jungen auszugehen, hatte sie noch gesagt. Wenn du aber mit einem Jungen ausgehst, achte darauf, dass er aus einer Familie kommt, die der unseren ähnlich ist. Schau, da müssen wir lang.

Und vergiss nicht, dass du zwei Pullover dabei hast, sagte sie später am Bahnsteig. So hast du immer einen zum Tragen und den andern zum Waschen, wenn es kalt wird. Und iss von allem, was sie dir auftischen. Dein Onkel ist ein Feinschmecker, er mag es nicht, wenn man nicht isst.

Sie zupfte an Inges Kragen herum, nässte ihren Zeigefinger mit Speichel und wischte der Tochter was Winziges von der Wange. Er lädt ab und zu Gäste ein, ermahnte sie. Trag dann das blaue Kleid, das ich dir mitgegeben habe. Oh, da kommt der Zug. Schreib bald, schreib oft …

Vati war nicht bei ihnen an jenem Tag, er saß immer noch im Gefängnis. Und Mutti stand klein und einsam unter all den anderen Müttern neben dem abfahrenden Zug. Wurde kleiner und kleiner.

– Und ihr seid Juden, wie ich von Anfang an wusste. Aber ihr versucht umsonst, in die Schweiz zu entkommen, schnauzt der Nazi. Das Lachen wird euch Juden schon noch vergehen.

Inge antwortet nicht. Sie erschrickt nur leicht. Was sie hier zu hören bekommt, ist für sie nicht neu. Der Londoner Sender hatte des Öftern von Hitlers Reden berichtet. Irgendwann im Herbst war es gewesen, zusammen mit Chaim und den andern, da sie die Ansprache von Thomas Mann hörten, und es kamen Tatsachen durch den Äther, die Tränen der Wut und Qual hervorriefen, Züge voll besetzt mit Menschen seien durchgast worden. Er sagte durchgast. Er nannte sogar den Ort, Konin, nahe Warschau.

– Ihr seid vom Schloss La Hille am Fuß der Pyrenäen ausgerissen, triumphiert der Nazi, und eine gewisse Rose Näf ist eure Anstifterin. Eine sehr ernste Angelegenheit. Ich bin sicher, du verstehst, wovon ich rede.

Manfred ist zusammengebrochen und hat sie alle verpfiffen. Sie waren so nahe dran gewesen, hätten nur noch unter dem Zaun durch müssen. Und weiter, weiter, die Lichter von Genf wären gekommen, und gleich wären sie am Ziel gewesen.

– Ich verstehe kein Wort, sagt sie auf Französisch. Ich weiß nicht, was Sie mir sagen wollen.

Ein sachtes Zittern beginnt, als ob sie friert. Sie will es unterdrücken, aber es geht nicht weg.

Er wiederholt. In gespielter Ruhe. Auch er. Die Namen. Rinah. Judith. Manfred. Inge behauptet, sie wisse mit den Namen nichts anzufangen.

– Deine Freunde aus La Hille wirst du doch kennen? Er spricht wieder Französisch. Ein kleiner Sieg.

– Wie sagten Sie? La Hille?, bedeutet mir nichts. Ich bin Isabelle Genelle aus der Schweiz, sagt sie. Ihre Stimmbänder, ihre Atemwege versteifen sich. Das Herz hastet.

Wieder schlägt er mit der flachen Hand aufs Pult herunter.

– Du lügst! Ich will dir was sagen. Ihr alle seid Lügner. Jeder Jude ein Lügner. Ein Gauner.

Warum reizt es sie ausgerechnet jetzt zu lachen? Ein Schlemihl, denkt sie. Und das Gelächter, das in ihr bebt und raus will, lässt sie erröten, sie glaubt zu ersticken. Wäre er seiner Sache sicher, denkt sie dann, würde er nicht so schreien. Sich nicht ständig wiederholen. Er bräuchte in diesem Fall nicht auf meiner Aussage zu beharren, versucht sie sich zu beruhigen.

– Woher kennst du deine drei Gefährten?

– Die drei haben mich nach dem Weg gefragt.

– Lügnerin, aufknüpfen sollte man dich. Abermals ein Schlag auf den Tisch. Dann wird er auf einmal leise, beinah freundlich: Das hier ist deine letzte Chance, junge Frau. Du musst wissen, du kannst kooperieren und mit deinen Freunden zurückgehen. Wenn nicht ...

Er wartet auf Inges Reaktion, unter seinen hängenden Lidern hervor beobachtet er sie.

Sein Angebot verspricht, ein paar Tage, vielleicht ein paar Wochen länger am Leben zu bleiben. Sie könnte, falls sie einlenkt, wieder mit Judith und den andern zusammensein und über die schlechte Behandlung klagen. Dass er sie nach dem Schloss gehen lassen würde, wenn sie kooperierte, scheint ihr unwahrscheinlich. Und sie will nicht Tage, vielleicht Wochen, bis eine neue Bedrohung kommt und sich alles wiederholt, nein, sie will ein ganzes Leben.

– Was Sie eben gesagt haben, erwidert sie, ist unverschämt, ich verlange, endlich nach Hause zu gehen.

Er lacht schallend und böse. Wird aber sogleich wieder ernst und lehnt sich ihr bedrohlich über die Tischfläche entgegen.

– Morgen früh um sieben lasse ich dich erschießen, oder du rückst sofort mit der Wahrheit heraus. Los, antworte, woher kennst du die anderen?

Inges Geschichte bleibt dieselbe. Einzig Isabelle Genelle, scheint ihr, könne das hier überleben. Seit sie gestern das Schloss verlassen hat, fühlt sie zu ihrer eigenen Verwunderung eine neue Ruhe. Wenn die Dinge schlecht laufen, habe ich mich damit abzufinden, sagt sie sich, nie aber werde ich einem Nazi erlauben, mich zusammenbrechen zu sehen. Und wäre er der schlimmste Bluthund. Ich verachte ihn, verachte ihn. Genauso wie er mich.

Der Kommandant dämpft die Stimme bis zur Vertraulichkeit: Noch einmal: Wo lebtest du bis gestern? Sag es mir.

– Zwischen Genf und Lausanne, abgelegen am Waldrand.

– Wo sind deine Papiere?

– Zu Hause vergessen.

– Warum?, fragt er plötzlich wieder auf Deutsch.

– S'il vous plaît?, gibt sie zurück.

– Was suchtet ihr so nah an der Grenze?, fragt er auf Französisch weiter.

– Ich habe mit Freunden Neujahr gefeiert. Wir wollten die einmalige Schneenacht erleben, es schneite so schön, da sind wir zu einem Spaziergang aufgebrochen. Auf einmal warf einer einen Ball, der nächste warf den zweiten. Es wurde daraus eine wilde Schneeballschlacht, wir rannten und lachten. Dabei habe ich mich verlaufen.

Er schießt verärgerte Blicke und erhebt wieder die Stimme und betont jedes Wort:

– Deine angeblichen Freunde ließen es also ungerührt zu, dass du verschwindest? Nein, ich will deine Antwort nicht hören. Ist ohnehin alles erlogen, lärmt er. Glaubst du immer noch, ich wisse nicht längst, dass ihr dreckige Juden seid und versucht, euch illegal in die Schweiz davonzumachen? Eine Straftat, ihr Banditen! Landflucht, Judenpack! Gib es endlich zu.

Wer hat sich bloß diese Grenzen ausgedacht, wer setzt sie fest, wer sagt, wer hinüber darf und wer nicht? Die ganze Erde ist ein einziges Tummelfeld aus Wasser, Bergen und Tälern mit großen und kleinen Ansiedlungen. Irgendwer setzte irgendwann den ersten Zaun, später mussten Wachleute und Stacheln ran, und seither schießt man einander deswegen tot, schüttelt Inge erbittert den Kopf.

– Es ist nicht zu fassen, wie du mir die Zeit stiehlst mit deiner Starrköpfigkeit.

– Lassen Sie mich endlich gehen, ich will nach Hause. Die machen sich bestimmt schon Sorgen.

– Es reicht, sagt er und haut wieder auf den Tisch, morgen um sieben sehen wir uns vor dem Erschießungskommando wieder. Und jetzt raus!

Plötzlichkeit und Endgültigkeit seiner Entscheidung vermögen sie nicht mehr aus der Fassung zu bringen. Isabelle Genelles unerschütterliche Ruhe angesichts seiner kaum beherrschten Wut scheint den Koloss zu irritieren. Schwitzend befiehlt er der Wache, sie abzuführen. Den drei andern begegnet sie nicht.

Man bringt sie in einen Raum, in dem zunächst bloß eine flackernde Kerze zu erkennen ist. Nach und nach erfasst sie Einzelheiten. Nackte Mauern in ausgewaschenem Rot, ein Kellerfenster, von außen mit Brettern zugenagelt. Eine Tür ohne Griff. Bei der Tür ein Mann zu ihrer Bewachung. So also sieht eine Todeszelle aus. Sie sitzt hart. Ein Bürostuhl, man ist hier anscheinend auf Hinrichtungen nicht eingestellt. In der Ecke eine flüchtig hingeworfene Matratze. Wenn sie früher versucht hatte, sich den Tod auszudenken und sich fragte, wie Sterben sein würde, wie es insbesondere sein würde, auf den sicheren Tod warten zu müssen, malte sie es sich entsetzlich aus. Nun, da sie weiß, dass morgen ihr letzter Tag ist, wundert sie sich, wie ruhig sie ist. Sie denkt voller Zärtlichkeit an Chaim. Er kann nicht weit sein. Würden sie einander morgen vor den Gewehrmündungen wiedersehen? Wie gut wäre es jetzt, mit ihm zu reden, wie sie es so oft getan hatten zusammen. Rose fällt ihr ein, die von den Vorfällen nichts ahnt. Allein durch ihre Wankelmütigkeit waren die andern im Schloss jetzt in noch größerer Gefahr. Hätte sie beim dritten Zaun ohne zu zögern getan, was sie für richtig hielt, und hätte sie auch Chaim dies wissen lassen, wären sie alle fünf davongekommen. Jetzt aber würden die Nazis womöglich das ganze widerspenstige Nest von La Hille auf Transport schicken, und auch mit Madame Théophiles Milde wird es nun vorbei sein.

Auf einmal fühlt sie den Drang zu pinkeln. Macht sich die Angst auf diese Weise bemerkbar? Aber es befindet sich kein Eimer im Raum. Der Wächter bringt sie zur Toilette und stellt sich davor. Er erwägt insgeheim, mit hineinzugehen, lässt es aber bleiben. Als gelernter Frisör kennt er die meisten weiblichen Geheimnisse. Doch mag er nicht in die absurde Situation geraten, mit einer Jugendlichen Pipi machen zu gehen.

Sie dreht den Schlüssel nicht, um ihn wissen zu lassen, dass sie keine Hintergedanken hegt. Schließlich besitzt man als Gefangene kein Recht auf Privatheit. In einem Abort den Ort der letzten Hoffnung zu suchen, fällt ihr gar nicht ein.

Dann aber erschrickt sie. Sie befindet sich in der Tat am Ort der letzten Hoffnung. Er ist schmutzig, er stinkt, kletterte sie jedoch auf die WC-Brille, würde sie das rettende Fenster erreichen können. Nicht zu hoch und nicht zu klein. Vorerst entleert sie die schmerzende Blase, dann steigt sie hinauf. Ein Gitter. Sie tastet dessen Rahmen ab. Und stößt gegen einen Riegel. Man hatte ihn außen angebracht. Es gelingt bloß, ihn mit dem Finger zu berühren, indem sie diesen durch einen Spalt zwängt, doch fehlt ihm in dieser gekrümmten Haltung die Kraft, irgendetwas zu verschieben. Bis der Riegel abrupt zur Seite schnellt, und das Gitter aufspringt. Sie zieht sich hoch, klettert mit aller Kraft in die Höhe. Sie hängt, droht zu fallen, stemmt sich mit unerhörter Anstrengung empor, zerkratzt die Wand, fürchtet, Lärm zu erzeugen, und stößt mit dem Kopf jäh ins Freie. Kein Mensch lässt sich sehen, nichts lässt sich hören. Es ist von neuem Nacht geworden. Sie vermag nicht zu erkennen, was sich unter dem Fenster befindet, und lässt sich fallen. Fällt und fällt. Wie eine Ewigkeit kommt dieser Fall ihr vor. Die Landung ist weich, ein Schneebett empfängt sie. Sie lauscht, späht ins Dunkel, rappelt sich hoch, läuft und läuft. Alle paar Schritte sinkt sie ein, keucht, das Herz rast, und weiter, sie ahnt die Richtung, die sie einzuschlagen hat. Sie erreicht eine Straße, rennt quer über ein Feld, dunklem Gestrüpp entgegen, fällt, rutscht, rennt weiter, bis sie aus der Richtung des einstigen Hotels der Naturfreunde in ihrem Rücken Stimmen hört, Rufe durch die Nacht, Lichter gehen an. Sie rückt ab vom Feld, wirft sich in den Graben neben der Fahrbahn, er enthält viel Schnee, sie schaufelt mit Armen und Händen noch mehr von der kalten Masse heran und begräbt sich. Die Leute kommen mit Hunden, und zum ersten Mal auf dieser langen Flucht ist der Schnee nicht mehr ihr Feind. Nach der Angst und Anstrengung muss ihre Ausdünstung verheerend sein, dank der eisigen Hülle lässt sich dennoch keine Witterung mehr aufnehmen und nicht das kleinste Zipfelchen entdecken.

Sie trampen über sie hinweg, und die Lichtkegel ihrer Lampen zünden über das Feld bis zum Wald hinüber statt vor ihre Füße, einer der Hunde läuft gar über Inges Beine, doch er merkt es nicht. Sie bleibt lange liegen, sogar als die Truppe längst eine andere Richtung eingeschlagen hat. Für immer, denkt sie, würde sie des Kommandanten Stimme gellen hören:

– Wer hat sie rausgelassen? Wer hat das zu verantworten? Ich muss sie wiederhaben.

Als am Horizont bereits der neue Tag heraufkommt, erhebt sie sich aus ihrem frostigen Bett. Sie weiß nicht, ob ihr kalt oder warm sei, sie fühlt Arme und Beine nicht mehr. Sie versucht zu rennen, meint aber, ihr müssten dabei vor Steifheit die Knochen brechen. Doch es muss dies der Weg sein, den sie gestern gekommen waren. Das Haus des Roten Kreuzes auf dem Hügel leuchtet von weitem, ach, nur dort hinauf noch, dann ist sie in der Wärme und bekommt zu essen.

Renée zeigt sich abweisend, betrachtet sie missbilligend von oben bis unten und fragt:

– Wo sind die andern?

Inge erzählt unter Zähneklappern die Vorfälle, Renée aber erklärt, wenn es so sei, müsse sie weiter, die Deutschen würden gewiss bald hier sein und nach ihr fragen.

– Geh zurück und versuch es nochmals. Hier kannst du nicht bleiben. Adieu.

Und Inge liest viel Argwohn aus ihrem letzten Blick, als wollte sie sagen: Warum hast du die andern im Stich gelassen? Warum hast du nicht daran gedacht, dass dein Ausbruch ihre Lage noch verschlimmern könnte?

Traurig und erschöpft entfernt sie sich vom Haus auf dem Hügel. War es also ein Fehler gewesen, die einzige Gelegenheit zu ergreifen, um sich zu retten? Hätte sie sich um die andern kümmern sollen? Durfte sie sich als Einzige retten? Überließ sie damit die andern ihrem Unglück? Verriet sie sie? All diese Gedanken waren ihr zuvor nicht eingefallen, sie hatte nur ständig denken müssen, dass sie im Morgengrauen hingerichtet würde. Eine ferne Kirchenglocke schlägt acht Mal, ein neuer Tag beginnt. Sie aber wünscht, sich einfach hinzulegen unter den nächsten Strauch und zu schlafen. Der Erschöpfung, der Angst, aber auch der bohrenden Zweifel wegen. Doch immer wieder hört sie Schritte, Stiefel, Stimmen, sieht aber niemanden. Sie eilt zum Wald, wartet.

Nachdem sie eine Weile durchs Gehölz gestolpert ist, immer in dem schalen Gefühl, verfolgt, beobachtet, eingefangen zu werden, tut sich eine Lichtung auf. Abermals hört sie Stimmen. Keine hundert Meter entfernt unterhalten sich zwei Soldaten. Vorsichtig, um sich nicht durch ein Knacken oder Rascheln zu verraten, schleicht sie zurück in die Dunkelheit der Tannen, der Stechpalmen, blattlosen Holderbüsche und Laubbäume, die wie tot zum Himmel starren. Das Schneien hat endlich aufgehört, dennoch fürchtet sie sich davor, erneut zur Grenze aufzubrechen, zu viele sind noch auf der Suche nach ihr.

Das Laufen strengt sie an. Die Angst jedoch hat sich wieder verflüchtigt. Ihr Körper ist nur noch zu den allernotwendigsten Mühen bereit. Dennoch treibt irgendetwas sie weiter, irgendetwas zwingt ihre Beine, in Bewegung zu bleiben. Wozu hat sie sämtliche Gefahren der letzten zwei Tage überstanden, wenn sie jetzt aufgibt, bloß weil sich noch kein Unterschlupf zeigt, keine heiße Suppe, kein Bett, kein Stück Brot?

Beim Verlassen des Waldes begegnen ihr Menschen, die zur Arbeit gehen, jene Ansammlung von Häusern, auf die sie zustreben, muss Annemasse sein. Sie nähert sich vorsichtig wie hungriges Wild. Sie muss den Bahnhof finden, besitzt aber kein Geld, um zu einer Fahrkarte zu kommen. Ihr fällt das Heim des Roten Kreuzes ein, das in dieser Stadt Schwangere und Wöchnerinnen aus den Lagern Gurs und Récébédou aufnimmt. Vielleicht kann ich mich dort eine Weile verstecken? Eine Passantin nennt ihr die Adresse, und es stellt sich heraus, dass sie wunderbarerweise im Begriff ist, direkten Wegs darauf zuzulaufen. Nur zwei Straßenkreuzungen noch, und sie steht davor.

Die Leiterin, eine Schweizerin Mitte vierzig, erscheint an der Tür. Mit besorgtem Blick zieht sie Inge hastig herein.

– Was ist geschehen?, fordert sie sie auf zu erzählen, und schiebt sie gleichzeitig eine Treppe hoch in ein kleines Wohnzimmer. Schon auf den Stufen berichtet Inge.

Schließlich darf sie sich endlich in ein Bett legen. Müde entkleidet sie sich, alles klebt, der Wollpullover riecht grauenhaft, und die Haut an Armen, Händen und Füßen besteht aus lauter schrumpeligen Verwerfungen. Kaum liegt sie in den sauberen, trockenen Decken, fällt sie in einen tiefen Schlaf.

Aufmerksam lauscht Rose Renées Bericht. Sie ist inzwischen in Feux Follets eingetroffen.

– Wo mag die Gruppe bloß sein? Warum sind sie nicht in Genf angekommen?, fragt sie.

– Bis jetzt gelang allen der Übergang. Bloß ein Zaun, und man ist drüben. Ich selber wähle diesen Weg, wenn ich nicht auf mein Ausreisepapier warten kann, erzählt Renée. Ich verstehe nicht, wie das passieren konnte.

– Ich habe von vielen porteurs aus der Gegend hier gehört. Sie sollen schon Dutzende Kinder hinübergebracht haben.

– Sicherlich. Aber hast du nicht gewusst, dass am ersten Januar die Schweiz das Schutzalter heruntergesetzt hat? Früher musste jemand achtzehn gewesen sein, um zurückgewiesen zu werden. Jetzt schicken sie sie schon mit sechzehn wieder dahin, woher sie gekommen sind. Und sie haben aufs Jahresende die Grenze nochmals dichter gemacht.

– Herrschaft, das war mir nicht bekannt, sagt Rose erregt.

– Die Bevölkerung hat mit Empörung reagiert. Auch Ratsmitglieder in Bern, auch ein Teil des Klerus protestiert. Wie zum Trotz hält die Regierung daran fest.

– Unsere Leute aus dem Untergrund müssen sofort die Geburtstage in den Ausweisen anpassen.

Eine Frau schreitet durch den Korridor, in dem sich die beiden unterhalten. Sie grüßt flüchtig und sagt: Sie müssen Frau Näf sein. Ich habe schon viel von Ihnen gehört. Marthe Bavaud, ich bin hier für die Wäsche zuständig. Ist was passiert?

In kurzen Zügen erzählt ihr Renée, dass eine Fünfergruppe vermisst wird.

– Bitte, Marthe, hören Sie sich um in der Stadt, schließt sie. Vielleicht gelingt es Ihnen, einen Kontakt zu den Grenzbehörden herzustellen.

Sie lebe hier, sie kenne viele Leute, den Bürgermeister sogar persönlich, erklärt Renée an Rose gewandt.

– Jean Deffaugt, ja, den kenn ich gut. Ein großartiger Mensch, sagt die Bavaud. Er riskiert viel, um denen zu helfen, die an der Grenze aufgegriffen werden. Wie heißen die Vermissten?

Im Büro des SRK von Annemasse arbeitet sich die Leiterin an ihrer kolossalen Schreibmaschine ab und tippt eine Depesche an Dubois. Nahezu ununterbrochen bimmelt das Glöcklein, das das bevorstehende Zeilenende ankündigt. Blitzschnell betätigt sie an der rechten Seite der Walze den Umschalthebel und tippt auch schon die nächste Zeile. Sie ist so geschickt, dass sich die Ärmchen, die die Typen auf das Farbband und von dort aufs Papier tippen, bei all der Eile dennoch niemals verkeilen. Sie wieder zu lösen hätte eine zeitraubende Klauberei und blaugefärbte Fingerkuppen bedeutet. Die Direktorin von Feux Follets tritt auf der Durchreise überraschend ein und erfährt von den jüngsten Ereignissen an der Grenze. Die beiden Frauen bekräftigen, dass niemand von dem Versuch, diese Kinder zu retten, Wind bekommen dürfe. Sie beachten dabei den Mitarbeiter im Hintergrund nicht, der seinen Ohren nicht traut. Noch erfüllt er untergeordnete Pflichten in Annemasse. K. hege ehrgeizige Berufspläne, wird gemunkelt, ja, er liebäugele sogar mit dem Amt eines Generaldelegierten. Doch noch ist er dabei, sich einzuarbeiten. Nach seiner Meinung verstehen Frauen zu wenig von Politik, zu wenig vom Krieg und zu wenig von Ehre und Dienst am Vaterland. Sie taugen zum Anlegen von Verbänden, zum Trösten, zum Beten und zum Gebären. Dies entspricht ihrer weiblichen Bestimmung und Natur. Mit Weitblick eine Institution zu leiten, ist hingegen nicht ihre Sache. Ihr gutes Herz in Verbindung mit dem etwas kleinen Verstand macht es ihnen bestenfalls noch möglich, zu sehen, was dieser oder der nächste Tag bringen wird. Zu logischen Schlüssen, die das Verständnis für größere Zusammenhänge erfordern, sind sie unfähig. Mutige Entscheide meiden sie wie der Fisch das Feuer. Ihnen eine Verantwortung wie beispielsweise die Leitung eines Heimes oder eines Büros wie dieses zu übertragen, nennt er bei sich einen leichtsinnigen Entscheid. Kommt es bisweilen vor, steckt wahrscheinlich eine Intrige dahinter. Sowas kann nur mit Komplikationen, wenn nicht in einer Katastrophe enden. Diese ist jetzt eingetroffen und damit die Gelegenheit, auf sich aufmerksam zu machen. Beflügelt reist er sofort in das Zentralbüro von Genf, um zu berichten, was ihm zu Ohren gekommen ist.

Rose beschließt, gleichentags nach La Hille zurückzukehren. Sie wird in Annemasse den Zug nach Toulouse zu erreichen versuchen, um Dubois persönlich Bericht zu erstatten. Falls die Gruppe verhaftet wurde, soll er sie zurückfordern. Schließlich ist ihm dies schon einmal geglückt. Sie würde morgen in Toulouse eintreffen und gegen Abend wieder in La Hille sein. Denn es gilt, um jeden Preis zu verhindern, dass weitere Jugendliche ausreißen. Eine neue Planung steht an.

Auf dem Bahnsteig von Annemasse trifft sie auf Germaine Hommel, die ihr Diktat beendet hat und nun nach Feux Follets zurückreisen will. Sie ist immer noch voller Empörung darüber, dass in ihrer Abwesenheit ... Doch dort, ist das nicht die Kollegin von La Hille? Rose versucht zu erklären, Frau Hommel aber sieht sich im Recht, denn in ihrem Heim war ohne ihr Wissen konspiriert worden. Ohne ihre Einwilligung wurde Fluchthilfe geleistet, waren unerfahrene Leute beauftragt worden. Man hatte ihre Institution, für die sie allein zuständig ist, in verantwortungsloser Selbstüberschätzung der Gefahr einer Durchsuchung und Schließung ausgesetzt. Was wird nun aus all den Hilfsbedürftigen, denen sie Obdach gewähren darf? Würde sie noch in Ruhe arbeiten können? Mit solchen Vorhaltungen konfrontiert sie die vom Herumreisen und von quälenden Fragen völlig erschöpfte Rose.

– Es gibt verschiedene mutige, darunter sehr junge Leute in der Gegend, die die Schleichwege kennen und für diese verzweifelten Menschen ihr Leben und dasjenige der Angehörigen aufs Spiel setzen. Es gibt welche, die nehmen sie bei sich auf, ich weiß von einem Pastor hier in Annemasse, der ihnen in seiner Kirche Obdach gewährt, Pässe besorgt, falsche Namen besorgt. Alles, was es braucht, um sie zu retten, unternimmt er. Ich finde das bewundernswert. Aber dennoch, wir vom Roten Kreuz müssen doppelt vorsichtig sein, lässt sie ihre Kollegin nicht zu Wort kommen.

– Ich halte es nicht aus, entgegnet ihr Rose, dass niemand meine Kinder schützen will.

– Wie undankbar von Ihnen. Das SRK schützt sie.

– Ach, das hab ich ganz vergessen.

– Ich verstehe Ihren Zynismus, liebe Rose. Aber wir müssen vorsichtig sein.

Der Bahnhof steht dicht voller Menschen, viel Militär wie stets und überall. Es wurde hier alles für die Deutschen eingerichtet, will es scheinen, die Schilder, die Informationen. Und in den Wagen müssen alle, die nicht Deutsche sind, schauen, wo sie in dem Gedränge Platz finden.

Rose schaut sich unwillig um, ihr Zug fährt in wenigen Minuten. Da, unverhofft ein vertrautes Gesicht in der Menge.

– Sie entschuldigen, lässt sie die Kollegin stehen. Chaim!

Eine Gruppe von Soldaten marschiert vorbei, in ihrer Mitte führen sie Chaim.

– Du? Was ist, sag! Rose eilt auf die Männer zu. Auf einmal entdeckt sie, dass Chaim mit Handschellen an den einen gefesselt ist. Da kann sie die Tränen nicht zurückhalten.

– Rose, Sie?, sagt er, ist es die Möglichkeit? Er lacht ihr verlegen zu.

Die Soldaten treten dazwischen, doch Chaim bittet, ein paar Worte mit ihr wechseln zu dürfen.

– Ich kenne den Jungen, lassen Sie mich zu ihm, ich suche ihn die ganze Zeit, sagt Rose und wischt die Tränen fort.

Die Soldaten zerren Chaim weiter, und sie wiederholt ihre Bitte. Ohne Erfolg.

– Sie ist meine Heimleiterin, sagt er, lassen Sie mich ein Wort mit ihr reden.

Vor ihren Augen wird Chaim, ihr Favorit, fortgebracht, und sie weiß nicht mal, wohin.

– Was hat er denn getan, ruft sie, was? Sagt es mir.

Ein paar Frauen, die die Szene beobachtet haben, mischen sich ein.

– Habt ihr kein Herz? Seht ihr denn nicht die Frau, wie unglücklich sie ist? Wir Franzosen sind doch nicht so, oder? Es könnte schon morgen Ihren Sohn treffen.

Schließlich lassen sich die Soldaten erweichen.

– Sie glauben, ich bin ein Dieb, sagt Chaim leise, sie glauben, das Geld und das bisschen Brot, das ich dabei hatte, hätte ich gestohlen. Ich sagte mir, besser ein Dieb als ein Jud.

– Da hast du leider recht, antwortet sie und fährt mit der Hand leicht in sein zerwühltes Haar. Er ist mittlerweile so groß wie sie.

– Man hat mich ins Hotel Pax gesteckt, versucht er, sie aufzuheitern, großartig, nicht? Aber es ist jetzt ein Militärgefängnis.

Und wieder zerren die Soldaten an ihm.

– Es sind Franzosen, nicht Deutsche, ruft Chaim ihr noch zu, und da ich noch nicht achtzehn bin, werden sie mich nach einem kurzen Verhör laufen lassen. Ich weiß es.

Die Gruppe verschwindet in der Menge, während schon Roses Zug mit Getöse einfährt. Und an der Lok sieht sie das Schild Danger de mort.

– Und die andern, ruft er ihr über die Schulter noch nach, die andern?

Sie hört es nicht mehr.

Als redeten sie über eine zugelaufene Katze

Inge erwacht, es ist wieder Nacht. Ein blaues Wollkleid liegt auf ihrem Bett bereit. Trockene Schuhe stehen davor. Vor dem Zimmer trifft sie auf die freundliche Direktorin, die sich mit einer Unbekannten unterhält. Diese lächelt heiter und stellt sich als Marthe Bavaud vor. Sie müsse Inge sein, sagt die Frau. Und sie haben Chaim getroffen und den Bürgermeister gesprochen. Es bestehe kein Grund mehr zur Sorge. Chaim werde vor ein Gericht gestellt und mit allergrößter Gewissheit käme er frei. Von den andern keine Nachricht, nein. Zwei Deutsche in Ledermänteln hätten in Feux Follets nach jemandem gesucht, sie hätten Inges Statur und ihr Aussehen angegeben. Renée habe selbstverständlich gesagt, niemanden in der Art gesehen zu haben. Da seien sie wieder abgezogen.

Das junge Mädchen bekommt ordentlich zu essen und legt sich wieder schlafen. Am nächsten Morgen berichtet Marthe, Maurice habe sich gemeldet. Er sei der Ansicht, Inge solle noch heute Nacht den Grenzübertritt ein zweites Mal versuchen. Und zwar wieder von Feux Follets aus. Da macht sie sich zum dritten Mal auf den Weg nach dem Haus auf dem Hügel.

Begleitet von einem älteren Mann aus dem Untergrund namens Marc, geht sie abends um acht von dort wieder weg. Dieselbe Richtung wie vor drei Tagen. Sie hatte Marc angefleht, bei ihr zu bleiben bis zum Grenzzaun. Er versprach es. Die Gegend ist still, bedeckt mit neuem Schnee. Marc zieht den untersten der drei Stacheldrähte in die Höhe, Inge kriecht unten durch, hinein in die Schweiz. Sie achtet darauf, nicht an einem der Stachel hängen zu bleiben. Sie steht auf, wendet sich zu Marc zurück, reicht ihm die Hand hinüber. Zurück nach Frankreich.

– Merci, sagt sie, merci, Marc.

– Los, verschwinde, sagt er, und der Wink, der seine Worte begleitet, will ihr vorkommen wie ein unsanfter Stoß. Bang setzt sie den Weg durch die Dunkelheit fort, allein jetzt, Fuß vor Fuß. Dazu im Kopf dieses Dröhnen, im Magen diffuse Übelkeit. Dies hier ist ein Landstrich, so einsam, ich könnte mich genauso im All befinden, fällt ihr ein, doch nein, hier ist kein All, und überhaupt, ich muss einfach gehen, gehen, immer gehen, nicht nachdenken, bloß Fuß vor Fuß.

Bald stößt sie linker Hand, wie erwartet, auf die Straße nach Genf, entdeckt fern schon die Lichter. Warum bloß hatten sie vorgestern nicht alle fünf diese Straße erreicht? Sie wären ihr entlanggelaufen und hätten ihr dummes Liedchen gesungen, hätten ausgelassen die schneebeladenen Äste geschüttelt, es hätte mit ihnen alles gut werden können. Stattdessen machen die Nazis jetzt mit den drei Festgenommenen das, wovor sie alle fünf sich in Sicherheit bringen wollten. Wäre ich nicht besser mit ihnen geblieben? Ach, und was tu ich stattdessen? Steuere stracks auf die leuchtende Stadt da unten zu. Freue mich zu alledem noch darüber. Von diesen sich widersprechenden Gedanken verfolgt, geht sie am Rand der Straße durch die Januarnacht und bemerkt den Mann zu spät, ist dann aber überzeugt, er könne sie nicht sehen. Zu dunkel sei die Nacht.

Da befiehlt er auch schon: Halt, keinen Schritt weiter.

Sie redet sich ein, nicht gemeint zu sein. Vielleicht ist sonst noch jemand unterwegs. Sie duckt sich, verharrt still, ist ein Busch, nur ein Busch. Der Mann kommt näher, sie atmet nicht, er droht, er werde schießen. Jetzt erkennt sie die Schweizer Uniform. Der würde ihr nichts tun, alles würde gut, redet sie sich zu. Ich bin ja in der Schweiz.

Er befiehlt ihr, ihm zu folgen, und beteuert: Ich hätte beinah geschossen.

Die Polizeistation ist wunderbar warm, im Ofen knistert das sterbende Holz. Man fragt und fragt, die Beamten sind wissbegierig. Ich brauche nicht mehr zu lügen, denkt Inge, endlich kann ich erzählen, wie alles ist und was war. Einzig bei ihrem Geburtsdatum mogelt sie. Sagt September sechsundzwanzig statt September neunzehnhundertfünfundzwanzig. Diese kleine Lüge ist ein Leben wert. Mutti wird es mir verzeihen. Der Geburtstag liegt ja erst ein paar Monate zurück, redet sie sich zu.

Sie füllt Formulare aus und beantwortet wieder Fragen, wird dann aufgefordert zu warten und sieht den Beamten mit sämtlichen Papieren verschwinden. Inge fragt sich, wohin man sie senden würde. Ins Gefängnis, ins Emigrantenlager, oder ohne Umweg zu ihren Pateneltern nach Zürich? Sie hält es kaum aus vor Aufregung.

Da sie allein es geschafft hat, in der Schweiz ist, gerettet. Wie wunderbar, keine Angst mehr haben zu müssen, wie wunderbar. Ein neues Leben kann beginnen. Wenn Mutti mich sehen könnte! Und ganz allein hab ich es geschafft, aus eigener Kraft. Sie versucht, stolz und glücklich zu sein. Das Schicksal der drei Festgenommenen drückt sie jedoch nach wie vor, das Bild von Chaim, der sich als dunkler Schatten durch den Schnee entfernt. Welcher Schmerz, als Einzige entkommen zu sein. Welche Qual, nicht zu wissen, wo ihr Liebster sich jetzt befindet. Das hatte sie nicht bedacht, dass Entkommen so wehtun kann.

Der Beamte kehrt zurück. Gleich würde sie erfahren, wohin sie gebracht wird. Er setzt sich auf seinem knarrenden Stuhl zurecht, ordnet die Papiere, klaubt geduldig mit zwei Fingern die Strickränder seines Pullovers aus den Uniformärmeln und zieht erst den linken, dann den rechten übers Handgelenk. Darauf erst erklärt er, er müsse sie zur Stelle zurückbringen lassen, wo sie sich ins Land eingeschlichen habe.

– Nein, sagt sie kaum hörbar, nein!

– Tut mir leid. Illegale Einreise in die Schweiz ohne persönliche Papiere oder Reiseerlaubnis. Damit lässt sich nicht spaßen.

Warum sagen sie nicht gleich, dass sie den deutschen Judengesetzen verpflichtet sind?, fragt sie sich.

Da sei nichts zu machen, versichert er und steht auf.

Sie habe Paten in Zürich, fleht sie, die sie ganz bestimmt aufnehmen und für sie sorgen würden. Sie werde so bald als möglich weiterreisen und dem Land nicht zur

Last fallen, beschwört sie ihn, sie werde bis dahin jede Arbeit verrichten, sie sei robust und kräftig, auch wenn man es ihr vielleicht nicht ansehe. Sie sei informiert, dass der Schweizer Bundesrat bestimmt habe, wer unter sechzehn sei, dürfe bleiben.

– Du bist siebzehn.

– Nur zwei Monate darüber, bestürmt sie ihn.

– Drei, korrigiert er.

Woher weiß er das?

– Außerdem bist du innerhalb des fünfzehn Kilometer breiten Grenzbereichs aufgegriffen worden, was ganz klar Ausschaffung bedeutet.

Fünfzehn Kilometer, das ist verrückt, er weiß es, fünfzehn Kilometer umfassen den ganzen Kanton Genf, aber Vorschrift ist Vorschrift.

Ein Soldat bringt Inge zu einem Jeep und fährt mit ihr weg. Sie muss dorthin zurück, wo sie nicht nur unerwünscht, sondern am Leben bedroht ist. Wo jeder Schritt einer zu viel sein und jeder Weg in die Grube führen kann.

Das ist die verdiente Strafe, hadert sie schluchzend, wie konnte ich nur so naiv sein, zu glauben, ich, gerade ich käme davon.

Er stoppt.

Inge erblickt ein robustes kleines Bauernhaus und trocknet sich mit dem Ärmel das verheulte Gesicht. In der Ferne flimmert abermals Genf wie eine Frau im Hochzeitskleid, wie ein unerschwingliches, prunkvolles Pfand.

– Meine Frau wird dir was Warmes zu essen geben, sagt der Mann und bringt sie ins Haus.

– Ich will nichts essen.

Sie würde ihm nicht dabei helfen, sein Gewissen zu erleichtern, denkt sie. Nein, das würde sie nicht.

Der Mann erfüllt bloß jenes Gesetz, das ihm vorschreibt, den Abzuschiebenden vor der Rückführung eine warme Mahlzeit vorzusetzen. Er weckt seine Frau, die sogleich eine Suppe wärmt. Schweigend sitzen die drei um den runden Holztisch unter der Hängelampe, eine Katze schnurrt auf ihrem Kissen in der Ecke der Bank. Mit Genuss lässt sie die Krallen spielen. Im benachbarten Zimmer fantasiert ein Kind im Schlaf, die Kuckucksuhr tickt, im Herd singt das Feuer. Im Herrgottswinkel über der Wandbank entdeckt Inge getrocknete Feldblumen vor dem Bild der Heiligen Jungfrau. Der Mann schildert seiner Frau Inges Geschichte und dass er sie zur Grenze zurückbringen müsse.

– O bitte, François, fleht da die Frau, bring sie nicht zurück. Siehst du nicht, wie sie zittert?

– Was fällt dir ein?, lacht er gutmütig, es ist Vorschrift.

– Sie könnte mir mit den Kleinen helfen, wir könnten sie hier verstecken.

– Da, iss deine Suppe, sagt er und stellt eine dampfende Tasse vor Inge hin.

– Sie ist noch so jung. Schau sie dir doch an.

– Lass es, Hélène, Vorschrift ist Vorschrift. Ich kann da nichts dagegen tun.

– Aber ich, antwortet sie, ich behalte sie hier und später sehen wir weiter.

– Ich weiß nicht, lenkt er ein, es ist nicht recht. Iss, Fräulein, du wirst es noch brauchen.

– Ich hab keinen Hunger, versichert Inge, obwohl sie Suppe und Brotscheibe liebend gern sofort verschlungen hätte.

– Brauchst du sonst noch was? Du wirst müde sein. Wir könnten ihr Mutters einstige Kammer geben und eine warme Decke für die Nacht, François.

– Es ist gegen die Vorschrift, nom de Dieu!

– Niemand wird auf die Idee kommen, ausgerechnet hier bei uns nachzusehen. Und ich wüsste in diesem Fall schon eine Antwort.

– Das glaub' ich dir, entgegnet er, aber ich darf nicht. Versteh' doch. Das Territorialkommando hat ihren Fall geprüft und die Rückweisung angeordnet.

– Ich begreife dich nicht.

– Befehle hat man nicht zu begreifen, man hat sie auszuführen.

– Wenn du sie zur Grenze bringst, wirst du keine ruhige Stunde mehr haben in deinem Leben.

– Das braucht nicht deine Sorge zu sein, entgegnet er jetzt scharf.

– Hast du darüber nachgedacht, was aus ihr wird, wenn du sie zurückbringst?

– Nein. Aber ich muss mir immer wieder ausdenken, was aus unserem Land würde, wenn wir all diese Zigtausende durchfüttern müssten, die hereinwollen. Du kennst ja die Situation an den Grenzübergängen nicht.

– Mir scheint, es ist noch Platz genug. Sie beschreibt einen weiten Bogen, als ob sie ihr Haus, Grund und Boden anpreisen wollte. Und gibt es nicht auch Fälle, sagt sie, die aufgenommen werden? Gibt es nicht sogenannte Ausnahmen? Kinder zum Beispiel?

– Ja, die gibt es. Die politischen Fälle. Aber sie gehört nicht darunter.

– Und warum nicht?

– Sie ist Jüdin, nom de Dieu! Siehst du das denn nicht!

– Mein Gott, auch das noch, seufzt Hélène.

Inge hört, wie sie reden, als redeten sie über eine zugelaufene Katze. Oder eine alte Gabel, die sie im Brennholz gefunden haben, und über deren Wert sie sich nicht einig sind.

– Es gibt jetzt seit genau einer Woche einen Zusatz im Gesetz. Der lautet: Flüchtlinge aus Gründen der Rassenverfolgung sind nicht als politische Flüchtlinge zu betrachten.

– Aber diese Rassenverfolgung, ist sie nicht hochpolitisch?

– Hör mal, du kannst mit dem Hitler diskutieren gehen. Oder meinetwegen mit dem Bundesrat. Ich bin nur ein kleiner Grenzer, ich tu, was man mir sagt.

– Und was geschieht mit ihr, wenn du sie zurückbringst?

– Sie wird so, wie sie gekommen ist, wieder zur Grenze gebracht. Also schwarz.

– Und dann, was passiert dann?

– Wer sich widersetzt, wird den ausländischen Grenzorganen übergeben, so verlangt es das Gesetz.

– Und? Was passiert dann?

– Noch etwas Suppe, Fräulein?, fragt er, übersieht, dass ihre Tasse noch voll ist.

– Grenzorgane! Du bist also ebenfalls ein Grenzorgan, legt Hélène los. Aber merkst du's denn nicht? Dieses Wort, das riecht nach nichts. Das hat kein Aroma und keinen Charakter, das ist kein Wort, das ist ein Stück Gummi, ohne Gehalt, da beißt man sich die Zähne aus, und das ist alles.

– So ist halt die Sprache.

– Ja, ja die Sprache. Ist sie es also, die Schuld hat? Je härter ihr zupackt, umso gummiger redet ihr.

Er erhebt sich ruckartig, als befürchte er, wenn er noch eine Sekunde hier bleibe, sei er imstande, gegen das Gesetz zu handeln:

– So komm, wir gehen.

– Was geschieht mit ihr?, beharrt Hélène.

Er sagt: Wir haben viele Formulare ausfüllen müssen auf dem Posten, zu viele, Hélène. Es gibt ein Protokoll. Man käme uns auf die Schliche. Es geht nicht.

Er greift nach dem Mantel, Inge folgt ihm aus der Tür, und obgleich in diesem Augenblick der Kuckuck aus der Wanduhr springt und viermal schreit, seine eisernen Zapfen dabei wie aus Protest nach unten rasseln lässt, schaut sie nicht zurück. Die Atmosphäre, die sie zurücklassen, kommt ihr vor, als ob fortan in dieser Stube Unstimmigkeit herrschen würde. Die Frau wirft dem Mann einen wütenden Blick nach. Sie hat in ihrem Haus an diesem Abend einen Unbekannten kennengelernt, den sie niemals mehr würde achten können.

Im Jeep hebt der Grenzwächter noch hervor: Ich habe die Pflicht, dir mitzuteilen, dass dir die verabredete Übergabe an die ausländischen Grenzorgane droht, wenn du das nochmals versuchst.

Schon gelangen sie zum Zaun und steigen aus. Der Grenzer ergreift Inge beim Arm, sie wehrt sich nicht. Sie ist des Davonlaufens müde. Ihr scheint, je mehr sie sich anstrenge, desto glückloser ende alles. Er aber verdeutlicht seine Aussage noch und sagt, es bedeute auf jeden Fall Gefängnis, wenn sie es nochmals versuche. Griffen deutsche Soldaten sie auf, bedeute es Deportation, da könne sie sicher sein.

Sie wissen, was uns droht, geht es Inge durch den Kopf, sie wissen es. Und dennoch, dennoch ... Warum sind sie so hart? Sie möchten unter sich bleiben, versteht sich, und den Krieg draußen lassen. Wie recht sie haben!

Der Grenzer fasst vorsichtig mit Daumen und Zeigefinger den untersten Draht und hält ihn für sie hoch, wie der unbekannte Mann der Résistance es für sie getan hatte, und wie schon Chaim es vor zwei Tagen getan hatte. Ihr Liebster musste lächeln, nachdem sie durch den Schnee gerobbt war und wie ein Schneemann vor ihm stand. Da hatten sie einander umarmt und gedacht, sie seien am Ziel und gerettet. Ach, Chaim!

Ohne Gruß bückt sie sich, schlüpft hindurch, zurück nach Frankreich, und geht ihres Wegs. Ja, sagt sie sich von neuem, so muss es sein. Dies ist die Strafe.

Der Franzose muss gewartet haben. Nach bloß fünf verlorenen Schritten, kaum hatte sie Zeit, sich zu fragen:

Und jetzt, wohin?, stellt er sie schon. Danach wieder Formulare, Verhöre, wieder eine Zelle, wieder das Warten. Ihr Delikt: unerlaubter Grenzübertritt ohne Papiere, ohne Reiseerlaubnis. Was für ein Stumpfsinn, findet sie, welcher Jude ohne Papiere würde die Schweiz verlassen, wenn er nicht dazu gezwungen wäre?

Schließlich kerkert ein junger Polizist sie ein. Der Franzose stellt eine Tasse Kaffee vor sie hin und sagt: Keine Sorge, bald bist du frei. Du zählst noch keine achtzehn Jahre.

Frei wozu?, fragt sie sich, rollt sich auf einer schmalen harten Pritsche zusammen und versucht zu schlafen. Würde es bloß nie mehr Morgen.

Langsam breitet sich das Zwielicht des neuen Tages aus. Mit Handschellen an eine Fremde gefesselt sitzt Inge in einem Gefängniswagen, der sie nach Annecy bringt. Es sitzen weitere vierzig Menschen neben ihr, alle haben den Versuch gewagt zu überleben. Könnten meine Eltern mich jetzt so sehen, stellt Inge sich vor, ihre kleine Tochter ungekämmt und in Handschellen als Illegale unter Illegalen, und sie stinkt wie diese, ängstigt sich wie diese, steckt wie diese in beschämenden Klamotten. Einem Österreicher unter ihnen scheint die Situation so absurd, dass er sich nur mit Witzereißen zu helfen weiß. Schwer zu schätzen, wie alt er ist, mag um die Vierzig sein oder erst zwanzig, presst den schmutzigen Mantel über der Brust zusammen, die nackten Füße stecken in durchlöcherten Schuhen ohne Schnürsenkel, mit den Armen umklammert er einen Beutel. In seinen hohlen

Wangen zeichnet sich der Schatten eines mehrtägigen Bartwuchses ab.

– Dies also scheint die Art zu sein, wie die Franzosen ausländische Gäste zum Bankett eskortieren, höhnt er.

Die Gefangenen berichten einander leise, sie kämen aus Holland, Belgien, Österreich, Deutschland. Alle unterwegs nach dem Land der Versprechen aufgegriffen. Dem Land der Uhren, der geheimen Konten, dem Land mit dem süßlichen löcherigen Käse, dem Land der Schokolade.

Der Wagen stoppt vor einem Steingebäude mit Gitterfenstern. Auch Inge zählt nun zu jenen, die durch das Sieb des neuen Europa fallen. Sie ist die Jüngste im Transport und wird in ein gesondertes Gebäude gebracht. Es sieht vornehm aus, findet Inge, etwa wie das Haus reicher Leute, bloß verlassen. Seine Erbauer ließen es mit Stuckaturen schmücken, ohne zu ahnen, dass es eines Tages zum Gefängnis würde. Möglich, dass es einer jüdischen Familie gehört hatte und von den Nazis konfisziert worden war, so wie sie in Darmstadt ihr Elternhaus und die Fettfabrik von Opa arisiert haben. Im Keller befinden sich sechs Zellen, von denen die eine Inge zugewiesen wird. Sie erweist sich als eiskalt, weshalb der Aufseher ihr erlaubt, nah beim Öfchen im Gang zu sitzen, das er tüchtig einzuheizen beginnt. Nur nachts schließt er sie, ausgestattet mit einer zusätzlichen Wolldecke, in die Zelle ein. Morgens bringt ein zweiter Aufseher Kaffee, dazu ein Hörnchen. Mittags rückt er einen Tisch zum Ofen, stellt eine Gemüsesuppe, einen Teller mit Schinken- und Käsebrötchen dazu. Die kommen von seiner Frau, wie er versichert. Abends lässt er durch die Nachtwache eine heiße Bettflasche bringen.

– Wohin, so fragt sich Inge, wohin führt das alles? Am Ende wartet die Reise nach Osten. Darum ihre Nettigkeiten.

Kurzschluss

Zurück von Toulouse, zurück im Schloss legt sich Rose bald schlafen. Ausgestreckt unter der Decke lauscht sie dem Murmeln des Baches in der Nacht. Wünscht, er würde die Stimmen und Gedanken, die nicht nur ihr Hirn, sondern den ganzen Körper und darüber hinaus den ganzen Raum besetzt halten, für diese eine Nacht mit sich davontragen. Im Übrigen herrscht Stille, Winterstille. Bis auf den fernen Hund und sein einsames Rufen. Sie zuckt plötzlich heftig zusammen, ihr war, sie stolpere, dann schläft sie ein. Sie träumt schlecht, sieht sich im Bahnhof mit Chaim, immer in Angst, der Zug könnte zu früh abfahren.

Dankbar, dass der Tag endlich da ist, rennt sie zum Bach hinunter, taucht mit einem Sprung ins eiskalte Rinnsal. Wieder im Haus lauscht sie, ob sich im Zwiebelkeller schon etwas regt, lauscht vor den Kammern der jüngeren Buben und Mädchen, kleidet sich warm und steigt dann hinunter in die Küche. Flora kauert schon vor der Feuerstelle, und die Flammen züngeln um den Wasserkessel herum. Leise beginnen die Frauen sich zu unterhalten.

Acht Kinder sind in den drei Tagen ihrer Abwesenheit trotz des Verbots ausgerissen. Einige kamen zurück, andere sandten Nachrichten aus Lyon. Aus der Schweiz sind kurze Botschaften von jenen gekommen, die es noch vor dem Jahreswechsel ohne Probleme über die Grenze geschafft hatten. Der Unterricht wurde wieder aufgenommen. Walter erteilt Mathematik, Edith Philosophie und Französisch. Herr Lyrer vermittelt Literatur und Deutsch. Die alte Irène ist nicht mehr da. Sie fand einen Platz bei Bauersleuten, wo sie sich vor einem Zugriff verstecken und gleichzeitig nützlich machen kann. Die Strapazen einer Flucht traut sie sich nicht zu.

Mehrmals, an gewissen Tagen sogar zweimal, tauchen nun Gendarmen auf. Sie erscheinen im Auftrag der Behörde von Annemasse. Sie halten Listen in den Händen und fragen nach den verbliebenen Jugendlichen über achtzehn sowie den erwachsenen Israeliten. Und nie finden sie wen. Die Gesuchten stecken immer schon im Zwiebelkeller, und es verbergen sich Wachen auf den Türmen. Nähert sich ein Wagen mit einer Eskorte, rufen diese: Kurzschluss!

Im Schulzimmer darf dann kein Heft, kein Stift der Gesuchten liegen. Nirgends dürfen Klamotten ihre Anwesenheit verraten. Ihnen ist eng und heiß in jener Kammer, es soll kein Licht brennen, nicht einmal am kleinen Fenster vorbeigehen oder reden in normaler Lautstärke ist erlaubt.

Mehrmals ermuntern Rose oder Eugen Lyrer die Gendarmen, das Haus getrost zu durchsuchen.

– Nur zu, sagen sie, derweil die Polizisten mutmaßen, man mache sich über sie lustig. Sie suchen unter Tischen, in Schubladen, hinter Schränken, in Koffern, sogar in der Latrine wurde schon herumgestochert und die Betten wurden auseinandergenommen. Sie steigen auch hinauf in Roses Zimmer und ins Zimmer des Lehrers. Sie öffnen den Schrank, schmeißen seine paar Hemden, Hosen und Socken zu Boden, die Bücher, die Briefe und versuchen mit vereinten Kräften, das Möbel zu verschieben, doch sie fluchen und keuchen umsonst, es ist fest mit der Wand verbunden. Und sie ziehen wieder ab. Unverrichteter Dinge. Jene aber, die hinter der Vertäfelung zitternd alles gehört haben, sinken erschöpft in sich zusammen, umarmen einander: Wieder einmal ist es gut gegangen.

Bald nach ihrer Rückkehr wird Rose von der örtlichen Gendarmerie zur Befragung aufgeboten.

– Aus welchem Grund besuchten Sie Toulouse?

– Wir feierten das neue Jahr und besprachen die Lage. Das tun wir jeden Monat.

– Wo? Bei wem?

– Beim Ehepaar Dubois, in den SRK-Räumlichkeiten an der Rue du Taur.

– Es war ein besonderer Monat, nicht wahr?

Sie schweigt.

– Wir sind von Annemasse informiert worden. Zwei Ihrer Juden sollen dort vor Gericht gestellt werden.

– Das ist richtig.

– Wessen werden sie bezichtigt?

– Ich denke, auch das hat man Ihnen mitgeteilt.

– Erklären Sie, wie es dazu kam.

– Seit der Süden des Landes von den Deutschen besetzt ist, gehen beängstigende Gerüchte um. Wir sehen und hören ihre Motorwagen, man erzählt von Razzien. Sogar Kinder holen sie, um sie hinter elektrisch geladene Zäune zu sperren. Man hört von Massakern und Todeslagern. Die Angst unter meinen Schützlingen ist groß. Manche denken nur noch ans Fortgehen.

– Man hat sie ohne Ausweise erwischt, nicht einmal ein sauf-conduit trugen sie auf sich.

– Es sind Kinder, und, wie ich Ihnen sagte, sie haben Angst. Und wer sollte diesen Judenkindern eine Reiseerlaubnis erteilen? Sie wissen doch, dass es ihnen verboten ist, zu reisen.

Drei Stunden wird Rose verhört.

– Halten Sie sich bitte zu unserer Verfügung, wird ihr zum Schluss beschieden, und sorgen Sie dafür, dass sich diese Vorkommnisse nicht wiederholen. Wenn doch, sind Sie verpflichtet, uns sofort Meldung zu erstatten.

– Gewiss, verspricht Rose.

Am nächsten Tag fährt der Bugatti von Maurice Dubois vor. Er verlangt von Rose einen aktuellen Bericht über die Vermissten der letzten Tage und ordnet nochmals mit Nachdruck an, weitere Abgänge um jeden Preis zu verhindern.

Sie hatte die eine leise Hoffnung bewahrt, dass er ihr trotz allem beistehen würde. Dass er Verständnis dafür hätte, wenn sie ihre großen Knaben und Mädchen sowie die Schlesingers retten will.

– Denke ich an das Erlebnis von Le Vernet zurück, fällt es mir schwer, mich an das Verbot zu halten, Maurice. Sie scheinen irgendwie damit klarzukommen. Wie nur gelingt Ihnen das?

– Versuchen Sie, sich in die Lage des Roten Kreuzes zu versetzen. Erstens: Es untersteht dem Schweizer Militär. Zweitens: Es ist dem Bundesrat gegenüber verantwortlich, er hat bei allen Entschlüssen das letzte Wort. Regierung und Armee sind drittens der Neutralität verpflichtet. Was heißt das in unserem Fall? Es heißt, dass … es heißt, wenn wir Judenkindern, wenn Sie ihnen als Angestellte des SRK aktiv zur Flucht vor den Deutschen verhelfen, so heißt das, unser Werk gerät in Verdacht, der Neutralität entgegenzuhandeln. Verstehen Sie, es geht um die Neutralität, die Unabhängigkeit. Sie würde unglaubwürdig.

Neutralität, geht es Rose durch den Kopf. Ein Wort, das der Krieg geboren hat. Der Krieg nährt es und hält es am Leben. Es ist ein Diener vieler Begehren. Dem Bundesrat dient es als der Stacheldraht, den er und seine Obersten um das Land legen und um die Herzen der Menschen.

– Ich weiß von mutigeren Regierungen. Dänemarks König stellt sich offen hinter seine Juden. Er droht, selber mit dem Stern auf die Straße zu gehen, falls er in Dänemark eingeführt würde, wirft sie ein.

– Bleiben wir bei der Sache.

– Maurice, sagt sie, ich anerkenne Ihre Überlegungen. Ich sehe dennoch keinen Weg, wie ich Ihrem Auftrag gerecht werden soll.

– Rose, ich zähle auf Ihre Loyalität.

– Wir nähren die Kinder, wir schulen sie. Wozu? Um sie bis zum Abtransport einfach ein wenig aufzuheitern?

– Kein guter Witz, Rose.

– Ich mag den Kindern zu fliehen verbieten und weiß zugleich, dass sie heimlich trotzdem gehen werden. Und ich bin von Herzen froh darüber. Bloß muss ich zusehen, wie sie allein und schutzlos davonziehen. So betrachtet bin ich auf der ganzen Linie eine Versagerin.

– Davon kann keine Rede sein. Wir schätzen Sie.

– Man kann es drehen, wie man will. Ich werde Ihnen schriftlich meine Demission einreichen und in die Schweiz zurückkehren.

– Kommt überhaupt nicht in Frage. Wie soll es in La Hille angesichts der Turbulenzen ohne Sie weitergehen? Im Gegenteil bitte ich Sie, mich morgen nach Foix zur Präfektur zu begleiten und dort über das unbesonnene Davonlaufen der Kinder Bericht zu erstatten.

Rose erkennt, in welch grausamer Zange auch Dubois festsitzt, vielleicht mehr als sie selber, erwägt sie. Sie ist sicher, die Arbeitsgemeinschaft hatte vor dem Zusammenschluss mit dem Roten Kreuz ihre Hilfe für die Kinder niemals abhängig gemacht von Rasse, Religion oder politischer Auffassung. Allein die Bedrängnis eines Menschen ist entscheidend, seien es Hunger, Verfolgung oder Verlust der Heimat. So hatte es einst Maurice im Gespräch mit ihr, Rose, gesagt. Sie erinnert sich genau. Das SRK schützt in diesem Krieg die Menschen in den Lagern vor dem Verhungern und Erfrieren, es leistet medizinische Hilfe in den Lazaretten, es rettet damit viele vor dem Tod, seinen Leuten wird überall Zutritt gewährt. Es schützt jedoch nicht vor Rassenwahn, nicht vor Rückweisungen, nicht vor Deportation.

Rose hat aber von weniger bekannten Organisationen gehört, darunter jüdischen, von den maquisards, von Privatleuten und Kirchenleuten, Frauen und Männern, die ihr Leben für die Rettung jüdischer Kinder riskieren. Allein auf diese Menschen richtet sich ihre Hoffnung.

Und selbst in der Schweiz, so hört man, wollen sich viele nicht mit der harten Haltung der Regierung abfinden. Sie sind der Meinung, es sei unmenschlich und unschweizerisch, Menschen, die ihrer Religion wegen verfolgt werden, nicht zu schützen.

Leutnant Gabrielle wartet schon vor dem alten Gemäuer, als die beiden anderntags von Foix zurück sind. Er beabsichtigt, Maurice Dubois und Rose Näf für die missglückten Fluchtversuche von Neujahr und die Episode in Annemasse zu rügen. Er lässt die beiden jedoch wissen, dass all dies kein Nachspiel haben werde. Die Besatzer würden nichts erfahren, unterstreicht er. Dabei ahnt er nicht, dass die deutsche Behörde über das Geschehen an der Grenze bereits informiert wurde. Die Schweiz selbst hatte dies unternommen und sich von den Ereignissen in aller Form distanziert.

Francine würde er davon auch nicht erzählen, hat er sich geschworen. Sie beherbergt einen deutschen Offizier im Haus, und Gabrielle ahnt, was die beiden miteinander treiben, wenn er im Dienst ist. Man trifft kaum mehr zusammen, ohne dass sich der großgewachsene Blonde in der Küche sein Essen bestellt, im Salon seine Pfeife raucht, und das Telefon benutzt. Da steht er dann in seinen Hochglanzstiefeln, von Gabrielles Dienstmädchen jeden Morgen mit Spucke poliert, und bellt Worte in den Apparat, die keiner versteht. Er liest Bücher, er ist gebildet, Francine beeindruckt er ungeheuer. Er,

Gabrielle hingegen, eher gedrungen, unbelesen, ungeschniegelt, wüsste von niemandem, den er bezaubert. Seine Uniform ruft vielleicht Unbehagen, oft sogar falsche Freundlichkeit hervor, und das war's dann.

– Passons l'éponge, sagt er zu Maurice, die Boches werden von diesen unschönen Geschichten nichts erfahren. Schwamm drüber.

Dubois Händedruck fühlt sich warm und kräftig an, als er sich von Rose verabschiedet und ins Auto steigt. In seinem Blick liest sie kein Missfallen, sondern zurückhaltende Anerkennung. Und noch etwas anderes, über das sie später nachdenken will, das Bedauern vielleicht, auf seinem Standpunkt beharren zu müssen. Und der Wunsch, dass das alles bald ein Ende habe.

In der folgenden Nacht, als Rose zwischen drei und vier Uhr schlaflos am Fenster steht, sieht sie plötzlich zwei Gestalten aus dem Haus huschen und Richtung Straße laufen. Soll sie rufen, ihnen nachrennen? Sie haben sich entschieden, zu gehen, reißt sie sich zusammen und flüstert:

– Adieu, les enfants, und ein langes Leben. All diese verlorenen Kinder, sinniert sie, indem sie dem Fenster den Rücken kehrt und weint.

Wenige Tage danach nähern sich drei Wanderer von Pailhès her dem Schloss. Es ist der achte Januar, und es geht gegen Mittag. Sie nähern sich so bestimmt, dass unschwer zu erraten ist, wie sehr ihnen der Ort vertraut ist. Sie sind für diese Reise im Besitz gültiger Papiere und tragen angesichts des unerwarteten Tauwetters eher unangemessene Kleidung. Hingegen fallen die neuen Schuhe auf, die sie tragen. Die Person in der Mitte führt einen leichten Koffer mit, das junge Mädchen zu ihrer Linken kommt mit leeren Händen, der Halbwüchsige rechts trägt einen Rucksack. Sie gehen schweigsam, scheinen einander jedoch nicht fremd zu sein. Sie könnten gar als Geschwister durchgehen. Geschwister, die heimkehren. Oder Geschwister, die sich wünschen, es werde eine Heimkehr sein. Insbesondere das junge Mädchen fürchtet sich vor der Begegnung mit den vertrauten Gesichtern, von denen sie geglaubt hatte, sie nie wiederzusehen. Wie würde es sein, als jemand zurückzukehren, der so schwer versagt hat? Nichts gewonnen, nur verloren. Renée bringt Inge und Chaim gemäß richterlichem Auftrag aus Annemasse zu Rose zurück. Und zwar genauso unbeschadet, wie vom Gericht angeordnet. Der Richter von Annemasse hatte ihren Fall im Schnellverfahren begutachtet und die beiden darauf aufmerksam gemacht, dass man sich in einem fremden Land an Ordnung und Gesetze zu halten habe. Er spreche sie frei unter der Voraussetzung, dass eine Autoritätsperson sie dahin zurückbringe, woher sie gekommen seien. Als zweite Bedingung verlange er, dass sie keinen nächsten Fluchtversuch über die Grenze unternähmen.

Chaim geht an Renées rechter Seite und freut sich unendlich über die Rückkehr. Er fragt sich, wer sich noch in der Kolonie befindet, ob Heinz und Walter am Musizieren seien und was Flora heut Mittag kochen wird. Er freut sich nicht auf die Enge im Zwiebelkeller, jedoch mit Ungeduld auf seine Bücher, seine wenigen, aber sauberen Kleider, auf die Arbeit in der Schreinerei und den Unterricht für die Jüngeren. Und ja, er ist auch ein wenig stolz auf das Abenteuer, das hinter ihnen liegt, und dass es ihm gelungen ist, sich als Dieb aus der Affäre zu ziehen. Und vielleicht, vielleicht ist ein Brief für ihn gekommen. Ihm ist, er sei wochenlang fort gewesen.

Inge fürchtet Roses Blick und den Vorwurf darin. Sie hatte sich der Verantwortung, die ihr und Chaim übertragen wurde, als unwürdig erwiesen und ihre drei Freunde ihrem Schicksal überlassen. Rose wird ihr das nicht verzeihen. Sie stellt sich hinter die andern, als die Directrice ihnen im Hof entgegeneilt. Warm und herzlich begrüßt diese Renée, packt Chaim bei den Schultern und zieht ihn kurz und lächelnd an sich. Sie wendet sich Inge zu, fasst auch sie bei den Schultern und gibt ihr mit einem langen Blick voller Wärme zu verstehen, wie froh sie ist über Inges Rückkehr. Nichts, aber auch nicht die Spur eines Vorwurfs liegt darin. Bei sich denkt Rose, mager ist die Inge in diesen wenigen Tagen geworden und um Jahre älter. Doch sie drückt einfach nur Freude und Erleichterung übers Wiedersehen aus. Aus den Fenstern lehnen und krakeelen die anderen Kinder, manche waren hinter der Directrice ins Freie gerannt und gucken nun neugierig und voller Bewunderung auf ihre großen Freunde, die verschwunden und auf einmal wieder zurückgekommen sind. Besonders Sarah, Inges Sorgenkind, dessen Ersatzmutter sie sein darf, kommt freudig auf sie zugerannt.

– Ich f...reu f...reu m..., sagt sie, und Inge nimmt sie heulend in die Arme. Das stumme Kind, scheint ihr, verstehe alles.

Da außer Rose niemand gewusst hat, dass die beiden gemeinsam mit den drei andern davongegangen sind, erkundigt sich vorerst niemand nach ihnen. Doch was würden sie antworten, wenn jemand fragte? Was Henri erzählen, Manfreds kleinem Bruder? Würde Maurice die drei retten können? Und wann würden Inge und Chaim endlich allein sein? Am quälendsten empfanden die Zurückgekehrten jene einzige, jene allerschwerste Frage: Was werden wir den Eltern unserer Freundinnen und unseres Freundes sagen, wenn es Maurice nicht gelingt, sie zu befreien? Es gibt unendlich viel, über das sie nachzudenken haben.

Während Flora den ewigen Maisbrei mit etwas Topinambur auf den Tisch bringt, werden die beiden Zurückgekehrten nun doch bestürmt. Aber sie mögen nicht reden. Womit anfangen, mit welchen Worten? Sie hatten in einen Abgrund geblickt, hatten all ihre Pläne schon verloren geglaubt. Und dann die drei Vermissten, deren Betten im Zwiebelkeller leer bleiben, leer. Inge schaut sich nach Judiths Püppchen um. Sie weiß, es ist umsonst.

Sie beginnt, die Erwachsenen zu verdächtigen. Sie glaubt, diese täten nur so, als freuten sie sich über ihre Rückkehr, insgeheim hegten sie einen Groll gegen sie. Was bleibt ihnen denn angesichts der leeren Betten, angesichts Henris Trauer, angesichts der leeren Stühle in Speisesaal und Schulzimmer? Und sie fragt sich, was wirklich mit ihr geschehen wäre anderntags in der Früh, dort im Hotel der Naturfreunde. Hätten sie sie wirklich hingerichtet? Wärst du geblieben, so ging sie mit sich ins Gericht, wären wir alle gewiss zurück. Warum hast du nicht den Morgen abgewartet? Die hätten dich nicht erschossen, nein, die hofften doch bloß, dass du zusammenbrichst. Aus Rache für deine Flucht haben sie die andern drei fortgebracht, deinetwegen, Inge.

Nach dem Abendessen stehlen sich Inge und Chaim hinaus in die Nacht. Seit sie bei Gericht auf den Urteilsspruch hatten warten müssen, waren sie nie mehr ungestört gewesen. Daher berichteten sie einander erstmals von den durchlebten Tagen und Nächten seit jener Trennung im Schnee.

Chaim erzählt, er habe bis zu der Stunde geglaubt, sie und die andern drei seien längst in Sicherheit. Er schildert Inge, wie er erschrak, als vor Gericht neben seinem Namen auch der ihre aufgerufen wurde. Er erzählt von seiner Angst, als er damals allein durch den Schnee zu dem Licht gestapft ist. Und von der Sorge danach, sie alle vier würden auf die Idee kommen, ihm zu folgen.

Inge betrachtet sein Gesicht, während er redet, seine Brauen, die sich auch jetzt wieder über den Augen bauschen, seinen warmen dunklen Augen.

Sie beobachtet seinen Mund, zögert und legt dann einen Finger an seine Lippen, seine weichen sanften Lippen. Sie gleitet mit den Augen über sein Haar, das dunkle, dessen Fülle ihm auch jetzt immer wieder in die Stirn fällt. Sie vermag kaum zu fassen, dass sie ihn wiederhat und den Gedanken, ihn verloren zu haben, endgültig verscheuchen kann.

– Ich spürte sofort, sagt er, dass sie mir kein Wort glaubten. Meine Geschichte belächelten sie nur. So in der Art: Nette Geschichte, stinkt aber zum Himmel. Sie brachten mich aber dennoch nach Annemasse zur Polizei, um mich als Dieb vor Gericht zu stellen. Aber sag, was war denn geschehen, Inge, warum haben sie euch erwischt? Ich dachte, ihr wärt in der Schweiz.

Inge bringt stockend ihre Geschichte vor. Das letzte Gespräch im Schnee, Judiths letzte Worte, die sie an Inge richtete: Du wirst deinen besten Freund nicht im Stich lassen.

Wie sie im Gestöber an der Grenze um eine Entscheidung rangen, wie sie getrennt wurden, wie sie Manfreds Schreie hörten. Von ihrem Sprung aus dem Fenster erzählt sie, von den Hunden der Grenzer, die über sie hinwegliefen. Wie sie im Keller des jüdischen Hauses eingekerkert war und wie die Wache an der Tür des Gerichts von Annemasse ihren Namen rief und sie aufforderte, mitzukommen, etwas später das Urteil, das Aufatmen.

Chaim sagt nur das eine, nachdem sie geendet hat: Unglaublich, Inge, unglaublich.

Und wie sie an diesem Abend draußen in der Dunkelheit stehen, ganz nah beieinander, fühlen sie sich dennoch einander ferner als ein Stern dem andern. Inge grübelt über Chaims Bemerkung nach. Warum hat er das gesagt? Warum unglaublich? Sie hätte ihn fragen sollen, fürchtet aber seine Antwort.

– Judiths Püppchen, sagt sie, Judith hatte zum Einschlafen immer ihr Gretchen im Bett. Es ist fort. Ich hab im Zwiebelkeller überall nachgesehen, und die drei Betten sind alle so schrecklich leer. Sie weint. Sie hat es bestimmt dabeigehabt.

– Das Püppchen tröstet sie jetzt dort, wo sie sind, sagt Chaim.

– Es besaß nur noch ein Auge und keinen Mund mehr, schluchzt Inge.

– Ich denke, Dubois wird es schaffen, sie alle drei zu befreien.

– Ich wünsche es so sehr, Chaim.

– Weine nicht, tröstet sie Chaim, entschlossen, sie aufzuheitern.

– Was haben sie denn getan?

– Hör zu. Wohin bringt ihr ihn?, fragte ein Zivilist, als sie mich abführten. Der Leutnant antwortete nicht. Ein Jud, nicht wahr?, meinte der andere und spuckte vor meine Füße, aufhängen sollte man dich, du Saujud. Ich hatte ihm nichts getan.

– Grauenhaft, murmelt Inge.

– Der war noch jung. Weißt du, der hat von Kindsbeinen an nichts anderes zu hören bekommen.

– Wirst du es dennoch eines Tages wieder versuchen?

– Du meinst über die Grenze? Nein, entgegnet Chaim, ich verstecke mich besser bei Bauersleuten und arbeite dort. Was ist mit dir?

– Ich habe Angst, und dennoch: Bleiben steht für mich außer Frage.

– Du könntest arbeiten gehen wie ich.

– Wir beide zusammen, das wäre schön.

– Ich halte das für unmöglich.

– Warum? Wir könnten es versuchen. Ich möchte dich nicht verlieren, Chaim, sagt sie und nimmt seine Hände in die ihren.

Er zieht sie zurück. Sie sehnt sich nach einem Gefühl, das sie fortreißt. Aber er weicht aus, er brauche Zeit, sagt er.

– Du etwa nicht?

– Wie viel Zeit bleibt uns denn?, antwortet sie. Sie presst einen langen Kuss in seine beiden Handflächen. Jäh schüttelt sie all ihre Vorbehalte und Ängste von sich, löst die Hände von den seinen und knöpft langsam ihre Bluse auf, Chaim dabei nicht aus den Augen lassend.

Chaim erschrickt, vermag den Blick jedoch nicht von ihren Händen loszureißen, die da immer mehr Haut, mehr Körper entblößen. Was tut sie, er fühlt, wie es pocht in ihm, als ob ein kleines Tier sich zu befreien sucht. Inge sieht seine Augen sanft werden, seine Brauen sich leicht zusammenziehen, dann streckt er zögernd seine Hand aus, nähert sie schüchtern und sehr langsam den beiden runden vollen Halbkugeln, über die das Unterhemd sich spannt. Sie mag es, nie zuvor hatte einer seine Hand auf ihre Brüste gelegt. Keins von beiden ist mit dem Blick seiner Hand gefolgt, sie sehen nur die Augen des andern, leer und dunkel geworden vor Verlangen. Alle Anspannung fällt von Inge ab. So also fühlt man, so also ist es mit dem Mann, den man liebt, und sie neigt sich ihm zu, umfängt ihn, liebkost ihn, küsst Stirn, Haar und Nacken, und auf einmal spürt ihre Zunge verwundert und befremdet die seine. Er schiebt sie sacht zwischen ihre geöffneten Lippen und Zähne, sie folgt dem Suchen und Tasten, sie tut es ihm nach, ihr ist, als liefen Ameisen über ihren Rücken, und es erfasst sie eine Art Taumel, eine Art Schwäche und eine Lust, die stärker ist als alles, was sie gekannt hat zuvor.

Da, der Ruf: Kurzschluss.

Sie rennen ins Haus, auch vom Turm her eilen Schatten, und rauf in den Zwiebelkeller, kein Licht, kein Wort, keine Bewegung, es ist totenstill ums Schloss, nur das Rattern des Wagens der Gendarmen lässt sich vernehmen.

– Sie schon wieder, sagt jemand in der Dunkelheit.

– Wir prüfen die Verdunkelungen.

– Sie belästigen die Kinder.

– Vorschrift, Madame.

K., dem Mitarbeiter aus Annemasse, muss zumute sein wie dem Osterhasen auf Eierreise, als er, erfüllt von seiner hochwichtigen Mission, auf kürzestem Weg das Zentralbüro des SRK in Genf aufsucht. Sein Übereifer sollte, was die Wichtigkeit der Sache angeht, diese geradezu herbeibeschwören. Der traurige Zwischenfall an der Grenze lässt sich nicht mehr ungeschehen machen und nimmt nun einen überstürzten Lauf: offizielle Schreiben reisen hin und her. Selbst ins deutsche Quartier von Lyon verschickt das Rote Kreuz dienstfertig einen Bericht betreffs erfolgter Grenzübertretung, nach Berlin sogar eine Entschuldigung. Und bereits am siebten Januar befiehlt Oberst Remund, Präsident der Kinderhilfe, dass Mademoiselle Näf, Direktorin der Kolonie Château La Hille, «sofort ihr Mandat niederlegt und in die Schweiz kommt, um einen Rapport zu machen, und dass auch der Botschafter Stucky und Herr Dubois in die Schweiz kommen, um einen Rapport zu machen».

Botschafter Stucki in Vichy reagiert ungehalten. Diese Leute sitzen in ihren gepolsterten Sesseln und machen sich keine Vorstellung von den Zuständen hier in Frankreich, wettert er. Hätte der kopflose Junge sein Maul gehalten, wäre die Sache für uns erledigt gewesen. Zumal der Präsident des IKRK auch der Aluminium-Industrie als Präsident vorsteht, welche Hitler den Stahl für die Sturzkampfflieger liefert. Warum jetzt diese Aufregung, warum den Ereignissen diese Bedeutung beimessen? Wir hätten in Ruhe mit den Deutschen verhandelt, um die drei verschleppten Jugendlichen zurückzuholen. Jetzt aber opfern sie sie der Beschwichtigungspolitik. Sogar zu einem Damenopfer glauben sie sich verpflichtet. Als Maßnahme gegen außen, wie es nun vermutlich heißt. Um Beschwerden der Nazis zuvorzukommen.

– Merde!, sagt er und greift zum Telefon. Seit Anfang Jahr ist die Grenze geschlossen. Um eine Bewilligung für eine Reise nach Bern zu erhalten, muss man sich drei bis vier Wochen gedulden. Sogar als Diplomat. Die Angelegenheit scheint dem Botschafter so viele Umtriebe nicht wert.

Maurice Dubois ist selber am Apparat. Stucki bittet ihn und Rose Näf zu sich ins Büro.

Mit einem Aufgebot vom Schweizer Botschafter hat Rose gerechnet, es beunruhigt sie deshalb nicht weniger. Was sie getan hat, würde sie wieder tun. In den Augen derer jedoch, die den Zwirn der Geschichte drehen und ihre bunten Fähnchen in die Landkarten setzen, gilt es als schwerwiegendes Vergehen.

Der Weg vom Schloss nach Pailhès zur Bahn ist ziemlich beschwerlich, der Januarmorgen regnerisch und finster. Als Rose im kleinen Bahnhof eintrifft, setzt sich der Zug eben in Bewegung. Träge, aber unaufhaltsam dampft er an ihr vorbei. Auch das noch, schimpft sie, die Ärgernisse folgen einander unverschämt häufig in letzter Zeit. Ich bin längst bedient, denkt sie, aber ich scheine alle Arten von Heimsuchungen magnetisch anzuziehen. Sie telefoniert am öffentlichen Apparat im Bahnhof und entschuldigt sich ordnungsgemäß. Das Verpassen des Zugs, stellt sie wenig später fest, ist im Grunde kein böser Zufall, nein, ein prächtiger Glücksfall. Er erlaubt ihr, in Ruhe nachzudenken, wozu Zeit und Muße bisher gefehlt hatten. Sie würde nun besser auf die Unterredung beim Botschafter vorbereitet sein. Auf der harten Bank im ungeheizten Warteraum zieht sie Bilanz und kehrt später ins Schloss zurück.

Als sie anderntags gegen Mittag Herrn Stucki aufsucht, hat dieser Maurice und Ellen Dubois bereits befragt, doch für das Verhör mit Rose hat er sie erneut aufgeboten. Die Begegnung findet in einem gepflegten und gut beheizten Hotelzimmer statt. An einem Tisch zücken zwei Stenographinnen ihre Stifte, der Gesandte wartet hinter seinem Schreibtisch und empfängt Rose mit strenger Miene. Nach der formellen Begrüßung bittet er sie, sich zu setzen. Sie nimmt in einem weichen Sessel mit reichlich Kissen und zierlichen Füßen Platz. Ausladende Armlehnen umfangen sie. Lange hat sie nicht mehr so komfortabel gesessen. Der Botschafter beginnt ihr Vorhaltungen zu machen, ob sie denn glaube, das Recht und die Mittel zu besitzen, von sich aus die Lage im Land politisch zu beurteilen. Er macht ihr im Beisein der beiden Dubois die Hölle heiß. Nichts anderes scheint von ihm erwartet zu werden.

– Was brachte Sie dazu, rügt er, die Kinder als schutzlos zu betrachten?

Rose zögert nicht und breitet ihre Sorgen aus, erzählt von der berechtigten Angst der älteren Kinder.

– Sie haben Ihnen Geld gegeben, Geld, das für andere Zwecke gebraucht werden sollte. Was dachten Sie sich dabei, Frau Näf?

– Ich beschloss, vom Geld, das die Patinnen und Paten hie und da schicken, denjenigen, die gehen wollten, etwas auszuhändigen. Ich habe zu helfen versucht, weil ich ihr Recht auf Freiheit und auf ein Leben ohne Angst im Auge hatte.

Während sie ausführlich von den Geschehnissen der letzten Monate berichtet, sorgt sich Rose, dass sie hier bloß ihre Zeit vertut. Wer kann wissen, wie viele ihrer Kinder unterdessen im Begriff sind, zur Schweizer Grenze aufzubrechen? Und warum eigentlich kommt hier nur das Risiko für das Werk zur Sprache und nie die Gefahr, in der die Kinder sind? Stattdessen herrscht man mich an, als ob ich die Sünderin sei.

– Sie wissen doch hoffentlich, dass dies ein unverzeihlicher Fehlentscheid war?

– Damals nicht, nein. Der Plan war, nach und nach die ganze Kolonie zu leeren. Aber dann schlossen die Schweizer Behörden am 13. August die Grenze hermetisch ab, und Ende Dezember trat das Gesetz in Kraft, dass die Juden keine politischen Flüchtlinge seien. Ja, wenn man dieses Dekret der Schweizer Regierung berücksichtigt, könnte man sagen, dass es ein Fehlentscheid war. Aber, Herr Stucki, wer Inge bei ihrer Rückkehr gesehen hat, konnte die durchgestandenen Schrecken an der Grenze von ihrem Gesicht ablesen.

Unverhofft beendet der Botschafter das Gespräch, da er außer Haus gerufen wird. Zu Rose, Ellen und Maurice sagt er, sie dürften sich zurückziehen. Kühl verabschieden sich die drei von Rose.

Erleichtert, draußen auf der Straße und wieder in der belebenden Winterluft zu sein, entlädt sich die angestaute Wut. Warum sind Menschen so? Nie, denkt sie, nie werde ich den Krieg verstehen. Alle diese bedeutenden Männer in ihren bedeutenden Ämtern, sie hätten doch die Macht, das feige Netz von Eigennutz und Mutlosigkeit zu zerreißen, in dem sie gefangen sind. Doch wie lautet die Erkenntnis jenes berühmten Mannes, dessen Namen ich vergessen habe? Es gibt Menschen des Gewissens und Menschen der Macht. Jene der Macht sind der Ehre und dem Gehorsam bis in den Tod verpflichtet. Menschen des Gewissens allein dem Herzen.

Sie schließt die Tür ihres Hotelzimmers, zieht die Schuhe aus, löst das Haar und wirft sich rücklings mit ausgebreiteten Armen quer übers Hotelbett. Stimmen und Schritte der unterschiedlichsten Menschen dringen durch Wände und Böden. Die besonnten Zimmer zur Straße hin sind von Militärs bewohnt, die Hinterzimmer von Emigranten und Emigrantinnen, Dichterinnen, Malern und Schauspielerinnen, die der Krieg aus ihrer Arbeit gerissen hat. Sie wohnen hier mit falschen Papieren und vorübergehenden Namen, suchen Arbeit, suchen Nahrung und knüpfen ihre geheimen Kontakte, immer in der Hoffnung, noch einmal davonzukommen. Sie sinniert über ihre eigene stupide Lage. Und so groß ihre Entrüstung über das Erlebte ist, keine Minute schwindet die Sorge um ihre Kinder.

Ein Klopfen an der Tür. Es geht gegen sechs Uhr, wer mag das sein? Ein Botschaftsangestellter steht im Korridor mit der Aufforderung, nochmals zu Herrn Stucki zu kommen. So spät noch?, wundert sich Rose, hat die Botschaft nicht längst geschlossen? Lustlos schleppt sie sich durch die abendlichen, fast nur von Soldaten belebten Straßen. Auf erneute Rügen ist sie nach den Ereignissen des Morgens nicht erpicht.

Daher ist ihr Erstaunen groß, als der Gesandte sie mit liebenswürdiger Geste ins Büro bittet und einlädt, sich zu setzen.

– Ich möchte Ihnen einfach noch sagen, Frau Näf, wie glücklich ich bin, dass es Schweizerinnen wie Sie gibt.

Sie sieht verblüfft sein verändertes Gesicht, versteht plötzlich, dass er die Lage ihrer Kolonie viel besser begreift, als es wenige Stunden zuvor den Anschein machte.

– Warum?, fragt sie verunsichert.

Fürsorglich fragt er: Brauchen Sie Geld? Es gibt nämlich einen Fonds von Industriellen. Er ist für Fälle wie La Hille gedacht.

– Vielen Dank, meine Ausgaben deckt das Büro in Toulouse.

Er könne sonst nichts für sie tun, bedauert er, außer …, und öffnet einen Schrank so weit, dass auch Rose hineingucken kann.

– Das hier.

Stapel von Schokoladetafeln türmen sich im Schrank! Er häuft so viele davon in Roses Arme, wie sie nur zu tragen vermag.

– Bringen Sie Ihren Kindern mit, so viel Sie wollen. Ich bin beeindruckt, mehr als Sie ahnen.

Auch hinter Maurice und Ellen liegen angespannte Stunden. Zweifel und die Suche nach einer zufriedenstellenden Antwort auf all die Ereignisse und auf die Frage, wie man am klügsten weitermacht, lassen sie nicht ruhig schlafen. Sie kommen wiederholt auf das Gespräch mit Stucki und Rose zurück.

– Man wird die Kinderhilfe nicht für das kritisieren, was sie in der Schweiz tut, aber für das, was sie im Ausland nicht tut, bemerkt Maurice.

– Hätte man ein Wort für Rose einlegen sollen?, sagt Ellen nach einer Weile.

– An ihrer Stelle hätte jeder und jede handeln sollen wie sie.

– Man wüsste nicht wie weiterleben, wenn es anders wäre.

– Dass man heute bei allen Entscheiden immer mit einem Sieg Hitlerdeutschlands rechnen muss, stöhnt Maurice.

– Muss man?

– Wär doch dieser Alptraum vorbei.

Anderntags besteigen sie mit Rose den Frühzug zurück nach dem Süden, während Botschafter Stucki seine Antwort an Oberst Remund von der Kinderhilfe abschickt und auch gleich den Rapport der Einvernahme beilegt. Sein Schreiben, das den Behörden eindringlich die Lage im Land vor Augen führt und die Panik beschreibt, die gerade die Kinder von La Hille erfassen musste, ist lang geworden. Er empfiehlt, keine Versetzung von Rose vorzunehmen. Seitens der hiesigen deutschen Zivil- und Militärstellen sei ihm gegenüber kein Wort über die Vorkommnisse gesagt worden. Man messe ihnen keine wesentliche Bedeutung bei.

Die Antwort trifft bereits zwei Wochen später ein. Der Arbeitsausschuss der Kinderhilfe sehe sich leider veranlasst, an den Verfügungen, die der Präsident vorsorglich getroffen habe, festzuhalten. Herr Dubois werde ersucht, Rose in einer anderen Funktion zu verwenden, aber nicht mehr in selbständiger, verantwortlicher Position. Ihr Verhalten erscheine entschuldbar, doch sei die Gefahr nicht von der Hand zu weisen, dass dem Rotkreuzgedanken dadurch Schaden zugefügt worden sei.

Nicht ohne Seitenblick auf den braunen Nachbarn

Der 23. Februar 1943 verspricht ein sonniger, milder Tag zu werden. In München-Stadelheim wurden am Vortag die Geschwister Scholl mit dem Fallbeil ermordet. Sie hatten Flugblätter verteilt, die die Menschen über die Bluttaten im Osten aufklärten, hatten die Parole Nieder mit Hitler! und Freiheit! an die Hausmauern geklebt, sie hatten das Ende des Kriegs gefordert. In La Hille erfährt niemand davon. Dem Schein nach ist der Alltag zurückgekehrt. Zehn der einst vierzig Achtzehnjährigen wohnen noch hier. Dann und wann kehren Einzelne ins Schloss zurück, deren Fluchtversuche misslungen sind. Ab und zu erklingt von den Wachposten der Ruf Kurzschluss!, die Gendarmen erscheinen und ziehen unverrichteter Dinge wieder ab. Manchmal verbringen die Männer eine Nacht in der Nähe und hoffen, jene abzufangen, die denken, sie seien nach Hause gegangen. Aber vorerst bleiben die Zehn und schlafen geschützt im Zwiebelkeller. Die Häscher lauern umsonst.

Von der Taubenstrasse in Bern, dem Sitz des SRK, hat Rose Bescheid gekriegt, sie habe Mitte Mai La Hille zu verlassen. Noch fieberhafter sucht sie daher nach Möglichkeiten, ihre verbliebenen Jugendlichen in Sicherheit zu bringen. Sie besucht Menschen, die sie bei sich aufnehmen, ihnen Arbeit geben könnten und bereit wären, sie mit falschen Papieren und falschen sauf-conduits zu retten. Walter, der Pianist, kann keine schwere Arbeit tun. Er ist nun achtzehn geworden, doch hat ihm die Zeit in der Haft zugesetzt, er ist mittlerweile schwer krank. Die Tuberkulose zehrt seinen jugendlichen Körper aus. Es besteht jedoch für ihn als Jude keine Aussicht auf einen Platz im Sanatorium. Ihn zur Landarbeit zu schicken, kommt nicht in Frage. Dass er hier weiter ausharrt, erachtet Rose als zu riskant. Nach Toulouse ins Konservatorium wagt er sich nicht mehr, die SS könnte ihn dort jederzeit wieder holen. Sie hatten es schon einmal getan, dank Maurice war er freigekommen. Mit der erreichten Altersgrenze jedoch ist diese Möglichkeit dahin.

Walter fragt Inge öfters über die Umstände ihrer Flucht aus, will alles genau wissen, fragt und lauscht. Kommentarlos. Inge schließt daraus, er mache ihr insgeheim Vorwürfe wegen Rinah, Judith und Manfred, die nun verloren waren. Sie glaubt, er habe ein Recht dazu, sie habe die drei schließlich verraten. Walter jedoch verfolgt einen eigenen Plan, nur fehlt ihm die Kraft, ihn auszuführen. Die ganze Kraft, die ihm bleibt, hebt er für das Klavierspiel, das Üben, das Improvisieren auf. Jemand pfeift ein Lied, er begleitet es mit immer neuen Einfällen, und alle lassen verblüfft ihre Arbeit fallen, um zu lauschen.

An diesem milden Februarmorgen bittet die Directrice Inge, ihr ein paar Schreibarbeiten abzunehmen. Sie selber habe in Bern Wichtiges zu erledigen. Voller Missmut macht sich Inge an die Arbeit. Wie gerne würde sie mitreisen. Stöße von Papier stapeln sich im kleinen Büro. Selbst auf dem Stuhl, auf den sie sich zum Arbeiten setzen will, befindet sich ein Packen. Mit beiden Händen greift sie nach ihm und entdeckt plötzlich ihren Namen. Sie nimmt das Papier vom Stapel und hält einen Rapport über ihren Fluchtversuch in der Hand. Das Ganze scheint bloß ein Entwurf zu sein. Durchstrichene Sätze, hervorgehobene Wörter. Sie greift nach der nächsten und übernächsten Seite. Dicht beschrieben ist die eine wie die andere. Fremde Namen, unverständliche Wörter, äußerst bürokratisch. Einen Abschnitt prägt sich Inge besonders ein, jenen, wo es heißt, sie und ihre Freunde seien von La Hille weggeschickt worden und deutschen Patrouillen in die Hände geraten. Das Verhalten der Direktorin sei politisch unverständlich und bei den damals herrschenden winterlichen Verhältnissen menschlich nicht nachvollziehbar. Die Verfasser distanzieren sich eindeutig von der Direktorin und drücken Unklarheit darüber aus, ob Maurice Dubois, der für seine kommunistische Vergangenheit bekannt ist, etwa beteiligt gewesen sei.

Das Wort Judenkinder, das sie auf der einen oder andern Zeile findet, was bedeutet es? Sind die Blätter etwa für die Augen der Nazis bestimmt? Sie stecken voller Unwahrheiten. Ich weiß doch, wie es war, warum fragen sie nicht mich, nicht Chaim? Warum diese Verdrehungen? Ein paar Menschen riskierten ihr Leben für uns, aber für die da, die das geschrieben haben, sind wir ja bloß Juden. Aber warum haben sie uns dieses ganze letzte Jahr am Leben erhalten und tun es immer noch?

Sie versteht jetzt, warum Rose neuerdings so oft wegfährt. Sie scheint in großen Schwierigkeiten zu stecken, man missbraucht sie als Sündenbock und klagt ihre Hochherzigkeit an. Inge wird klar, unter welch kleinmütiger Aufsicht das SRK steht, und sie versteht, dass es die höchste Landesbehörde ist, die alle Aktionen und Entscheide beschließt. Diese aber, erkennt sie, entscheidet nichts ohne Seitenblick auf den braunen Nachbarn in Berlin. Rose könnte die Blätter absichtlich so hingelegt haben, mutmaßt Inge, dass sie darin lesen muss. Sie kann verstehen, dass Rose es vorzieht, nicht darüber zu reden, zu sehr muss es sie schmerzen, diese Schande auch noch zu erklären.

Inge hütet sich, jemandem von dem Rapport zu erzählen. Allein mit Chaim, glaubt sie, ließe sich darüber reden. Aber andererseits, warum diese grauenhafte Geschichte wieder in Erinnerung rufen? Chaim vermeidet jedes Wort, das daran rührt, und wendet sich ab, sobald das Gespräch in diese Richtung gerät. Als belästige man ihn. Rührt Inge nicht daran, verstehen sie sich so gut wie noch nie in den letzten zwei Jahren. Sie suchen die Nähe des andern und tauschen Zärtlichkeiten aus, wann immer es sich ergibt. Gemeinsam haben sie eine Expedition in die Zonen von Lust und Leidenschaft begonnen, scheu erweitern sie ihr ABC der Sinne.

An Chaims achtzehntem Geburtstag gelang es Inge nur, ihm eine kleine Tafel Schokolade zu schenken, und dazu ein paar Worte. Du mein Baum, mein Bach, mein Berg, schrieb sie ihm. Lass uns für immer zusammen sein. Ich bin arm, mehr als etwas Schokolade und ein paar Worte habe ich nicht. Unsere Liebe ist für mich das Kostbarste auf der Welt.

Feiert jemand im Schloss seinen achtzehnten Geburtstag, ist es wie ein Todesurteil. Die Torte, die Flora ohne ein einziges Ei für Chaim gebacken hatte, vertrocknete, weder Chaim noch Inge mochten davon essen. Jetzt gibt es für ihn keine Möglichkeit mehr, der Deportation zu entgehen, außer tagaus, tagein im Zwiebelkeller zu sitzen oder auszureißen. Doch er verabscheut den Gedanken. Er sei nicht in der Verfassung, behauptet er jeweils, noch einmal durchzumachen, was er durchgemacht habe, nicht noch einmal.

Niemandem gibt er zu, wie sehr auch ihn die Selbstvorwürfe verfolgen. Er war es gewesen, der darauf bestand, die kleine Gruppe anzuführen. Er hatte es sich von niemandem ausreden lassen, jenes Licht in der Ferne auszukundschaften. Er hatte dies ganz allein beschlossen. Und damit das Unglück ins Rollen gebracht. Ohne mich, wiederholt ihm eine innere Stimme wieder und wieder, ohne mich wären wir alle fünf Inge gefolgt und frei geworden. Es war ihr anzusehen gewesen, wie sie mit sich kämpfte, wie gerne sie sich widersetzt hätte. Mich hatte es bloß maßlos geärgert.

Jemand ruft nach Inge. Es ist Margrit, die Kindergärtnerin, eine zarte Person. In jeder freien Minute sitzt sie an ihrem Spinnrad, das sie mitgebracht hat, lässt die Wolle durch die Finger fahren und die Spindel tanzen.

– Nimm die Kleine hier und bringe sie nach Pamiers zum Arzt.

– Was fehlt ihr denn?

– Siehst du ihr gerötetes Auge links? Rose sagte, ich soll Kompressen mit Kamillentee machen, aber es hilft nicht.

– In Ordnung, komm, Sarah, gehen wir.

Sie packt das Mädchen und sich selbst so warm wie möglich ein und zieht los. Sie ist glücklich, für ein paar Stunden fortzukommen, ein Gefühl von Normalität stellt sich dabei ein. Unterwegs nach Pamiers malt sie sich aus, das Kind an ihrer Hand sei das ihre. Sie stellt sich vor, mit Chaim verheiratet zu sein, und jeder auf der Straße, bildet sie sich ein, denke ebenso.

Der Arzt diagnostiziert eine virale Bindehautentzündung und erklärt, sie lasse sich nur sehr eingeschränkt behandeln. Er empfiehlt, dem Mädchen eine Schutzbrille aufzusetzen, Sonnenbrille reiche auch, sagt er, um die Augen vor Zugluft zu schützen. Auf keinen Fall dürfe sie im Auge reiben, um keine weitere Reizung der Bindehaut zu verursachen. Kamillenteekompressen seien genau das Richtige. Aber es brauche Geduld. Er drückt Inge eine kleine Tube Augenbalsam in die Hand.

– Hast du denn eine Sonnenbrille?

– Wir werden sie auftreiben, keine Sorge, versichert Inge schnell, denn nach wie vor fehlen Sarah die Worte. Und was die Salbe, ich meine, wie viel …?

Der Arzt deutet ein Kopfschütteln an und lächelt. Er hat bald erkannt, dass die geröteten Augen ein Appell der jungen Psyche sind, die untröstlich weint. Sind nicht die Züge mit den Deportierten, die Europa in allen Richtungen queren, sind nicht die ständigen aufreizenden Polizeibesuche, überhaupt das vernichtende Feuer des Krieges die eigentlichen Erreger, die diese Kinder krank machen? Der Krieg braucht nur einen Tag, nur wenige Stunden, oft bloß zwei, drei Minuten, um ein Kind fürs ganze Leben zu vernichten. Dagegen ist jede Salbe wirkungslos. Er weiß es.

– Gute Besserung, meine Kleine.

Der Nachhauseweg zieht sich bis in den späten Nachmittag hinein. Die sechs Kilometer setzen Sarah zu, sie jammert, und Inge muss sie über lange Strecken regelrecht nachziehen. Dem Kind setzt die Erinnerung an damals, an jenen Gang mit Mutter und Brüdern, als ihre Welt unterging, als sie aufhörte zu reden, wieder zu. Inge übt sich in Geduld, wie leicht dies mir fällt, denkt sie, und bloß weil ich so glücklich bin. Die Liebe macht das Leben sanft. Leben und Liebe sind zwei Geschwister. Mal miteinander, mal gegeneinander. Mutti würde staunen, was aus ihrer kleinen Inge dank der Liebe geworden ist.

Von weitem grüßt hinter den kahlen Winterbäumen das Schloss, sie überqueren den Steg und betreten den Weg, der sich nach wenigen Metern wie ein Ellbogen dem Tor zuwendet.

– Siehst du, Sarah, gleich sind wir da, muntert Inge die Kleine auf. Sie aber denkt, ob ihr Papa sie denn, wenn er sie holen kommt, ob er sie an diesem fernen Ort, in diesem fremden Schloss auch bestimmt finden wird.

Da bemerken sie Herrn Lyrer, der sie draußen erwartet.

Sarah sagt: Schau, der L…, der L….

Er schlägt mit den Armen um sich, augenscheinlich fröstelt er im Abendlüftchen. Aber warum eilt er ihnen jetzt entgegen?

– Ich habe schlechte Nachrichten, Inge, sagt er leise.

– Mutti?, fragt sie.

Er schüttelt traurig den Kopf.

– Vati?

Tränen treten in seine Augen.

– Chaim, stößt er hervor.

– Was, Chaim?

– Sie haben ihn geholt. Zusammen mit Ernst, Bertram, Henri und ...

Inge hört die letzten Worte nicht mehr.

– Nein, stößt sie hervor und fällt auf die Knie, nein.

Flora eilt weinend auf sie zu.

– Sie packten meinen Ernst und schmissen ihn in das wartende Auto. Da sah ich drei der Jungs. Die Gendarmen hatten Lyrer abgefangen. Er wollte die Gruppe warnen, aber sie hinderten ihn daran. Es ist aus, Inge, es ist aus.

Über die Kolonie senkt sich die Nacht. Auch tagsüber ist es finster geworden, seit Chaim fort ist. Inge träumt von ihm. Wenn sie erwacht, sieht sie die Fratze einer Zukunft ohne Chaim vor sich, Jahre der Leere. Wo war Ilse, fragt sie sich, warum hat sie uns nicht gewarnt? Die Théophile und ihre Tochter aber hatten der jungen Angestellten das Leben zu schwer gemacht. Heinz, ihr Liebster, schickte Ilse eine junge Frau, mit der sie abtauchen konnte. Ach, denkt Inge immer, was ich auch beginne, ist mit einem Fluch beladen.

Rose erinnert sich voller Bitterkeit an ihr Gespräch mit dem Botschafter. Der gequälte Diener seines Landes hatte ihre beiden Arme mit seiner Schweizer Schokolade beladen, als ließe sich damit irgendetwas wiedergutmachen. Die jungen Menschen aber verschwinden, wer fragt noch danach.

Nach sieben Tagen trifft in La Hille eine Postkarte ein. Unter dem Vermerk Expéditeur liest Inge Chaims Namen und, merkwürdig kommt es ihr vor, die Adresse von La Hille. Als wäre er noch hier.

> *Ich schreibe auf dem Weg nach Drancy, wo wir morgen Nachmittag eintreffen werden. Ich war bis etwa zwei Uhr entschlossen gewesen, dir zu folgen und abzuhauen, so aussichtslos es auch schien. Doch dann haben einige Menschen von nicht wenig Bedeutung und Erfahrung mich überzeugt, dass es besser für mich sei, Judith zu folgen. Wer fähig sei zu arbeiten, sagen sie, werde Arbeit bekommen. Ich bin glücklich, unter den Ersten von ihnen zu sein. Seit langer Zeit war ich nicht mehr so sehr im Frieden mit mir selber wie heute, da ich es geschafft und mich zu bleiben entschlossen habe. Entschuldige meine Schrift, ich schreibe mitten in einem Zug, und das Rütteln macht es unmöglich, schöner zu schreiben.*

Chaim, steht eng am Rand in kritzeliger Schrift zu lesen. Wieder und wieder brütet Inge über dem Gekritzel, um zu verstehen. Er muss die Karte aus einem Zug geworfen haben. Wen meint er mit bedeutende Menschen? Was will er sagen, wenn er schreibt, dass er Judith folge und wieso dieser Friede? Sie schreibt ihm all diese Fragen, all ihre Mutmaßungen, all ihre Verzweiflung. Es ist schwer, dies in nur fünfundzwanzig geschriebenen Worten zu sagen. Eine Antwort kommt nicht zurück.

Unverhofft erhält sie Auskunft von anderer Seite. Elisabeth Kasser, die weitherum in allen Lagern als Engel von Gurs bekannt ist, besucht La Hille. Inge kennt sie kaum, denn wenn sie erscheint, verschwindet sie für Stunden mit Rose und Herrn Lyrer. Sie isst dann eine Kleinigkeit mit ihnen und reist wieder ab. Heute jedoch bittet die Directrice Inge in den großen altertümlichen Saal mit dem Kamin, wo sie erwartet wird.

– Elsbeth hat dir etwas über ihre Zeit mit Chaim und seinen Heldenmut zu sagen, erklärt sie und lässt die beiden allein.

Die kleine Frau mit dem schwarzen Haar und den dunklen lebhaften Augen sieht aus wie ein Mensch, der liebt und geliebt wird. Ein Mensch, den seine Aufgabe vollends erfüllt. Ohne es zu ahnen, hat Elisabeth von allen hier herumstehenden Stühlen jenen von Chaim gewählt, der immer noch neben der Tür steht.

Inge reicht ihr die Hand und spürt allein durch ihren Händedruck die Kraft und Größe dieser Frau. Sie ist unfassbar schön mit ihren feinen Gesichtszügen, hohen Wangenknochen und vollen Lippen. Das also ist die Person, die uns dabei unterstützt hat, unsere armseligen Geschenke zu den Gefangenen von Gurs zu schicken, stellt sie fest und wartet auf das, was sie ihr zu sagen hat.

– Rose spielt die ganze Episode etwas herunter, beginnt sie mit ihrer tiefklingenden Stimme. Als ich hörte, dass Chaim und die andern zu uns nach Gurs gekommen waren, besuchte ich ihn. Ich wusste, dass viele Menschen ihn für etwas Besonderes halten, und wusste auch, dass er über achtzehn ist und es keine legale Möglichkeit mehr gibt, ihm zu helfen. Ich besitze aber ein paar weiße Ärmelschürzen, die wir den Praktikanten aushändigen. Ich sagte Chaim, er soll sich einen der Overalls überziehen und mit mir das Lager verlassen. Es sei sehr einfach und ziemlich sicher.

Inge hält das Stillsitzen kaum aus. Sie fragt, was danach geschehen sei. Elisabeth schaut ihr forschend ins Gesicht.

– Du liebst ihn sehr, ja?

Inge kann nicht antworten, bringt die Worte nicht hervor.

– Chaim schwieg ein paar Minuten und fragte dann: Was, wenn ich erwischt werde? Ich versicherte ihm, dass nichts dergleichen passieren wird. Aber falls doch etwas passiert, würde ich ihn als meinen Assistenten ausgeben. Chaim dachte wieder lange nach. Er sagte dann, fährt Elisabeth mit leuchtenden Augen fort, er schätze mein Angebot und mein Interesse an seiner Lage.

Inge weint, weint, ja so ist Chaim, immer höflich, immer gefasst.

– Wie gerne würde ich darauf eingehen, sagte er mit Nachdruck. Aber ich kann nicht. Ich will kein solches Debakel mehr erleben wie beim letzten Fluchtversuch.

Ich habe keine Angst um mich, ich habe Angst um die andern. Ich würde zu viele Kinder in Gefahr bringen, das könnte ich nicht verkraften. Ich flehte ihn an, es nochmals zu überdenken, aber er sagte, seine Meinung sei gemacht, sein Entscheid endgültig. Er sei mit sich selbst rundum in Frieden.

Während sie sprach, hörte Elisabeth nicht auf zu lächeln, und als sie jetzt endet, blickt sie, immer noch lächelnd, erwartungsvoll auf ihre Zuhörerin. Als sei sie sicher, von ihr nichts anderes als höchste Bewunderung, höchste Achtung vor Chaims Selbstlosigkeit, vor Chaims Größe zu hören. Inge aber wischt sich wütend die Tränen aus dem Gesicht, ihr Puls rast, sie möchte schreien, möchte aufstampfen. Sie starrt auf Chaims Stuhl und muss sich in acht nehmen, der Frau, die nichtsahnend darauf Platz genommen hat, nicht die Worte ins Gesicht zu spucken, was für ein Vollidiot Chaim doch sei. Was für ein Vollidiot. Sie reißt sich zusammen, sogar jetzt, sie kann das, und schweigt und lässt die Tränen der Enttäuschung, des Verlusts und der Wut übers Gesicht strömen. Sie verlässt den Raum, wie soll sie je wieder froh sein in diesem langen leeren Leben? Wie konntest du nur so mutlos sein, was hattest du noch zu verlieren, du, mein Chaim? Warum hast du die Türe zugestoßen, die sich dir öffnete, und hast nicht die Freiheit gewählt?

Die ganzen zwei Jahre, die sie hier lebt, hatte Rose immer wieder von der psychiatrischen Klinik in Saint-Girons gehört, die in nicht allzu großer Entfernung liegt. Im Frühjahr, kurz bevor sie die Kolonie verlassen muss, meldet sie Walter dort an. Sie will ihn in Sicherheit wissen. Sie will ihn in guten Händen wissen, er braucht Pflege und Ruhe. Sie stellt sich eine Institution wie das Burghölzli in Zürich vor, das sie von früher kennt. Sie erachtet das Haus als sicheres Versteck für Walter, den sensiblen, tuberkulösen Pianisten, und begibt sich mit ihm, seinen Büchern, Notenheften und Kompositionen am 6. Mai auf die Reise. Wer macht schon Jagd auf jene Kranken dort, sagt sie sich. Vom nationalsozialistischen Rassenhygiene-Gesetz zum Schutz des deutschen Blutes und der deutschen Ehre weiß sie nichts. Hitler ließ seine Morde an den geistig Kranken zur Geheimsache erklären. Sie ahnt nicht, dass dort keinesfalls Schutz für den jungen Mann zu erhoffen ist.

Unterwegs steigt eine fröhliche Frau zu. Es ist Anne-Marie Piguet aus Le Sentier, eine neue Mitarbeiterin. Sie zählt sechsundzwanzig Jahre und kommt direkt aus der Schweiz. Sie wird am nächsten Tag ihre Arbeit im Schloss antreten. Rose wird dann La Hille für immer verlassen. Die neue Directrice, Emma Ott, soll im Oktober eintreten. Der junge Mann sitzt verstockt am Fenster und stellt Überlegungen an, wie er insgeheim aus der Anstalt würde entweichen können. Dank der aufgeräumten Begleiterin aus dem Jura wird die Fahrt dennoch recht vergnügt. Rose heitert außerdem die Zuversicht auf, ihren Pianisten innert Kürze gut versteckt zu wissen. Sie versteht, dass er ungern hinfährt, aber er muss gerettet werden. Er aber starrt gekränkt hinaus. Der Chefarzt der Klinik empfängt sie persönlich. Er scheint ein wortkarger, aber einfühlsamer Mann zu sein, komplimentiert die beiden Frauen und den Achtzehnjährigen jedoch bald wieder aus dem Haus. Ohne seine Gründe offenzulegen, erklärt er, bei ihm sei nicht der richtige Ort für Roses Anliegen. Walter atmet auf. Noch lange würde er der Directrice für diesen Einfall zürnen.

Auf der Rückfahrt steigt Rose in Pailhès nicht aus, um den Weg nach La Hille anzutreten. Sie reist ohne die beiden andern nach Genf weiter. Während der letzten Wochen musste sie eine Beschämung um die andere hinnehmen. Sie beschließt, es sei genug.

– Für mich gibt es in La Hille nichts mehr zu tun, erklärt sie.

Den Koffer lässt sie nachschicken.

Wie es weitergeht

Im Oktober 1944 gelingt Inge mit Hilfe von Anne-Marie Piguet der illegale Grenzübertritt in den Wäldern des Risoux. Sie trifft später ihre Großmutter Josephine, die durch eine jüdische Organisation aus Theresienstadt in die Schweiz geholt wurde, und erfährt von ihr, dass Mutti nicht mehr lebt. Dank der Hilfe jüdischer Organisationen kann sie sich zur Krankenschwester ausbilden lassen, verlässt später die Schweiz, um sich in Amerika mit Vati und der Schwester zu treffen. Sie arbeitet in ihrem Beruf, heiratet, bildet sich später an der Northwestern University Medill School of Journalism aus und verfasst zwei Fachbücher über Krankenpflege. Da sie keine eigenen Kinder bekommen kann, adoptieren sie und ihr Mann eine Tochter. Sie schreibt ihre Kriegserlebnisse nieder, findet jedoch keinen Verlag. Sie nimmt sich im Juni 1983, als ihre Erinnerungen sie einholen, und die Hautkrankheiten von neuem ausbrechen, die sie in Frankreich so sehr plagten, das Leben.

Chaims letzte Nachricht an sie, die sie noch im Schloss erhält, versteht Inge als verschleierter Hilferuf:

> *Ich bin froh, dass ich diese kurze Nachricht schreiben kann. Ich befinde mich bei bester Gesundheit. Ich hoffe, ihr sorgt euch nicht um*

mich. Bitte antwortet mir wenn möglich und schreibt meinen Verwandten, sie sollen sich nicht sorgen. Absender: Majdanek.

Inge antwortet ungetröstet mit einer seelenwunden Fünfundzwanzig-Wörter-Karte. Eine Entgegnung kommt nicht mehr. In Majdanek trifft Chaim auf Walter Epstein, einen Jungen aus La Hille. Sie entgehen den Selektionen, indem sie bis zum Kinn in die Latrinen abtauchen. Walter Epstein überlebt das Lager und die Todesmärsche und erzählt später, Chaim sei bis auf die Knochen ausgezehrt gewesen und habe selbst in diesem Zustand sein Brot noch einem andern Lagerinsassen abgetreten. Der andere sei schlimmer dran als er. Walter habe Chaim in Majdanek die Lider geschlossen.

Rose erhält im Mai 1943 vom Sekretär der Kinderhilfe des Roten Kreuzes ein ausgezeichnetes Arbeitszeugnis. Er schreibt ihr, in der Schweiz werde dringend qualifiziertes Personal für die Leitung von Emigrantenheimen gesucht. Mit der Erfahrung, die sie mitbringe, und der besonderen Kenntnis der Psyche der Flüchtlinge wäre sie prädestiniert, eine solche Herausforderung anzunehmen. Er nennt ihr eine Adresse, an die sie schreiben soll. Er sähe sie jedoch besonders geeignet für die Leitung des Centre Henri Dunant, des neuen Urlaubsheims für Flüchtlinge, in Genf. Im November werde es eröffnet. Ihre Aufgabe würde es sein, die Flüchtlinge zu betreuen und die Verbindung zwischen diesen und den Behörden herzustellen. Über Roses Zusage ist Rodolfo Olgiati entzückt. Er zweifelt nicht daran, dass sie wegen ihrer großen Erfahrung gewählt wird. Am 10. November trifft jedoch bei Olgiati überraschend ein Schreiben von Oberst Remund ein, der ihm erklärt, die leitende Stelle im Centre Henri Dunant in Genf sei anderweitig vergeben und gestern angetreten worden. Olgiati demissioniert umgehend.

In der Schweiz werden Rose in den darauffolgenden Jahren alle leitenden Stellungen, die ihrer Erfahrung und ihrer Ausbildung gerecht würden, verwehrt. Es scheint, ihre Schritte werden insgeheim beobachtet. Dem Ruf Albert Schweitzers, nach Lambarene zurückzukommen, folgt sie nicht. Rose wandert nach Dänemark aus, wo sie, zusammen mit einer Freundin, auf der dänischen Insel Fünen Hühner hält, Beeren anbaut, Konfitüre verkauft und bei Bedarf ihre Kenntnisse in Krankenpflege zur Verfügung stellt. Vermutlich wählte sie Dänemark wegen seiner furchtlosen Politik während des Krieges. König Christian stellte sich offen hinter «seine» Juden. Er protestierte gegen die Verletzung des Völkerrechts durch das Dritte Reich und setzte sich für die Würde der Verfolgten ein. Er erklärte, sollte in Dänemark der gelbe Stern eingeführt werden, sei er der Erste, der mit diesem Stern auf die Straße gehe. Schließlich ließ er die Grenze zum neutralen Schweden öffnen, das innert Kürze seine Ferienheime bereitstellte, so dass Tausende dänische Juden sich vor der SS retten konnten.

Die einstige Directrice leidet im Alter zunehmend an Demenz und stirbt im September 1996 in Glarus, wo sie auf eigenen Wunsch in einem Gemeinschaftsgrab Ruhe findet.

Walter, den Pianisten, erreicht im April 1944 ein Aufgebot. Er soll *zwecks wichtiger Mitteilung betreffend Arbeitsdienst* auf der Gendarmerie von Pamiers vorsprechen. Er ergreift die Flucht und kann sich bei der Bauernfamilie Schmutz verstecken. Noch vor der Landung der Alliierten in der Normandie schleppt er sich, zusammen mit Flora und Pauli, unter der Führung von Anne-Marie Piguet mit falschen Papieren und seinem Koffer voller Partituren durch den nächtlichen Mont Noir. Er bietet seine letzten Kräfte auf, um über den Risoux zu gelangen. In der Schweiz liefert ihn eine jüdische Hilfsorganisation nach Leysin ins Sanatorium für Tuberkulosekranke ein. Er reüssiert später als Pianist und Musikprofessor in Basel.

Alex Frank erreicht mit seiner Frau und Inge Berlin, dem jungen Mädchen, das während der ganzen Flucht mit ihnen bleibt, Portugal. Von dort reist er nach England, wo er bis zum Kriegsende als Flieger in der britischen Armee dient. Zurück mit Elka auf dem europäischen Festland leitet er in der Nähe von Halle in der DDR eine Kolchose und unterrichtet an einer landwirtschaftlichen Schule. Ihm wird, als Verfolgter und Kämpfer gegen den Nationalsozialismus, eine angenehme Ehrenrente zugesprochen.

Alex' Mutter, Irène, wird im Januar 1943 von Rose entlassen. Sie findet bei einem Bauern Arbeit und Unterkunft. Bald darauf erhält sie eine Stelle als Erzieherin, wird dann wieder Landarbeiterin, verdient mit Strickarbeiten etwas Geld und schlägt sich mehr schlecht als recht bis Kriegsende durchs Leben. Sie kümmert sich die ganzen Jahre um ihre betagte Mutter, die sich in Pailhès bei Bauersleuten versteckt und als Christin ausgibt.

Auch Inge Berlins jüngerer Bruder Egon versteckt sich im Zwiebelkeller und entkommt so der Deportation. Als seine Schwester von Spanien aus einen Führer nach La Hille entsendet, der ihn holen soll, hat er sich bereits der Résistance angeschlossen. Er wird im Kampf verwundet und tötet sich selbst mit einer Handgranate.

Ruth Schütz arbeitet zunächst wieder bei Bauern, bald taucht sie in die Résistance Juive ab, wo sie Nachrichten, falsche Ausweise und Geld in geheime Verstecke bringt. Sie hilft Flüchtlingen, über die Grenze in die Schweiz zu gelangen, so auch ihrer Schwester Betty, die danach bei einer Schaffhauser Familie als Hausangestellte arbeitet und nach dem Krieg zur Mutter nach London zieht. Als Deutsche wird Betty dort zunächst für längere Zeit interniert. Ruth rettet, als deutsche Soldatin verkleidet, ein Kind vor dem Zugriff der SS. Darauf wird nach ihr gefahndet, und sie entschließt sich zur Alija, der Ausreise nach Palästina. Sie wandert 1944 unter Lebensgefahr über die spanische Grenze. Mit Hilfe von Joint, einer internationalen jüdischen Organisation, gelingt ihr die Überfahrt von Portugal nach Palästina. Sie wird Mitbegründerin des Kibbuz Lehavoth Habashan in Haifa. Dort arbeitet sie als Pflegefachfrau und zieht vier Söhne groß. Bronia, ihre kleine Schwester, überlebt den Krieg bei einer belgischen Pflegefamilie. Der Vater stirbt wenige Monate vor Kriegsende nach qualvollen Jahren in Bergen-Belsen.

Jacques Roth verlässt mit der ersten Gruppe im Dezember 1942 das Schloss, erreicht St. Cergues und von dort die Schweiz. Zunächst interniert, beginnt er ein Medizinstudium, arbeitet später auf verschiedenen Redaktionen und danach viele Jahre als Werbefachmann. 1982 erscheint Yovel, sein Buch über die Jahre als Kriegskind.

Ilse, die über Monate ihre Arbeit bei Mme Théophile versehen hat, flieht im August 1944 mit Heinz, dem Geiger, und andern jungen Menschen aus La Hille über Andorra nach Spanien.

Sarahs Zustand verschlechtert sich nach Roses und besonders nach Inges Abschied, die ja ihre Ersatzmama war. Sie wartet beharrlich auf ihren Vater, den sie damals im polnischen Ghetto mit der Schaufel weggehen sah. Sie schreibt ihm Briefe, verweigert das Essen, spricht nicht mehr. Sie haucht ihr zertrümmertes Leben noch während der letzten Kriegsjahre in einer kinderpsychiatrischen Klinik aus.

Nach Rose Näfs Weggang dauern die illegalen Grenzübertritte dank Anne-Marie Piguet an. Die kleineren Kinder finden in französischen Klöstern Asyl oder sie werden von Privaten aufgenommen. Der Joint bemüht sich unausgesetzt um ihre Ausreise. Insgesamt zehn Jugendliche und ein Erwachsener werden während Roses Zeit in La Hille auf der Flucht oder im Schloss festgenommen und deportiert. Nur einer kommt zurück.

Ein halbes Jahr vor Kriegsende zählt die Schweiz die Juden und Jüdinnen zu den tödlich Bedrohten und lockert die Grenzsperre.

Sich eine Vorstellung machen – Epilog

Immer wieder Fotos

Kinderporträts auf lange Streifen braunen Papiers geklebt. Schwarzweiß. Meist üppiges Haar. Die kleinen Mädchen bändigen es mit Haarreifen, Spangen und Schleifen, sie flechten es zu Zöpfen oder lassen es flattern. Die großen Mädchen stecken es an den Seiten straff, über der Stirn hingegen hochgebauscht nach hinten. Sie tragen die Frisuren ihrer Zeit, selbst im Krieg bleibt die Lust am letzten Schrei. Eine Tatsache, die mich erstaunt. Ich hatte geglaubt, die Alltage würden vom Krieg derart umgekrempelt, dass man ohne Mode, ohne Frisöre oder Schneider auszukommen habe, nicht nur keine Kartoffeln würde es mehr geben, auch keine Theaterabende, kein Kino, keine neuen Bücher und keine Feste. Dann aber erfuhr ich, dass sie in derselben Stadt, die eben unterm Bombenhagel in Flammen aufging, Ballabende veranstalteten. Man buk Brot und machte Liebe. Auf alten Fotos sehe ich Kinder mit dem Schulranzen am Rücken über zerbombte Boulevards gehen.

Bei den Jungen sind Seitenscheitel und hohe Schöpfe über beinah kahlen Ohrenpartien beliebt. Der Führer will ihnen das Lachen austreiben, und doch tragen sie denselben Haarschnitt wie er. Vielleicht fallen den Menschen solch fatale Ähnlichkeiten immer erst Jahre später auf. Manchmal frage ich mich, ob es Hitler war, der diese Haarmode einführte, oder ob er sie sich, wie alle andern, von der Mode diktieren ließ. Beim Anblick der Fotos würden Nichteingeweihte kaum erraten, wie viel peinvolle Vergangenheit und wie viel bedrohte Zukunft diese Kindergesichter verbergen.

Ich habe Konzentrationslager besucht, wo immer ich in ihre Nähe kam. Ich habe sie nicht gesucht, sie waren nie das Ziel. Sie stellten sich mir in den Weg. Das erste, in Begleitung der Eltern, war Dachau. Jahre später Sachsenhausen unter der grausamen Unendlichkeit eines brandenburgischen Himmels im Februar. Es blies dabei ein nie aussetzender Wind, und ich versuchte, nachzuempfinden, wie anders es sich lebt unter einem Himmel ohne Anfang und Ende, eingegrenzt von bewehrten Wachtürmen und unter Strom gesetzten Zäunen. Später Auschwitz-Birkenau, neulich Les Milles, das hochbewachte Durchgangslager in der Region von Aix-en-Provence, darauf Le Vernet und zuletzt Drancy, das Durchgangslager in einem unfertigen Betonbau vor Paris. Tausende mussten sich auf jenen nackten Böden einrichten, bevor sie abtransportiert wurden, heute wohnen eingewanderte Familien darin. Immer widerfährt mir dasselbe: Ich kann die unwiderlegbaren Zeugnisse nur betrachten, zu fassen versuchen, nie aber mich ganz in ihre Wirklichkeit von einst hineinversetzen, um zu begreifen.

Schließlich Auschwitz und wieder Auschwitz. Dort stehe ich vor einer Wand mit den Brustbildern von Hunderten entrechteter Kinder, geschorenen, kahlköpfigen Kindern in Sträflingskleidern, Verbrecher und Verbrecherinnen ohne Verbrechen, frontal und von der Seite. Und es gibt jenes Foto der wartenden Frauen auf der Auschwitzer Rampe. Eine von ihnen, sie mag gegen vierzig sein, steht aufrecht im Vordergrund, ihr Blick geht zornig hin zum Fotografen. Es ist die Stunde nach Verlassen der Waggons. Eine Besucherin, so verrät der Museumsführer, habe eines Tages in ihr die eigene Mutter wiedererkannt und sei vor dem Foto zusammengebrochen. Die Frau trägt den Davidstern über dem Herzen wie alle. Ein weißes Tuch um den Kopf, das sie weit in die Stirn gezogen hat. In der Hand hält sie ein Bündel mit den Dingen, die ihr noch bleiben. Neben ihr ein ungefähr achtjähriger Junge, von dem heute keiner mehr weiß, ob er ihr Kind ist, er trägt eine Schiebermütze und auch er den Stern am Kittelchen. Ich bin gezwungen zu denken, was ich nicht denken will, und ihnen beiden auf dem Bild geht es genauso. Sie beide werden das hier nicht überleben, ich weiß es. Die Frau ahnt es, und dennoch wartet sie dumpf, von der gestohlenen Jugend, den jahrelangen Schindereien, der qualvollen Reise blieb ihr nur ihr zorniger Blick. Immer wieder mache ich den Versuch, immer wieder den Versuch, es mir vorzustellen. Dass sie hier, wo ich stehe, auch stand.

La Hille via Narbonne

Warten auf Bahnhöfen. In großen Hallen mit Treppen zu den Bahnsteigen, mit Abfahrtstafeln, auf denen die Destinationen voranrücken. Menschen essend, Menschen schlafend, Menschen lesend, Menschen Menschen beobachtend. In der Bahnhofsbuchhandlung von Lyon kaufe ich ein Buch zu meinem Thema. *Les secrets du IIIe Reich*. Umsteigen nach Montpellier, Warteminuten am Bahngeleise, das vermutlich noch aus den Tagen des letzten Krieges stammt. Es sind Bauarbeiten im Gange. Wo soll ich mich hinstellen, damit der Staub mich nicht in der Nase kitzelt und in den Augen brennt, ich außerdem meine Wagennummer nicht lange suchen muss? Das Abteil ist vollbesetzt, mein Nachbar und ich sitzen eng beieinander. Er stammt aus Nancy und erklärt, die Schweiz sei das schönste Land. Und reich. Mir fällt die junge Schweizer Künstlerin ein, die am Radio gefragt wurde, ob sie reich werden wolle mit ihrer Kunst. Sie antwortete: Sprichst du von Geld? Die Interviewerin bejahte. Die Künstlerin lachte: Aber nein! Du kennst mich doch. Mein Sitznachbar meint dazu, nur wer die Armut nicht kenne, verachte den Reichtum.

– Und mir gefällt in der Schweiz auch die Sauberkeit, sagt er später.

Ich gestehe ihm, dass ausgeprägte Sauberkeit mich manchmal langweilt. In Frankreich, erwidert er, würde ich überall die Spuren schlecht erzogener Hundehalter sehen.

Und nach einer Weile fragt er, ob ich allein reise, ob ich erwartet würde.

– Ich reise gerne allein, antworte ich.

– Mieux seul que mal accompagné, entgegnet er, und ich stimme scherzend zu. In Sète steigt er aus. Hier ist das Meer – wenn es denn aus dem Zug zu sehen wäre.

Das erste Geheimnis des Dritten Reiches wird auf Seite fünfzehn des neu erstandenen Buches aufgedeckt. Es betrifft die Tatsache, dass Hitler seinen Namen im Grunde zu Unrecht trägt. Es ist zunächst von einem Mann die Rede, der seinen außerehelichen

Sohn nicht anerkennen will. Die junge Schicklgruber, Mutter jenes Kindes, heiratet schließlich einen andern. Sie heißt jetzt nicht mehr Schicklgruber, sondern Hiedler. Der voreheliche Sohn behält ihren Namen, wie es sich gehört. Das Ehepaar Hiedler stirbt, als der Sohn über dreißig Jahre alt ist. Er schreibt sich immer noch Schicklgruber. Da besucht sein Stiefonkel den Pastor und überredet ihn, den Namen Schicklgruber im Taufregister zu streichen. Stattdessen soll er den Namen des Ehepaars Hiedler hinschreiben. Die Schande der unehelichen Geburt soll für immer getilgt werden, und der junge Mann ab sofort wie der Rest der Familie heißen. Dem Pastor scheint es auch recht gewesen zu sein. Jedenfalls hat er den Griffel genommen und getan, was ihm aufgetragen wurde. Aus Zerstreutheit oder Nachlässigkeit aber, niemand weiß es, unterläuft ihm ein Schreibfehler. Hiedler sollte er schreiben. Er schreibt aber Hitler. Und der Geistliche unterlässt es auch noch, mit seiner Unterschrift die Rechtmäßigkeit des korrigierten Eintrags zu bestätigen. Damit heißt der Sohn des einstigen Fräulein Schicklgruber ab jenem Tag Hitler und wird Adolfs Vater werden. Um ein Haar wäre der spätere Millionenmörder als Adolf Schicklgruber in die Geschichte eingegangen. Über den Grund der Namensänderung rätseln die Historiker bis heute. Und nicht weniger darüber, wer Adolfs Großvater gewesen sein könnte. Sogar ein junger Herr Rothschild geriet in Verdacht, weil das Fräulein Schicklgruber zur fraglichen Zeit in seinem Elternhaus gedient hatte.

In Narbonne zum letzten Mal das Gepäck zusammenraffen, Rucksack, Rollköfferchen, Umhängetasche, und raus aus dem Zug. Mein Mietauto steht bereit und bringt mich zur A9, kaum eingestiegen und losgefahren, sehe ich schon die Hinweistafel.

Bereits dominieren die gelben Rechtecke der Rapsfelder das Land, sie liegen zwischen zartgrünen Bäumen und den noch unbestellten Äckern wie viereckige Sonnen. Gerade will der Frühling ausbrechen. Noch blühen nirgendwo die Bäume, aber in zwei Tagen könnte es so weit sein. Stellenweise verläuft meine Straße schnurgerade, jedoch hügelauf und -ab, ein Wellental ums andere. In meiner Kindheit war es auf unsern Straßen genauso gewesen, wenn wir über Land gefahren waren. Man sieht just die heranrückende Erhebung, die nächste liegt dahinter verborgen, und ob es dazwischen ein Hindernis gibt, zeigt sich erst oben.

Bei Bram verlasse ich die A9 und schlage die Richtung nach Foix ein. Bei Ausfahrt Nummer 9 ins Tal de la Lèze einbiegen, schrieb Madame in ihrer E-Mail. Die Gegend liegt in zauberhaftem Licht, das schon eine erste Abendmilde über die Dörfer breitet und sie gastfreundlich leuchten lässt. Fern erscheint eine schneeweiße Gebirgskette, es müssen die Pyrenäen sein. Ich fahre noch zwei Stunden, bis ich endlich Montégut erreiche. Nach dem Dorf soll es linker Hand bald zu sehen sein, das Schloss La Hille.

Auf einmal, durch lichte Bäume halb verdeckt, wird es jenseits der Straße sichtbar. Ich kenne es von unzähligen Bildern. Nach links abbiegen, eine kleine Brücke überqueren, dem Kiesweg entlang, links einbiegen bis vors Tor. Der Wagen steht. Ich drücke die Klingel. Empört über die Störung rasen zwei gelbe Hunde mit schwarzen Nasen herbei und erschrecken mich mit ihrem Gebell, ihren spitzen Zähnen in den roten Rachen. Eine alte rothaarige Dame im roten Kleid schließt das Tor auf, die Hunde verstummen. Und ich weiß, ich würde jedes Zimmer lieben, das sie mir jetzt, nach mehr als zwölfstündiger Reise, anbietet. Madame geht ein bisschen krumm, sie trägt einen Schlüsselbund in der Hand und bittet mich zum andern, kleineren Tor.

Das Fremdenzimmer ist eine kleine Suite. Sie wurde in der ehemaligen Kapelle eingerichtet, die während des Kriegs das Schulzimmer barg. Nur die kurzen, oben gerundeten Fenster erinnern an die alte Bestimmung als Gotteshaus. Und mein Bett ist die Andeutung eines Himmelbetts mit Baldachin und weißen Vorhängen. Die Wirtin ließ es weiß beziehen und mit zarten Spitzen und Kissen ausschmücken. Sie möchte erfahren, wie es mir gefällt. Das Zimmer hat die Höhe des einstigen Andachtsraumes, die Fenster liegen oben. Aussicht gibt es nur im Eingangsbereich. Der Blick von dort umfasst die Dépendance, die benachbarten Ökonomiegebäude, die ehemalige Remise und Schreinerei, wo heute Bed & Breakfast angeboten wird. Alles vor einem Hintergrund von unbeständigem Grün.

Über keinen Ort habe ich in den letzten Monaten so viel nachgedacht. Da ist der Turm, da der Innenhof, da sind die Platanen beim Eingang, der Gemüsegarten ist von Gras überwachsen, wie die Website es verspricht, die Platanen berühren schon fast die Wolken. Bis auf die Hunde wirkt alles unbelebt. Es wohnt wieder die Familie der Besitzer hier, doch von ihnen kein Ton, kein Zeichen. Die damaligen Ereignisse wie weggewischt, andere Spiele werden gespielt, anderes Leid wird erlitten, was einmal war, wurde mit den Erinnerungen nach Amerika, Palästina, in die Schweiz, in alle Richtungen getragen. Die Zisterne von damals ist ein Blumentrog geworden.

Meine Wirtin wartet mit verschiedenen Gemüsen, mit frischem französischem Brot und einer Flasche Wein auf. Sie hat ihr schönstes Tischtuch über den großen Tisch gebreitet. Wir sitzen einander nicht festlich gegenüber, nein, sie hat uns Stuhl an Stuhl platziert. Unser Gegenüber heißt Télé. Er zeigt den einstigen französischen Haushaltsminister Monsieur Cahuzac, der in einen Schwarzgeldskandal verwickelt ist. Er besaß ein verheimlichtes Konto, das in der Schweiz still und kontinuierlich für ihn zu arbeiten verstand. Im März trat Cahuzac zurück, aber die Rhetorik des Moderators lässt ihm kein Schlupfloch und bohrt gnadenlos tiefer und tiefer nach dem längst öffentlichen Geheimnis, lässt den Minister Schuldgeständnisse aneinanderreihen, bis man glaubt, er weint gleich. Dabei ist er äußerlich ein gewinnender Mann. Einer von denen, die immer eine Antwort auf der Zunge haben. Mir fällt mein Reisebegleiter ein, der die Schweiz für ihren Reichtum bewundert. Als ich ihm erzählte, was die Mieten oder ein anständiger Haarschnitt kosten, standen ihm beinah seine eigenen verbliebenen Haare zu Berg.

Wir essen in jener Ecke des Erdgeschosses, in der damals Flora in ihren Waschkesseln die dünnen Suppen kochte. Die große Feuerstelle zur ebenen Erde hinter meinem Stuhl, sagt meine Gastgeberin, sei die Kochstelle gewesen. Und dabei male ich mir aus, wie die gute Flora in ihrer Schürze hier steht und kocht und die Kinder empfängt, die Kinder, die eines Tages im Sommer nach kurzer Zugfahrt und einem zweistündigen Fußmarsch durch die Wiesen und über schmale Straßen La Hille erreichten.

Le Vernet

Meilleurs vœux wünschen bunte Glühbirnen im Dorf Le Vernet de l'Ariège. Weihnachten ist längst vorbei, und die Lichterschrift mutet an wie ein unpassender Scherz. Der Ort besteht aus schlichten Häusern von Feldarbeitern und andern kleinen Leuten. Kein Mensch ist zu sehen. Auch keine Bäckerei, kein Fleischerladen. An einem der Häuser hängt das leicht zu übersehende Hinweisschild Musée. Der Pfeil zeigt nach rechts, ich fahre mit meinem Mietauto nach rechts und gerate zum Hauptplatz mit seinen Platanen. Ein Museum sehe ich nicht. Da verlasse ich den Ort, lenke das Auto hinaus und auf die Anhöhe, wo die Straße immer schmaler wird. Meist befanden sich die Lager abgeschieden von der übrigen Welt. Doch hier in diesem hügeligen Gelände finde ich nicht, was ich suche. Zurück im Ort, frage ich einen Alten, der mich an die Mairie verweist. Er muss das prominente Haus auf dem Hauptplatz meinen, an dessen Fassade die Weihnachtsdekoration hängt. In der Mairie erhalte ich ohne Umstände, ohne Ausweis oder Unterschrift hinterlegen zu müssen, den Schlüssel fürs Museum und marschiere über den Platz, dieses Viereck von Häusern, in dem sich in schöner Regelmäßigkeit die Platanen und darunter die unerlässlichen Autos reihen. Sie würden in einer halben Stunde schließen, lässt mich die Bürgermeisteramtssekretärin wissen.

Es empfängt mich der ehemalige Verkaufsraum eines Ladengeschäfts, vollgestellt mit Schaukästen auf Tischhöhe, in denen von oben Fotos und Dokumente zu betrachten sind. Einem alten Ortsplan entnehme ich die Koordinaten des früheren Lagers, es muss gleich neben dem Dorf gelegen haben, wo heute nichts als eine harmlose Weide zu entdecken ist. Daneben Bilder von Gesichtern, Zeichnungen oder kleine Basteleien der Insassen, eine Sammlung winziger Espadrilles, vielleicht als Schlüsselanhänger gedacht, und eine unauffällige grüne Weinflasche. Darin eine Miniatur des Lagers mit seinen Baracken, mit Stacheldraht und Wachtürmen. Ich kann nicht glauben, was da steht, dass nämlich ein Gefangener Urheber dieser akribischen Arbeit gewesen sei, eher war es ein Wachmann, der seinen Arbeitsplatz nachgebaut hat. Es gibt einen Büchertisch mit Literatur zum Dritten Reich, darunter Arthur Koestlers Roman *Abschaum der Erde*, der von seinem Aufenthalt im Lager von Le Vernet erzählt. Er war als spanischer Bürgerrechtskämpfer interniert worden. Sämtliche Bücher sind bloß zum Anschauen und Blättern hier. Kaufen geht nicht.

Als es fünf Uhr geworden ist, bin ich durch, stopfe eine Note in das Kässchen für die Spenden, schließe die Ladentür und bringe den Schlüssel zurück. Die Angestellte bedankt sich freundlich. Vom Grauen des einst berüchtigten Lagers, wie es beispielsweise Koestler beschrieben hat, war in diesem Museum keine Spur anzutreffen. Man betritt es und besieht sich die versammelten Gegenstände, als ob es sich um ein Feriencamp gehandelt hätte, als ob weder Hunger noch Angst noch Überbelegung geherrscht hätten, als ob nie Todeszüge von hier abgefahren wären. Dabei galt Le Vernet bis vor kurzem als das einzige stellvertretende Mémorial für die zweihundert Internierungslager Frankreichs. Das Land beginnt erst seit kurzem, die Orte der schmerzhaften Erinnerung wieder zugänglich zu machen.

Fast finde ich mit meinem Mietauto nicht mehr aus dem traurigen Dorf heraus. Die schmucklosen Häuser, die kaum belebten engen Sträßchen sehen sich alle ähnlich. Mehrmals erscheint vor der Windschutzscheibe wieder das unscheinbare Schild *Musée*, und so kommt mir diese Suche schon beinah labyrinthisch vor. Möglich, denke ich, dass hier einst die Lagerangestellten lebten und in ihren Enkeln die Jahre überdauern.

Etwas außerhalb des Ortes stoße ich unmittelbar neben der Nationalstraße D119, auf der ich hergefahren bin, und einen kurzen Fußmarsch vom einstigen Lager entfernt, auf eine Bahnstation. Das Gebäude gleicht einem Klötzchen, das in der Modelleisenbahnanlage eines Riesen als Bahnhof dient, und es führt in der Tat eine Schiene vorbei. Die Türen sind abgeschlossen, sämtliche Fensterläden verriegelt. Aber im oberen Drittel der Hauswand steht mit großen, heute verblassten Buchstaben Vernet de l'Ariège zu lesen. Dann entdecke ich die Tafel an der Mauer: Im August und September 1942 wurden 558 Juden, darunter 45 Kinder, Internierte in Le Vernet, durch das Vichy-Regime an die Nazis ausgeliefert und ins Todeslager von Auschwitz gebracht. Abgesehen von vereinzelten Autos auf der nahen Straße, herrscht Stille. Bis nah ans Haus stehen unbeweglich hohe wilde Gräser, Gebüsch und Baum tragen junges Grün. Mitten drin ein Viehwaggon. Einer von denen vermutlich, die ihre Passagiere dem Judenmörder Heydrich zugeliefert haben. Mit Graffitis besprayt und etwas beschädigt steht er isoliert mitten im Unkraut. Ohne Anschluss an die vorbeiführende Schiene, bloß auf einem kurzen, hinten und vorne abgesägten Geleise. Harmlos. Es mag andeuten, dass man von der Politik zur Zeit der Besetzung für immer Abstand nehmen will. Da ich Graffitis nur schlecht lesen kann, verstehe ich die Worte an den Brettern nicht. Frage mich, ob sich diese Künstler bewusst waren, was das für ein Ort ist, an dem sie mit ihrem Silberspray Symbole und Parolen anbringen, oder ob die Wahl rein zufällig auf diesen Waggon fiel. Eine Tafel, unscheinbar an dessen Außenwand, schreibt vor: 8 chevaux, 20 personnes.

Toulouse

Ich bin im Bahnhof Toulouse-Matabiau mit einem Freund verabredet, wir hatten uns Jahrzehnte nicht wiedergesehen. Der Bahnhof, sagte ich am Telefon zu ihm, lässt sich in jeder Stadt finden. Doch bilden die Straßen im Zentrum von Toulouse eine einzige große Baustelle, eine Umleitung wurde zwar signalisiert, doch nach zwei, drei Abzweigungen gibt es keines dieser gelben Schilder mehr, auf denen Gare oder Déviation steht, man hat sie fortgeräumt oder vergessen. Es herrscht dichter Verkehr, ich stehe mit meinem Mietauto mittendrin und versuche, mir Toulouse unter deutscher Besetzung vorzustellen. Langsam schiebt sich vor mir ein Audi mit drei Frauen voran. Wie ich scheinen sie eine bestimmte Adresse zu suchen. Eine der drei steigt schließlich aus und klopft an mein Wagenfenster. Bin nicht von hier, bedaure, sage ich, suche aber wie Sie den Bahnhof. Die drei Frauen fragen da und dort nach dem Weg. Ich bleibe dicht hinter ihnen, dankbar für diese glückliche Fügung. Noch bin ich nicht zu spät.

Wenig später betrete ich den hellen, geräumigen Eisenbahnpalast in der Bauweise französischer Lustschlösser. Seine großen Quadersteine wurden jüngst gereinigt, und so dehnt er sich strahlend in die Breite, präsentiert seine Vorbauten und Aufbauten, seine mehrfachen Portale, seine Hallen mit den Marmorböden, sein ausgedehntes Foyer. Das also ist der Ort, von dem ich erzählen will. Nichts deutet auf die damalige Stimmung mitten im Krieg noch hin, nichts lässt die Allgegenwart der Besatzer und ihrer Uniformen spüren, nichts die Last jener Tage, nichts die Angst der Menschen, die damals auf ihrer Flucht hier vorbeigekommen sind. Ein Franzose, der anscheinend nichts zu tun hat, steht herum. Ihn werde ich fragen, wo ich den Briefeinwurf für meine zwei Ansichtskarten finde. Der Mann hingegen ist niemand anderes als der Freund von einst. Für einen kurzen Moment legt er mir wie damals den Arm um die Schultern und ich fühle mitten im mittäglichen Gerenne die Zeit stillstehen, diese Berührung im Herzen der fremden Stadt, im fremden Bahnhof bekommt mir. Damals hatte sie Glück bedeutet. Wir waren im selben Alter gewesen wie die fünf Jugendlichen aus La Hille, die sich hier eine unauffällige Ecke suchten, um nicht aufgegriffen zu werden.

Jahrzehnte später hat der Zeitungskiosk, neben einer Fülle von Süßigkeiten, Getränken und Rauchwaren, auch Bilder von Monsieur Cahuzac ausgehängt, dem gestrauchelten Haushaltsminister. Unbekümmert schlendere ich mit dem Freund durch die Halle, wo auch seine Frau zu uns stößt, ganz in gelb wie ein fröhlicher Stieglitz. Diese Frau, an deren Stelle ich hätte sein können, scheint glücklich, denke ich anerkennend, und wir beschließen, uns gegenüber in die Brasserie zu setzen. Wir beide, er und ich, hatten uns damals aus den Augen verloren. Und als ich aus Übersee eines Tages doch wieder einen Brief von ihm erhielt, da war es für mich zu spät, diese Liebe wieder aufleben zu lassen. Dennoch stellt sich die Nähe von damals mühelos ein, und obwohl eine Menge von Fragen und Antworten pausenlos hin- und hergeht, versäumen wir dennoch eine ganze Reihe anderer.

Nach dem Essen trennen wir uns, und jetzt mache ich mich, wie einst Alex, auf die Suche nach der Rue du Taur. Dort lag ja das Büro von Maurice Dubois. Ich wähle mir am Kiosk den handlichsten Stadtplan aus, fahre zwei Stationen mit der Metro, und als ich wieder ans Tageslicht trete, erstreckt sich vor mir die riesige Place du Capitole. Paare, junge Mütter mit Kinderwagen bummeln nach allen Richtungen über den Platz, Angestellte stärken sich in den umliegenden Bistros und Crêperien mit einer Kleinigkeit, andere streben den Büros und Läden zu. Keine Spur mehr von Toulouse im Hunger, Toulouse in Angst. Mitten auf dem Platz liegt das große rote Croix de l'Occitanie.

Ich streife durch die Gassen, die sich um den großen Platz bündeln, und versuche, mit Hilfe der Karte die richtige Straße zu finden. An der Nummer 71 richtete Maurice Dubois zur Zeit des Spanischen Bürgerkrieges seine Zentrale ein. Das Wetter gibt sich windig und kühl, davon unbeeindruckt spielt jenseits des Capitole eine Musikgruppe, der Platz ist voller Melodien und Stimmen, er widerhallt von eiligen Schritten. Ein altes Paar hält sich tanzend umschlungen. Nach dem kleinen Salat, den ich, ins Gespräch mit meinen Freunden vertieft, gegessen hatte, bin ich noch nicht satt. Das Angebot an kleinen Kneipen und Essbuden ist vielfältig und verlockend. Ich wähle die nächstgelegene Crêperie, um eine Florentine zu bestellen, die schließlich, mit Spinat gefüllt, dick und schwer im Teller liegt. Eine Weinkaraffe voller Wasser stellt mir der Kellner dazu. Ich versuche, den Plan von Toulouse zu entfalten. Hatte ungeduldig auf diesen Moment gewartet. Mein Tischchen jedoch ist klein, der Stadtplan stößt beinah meine Wasserflasche und jene des Nachbarn um. Schon springt ein Schwall Nässe über die Tischkante. Doch dann entnehme ich der Karte, dass eine weiter gute Fügung mich bereits in die Nähe des gesuchten Punktes geführt hat. Ich muss nach Verlassen des kleinen Restaurants bloß den weitläufigen Platz überqueren. Aus dem Gedächtnis versuche ich, mir anhand meiner Notizen das Foto von Dubois' Büroeingang zu vergegenwärtigen. Ich hatte es im bescheidenen Musée von Montégut gesehen. Es liege, hatte ich in meinem Notizbuch vermerkt, am Ende einer düsteren Straße hinter einem Gittertor, auf dessen linker Seite zwei breite vergitterte Bogenfenster zu sehen sein müssten. Ins Musée von Montégut hatte mich übrigens Madame de Dieu gebracht, und da sie dort eine gut bekannte Dame ist, wurde mir außerhalb der Öffnungszeiten aufgeschlossen. Es liegt im Erdgeschoss eines Hauses am Dorfrand und wurde allein für die Geschichte der Kinder von La Hille eröffnet. Es gibt Bilder aus dem damaligen Leben im Schloss und der Menschen zu sehen, die es ausbauten, es bewohnten, leiteten und verwalteten. Bilder vom Spielen im Freien, vom Wasserholen, Holzschleppen oder von der riesigen Esstafel unter der Sonne. Es sind Zeichnungen der Kinder ausgestellt, auf denen sie ihren Alltag illustrieren. Und es sind Ansichtskarten der Gegend zu haben.

In Gedanken bei meiner Notiz gehe ich also stracks über den Platz und auf die gesuchte Straße zu. Die Rue du Taur. Auf den ersten Blick wird sie von einer hohen Kirche überschattet. Beim genauen Hinsehen zeigt sich, dass allein die Front diese beeindruckende Höhe erreicht. Der Architekt hatte dieser ein gewagtes Mauerwerk mit zwei seitlichen Türmchen obendrauf gesetzt. Und dahinter nichts als der Himmel von Toulouse. Auf den Stufen sitzt ein zerlumpter Mann, hat die Arme über den Knien verschränkt und den Kopf in den Ellbogen gebettet. Ihm zur Seite liegt sein zerknautschter Hut. Ein vernachlässigter Kirchenraum empfängt mich. Während zu Hause, wo die Priester rar und die Gläubigen begrenzt sind, immer noch Millionen Gelder in ähnliche Bauten fließen, scheint hier für Erneuerungen kaum Geld vorhanden. Im Innern prunkt über dem Altar ein neuzeitliches Fresko, das vermutlich die Legende vom Stier wiedergibt, der der Straße den Namen gab. Der Junge auf den Stufen vor dem Gotteshaus hebt beim Klang meiner Münze den Kopf und bedankt sich. Er ist vielleicht zwanzig. Sein schönes sanftes Gesicht, schmutzig zwar und die Haut etwas ungesund, lächelt mir zu.

Ich folge von neuem der Straße. Sie ist nicht lang. Und auch nicht düster wie auf dem alten Foto. Im Gegenteil, autofrei, eine Fußgänger- und Einkaufsoase. An ihrem Ende schließlich stoße ich auf die vergitterten Bogenfenster und den ebenfalls bogenartigen Toreingang. Ein wichtiger Hinweis ist für mich eines der beiden Schilder an der Hausmauer. «Au 69 et au 71 de la rue du Taur pendant la dictature franquiste, étaient installées les directions du Parti Socialiste Ouvrier Espagnol et de l'Union Générale des Travailleurs.» Angaben, die mir nahelegen, dass Maurice Dubois hier bei den spanischen Arbeiterorganisationen auch das spätere Büro der SAK untergebracht haben musste. Schließlich hatte er während des Bürgerkriegs im Auftrag der spanischen Arbeiter für die Flüchtlinge gearbeitet. Hatte sie mit gesammelten Spenden am Leben erhalten und über die Grenze evakuiert. Das Gittertor ist weit offen und gibt den Blick auf einen tunnelartigen Korridor frei, von dem links eine Türe ins Haus führt. Der Ort in seiner Bedeutung beeindruckt mich. Ich fotografiere ihn, fotografiere die Tafel an der Wand, später die ganze Straße, schließlich auch die Kirche und ihren trügerischen Frontaufbau. Immer noch hungrig, kaufe ich mir in der Bäckerei gegenüber ein Pain aux raisins, es ist ein Judenbrot, und trete den Heimweg an. Ein Blick noch auf das Banner, das an der Mauer neben dem einstigen Büro von Maurice Dubois hängt. Es trägt die weiße Aufschrift: Festival Zoom Arrière. Der Blick zurück ein Festival.

Paris. Vel d'Hiv

Eines Morgens breche ich auf nach der Ecke Boulevard de Grenelle/ Rue Nélaton. Mein Bus nimmt mich zwei Häuser von meiner Haustür entfernt auf und bringt mich durch die halbe Stadt bis Charles-de-Gaulle-Étoile, dem großen Stern, auf dem der Triumphbogen steht und Tag und Nacht der Schmach und Banalität des Kreisverkehrs ausgesetzt ist. Ich will den Ort finden, wo das Vélodrome d'Hiver einst stand. Will herausfinden, was sich einem damals, im August 1942, in den Blick schob, während man, aufgeboten von der Behörde, in großer Sorge dorthin fuhr, in die Pariser Winterrennbahn, die man doch so sehr liebte. Wie wäre mir zumute, will ich herausbekommen, wenn dies jetzt die polizeilich bestimmte Stunde jenes Tages wäre, an dem ich mich dort einfinden müsste?

Um an mein Ziel zu gelangen, muss ich bei Étoile umsteigen und später nochmals den Bus wechseln. Aus dem Kellerfenster einer der zahllosen Bäckereien entweicht der Duft nach frischem Brot. Menschen treten aus dem Laden und klemmen die goldene Stange unter den Arm, sie hat ja kaum Gewicht. Während meiner Fahrt schaut da und dort der Eiffelturm über eines der Dächer oder sitzt am Ende einer Straße. Ich beobachte, wie die Fußgänger über die Fahrbahn eilen und wie andere von Schaufenster zu Schaufenster schlendern, wie sie auf den Bürgersteigen miteinander schwatzen, wie sie Kaffee trinken und sich am Lärm des Verkehrs nicht stören, sogar Fahrräder entdecke ich, die von erfahrenen Schutzengeln sicher durch das Chaos geleitet werden. Unter meinen Schuhen rumpeln die Busräder, ist der Asphalt und darunter das Höhlensystem der

Metro, aus dem alle paar Minuten ein Menschenstrom ans Tageslicht findet.

Und endlich, nach geduldigem Suchen und Irren stehe ich vor der Tafel mit der Bezeichnung Rue de Grenelle. Wieder versuche ich, mir vorzustellen, was man noch denken mag, wenn vor dir das gefürchtete Ziel liegt, von wo die Verschleppung droht, die Trennung von allem, was dir lieb und vertraut ist. Hat man auch bestimmt all die Papiere dabei, die laut Aufgebot vorzulegen sind? Ist dies nun der Tag, an dem man, wie neulich der Nachbar, spurlos verschwindet? Mancher, den man kannte, ist nicht wiedergekommen. Oder soll man sich nicht aufregen, da man schon heute wieder mit der Familie beim Abendbrot sitzen kann? Sie haben die Seine, den Eiffelturm, Trocadéro, den Quai de Grenelle gesehen, sind den Straßen und Häusern von Paris entlanggefahren oder -gegangen. Doch die Normalität mag ihnen schon da sehr gespenstisch vorgekommen sein.

Ich bin im Begriff, mich zu verlaufen. Nach einer Stunde muss ich zugeben, zu wenig aufgepasst zu haben, wo und in welche Richtung ich mich bewege. Und außerdem schmerzt mein linker Fuß. Er tut das, wenn ich ihm zu viel zumute, zu viel Asphalt beispielsweise. Als ich den Stadtplan drehe, bis er meiner momentanen Realität entspricht, stellt sich heraus, dass die Metrostation Bir-Hakeim ganz in der Nähe ist. Ihr gegenüber ist das Denkmal zu sehen, das an die Tragödie in der Verlorennbahn erinnert. 'oppla, ein Tippfehler. Ich korrigiere ihn nicht, das Vél' d'Hiv ist in der Tat die Bahn der Verlorenen. Wer aufgeboten war, muss gedacht haben, es liege ein Missverständnis vor. Wieso sollte man sie in die Rennbahn aufbieten? Einige machten vielleicht Witze, während sie auf ihre Abfertigung warteten, wie jener Rabbi, bei dem ein anderer Jude Rat holte. Drei Stunden soll er auf den Gemeindevorsteher eingeredet haben, dann fragte er: Rabbi, was soll ich tun? Du sollst zur Hitlerjugend gehen, riet der Rabbi. Der Jude fragte bestürzt: Rabbi! Was soll das?! Der Rabbi: Dann wirst du in Zukunft dem Führer die Ohren vollschwatzen und nicht mir!

Andere mögen gesungen oder den Allerhöchsten um Hilfe angefleht haben, Vereinzelte nahmen sich das Leben, einigen hörte das Herz von selbst zu schlagen auf, und nach fünf Tagen trieben die Polizisten diese ganze Menschenmasse, mit Ausnahme der Kinder, hinaus und in die wartenden Busse. Ich finde die Bahn der Verlorenen nicht mehr, nach dem Krieg wurde sie in die Luft gejagt. Wo die Kinder geblieben sind, weiß man nicht.

Als sie dann heranbraust, besteige ich dankbar die Metro, die hier ans Tageslicht kommt, dankbar, dass ich zurückkehren darf in mein Domizil. Der koreanische Vater mir gegenüber auf der Bank füttert seinen kleinen Sohn, als besäßen sie kein Zuhause, keinen Ort, wo das Abendbrot wartet.

Mémorial de la Shoah

Eine Woche später stehe ich vor dem Mémorial de la Shoah. Bereits stehen zwei schwarzhaarige Männer davor, warten auf Einlass und reden angeregt mit dem Museumsangestellten. Doch das Haus des Gedenkens bleibt zugesperrt. Obgleich ich mich über die Öffnungszeiten orientiert habe, lässt man mich nicht ein. Der Angestellte bedeutet auch mir, ich müsse gehen, sie hätten heute ausnahmsweise geschlossen. Ich bin ratlos. Ich solle eine Runde um den Häuserblock machen und etwas später wiederkommen, raunt mir der Museumswächter noch zu. Eine Viertelstunde später ist der Vorplatz menschenleer und ich werde eingelassen. Die beiden andern, gibt mir der Angestellte zu verstehen, seien gestern bereits im Museum gewesen und hätten sich beunruhigend verhalten. Erst Monate später, als ich dies aufschreibe, verstehe ich. In Brüssel war in jenen Tagen das jüdische Museum Opfer eines Anschlags geworden.

Nach der Sicherheitsschleuse empfängt mich eine Mauer, an der unzählige Judenretter und -retterinnen namentlich aufgeführt sind. Im Innern erwarten mich Texte, Briefe, Videos und Fotos. Beim Blättern in den Ordnern stoße ich zum ersten Mal auf die Fotos, die der damalige Schweizer Botschafter in Köln, Franz-Rudolph von Weiss, aufgenommen und dem Schweizer Geheimdienst im Frühjahr 1942 zugestellt hatte. Sie dokumentieren das Entladen eines Zugwaggons. Lauter ausgehungerte tote Menschen. Sie seien im Waggon vergast worden, schrieb von Weiss dazu. Dieser Mann also, dieser Mann übermittelte den Schweizer Behörden bereits im dritten Kriegsjahr glaubhafte Hinweise auf den Mord am jüdischen Volk. Und es blieb nicht bei diesem einen Hinweis, das wird hier in zahlreichen Räumen anhand originaler Dokumente minutiös dokumentiert.

In M.

Vom Staatsarchiv Glarus habe ich eine Anschrift in M., eine Telefonnummer und eine E-Mail-Adresse erhalten. Es waren zwei Versuche vorausgegangen, Angaben über Rösli Näf zu erhalten, die über Straßenname und Hausnummer ihres früheren Wohnorts hinausgehen. Es müsste doch Nachkommen geben, hatte ich bei meiner zweiten Anfrage zur Archivarin gesagt. Zwei Tage danach bin ich im Besitz der Adresse ihres Neffen. Ich kontaktiere ihn elektronisch, worauf er mich einlädt, ihn zu besuchen. An diesem Tag hüpft mein Herz. Ich werde Gelegenheit haben, mit jemandem über Rösli zu reden, der sie persönlich gekannt hat, bis zum Tod. Was wird er mir erzählen, Röslis Neffe? Ich brauche keinen Fragenkatalog zu verfassen, vertraue darauf, dass sich alles im Verlauf des Gesprächs ergibt. Ich stelle mir ja seit Monaten immer wieder dieselben Fragen. Nun werde ich Antworten bekommen.

Die Gegend um M. verleitet Zugreisende zum Träumen. Von alten Märchen, weltfernen Siedlungen. Die Häuser sind meist niedrig und alt, ihr dörflicher Charakter erinnert an vergangene Zeiten. Nirgends wurde an die Hänge gebaut. Eine einzige Kirche nur liegt erhöht oberhalb einer Ansiedlung. J., der Neffe, empfängt mich schon an der Bushaltestelle. Ein großer magerer Mann. Abgesehen von der Statur keine Ähnlichkeit mit seiner Tante. Überraschend sind seine großen Hände, aber schwerfällig sind sie nicht. Ein Leben als Journalist, unter anderem machte er Dokus fürs Fernsehen. Über eine gewisse Zeit Alkoholprobleme, leidenschaftlicher Raucher, geübter Zuhörer, Besitzer eines alten Hauses an der Hauptstraße in M. Er bewohnt das Haus allein, beheizt es mit Holz, die Scheiter stehen aufgereiht in Coop-Tragtaschen bereit. Die Küche ist angenehm warm, wir setzen uns an den Tisch und reden, er braut Tee und tischt irgendwann einen Bienenstich auf. Im Nachbardorf geholt, weil er dort besser sei. Schneidet ihn an, verteilt an uns beide sein Teegeschirr, serviert mir ein Stück vom Kuchen. Er besitzt eine Kammer voller Bücher, sein Buchantiquariat. Röslis Neffe erweist sich als besonnener Mensch, als jemand, der ihr gefallen haben muss. Als Mensch der Geschichte und Geschichten. Und er seinerseits verehrte sie, das wird mit jedem Wort spürbar. Hätte ich es besser treffen können?

Er zeigt mir ein paar rare Fotos, einen Brief, Dokumente. Wir sprechen über die Bücher zu La Hille. Als Journalist weiß er über die Arbeit des Recherchierens Bescheid. Ich erfahre, was mir meine engste Mitarbeiterin, die Intuition, schon eingeflüstert hatte. Die Person, die J. umreißt, ist mir nicht fremd, sie ist die Figur, die nach und nach in meiner Vorstellung Gestalt annimmt. Und der Vater, der in meiner Geschichte so beharrlich fehlt, sich bisher also nicht zeigen wollte, auch nicht in Roses elterlicher Wohnung, war damals, als Rose die Mutter besucht haben könnte, schon tot. Er starb früh.

Doch was für ein Mensch war beispielsweise Röslis Mutter? Ihre Stärke, ihre direkte Art musste meine Protagonistin von der Mutter angenommen haben. Sie gehörte einem Kreis an, der sich für Freiwirtschaft einsetzte, also zinsfreies Geld. Und sie liebte es, in die Wälder zu gehen, um Pilze zu sammeln und Brennholz zu holen. Die Pilze konservierte sie für den Winter. Sie unterhielt einen großen Garten und lebte vom eigenen Gemüse. Aß wenig Fleisch. Ihr Leben bestritt sie von der Witwenrente, ihr Mann war Schaffner auf regionalen Kurzzügen gewesen. Sie pflegte verschiedene Freundschaften, fromm war sie nie. Sie habe gesagt, zwei Dinge müsste man verbieten: die Pfaffen und die Waffen. Noch bei ihrer Abdankung habe der Pfarrer jedoch darauf beharrt, sie sei in den Wald gegangen, um Gott zu suchen. Der Enkel ist ungehalten.

Unter den Büchern, die mir J. auf den Tisch legt, befindet sich auch Eveline Haslers *Mit dem letzten Schiff.* Ich blättere und stoße zwischen den Seiten auf Rose. Auf den ersten Blick scheint sie nicht «meine» Rose zu sein. Ich werde das Buch dennoch kaufen müssen. Wollte mich erst sträuben, um mich nicht beeinflussen oder verunsichern zu lassen. Es sollte jedoch Übereinstimmung herrschen zwischen den beiden Frauen, sage ich. J. meint, das müsse es keineswegs. Historie werde oft widersprüchlich rezipiert. Darauf will ich wissen, was J. davon hält, wenn ich meine Figur im Roman Rose nennen würde, statt Rösli, wie sie sich nannte, und wie sie alle Dokumente unterschrieb.

Er meint, sie habe halt tatsächlich Rösli geheißen. Ihr nachträglich einen andern Namen anzuhängen, das scheine ihm doch etwas fremd. Ich verstehe deine Einwände, gebe ich zu, lange Zeit hatte ich dasselbe gedacht. Und aus Respekt den Namen nicht angetastet. Doch es wollte mir je länger, je weniger gelingen. Der Name Rösli wurde der Frau, die mir aus den spärlichen Dokumenten, den Interviews und den paar Fotos entgegenkam, nicht länger gerecht. Es war wenig, was ich von ihr in Erfahrung bringen konnte, doch als ich anfing, dieses karge Material mit den Zeitumständen, der Umgebung, den Anforderungen, die an sie gestellt wurden, und schließlich mit den Tagebüchern und Erzählungen all derer abzugleichen, die von La Hille berichtet haben, legte sie den Diminutiv ab (der zu einem Teil ihrer Bescheidenheit zugeschrieben werden könnte) und wurde mehr und mehr zu Rose. Und mehr und mehr war ich überzeugt, sie hätte eingewilligt in den erneuerten Namen. Mir kam dabei auch Goethe in den Sinn, und ich dachte: Ein Röslein lässt sich brechen, mit einer Rose geht das nicht so leicht.

J. antwortet: Du bist die Autorin. Das respektiere ich.

Nachdem wir Fotos betrachtet, Briefe aus- und wieder eingepackt, manche Lebensgeschichte gestreift, die Namensfrage geklärt und den Bienenstich fast aufgegessen haben, bringt er mich wieder zum Bus, wir treten hinaus in den späten Nachmittag, wo uns der Nordwind eisig entgegenbläst. Ein dicker Alter im zu engen Pullover quert unsern Weg, sein Antlitz ist vom Alkohol zerwühlt, doch sein Blick auf uns, das lebhaft plaudernde Paar, verrät die blanke Gier, Näheres zu erfahren. Vermutlich vermutet er daneben. In Schaffhausen, wo ich eine halbe Stunde auf den Anschluss nach Zürich zu warten habe, mache ich mich auf die Suche nach einer Buchhandlung. Die Leute, nett gekleidet, sitzen ohne Wärmelampen im Straßencafé, das trotz Biswind voll besetzt ist.

Die Rückfahrt durch die Dämmerung, entlang entlaubter Wälder ist von seltener Schönheit. Hinter dem Gewirr der hohen Sträucher und Bäume am Bahndamm blendet tief über dem Horizont das breite Glühen der Sonne, wodurch aus dem Durcheinander von Ästen ein schwarzes Netz wird. Das Abteil ist warm. Für den langen Heimweg habe ich mir die Spezialität der Stadt, ein Schaffhauserzünglein, gekauft und in der Buchhandlung das Buch.

Literatur, die mich begleitet hat

Ahron Appelfeld: Geschichte eines Lebens. Rowohlt, Berlin, 2005.

Inge Joseph Bleier und David E. Gumpert: A Girl's Journey through Nazi-Europe. William B. Erdmans Publishing Company, 2004.

Friedel Bohny-Reiter: Vorhof der Vernichtung. Hartung-Gorre Verlag, Konstanz, 1995.

Daniel Bourgeois: Das Geschäft mit Hitlerdeutschland. Rotpunkt, Zürich, 2000.

Christopher R. Browning: Ganz normale Männer. rororo Sachbuch, Reinbek, 2011.

Ralph Dutli: Soutines letzte Fahrt. Wallstein, Göttingen, 2013.

Hans-Heino Ewers, Jana Mikota, Jürgen Reulecke, Jürgen Zinnecker (Hrsg.): Erinnerungen an Kriegskindheiten. Juventa, Weinheim und München, 2006.

Vera Friedländer: Die Kinder von La Hille. Aufbau Verlag, Berlin, 2004.

Gaston Haas: Wenn man gewusst hätte, was sich drüben im Reich abspielte. Was man in der Schweiz von der Judenvernichtung wusste. 1941–43, Helbling & Lichtenhahn, Basel, Frankfurt am Main, 1994.

Beat Hächler, Michael Schneider: Anne Frank und wir. Chronos, Zürich, 1995.

Eveline Hasler: Mit dem letzten Schiff. Nagel & Kimche, Zürich, 2013.

Alfred A. Häsler: Das Boot ist voll. Diogenes, Zürich, 1989.

Katja Happe, Michael Mayer, Maja Peers: Die Verfolgung und Ermordung der europäischen Juden durch das nationalsozialistische Deutschland 1933–1945. Oldenburg Verlag, München, 2012.

Anne-Marie Im Hof-Piguet: Fluchtweg durch die Hintertür. Im Waldgut, Frauenfeld, 1987.

François Kersaudy: Les secrets du IIIe Reich. Perrin, Paris, 2013.

Ruth Klüger: Weiterleben. DTV, München, 1994.

Arthur Koestler: Abschaum der Erde. Molden, Wien, 1984.

Michel Laub: Tagebuch eines Sturzes. Klett Cotta, Stuttgart, 2013.

Carl Ludwig: Die Flüchtlingspolitik der Schweiz seit 1933, Herbert Lang & Cie., Bern, 1966.

Alwin Meyer: Die Kinder von Auschwitz. Lamuv, Göttingen, 1992.

Jarko Mensfelt, Jadwiga Pinderska-Lech, Teresa Świebocka, et al.: Auschwitz-Birkenau,Vergangenheit und Gegenwart, Staatliches Museum Auschwitz-Birkenau, 2008.

Jacques Picard: Die Schweiz und die Juden. Chronos, Zürich, 1997.

Mascha Rolnikaite: Ich muss erzählen. Weltbild, Augsburg, 2002.

Heinz Roschewski: Rothmund und die Juden, eine historische Fallstudie des Antisemitismus in der schweizerischen Flüchtlingspolitik 1933–1957. Helbling & Lichtenhahn, Basel, 1997.

Jacques Roth: Yovel. Albin Michel, Paris, 1982.

Jacques Roth: Un enfant de ces années-là. Non Lieu, Paris, 2011.

Antonia Schmidlin: Eine andere Schweiz. Chronos, Zürich, 1999.

Rafael Schwarz: Darf man Juden Ezzes geben? Metroverlag, Wien, 2011.

Albert Schweitzer: Das Spital im Urwald. In: Walter Laederach (Hrsg.): Das offene Fenster. Paul Haupt, Bern 1952.

Steiger Sebastian: Die Kinder von Schloss La Hille. Brunnen-Verlag, Basel, 1992.

Hans Stutz: Frontisten und Nationalsozialisten in Luzern 1933–45. Raeber Bücher, Luzern, 1997.

Hans Stutz: Der Judenmord von Payerne. Raeber Bücher, Luzern, 1997.

Elie Wiesel: Die Nacht zu begraben, Elischa. Bechtle, München, Eßlingen, 1962.

Hanna Zweig-Strauss: Saly Mayer. Böhlau, Wien, 2007.

Weitere Medien

José Ainouz: Attention aux enfants. Les Documentaristes Indépendants, DVD, 2010.

Anne-Marie Im Hof-Piquet: Juste parmi les nations. Films Plans-Fixes, Burgdorf, DVD, 2009.

Jean-Pierre Marielle: Le train de la liberté. Museum Les Milles (Hrsg.), Les Milles, DVD, 2006.

Mathieu Ortlieb pour Musée des Enfants du Château de la Hille & Isi Véléris: Les enfants du Château de la Hille & Les petits cailloux blancs. Musée du Château de la Hille, Montégut-Plantaurel, DVD, 2012.

Hans Peter Richter: Damals war es Friedrich. Uccello, Hörbuch, 2007.

Enrico Valsangiacomo: Interview mit Maurice Dubois, Actio 8/9, 1988.

Jacqueline Veuve: La filière. aqua, DVD, 1987.

Archive

Archiv SRK, Bern: SAE XXIC, 01, Mappe 1; SAE XXIC, 02, Mappe 3; SAE XX B-O2, Mappe 8. BAR: J.II.15 1969/7, AZ 323, Mappe 1942: Arbeitsausschuss 4.9.

Archiv für Zeitgeschichte, Zürich, Biographische Sammlung: Näf Rösli, Rotkreuzhelferin/Retterin verfolgter Juden in Frankreich.

Archiv ZHB, Luzern: Diverse NZZ-Artikel der Jahre 1942–43.